ULLSTEIN

Das Buch

Die Ägyptologin Amelia Peabody verbringt trotz wachsender Kriegsgefahr den Winter 1914/1915 in Kairo, das unter britischem Kriegsrecht steht. Unter der drohenden Gefahr eines türkischen Angriffs melden sich die in der Stadt lebenden Engländer freiwillig zum Militär. Auch Amelia kann sich den politischen Wirren nicht entziehen, doch als bei Grabungen in Gizeh eine Skulptur gefunden wird, die dort nicht sein sollte, wird sie misstrauisch: Hat das in Kairo ausgebrochene Chaos sie von der Rückkehr des Meisterverbrechers Sethos abgelenkt?

Die Autorin

Elizabeth Peters hat an der University of Chicago in Ägyptologie promoviert. Mit ihren Romanen ist sie immer wieder auf den Bestsellerlisten, außerdem erhielt sie bereits zahlreiche Preise, wie 1986 den Antony Grand Master Award und 1989 den Agatha Award. Elizabeth Peters hat zwei Kinder und zwei Enkelkinder. Sie lebt in Chicago und in Frederick, Maryland.

Von Elizabeth Peters sind in unserem Hause bereits erschienen:

In der Reihe um Amelia Peabody (chronologisch):

Im Schatten des Todes
Der Fluch des Pharaonengrabes
Der Mumienschrein
Im Tal der Sphinx
Der Sarkophag
Verloren in der Wüstenstadt
Die Schlange, das Krokodil und der Tod
Der Ring der Pharaonin
Ein Rätsel für Ramses
Die Hüter von Luxor
Der Fluch des Falken
Der Donner des Ra
Der Herr der Schweigenden

Weitere Romane von Elizabeth Peters:

Der blutrote Schatten
Der geheimnisvolle Schrein
Kreuzfahrt ins Ungewisse
Der letzte Maskenball
Die Straße der fünf Monde

Elizabeth Peters

Der Donner des Ra

Roman

Aus dem Englischen
von Beate Darius

Ullstein

Meiner Tochter Beth in Liebe

Umwelthinweis:
Dieses Buch wurde auf chlor- und säurefreiem Papier gedruckt.

Besuchen Sie uns im Internet: www.ullstein-taschenbuch.de

Ullstein Verlag
Ullstein ist ein Verlag des Verlagshauses Ullstein Heyne List GmbH & Co. KG.
Neuausgabe
1. Auflage Mai 2003

Dieses Werk wurde vermittelt durch die Literarische Agentur Thomas Schlück GmbH, Garbsen.
Titel der amerikanischen Originalausgabe: *He Shall Thunder in the Sky*
(William Morrow, an Imprint of HarperCollins Publishers, New York)
Übersetzung: Beate Darius
Redaktion: Martina Sahler
Umschlaggestaltung: Sabine Wimmer
Gesetzt aus der Sabon, Linotype
Satz: hanseatenSatz-bremen, Bremen
Druck und Bindearbeiten: Elsnerdruck, Berlin
Printed in Germany
ISBN 3-548-25741-0

Und Gott Ra sprach:
Lasst Seth mir untergeben sein, er verweile bei mir und sei mein Sohn. Er werde das Grollen des Donners und die Furcht der Sterblichen.

CHESTER BEATTY PAPYRUS
Das Urteil über Horus und Seth

Vorwort

Die Herausgeberin ist erfreut, das Resultat vieler Monate mühevoller Recherchen zu präsentieren. Die Sichtung der verstaubten Unterlagen – soll heißen: der Emerson-Aufzeichnungen – war keine leichte Aufgabe. Wie bereits zuvor hat sich die Herausgeberin in erster Linie auf das zeitgenössische Tagebuch von Mrs Emerson gestützt, an passender Stelle Briefe und Teile aus Manuskript H eingefügt sowie Passagen aus letzterer Quelle gestrichen, die keine neuen Informationen oder Aufschlüsse hinsichtlich Mrs Emerson lieferten. Es war ein anspruchsvolles Projekt, und die physisch und psychisch strapazierte Herausgeberin hofft, dass es die entsprechende Würdigung finden wird.

Informationen hinsichtlich des im Ersten Weltkrieg stattgefundenen Dramas im östlichen Mittelmeerraum vor Gallipoli sind dünn gesät. Verständlicherweise haben sich die Militärhistoriker vornehmlich mit den Gräueltaten an der Westfront auseinander gesetzt. Nur allzu vertraut mit der Voreingenommenheit und dem selektiven Erinnerungsvermögen von Mrs Emerson überraschte es die Herausgeberin, als sie nach sorgfältiger Recherche entdeckte, dass deren Aufzeichnungen in allen wichtigen Punkten mit den bekannten Fakten übereinstimmen. Bislang unbekannte Tatsachen werden, nach Meinung der Herausgeberin, die Geschichtsschreibung über den

Ersten Weltkrieg um ein neues und Aufsehen erregendes Kapitel ergänzen. Sie sieht keine Veranlassung, diese hier zu unterschlagen, da sie unter anderem die Restriktionen verdeutlichen, denen die Emersons bei ihren archäologischen Aktivitäten in diesem Zeitraum unterlagen. Wie der werte Leser feststellen wird, sahen sie sich mit einer Vielzahl von Problemen konfrontiert.

Danksagung

Mein Dank gilt George W. Johnson, der mich freundlicherweise mit verlässlichen Informationen zu den Waffen, Uniformen und anderen militärischen Details im Ersten Weltkrieg unterstützte. Sollte ich die falsche Kugel der falschen Waffe zugeordnet haben, dann ist es allein mein Versehen.

Und natürlich Kristen, meiner unschätzbaren und überaus leidensfähigen Assistentin, die, abgesehen von tausend anderen Dingen, mein ständiges Jammern erträgt und mich zum Durchhalten ermutigt.

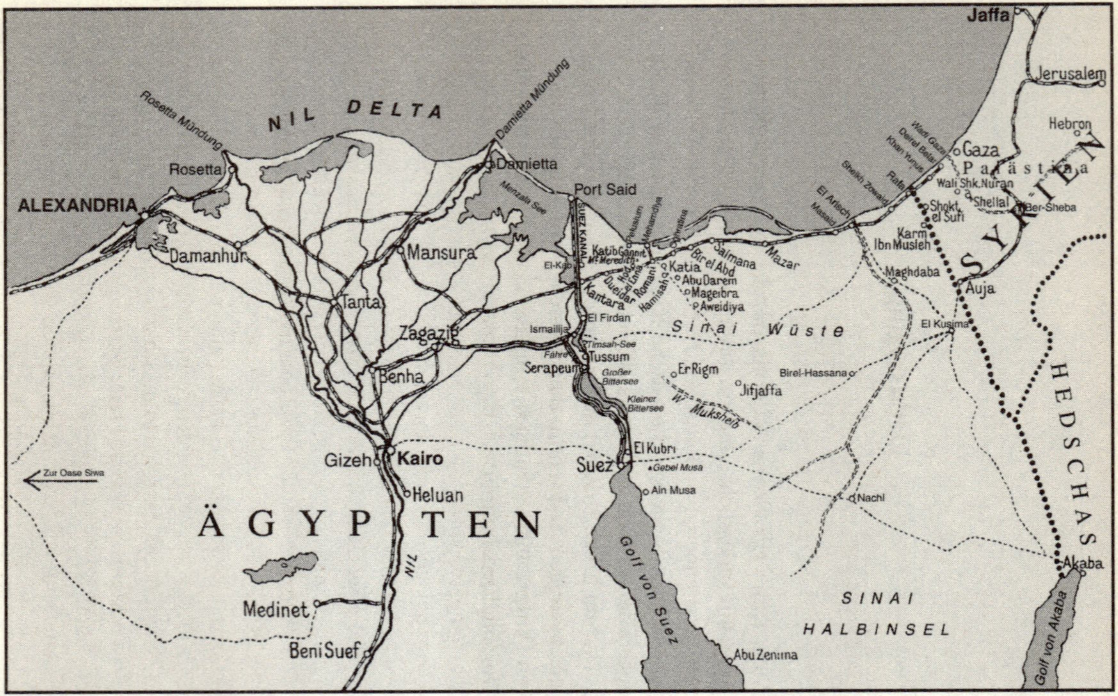

Der Suezkanal und die östliche Wüste (Januar 1915)

Prolog

Der Wind wirbelte den Schnee vor die Kutschenfenster, auf denen er wie ein eisiger Vorhang liegen blieb. Der Atem des Jungen bildete blasse Wolken in dem dämmrigen Innenraum. Es gab weder Fußwärmer noch Kniedecke und sein zerschlissener, viel zu enger Mantel bot kaum Schutz vor der Kälte. Er empfand Mitleid für die Pferde, die sich durch das Schneetreiben kämpften. Den Fuhrmann, der ungeschützt auf dem Kutschbock saß, hätte er ebenfalls bedauert, wäre dieser nicht ein so hinterhältiges Schwein gewesen. Eine ihrer Kreaturen, wie die anderen Bediensteten, genauso hartherzig und egoistisch wie ihre Dienstherrin. Die eisige Nacht war nicht frostiger als die Begrüßung, die ihn erwartete. Wäre sein Vater nicht gestorben ... Vieles hatte sich in den vergangenen sechs Monaten geändert.

Die Kutsche hielt an. Er öffnete das Fenster und blickte hinaus. Durch das Schneetreiben bemerkte er das Licht im Pförtnerhaus. Der alte Jenkins hatte keine Eile, die Tore zu öffnen. Allerdings würde er es auch nicht wagen, sie zu lange warten zu lassen, da sie davon erfuhr. Schließlich sprang die Tür auf und ein Mann stapfte ins Freie. Es war nicht Jenkins. Vermutlich hatte sie ihn entlassen, wie schon häufiger angedroht. Pförtner und Kutscher beschimpften sich lautstark, während Ersterer die Tore entriegelte und sie auf Grund der Schneelast nur mit Mühe aufzudrücken vermochte. Der Kutscher knallte die Peitsche und die erschöpften Pferde setzten sich erneut in Bewegung.

Der Junge wollte gerade das Fenster schließen, als er etwas wahrnahm: wandelnde Schatten in der Dunkelheit, die allmählich menschliche Gestalt annahmen. Die einer Frau, das Gesicht unter einer Haube verborgen, ihre langen Röcke durchnässt vom Schnee. Halt suchend klammerte sie sich an ihren Gefährten. Er war nicht viel größer als sie, doch er bewegte sich mit der Kraft eines Mannes, stützte ihren schwankenden Körper. Als die Kutsche, ohne zu verlangsamen, unaufhaltsam näher kam, zog er sie von der Fahrbahn, und die Kutschenlampen erhellten sein Gesicht. Sein Alter war schwer zu schätzen; Schnee bedeckte die bleichen Züge, die zu einer diabolischen Grimasse verzerrt waren. Sein Blick begegnete dem des aus der Kutsche starrenden Fahrgasts; daraufhin spitzte er die Lippen und spie aus.

»Warte!« Der Junge steckte den Kopf aus dem Fenster, blinzelte, um die Schneeflocken von seinen Wimpern zu entfernen. »Verflucht, Thomas – halt an! Ihr ... kommt zurück ...«

Das Gefährt schlingerte, warf ihn zu Boden. Fluchend rappelte er sich auf und trommelte auf die verschlossene Kutschentür. Entweder hörte Thomas ihn nicht, oder – was wahrscheinlicher war – er ignorierte die gebrüllten Anweisungen. Wenige Minuten später hielt die Kutsche vor dem Haus. Er sprang hinaus und hastete die Stufen hoch, atemlos vor Wut und Eile. Die Tür war verschlossen. Er musste den schweren Türklopfer mehrmals betätigen, ehe geöffnet wurde. Das Gesicht des Butlers war ihm unbekannt. Also hatte sie den armen alten William ebenfalls entlassen. Und das nach 50 Dienstjahren.

Die Eingangshalle war halbkreisförmig angelegt, im klassischen Stil – mit Marmorsäulen und -boden und ovalen Nischen in dem Halbrund der Wände. Als sein Vater noch lebte, waren die Alabasterurnen in den Nischen um diese Jahreszeit mit Mistel- und Tannenzweigen gefüllt gewesen. Jetzt waren sie leer, das kühle Weiß der Wände und des Bodens ungemildert. An der Tür zum Salon wartete seine Mutter.

Ihre Witwentracht stand ihr gut. Das Schwarz betonte ihr blondes Haar und die eisblauen Augen. Der weiche, dunkle Stoff fiel in anmutigen Falten bis zum Boden. Ungerührt, ihre Hände um die Taille gelegt, musterte sie ihn mit offenkundiger Missbilligung.

»Zieh sofort deine nassen Sachen aus«, fuhr sie ihn an. »Du bist voller Schnee. Wie hast du –«

Er wagte es, ihr ins Wort zu fallen. »Sag Thomas, dass er meine Anweisungen zu befolgen hat! Er weigerte sich, stehen zu bleiben und mich mit ihnen reden zu lassen – eine Frau, und ein Junge war bei ihr ...« Er hielt den Atem an. Ihre Züge veränderten sich kaum merklich, doch wie alle jungen, verletzlichen Geschöpfe hatte er gelernt, die Bewegungen des Feindes zu erkennen. »Aber – das weißt du, nicht wahr? Sie waren hier. Du hast sie gesehen.«

Sie senkte den Kopf.

»Und du hast sie fortgeschickt – in einer solchen Nacht? Sie wirkte sehr zerbrechlich – krank, vielleicht –«

»Sie hatte schon immer einen Hang zur Selbstzerstörung.«

Er starrte sie an. »Du kennst sie?«

»Sie war meine beste Freundin, beinahe wie eine Schwester. Bis sie die Geliebte deines Vaters wurde.«

Die Worte waren so brutal wie ein Schlag ins Gesicht. Der Junge wurde blass.

»Ich wollte dir diese Schande ersparen«, fuhr sie fort, ihn weiterhin fixierend.

»Schande?« Er fand seine Stimme wieder. »Du redest von Schande, nachdem du sie in den Sturm hinausgejagt hast? Sie muss verzweifelt gewesen sein, sonst hätte sie dich nicht aufgesucht.«

»Ja.« Ein schwaches Lächeln umspielte ihre Mundwinkel. »Er hat ihnen Geld geschickt. Bis er starb, natürlich. Ich weiß nicht, woher er es hatte.«

»Ich auch nicht.« Er versuchte sie aus der Ruhe zu bringen, doch das gelang ihm nicht. Er war erst vierzehn – und ihre Temperamente so unterschiedlich wie Feuer und Wasser. »Du hattest immer den Daumen auf dem Geldbeutel.«

»Er hat meine Mitgift innerhalb eines Jahres verschleudert. Alles andere gehörte mir – dank der weisen Voraussicht meines Vaters.«

Er stürmte zur Tür, riss sie auf und lief hinaus. Der Butler, der die Szene mitverfolgt hatte, hüstelte. »Mylady wünschen ...?«

»Schick ihm zwei der Diener nach. Sie sollen ihn in sein Zimmer bringen und einschließen und mir den Schlüssel aushändigen.«

1

Ich entdeckte es auf dem Boden des Korridors, der zu unseren Schlafräumen führte. Ich stand da, hielt es mit spitzen Fingern fest, als Ramses aus seinem Zimmer trat. Er hob seine dichten dunklen Augenbrauen, als er bemerkte, was ich in der Hand hielt, dennoch schwieg er, bis ich ihn darauf ansprach.

»Eine weitere weiße Feder«, sagte ich. »Deine, vermutlich?«

»Ja, danke.« Er nahm sie mir aus den Fingern. »Sie muss mir aus der Tasche geglitten sein, als ich mein Taschentuch herausnahm. Ich werde sie zu den anderen legen.«

Abgesehen von seinem tadellosen Englisch und einer gewissen unerklärlichen Perfektion in seinem Auftreten (ich sage immer, niemand schlurft so elegant wie ein Engländer) könnte der zufällige Betrachter meinen Sohn für einen der Ägypter halten, mit denen er den Großteil seines Lebens verbracht hat. Er hatte das gleiche wellige schwarze Haar, die dichten Wimpern, die bronzefarbene Haut. Andererseits hatte er sehr viel Ähnlichkeit mit seinem Vater, der gerade noch rechtzeitig aus unserem Schlafzimmer trat, um unserem Gespräch beizuwohnen. Genau wie Ramses trug er Arbeitskleidung: eine zerknitterte Flanellhose und ein kragenloses Hemd. Als sie nebeneinander standen, wirkten sie eher wie ein älterer und ein jüngerer Bruder und nicht wie Vater und Sohn. Emersons große, breitschultrige Statur war ebenso drahtig wie die Ramses' und seine silbernen Schläfen unterstrichen den Glanz seiner rabenschwarzen Locken.

Doch im Augenblick wurde ihre Ähnlichkeit durch ihr unterschiedliches Mienenspiel beeinträchtigt. Emersons saphirblaue Iris funkelte; die schwarzen Augen seines Sohnes waren kaum erkennbar unter den gesenkten Lidern. Emersons Brauen waren zusammengezogen, Ramses' gehoben; Ramses' Lippen waren fest zusammengepresst, Emersons hingegen enthüllten seine großen, ebenmäßigen Zähne.

»Verflucht«, brüllte er. »Wer zum Teufel hat die Frechheit besessen, dich der Feigheit zu beschuldigen? Ich hoffe, du hast ihm einen Kinnhaken verpasst!«

»Das war kaum möglich, da das freundliche Geschenk von einer Dame stammt«, erwiderte Ramses, während er die weiße Feder vorsichtig in seine Hemdtasche gleiten ließ.

»Wer?«, wollte ich wissen.

»Was tut das zur Sache? Es ist nicht die erste, die ich bekommen habe, und wird auch nicht die letzte sein.«

Seit Ausbruch des Krieges im August war eine ganze Menge Federvieh seines Gefieders entledigt worden – von patriotischen Damen, die diese Symbole der Feigheit den jungen, nicht uniformierten Männern überreichten. Grundsätzlich lehne ich Patriotismus nicht ab, doch meiner unmaßgeblichen Meinung nach ist es verachtenswert, jemanden so zu beschämen, dass er sich Gefahren stellt, von denen man auf Grund des eigenen Geschlechts, seines Alters oder physischer Inkompetenz ausgenommen ist. Zwei meiner Neffen und die Söhne vieler unserer Freunde waren auf dem Weg nach Frankreich. Ich hätte sie nicht zurückgehalten, es aber auch nicht mit meinem Gewissen vereinbaren können, sie zu diesem Schritt zu drängen.

Und ich fühlte mich keinesfalls verpflichtet, meinen Sohn mit dieser schmerzvollen Entscheidung zu konfrontieren.

Im Oktober waren wir nach Ägypten gereist, da mein geliebter Emerson (der berühmteste Ägyptologe seiner und jeder anderen Epoche) es niemandem – und schon gar nicht dem Kaiser – gestattet hätte, sich in seine alljährlichen Exkavationspläne einzumischen. Es war keine Flucht vor der Gefahr; vielleicht befanden wir uns schon bald in größerer Bedrängnis als diejenigen, die in England geblieben waren. Dass das Osmanische Reich letztlich auf Seiten Deutschlands und Österreich-Ungarns dem Krieg beitreten würde, bezweifelte niemand, der einen Funken Verstand besaß. Jahrelang hatte der Kaiser den Sultan hofiert, ihm riesige Geldsummen geliehen, Eisenbahntrassen und Brücken in Syrien und Palästina gebaut. Selbst hinter den von den Deutschen finanzierten archäologischen Expeditionen in diesem Gebiet vermutete man tiefere Beweggründe. Die Archäologie bietet eine hervorragende Tarnung für Spionagetätigkeit und Umsturz, und die Moralisten verkündeten mit Stolz, dass die Flagge des deutschen Kaiserreiches über der Ausgrabungsstätte von Megiddo flatterte, dem biblischen Armageddon.

Der Kriegsbeitritt der Türkei erfolgte am 5. November, diesem schloss sich die formelle Annexion Ägyptens durch die Briten an; das verschleierte Protektorat war ein offizielles geworden. Die Türken kontrollierten Palästina, und zwischen Palästina und Ägypten lagen die Sinai-Halbinsel und der Suezkanal, die entscheidende britische Verbindung zum Osten. Die Einnahme des Kanals würde den Briten einen tödlichen Schlag versetzen. Eine Invasion Ägyptens würde mit Sicherheit folgen, denn das Osmanische Reich hatte den Verlust seiner früheren Provinz weder verziehen noch vergessen. Und im Westen Ägyptens wurden die kriegerischen Stämme der Senussi, bewaffnet und ausgebildet von den Türken, zu einer wachsenden Bedrohung für das britisch besetzte Ägypten.

Im Dezember war Kairo unter Kriegsrecht, die Presse zensiert, öffentliche Versammlungen (von Ägyptern) verboten, der ägyptische Vizekönig zugunsten seines kompromissbereiteren Onkels abgelöst, die sich entwickelnde Nationalistenbewegung unterdrückt und ihre Führer ins Exil oder Gefängnis verbannt. Diese bedauerlichen Maßnahmen wurden – zumindest in den Augen derer, die sie veranlassten – mit der zunehmenden Wahrscheinlichkeit eines Angriffs auf den Suezkanal gerechtfertigt. Ich konnte die nervliche Anspannung in Kairo zwar nachvollziehen, dennoch war sie meiner Meinung nach keine Entschuldigung für das rüde Verhalten gegenüber meinem Sohn.

»Es ist ungerecht«, entfuhr es mir. »Ich habe noch keinen einzigen jungen englischen Beamten in Kairo gesehen, der sich freiwillig gemeldet hätte. Warum konzentriert sich das öffentliche Interesse ausgerechnet auf dich?«

Ramses zuckte die Achseln. Seine Adoptivschwester hatte sein Gesicht wegen der ebenmäßigen und für gewöhnlich gleichmütigen Züge irgendwann einmal mit dem einer Pharaonenstatue verglichen. Augenblicklich wirkte es sogar noch unbewegter als sonst.

»Vielleicht habe ich in der Öffentlichkeit zu freimütig erklärt, was ich von diesem sinnlosen, überflüssigen Krieg halte. Vermutlich, weil ich nicht entsprechend erzogen wurde«, fügte er nachdenklich hinzu. »Du hast mich nie darauf hingewiesen, dass die jungen Leute sich den Wünschen der älteren Generation fügen sollten.«

»Ich habe es versucht«, versicherte ich ihm.

Emerson rieb sich sein Kinngrübchen, eine Angewohnheit, wenn er tief in Gedanken versunken oder verwirrt ist. »Ich begreife deinen Abscheu, auf arme Kerle zu schießen, deren einziges Vergehen darin besteht, dass sie ihren Führern zwangsweise verpflichtet sind; aber – äh – stimmt es, dass du es abgelehnt hast, der Abteilung des neu eingerichteten militärischen Abschirmdienstes beizutreten?«

»Ah«, entfuhr es Ramses versonnen. »Also macht diese Information bereits die Runde? Kein Wunder, dass neuerdings so viele reizende Damen meine Federsammlung vergrößern. Ja, Sir, ich habe abgelehnt. Möchtest du, dass ich meine Entscheidung rechtfertige?«

»Nein«, brummte Emerson.

»Mutter?«

»Äh – nein, das ist nicht notwendig.«

»Verbindlichsten Dank«, erwiderte Ramses. »Es ist noch ein paar Stunden hell und ich möchte mir das Ausgrabungsgebiet ansehen. Kommst du mit, Sir?«

»Geh schon voraus«, meinte Emerson. »Ich warte auf deine Mutter.«

»Und du?« Ramses warf einen Blick auf die riesige gestromte Katze, die ihm aus seinem Zimmer gefolgt war.

Wie alle unsere Katzen war Seshat nach einer ägyptischen Gottheit benannt worden, in diesem Fall (recht treffend) nach der Schutzpatronin der Schrift; wie die meisten von ihnen hatte sie eine starke Ähnlichkeit mit ihrer Stammmutter Bastet und den gelbbraunen, langohrigen Tieren auf den klassischen ägyptischen Gemälden. Mit nur wenigen Ausnahmen schienen unsere Katzen ihre gesamte Zuneigung auf eine einzige Person zu konzentrieren. Seshat bevorzugte Ramses und ließ ihn nicht aus den Augen. Bei dieser Gelegenheit setzte sie sich entschlossen hin und hielt seinem Blick stand.

»Also gut«, murmelte Ramses. »Dann sehe ich dich später.«

Ich weiß nicht, ob er mich oder die Katze meinte. Ich trat beiseite und er machte sich auf den Weg.

Emerson folgte mir in unser Zimmer und trat die Tür zu. Nach einem Mittagessen im Hotel Shepheard's waren wir zum Haus zurückgekehrt, um uns umzuziehen, doch während mein Gatte und mein Sohn sich dieser Aktivität widmeten, hatte ich eine langatmige und überflüssige Diskussion mit dem Koch geführt, der wieder einmal eine seiner *crises de nerves* durchmachte. (Zumindest hätte er sie als solche bezeichnet, wäre er ein französischer Küchenchef gewesen und kein turbangeschmückter Ägypter.)

Ich drehte mich um, und Emerson fing an, mein Kleid aufzuknöpfen. Noch nie hat mich ein Dienstmädchen nach Ägypten begleitet; sie bereiten mehr Probleme als Annehmlichkeiten, jammern ständig, werden krank und erwarten meine medizinische Hilfe. Meine normale Arbeitsgarderobe ist genauso bequem und vergleichbar mit der der Männer, da ich schon vor langer Zeit Röcke gegen Hosen und kräftiges Schuhwerk eingetauscht habe. Hilfe beim Ankleiden benötige ich nur selten, wenn ich klassisch-weibliche Garderobe tragen muss, und dann ist Emerson stets überglücklich, mir zu Diensten sein zu dürfen.

Keiner von uns beiden sprach, bis er seine Aufgabe vollendet hatte. An seinen Bewegungen erkannte ich, dass er nicht in der richtigen Stimmung für die Art von Zerstreuung war, die dieser Aktivität für gewöhnlich folgte. Nachdem ich mein Kleid ordentlich auf einen Bügel gehängt hatte, sagte ich: »Also, Emerson, raus damit. Was beschäftigt dich?«

»Wie kannst du das fragen? Dieser verdammte Krieg hat alles zerstört. Erinnerst du dich noch an die gute alte Zeit? Abdullah überwachte die Exkavationen wie kein Zweiter, die Kinder arbeiteten glücklich und gehorsam nach unseren Anweisungen, Walter und Evelyn begleiteten uns alle paar Jahre ... inzwischen ist Abdullah von uns gegangen und mein Bruder und seine Frau sind in England, zwei ihrer Söhne in Frankreich, und unsere Kinder sind ... Hmmm. Es wird nie wieder wie früher sein.«

Die »Dinge« ändern sich. Die Zeit vergeht; der Tod ereilt die Guten wie die Schlechten und (weniger dramatisch) die Kinder werden erwachsen. Zwei der Kinder, auf die Emerson sich bezog, obschon nicht blutsverwandt mit uns, waren uns so ans Herz gewachsen wie unser eigenes. Ihre Herkunft war, gelinde gesagt, ungewöhnlich. David, inzwischen ein angesehener Künstler und Ägyptologe, war der Enkel unseres geschätzten verstorbenen Rais Abdullah. Wenige Jahre zuvor hatte er Emersons Nichte Lia geheiratet und damit die bornierten Wichtigtuer verärgert, die Ägypter für eine niedere Rasse hielten. Jetzt stand Lia vor der Geburt ihres ersten Kindes, doch dessen Vater weilte weder bei ihr in England noch bei uns; auf Grund seiner Beteiligung an der ägyptischen Unabhängigkeitsbewegung war er bis Kriegsende in Indien interniert. Er fehlte uns sehr, vor allem Ramses, dessen engster Vertrauter und Freund er war, aber – so sagte ich mir – wenigstens war er nicht in Gefahr, und wir gaben die Hoffnung nicht auf, seine Freilassung zu erreichen.

Die Genesis unserer Adoptivtochter Nefret war noch merkwürdiger. Als verwaiste Tochter eines mutigen, aber auch draufgängerischen englischen Forschers hatte sie die ersten 13 Jahre ihres Lebens in einer Wüstenoase verbracht. Glaube und Sitten der alten Ägypter hatten in diesem entlegenen Gebiet weitergelebt, wo Nefret Hohepriesterin der Isis gewesen war. Von daher verwunderte es kaum, dass es ihr gewissermaßen schwer fiel, sich an das Leben in der modernen Welt zu gewöhnen, nachdem wir sie zu uns nach England geholt hatten. Es gelang ihr – in den meisten Fällen –, da sie intelligent und bildhübsch war und – ich glaube, das sagen zu dürfen – da sie genauso an uns hing wie wir an ihr. Darüber hinaus war sie eine überaus wohlhabende junge Frau, da sie ein großes Vermögen von ihrem Großvater väterlicherseits geerbt hatte. Von Anfang an waren sie, David und Ramses Freunde und Verbündete bei jedem nur denkbaren Wagnis gewesen. Davids Heirat hatte das Band lediglich verstärkt, da Lia und Nefret beinahe wie Schwestern waren.

Nefrets überstürzte, unselige Eheschließung hatte die glückliche Eintracht schließlich zerstört. Das Drama, das diese Ehe beendete, führte zu ihrem völligen Zusammenbruch, von dem sie sich nur langsam erholte.

Trotz allem war sie genesen; sie hatte ihr unterbrochenes Medizinstudium beendet und war wieder bei uns. Such den Silberstreif am Horizont, redete ich mir ein, und versuche, Emerson davon zu überzeugen, dass er das Gleiche tut.

»Also, Emerson, jetzt übertreibst du«, ereiferte ich mich. »Ich vermisse Abdullah genauso wie du, aber der Krieg hatte nichts damit zu tun, und Selim ist ein ebenso hervorragender Rais. Was die Kinder anbelangt, sind sie ständig in Schwierigkeiten oder in Gefahr, und es ist ein Wunder, dass mein Haar vor Sorge nicht schon schlohweiß geworden ist.«

»Stimmt«, gestand Emerson. »Falls du Komplimente hören willst, meine Liebe, gebe ich zu, dass du zu den wenigen Frauen gehörst, die trotz der an sie gestellten Anforderungen aufblühen. Keine Falte, keine graue Strähne in diesem pechschwarzen Haar ...« Er trat auf mich zu, und für Augenblicke dachte ich, dass die Zärtlichkeit die Schwermut überlagern würde; doch dann veränderte sich sein Gesichtsausdruck und er meinte nachdenklich: »Ich wollte dich schon länger etwas fragen. Ich glaube, es gibt da gewisse Färbemittel –«

»Lass uns nicht vom Thema abschweifen, Emerson.« Ich spähte zu meinem Frisiertisch, um sicherzustellen, dass die kleine Flasche nicht in Sichtweite war, bevor ich fortfuhr. »Sieh doch die guten Seiten! David ist in Sicherheit, und er wird zurückkommen, nachdem ... nun ja, später jedenfalls. Und Nefret ist wieder bei uns, Gott sei Dank.«

»Sie ist nicht mehr dieselbe«, brummte Emerson. »Was fehlt dem Mädchen?«

»Sie ist kein Mädchen, sie ist eine erwachsene Frau. Und du als ihr gesetzlicher Vormund hast darauf bestanden, dass sie ihr Vermögen selbständig verwaltet und ihre eigenen Entscheidungen trifft.«

»Zum Teufel, ich bin nicht ihr Vormund«, knurrte Emerson. »Ich bin ihr Vater, Amelia – von Rechts wegen vielleicht nicht, aber in allem, was zählt.«

Ich ging zu ihm und umarmte ihn. »Sie liebt dich sehr, Emerson.«

»Warum kann sie mich dann nicht ins Vertrauen ... Das hat sie nie getan und das weißt du auch.«

»Du willst dich elend fühlen, nicht wahr?«

»Mit Sicherheit nicht«, knurrte Emerson. »Ramses ist auch nicht mehr der Alte. Ihr Frauen habt keine Ahnung von diesen Dingen. Es ist keineswegs angenehm für einen Burschen, wenn er der Feigheit beschuldigt wird.«

»Niemand, der Ramses kennt, würde das von ihm behaupten«, konterte ich. »Du willst doch hoffentlich nicht vorschlagen, dass er der Armee beitritt, um seine Kritiker Lügen zu strafen? Das ist genau das, was die meisten Männer tun würden, aber er hat mehr Verstand, und ich dachte, du –«

»Sei nicht albern«, brüllte Emerson. Mein geliebter Emerson ist besonders attraktiv, wenn er einen seiner kleinen Gefühlsausbrüche hat. Seine blauen Augen funkelten wie Saphire, seine markanten, gebräunten Wangen röteten sich und sein beschleunigter Atem sorgte für ein faszinierendes Muskelspiel auf seinem gestählten Brustkorb. Ich betrachtete ihn voll Bewunderung; Augenblicke später entspannte er sich und ein verschämtes Lächeln umspielte seine wohlgeformten Lippen.

»Versuchst wohl, mich aufzubringen, was, mein Schatz? Nun, das ist dir gelungen. Du weißt ebenso gut wie ich, dass selbst der schwachsinnigste Offizier Ramses' Talente nicht im Schützengraben verheizen würde. Er sieht aus wie ein Ägypter, er spricht Arabisch wie ein Ägypter – verflucht, er denkt sogar wie einer! Er spricht ein halbes Dutzend Sprachen fließend, darunter Deutsch und Türkisch, er ist geschickt in der Kunst der Tarnung, er kennt den östlichen Mittelmeerraum wie kaum ein Zweiter ...«

»Ja«, seufzte ich. »Er ist der perfekte Kandidat für den Nachrichtendienst. Warum hat er Newcombes Angebot nicht angenommen?«

»Du hättest ihn fragen sollen.«

»Das habe ich nicht gewagt. Der Spitzname, den du ihm vor vielen Jahren gegeben hast, hat sich als zutreffend erwiesen. Ich bezweifle, dass die Familie von Ramses dem Großen den Mut aufgebracht hätte, dem bedeutenden Herrscher Fragen zu stellen.«

»Ich jedenfalls nicht«, gestand Emerson. »Dennoch habe ich selber gewisse Zweifel an dieser neuen Einrichtung. Newcombe und Lawrence und Leonard Woolley waren diejenigen, die vor einigen Jahren diese Forschungsreise in den Sinai unternommen haben; es war ein offenes Geheimnis, dass ihr Vorhaben sowohl militärischen als auch archäologischen Zwecken diente. Die von ihnen erstellten Landkarten sind sicherlich hilfreich, aber grundsätzlich will die Abteilung doch bloß eine arabische Revolte gegen die Türken in Palästina anzetteln. Manche glauben, dass wir den Suezkanal am besten verteidigen können, indem die türkischen Nachschublinien mit Hilfe arabischer Guerillatruppen angegriffen werden.«

»Woher weißt du das?«

Emerson verdrehte die Augen. »Möchtest du, dass ich deine Stiefel schnüre?«

»Danke, nein, ich möchte, dass du meine Frage beantwortest. Verflucht, Emerson, während des Mittagessens ist mir aufgefallen, dass du angeregt mit General Maxwell diskutiert hast; sollte er dich gebeten haben, als Spion –«

»Nein, das hat er nicht!«

Ich stellte fest, dass ich unbeabsichtigt einen wunden Punkt getroffen hatte. Trotz der durchdringenden Stimme, die ihm (zusammen mit einem umfassenden Repertoire an Flüchen) den bewundernden Beinamen ›Vater der Flüche‹ eingebracht hatte, sah er ziemlich zerknirscht aus. Ich fasste seine Hand. »Was ist los, mein Schatz?«

Emerson ließ seine breiten Schultern hängen. »Er hat mich gebeten, den Posten des Beraters für einheimische Angelegenheiten zu übernehmen.«

Den Begriff »einheimisch« betonte er mit einem gewissen Zynismus. Da ich wusste, wie sehr er die Überheblichkeit der britischen Beamten gegenüber ihren ägyptischen Untergebenen verabscheute, kommentierte ich das nicht, sondern drängte darauf, seine Misere genauer in Erfahrung zu bringen.

»Das ist sehr schmeichelhaft, mein Lieber.«

»Verfluchte Schmeicheleien! Er denkt, ich bin einzig dazu fähig, in einem Büro herumzusitzen und blasierte junge Idioten zu beraten, die mir ohnehin nicht zuhören. Er denkt, ich bin zu alt, um aktiv an diesem Krieg teilzunehmen.«

»Aber, mein Schatz, das ist nicht wahr!« Ich schlang meine Arme um seine Taille und küsste ihn aufs Kinn. Ich musste mich auf die Zehenspitzen stellen, um diesen Teil seiner Anatomie zu erreichen; Emerson ist über 1,80 m groß und ich bin entschieden kleiner. »Du bist der stärkste, der tapferste, der klügste –«

»Übertreib nicht, Peabody.«

Die Erwähnung meines Mädchennamens, die seine Zuneigung und Anerkennung verdeutlicht, bestätigte mir, dass sich seine Laune gebessert hatte. Eine kleine Schmeichelei kann nie schaden, besonders dann, wenn sie, wie im vorliegenden Fall, der Wahrheit entsprach.

Ich legte meinen Kopf an seine Schulter. »Du magst mich für egoistisch und feige halten, Emerson, aber ich sähe es lieber, wenn du sicher in irgendeinem langweiligen Büro sitzen und keine aberwitzigen Gefahren auf dich nehmen würdest, wie du sie bevorzugst. Hast du sein Angebot angenommen?«

»Nun, verflucht, ich musste doch annehmen, oder? Das wird meine Exkavationen beeinträchtigen ... aber man muss tun, was man kann, hm?«

»Ja, mein Schatz.«

Emerson drückte mich so fest, dass meine Rippen knackten. »Jetzt gehe ich an die Arbeit. Begleitest du mich?«

»Nein, ich glaube nicht. Ich werde auf Nefret warten und vielleicht ein bisschen mit ihr plaudern.«

Emerson verschwand, und nachdem ich bequeme Kleidung angezogen hatte, ging ich auf das Dach des Hauses, wo ich Tische und Stühle, Topfpflanzen und Sonnenblenden aufgestellt hatte, um die ungezwungene Atmosphäre eines Freiluftsalons zu schaffen.

Vom Dachfirst konnte man (an klaren Tagen) meilenweit in alle Richtungen blicken: im Osten auf den Fluss und die ausgedehnten Randbezirke von Kairo, überragt von dem hellen Kalkstein des Mokattam-Gebirges; im Westen, hinter dem Kulturland, breitete sich die endlose Wüste aus und darüber ein strahlend blauer, sich ständig verändernder Himmel mit faszinierenden Sonnenuntergängen. Am liebsten schaute ich nach Süden. In der näheren Umgebung erhoben sich die Silhouetten der Pyramiden von Gizeh, wo wir in diesem Jahr arbeiten würden. Das Haus lag günstig am Westufer, nur wenige Meilen entfernt von unseren Exkavationen und Kairo direkt gegenüber. Es war beileibe nicht so gemütlich und durchdacht wie unser früherer Wohnsitz in der Nähe von Gizeh, doch in dieses Haus wollte keiner von uns zurückkehren. Es barg zu viele unliebsame Erinnerungen. Für gewöhnlich versuchte ich, diese zu verdrängen, doch Emersons düstere Bemerkungen beschäftigten mich mehr, als ich ihm gegenüber eingestand.

Natürlich warf der Krieg seine Schatten auf unser Leben, doch einige unserer Probleme gingen weiter zurück – bis zu jenem entsetzlichen Frühling vor zwei Jahren.

Nur zwei Jahre. Mir kam es länger vor; oder besser gesagt, es schien, als trennte uns ein dunkler, tiefer Abgrund von den glücklichen Tagen, die der Katastrophe vorausgegangen waren. Zugegeben, sie waren nicht ohne die kriminellen Ablenkungen verlaufen, die unsere archäologische Arbeit gelegentlich unterbrechen, doch daran waren wir gewöhnt, und in jeder anderen Hinsicht hatten wir allen Grund zur Freude. David und Lia hatten gerade geheiratet; Ramses weilte nach einigen Monaten Abwesenheit wieder bei uns; und Nefret teilte ihre Zeit zwischen der Exkavation und der Klinik auf, die sie für die gefallenen Mädchen von Kairo eingerichtet hatte. In jenem Jahr war ein inneres Strahlen von ihr ausgegangen ...

Dann war es passiert, so plötzlich und unerwartet wie ein Blitzstrahl aus heiterem Himmel. Als Emerson und ich eines Morgens heimkehrten, fanden wir den alten Mann vor, der uns mit einer Frau und einem kleinen Kind erwartete. Die blutjunge Frau war eine Prostituierte, der alte Mann einer der berüchtigtsten Kairoer Zuhälter. Der Anblick des Kindergesichts, dem meinen unverkennbar ähnlich, war ein Schock; ein noch größerer Schock folgte, als das kleine Geschöpf mit ausgestreckten Ärmchen zu Ramses lief und ihn Papa nannte.

Daraufhin war Nefret am Boden zerstört. In der Klinik sah sie tagtäglich die Misshandlungen, denen die Frauen im Rotlichtbezirk ausgesetzt waren, und ihre Versuche, den unglücklichen weiblichen Opfern dieses schändlichen Gewerbes zu helfen, hatten die Dimensionen eines Kreuzzugs angenommen. Stets temperamentvoll und uneinsichtig, zog sie die unvermeidlichen Schlüsse und verließ aus Abscheu vor ihrem Adoptivbruder überstürzt das Haus.

Ich wusste natürlich, dass die scheinbar offensichtlichen

Schlüsse nicht zutrafen. Nicht, dass Ramses auf dem Pfad moralischer Rechtschaffenheit nie gestrauchelt wäre. Er war in Probleme hineingetappt, sobald er laufen konnte, und die Liste seiner Verfehlungen wuchs mit zunehmender Reife. Ich hatte keine Zweifel, dass seine Beziehungen zu verschiedenen weiblichen Personen nicht immer dem entsprachen, was ich gutheißen würde. Die Beweislast gegen ihn war eindeutig. Andererseits kannte ich meinen Sohn seit zwanzig nervenaufreibenden Jahren und wusste, dass er dieses Verbrechens nicht fähig gewesen wäre – denn es war ein Verbrechen, im moralischen wie im rechtlichen Sinne.

Es dauerte nicht lange, bis wir die Identität des leiblichen Vaters dieses Kindes herausfanden – meinen Neffen Percy. Ich hatte noch nie eine hohe Meinung von meinen Brüdern und ihren Sprösslingen gehabt; diese Entdeckung und Percys hinterhältiger Versuch, die Sache Ramses unterzuschieben, führten zu einem endgültigen Zerwürfnis. Leider gelang es uns nicht immer, Percy aus dem Weg zu gehen; er war der ägyptischen Armee beigetreten und in Kairo stationiert. Wenigstens blieb mir die Genugtuung, ihn zu schneiden, wann immer wir uns zufällig begegneten. Er kümmerte sich nicht um seine kleine Tochter, und wir brachten es nicht übers Herz, sie zu verstoßen. Also nahmen wir Sennia bei uns auf. Inzwischen war sie fünf Jahre alt und eine entzückende Zerstreuung, wie Ramses es umschrieb. In diesem Jahr hatten wir sie in England bei den jüngeren Emersons zurückgelassen, da Lia, traurig über die Abwesenheit ihres Gatten und ihrer Brüder, mehr Ablenkung brauchte als wir. Emerson vermisste sie sehr. Das einzig Positive an dieser Sache (ich versuchte weiterhin, die guten Seiten zu sehen) war, dass Nefrets absolut verzogener Kater Horus bei Sennia geblieben war. Ich darf ehrlicherweise behaupten, dass keiner von uns, außer vielleicht Nefret, Horus vermisst hätte.

Noch ehe sie die Wahrheit über Sennias leiblichen Vater erfuhr, heiratete Nefret. Für mich kam das ziemlich überraschend; ich wusste, wie Geoffrey für sie empfand, hatte aber nicht vermutet, dass das auf Gegenseitigkeit beruhte. Es war in jeder Hinsicht eine Katastrophe, denn innerhalb weniger Wochen verlor sie nicht nur ihren Gatten, sondern auch den winzigen Lebenskeim – ihr gemeinsames Kind.

Ramses hatte ihre Entschuldigungen mit der üblichen Gleichmütigkeit hingenommen und zumindest nach außen hin verstanden sie sich wieder sehr gut; doch hin und wieder bemerkte ich gewisse Spannungen zwischen ihnen. Ich fragte mich, ob er ihr je völlig verziehen hatte, dass sie an ihm gezweifelt hatte. Mein Sohn war mir immer schon ein Rätsel gewesen, und obwohl seine Zuneigung zu der kleinen Sennia, die diese voll und ganz erwiderte, eine mir bislang unbekannte Seite seines Charakters offenbarte, hielt er seine Gefühle viel zu sehr unter Verschluss.

Es war nicht das erste Mal, dass er und Nefret seit der Tragödie zusammen waren; wir sind eine liebevolle Familie und versuchen, unseren Urlaub, den Jahreswechsel und besondere Gelegenheiten gemeinsam zu verbringen. Die bislang letzte Gelegenheit war die Verlobung von Emersons Neffen Johnny mit Alice Curtin gewesen. Deshalb war Ramses aus Deutschland zurückgekehrt, wo er ägyptische Philologie bei Professor Erman studierte. Für Johnny empfand er eine besondere Zuneigung, trotz ihrer unterschiedlichen Temperamente: Ramses war ernst und zurückhaltend, Johnny immer zum Scherzen aufgelegt. Für gewöhnlich waren es ziemlich üble Scherze, doch Johnnys Gelächter war so ansteckend, dass man gar nicht anders konnte, als mit einzustimmen.

Ob er wohl immer noch Witze machte, überlegte ich, in einem dreckigen Schützengraben in Frankreich? Er und sein

Zwillingsbruder Willy waren zusammen; ein gewisser Trost vielleicht für die beiden Jungen, aber doppeltes Leid für ihre Eltern.

Da ich das Geklapper von Absätzen vernahm, drehte ich mich um und bemerkte Nefret, die auf mich zukam. Sie war so schön wie immer, auch wenn sie in den letzten Jahren reifer geworden und nicht mehr das strahlende, sorglose Kind von einst war. Sie trug ihre aus Hose und Stiefeln bestehende Arbeitsgarderobe; ihre Bluse war am Hals geöffnet und ihr rotgoldenes Haar zu einem Nackenknoten festgesteckt.

»Fatima sagte mir, dass du hier bist«, erklärte Nefret und nahm sich einen Stuhl. »Warum bist du nicht mit dem Professor und Ramses in Gizeh?«

»Heute war mir nicht danach.«

»Aber liebste Tante Amelia! Du hast dein ganzes Leben lang nur auf diese Pyramiden gewartet. Stimmt irgendetwas nicht?«

»Es ist allein Emersons Schuld«, erwiderte ich. »Er hat ständig über diesen Krieg geredet und wie er unser Leben verändert; als ich ihn schließlich etwas aufheitern konnte, hatte ich das Gefühl, meinen gesamten Optimismus auf ihn projiziert zu haben, so dass für mich nichts mehr übrig blieb.«

»Ich weiß, was du meinst. Aber du darfst nicht traurig sein. Es könnte schlimmer sein.«

»Kritische Stimmen behaupten, dass es bereits schlimm genug ist«, murmelte ich. »Du siehst aus, als könntest du ebenfalls eine Dosis Optimismus vertragen. Ist dieser Fleck an deinem Hals etwa eingetrocknetes Blut?«

»Wo?« Sie nestelte an ihrem Kragen.

»Unter deinem Ohr. Warst du im Krankenhaus?«

Seufzend lehnte sie sich zurück. »Dich kann man nicht täuschen, nicht wahr? Ich dachte, ich hätte mich gründlich gereinigt. Ja; nach dem Mittagessen war ich dort, als eine Frau mit schweren Blutungen eingeliefert wurde. Sie hatte versucht, eine Abtreibung durchzuführen.«

»Hast du sie gerettet?«

»Ich denke schon. Diesmal.«

Nefret besaß ein großes Vermögen und ein noch größeres Herz; die kleine Klinik, die sie ursprünglich gegründet hatte, war inzwischen ein Frauenkrankenhaus. Das größte Problem bestand darin, weibliche Ärzte zu finden, da selbstverständlich keine Muslimin, ob ehrbar oder nicht, einem Mann gestattet hätte, sie zu untersuchen.

»Wo war Dr. Sophia?«, erkundigte ich mich.

»Im Krankenhaus, wie immer. Aber ich bin die einzige Chirurgin, Tante Amelia – soweit ich weiß, sogar die einzige Chirurgin in ganz Ägypten. Wenn es dir nichts ausmacht, möchte ich lieber nicht darüber sprechen. Du bist an der Reihe. Es ist doch nichts Außergewöhnliches passiert, oder? Irgendwelche Neuigkeiten von Tante Evelyn?«

»Nein. Aber wir dürfen davon ausgehen, dass sie sich genauso hundsmiserabel fühlen wie wir.« Lachend drückte Nefret meine Hand, und ich fügte hinzu: »Ramses hat heute eine weitere weiße Feder bekommen.«

»Bald hat er genug für ein Kopfkissen«, meinte Ramses' Adoptivschwester ungerührt. »Aber das ist es sicherlich nicht, was dich beschäftigt. Es ist etwas anderes, Tante Amelia. Erzähl es mir.«

Ihre Augen, blau wie Vergissmeinnicht, fixierten mich. Ich gab mir einen kleinen mentalen Ruck. »Da ist nichts, mein Schatz, wirklich nicht. Aber genug davon! Sollen wir Fatima bitten, uns den Tee zu bringen?«

»Als Erstes muss ich mir den Hals waschen.« Nefret verzog das Gesicht. »Wir können ebenso gut auf den Professor und Ramses warten. Glaubst du, sie werden lange wegbleiben?«

»Ich hoffe nicht. Wir gehen heute Abend zum Essen aus. Ich hätte Emerson daran erinnern sollen, aber eins kam zum anderen, und schließlich habe ich es vergessen.«

»Zwei gesellschaftliche Verpflichtungen an einem Tag?« Nefret grinste. »Er wird toben.«

»Es war sein Vorschlag.«

»Der *Professor* hat vorgeschlagen, zum Essen auszugehen? Mit wem, wenn ich fragen darf?«

»Mit Mr Thomas Russell, dem stellvertretenden Polizeikommissar.«

»Ah.« Nefret kniff die Augen zusammen. »Dann ist es keine schlichte gesellschaftliche Verpflichtung. Der Professor ist jemandem auf der Spur. Was ist es diesmal? Antiquitätenraub, Fälschungen oder illegaler Handel mit Kunstschätzen? Oder – oh, sag nicht, dass es erneut der Meisterverbrecher ist!«

»Du klingst, als hofftest du das.«

»Ich würde Sethos liebend gern kennen lernen«, murmelte Nefret verträumt. »Tante Amelia, ich weiß, dass er ein Dieb und ein Betrüger und ein Schurke ist, aber du musst zugeben, er ist entsetzlich romantisch. Und seine hoffnungslose Leidenschaft für dich –«

»Das ist mehr als töricht«, erwiderte ich streng. »Ich rechne nicht damit, Sethos jemals wieder zu sehen.«

»Das sagst du jedes Mal – kurz bevor er wie aus dem Nichts auftaucht, gerade noch rechtzeitig, um dich aus irgendeiner grässlichen Gefahr zu retten.«

Sie neckte mich, und mir war klar, dass ich die Bitterkeit verbergen sollte, die die Erwähnung von Sethos stets bei mir hervorrief. Er hatte mir in der Tat in mehreren Situationen geholfen; er bekannte sich dazu, eine tiefe Zuneigung zu meiner Wenigkeit zu empfinden. Er hatte mir seine Aufmerksamkeiten nie aufgedrängt ... Nun, fast nie. Tatsache war, dass er über Jahre hinweg unser Intimfeind gewesen war, der den illegalen Antiquitätenhandel überwachte und Museen, Sammler und Archäologen mit unvergleichlichem Geschick ausraubte. Obschon wir seine Pläne gelegentlich vereitelten, muss ich ehrlicherweise zugeben, dass es uns in den meisten Fällen nicht gelang. Ich war ihm mehrmals begegnet, ein Tatbestand, den man wahrheitsgemäß mit ›Tuchfühlung‹ umschreiben könnte, aber nicht einmal ich hätte sein wahres Aussehen zu beschreiben vermocht. Seine Augen waren von einem seltsamen Graubraun, und sein Tarnungsgeschick ermöglichte es ihm, deren Farbe wie auch beinahe jede andere physische Eigenheit zu verändern.

»Um Himmels willen, erwähne ihn nur ja nicht gegenüber Emerson!«, entfuhr es mir. »Du weißt, wie er zu Sethos steht. Es besteht überhaupt kein Anlass zu der Überlegung, dass er sich in Ägypten aufhält.«

»Kairo wimmelt von Spionen«, erwiderte Nefret. Sie beugte sich vor, faltete ihre Hände. Jetzt war sie todernst. »Die Behörden behaupten, dass alle feindlich gesinnten Fremden deportiert oder interniert worden sind, aber die Gefährlichsten unter ihnen, die ausländischen Agenten, sind der Festnahme entkommen, weil man hinter ihnen nicht einmal Ausländer vermutet. Sethos ist ein Meister der Verstellung, der viele Jahre lang in Ägypten gelebt hat. Würde sich ein solcher Mann nicht unweigerlich zur Spionage hingezogen fühlen, wenn er seine Talente an den Meistbietenden verkaufen könnte?«

»Nein. Sethos ist Engländer. Er würde nie –«

»Du weißt nicht mit Sicherheit, ob er Engländer ist. Und selbst wenn, wäre er nicht der erste und auch nicht der letzte, der Landesverrat beginge.«

»Also wirklich, Nefret. Ich weigere mich, diese lächerliche Diskussion weiterzuführen.«

»Verzeih mir. Ich wollte dich nicht wütend machen.«

»Ich bin nicht wütend! Warum sollte ich –« Ich brach ab. Fatima war mit dem Teegeschirr heraufgekommen. Ich bedeutete ihr, das Tablett auf den Tisch zu stellen.

»Es hat keinen Sinn, so zu tun, als wäre das eine ganz normale Ausgrabungssaison für uns, Tante Amelia«, sagte Nefret leise. »Wir befinden uns in einem Krieg und der Suezkanal befindet sich weniger als hundert Meilen von Kairo entfernt. Manchmal stelle ich fest, dass ich Leute anschaue, die ich seit Jahren kenne, und mich frage, ob sie Masken tragen – irgendein Spiel spielen.«

»Unfug, mein Schatz«, erklärte ich entschieden. »Der Krieg zehrt an deinen Nerven. Was Emerson anbelangt, versichere ich dir, dass er sich nicht anders verhält als früher. Vor mir kann er seine Gefühle nicht verbergen.«

»Hmmm«, meinte Nefret. »Wie auch immer, ich denke, ich werde euch heute Abend begleiten, wenn ich darf.«

Als sie ihr Vorhaben später darlegte, stimmte Emerson so bereitwillig zu, dass Nefret sichtlich verblüfft war – und daraus vermutlich schloss, dass er es ihr nicht gestattet hätte, sofern er irgendetwas im Schilde führte. Jedenfalls entschied sie sich mitzukommen. Ramses lehnte ab. Er sagte, er habe andere Pläne, könne aber später zu uns stoßen, falls wir im Shepheard's dinierten.

Aus Manuskript H

Ramses traf frühzeitig im Club ein, so dass man ihm einen Tisch nicht verweigern konnte. Das Komitee suchte verzweifelt nach einem Vorwand, um ihn ein für alle Mal vor die Tür zu setzen, doch er hatte es sorgfältig vermieden, die unverzeihlichen Sünden – wie beispielsweise Mogeleien beim Kartenspiel – zu begehen.

Von seinem Beobachtungsposten in einer dämmrigen Ecke aus bemerkte er, wie sich der Speisesaal zunehmend füllte. 50 Prozent der Männer trugen Uniform, das trostlose Khaki der britischen Armee wurde von dem auffälligen Rot und Gold der britisch geführten ägyptischen Armee überstimmt und übertrumpft. Sie alle waren Offiziere; Rekruten war der Aufenthalt im Turf Club nicht gestattet. Genau wie den Ägyptern, egal, welchen Rang sie bekleideten.

Er hatte sein Essen fast beendet, als sich am Nebentisch vier Personen niederließen – zwei Offiziere mittleren Alters in Begleitung zweier Damen. Eine der Damen war Mrs Pettigrew; sie hatte ihm die letzte weiße Feder überreicht. Sie und ihr Gatte erinnerten ihn stets an Tweedledum und Tweedledee; wie es bei manchen Ehepaaren der Fall ist, ähnelten sie einander in erschreckender Weise. Beide waren klein und untersetzt und pausbäckig. Ramses erhob sich zu einer höflichen Verbeugung und war keineswegs erstaunt, als Mrs Pettigrew ihn ignorierte. Sobald alle saßen, steckten sie die Köpfe zusammen und unterhielten sich leise, gelegentlich in seine Richtung spähend.

Ramses war sich sicher, dass er Thema ihres Gespräches war. Pettigrew gehörte zu den wichtigtuerischsten Ganoven im Bauministerium und den lautesten Patrioten von Kairo. Der andere Mann war Ewan Hamilton, ein Ingenieur, der als Berater für die Verteidigung des Suezkanals nach Ägypten gekommen war. Allem Anschein nach ein ruhiger, zurückhaltender Mann, dessen einzige Eitelkeit in seinem Kilt bestand (Hamilton-Schottenmuster, wie Ramses annahm), den er häufiger trug. Heute Abend glänzte er in formeller schottischer Tracht: einem flaschengrünen Samtjackett mit Silberknöpfen, Spitzenbesatz an Kragen und Manschetten. Und, sinnierte Ramses, vielleicht einem Dolchmesser im Strumpf? Graue Fäden durchzogen sein ehemals feuerrotes Haar und seinen Schnauzbart, und er blinzelte in einer Weise, die darauf hindeutete, dass er eine Brille brauchte.

Vielleicht hatte er darauf verzichtet, um seine attraktive Begleiterin zu beeindrucken. Mrs Fortescue weilte erst seit einem Monat in Kairo, doch sie war bereits eine Schickeria-Schönheit, falls man eine Witwe so nennen durfte. Die Gerüchteküche von Kairo brodelte; es hieß, dass ihr Gatte heldenhaft im Kampf gestorben war, als er sein Regiment in einem der grauenvollen August-Feldzüge anführte, welche die Schlachtfelder Frankreichs in ein Blutbad verwandelten. Als sie Ramses' forschenden, schamlos neugierigen Blick bemerkte, verzogen sich ihre zartrot geschminkten Lippen zu einem unmerklichen Lächeln.

Als wollten sie ihre Missbilligung Ramses gegenüber hervorheben, wandten sich die Pettigrews betont launig einer anderen Gruppe von Gästen zu. Alle drei trugen Uniform; zwei gehörten zu der ägyptischen Armee, der dritte war ein junger Beamter aus dem Finanzministerium und ein Mitglied der überstürzt gegründeten örtlichen Miliz, im Spott auch als Pharaos Fuß bezeichnet. Man traf sich täglich zu feierlichen Paraden auf dem Gelände des Clubs, bewaffnet mit Fliegenwedeln und Spazierstöcken, da es nicht genug Gewehre für alle gab. Die Situation schien viel versprechend. Ramses lehnte sich zurück und lauschte unverfroren.

Nachdem die Pettigrews ausgiebig über seine Person und Herkunft diskutiert hatten, erhoben sie ihre Stimmen zu normaler Lautstärke – recht schrill, im Falle von Mrs Pettigrew. Sie redete über alles und jeden, einschließlich der persönlichen Verfehlungen der meisten Vertreter der ausländischen Gemeinschaft. Zwangsläufig drehte sich das Gespräch um den Krieg. Die jüngere Frau drückte ihre Besorgnis über die Möglichkeit eines türkischen Angriffs aus, woraufhin Mrs Pettigrew heftig widersprach.

»Unsinn, meine Liebe! Nicht die Spur einer Chance! Jeder weiß doch, wie feige die Araber sind – außer natürlich, wenn sie von weißen Offizieren befehligt werden –«

»Wie General von Kressenstein«, bemerkte Ramses in einer Lautstärke, die ihre schneidende Stimme übertönte. »Einer der besten deutschen Militärstrategen. Ist er nicht Berater der syrischen Armee?«

Pettigrew schnaubte, und Hamilton warf ihm einen missbilligenden Blick zu, doch keiner sprach. Die Reaktion kam vom Nachbartisch. Simmons, der aggressive Finanzmensch, lief zornesrot an und konterte:

»Nie im Leben werden sie eine Armee durch den Sinai bringen. Es ist eine Wüste, wissen Sie; da gibt es kein Wasser.«

Sein süffisantes Grinsen verschwand, als Ramses bescheiden, aber entschieden einwandte: »Außer den alten römischen Brunnen und Zisternen. Im letzten Jahr waren die Regenfälle überaus heftig. Die Brunnen sind mehr als gefüllt. Glauben Sie wirklich, dass die Türken das nicht wissen?«

»Wenn nicht, würden Leute wie Sie es ihnen vermitteln.« Simmons erhob sich und schob sein Kinn vor – oder was er dafür hielt. »Warum gestattet man gemeinen Verrätern den Zugang zu diesem Club –«

»Ich habe lediglich versucht, hilfreiche Aufschlüsse zu geben«, protestierte Ramses. »Die Dame fragte nach den Türken.«

Einer seiner Freunde packte das erzürnte Mitglied von Pharaos Fuß am Arm. »Man darf die Damen nicht mit Militärgesprächen langweilen, Simmons. Was halten Sie davon, wenn wir an die Bar gehen?«

Simmons hatte bereits einige Gläser Brandy intus. Er funkelte Ramses an, als seine Freunde ihn fortzerrten; Ramses wartete noch ein paar Minuten, ehe er ihnen folgte. Er verbeugte sich höflich vor den vieren am Nebentisch und wurde von dreien demonstrativ ignoriert. Mrs Fortescues Reaktion war unmerklich, aber unmissverständlich – ein Aufblitzen ihrer dunklen Augen und ein angedeutetes Lächeln.

Das Foyer war voller Menschen. Nachdem Ramses einen Whisky bestellt hatte, zog er sich in eine Ecke nahe einem Blumenkübel zurück und musterte seine Gegner. Simmons war leichte Beute, es war gemein, ihn zu brüskieren, aber er schien entsprechend aufgebracht; gestikulierend diskutierte er mit einer kleinen Gruppe, die aus seinen Freunden bestand und einem dritten Offizier, den Ramses nur zu gut kannte.

Wann immer er seinem Cousin Percy begegnete, erinnerte er sich an eine Erzählung über einen Mann, der einen teuflischen Pakt eingegangen war, um sich seine jugendliche Attraktivität zu bewahren, trotz eines von Grausamkeit und Verbrechen geprägten Lebens. Stattdessen zeichneten sich diese Verfehlungen auf den Zügen des Porträts ab, das er in seiner Bibliothek versteckte, bis es die eines Ungeheuers annahm. Percy war in jeder Hinsicht Mittelmaß – von mittlerer Größe und Statur, Haar und Schnurrbart mittelbraun, Gesichtszüge ansprechend bis unauffällig. Lediglich ein kritischer Beobachter hätte festgestellt, dass seine Augen etwas zu eng zusammenstanden und dass seine Lippen zu schmal waren, mädchenhaft rosig und klein inmitten seiner breiten Kinnpartie. Ramses hätte unumwunden zugegeben, dass er alles andere als unkritisch war. Es gab keinen Mann auf Erden, den er mehr hasste als Percy.

Ramses hatte sich mehrere provokante Äußerungen zurechtgelegt, doch das war völlig überflüssig. Sein Glas war noch halb gefüllt, als Simmons sich von seinen Freunden abwandte und, die schmalen Schultern energisch gestrafft, in Ramses' Richtung strebte.

»Ein Wort unter vier Augen«, schnaubte er.

Ramses kramte seine Taschenuhr hervor. »Um halb elf erwartet man mich im Shepheard's.«

»Es dauert nicht lang«, zischte Simmons. »Kommen Sie nach draußen.«

»Oh, verstehe. Also gut, wenn Sie darauf bestehen.«

Er hatte nicht beabsichtigt, dass die Sache so weit gehen sollte, aber jetzt konnte er keinen Rückzieher machen.

Im Gegensatz zu dem Gezira Sporting Club mit seinem Polofeld, dem Golfplatz und der englischen Parklandschaft lag der Turf Club wenig reizvoll an einer der belebtesten Straßen Kairos, flankiert von einer koptischen Schule und einer jüdischen Synagoge. Auf der Suche nach Abgeschiedenheit schlenderte Ramses zur Rückseite des Clubhauses. Die Nachtluft war kühl und frisch, und es war fast Vollmond, dennoch gab es dunkle, von Büschen abgeschirmte Winkel. Ramses strebte auf einen davon zu. Er hatte sich nicht umgedreht; als er sich schließlich umblickte, bemerkte er, dass Simmons von seinen beiden Freunden begleitet wurde.

»Wie unsportlich«, kritisierte er. »Oder sind Sie mitgekommen, um Simmons anzufeuern?«

»Es ist nicht unsportlich, einen feigen Halunken zusammenzuschlagen«, schnaubte Simmons. »Es ist allgemein bekannt, dass Sie nicht wie ein Ehrenmann kämpfen.«

»Das könnte man als Oxymoron bezeichnen«, erwiderte Ramses. »Oh – Verzeihung. Schlechtes Benehmen, Fremdwörter zu benutzen. Schlagen Sie es nach, wenn Sie zu Hause sind.«

Der arme Teufel wusste nicht, wie man kämpfte, weder als Ehrenmann noch in anderer Form. Mit rudernden Armen und einladend vorgeschobenem Kinn steuerte er auf Ramses zu. Ramses schlug ihn zu Boden und harrte des Angriffs der beiden anderen. Einem von ihnen stieß er einen Ellbogen in die Rippen, dem zweiten trat er in die Kniekehlen, genau über dessen blank polierten Stiefeln – und dann schalt er sich einen

Idioten, weil Simmons sich unverhofft aufrappelte und einen Glückstreffer landete, der Ramses die Luft abschnürte. Ehe er wieder zu Atem kam, waren die beiden anderen über ihm. Einer hinkte, der andere keuchte, trotzdem hatte er es nicht mit seinem Gewissen vereinbaren können, ihnen ernsthaft Schaden zuzufügen. Er bereute diesen Höflichkeitsimpuls, als sie ihm die Arme auf den Rücken drehten und ihn zwangen, Simmons gegenüberzutreten.

»Darf ich vorher wenigstens meinen Mantel ablegen«, meinte er kurzatmig. »Wenn er zerrissen ist, wird meine Mutter mir niemals das Ende der Geschichte schildern.«

Simmons war ein diffuser, japsender Schatten in der Dunkelheit. Ramses verlagerte sein Gewicht und wartete darauf, dass Simmons einen Schritt näher kam, doch dieser wollte denselben Fehler nicht zweimal begehen. Er hob seinen Arm. Ramses duckte sich und schloss die Augen. Er war nicht schnell genug, um dem Schlag gezielt zu entgehen; Wange und Kinn brannten wie Feuer.

»Das reicht!«

Sie ließen ihn los. Blindlings einen anderen Halt suchend, klammerte er sich an einen Ast und richtete sich auf, bevor er die Augen öffnete.

Percy stand zwischen Ramses und Simmons; er hielt Simmons am Arm gepackt. Völlig untypisch, dachte Ramses. Es hätte eher zu Percy gepasst, dass er sich beteiligte. Die Voraussetzungen waren ganz nach seinem Geschmack: drei oder vier gegen einen.

Dann bemerkte er den anderen Mann, seine schwarzweiße Abendgarderobe schimmernd im Spiel von Licht und Schatten, und erkannte Lord Edward Cecil, seines Zeichens Finanzberater und Simmons' Vorgesetzter. Cecils aristokratische Züge verzerrten sich vor Abscheu. Er musterte seinen Untergebenen mit zornig funkelndem Blick und wandte sich dann an Percy.

»Danke, dass Sie mich darüber in Kenntnis gesetzt haben, Hauptmann. Zweifellos weiß Ihr Cousin das ebenfalls zu schätzen.«

»Mein Cousin vertritt seine eigene Meinung, Lord Edward.« Percy plusterte sich auf. »Ich stimme ihr nicht zu, aber ich respektiere sie – und ihn.«

»In der Tat?«, meinte Cecil gedehnt. »Ihre edle Gesinnung spricht für Sie, Hauptmann. Simmons, kommen Sie morgen früh als Erstes in mein Büro. Sie, meine Herren ...« – mit zusammengekniffenen Augen inspizierte er die Säulen der ägyptischen Armee, die jetzt sichtlich zusammenschrumpften – »... werden mir Ihre Namen geben und den Ihres Kommandeurs, bevor Sie den Club verlassen. Kommen Sie mit.«

»Brauchst du medizinische Hilfe, Ramses?«, fragte Percy scheinheilig.

»Nein.«

Als er Cecil und den anderen mit einem gewissen Sicherheitsabstand folgte, war Ramses klar, dass er eine weitere Runde an seinen Cousin verloren hatte. Seiner Ansicht nach hatte Percy Simmons und die anderen zweifellos zu dieser »nicht ehrenmännischen« Tat provoziert. Sein Cousin verstand sich hervorragend darauf, andere Menschen mit seinen Ideen zu beeinflussen; die armen Teufel begriffen vermutlich immer noch nicht, dass man sie manipuliert hatte, sich mit jemandem anzulegen, den Percy hasste, aber aus Angst niemals selbst angegriffen hätte.

Ramses schlenderte um das Clubhaus, blieb dann vor dem Eingang stehen und überlegte, ob er hineingehen sollte. Ein Blick auf seine Taschenuhr informierte ihn, dass es fast halb elf war, und er entschied, dass er bereits für genug Wirbel gesorgt hatte.

Er wies den Portier an, ihm eine Droschke zu rufen. Als der Fuhrmann ihn erkannte, legte er seine Peitsche beiseite und begrüßte ihn überschwänglich. Keiner der Emersons ließ zu, dass Pferde geschlagen wurden, doch das Trinkgeld entschädigte den Kutscher für diese Unannehmlichkeit. »Was ist dir zugestoßen, Bruder der Dämonen?«, erkundigte er sich, Ramses' arabischen Spitznamen verwendend.

Ramses speiste ihn mit einer äußerst fadenscheinigen und unzutreffenden Erklärung ab und setzte sich in die Droschke. Er dachte weiterhin an Percy.

Seit ihrer Kindheit hatten sie sich nicht ausstehen können, doch Ramses erkannte erst, wie gefährlich Percy sein konnte, als er versucht hatte, ihm einen Gefallen zu erweisen.

Das bewies lediglich den Wahrheitsgehalt der zynischen Stellungnahme seines Vaters: Gutheit muss bestraft werden. Auf einer ziellosen Wanderung durch Palästina war Percy gefangen genommen und von einem der Banditen, die dieses Gebiet unsicher machten, wegen der Zahlung eines Lösegelds festgehalten worden. Als Ramses sich in das Lager einschlich, um seinen Cousin zu befreien, musste er feststellen, dass Percy eines von Zaals komfortabelsten Gästezimmern bewohnte, mit Brandy und anderem Luxus versorgt wurde und selbstgefällig darauf wartete, ausgelöst zu werden.

Er hatte den als Beduinen getarnten Ramses nicht erkannt, und nachdem dieser beobachtet hatte, wie Percy jammerte und lamentierte und sich mit der Hysterie einer Jungfrau, die ihre Keuschheit verteidigt, gegen eine Flucht sperrte, hielt er es für klüger, seinen Cousin über die wahre Identität seines Retters nicht aufzuklären. Percy hatte es trotzdem herausgefunden. Ramses hatte Percys Groll keineswegs unterschätzt, aber nicht mit den verheerenden Auswüchsen seiner Phantasie gerechnet. Ramses zu beschuldigen, der Vater seines gedankenlos gezeugten und gefühllos verstoßenen Kindes zu sein, war ein Meisterstück gewesen.

Und heute Abend hatte Percy ihn verteidigt, physisch und

verbal. Sich mit seiner hohen Gesinnung vor Lord Edward Cecil zu brüsten, sollte dazu dienen, dass Hauptmann Percival Peabody in der Achtung des einflussreichen Beamten stieg, und dennoch musste mehr dahinter stecken – irgendetwas Hinterhältiges und Unangenehmes, dafür kannte er Percy. Was zum Teufel hatte er diesmal vor?

Mit verständlicher Neugier sah ich unserem Treffen mit Mr Russell entgegen. Ich kannte ihn seit einigen Jahren und schätzte ihn sehr, trotz seiner unterschwelligen Versuche, Ramses die Laufbahn eines Polizeibeamten schmackhaft zu machen. Nicht, dass ich etwas gegen Polizisten hätte, aber ich sah darin keine geeignete Karriere für meinen Sohn. Emerson hatte ebenfalls nichts gegen Polizisten einzuwenden, dennoch war er nicht erpicht auf gesellschaftliche Zusammenkünfte, und ich vermutete – genau wie Nefret –, dass es tiefere Beweggründe für sein abendliches Diner mit Russell gab.

Als wir eintrafen, erwartete Russell uns bereits in der Hotelhalle. Bei Nefrets Anblick hob er seine blonden Augenbrauen, und als Emerson launig fragte: »Ich hoffe, es macht Ihnen nichts aus, dass wir Miss Forth mitgebracht haben«, begriff ich, dass die Einladung von Russell stammte und nicht von Emerson.

Nefret erkannte es ebenfalls und warf mir ein verschwörerisches Lächeln zu, als sie Russell ihre behandschuhten Finger reichte. Gesellschaftliche Konventionen interessierten Emerson nicht im Geringsten, und Russell blieb keine andere Wahl, als sich erfreut zu zeigen.

»Also, hm, ja, Professor – das ist – ich bin – äh – selbstverständlich erfreut, Miss – äh – Forth – äh – zu sehen.«

Seine Verwirrung war verständlich. Nach dem Tod ihres

Mannes hatte Nefret wieder ihren Mädchennamen angenommen, und die Kairoer Gesellschaftszirkel hatten Schwierigkeiten, das zu akzeptieren. Im Übrigen galten viele von Nefrets Aktionen als schwer nachvollziehbar.

Wir begaben uns umgehend in den Speisesaal und an den von Mr Russell reservierten Tisch. Mir schien, als sei ihm ein wenig unbehaglich zumute, und mein Verdacht, warum er uns zum Essen eingeladen hatte, bestätigte sich. Er wollte etwas von uns. Unterstützung vielleicht, um einige der gefährlicheren ausländischen Agenten in Kairo einzukreisen? Während mein Blick durch den Speisesaal wanderte, fragte ich mich, ob der Krieg nicht allmählich auch an meinen Nerven zehrte. Beamte und Offiziere, Ehefrauen und junge Mädchen – Menschen, die ich seit Jahren kannte – wirkten plötzlich verschlagen und falsch. Stand der eine oder andere unter ihnen vielleicht im Sold des Feindes?

Jedenfalls, redete ich mir entschieden ein, war keiner von ihnen Sethos.

Emerson gehört nicht zu den Menschen, die um die Sache herumreden. Er wartete, bis wir bestellt hatten, dann erklärte er: »Nun, Russell, was beschäftigt Sie, hm? Falls Sie von mir verlangen, dass ich Ramses davon überzeuge, dem Nachrichtendienst beizutreten, dann verschwenden Sie Ihre Zeit. Seine Mutter will nichts davon wissen.«

»Er auch nicht«, erwiderte Russell süffisant lächelnd. »Es ist sinnlos, Sie täuschen zu wollen, Professor. Ich hoffe, die Damen werden entschuldigen, wenn wir über Geschäftliches reden –«

»Ich ziehe Geschäftliches Unsinnigem vor, Mr Russell«, erwiderte ich mit einer gewissen Schärfe.

»Sie haben Recht, Madam. Ich sollte es besser wissen.«

Er verkostete den Wein, den der Kellner ihm eingegossen hatte, und nickte anerkennend. Während unsere Gläser gefüllt wurden, hing sein Blick an Nefret, und seine Stirn legte sich in Falten. Sie war der Inbegriff einer sittsamen jungen Dame – hübsch und naiv und harmlos. Der aparte Ausschnitt ihres Kleides entblößte ihren schwanengleichen Hals; Schmuck glitzerte auf ihrem Dekolleté und in ihrem rotgoldenen, kunstvoll frisierten Haar. Niemand hätte vermutet, dass diese feingliedrigen Hände besser mit einem Skalpell umzugehen vermochten als mit einem Fächer oder dass sie einen Angreifer wirkungsvoller abwehrte als mancher Mann.

Ihr war klar, was Russell dachte, und sie erwiderte freimütig seinen forschenden Blick.

»Eine ganze Reihe von Leuten in Kairo wird Ihnen bestätigen, dass ich keine Dame bin, Mr Russell. In meiner Gegenwart brauchen Sie kein Blatt vor den Mund zu nehmen. Es geht um Ramses, nicht wahr? Was hat er diesmal angestellt?«

»Nichts, was mir bekannt wäre, außer, dass er sich ausgesprochen unbeliebt macht«, entgegnete Russell. »Oh, zum Teufel mit – verzeihen Sie, Miss Forth.«

Sie strahlte ihn an und sein ernstes Gesicht verzog sich zu einem einfältigen Grinsen. »Wie ich schon andeutete – ich kann ebenso gut ehrlich zu Ihnen sein. Ja, ich bin an Ramses herangetreten. Ich glaube, es gibt keinen Nachrichtendienst in Ägypten, ob militärisch oder zivil, der nicht versucht hätte, ihn anzuwerben! Ich blieb genauso erfolglos wie alle anderen. Dabei könnte er für mich von unschätzbarem Wert sein bei der Festnahme dieses Burschen Wardani. Ich vermute, Sie alle wissen, wer er ist?«

Emerson nickte. »Der Führer der jungen ägyptischen Partei – und als Einziger von den Nationalisten noch auf freiem Fuß. Alle anderen haben Sie gefasst – darunter auch den Ehemann meiner Nichte, David Todros.«

»Ich kann Ihnen nicht verübeln, dass Sie mir das vorwerfen«, sagte Russell leise. »Aber es ließ sich nicht vermeiden.

Bei dieser Bande dürfen wir kein Risiko eingehen, Professor. Sie glauben, dass ihre einzige Hoffnung auf Unabhängigkeit in der Niederlage der Engländer besteht, und sie werden mit unseren Feinden kollaborieren, um dieses Ziel zu erreichen.«

»Was können sie denn tun?«, erkundigte sich Nefret. »Die Gruppe ist zerschlagen und festgenommen worden.«

»Solange Wardani in Freiheit ist, können sie eine ganze Menge Schaden anrichten.« Russell beugte sich vor. »Er ist ihr Führer, intelligent, charismatisch und fanatisch; er hat bereits neue Stellvertreter um sich versammelt, die die früheren, von uns verhafteten ersetzen. Wie Sie wissen, hat der Sultan den Ungläubigen den Heiligen Krieg erklärt. Die meisten Fellachen sind faul oder feige. Wenn Wardani allerdings die Studenten und Intellektuellen aufwiegeln kann, befinden wir uns hier in Kairo vielleicht in einem Guerillakrieg, während die Türken den Suezkanal angreifen. Wardani ist die Schlüsselfigur. Ohne ihn ist die Bewegung zum Scheitern verurteilt. Ich will ihn haben. Und ich denke, Sie können mir helfen, ihn zu stellen.«

Schweigend hatte Emerson seine Suppe gelöffelt. »Hervorragend«, meinte er. »Das Shepheard's macht eine ausgezeichnete *Potage à la duchesse.*«

»Wollen Sie mich verärgern?«, fragte Russell.

»Aber nein«, erwiderte Emerson. »Aber ich werde Sie auch nicht dabei unterstützen, Wardani aufzuspüren.«

Russell war nicht so leicht aus der Ruhe zu bringen. Nachdenklich betrachtete er Emerson. »Sie sympathisieren mit seinen Zielen? Nun ja, das erstaunt mich nicht. Aber selbst Sie müssen einräumen, Professor, dass jetzt nicht der richtige Zeitpunkt ist. Nach dem Krieg –«

Emerson schnitt ihm das Wort ab. Mein Gatte lässt sich leicht aus der Ruhe bringen. Seine blauen Augen sprühten Blitze. »Soll das Ihr Kompromissvorschlag sein? Seid geduldig, seid brave Kinder, und wenn ihr euch gut benehmt, bis der Krieg gewonnen ist, werden wir euch die Freiheit geben? Und Sie erwarten von *mir*, dass ich dieses Angebot unterbreite, weil ich in diesem Land eine gewisse Reputation für meine Integrität besitze? Ich werde kein Versprechen geben, das ich nicht halten kann, Russell, und ich weiß genau, dass Sie und die derzeitige Regierung Ihres nicht einhalten würden.« Auf Grund seiner harschen Stellungnahme befriedigt und besänftigt, nahm er seine Gabel und rückte dem Fisch zu Leibe, den man ihm nach der Suppe servierte. »Außerdem weiß ich ohnehin nicht, wo er sich aufhält«, fügte er hinzu.

»Aber Sie wissen es«, warf Nefret unwillkürlich ein. »Nicht wahr, Mr Russell? Deshalb haben Sie den Professor heute Abend eingeladen – Sie haben Wardanis Versteck aufgespürt und beabsichtigen, ihn heute Nacht einzukesseln, befürchten jedoch, dass er Ihnen wie bereits zuvor entwischen könnte, und deshalb wollen Sie ... Was zum Teufel wollen Sie überhaupt von uns?«

»Ich will gar nichts von *Ihnen,* Miss Forth.« Russell nahm sein Taschentuch und wischte sich die Schweißperlen von der Stirn. »Außer dass Sie hier bleiben und Ihr Essen genießen und sich aus der Sache raushalten!«

»Sie kann nicht allein dinieren, das wäre nicht schicklich«, warf ich ein und leerte mein Glas in einem Zug. »Wollen wir umgehend aufbrechen?«

Emerson, der mit gutem Appetit und tadellosen Manieren aß, hatte seinen Fisch fast verspeist. Er stopfte den letzten Bissen in den Mund und gab fragende Geräusche von sich.

»Sprich nicht mit vollem Mund, Emerson. Ich bin keineswegs dafür, dass du Mr Russells widerwärtigen Vorschlag annimmst, dennoch sollte man eine Gelegenheit zu einem persönlichen Gespräch mit Mr Wardani nicht ungenutzt verstreichen lassen. Vielleicht können wir mit ihm verhandeln. Alles, was ein Blutvergießen verhindern könnte – einschließlich seines –, ist der Mühe wert.«

Emerson schluckte. »Genau das wollte ich gerade sagen, Peabody.«

Er erhob sich und schob seinen Stuhl zurück. Ich wischte einige Krümel von meinem Rock und stand auf.

Russells Blick wirkte entrückt. In ruhigem, beiläufigem Tonfall bemerkte er: »Ich weiß nicht recht, wie ich die Kontrolle über diese Situation verlieren konnte. Um Himmels willen, Professor und Mrs Emerson, befehlen – überzeugen – bitten Sie Miss Forth, hier zu bleiben!«

»Nefret ist die Einzige, die Mr Wardani persönlich kennen gelernt hat«, erklärte ich. »Und er ist vermutlich eher bereit, einer attraktiven jungen Dame Gehör zu schenken als uns. Nefret, du hast schon wieder deine Handschuhe fallen lassen.«

Automatisch bückte sich Russell, kroch unter den Tisch und suchte Nefrets Handschuhe.

»Lassen Sie uns sicherstellen, dass wir uns richtig verstehen, Russell«, bemerkte Emerson. »Ich erkläre mich bereit, Sie zu begleiten, damit ich mit Mr Wardani rede und ihn zu überzeugen versuche, dass er sich freiwillig stellt – zu seinem eigenen Besten. Ich werde keinerlei Versprechungen machen und dulde keine Einmischung Ihrerseits. Ist das klar?«

Russell blickte ihm fest in die Augen. »Ja, Sir.«

Mit dieser speziellen Entwicklung hatte ich zwar nicht gerechnet, allerdings einkalkuliert, dass sich etwas Interessantes ergeben könnte, deshalb war ich vorbereitet. Während ich einen verblüfften Assistenzkommissar der Polizei beobachtete, der Nefret in ihren Umhang half, stellte ich fest, dass sie das Gleiche getan hatte. Genau wie mein Überwurf war ihrer dunkel und schlicht, ohne glitzernde Strasssteine oder Glasperlen, aber mit einer riesigen Kapuze, die ihr Haar bedeckte. Ich bezweifelte, dass sie bewaffnet war, denn das von ihr bevorzugte lange Messer hätte sie nur schwerlich an ihrem Körper verbergen können. Ihr schmal geschnittener Rock war ziemlich eng – und weite Unterröcke inzwischen unmodern.

Mein eigenes »Arsenal«, wie Emerson es zu nennen pflegt, war auf Grund derselben Überlegung begrenzt. Allerdings passte meine kleine Pistole hervorragend in meine Handtasche und mein Sonnenschirm (dunkelrot, passend zu meinem Kleid) hatte ein massives Stahlgestänge. Nur wenige Damen führten anlässlich einer Abendgesellschaft Sonnenschirme mit sich, doch man hatte sich daran gewöhnt, dass ich nicht ohne ausging, und hielt das vermutlich für eine meiner Marotten.

»Ich werde uns zu unserem Bestimmungsort fahren«, verkündete Emerson, als wir das Hotel verließen. »Glücklicherweise habe ich den Wagen mitgebracht.«

Leider hatte er das. Emerson fährt wie ein Irrer, und er erlaubt niemandem, ihn zu chauffieren. Ich ersparte mir meine Bedenken, da ich mir sicher war, dass Mr Russell seine äußern würde. Nach einem langen Blick auf das auffallend große und auffällig gelbe Fahrzeug schüttelte er den Kopf.

»Jeder in Kairo kennt diesen Wagen, Professor. Wir wollen unauffällig vorgehen. Eine geschlossene Droschke wartet auf uns. Trotzdem wünschte ich, die Damen würden nicht –«

Nefret war bereits in die Kutsche geschlüpft. Russell seufzte. Er setzte sich neben den Fuhrmann auf den Kutschbock und Emerson half mir höflich ins Innere.

Hinter den Ezbekieh-Gärten passierte die Droschke das Opernhaus und bog in die Muski ein. Für Kairo war es noch früh am Abend und die hell erleuchteten Straßen voller Verkehr, von Kamelen bis hin zu Automobilen. Die Erregung, die mich auf Grund der Aussicht auf eine heikle Mission gepackt hatte, ließ langsam nach. Dieser Teil von Kairo war enttäuschend hell und modern. Wir hätten uns genauso auf der Bond Street oder den Champs-Élysées befinden können.

»Wir fahren in Richtung Khan el-Khalili«, bemerkte ich nach einem Blick aus dem Fenster.

Aber wir kamen nie dort an. Die Droschke bog in südliche Richtung ab, in eine schmalere Straße, und passierte das Hôtel du Nil, bevor sie anhielt. Russell sprang vom Kutschbock und kam zur Tür.

»Von hier aus gehen wir am besten zu Fuß«, murmelte er. »Es ist nicht weit. Dort unten.«

Ich inspizierte die Straße. Es schien sich um eine Sackgasse zu handeln, nur wenige hundert Meter lang, aber sie hatte nichts gemein mit den faszinierend verkommenen Gegenden in der Altstadt, in die ich mich auf der Suche nach Verbrechern häufiger vorgewagt hatte. Die hell erleuchteten Fenster mehrerer repräsentativer Häuser strahlten durch die Dunkelheit.

»Der von Ihnen Gesuchte scheint sich seiner Sache ziemlich sicher zu sein«, tadelte ich. »Wenn ich der Polizei entwischen wollte, würde ich mich in einer weniger ehrbaren Gegend verbergen.«

»Andererseits«, meinte Emerson, fasste meinen Arm und zog mich weiter, »ist es eher unwahrscheinlich, dass man ihn in einer ehrbaren Gegend vermutet. Russell, sind Sie sicher, dass Ihr Informant zuverlässig ist?«

»Nein«, erwiderte besagter Gentleman kurz angebunden. »Deshalb bat ich Sie mitzukommen. Es ist das dritte Haus – das da hinten. Bitten Sie den Portier, Sie anzukündigen.«

»Und was dann?«, erkundigte sich Emerson. »Meinen Sie, dass Wardani uns mit offenen Armen empfangen wird, wenn er unsere Namen hört?«

»Ich bin sicher, Ihnen wird etwas einfallen, Professor. Wenn nicht Ihnen, dann Mrs Emerson.«

»Hm-hm«, brummte Emerson.

Russell entzündete ein Streichholz und blickte auf seine Taschenuhr. »Es ist Viertel nach zehn. Ich gebe Ihnen eine halbe Stunde.«

»Hm-hm«, wiederholte Emerson. »Nefret, nimm meinen anderen Arm.«

Russell zog sich in die Dunkelheit zurück und wir schlenderten zu der fraglichen Tür. Die Häuser standen sehr dicht beieinander, waren von Bäumen und blühenden Pflanzen umgeben. »Was wird er machen, wenn wir innerhalb der nächsten 30 Minuten nicht wieder auftauchen?«, flüsterte Nefret.

»Nun, meine Liebe, er hätte nicht angedeutet, dass er zu unserer Rettung eilen würde, wenn seine Männer nicht schon bereitstünden«, erwiderte Emerson gönnerhaft. »Sie sind hervorragend ausgebildet, nicht wahr? Ich habe erst zwei von ihnen bemerkt.«

Nefret wäre abrupt stehen geblieben, wenn Emerson sie nicht weitergezerrt hätte. »Es ist eine Falle«, hauchte sie. »Er benutzt uns –«

»Um Wardani abzulenken, während die Polizei eindringt. Selbstverständlich. Was hast du erwartet?«

Er hob den schweren Eisenring, der als Türklopfer diente, und donnerte ihn an die Tür.

»Er hat uns belogen«, zischte Nefret. »Dieser Mistkerl!«

»Deine Sprache, Nefret«, schalt ich.

»Verzeihung, Tante Amelia. Aber das ist er!«

»Nur ein guter Polizist, meine Liebe«, räumte Emerson ein. Er klopfte von neuem.

»Was hast du vor, Professor?«

»Mir wird schon etwas einfallen. Wenn nicht mir, dann Tante Amelia.«

Die Tür sprang auf.

»Salam alaikum«, begrüßte Emerson den Diener, der auf

der Schwelle stand. »Wenn Sie uns bitte ankündigen würden. Professor Emerson, Mrs Emerson und Miss Forth.«

Das Weiß in den Augäpfeln des Mannes blitzte auf, als er von Emerson zu mir und dann zu Nefret spähte. Er war jung, mit einem Stoppelbart und dicken Brillengläsern, und wie vom Donner gerührt über unser Auftauchen. Leise fluchend hob Emerson ihn hoch und trug den hilflos mit den Füßen strampelnden Mann in die Eingangshalle.

»Schließ die Tür, Peabody«, befahl er. »Mach schnell. Wir haben nicht viel Zeit.«

Selbstverständlich gehorchte ich sofort. Der kleine Raum wurde von einer Hängelampe erhellt. Sie war aus Kupfer mit kunstvollem Lochmuster und gab wenig Licht. Eine geschnitzte, an einer Wand stehende Truhe und ein schöner Orientteppich stellten das einzige Mobiliar dar. Am hinteren Ende führte eine schmale, kahle Treppe zu einem Gang, der von einem Holzparavent versperrt wurde.

Emerson setzte den Diener auf die Truhe und strebte zum Fuß der Treppe. »Wardani!«, brüllte er. »Hier ist Emerson! Kommen Sie raus aus Ihrem Versteck, wir müssen miteinander reden.«

Falls der Flüchtige sich irgendwo im Umkreis von 50 Metern aufhielt, musste er ihn gehört haben. War Wardani im Haus, reagierte er jedenfalls nicht sofort, stattdessen sprang der junge Diener auf, zog ein Messer aus seinem Gewand und stürzte sich auf Emerson. Daraufhin raffte Nefret überaus damenhaft ihre Röcke und trat ihm die Waffe aus der Hand. Der junge Mann war ziemlich hartnäckig; ich musste seine Schienbeine mit meinem Sonnenschirm malträtieren, bevor er zu Boden ging.

»Danke, meine Lieben«, meinte Emerson, der sich nicht umgeschaut hatte. »Das wäre geklärt. Also ist er hier. Oben?«

In dem Augenblick, als er den Fuß auf die unterste Stufe

setzte, passierten zwei Dinge. Eine Polizeipfeife ertönte, schrill genug, um durch die geschlossene Tür zu dringen, und hinter dem Paravent am Ende der Treppe trat ein Mann hervor. Er trug europäische Kleidung, mit Ausnahme der flachen ägyptischen Slipper, und sein dunkelhaariges Haupt war unbedeckt. Seine Gesichtszüge vermochte ich nicht genau zu erkennen; es war recht dämmrig und seine untere Gesichtshälfte von einem Bart bedeckt. Doch jedweder Zweifel an seiner Identität zerstreute sich, als er so plötzlich verschwand, wie er aufgetaucht war.

Fäuste und Füße trommelten vor die Tür. Unter dem Gebrüll der Angreifer erkannte ich die Stimme von Thomas Russell, der uns anwies, umgehend die Tür zu öffnen. Emerson brummte: »Hölle und Verdammnis!«, und stürmte die Stufen hinauf, immer drei auf einmal nehmend. Ihre Röcke bis zum Knie hochgestreift, eilte Nefret ihm nach. Ich folgte ihr, gewissermaßen behindert von meinem Schirm, der es mir unmöglich machte, meine Röcke zu raffen. Als ich den Treppenabsatz erreichte, hörte ich, wie die Tür nachgab. Ich wirbelte herum, drohte mit meinem Sonnenschirm und rief: »Bleiben Sie, wo Sie sind!«

Zu meinem nicht gelinden Erstaunen gehorchten sie. Russell war ihr Anführer. Der kleine Raum schien mit Uniformen gefüllt zu sein, und ich stellte mehr oder weniger beiläufig fest, dass der junge Mann, der uns eingelassen hatte, die Geistesgegenwart besessen hatte, sich aus dem Staub zu machen.

»Was zum Teufel soll das heißen, Mrs Emerson?«, wollte Russell wissen.

Ich reagierte nicht, da die Antwort offensichtlich war. Stattdessen blickte ich über meine Schulter.

Direkt hinter mir befand sich ein Gang mit Türen zu beiden Seiten, der in den hinteren Teil der Villa führte. Am Ende war ein geöffnetes Fenster; davor stand der von uns verfolgte

Mann, der Nefret und Emerson fixierte, die mitten im Flur stehen geblieben waren.

»Ist das er?«, erkundigte Emerson sich grammatikalisch unkorrekt.

Nefret antwortete nicht. Emerson brummte: »Das muss er sein. Tut mir Leid, Wardani. Ich hatte gehofft, mit Ihnen reden zu können, aber Russell hatte andere Pläne. Ein anderes Mal, was? Wir halten sie auf, während Sie verschwinden. Passen Sie auf, im Garten könnten noch weitere sein.«

Für Augenblicke blieb Wardani reglos stehen, seine Statur wirkte ungewöhnlich groß und schlank vor der mondhellen Fensteröffnung. Dann kletterte er auf den Sims und schwang sich nach draußen in die Nacht.

Emerson stürmte zum Fenster, steckte den Kopf hinaus und brüllte: »Da unten! Er ist in die Richtung gelaufen!« Schreie und lautes Knacken im Gebüsch schlossen sich an, mehrere Schüsse detonierten. Einer musste die Wand neben dem Fenster getroffen haben, denn Emerson schrak fluchend ins Innere zurück. Nachdem sich die Verwirrung etwas gelegt hatte, rannten die Polizeibeamten, die sich im Haus befunden hatten, ins Freie, angeführt von Russell.

Ich ging die Treppe hinunter und zur Tür, die sie offen gelassen hatten. Im Garten der Villa schien fieberhafte Aktivität zu herrschen, doch die Straße war dunkel und ruhig. Die Bewohner Kairos lehnten es ab, sich in anderer Leute Angelegenheiten einzumischen, nachdem die Stadt jetzt militärisch besetzt war.

Nach einer Weile gesellten sich Emerson und Nefret zu mir.

»Wohin ist er geflüchtet?«, erkundigte ich mich.

Emerson klopfte Mörtelstaub von seinem Ärmel. »Aufs Dach. Er ist ein flinker Bursche. Wir können genauso gut zur Droschke zurückgehen. Ich wette, inzwischen ist er über alle Berge.«

Recht schnell gelangte Mr Russell zu dem gleichen Schluss. Wir warteten nicht lange, bis er zu uns stieß.

»Er ist Ihnen entwischt, was?«, fragte Emerson. »Soso.«

»Das haben wir Ihnen zu verdanken.«

»Ich war weniger effektiv, als ich gehofft hatte. Verflucht, Russell, hätten Sie mir noch fünf Minuten gegeben, hätte ich sein Vertrauen vielleicht gewonnen.«

»Fünf Minuten?«, wiederholte Russell skeptisch.

»Mrs Emerson wäre es vermutlich noch schneller gelungen. Oh, aber was soll's? Wenn Sie mitkommen wollen, steigen Sie ein. Ich will nach Hause.«

Die Rückfahrt zum Hotel verlief eher einsilbig. Mich beschlich eine sonderbare Ahnung. Ich hatte seine Silhouette nur kurz wahrgenommen, doch für Augenblicke das schaurige Gefühl eines Déjà-vu-Erlebnisses verspürt: so, als sähe man die ungefestigten Gesichtszüge eines Kindes, das schlagartig eine frappierende Ähnlichkeit mit einem Eltern- oder Großelternteil annimmt.

Nefret hatte mir diese Idee in den Kopf gesetzt. Ich redete mir ein, dass sie absurd sei, und doch ... Hatte ich nicht steif und fest behauptet, dass ich Sethos überall und in jeder Verkleidung wieder erkennen würde?

Die Kutsche fuhr vor dem Shepheard's vor. Russell sprang vom Kutschbock und öffnete uns die Tür.

»Es ist noch recht früh«, meinte er freundlich. »Werden Sie mir die Ehre erweisen und ein Glas Likör oder Brandy mit mir trinken, zum Beweis, dass es keine Ressentiments zwischen uns gibt?«

»Pah«, knurrte Emerson. Das war sein einziger Kommentar.

Wir bahnten uns den Weg durch das Gewirr von Blumenverkäufern, Bettlern, Dragomanen und Hausierern, die die Treppe umlagerten; und als wir die Stufen nahmen, bemerkte ich eine mir vertraute Gestalt, die sich uns näherte.

»Guten Abend, Mutter«, sagte er. »Guten Abend, Nefret. Guten Abend –«

»Ramses«, entfuhr es mir. »Was hast du diesmal angestellt?«

Vermutlich wäre die Frage zutreffender gewesen, was man mit ihm angestellt hatte. Er hatte versucht, sich frisch zu machen, doch aus der Wunde auf seiner Wange sickerte noch Blut, und die Haut war blutunterlaufen und angeschwollen.

Russell trat zurück. »Bitte, entschuldigen Sie mich. Gute Nacht, Mrs Emerson – Miss Forth – Professor.«

»Wieder abgeblitzt«, sagte Ramses. »Nefret?« Er reichte ihr seinen Arm.

»Dein Mantel ist zerrissen«, seufzte ich.

Ramses spähte zu seiner Schulter, wo ein weißer Streifen unter dem schwarzen Mantel hervorschimmerte. »Verflucht. Verzeih mir, Mutter. Es ist nur eine aufgeplatzte Naht, glaube ich. Können wir uns setzen, bevor du deinen Vortrag fortsetzt?«

Nefret hatte kein Wort gesagt. Sie legte ihre Hand auf seinen Arm und ließ sich von ihm an den Tisch führen.

Auf der hell erleuchteten Terrasse konnte ich meine Begleiter hervorragend inspizieren. Emersons Krawatte hing schief – er zerrte ständig daran, wenn er nervös war – und an seinem Mantel klebte noch Mörtelstaub. Nefrets Haar hatte sich gelöst und in meinem Rock war ein langer Riss. Sittsam zog ich die Falten über meine Knie.

»Ach du meine Güte«, sagte Ramses nach einem Blick auf uns. »Hattet Ihr wieder einmal eine tätliche Auseinandersetzung?«

»Dasselbe könnte ich dich fragen«, konterte sein Vater.

»Ein kleiner Unfall. Ich warte bereits länger als eine halbe Stunde«, meinte Ramses vorwurfsvoll. »Der Portier informierte mich, dass ihr das Hotel verlassen habt, da das Automobil aber noch hier stand, nahm ich an, dass ihr früher oder später zurückkehren würdet. Darf man fragen –«

»Nein, noch nicht«, brummte Emerson. »Hattest du deinen – äh – Unfall hier im Shepheard's?«

»Nein, Sir. Im Club. Ich habe dort zu Abend gegessen, bevor ich herkam.« Er kniff die Lippen zusammen, doch Emerson starrte ihn weiterhin durchdringend an, bis er widerwillig fortfuhr: »Ich geriet in eine kleine Auseinandersetzung.«

»Mit wem?«, erkundigte sich sein Vater.

»Vater –«

»Mit wem?«

»Ein Kerl namens Simmons. Ich denke nicht, dass du ihn kennst. Und – nun ja – Cartwright und Jenkins. Von der ägyptischen Armee.«

»Nur drei? Gütiger Himmel, Ramses, ich hätte mehr von dir erwartet.«

»Sie haben nicht wie Ehrenmänner gekämpft«, erwiderte sein Sohn.

Seine Mundwinkel zuckten unmerklich. Ramses' Sinn für Humor ist ausgesprochen sonderbar; es fällt mir gelegentlich schwer zu erkennen, ob er witzig zu sein versucht.

»Versuchst du, witzig zu sein?«, wollte ich wissen.

»Ja, er versucht es«, erwiderte Nefret, ehe Ramses reagieren konnte. »Aber das gelingt ihm nicht.«

Ramses machte den Kellner auf sich aufmerksam, woraufhin dieser zu ihm eilte und die aufgebrachten Zurufe der anderen Gäste ignorierte. Seit die anglo-ägyptische Gesellschaft ihn brüskierte, war Ramses' Ansehen bei den Einheimischen noch gestiegen, die ihn vielfach fast so sehr bewunderten wie seinen Vater.

»Möchtest du einen Whisky-Soda, Mutter?«, fragte er.

»Danke, nein.«

»Nefret? Vater? Ich werde mir einen bestellen, sofern ihr nichts dagegen habt.«

Ich hatte etwas dagegen, da er meiner Meinung nach bereits

mehr getrunken hatte, als er vertrug. Als ich Emersons Blick erhaschte, schwieg ich.

Nefret allerdings nicht. »Warst du heute Abend betrunken?«, bohrte sie.

»Eigentlich nicht. Wo wart ihr mit Russell?«

Emerson schilderte es ihm in knappen Worten.

»Aha«, meinte Ramses. »Also das hat er gewollt. Ich hatte es fast vermutet.«

»Er berichtete uns, dass du es abgelehnt hast, ihn bei der Suche nach Wardani zu unterstützen«, führte Emerson aus. »Ramses, ich weiß, dass du den Burschen gewissermaßen schätzt –«

»Meine persönlichen Empfindungen tun nichts zur Sache.« Ramses leerte sein Whiskyglas. »Verflucht, es interessiert mich nicht, was Wardani treibt, solange David nicht daran beteiligt ist, und sollte ich irgendeinen Einfluss auf Wardani haben, würde ich diesen nicht dazu missbrauchen, ihn an Russell auszuliefern.«

»Dem Professor erging es nicht anders«, sagte Nefret leise. »Er wollte lediglich mit dem Mann reden. Wir haben versucht, ihn zu warnen –«

»Wie nett von euch. Ich frage mich, ob er das auch so sieht.« Ramses drehte sich auf seinem Stuhl um und hielt Ausschau nach dem Kellner.

»Es wird Zeit, dass wir heimfahren«, wandte ich ein. »Ich bin ziemlich müde. Ramses? Bitte!«

»Ja, selbstverständlich, Mutter.«

Ich ließ Emerson mit Nefret vorausgehen und bat Ramses, mir seinen Arm zu reichen. »Wenn wir zu Hause sind, werde ich dein Gesicht mit Kadijas Heilsalbe verarzten. Tut es sehr weh?«

»Nein. Wie du schon häufiger erwähnt hast, ist die therapeutische Wirkung guten Whiskys –«

»Ramses, was ist vorgefallen? Das sieht nach einer Verletzung mit der Reitgerte oder -peitsche aus.«

»Ich vermute, es war eines dieser modischen Offiziersstöckchen.« Ramses öffnete mir die Wagentür und half mir in den Fond.

»Drei gegen einen«, sinnierte ich, denn inzwischen vermochte ich mir exakt vorzustellen, was passiert war. »Verabscheuungswürdig! Vielleicht sind sie so beschämt, dass sie den Vorfall nicht erwähnen werden.«

»Jeder im Club hat vermutlich davon erfahren«, enthüllte Ramses.

Ich seufzte. »Und morgen wird es ganz Kairo wissen.«

»Zweifellos«, bekräftigte mein Sohn mit – anders kann ich es nicht umschreiben – einer gewissen Genugtuung.

Ich hätte nie vermutet, dass Ramses über den Durst trank oder sich zu einer pöbelhaften Auseinandersetzung hinreißen ließ. Irgendetwas braute sich in seinem Kopf zusammen, doch solange er mich nicht ins Vertrauen zog, konnte ich ihm nicht helfen.

2

Man sollte vermuten, dass die Menschen in Zeiten des Krieges Besseres zu tun haben, als dem Gesellschaftsklatsch zu frönen, dennoch verbreitete sich die Nachricht von Ramses' neuerlicher Eskapade innerhalb weniger Tage in ganz Kairo. Von dem unverhohlenen Interesse Dritter an unseren Angelegenheiten erfuhr ich über Madame Villiers, deren ausdrückliches Mitgefühl als Vorwand für ihr wahres Motiv (hinterhältige Neugier) diente, mich anzurufen. Als Mutter einer unattraktiven, unverheirateten Tochter konnte Madame es sich nicht leisten, die Mutter eines akzeptablen, unverheirateten Sohnes zu ignorieren, obschon ich ihr auf den Kopf hätte zusagen können, dass Celestines Chancen eins zu einer Million standen. Ich behielt es für mich und stellte auch ihre Version der Geschichte nicht richtig, die absolut unzutreffend war.

Allerdings nicht ganz so unzutreffend, wie ich zunächst angenommen hatte. Ein von ihr erwähnter Punkt weckte meine Neugier in einem solchen Maße, dass ich beschloss, Ramses darauf anzusprechen.

Wir saßen zusammen auf der Dachterrasse, nahmen den Tee ein und beschäftigten uns mit den unterschiedlichsten Dingen: Emerson fluchte über seinem Notizbuch, Nefret las die *Egyptian Gazette,* und Ramses tat eigentlich nichts, außer dass er die neben ihm auf dem Diwan liegende Katze streichelte. Er war wie immer, wortkarg und nach außen hin reserviert, auch wenn sein Gesicht eine Zeit lang eine unattraktive scheckige Farbe aufwies – eine Wange glatt und gebräunt, die andere fettig grün und angeschwollen. Wie die Liebe und die Masern ließ sich auch der Gebrauch von Kadijas wundersamer Heilsalbe nicht verbergen. Von ihren nubischen Ahnfrauen hatte sie das Rezept geerbt, dessen Wirksamkeit uns alle überzeugte, obschon nicht einmal Nefret das Geheimnis der Bestandteile zu lüften vermochte. Sie hatte den üblichen Effekt: Die Schwellung und der Bluterguss gingen zurück, lediglich ein dünner roter Striemen prangte auf seiner glatten Wange.

»Stimmt es, dass Percy zugegen war, als du neulich abends im Club angegriffen wurdest?«, erkundigte ich mich.

Nefret senkte die Zeitung, Emerson blickte auf und Seshat fauchte protestierend.

»Entschuldigung«, sagte Ramses an die Katze gewandt. »Darf ich fragen, Mutter, wer dir das erzählt hat?«

»Madame Villiers. Für gewöhnlich verdreht sie die Tatsachen, aber welchen Grund sollte sie haben, mir eine solche Geschichte aufzutischen, wenn sie nicht ein Körnchen Wahrheit enthielte?«

»Er war zugegen«, sagte Ramses und schwieg.

»Gütiger Himmel, Ramses, müssen wir dir Daumenschrauben anlegen?«, wandte sein Vater erbost ein. »Warum hast du uns nichts erzählt? Zum Teufel, diesmal ist er wirklich zu weit gegangen; ich werde –«

»Nein, Sir, das wirst du nicht. Percy gehörte nicht zu meinen Herausforderern. In der Tat war er derjenige, der Lord Edward Cecil auf den Plan brachte, als er mich – äh – retten wollte.«

»Hmmm«, knurrte Emerson. »Und was führt er nach deiner Ansicht diesmal im Schilde?«

»Vermutlich versucht er, sich erneut bei uns einzuschmeicheln«, schnaubte ich. »Madame sagte, dass er sich mehrfach auf Ramses' Seite geschlagen habe, als man ihn der Feigheit beschuldigte. *Sie* behauptete, *Percy* habe gesagt, dass sein Cousin einer der mutigsten Männer sei, die er kenne.«

Ramses wurde sehr nachdenklich. Nach einer Weile bemerkte er: »Ich frage mich, wie er auf diese merkwürdige Idee kommt.«

»Merkwürdig ist die Quelle«, brummte Emerson. »Die Feststellung als solche trifft zu. Manchmal erfordert es mehr Zivilcourage, einen ungewöhnlichen Standpunkt zu vertreten, als den Helden zu spielen.«

Ramses blinzelte und nickte seinem Vater unmerklich zu. Das war die einzige Gefühlsregung, zu der er sich hinreißen ließ. »Percy interessiert mich nicht. Ich kann mir auch nicht vorstellen, warum es einen von uns kümmern sollte, was er von mir denkt oder behauptet. Steht irgendetwas Interessantes in der *Gazette*, Nefret?«

Stirnrunzelnd hatte sie auf ihre zusammengelegten Hände geschaut, als hätte sie eine Schramme oder einen abgebrochenen Fingernagel entdeckt. »Wie bitte? Oh, die Zeitung. Ich habe nach einem Bericht über Mr Russells misslungene Razzia Ausschau gehalten, aber nur einen kurzen Artikel gefunden, der darauf hinweist, dass Wardani noch immer auf freiem Fuß ist und dass eine Belohnung für Informationen ausgesetzt wird, die zu seiner Festnahme führen.«

»Wie viel?«, erkundigte sich Ramses.

»Fünfzig englische Pfund. Kaum der Rede wert, oder?«

Ramses warf ihr einen schiefen Seitenblick zu. »Wardani würde das für beleidigend wenig halten.«

»Für einen Ägypter ist es eine hohe Summe.«

»Nicht hoch genug, in Anbetracht des damit verbundenen Risikos«, erwiderte Ramses. »Wardanis Leute sind Fanatiker.

Einige von ihnen würden einem Verräter so bereitwillig die Kehle aufschlitzen, wie sie eine Fliege töten. Hattest du etwa erwartet, dass die Zensur einen Bericht über diesen Vorfall genehmigen würde? Nachdem Wardani eine weitere wagemutige Flucht gelungen ist, steht Russell da wie ein Idiot. Allerdings bezweifle ich nicht, dass ganz Kairo davon erfahren hat.«

Nefret schien die Katze zu beobachten. Seshat hatte sich auf den Rücken gedreht und Ramses' feingliedrige Finger streichelten sanft über ihren Bauch. »Ist die Pressezensur wirklich so streng?«, fragte sie.

»Wir sind im Krieg, meine Liebe«, erwiderte Ramses in betont blasiertem Tonfall. »Es darf nichts gedruckt werden, was den Feind unterstützen und bestätigen könnte.« In normalem Tonfall fuhr er fort: »Wenn du Lia schreibst, solltest du ihr nichts Vertrauliches mitteilen. Die Post wird ebenfalls gelesen und zensiert, möglicherweise von einem Offizier, den du kennst.«

Nefrets Brauen zogen sich zusammen. »Wer?«

»Ich habe keine Ahnung. Aber du kennst doch die meisten von ihnen, oder?«

»Das wäre eine untragbare Verletzung der Grundrechte freier englischer Bürger«, ereiferte ich mich. »Die Rechte, für die wir kämpfen, die Basis –«

»Ja, Mutter. Trotzdem wird es gemacht.«

»Nefret weiß nichts, was den Feind unterstützen und bestätigen könnte«, beharrte ich. »Allerdings ... Nefret, du hast Lia doch hoffentlich nicht deine Begegnung mit Wardani geschildert?«

»Ich habe nichts erwähnt, was sie beunruhigen könnte«, erwiderte Nefret. »Infolgedessen bleibt mir nur sehr wenig, worüber ich schreiben kann! Das vorrangige Gesprächsthema in Kairo ist die Wahrscheinlichkeit eines Angriffs auf den

Suezkanal, und davon werde ich ihr mit Sicherheit nichts schreiben.«

»Verdammter Krieg«, knurrte Emerson. »Ich weiß nicht, weshalb du überhaupt darüber reden musst.«

»Ich habe nicht über den Krieg geredet, sondern über Mr Wardani«, erinnerte ich ihn. »Fänden wir doch nur eine Möglichkeit zu einem persönlichen Gespräch mit ihm! Ich bin sicher, ich könnte ihn überzeugen, dass es für ihn und für Ägypten von entscheidendem Vorteil ist, wenn er seine Strategie ändert. Es wäre ein Verbrechen, wenn er sein Leben für eine Sache riskierte, die gegenwärtig aussichtslos ist. Er hat das Potential zu einem charismatischen Führer, einem Simón Bolívar oder Abraham Lincoln von Ägypten!«

Die Falte zwischen Nefrets Brauen verschwand und sie lachte ihr melodisch-kehliges Lachen. »Tut mir Leid«, kicherte sie. »Ich hatte plötzlich das Bild von Tante Amelia vor Augen, wie sie Wardani mit ihrem Sonnenschirm bewusstlos schlägt, ihn dann in einem unserer Gästezimmer gefangen hält und ihm tagtäglich Vorträge hält. Bei Tee und Gurken-Sandwiches, versteht sich.«

»Mach dich ruhig lustig über mich, Nefret«, tadelte ich. »Ich will doch nur mit ihm reden. Man sagt mir ein gewisses Überzeugungsgeschick nach, das weißt du. Gibt es denn nichts, was du tun kannst, Ramses? Du hast deine eigenen merkwürdigen Methoden, Menschen zu finden – du hast Wardani schon einmal aufgespürt, wenn ich mich recht entsinne.«

Ramses lehnte sich in die Polsterkissen zurück und zündete sich eine Zigarette an. »Das war etwas völlig anderes, Mutter. Damals wusste er, dass ich ihn unter gar keinen Umständen verraten hätte, solange David involviert war. Jetzt hat er keinen Grund, mir zu vertrauen, und ein Gejagter auf der Flucht fackelt nicht lange.«

»Ganz recht.« Emerson seufzte. »Ich kann mir nicht vorstellen, was dich dazu bewogen hat, Peabody, etwas Derartiges vorzuschlagen. Ramses, ich verbiete dir strengstens ... ähhm ... ich bitte dich ernsthaft, keinen Versuch zu unternehmen, Wardani aufzuspüren. Wenn er dir nicht die Kehle aufschlitzt, dann mit Sicherheit einer seiner fanatischen Anhänger.«

»Ja, Sir«, murmelte Ramses.

Aus Manuskript H

Sie trafen sich kurz nach Einbruch der Dämmerung, in einem Café im Tabakbezirk. Massive, eisenverstärkte Türen sicherten die Gebäude, in denen der Tabak gelagert wurde; die Gegend war vom Verfall bedroht, die riesigen Paläste verlassen, die Anwesen der alten Handelsfürsten zu Mietwohnungen umfunktioniert.

Zu viert saßen sie im Schneidersitz um einen niedrigen Tisch in einem Hinterzimmer – eine verschlossene Tür und ein schwerer Vorhang trennten es von dem eigentlichen Café. Eine einzige Öllampe auf dem Tisch erhellte das längliche Spielbrett, auf dem das beliebte Mankalla gespielt wurde, doch keiner von ihnen, nicht einmal die Mitspieler, konzentrierte sich auf die Verteilung der Kugeln. Die Unterhaltung verlief einsilbig, und einem zufälligen Beobachter wäre vermutlich aufgefallen, dass keine Namen genannt wurden.

Schließlich brummte ein Hüne mit grauem Bart und Beduinentracht: »Es war idiotisch und gefährlich, sich hier zu treffen. Es ist noch zu früh. Die Straßen sind voller Menschen, die Geschäfte hell erleuchtet –«

»Die Engländer trinken in ihren Clubs und Hotels oder essen zu Abend.« Der Sprecher war Anfang 20, kräftig gebaut für einen Ägypter, mit dem eigentümlichen Blinzeln des Gelehrten. »Du bist neu in unserer Gruppe, mein Freund; stelle die Weisheit unseres Führers nicht in Frage. Im abendlichen Treiben ist man weniger verdächtig als um Mitternacht auf einer menschenleeren Straße.«

Der ältere Mann schnaubte verächtlich. »Er kommt spät.«

Die zwei anderen, die bislang geschwiegen hatten, tauschten Blicke aus. Beide waren wie Angehörige der ärmeren Schichten gekleidet, in einen einfachen blauen Leinenkaftan mit einem Turban aus grober weißer Baumwolle, doch auch sie wirkten wie Studenten. Dicke Brillengläser vergrößerten die Augen des einen; nervös zupfte er an seinem Turban, als wäre diese Kopfbedeckung ungewohnt für ihn. Der andere junge Mann war groß und schlank, mit schmalem Gesicht, seine Augen von dichten, dunklen Wimpern umrahmt. Sein Gewand war fast bis zur Taille geöffnet und enthüllte ein Amulett, das für gewöhnlich von Frauen getragen wurde – ein winziges Silberkästchen, das einen Vers aus dem Koran enthielt. Er antwortete dem Beduinen. »Er kommt, wenn er es für richtig hält. Mach deinen Zug.«

Wenige Minuten später wurde der Türvorhang beiseite geschoben und ein Mann trat ein. Er trug europäische Kleidung – Wollmantel und -hose, Lederhandschuhe und einen breitkrempigen Hut, der die obere Hälfte seines Gesichts verbarg, aber eine auffällige Hakennase und glatt rasierte Wangen enthüllte. Der Graubärtige sprang auf, eine Hand an seinem Messer. Die anderen erstarrten und der attraktive Jüngling schlug die Hände vor die Brust.

»Ihr wisst meinen kleinen Scherz zu schätzen. Überzeugend, oder?«

Die Stimme war die Wardanis, sein großspuriges Auftreten, sein diabolisches Grinsen. Er nahm den Hut ab und verbeugte sich spöttisch vor dem Beduinen. »Salam alaikum. Sei nicht so schnell mit dem Messer. Unsere kleine Zusammenkunft ist nicht verboten. Wir sind schließlich nur zu fünft.«

Der bebrillte Student ließ einen Schwall unflätiger Flüche los und wischte sich die schwitzenden Handflächen an seinem Gewand. »Du hast deinen Bart abrasiert!«

»Hervorragend beobachtet.« Sie starrten ihn weiterhin an, woraufhin Wardani ungehalten fortfuhr: »Ein falscher Bart ist leicht zu bekommen. Das ermöglicht mir eine Vielzahl von Tarnungen – nicht nur ein glatt rasiertes Gesicht, sondern auch andere Masken. Ich habe eine ganze Reihe solcher Tricks von David gelernt, der sie wiederum von *seinem* Freund übernahm.«

»Aber ... aber du siehst exakt so aus wie *er*!«

»Nein«, erwiderte Wardani. »Schaut genauer hin.« Er beugte sich vor, so dass die Öllampe sein Gesicht erhellte. »Von weitem sehe ich dem berüchtigten Bruder der Dämonen so ähnlich, dass die Polizei mich nicht behelligt, aber ihr, meine Heldentruppe, solltet euch nicht so leicht täuschen – oder einschüchtern – lassen.«

»Gewiss, jetzt sehe ich den Unterschied«, sagte einer von ihnen.

Verlegenes Gemurmel bekräftigte diese Äußerung. »Er würde mich einschüchtern, wenn er in diesen Raum spazierte«, gestand der Brillenträger. »Es heißt, dass er überall in Kairo Freunde hat, dass er mit Dämonen und den Geistern der Verstorbenen redet ... Nichts als Aberglaube, natürlich«, fügte er hastig hinzu.

»Natürlich«, meinte Wardani. Er richtete sich auf und blieb stehen, blickte auf die anderen herab.

Der attraktive Junge räusperte sich. »Aberglaube, zweifellos; dennoch ist er ein gefährlicher Widersacher. Selbiges trifft auf seine Familie zu. Effendi Emerson und die Sitt Hakim waren neulich abends mit Russell zusammen. Vielleicht sollten wir etwas unternehmen, um sie unschädlich zu machen.«

»Etwas unternehmen?« Wardanis Stimme klang bedrohlich

sanft. Mit einer abrupten Bewegung fegte er das Spiel vom Tisch. Das alte Holzbrett splitterte, als es auf dem Boden auftraf, klappernd stoben die Kugeln auseinander. Wardani legte beide Hände auf die Tischplatte. »Ich glaube, ihr überschätzt eure Position. Gegenwärtig seid ihr meine Stellvertreter, aber ihr gebt nicht die Befehle. Ihr bekommt sie – von mir.«

»Ich wollte nicht –«

»Du hast den Verstand einer Laus. Lasst sie in Ruhe, verstanden? Alle! Eins ist wahr an den Lügen, die sie über den Vater der Flüche verbreiten. Wenn man ihn verärgert, ist er gefährlicher als ein verletzter Löwe. Er ist nicht unser Freund, aber er ist auch keine Schachfigur von Thomas Russell. Wenn ihr seine Frau oder seine Tochter anrührt, wird er euch gnadenlos verfolgen. Und da ist noch eine Sache.« Wardani senkte seine Stimme zu einem bedrohlichen Flüstern. »Sie sind Freunde meines Freundes. Ich könnte ihm nie wieder ins Gesicht sehen, wenn ich zuließe, dass man einem von ihnen Schaden zufügt.«

Totenstille legte sich über den Raum. Kein Stuhl knackte, alle hielten den Atem an. Wardani musterte die betretenen Gesichter seiner Verbündeten und seine Oberlippe verzog sich zu einem Grinsen.

»So, das wäre geklärt. Und jetzt zum Geschäftlichen, was?«

Nur zwei von ihnen beteiligten sich an dem Gespräch – Wardani und der Graubärtige. Schließlich erwiderte Letzterer auf eine Frage von Wardani: »Zweihundert für den Anfang. Mit hundert Schuss Munition pro Waffe. Später dann mehr, falls du Männer findest, die damit umgehen können.«

»Hmmm.« Wardani kratzte sich sein Kinn. »An wie viele andere bist du mit deinem verlockenden Angebot herangetreten?«

»An niemanden.«

»Du lügst.«

Der andere Mann erhob sich und griff nach seinem Messer. »Du wagst es, mich einen Lügner zu nennen?«

»Setz dich«, erwiderte Wardani verächtlich. »Dasselbe Angebot hast du Nuri al-Sa'id und diesem stinkenden Sodomiten el-Gharbi gemacht. Sa'id wird die Waffen an den höchsten Bieter verscherbeln und el-Gharbi wird sich kranklachen und die Gewehre den Senussi schicken. Glaubst du, dass seine Frauen und seine Lustknaben auf die britischen Truppen schießen werden, die ihre besten Kunden sind? Nein!« Er schlug mit der Faust auf den Tisch und funkelte den Beduinen wütend an. »Sei still und hör mir zu. Ich bin der Beste und die einzige Hoffnung für deine Oberbefehlshaber, und ich bin willens, die Angelegenheit mit ihnen zu diskutieren. Mit ihnen, nicht mit Mittelsmännern und Untergebenen! Du wirst deine deutschen Freunde informieren, dass ich ihnen 48 Stunden gebe, um eine Zusammenkunft zu arrangieren. Und sag mir nicht, dass das nicht ausreicht; denkst du, mir entginge die Tatsache, dass sie hier in der Stadt Agenten haben? Wenn du tust, worum ich dich gebeten habe, werde ich die anderen nicht erwähnen. Arrangier dein heimliches kleines Treffen und streich dein dreckiges kleines Bakschisch von ihnen ein. Haben wir uns verstanden?«

Graubart bebte vor Wut und Verärgerung. Wardani unflätig beschimpfend stürmte er zur Tür.

»Nimm den Hinterausgang, du Sohn eines Engländers«, zischte Wardani.

Das schmale Paneel am Ende des Raums wirkte eher wie eine Katzenklappe als eine Tür; der Beduine musste sich bücken, um hindurchzugelangen, was seine Laune nicht unbedingt hob. »Eines Tages bringe ich dich um«, versprach er.

»Das haben schon ganz andere versucht«, meinte Wardani ungerührt. »Bis auf weiteres – im Khan el-Khalili, im Geschäft von Aslimi Aziz, übermorgen um die gleiche Zeit. Jemand wird dort sein.«

»Du?«

»Man kann nie wissen.«

Der Einzige, der zu sprechen wagte, war der Blinzelnde. Er wartete, bis die Tür hinter dem Araber ins Schloss fiel.

»War das weise, Kamil? Er wird nicht wiederkommen.«

»Aber ja, mein Freund.« Jetzt sprach Wardani französisch. »Er wird wiederkommen müssen, weil seine deutschen Oberbefehlshaber darauf bestehen. Sie sind klug, diese Deutschen; sie wissen, dass ich in Kairo mehr Macht besitze als alle anderen und dass ich die Briten ebenso hasse wie sie mich. Ich habe ihm einen Ausweg gelassen – eine Möglichkeit, seine Illoyalität zu verschleiern und seinen Gewinn zu machen. So verhandelt man mit den Türken.«

»Türke?« Die dunklen Augen weiteten sich. »Er ist ein Araber und ein Bruder.«

Kopfschüttelnd warf Wardani seinem jungen Freund einen nachsichtigen Blick zu. »Du musst dich mit dem Studium der Sprachen vertraut machen, mein Lieber. Der Akzent war unmissverständlich. Nun, wir waren lange genug hier, wir treffen uns in zwei Tagen wieder.«

»Und du, Sir«, wandte der schlanke Junge ein. »Hast du ein sicheres Versteck gefunden? Wie können wir dich im Ernstfall erreichen?«

»Gar nicht. Verflucht, wenn ihr unfähig seid, euch zwei Tage lang aus irgendwelchen Schwierigkeiten herauszuhalten, dann braucht ihr ein Kindermädchen und keinen Führer.«

Er setzte seinen Hut auf und strebte zu dem Vorhang. Bevor er ihn beiseite schob, wandte er sich grinsend an die anderen. »Ramses Effendi Emerson kriecht zwar nicht durch irgendwelche Löcher, aber euch bleibt nichts anderes übrig, meine Freunde.«

Er ging durch das Café auf die Straße, zielstrebig, aber ohne Eile. Nachdem er die Moschee passiert hatte, bog er in eine schmale Gasse ein und spurtete los. Viele der alten Häuser in dieser Gasse waren zerstört, einige jedoch noch bewohnt; eine Laterne neben einer Tür spendete diffuses Licht. Wardani blieb vor einem verfallenen Eingang stehen, ging in die Knie und sprang hoch, umklammerte den Fenstersturz und schwang sich auf einen geschnitzten Sims, knapp drei Meter über dem Boden. Eine überflüssige Vorsichtsmaßnahme, vielleicht, aber er wäre inzwischen ein toter Mann, wenn er unvorsichtig handeln würde.

Er musste nicht lange warten. Die Gestalt, die sich langsam heranpirschte, war unverkennbar. Farouk war 15 Zentimeter größer als die anderen und eitel wie ein Pfau; der um seinen Kopf gewickelte Schal war aus feinster Baumwolle und das Licht spiegelte sich in dem silbernen Amulett auf seiner Brust.

Auf den Sims gekauert, wartete Wardani, bis sein Verfolger außer Sichtweite war. Dann verharrte er noch eine Weile, ehe er Mantel, Weste und den steifen Kragen ablegte und zusammen mit dem Hut zu einem unauffälligen Bündel verschnürte. Kurz darauf schlurfte ein buckliger, zerlumpter alter Mann aus der Gasse. Vor einer der billigen Garküchen blieb er stehen, zählte Münzen ab und bekam eine Schale Eintopf. An das Mauerwerk gelehnt aß er ohne Appetit. Er überlegte fieberhaft.

Er hatte befürchtet, dass Farouk Schwierigkeiten machen würde. Trotz seines hübschen Gesichts war er um einige Jahre älter als die anderen und ein neuer Rekrut, und Wardani war das wütende Aufblitzen in seinen dunklen Augen nicht entgangen, als er jedwede Aktion gegen die Emersons untersagt hatte. Er vermochte sich nur einen Grund vorzustellen, weshalb Farouk ihm gefolgt war, und dieser hatte nichts mit der Sorge um seine Sicherheit zu tun.

Das hatte ihm gerade noch gefehlt: ein ehrgeiziger Rivale. Er fragte sich, wie lange er das Ganze noch aufrechterhalten konnte. Nur so lange, inschallah – so lange, bis er diese Waffen bekam ... Mit einem gemurmelten Dankeswort gab er dem Händler die leere Schale zurück und schlurfte weiter.

Aus Briefsammlung B

Liebste Lia,

freut mich zu hören, dass »das Schlimmste vorüber ist« und du wieder mit gesundem Appetit essen kannst. Bitte verzeih mir meine Beschönigungen; ich weiß, du verabscheust sie genauso wie ich, aber ich will den Zensor nicht schockieren! Ich bin sicher, Sennia versorgt dich mit Süßigkeiten und Keksen und anderen guten Sachen, und hoffe, sie schmecken dir! Bestimmt ist sie dir ein Trost und das macht mich sehr froh. Sosehr wir sie vermissen, bei dir ist sie wesentlich besser aufgehoben.

Wir vermissen euch alle. Das ist eine sehr oberflächliche Umschreibung für ein tief empfundenes Gefühl, liebste Lia. Ich kann mich niemandem so anvertrauen wie dir und Briefe sind für gewisse Mitteilungen ungeeignet. Schließlich wollen wir den Zensor nicht schockieren!

Es ist wunderbar, dass du endlich von David gehört hast, auch wenn sein Brief kurz und steif war. Mit Sicherheit werden seine Briefe vom Militär gelesen, deshalb darfst du nicht erwarten, dass er dir sein Herz ausschüttet. Wenigstens ist er in Sicherheit; das ist das Allerwichtigste. Der Professor hat die Hoffnung nicht aufgegeben, seine Freilassung zu erwirken – wenn nicht umgehend, so doch noch vor der Geburt des Babys. Der gute Mann ist an die bedeutendsten Persönlichkeiten von Kairo herangetreten, sogar an General Maxwell. Dass er seine geliebten Ausgrabungen vernachlässigt und sich die Zeit nimmt, dieser Sache nachzugehen, sollte beweisen – falls ein

Beweis überhaupt erforderlich ist –, wie sehr er an David hängt.

Bislang waren wir noch nicht in der Grabstätte. Du kennst den Professor; jeder Quadratzentimeter Sand muss zunächst durchgesiebt werden. Der Eingang ...

(Die Herausgeberin hat auf die nun folgende Beschreibung verzichtet, da sie von Mrs Emerson wiederholt wird.)

Im Grunde genommen ist die Exkavation ein Akt der Zerstörung. Ein Ausgrabungsgebiet, eine Grabstätte, einen Tempel oder Ruinen bis auf die untersten Schichten freizulegen bedeutet zwangsläufig, dass alle oberen Schichten für immer verloren sind. Von daher ist es absolut notwendig, ausführliche Berichte darüber anzufertigen, was entfernt wurde. Mein werter Gatte gehörte zu den Ersten, die die Prinzipien moderner Exkavation begründeten: präzise Messungen, exakte Kopien aller Inschriften und Reliefs, begleitende Fotos und die sorgfältige Überprüfung des Gesteins. Ich konnte Emersons hohe Standards nicht kritisieren, dennoch muss ich zugeben, dass ich mir gelegentlich wünschte, er würde nicht so viele Umstände machen und an die eigentliche Arbeit gehen. Ich beging den Fehler, etwas Derartiges zu äußern, als wir die diesjährige Exkavation aufnahmen. Emerson wirbelte mit gebleckten Zähnen und beeindruckend finsterem Gesichtsausdruck zu mir herum.

»Von allen Menschen solltest du es doch besser wissen! Sobald ein Monument freigelegt ist, ist es der Verwitterung preisgegeben. Erinnere dich, was mit den Mastaben passierte, die Lepsius vor 60 Jahren entdeckte. Viele der von ihm übertragenen Reliefs sind mittlerweile verschwunden, vom Treibsand oder von Grabräubern zerstört, und die Kopien sind beileibe nicht so exakt, wie es wünschenswert wäre. Ich werde die Wände dieser Grabstätte nicht freilegen, ehe ich nicht alle erforderlichen Maßnahmen zu deren Schutz ergriffen habe, oder mich der nächsten Mastaba zuwenden, bevor Ramses nicht jeden verdammten Strich auf jeder verfluchten Wand kopiert hat! Und außerdem –«

Ich teilte ihm mit, dass er seinen Standpunkt eindeutig zu verstehen gegeben hatte.

Eines Morgens, wenige Tage nach unserem Gespräch auf der Dachterrasse, hatte ich den anderen zugestanden, schon vor mir aufzubrechen, da ich mit Fatima noch einige häusliche Angelegenheiten besprechen musste. Ich hatte diese kleine Pflicht hinter mich gebracht und war in meinem Zimmer, überprüfte meine Taschen und meinen Gürtel, um sicherzustellen, dass ich alle unverzichtbaren Gegenstände bei mir trug, als es an der Tür klopfte.

»Herein«, rief ich, während ich meine Bestandsaufnahme fortsetzte. Pistole und Messer, Feldbecher, Brandyflasche, Kerze und Streichhölzer in einer wasserdichten Schachtel ... »Oh, du bist es, Kadija.«

»Kann ich mit dir sprechen, Sitt Hakim?«

»Gewiss. Warte einen Augenblick, bis ich mich vergewissert habe, dass nichts fehlt. Notizbuch und Bleistift, Nadel und Faden, Kompass, Schere, Erste-Hilfe-Ausstattung ...«

Über ihr rundes dunkles Gesicht huschte ein Lächeln, während sie mich beobachtete. Aus irgendeinem Grund lösten meine Utensilien, wie ich sie nannte, bei meiner Umwelt außerordentliche Erheiterung aus – bei Emerson eher ausgesprochene Verärgerung, trotz (oder vielleicht auch wegen) der Tatsache, dass das eine oder andere in vielen Situationen zu unserer Rettung beigetragen hatte.

»Das war's«, murmelte ich, während ich eine Rolle dickes Seil (hervorragend zum Fesseln überwältigter Widersacher) an meinem Gürtel befestigte. »Was kann ich für dich tun, Kadija?«

Die Angehörigen der weit verzweigten Familie unseres geschätzten Abdullah waren sowohl Freunde als auch loyale Arbeitskräfte, einige von ihnen bei den Ausgrabungen, andere im Haushalt. Da Abdullahs Enkel unsere Nichte geheiratet hatte, könnte man sagen, dass sie in gewisser Weise auch mit uns verwandt waren, obschon die familiären Verflechtungen manchmal schwer zu bestimmen waren. Abdullah war mindestens viermal verheiratet gewesen und einige der anderen Männer hatten mehr als eine Ehefrau; Nichten, Neffen und Cousins der unterschiedlichsten Grade bildeten eine große und eng verwobene Gemeinschaft.

Kadija, die Ehefrau von Abdullahs Neffen Daoud, war eine sehr große Frau, verschwiegen, zurückhaltend und stark wie ein Mann. Gewissenhaft und förmlich erkundigte sie sich nach jedem Familienmitglied, einschließlich derjenigen, die sie innerhalb der letzten Stunden gesehen hatte. Es dauerte eine Weile, bis sie auf Ramses zu sprechen kam.

»Er hatte eine Meinungsverschiedenheit mit jemandem«, erklärte ich.

»Eine Meinungsverschiedenheit«, wiederholte Kadija nachdenklich. »Ich habe den Eindruck, Sitt Hakim, dass es sich nicht allein auf ein Wortgefecht beschränkte. Steckt er in irgendwelchen Schwierigkeiten? Was können wir tun, um ihm zu helfen?«

»Ich weiß es nicht, Kadija. Du kennst ihn doch; er trifft seine eigenen Entscheidungen und zieht nicht einmal seinen Vater ins Vertrauen. Wenn David hier wäre ...« Seufzend brach ich ab.

»Wenn er nur hier wäre.« Kadija seufzte ebenfalls.

»Ja.« Ich stellte fest, dass ich abermals seufzte, und schalt mich insgeheim. Also wirklich, meine Stimmung war auch ohne Kadijas Zutun schon düster genug! Ich sagte schroff: »Es hat keinen Sinn, sich zu wünschen, dass die Dinge anders sein sollten, als sie es sind, Kadija. Sei etwas fröhlicher!«

»Ja, Sitt Hakim.« Aber sie war noch nicht fertig. Sie räusperte sich. »Es geht um Nur Misur, Sitt.«

»Nefret?« Verflucht, dachte ich, ich hätte es wissen müssen. Sie und Nefret standen sich sehr nahe; alles andere hatte lediglich an diesen Gesprächspunkt herangeführt. »Was ist mit ihr?«

»Sie wäre wütend, wenn sie wüsste, dass ich es dir gebeichtet habe.«

Inzwischen hellauf alarmiert – denn es passte nicht zu Kadijas Charakter, dass sie mir irgendwelche Geschichten auftischte – erwiderte ich: »Und ich wäre wütend, wenn mit Nefret etwas nicht stimmte und du es mir verschweigen würdest. Ist sie krank? Oder – ach du meine Güte! – wieder einmal mit irgendeiner unpassenden Mannsperson liiert?«

Ein Blick in ihr rundes, aufrichtiges Gesicht bewies mir, dass ich mit meiner letzten Vermutung richtig lag. Die Leute sind stets erstaunt, wenn ich auf die Wahrheit stoße; das ist keine Magie, wie einige Ägypter insgeheim glauben, sondern meine ausgeprägte Menschenkenntnis.

Ich musste es Kadija abringen, doch das gelang mir hervorragend. Als sie schließlich einen Namen erwähnte, traf es mich wie ein Donnerschlag.

»Mein Neffe Percy? Unmöglich! Sie verachtet ihn. Wie kommst du darauf?«

»Vielleicht irre ich mich«, murmelte Kadija. »Hoffentlich irre ich mich, Sitt. Es war eine geschlossene Kutsche, die auf der gegenüberliegenden Straßenseite wartete; sie war auf dem Weg ins Hospital, wollte zur Straßenbahnhaltestelle, und als sie aus dem Haus trat, tauchte das Gesicht eines Mannes hinter dem Kutschenfenster auf. Er rief ihren Namen, und sie überquerte die Straße und redete mit ihm. Oh, Sitt, ich schäme mich so – ich spioniere nicht, ich war nur zufällig an der Tür –«

»Ich bin froh, dass du es getan hast, Kadija. Du hast nicht zufällig gehört, worüber sie sprachen?«

»Nein. Sie redeten nicht lange miteinander. Schließlich wandte sie sich ab und schlenderte fort, und die Kutsche fuhr an ihr vorüber.«

»Bist du dir sicher, dass es Hauptmann Peabody war?«

»Beschwören könnte ich es nicht. Aber er schien es zu sein. Ich musste es dir erzählen, Sitt, er ist ein übler Mensch, aber wenn sie erfährt, dass ich sie verraten habe –«

»Ich werde ihr nichts sagen. Und auch nicht von dir verlangen, dass du ihr nachspionierst. Ich werde mich persönlich darum kümmern. Kein Wort zu den anderen, Kadija. Du hast richtig gehandelt. Überlass es jetzt mir.«

»Ja, Sitt.« Ihr Gesicht hellte sich auf. »Du wirst wissen, was zu tun ist.«

Das wusste ich allerdings nicht. Nachdem Kadija verschwunden war, versuchte ich, meine Gedanken zu ordnen. Nicht eine Sekunde lang zweifelte ich an Kadijas Aussage oder ihrer Einschätzung von Percy. Früher war er ein heimtückischer, undisziplinierter Junge gewesen und heute ein gerissener, prinzipienloser Mann. In der Vergangenheit hatte er mehrmals um Nefrets Hand angehalten. Vielleicht gab er die Hoffnung nicht auf, sie für sich zu gewinnen – besser gesagt, ihr Vermögen, da er meiner Ansicht nach nicht fähig zu tiefer Zuneigung war. Sie würde ihn heimlich treffen müssen, da er nicht wagte, freimütig in unser Haus zu kommen ...

O nein, sinnierte ich, meine Phantasie geht wieder einmal mit mir durch. Es ist unmöglich. Nefret war gefühlvoll, impulsiv und in mancher Hinsicht ausgesprochen naiv; es wäre nicht das erste Mal, dass sie sich in den Falschen verliebte, dennoch kannte sie Percys Charakter sicherlich gut genug, um seinen Avancen zu widerstehen. Dass er sein eigenes Kind hartherzig verstoßen hatte, war nur eine seiner vielen verabscheuungswürdigen Verfehlungen. Nefret wusste davon. Sie wusste, dass Percy alles darangesetzt hatte, Ramses die Vaterschaft unterzuschieben. Kadija musste sich irren. Vielleicht hatte es sich bei dem Mann um einen Touristen gehandelt, der nach dem Weg fragte.

Ich konnte Nefret nicht direkt konfrontieren, andererseits wusste ich, dass mein Seelenfrieden erst wiederhergestellt war, wenn ich mir Gewissheit verschafft hatte. Ich würde sie beobachten und es selbst herausfinden müssen.

Du meinst wohl, ihr nachspionieren, korrigierte mich mein Unterbewusstsein. Bei dem Gedanken drehte sich mir der Magen um, dennoch schreckte ich nicht zurück vor der Aufgabe. Falls ich sie bespitzeln müsste, würde ich es tun. Das Schlimme daran war, dass ich niemanden um Unterstützung bitten durfte, nicht einmal meinen geliebten Emerson. Emerson vertritt seine konsequenten Methoden im Umgang mit Plagegeistern und Percy verärgerte ihn über die Maßen. Percy einen Kinnhaken zu verpassen und ihn in den Nil zu katapultieren, das würde die Sachlage keineswegs optimieren. Was Ramses anbelangte ... Ich schauderte bei der Vorstellung, dass er es herausfand. Keiner von ihnen durfte etwas erfahren. Es lastete, wie üblich, auf meinen schmalen Schultern.

Als ich mein liebenswertes Ross schließlich entlang der Straße zu den Pyramiden lenkte, überkam mich eine merkwürdige Vorahnung. Eigentlich kaum merkwürdig, da ich diese häufiger habe. Ich wusste, was diese heraufbeschworen hatte. Seit jener Nacht, in der wir Wardani begegnet waren, kreisten meine Gedanken um eine Frage.

War Sethos in Kairo und ging wieder seinen früheren, schändlichen Geschäften nach? Ich wollte – konnte – nicht glauben, dass er ein Verräter war, doch die Situation begünstigte diese seine Art der Gaunerei. Exkavationen waren rückgängig gemacht worden, viele archäologische Stätten wurden nur unzureichend oder gar nicht bewacht, die Antikenverwaltung war ein einziges Chaos nach Masperos Weggang und sein Nachfolger weilte nach wie vor in Frankreich und leistete Kriegsdienst. Und die Polizei beschäftigte sich mit zivilen Unruhen. Die Gelegenheit für einen Meisterverbrecher! Und auf Grund von Sethos' Geschick in der Kunst der Tarnung würde er jede von ihm gewählte Identität annehmen können. Eine Reihe wilder Vermutungen schoss mir durch den Kopf: Wardani? General Maxwell?

Percy?

Emerson hätte jetzt eingewandt, dass diese Vorstellung selbst für meine herausragende Phantasie zu bizarr sei. Ich prustete los und konzentrierte mich auf Positiveres. Jedes Mal, wenn ich mich den Pyramiden nähere, durchzuckt mich prickelnde Erwartung.

Die Exkavation der Pyramidenfelder von Gizeh war die Erfüllung eines Lebenstraums, dennoch wurde meine Freude von der Tatsache getrübt, dass wir niemals eine Ausgrabungsgenehmigung erhalten hätten, hätte nicht ein Federstrich Freunde und frühere Kollegen zu Feinden in diesem Land erklärt, in dem sie so lange und effizient gearbeitet hatten. Mr Reisner, der die Konzession für weite Teile der Nekropolis von Gizeh besaß, war Amerikaner und würde bald seine Wintersaison beginnen, die deutsche Gruppe unter Herrn Professor Junker könnte jedoch erst nach Kriegsende zurückkehren.

Junker selbst hatte Emerson gebeten, ihn zu vertreten.

Es heißt, dass der Krieg um Weihnachten vorbei sein wird (hatte Junker geschrieben). Aber das ist ein Trugschluss. Gott allein weiß, wann und wie dieses Grauen ein Ende finden wird. Man mag mich verurteilen, wenn ich um Kunstschätze besorgt bin, obwohl so viele Menschenleben auf dem Spiel stehen, aber Sie, werter Freund, werden mich verstehen; und

Sie sind einer der wenigen Männer, in die ich das Vertrauen setze, dass sie die Monumente bewahren und die Arbeit in meinem Sinne weiterführen. Ich wünsche mir von ganzem Herzen, dass unsere gemeinsame Freundschaft trotz der Verfeindung unserer beiden Nationen Bestand hat und dass jeder Wissenschaftler unseres Fachgebietes die klassische Maxime beherzigen möge: in omnibus caritas. (Anm. d. Ü.: In allen Dingen Nächstenliebe.)

Dieser ergreifende Brief rührte mich zu Tränen. Wie betrüblich war es doch, dass die brutalen Pläne ehrgeiziger Männer sich über Logik, Emotion und wissenschaftliche Forschung hinwegsetzten! Selbst Emerson war tief bewegt von Junkers Schreiben, obschon er seine Gefühle verbarg, indem er jeden verfluchte, der ihm in den Sinn kam, angefangen mit dem Kaiser bis hin zu gewissen Mitgliedern der britischen Gemeinschaft in Kairo, für die Nächstenliebe ein Fremdwort war. Mit der Erlaubnis der Antikenverwaltung hatte er das ihm von Junker gereichte Zepter in die Hand genommen, und ich muss zugeben, dass mein tiefes Bedauern von der positiven Aussicht verdrängt wurde, endlich in dem für mich unermesslich faszinierenden Ausgrabungsgebiet tätig zu werden.

Die Touristen, die Gizeh heutzutage besuchen, können sich unmöglich vorstellen, welch prachtvollen Anblick es vor viertausend Jahren bot: Die Seiten der Pyramiden waren mit einer Schicht aus glattem weißem Kalkstein bedeckt, ihre Spitzen vergoldet, die Tempel von farbenprächtigen Säulen flankiert; der mächtige Sphinx mit intakter Nase und Bart, sein Kopfschmuck bemalt mit roten und goldenen Streifen; und, rings um die Pyramiden, die kleineren Monumente, ihre Seiten ebenfalls mit matt glänzendem Kalkstein versehen. Das waren die Gräber von Prinzen und hohen Würdenträgern des Königshauses, ausgestattet mit Kapellen und Statuen und Grabbeigaben, welche die Seele des oder der Toten stärkten, die am Ende eines tiefen, in den Oberbau gehauenen Stollens in ihrer Sargkammer ruhten.

Blieb nur zu hoffen, dass die Unsterblichkeit nicht von dem Fortbestand dieser Grabbeigaben oder dem physischen Zustand der Verblichenen abhing. Alles war verschwunden, und das schon seit Jahrhunderten – der Schmuck, die Ölkannen und die Ballen feinsten Leinens waren Horden von Grabräubern in die Hände gefallen, die Mumien der Toten auf der Suche nach Wertgegenständen zerstört. Im Laufe der Jahrtausende waren neben und manchmal auch über den Monumenten des alten Königreiches neue Grabstätten errichtet worden und das gesamte Gebiet lag unter Treibsand begraben; Dachquader waren herabgefallen, Wände eingestürzt. Die Überreste exakt zuzuordnen war selbst für einen erfahrenen Exkavator keine leichte Aufgabe, und ehe er mit seiner Arbeit beginnen konnte, musste er das jahrhundertealte Geröll beseitigen, das sich manchmal meterhoch angesammelt hatte.

Junker hatte die Wände des Grabes im Vorjahr freigelegt, der Treibsand jedoch alles wieder zugeweht. Emerson hatte den Sand von den Mauern entfernen lassen, und die Männer waren damit beschäftigt, das Innere freizulegen. Einige Exkavatoren beseitigten dieses Geröll einfach, ohne es näher zu inspizieren, doch das war nicht Emersons Methode. Nachdem er entdeckt hatte, dass die Innenwände mit bemerkenswert gut erhaltenen Reliefs bemalt waren, bestand er darauf, dass ein provisorisches Dach über der Kammer errichtet wurde. Unwetter sind nichts Ungewöhnliches in Kairo und auch der Treibsand konnte die zarten Farben zerstören.

Ich führte mein Pferd an den Kutschen, Kamelen, Karren und Kolonnen von Touristen vorbei zu unserer Ausgrabungsstätte, konnte jedoch nicht widerstehen, den einen oder anderen Blick auf die gewaltigen Ausmaße der Großen Pyramide zu werfen. Pyramiden ziehen mich magisch an. Es war herrlich, in der Nähe der mächtigsten von allen zu arbeiten und zu wissen, dass sie vorübergehend und im übertragenen Sinn mir gehörte! Allerdings hegte ich wenig Hoffnung, sie in unmittelbarer Zukunft zu erforschen. Emerson beabsichtigte, sich auf die Privatgräber zu konzentrieren. Außerdem war die Cheops-Pyramide eine der Hauptattraktionen für die Touristen, und es hätte sich schwierig gestaltet, dort ungestört zu arbeiten. Unsere eigene Exkavation befand sich so nah an deren Südseite, dass wir ständig umherstreifende Besucher verscheuchen mussten.

Aus Manuskript H

Jedes Mal, wenn Ramses die Grabstätte betrat, empfand er Mitgefühl für den deutschen Archäologen, der diese gezwungenermaßen hatte aufgeben müssen. Den Schutt zu entfernen und das Schutzdach aufzubauen hatte viel Zeit in Anspruch genommen, doch die erste Kammer, die auf ein großes, komplexes Grab hindeutete, war inzwischen freigelegt, und er hatte mit den Kopien der Reliefs begonnen. Die gemalten Fresken an der Westwand zeigten Prinz Sechemenchor und seine Gattin Hatnut, die vor einer einladend mit Speisen und Blumen gedeckten Tafel saßen. Die Inschriften wiesen die Namen der beiden aus, doch bislang hatte man keinerlei Anhaltspunkt auf einen Herrscher mit einem Sohn dieses Namens gefunden.

An jenem Nachmittag arbeitete Ramses allein. Er inspizierte die Wand, um zu prüfen, wie stark das Relief beschädigt und ob eine Restaurierung möglich war. Seine Gedanken waren augenblicklich nicht gerade erbaulich, und als Selim zu ihm stieß, reagierte er ziemlich ungnädig.

»Nun? Was willst du?«

»Es ist ein Notfall«, sagte Selim. Er sprach häufiger englisch mit Ramses, um sein Sprachgefühl zu verbessern, und dehnte das längere Wort voll Begeisterung. »Ich denke, du kommst besser mit.«

Ramses richtete sich auf. »Warum ich? Wirst du nicht allein damit fertig?«

»Es handelt sich nicht um diese Art von Notfall.« Das Licht war schwach; sie benutzten Reflektoren, da die Versorgung mit Batterien eingeschränkt war und sein Vater weder Kerzen noch Fackeln duldete. Dennoch bemerkte er Selims weiß schimmernde Zähne in seinem schwarzen Bart. Offensichtlich erheiterte ihn irgendetwas, was er seinem Freund unbedingt zeigen wollte.

Als sie aus dem Grab in das sanfte Licht der Spätnachmittagssonne hinaustraten, vernahm Ramses Stimmen. Das sonore Gemurmel der Männer vermischte sich mit dem aufgeregten Geschrei von Kindern, und über allem ertönte und verebbte eine penetrante Geräuschkulisse, die an das Pfeifen einer Lokomotive erinnerte. Die Ägypter schätzten lautstarke Auseinandersetzungen und führten sie aus vollem Halse, doch die lauteste Stimme klang wie die einer Frau. Er beschleunigte seine Schritte.

Ramses hob seine Stimme, verlangte augenblicklich Ruhe und Information. Brüllend und gestikulierend trotteten die Männer auf ihn zu. Selim, der direkt hinter ihm stand, hob einen Arm und deutete auf etwas. »Da oben, Ramses. Siehst du es?«

Ramses legte eine Hand über die Augen und blickte nach oben. Die Sonne stand tief am westlichen Himmel und ihre letzten Strahlen hüllten die Pyramidenseite in goldenes Licht. Mehrere dunkle Silhouetten zeichneten sich vor dem schimmernden Gestein ab.

Die Große Pyramide zu besteigen war ein beliebter Touristensport. Die Steinblöcke bildeten eine Art Treppe, doch da die meisten Quader fast einen Meter hoch waren, war die Kletterpartie für die Mehrheit der Besucher zu anstrengend ohne die Unterstützung mehrerer Ägypter, die von oben zogen und manchmal auch von unten schoben. Gelegentlich kapitulierte ein furchtsamer Abenteurer auf dem Weg nach oben, dann mussten seine Gehilfen ihn gnadenlos hinunterschleifen. Vielleicht war etwas Derartiges vorgefallen, dennoch vermochte er nicht nachzuvollziehen, warum Selim ihn bei der Arbeit unterbrochen hatte, damit er die Schmach irgendeines unseligen Mannes mit ansah ... Nein, keines Mannes. Blinzelnd erkannte er, dass die reglose Gestalt weiblichen Geschlechts war.

Sie befand sich gut und gerne auf halber Höhe, 70 Meter über Bodenniveau, und saß aufrecht auf einem der Steinquader, die Füße ausgestreckt. Auf diese Entfernung hin nahm er keine Einzelheiten wahr – lediglich einen unbedeckten dunklen Schopf und eine schlanke Gestalt in heller europäischer Kleidung. Nicht weit von ihr, aber doch Abstand haltend, befanden sich zwei Männer in langen ägyptischen Gewändern.

Er wandte sich an Scheich Hassan, das selbst ernannte Oberhaupt der Fremdenführer, die Gizeh unsicher machten. »Was ist da los?«, erkundigte er sich. »Warum bringen sie sie nicht nach unten?«

»Sie lässt sie nicht.« Hassans rundes Gesicht verzog sich zu einem Grinsen. »Sie beschimpft sie auf übelste Weise, Bruder der Dämonen, und schlägt sie mit ihrer Hand, sobald sie ihr zu nahe kommen.«

»Sie hat sie geschlagen?« Ramses unterdrückte ein Lachen. Dafür war die Situation zu ernst. Die unglückselige Person war vermutlich hysterisch geworden, und wenn die Führer sie gegen ihren Willen überwältigten, konnte ihr Widerstand zu einem Unfall ihrerseits führen und einer Klage wegen Körperverletzung – oder Schlimmerem – gegen die beiden. Ein Beweis für eine böswillige Absicht war nicht erforderlich, ihre Aussage genügte. Er fluchte auf Arabisch und fügte aufgebracht hinzu: »Ist denn niemand in der Lage, das Gebrüll dieser Frau zu unterbinden? Wer ist sie?«

Besagte Frau entwand sich den Armen, die sie umklammert hielten, und stürmte zu Ramses. »Warum stehen Sie tatenlos hier herum?«, wollte sie wissen. »Sie sind Engländer, nicht wahr? Worauf warten Sie noch, holen Sie sie. Retten Sie das Kind!«

»Beruhigen Sie sich, Madam«, erwiderte Ramses. »Sind Sie die Mutter?«

Ihm war bereits klar, dass sie das nicht war. Auf ihrer Stirn hätte in großen Lettern »Gouvernante« prangen können. Die ihm bekannten fielen in zwei Kategorien: die furchtsamen und zögerlichen und die lauten und befehlsgewaltigen. Diese Frau gehörte zu letzterem Typus. Sie funkelte ihn unter ihren ungezupften Augenbrauen hinweg an.

»Also, Sir? Als englischer Gentleman –«

»Englisch, jedenfalls«, murmelte Ramses. Er war versucht, darauf hinzuweisen, dass seine Nationalität ihn nicht zwangsläufig für diese Aufgabe qualifizierte, die jeder Ägypter besser bewältigt hätte, doch er wusste, dass es keinen Sinn hatte, mit einer aufgebrachten Frau zu diskutieren. Er schüttelte die große Hand ab, die seinen Arm umklammerte, und überließ sie einem widerwilligen Selim. »Ja, Ma'am. Ich werde ihr nachgehen.«

Und wenn sie mich schlagen will, dachte er im Stillen, schlage ich zurück. Ein einzigartiges Rezept gegen Hysterie, behauptete seine Mutter stets. Was zum Teufel war in diese verfluchte Gouvernante gefahren, dass sie einem Kind eine so gefährliche Unternehmung erlaubte? Entweder war sie inkompetent oder das Kind ausgesprochen ungehorsam.

Wie ein gewisser nicht sehr fügsamer Junge, dessen kompetenter Mutter es nicht gelungen war, ihn von vergleichbar riskanten Unternehmungen abzuhalten. Während seines Aufstiegs erinnerte er sich an das erste Mal, als er allein auf die Pyramide geklettert war. Damals war er zehn Jahre alt gewesen und um Haaresbreite einem Genickbruch entgangen. Seine Mutter hielt nicht viel von körperlichen Züchtigungen, doch nach dieser Eskapade hatte sie ihm gehörig den Allerwertesten versohlt. Vielleicht stand es ihm wirklich nicht zu, abenteuerlustige Kinder zu kritisieren.

Während er sich von Stufe zu Stufe hochzog, blickte er lediglich zur Orientierung nach oben. Schon mehrfach hatte er alle vier Seiten der Großen Pyramide bezwungen, dennoch war er nicht so töricht, unnötige Risiken einzugehen. Einige der Steinblöcke waren an den Rändern verwittert, andere gespalten, und sie hatten unterschiedliche Größe. Er blickte auch nicht auf, als von oben eine Stimme zu ihm drang.

»O Bruder der Dämonen! Wir haben sie begleitet, wir taten, was sie verlangte. Dann setzte sie sich und wollte sich nicht mehr rühren, und sie schlug nach uns, als wir ihr zu helfen versuchten. Wirst du ein gutes Wort für uns einlegen? Wirst du ihnen versichern, dass wir unser Bestes versucht haben? Wirst du –«

»Sicherstellen, dass ihr bezahlt werdet?« Ramses kletterte auf dieselbe Ebene wie der Sprecher. Er war ein drahtiger, kleiner Mann, sein langes, hochgestreiftes Gewand enthüllte knochige Waden und nackte Füße. Er und seine Frau bewohnten gemeinsam mit mehreren Ziegen, ein paar Hühnern und zwei Kindern eine Hütte in dem Dorf Gizeh. Zwei ihrer Kinder waren bereits im ersten Lebensjahr gestorben.

Ramses griff in seine Jackentasche und kramte eine Hand voll Münzen hervor. »Hier. Geht jetzt runter, allein komme ich besser mit ihr zurecht.«

Gottes Segen regnete auf ihn nieder, während die beiden Fremdenführer mit dem Abstieg begannen. Er zwang sich zu einem strengen Gesichtsausdruck, bevor er sich besagtem Notfall zuwandte. Unbewusst hatte er sich bereits ein Bild von ihr gemacht: Vermutlich war sie elf oder zwölf Jahre alt, mit aufgeschürften Knien und Ellbogen, sommersprossiger Nase, eigensinnigem Kinn.

Mit dem Kinn behielt er Recht. Sommersprossen hatte sie ebenfalls. Seine Alterseinschätzung wurde von ihrer grässlichen und unpraktischen Kleidung bestätigt. Das Kleid wirkte wie eine weibliche Version der Matrosenanzüge, in die seine Mutter ihn gezwängt hatte, als er noch zu jung gewesen war, um sich zur Wehr zu setzen; die gebundene Krawatte baumelte wie ein schlaffer blauer Strick an ihrem Hals. Der Rock reichte bis kurz unters Knie und ihre angewinkelten Beine steckten in dicken schwarzen Strümpfen. Er vermochte sich lebhaft vorzustellen, was sie darunter trug – mehrere Schichten wollener Unterwäsche, falls er die Gouvernante richtig einschätzte. Mausbraunes Haar hing ihr feucht und zerzaust über den Rücken und ihre rundlichen Wangen war verschwitzt. Am anziehendsten wirkten ihre haselnussbraunen Augen. Da er deren penetrantes Starren auf Entsetzen zurückführte, entschied er, dass sie Hilfe und keine Strafpredigt brauchte.

Er setzte sich neben sie. »Was ist mit deinem Hut geschehen?«, fragte er beiläufig.

Da sie ihn weiterhin anstarrte, änderte er seine Gesprächstaktik. »Mein Name ist Emerson.«

»Das ist nicht wahr.«

»Seltsam«, meinte er kopfschüttelnd. »Wenn ich mir vorstelle, dass ich mich mehr als 20 Jahre lang in meinem eigenen Namen geirrt habe. Ich muss ein ernstes Wort mit meiner Mutter reden.«

Entweder besaß sie keinen Sinn für Humor oder sie war nicht zu Scherzen aufgelegt. »Es ist der Name deines Vaters. So nennen ihn die Leute. Ich habe schon von ihm gehört. Von dir auch. Dich nennen sie Ramses.«

»Unter anderem.« Daraufhin lächelte sie unmerklich. Ihr Lächeln erwidernd fuhr er fort: »Du darfst nicht alles glauben, was du hörst. Ich bin gar nicht so übel, wenn man mich näher kennen lernt.«

»Ich wusste gar nicht, dass du so aussiehst«, murmelte sie.

Ihr Starren ging ihm allmählich auf die Nerven. »Ist meine Nase blau geworden?«, fragte er. »Oder – wachsen mir etwa Hörner?«

»Oh.« Sie errötete. »Ich war unhöflich. Entschuldigung.«

»Keine Ursache. Aber vielleicht sollten wir dieses Gespräch in angenehmerer Umgebung fortsetzen. Bist du jetzt bereit für den Abstieg?« Er stand auf und reichte ihr die Hand.

Sie presste sich fester gegen den Stein. »Mein Hut«, stammelte sie.

»Was ist damit?«

»Er ist heruntergefallen.« Sie schluckte. »Das Band muss gerissen sein. Er fiel ... er polterte ...«

Er sah hinunter. Man konnte es ihr nicht verübeln, wenn sie die Nerven verlor. Die Pyramidenseite fiel in einem steilen Winkel von ungefähr 50 Grad ab und sie befand sich in einer Höhe von 70 Metern. Zu beobachten, wie der Tropenhelm von Stufe zu Stufe gepoltert war, und sich vorzustellen, es wäre der eigene Körper, musste ein junges Mädchen erschüttern.

»Der Trick dabei ist, dass man nicht hinunterschauen darf«, sagte er leichthin. »Ich schlage vor, du bleibst mit dem Rücken dicht an der Wand. Ich werde vorgehen und dich von einer Stufe zur nächsten heben. Meinst du, du traust mir das zu?«

Sie inspizierte ihn von Kopf bis Fuß und vice versa, dann nickte sie. »Du bist sehr stark, nicht wahr?«

»Stark genug, um ein zartes Geschöpf wie dich hinunterbringen zu können. Und jetzt komm. Nein, nicht die Augen schließen; dann wird dir nur schwindlig. Sieh einfach geradeaus.«

Sie ergriff seine Hand und ließ sich von ihm hochziehen.

Zunächst ging er langsam, bis ihre verkrampfte Muskulatur sich entspannte und sie sich vertrauensvoll an ihn klammerte. Sie war leicht wie eine Feder. Er konnte ihre Taille mit seinen Händen umfassen. Sie waren noch ein Stück vom Boden entfernt, als sie lachte und über ihre Schulter zu ihm aufblickte. »Es ist wie Fliegen«, kicherte sie. »Ich habe jetzt keine Angst mehr.«

»Gut. Halt dich fest, wir sind fast da.«

»Ich wünschte, wir wären es nicht. Miss Nordstrom wird böse auf mich sein.«

»Geschieht dir recht. Du hast dich sehr töricht verhalten.«

»Trotzdem bin ich froh, dass ich es gemacht habe.«

Eine Menschentraube hatte sich am Fuß des Monuments versammelt. Die nach oben gerichteten Gesichter waren kaffeebraun, olivenfarben und sonnengerötet. Eines hatte einen besonders anziehenden Mahagoniton. Seine Mutter musste seinen Vater geschickt haben, um ihn nach Hause zu holen; er hatte mal wieder jedes Zeitgefühl verloren.

Von der letzten Stufe sprang er zu Boden und hob die Kleine hinunter. Als er sie auf ihre Füße stellen wollte, taumelte sie gegen ihn und umklammerte seinen Arm.

»Mein Knöchel. Er tut so weh!«

Da sie zu stürzen drohte, hob Ramses sie hoch und drehte sich unter dem Beifall des Publikums um. Die Engländer und Amerikaner lachten, die Ägypter brüllten und sein Vater schob sich durch die Reihen der Zuschauer.

Emersons Züge spiegelten wohlwollende Anerkennung; als er das Mädchen bemerkte, grinste er. »Alles in Ordnung mit dir, mein Kind?«, erkundigte er sich. »Gut gemacht, Ramses. Würde es dir etwas ausmachen, mich der jungen Dame vorzustellen?«

»Leider habe ich vergessen, sie nach ihrem Namen zu fragen«, erwiderte Ramses. Jetzt, da sie in Sicherheit war, regte ihn die »junge Dame« allmählich auf. Ihrem Fuß fehlte verflucht noch mal nichts; sie versuchte schlicht und einfach, Mitgefühl zu erregen, in der Hoffnung, der drohenden und wohlverdienten Strafpredigt zu entgehen. Allerdings schien die Gouvernante eher erleichtert als wütend zu sein.

»Es war mein Fehler, Sir«, wandte sich das Mädchen an den Professor. »Ich hatte solche Angst, und er war so nett ... Ich heiße Melinda Hamilton.«

»Es ist mir ein Vergnügen.« Emerson verbeugte sich. »Mein Name –«

»Oh, ich weiß, wer Sie sind, Sir. Alle kennen Professor Emerson. Und seinen Sohn.«

»Die meisten«, erwiderte Emerson. »Willst du sie nicht herunterlassen, Ramses?«

»Unglücklicherweise habe ich mir den Fuß verstaucht«, murmelte die junge Dame fröhlich.

»Den Fuß verstaucht, was? Dann kommst du am besten mit zu uns nach Hause und lässt Mrs Emerson einen Blick darauf werfen. Ich nehme sie mit, Ramses. Du kannst Miss – äh-hm – auf Risha mitbringen.«

Einen Teufel werde ich tun, dachte Ramses, als seine kostbare Fracht anmutig von seinen Armen in die seines Vaters glitt. Seinem prachtvollen Araberhengst würde das zusätzliche Gewicht nichts ausmachen, Miss Nordstrom ihn aber vermutlich der versuchten Vergewaltigung beschuldigen, wenn er sie in den Sattel hob und bei Sonnenuntergang davonritt.

Emerson strebte davon, er trug das Mädchen mit einer Leichtigkeit, als wäre es eine Puppe, und plauderte fröhlich über Tee und Kekse und die Sitt Hakim, seine Frau, die eine einzigartige Medizin für verstauchte Knöchel habe, und ihr Haus und ihre Haustiere. Ob sie Katzen mochte? Ah, dann musste sie Seshat kennen lernen.

Während Ramses sie beobachtete, beschlich ihn ein sonderbares und unverständliches Schuldgefühl, wie stets, wenn er seinen Vater mit einem Kind sah. Seine Eltern hatten ihm noch nie vorgeworfen, dass er sie nicht mit Enkelkindern beglückte; bis Sennia in ihr Leben getreten war, hatte er angenommen, dass es sie nicht sonderlich kümmerte. Er war sich noch nicht sicher, wie seine Mutter empfand, doch die Zuneigung seines Vaters gegenüber dem kleinen Mädchen war tief und rührend. Ramses vermisste sie ebenfalls, dennoch war er aus den unterschiedlichsten Beweggründen froh, Sennia in England gut aufgehoben zu wissen.

Er bemerkte die von Miss Nordstrom gemietete Kutsche und erklärte dem Fahrer, dass er die Dame zum Haus der Emersons bringen solle. Dann schwang er sich auf Risha, ritt heimwärts und fragte sich, was seine Mutter wohl von dem neuesten Liebling seines Vaters hielt.

Inzwischen habe ich mich daran gewöhnt, dass die Mitglieder meiner Familie Streuner jedweder Spezies in unser Haus bringen. Nefret ist diesbezüglich die schlimmste Vertreterin, denn sie nimmt sich ständig verletzter oder verwaister Tiere an, allerdings sind diese bei weitem weniger problematisch als verletzte oder verwaiste Menschen. Als Emerson in den Salon stürmte, ein kleines Geschöpf weiblichen Geschlechts auf dem Arm, beschlich mich eine seltsam vertraute Vorahnung. Männer besitzen eine ganze Reihe unangenehmer Eigenschaften, doch im Laufe der Jahre haben mir Frauen – insbesondere junge Frauen – erhebliche Probleme bereitet. Die meisten verlieben sich in meinen Gatten oder meinen Sohn beziehungsweise in beide.

Emerson schob die junge Person in einen Sessel. »Das ist Miss Melinda Hamilton, Peabody. Sie hat sich während des Aufstiegs zur Großen Pyramide den Fuß verletzt, deshalb habe ich sie hergebracht.«

Miss Hamilton schien keine Schmerzen zu haben. Mit einem breiten Grinsen erwiderte sie meinen Medizinerblick. Eine Lücke zwischen ihren beiden vorderen Schneidezähnen und ihre Sommersprossen gaben ihr das Aussehen kindlicher Unschuld, dennoch schätzte ich sie auf frühes Teenageralter. Sie trug ihr Haar noch nicht aufgesteckt und ihr Kleid war recht kurz. Ersteres war windzerzaust, Letzteres staubig und zerrissen. Sie trug keinen Hut.

»Du bist doch nicht etwa eine Waise, oder?«, erkundigte ich mich.

»Peabody!«, entfuhr es Emerson.

»Das bin ich in der Tat«, erwiderte die junge Person ungerührt.

»Verzeihung.« Ich fasste mich wieder. »Ich wollte lediglich feststellen – ziemlich ungeschickt, das gebe ich zu –, ob irgendeine besorgte Person in ganz Gizeh nach dir Ausschau hält. Bestimmt bist du nicht allein dort gewesen.«

»Nein, Ma'am, selbstverständlich nicht. Meine Gouvernante war bei mir. Der Professor hat mich einfach mitgenommen und hergebracht. Er ist so freundlich.« Sie warf Emerson einen bewundernden Blick zu.

»Ja«, sagte ich. »Und gedankenlos. Emerson, was hast du mit der Gouvernante gemacht?«

»Ramses wird sie herbringen. Ist der Tee fertig? Ich bin sicher, unser Gast ist erschöpft und durstig.«

Er wies mich auf meine Manieren hin – etwas, wozu er nur

selten Gelegenheit hat –, also läutete ich nach Fatima und bat sie, den Tee zu servieren. Dann kniete ich mich vor das Mädchen und zog ihr Schuh und Strumpf aus. Sie protestierte, doch dem schenkte ich natürlich keine Beachtung.

»Ich kann keine Schwellung feststellen«, verkündete ich, während ich den schlanken, staubigen, entblößten Knöchel inspizierte. »Oh – Verzeihung, Miss Melinda! Habe ich dir wehgetan?«

Ihre unwillkürliche Bewegung beruhte nicht etwa auf Schmerzen. Sie hatte sich zur Tür gedreht. »Meine Freunde nennen mich Molly«, murmelte sie.

»Ah, da bist du ja«, sagte Emerson zu Ramses, der soeben eingetreten war. »Was hast du mit der Gouvernante gemacht?«

»Und was hast du mit deinem Tropenhelm gemacht?«, bohrte ich. Genau wie sein Vater verliert Ramses ständig seine Kopfbedeckungen. Er fuhr sich mit der Hand über seine zerzausten Locken und versuchte, sie zu glätten. Er überhörte meine Frage, vermutlich, weil er es selbst nicht wusste, und antwortete seinem Vater.

»Sie wird in Kürze hier sein. Vor ein paar Minuten habe ich die Kutsche überholt.«

»Beeil dich und wasch dich«, wies ich ihn an. »Du siehst noch unordentlicher aus als sonst. Was hast du nur wieder angestellt?«

»Mich gerettet«, warf Miss Molly ein. »Bitte, schelten Sie ihn nicht. Er war großartig!«

Ramses verschwand, geräuschlos wie immer, und ich entgegnete: »Ich dachte, der Professor hätte dich gerettet.«

»Nein, nein«, räumte Emerson ein. »Ramses hat sie von der Pyramide heruntergeholt. Sie hat sich den Fuß verletzt, verstehst du, und –«

»Und den Kopf verloren.« Das Mädchen lächelte schüchtern. »Ich hatte solche Angst, wollte keinen Schritt weitergehen. Ich habe mich wie eine Vollidiotin verhalten. Mrs Emerson, Sie waren so nett – darf ich Sie um einen weiteren Gefallen bitten? Wäre es möglich, dass ich mir Gesicht und Hände wasche und mich ein bisschen frisch mache?«

Das war ein verständliches Anliegen, auf das ich selbst hätte kommen müssen. Bevor ich jedoch reagieren konnte, fand eine weitere Unterbrechung in Form einer großen, schwarz gekleideten Frau statt, die zu dem Mädchen eilte und es mit Vorwürfen und Ermahnungen überschüttete. *Ihre* Identität steht völlig außer Zweifel, dachte ich bei mir. Ich beruhigte die Frau und führte die beiden in eines der Gästezimmer. Emersons Angebot, Miss Molly zu tragen, lehnte Miss Nordstrom unmissverständlich ab und funkelte ihn an, als verdächtigte sie ihn übelster Machenschaften mit ihrem Zögling. Sie stützte das Mädchen und führte es weg.

Bei ihrer Rückkehr saßen wir um den Teetisch versammelt, auch Nefret, die den Nachmittag im Hospital verbracht hatte.

»Da sind sie«, bemerkte ich. »Ich habe Miss Forth gerade von deinem Abenteuer berichtet. Nefret, ich möchte dir Miss Nordstrom und Miss Melinda Hamilton vorstellen.«

Als Emerson ihr behilflich sein wollte, winkte die Gouvernante ab und schob ihren Schützling in einen Sessel. Das äußere Erscheinungsbild des Kindes hatte sich ausgesprochen vorteilhaft verändert. Ihr Haar war mit einem weißen Band zusammengebunden und ihr Gesicht rosig von einer intensiven Reinigungsaktion. Sie trug wieder Schuh und Strumpf. Natürlich, dachte ich, eine Frau wie Miss Nordstrom würde es für unschicklich halten, in Gegenwart eines Mannes irgendeinen Teil der unteren Körperregionen zu enthüllen.

»Ist das nicht unklug?« Ich deutete auf den beschuhten Fuß. »Ein enger Stiefel führt zu Schmerzen, falls ihr Fuß anschwillt.

Vielleicht sollte Miss Nefret einen Blick darauf werfen. Sie ist Ärztin.«

»Nicht nötig«, meinte Miss Nordstrom, Nefret mit skeptischem Erstaunen musternd.

Nefret lächelte. Sie war es gewohnt, dass man auf diese Enthüllung ungläubig oder missbilligend reagierte. »Ich würde es gern tun.«

Als das Angebot erneut abgelehnt wurde, beharrte sie nicht weiter darauf. Eine Tasse Tee vertrieb die üble Stimmung der Gouvernante. Sie entschuldigte sich, dass sie uns zur Last fielen.

»Aber keineswegs«, erwiderte ich. »Sie sind neu in Kairo, glaube ich? Wie gefällt es Ihnen?«

»Überhaupt nicht«, gestand Miss Nordstrom rundheraus. »Noch nie habe ich so viele Bettler und so viel Schmutz gesehen. Die Fremdenführer sind lästig. Und keiner dieser Halunken spricht Englisch! Ich war gegen unser Kommen, doch Major Hamilton wollte seine Nichte unbedingt in seiner Nähe haben. Er ist dienstlich hier. Kennen Sie ihn?«

»Ich habe von ihm gehört«, erwiderte Emerson. »Er ist im Ingenieurstab tätig, nicht wahr?«

»Er wurde gerufen, um den Beratungen hinsichtlich der Verteidigung des Suezkanals beizuwohnen, und er berichtet direkt an General Maxwell«, korrigierte Miss Nordstrom. Sie war offensichtlich stolz auf ihren Arbeitgeber, denn sie fuhr fort, uns in epischer Breite seine vergangenen Erfolge und seine gegenwärtige Bedeutung zu schildern.

Miss Molly blieb unbeeindruckt. Im Gegenteil – sie war gelangweilt. Ihr Gesicht hellte sich allerdings auf, als das einzig fehlende Familienmitglied mit hoch aufgerichtetem Schwanz hereinspazierte. Seshat stolzierte sogleich zu Ramses, der seine Hand ausstreckte.

»Bist du endlich aufgewacht?«, erkundigte er sich. »Nett von dir, dass du dich zu uns gesellst.«

»Oh, ist der schön!«, entfuhr es Miss Molly. »Gehört er dir, Ramses?«

»Molly!«, tadelte Miss Nordstrom. »Du bist aufdringlich!«

»Stimmt.« Ramses warf dem Mädchen ein nachsichtiges Lächeln zu. »Das ist Seshat, Molly. Eine Sie, kein Er, wenn es dir nichts ausmacht.«

Seshat ließ die Vorstellung über sich ergehen und sich streicheln – einmal. Dann kehrte sie zurück zu Ramses. Als sie Mollys betretenen Gesichtsausdruck bemerkte, sagte Nefret: »Magst du gern Tiere? Vielleicht möchtest du dir einmal unsere Menagerie ansehen?«

Miss Nordstrom lehnte die Einladung ab, und da ich die Frau ausgesprochen langweilig fand, begleitete ich Nefret und Miss Molly. Das arme kleine Geschöpf blühte förmlich auf, sobald wir den Salon verließen.

»Miss Nordstrom ist ziemlich streng«, meinte ich mitfühlend.

»Oh, Nordie meint es nur gut. Leider hat sie kein Verständnis dafür, wenn ich etwas Interessantes unternehmen will. Das hier ist das Schönste, was ich seit unserer Ankunft erlebt habe.«

»Was machst du denn für gewöhnlich?«, erkundigte sich Nefret.

Molly seufzte. »Schulaufgaben und Stadtrundfahrten, während Nordie mir aus dem Baedeker vorliest. Manchmal haben wir Gäste zum Tee. Kinder, meine ich. Da ich noch nicht in die Gesellschaft eingeführt wurde, darf ich mich nicht mit jungen Damen treffen. Und die Kinder sind so jung!«

Nefret lachte. »Und wie alt bist du?«

»Siebzehn.« Sie blickte von Nefret zu mir und wieder zu Nefret und stellte fest, dass wir ihr diesen kleinen Schwindel nicht abnahmen. »Nun ... in ein paar Monaten werde ich sechzehn.«

»Fünfzehn?«, schlug Nefret mit hochgezogenen Brauen

vor; ein Grübchenlächeln umspielte ihre Mundwinkel. »Bist du sicher, dass du nicht vierzehn – oder dreizehn – oder –«

»Fast dreizehn«, gestand Molly kleinlaut und warf Nefret einen bitterbösen Blick zu.

Sie vergaß ihren Groll, als Nefret ihr die »Menagerie« zeigte. Narmer, der hässliche gelbe Mischling, den Nefret beharrlich als Wachhund bezeichnete, begrüßte uns wie üblich aufgeregt bellend, und wir mussten ihn in den Schuppen einsperren, damit er nicht jeden ansprang. Miss Molly interessierte sich nicht sonderlich für ihn (ich auch nicht), allerdings kniete sie sich vor einen Wurf Welpen, und als die kleinen Geschöpfe zu ihr krabbelten, strahlte sie vor Freude. »Sind die süß. Ich wünschte, ich könnte einen behalten.«

»Wir könnten deinen Onkel fragen, sollen wir?«, schlug Nefret vor. »Ich bin immer auf der Suche nach einem guten Zuhause für meine Streuner.«

»Er wird es Nordie überlassen und sie wird es verbieten. Sie denkt, Tiere sind schmutzig und machen zu viel Arbeit.«

Sie spielte noch immer mit den Welpen, als Ramses zu uns stieß. »Gefällt es dir hier?«, fragte er und lächelte zu ihr hinunter. »Tut mir Leid, wenn ich dich unterbrechen muss, aber Miss Nordstrom wollte, dass ich dich hole. Sie will unbedingt zurück nach Hause.«

»Dieses grässliche Hotel ist kein Zuhause.« Trotzdem hob sie die Welpen von ihrem Schoß und hielt Ramses ihre Arme hin. »Mein Fuß tut immer noch weh. Trägst du mich?«

»Ich kann keine Schwellung feststellen«, meinte Nefret, während sie fachmännisch den kleinen Fuß abtastete. »Ich hielte es für besser, wenn du ihn bewegen würdest. Komm, ich helfe dir auf.«

Sie ließ Miss Molly keine Wahl, zog sie hoch und umklammerte energisch ihren Arm.

»Bist du wirklich Ärztin?«, erkundigte sich das Mädchen.

»Ja.«

»Ist das nicht ein anstrengender Beruf?«

»Doch, sehr anstrengend«, erwiderte Nefret ziemlich ungehalten.

Da Miss Nordstrom nervös im Zimmer auf und ab schritt, beeilten wir uns, sie zu ihrer wartenden Kutsche zu bringen, und trennten uns überschwänglich freundlich.

»Warum hast du mich mit dieser grässlichen Frau allein gelassen?«, knurrte Emerson.

»Pst! Warte, bis sie weit genug weg sind, bevor du anfängst, über sie herzuziehen«, riet ich.

»Interessiert mich nicht, ob sie es hört. Weißt du, sie ist entsetzlich streng zu dem Kind. Sie hat selber zugegeben, dass sie ihr so gut wie nichts zeigt. Kannst du dir vorstellen, Peabody – das war ihr erster Ausflug nach Gizeh, und in Sakkara oder Abu Roasch sind sie auch noch nicht gewesen!«

»Eine grässliche Unterlassungssünde, in der Tat«, lachte ich. »Nicht jeder interessiert sich für antike Stätten, Emerson.«

»Sie würde sich dafür interessieren, wenn man ihr die Gelegenheit gäbe«, beharrte Emerson. »Als ich sie herbrachte, hat sie mich mit Fragen überschüttet. Peabody, warum schreibst du nicht an ihren Onkel und fragst ihn, ob sie uns gelegentlich besuchen darf?«

»Dann ist Miss Nordstrom mit von der Partie.«

»Hölle und Verdammnis. Das ist vermutlich der Fall.« Emerson überlegte. »Ich hab's. Wir könnten sie und ihren Onkel doch zum Weihnachtsessen einladen, was? Sie ist ein aufgewecktes, fröhliches Geschöpf und scheint sich bei uns wohl zu fühlen, meinst du nicht?«

»Oh, doch«, warf Nefret ein. »Zweifellos.«

Aus Briefsammlung B

Liebste Lia,

du hast absolut Recht, wenn du mir vorwirfst, eine schlechte Briefpartnerin zu sein. Das Leben hier ist so ruhig und langweilig, dass ich nur wenig mitzuteilen weiß. Nicht, dass ich nicht stundenlang plaudern könnte, wenn du hier wärst! Wir haben immer Gesprächsstoff, nicht wahr? Was soll's, der Krieg kann nicht mehr lange dauern, und dann sind wir wieder zusammen, mit einem kleinen Erdenbürger, dem wir die Archäologie nahe bringen! Der Professor ist ein wenig schwermütig; er würde das nie zugeben, da er es verabscheut, wenn man ihn für sentimental hält, trotzdem glaube ich, dass er sich nach Sennia sehnt. Du weißt, wie sehr er Kinder mag. Gestern ist etwas recht Amüsantes vorgefallen; er kam von der Exkavation nach Hause, begleitet von einem neuen Liebling – einem jungen englischen Mädchen, das auf halber Höhe der Großen Pyramide herumlungerte. Sie war wie viele andere in Panik geraten und wollte sich von ihren Führern nicht helfen lassen, also holte man Ramses. Er brachte sie sicher wieder nach unten, doch sie behauptete, sich den Fuß verstaucht zu haben, und der Professor bestand darauf, dass sie mit zu uns kam, um ihn untersuchen zu lassen. Sie wurde von einer ausgesprochen energischen Gouvernante begleitet, die sie schleunigst wieder mitnahm, sobald es die Regeln der Höflichkeit zuließen. Dennoch befürchte ich, dass wir sie nicht zum letzten Mal gesehen haben.

Warum sage ich »befürchten«? Nun, meine Liebe, du weißt, welche Wirkung Ramses auf weibliche Wesen jedes Alters hat, vor allem, wenn er seine Reserviertheit ablegt, wie er es bei Kindern macht, und ihnen sein aufrichtiges Lächeln schenkt, statt dieses Zuckens seiner Mundwinkel, was für gewöhnlich seine leichte Belustigung oder Freude andeutet. Er hat ein umwerfendes Lächeln – etwas Derartiges haben mir zumindest einige von ihm faszinierte Frauen zu verstehen gegeben. Diesmal ist es keine Frau, sie ist erst zwölf, aber welches weibliche Geschöpf könnte einem attraktiven, sonnengebräunten, athletischen jungen Retter widerstehen? Ihrem Knöchel fehlte nichts. Ich hoffe, sie macht uns keine Schwierigkeiten.

3

»Die Musik«, bemerkte Ramses, »ist eines der effizientesten Instrumentarien der Kriegsmaschinerie.« Diese prägnante Stellungnahme entging niemandem, der an der Terrassenbrüstung des Shepheard's lehnte, wo wir die Militärkapelle beobachteten, die in Richtung der Ezbekieh-Gärten marschierte. Heute waren die Musiker vor dem Hotel stehen geblieben, traten auf der Stelle und legten (so könnte man annehmen) eine Verschnaufpause ein, bevor die Parade weiterzog. Die leuchtend rotweißen Uniformen waren an Protzigkeit kaum zu überbieten und das Sonnenlicht spiegelte sich in dem auf Hochglanz polierten Messing der Blasinstrumente.

Ich erhaschte einen Blick auf Nefret, die an Ramses' anderer Seite stand. Sie öffnete ihre Lippen, war aber genau wie ich nicht schnell genug, um ihm das Wort abzuschneiden. Ramses beugte sich über das Geländer und fuhr mit derselben getragenen Stimme fort: »Militärparaden irritieren die Ratio, da sie die Emotionen direkt ansprechen. Plato hatte ganz Recht, in seinem Idealstaat gewisse Musikrichtungen zu unterbinden. Die lydische Methode –«

Trommelwirbel und Blechbläser übertönten ihn, als die Kapelle »Herrsche, Britannia« anstimmte. Die loyalen Gäste stimmten mit mäßigem Erfolg ein; wie der werte Leser weiß, gestaltet es sich schwierig, mit den nacheinander erklingenden Arpeggien der Strophe mitzuhalten. Was den Sängern an Musikalität fehlte, glichen sie mit Enthusiasmus aus; die Gesichter glühten vor Patriotismus, Augen glänzten, und als zitternder Sopran und brummender Bariton in den Chor einstimmten: »Die Briten werden nie, nie, nie Sklaven sein!«, spürte ich, wie mein eigener Puls beschleunigte.

Das Publikum war ein Querschnitt durch die anglo-ägyptische Gesellschaft, die Damen in zarten Nachmittagskleidern mit riesigen Hüten, die Herren in Uniform oder im maßgeschneiderten Clubjackett. Unter uns warteten Zuschauer einer völlig anderen Optik darauf, dass die Straße geräumt wurde, so dass sie ihren Geschäften nachgehen konnten. Einige trugen Fes und europäische Kleidung, andere lange Gewänder und Turbane; doch ihr Gesichtsausdruck war ähnlich – bekümmert, verärgert, kritisch. Eine auffällige Ausnahme bot ein Individuum auf der gegenüberliegenden Straßenseite; sein attraktives Gesicht war tief gebräunt und er überragte die anderen Männer um einen halben Kopf. Er trug weder Fes noch Turban oder einen Hut. Ich winkte ihm zu, doch er unterhielt sich angeregt mit seinem männlichen Gegenüber und sah mich nicht.

»Dort unten ist dein Vater«, erklärte ich Ramses. »Mit wem unterhält er sich da?«

Die Kapelle war weitergezogen, so dass man sich auch ohne Brüllen Gehör verschaffen konnte. Ramses beugte sich vor, seinen Ellbogen auf die Brüstung gestützt. »Wo? Oh, das ist Philippides, der Chef des politischen Nachrichtendienstes.«

Mit neu erwachtem Interesse musterte ich das feiste, grinsende Gesicht des Burschen. Ich kannte ihn nicht persönlich, hatte jedoch einige unangenehme Geschichten über ihn gehört. Harvey Pascha, sein Vorgesetzter, machte ihn für mehrere fremdenfeindliche Unruhen verantwortlich. Außerdem hieß es, dass er ein kleines Vermögen von Leuten ergaunert habe, denen er die Deportation angedroht hatte. Die schuldigen Parteien bezahlten ihn, damit er über ihre Verfehlungen hinwegsah, die unschuldigen, damit er sie in Frieden ließ. Er terrorisierte weite Teile Kairos und seine zänkische Ehefrau terrorisierte ihn.

»Warum in aller Welt verschwendet dein Vater seine Zeit auf einen solchen Mann?«, wollte ich wissen.

»Keine Ahnung«, erwiderte Ramses. »Es sei denn, er hofft, dass Philippides Einfluss auf Davids Schicksal nehmen wird. Sollen wir an unseren Tisch zurückkehren? Vermutlich wird Vater sich in Kürze zu uns gesellen.«

Um ehrlich zu sein, war ich überrascht, dass Emerson sich überhaupt dazu herabgelassen hatte, uns zu begleiten. Er verabscheute den Nachmittagstee im Shepheard's und behauptete, dass dort nur oberflächliche Gesellschaftsgrößen und langweilige Touristen verkehrten. Damit hatte er Recht. Zu meiner Entschuldigung muss ich allerdings erwähnen, dass meine Beweggründe für besagten Aufenthalt alles andere als oberflächlich waren.

Nefret unauffällig nachzuspionieren erforderte Maßnahmen meinerseits, die sich verflucht schwierig gestalteten und kaum wiederzugeben sind. Ich konnte weder darauf bestehen, sie überallhin zu begleiten, noch Rechenschaft über ihre Schritte verlangen; und als ich ihr bei einer Gelegenheit zu folgen versuchte, getarnt mit einem von Fatima ausgeliehenen Gewand und Schleier, behinderte mich die unbequeme Kleidung in einem solchen Maße, dass Nefret die Haltestelle erreichte und in die Straßenbahn schlüpfte, während ich meine wallende Robe aus einem Gestrüpp befreien musste.

Alternativ entschied ich, dass es am besten sei, ihren Terminkalender mit Aktivitäten zu füllen, die die gesamte Familie mit einbezogen. Die herannahende Weihnachtszeit und die damit verbundenen Festlichkeiten begünstigten mein Vorhaben und der heutige Ausflug gehörte dazu.

Mein weiteres Motiv gestand ich mir selbst nur ungern ein. Was hatten wir schließlich mit Spionen zu schaffen? Diese Burschen dingfest zu machen lag in der Verantwortung der Polizei und des Militärs. Doch der Keim des Misstrauens, das Nefret gesät hatte, fand seinen Nährboden in meinen Überlegungen; wann immer ich ihn mit meiner Ratio auszumerzen versuchte, spross ein neuer grüner Schössling. Falls Sethos sich in Kairo aufhielt, waren wir die Einzigen, die eine Chance hatten, ihn zu stellen – die Einzigen, die mit seinen Methoden vertraut waren, die ihn von Angesicht zu Angesicht gesehen hatten ... nun ja, einige seiner vielen Gesichter.

Mittlerweile fragte ich mich, ob Emerson derselbe Gedanke gekommen war. Ungewollte und doch tiefe Eifersucht sowie berufsbedingte Ressentiments brodelten in ihm; nichts hätte ihm größere Genugtuung verschafft, als den Meisterverbrecher vor Gericht zu stellen. War er in diesem Augenblick auf Sethos' Spur? Warum sollte er sich ansonsten zu einem anregenden Gespräch mit einem Mann wie Philippides herablassen?

Ich war fest entschlossen, ihn zur Rede zu stellen, nahm aber nicht an, dass er die Wahrheit eingestehen würde. Gütiger Himmel, schoss es mir durch den Kopf, wenn ich Emerson *und* Nefret bespitzeln muss, dann bin ich vollauf beschäftigt.

Als er nach wenigen Minuten zu uns stieß, waren seine aristokratische Denkerstirn gerunzelt und seine weißen Zähne entblößt – vermutlich nicht zu einem Lächeln. Statt uns höflich zu begrüßen, warf er sich auf einen Stuhl und polterte los: »Was hast du jetzt wieder angestellt, Ramses?«

»Angestellt?« Ramses hob die Brauen. »Ich?«

»Ich wurde soeben informiert«, führte Emerson aus, während er dem Kellner winkte, »noch dazu von diesem Vollidioten Pettigrew, dass du abfällige Kommentare abgegeben hast, während die Kapelle patriotische Rhythmen spielte.«

»Ich sprach über Plato«, erwiderte Ramses.

»Großer Gott«, entfuhr es seinem Vater gewissermaßen verblüfft. »Weshalb?«

Ramses erklärte es ihm – ausführlicher als meiner Ansicht nach erforderlich. Schließlich steigerte er sich in das Thema hinein und war nicht mehr zu bremsen. »Bald werden die sentimentalen Balladen zu neuem Leben erweckt, die Tod und Kampf romantisch verklären. Der Landserjunge, der von seinem geliebten alten Mütterlein träumt, das Schätzchen, das tapfer lächelt, als sein Liebster in den Krieg zieht –«

»Hör auf damit«, zischte Nefret.

»Tut mir wirklich Leid«, entgegnete Ramses, »wenn du meine Äußerungen anstößig findest.«

»Eher eindeutig provokant. Was sollen die anderen Gäste denken?«

»Wenn sie ein philosophischer Exkurs verärgert –«

»Hört auf, ihr beiden«, entfuhr es mir.

Rosige Flecken zeichneten sich auf Nefrets glatten Wangen ab, Ramses biss die Zähne zusammen. Zwangsläufig musste ich Nefret zustimmen. Ramses hatte seine frühere Angewohnheit zwar fast abgelegt, in epischer Breite über Themen zu dozieren, die nur darauf abzielten, den Zuhörer (für gewöhnlich seine Mutter) zu verärgern; dieser Rückfall war meiner Meinung nach beabsichtigt.

Die Hotelterrasse des Shepheard's war schon seit Jahrzehnten ein beliebter Treffpunkt. An jenem Nachmittag war es dort noch voller als gewöhnlich. Alle Firstclass-Hotels waren zum Bersten gefüllt. Das Kriegsministerium logierte in einem Teil des Savoy; kaiserliche und britische Truppen strömten in die Stadt. Trotz der vielen Uniformen hatte sich das Shepheard's jedoch kaum verändert – weißer Damast und feinstes

Porzellan auf den Tischen, Kellner, die geschäftig hin und her eilten und Speisen und Getränke servierten, elegant gekleidete Damen und untersetzte Herren in blütenweißem Leinen. Bislang hatte der Krieg die Usancen der anglo-ägyptischen Gesellschaft nur wenig beeinflusst; ihre Mitglieder amüsierten sich kaum anders als in England: Die Damen machten Höflichkeitsbesuche und tauschten Gesellschaftsklatsch aus, die Herren frequentierten ihre Clubs – und fachsimpelten. Eine weitere Form des Amüsements – zwischen Personen unterschiedlichen Geschlechts – resultierte aus Langeweile und eingeschränkten sozialen Kontakten. Ich glaube, ich brauche das nicht zu vertiefen.

Ich blickte auf die an meinem Revers befestigte Uhr. »Sie kommt spät.«

Auf Grund dieser harmlosen Bemerkung brach Emerson mitten im Satz ab und musterte mich stirnrunzelnd.

»Sie? Wer? Verflucht, Peabody, hast du irgendeine dieser albernen Weibspersonen hier in dieses Hotel eingeladen? Ich hätte mich niemals einverstanden erklärt, euch zu begleiten, wenn ich auch nur geahnt hätte –«

»Ah, da ist sie.«

Sie war ausgesprochen attraktiv auf Grund ihrer vollendeten, beinahe südländischen Ausstrahlung, mit sehr roten Lippen und sehr dunklem Haar, und obwohl sie schwarze Witwenkleidung trug, stand ihr die Trauer gut zu Gesicht. Chiffon und Strass schmückten den Halsausschnitt, ihr Hut war mit schwarzen Satinbändern und Perlen besetzt.

Der Mann, der ihr höflich seinen Arm reichte, war ebenfalls Neuankömmling in Kairo. Er kam mir bekannt vor; ich musterte ihn forschend, bis ich erkannte, dass der schmale schwarze Lippenbart und das Monokel, durch das er die Dame betrachtete, mich an einen gewissen Russen erinnerten, den ich irgendwann einmal kennen gelernt hatte. Er war nicht der einzige Mann an ihrer Seite; sie war im wahrsten Sinne des Wortes umringt von Bewunderern, Zivilisten und Offizieren, die sie betont unbeteiligt anlächelte.

»Ist sie das?«, zischte Emerson. »Ich hoffe, du hast nicht die ganze Bande eingeladen.«

»Nein.« Ich hob meinen Sonnenschirm und winkte. Das weckte die Aufmerksamkeit der Dame; mit einer kleinen entschuldigenden Geste löste sie sich von ihren Anhängern. Ich fuhr fort: »Eine gewisse Mrs Fortescue, die Witwe eines Gentlemans, der vor kurzem in Frankreich den Heldentod fand. Ich erhielt einen Brief von ihr, dem sie ein Einführungsschreiben gemeinsamer Freunde beilegte – du erinnerst dich an die Witherspoons, Emerson?«

Emersons Gesichtsausdruck dokumentierte mir, dass er sich an die Witherspoons erinnerte und dass er im Begriff war, seine Meinung über sie zu äußern. Er wurde von Ramses abgelenkt, der die Dame interessiert beobachtet hatte. »Warum sollte sie dir schreiben, Mutter? Interessiert sie sich für die Archäologie?«

»Das behauptete sie jedenfalls. Ich sah nichts Verwerfliches darin, jemandem freundschaftlich die Hand zu reichen, der einen so bitteren Verlust erlitten hat.«

»Augenblicklich scheint sie nicht zu leiden«, warf Nefret ein.

Ihr Bruder bedachte sie mit einem süffisanten Blick, und ich zischte: »Pst, da kommt sie.«

Sie hatte ihre sämtlichen Verehrer abgeschüttelt, bis auf einen – einen rosigen Offizier, der nicht älter als achtzehn aussah. Man stellte einander vor; da der junge Mann, ein gewisser Leutnant Pinckney, weiterhin verharrte und die Dame mit sklavischer Ergebenheit anhimmelte, blieb mir nichts anderes übrig, als ihn ebenfalls einzuladen. Emerson und Ramses nahmen ihre Plätze ein und Mrs Fortescue entschuldigte sich überschwänglich für ihre Verspätung.

»Alle sind so freundlich«, murmelte sie. »Wissen Sie, es fällt mir schwer, mitfühlende Menschen vor den Kopf zu stoßen. Ich hoffe, ich habe Sie nicht zu lange warten lassen. Ich habe mich so auf diese Zusammenkunft gefreut!«

»Hmhm«, brummte Emerson, der schnell gelangweilt ist und nicht lange um den Brei herumredet. »Meine Gattin hat mir erzählt, dass Sie sich für die Ägyptologie interessieren.«

Auf Grund der Art und Weise, wie ihre schwarzen Augen sein anziehendes Gesicht und seine markanten Lippen musterten, beschlich mich der Verdacht, dass die Ägyptologie nicht ihr einziges Interessengebiet darstellte. Allerdings bewies ihre Antwort, dass sie zumindest über oberflächliche Kenntnisse der Materie verfügte, und Emerson begann sogleich mit einer Beschreibung der Mastaben von Gizeh.

Da ich wusste, dass er die Unterhaltung allein bestreiten würde, bis sie ihn irgendwann unterbrach, wandte ich mich zu dem jungen Subalternen, der auf Grund der Fahnenflucht der Dame geknickt schien. Meine mütterlichen Fragen bauten ihn auf, und er war glücklich, mir alles über seine Familie in Nottingham zu berichten. Er war erst vor einer Woche in Ägypten eingetroffen, und obwohl er lieber in Frankreich stationiert gewesen wäre, hoffte er, in Kürze zum Einsatz zu kommen.

»Nicht, dass diese Türkenbande eine große Herausforderung wäre«, fügte er mit einem jungenhaften Grinsen und einem beschwichtigenden Blick in Nefrets Richtung hinzu, die ihn wie gebannt anstarrte, das Kinn auf ihre Hand gestützt. »Die Damen brauchen sich in keinster Weise zu beunruhigen. Sie werden es niemals über den Suezkanal schaffen.«

»Wir sind keineswegs beunruhigt«, erwiderte Nefret mit einem Lächeln, das den Jungen erröten ließ.

»Das sollten Sie auch nicht sein. Hier sind einige hervorragende Jungs, wissen Sie, wirklich erstklassig. Neulich abends im Club habe ich mit einem gesprochen; wusste es zu dem Zeitpunkt nicht, er ist nicht der Typ, der sich in Szene setzen würde, aber einer der anderen Burschen klärte mich später auf, dass er ein Experte hinsichtlich der arabischen Situation ist. Vor dem Krieg war er monatelang in Palästina, ließ sich sogar von einem berüchtigten Araber und dessen Halunkenbande gefangen nehmen, um die Lage zu peilen. Dann brach er aus seinem Gefängnis aus und ließ eine ganze Reihe dieser Schurken tot oder schwer verletzt zurück. Aber vermutlich kennen Sie die Geschichte, oder?«

In seiner Begeisterung redete er sich außer Atem. Als er innehielt, reagierte für Augenblicke niemand. Nefret hatte die Lider gesenkt und lächelte nicht mehr. Ramses hatte ebenfalls zugehört. Sein Gesichtsausdruck war so nichts sagend, dass mich eine düstere Ahnung beschlich.

»Anscheinend«, meinte er gedehnt, »ist diese Geschichte ziemlich vielen bekannt. Ist der Bursche dort an der Treppe vielleicht zufällig der von Ihnen erwähnte Held?«

Nefrets Kopf wirbelte herum. Auch ich hatte Percy bislang nicht bemerkt. Ramses offensichtlich schon. Ihm entging nur wenig.

»Aber ja, das ist der Bursche.« Das einfältige Gesicht des jungen Pinckney hellte sich auf. »Kennen Sie ihn?«

»Flüchtig.«

Percy stand halb abgewandt und unterhielt sich mit einem anderen Offizier. Allerdings zweifelte ich keine Sekunde lang daran, dass er uns bemerkt hatte. Unwillkürlich legte ich meine Hand auf Ramses' Arm. Er lächelte unmerklich.

»Es ist alles in Ordnung, Mutter, das weißt du doch.«

Da ich mir etwas albern vorkam, zog ich meine Hand fort. »Warum trägt er Khaki statt der schmucken Uniform der ägyptischen Armee? Wie ich sehe, auch rote Streifen; hat man ihn versetzt?«

»Rote Streifen dokumentieren die Stabseinheit, nicht wahr?«, erkundigte sich Nefret.

»Korrekt«, erwiderte Pinckney. »Er ist im Generalstab. Für ihn war es reiner Zeitvertreib, mit einem Burschen wie mir zu reden«, fügte er nachdenklich hinzu.

Da so viele Blicke auf ihn gerichtet waren, musste Percy sich zwangsläufig zu uns umdrehen. Er zögerte einen Moment lang, und dann verbeugte er sich – die übliche Verbeugung, die uns allen galt, auch dem erfreuten Leutnant Pinckney –, ehe er die Treppe hinunterging.

Da ich bezweifelte, weitere Lobeshymnen auf Percy verkraften zu können, versuchte ich, mich an dem Gespräch zwischen Emerson und Mrs Fortescue zu beteiligen. Allerdings war sie nicht daran interessiert, mit *mir* zu plaudern.

»Ich hatte ja keine Ahnung, wie spät es schon ist!«, rief sie und erhob sich. »Ich muss mich beeilen. Darf ich darauf hoffen, Sie – alle – bald wieder zu sehen? Vergessen Sie nicht, Sie haben mir versprochen, dass Sie mir Ihr Grab zeigen werden.«

Sie reichte Emerson, der sich ebenfalls erhoben hatte, ihre Hand. Er blinzelte verständnislos. »Habe ich das? Ah. Mit dem größten Vergnügen. Selbstverständlich. Arrangieren Sie es mit Mrs Emerson.«

Sie bedachte jeden von uns mit wohlmeinenden Worten und – es entging mir nicht – Ramses mit einem besonders herzlichen Lächeln. Manche Frauen lieben es, sämtliche verfügbaren Männer in ihrer näheren Umgebung zu becircen. Als Mr Pinckney sie jedoch begleiten wollte, lehnte sie höflich, aber entschieden ab, und sobald sie den Hoteleingang erreichte, bemerkte ich, dass ein weiterer Verehrer sie bereits erwartete! Er beäugte sie durch sein Monokel, bevor er Besitz ergreifend ihren Arm nahm und sie ins Hotel führte.

»Wer ist dieser Bursche?«, wollte ich wissen.

Pinckney runzelte die Stirn. »Irgendein blasierter Franzose.

Graf von und zu irgendwas. Keine Ahnung, was die Dame an ihm beeindruckt.«

»Der Titel vielleicht«, schlug Nefret vor.

»Glauben Sie?« Der Junge starrte sie an, dann bemerkte er weltmännisch: »Ich nehme an, dass manche Damen so sind. Nun, ich will Sie nicht länger stören. Überaus nett von Ihnen, mich einzuladen. Äh – wenn ich irgendwann zufällig in der Nähe der Pyramiden bin, darf ich dann vielleicht ... äh ...«

Er fand nicht den Mut, seine Frage zu beenden, doch Nefret nickte ermunternd, woraufhin er recht fröhlich aufbrach.

»Schande über dich«, sagte ich zu Nefret.

»Er ist jung und einsam«, erwiderte sie leise. »Mrs Fortescue ist bei weitem zu erfahren für einen Jungen wie ihn. Ich werde ein nettes gleichaltriges Mädchen für ihn finden.«

»Was zum Teufel hat er euch über Percy erzählt?«, wollte Emerson wissen. Gesellschaftsklatsch und junge Liebespaare interessieren ihn nicht.

»Dieselbe alte Geschichte«, erwiderte Ramses. »Das Ironische daran ist, dass jeder glaubt, Percy wäre zu bescheiden, um darüber zu sprechen, trotz der Tatsache, dass er sogar ein Buch veröffentlicht hat, in dem er seine riskante Flucht schildert.«

»Aber es ist von Anfang bis Ende eine infame Lüge«, ereiferte sich Emerson.

»Und es wird noch besser«, fuhr Ramses fort. »Jetzt behauptet er, er habe sich vorsätzlich schnappen lassen und sich den Weg in die Freiheit allein erkämpft.«

Es hatte uns weitaus länger als nötig beschäftigt, die Wahrheit über besagtes Kapitel in Percys scheußlichem, kleinem Buch herauszufinden. Ramses hatte nicht darüber gesprochen und ich hatte mir nie die Mühe der Lektüre gemacht; die wenigen Passagen, die Nefret uns vorgelesen hatte, hatten mir voll und ganz gereicht. Allerdings hatte Emerson sich durch

Percys karge Prosa gequält – zunehmend fassungsloser und wütender, wie er behauptete. Als er das Kapitel erreichte, das Percys couragierte Flucht und seine Rettung des jungen arabischen Prinzen schilderte, der sein Mitgefangener gewesen war, hatte mein intelligenter Gatte Verdacht geschöpft und Ramses in seiner üblichen direkten Art damit konfrontiert.

»Du warst es, nicht wahr? Prinz Feisal kann es nicht gewesen sein, er wäre nicht so idiotisch, ein solches Risiko einzugehen. Und versuch jetzt nicht, mir auf die Nase zu binden, dass Percy bei dieser Gelegenheit der Held war, denn ich würde es nicht glauben, selbst wenn Allah und seine Propheten es bezeugten! Er könnte sich nicht einmal aus einer Keksdose befreien, geschweige denn einen anderen retten.«

In die Enge getrieben, blieb Ramses nichts anderes übrig, als uns reinen Wein einzuschenken und Percys Version richtig zu stellen. Gezwungenermaßen gestand er auch, dass David, Lia und Nefret davon wussten. »Ich habe sie gebeten, nicht darüber zu sprechen«, hatte er mit erhobener Stimme hinzugefügt, um Emersons Gebrüll zu übertönen. »Und ich wünschte mir, ihr würdet das Ganze nicht wieder erwähnen, auch nicht in ihrem Beisein.«

Auf Grund seiner heftigen Reaktion hatten wir keine Wahl, als uns seinen Wünschen zu beugen. Jetzt räusperte sich Emerson. »Ramses, es liegt natürlich in deinem Ermessen, aber meinst du nicht, du solltest die Geschichte richtig stellen?«

»Welchen Sinn hätte das? Mir würde ohnehin niemand glauben. Inzwischen nicht mehr.«

Emerson lehnte sich in seinem Sessel zurück und musterte nachdenklich den unbeteiligten Gesichtsausdruck seines Sohnes. »Ich verstehe sehr gut, warum du die Fakten nicht ans Licht gebracht hast. Das spricht für dich, aber verflucht, meiner Ansicht nach kann man es mit der Noblesse-oblige manchmal auch übertreiben. Ungeachtet der Tatsache, dass Percys Militärkarriere möglicherweise auf diesem Lügengespinst basiert, könnten einige Leute sich verpflichtet fühlen, ihm eine exponierte Stellung zu verschaffen. Er könnte eine Menge Schaden anrichten, wenn man ihm Aufgaben anvertraut, denen er nicht gewachsen ist.«

»Er wird solche Aufgaben geflissentlich umgehen«, erwiderte Ramses. »Das kann er hervorragend. Vater, worüber hast du mit Philippides diskutiert?«

Der abrupte Themenwechsel machte offensichtlich, dass Ramses nicht beabsichtigte, diese Sache noch länger zu erörtern. Ich spähte zu Nefret, deren Schweigen überaus ungewöhnlich war. Sie fixierte ihre Teetasse, und ich bemerkte, dass ihre Wangen leicht gerötet waren.

»Mit wem?« Emerson schien irritiert. »Oh, dieser Mistkerl. Ich stand zufällig neben ihm, also nutzte ich die Gunst der Stunde, um ein gutes Wort für David einzulegen. Philippides verfügt über großen Einfluss bei seinem Chef; wenn er sich für Davids Freilassung einsetzte –«

»Das ist ihm inzwischen aus der Hand genommen«, bemerkte Ramses. »Davids Verbindung zu Wardani ist allgemein bekannt, und es würde dem direkten Befehl des Kriegsministeriums unterstehen, ihn freizubekommen.«

»Ein Versuch kann nie schaden«, brummte Emerson. »Ich stand in der Menge, nahm die Stimmung des Augenblicks in mich auf –«

»Was für ein Unsinn“«, entfuhr es mir.

»Nicht unbedingt, Mutter«, warf Ramses ein. »Und wie ist die Stimmung, Vater?«

»Mies, mürrisch, gereizt –«

»Gewiss«, erwiderte ich.

»Du hast mich nicht ausreden lassen, Peabody. Es liegt noch etwas Übleres als Gereiztheit in der Luft. Die Verhängung des

Kriegsrechts hat die anti-britischen Ressentiments nicht beendet, sondern sie nur verlagert. Diese beschränkten Trottel von Regierungsbeamten wollen das nicht wahrhaben, aber denkt an meine Worte, diese Stadt ist ein Pulverfass, das nur darauf wartet zu –«

Das folgende Wort wurde von einer lauten Explosion übertönt, fast so, als hätte ein unsichtbarer Komplize die dramatische Bestätigung zu Emersons Äußerung geliefert. In einiger Entfernung bemerkte ich eine aufwirbelnde Staub- und Rauchwolke auf der Straße, untermalt von Kreischen, Brüllen, dem Splittern von Steinen und dem verzweifelten Geschrei eines Esels.

Ramses schwang sich über die Brüstung und landete leichtfüßig auf dem drei Meter tiefer liegenden Gehsteig. Emerson war nur Sekunden hinter ihm, da er jedoch schwerer war, stürzte er geradewegs auf den Türsteher und musste sich erst aufrappeln, ehe er Ramses zum Schauplatz des Desasters folgen konnte. Mehrere Offiziere, die die Treppe vorgezogen hatten, rannten ihnen nach. Weitere Menschen versammelten sich an der Stelle, schoben, stießen, schrien sich an.

»Lass uns nicht überstürzt hinauseilen«, sagte ich zu Nefret, entschieden ihren Versuch vereitelnd, den Tisch und mich zu umrunden.

»Vielleicht ist jemand verletzt!«

»Wenn du dich in dieses Gedränge stürzt, bist du die Erste. Bleib bei mir.«

Ich fasste ihren Arm mit der einen, meinen Sonnenschirm mit der anderen Hand und kämpfte mich durch die erregten Damen, die sich um den Treppenabsatz scharten. Die Straße hatte sich in ein einziges Chaos verwandelt. Motorisierter und vierbeiniger Verkehr waren zum Erliegen gekommen; einige Fahrzeuge versuchten umzudrehen, andere weiterzufahren. Menschen versuchten zu der Stelle zu gelangen oder sich von ihr zu entfernen. Die meisten waren Ägypter; ich wehrte einen aufgebrachten Blumenverkäufer mit einem gezielten Hieb meines Sonnenschirms ab und zog Nefret aus der Schusslinie eines mit würdevollem Turban bekleideten Herrn, der uns im Vorübergehen anspuckte.

Als wir den Schauplatz des Geschehens schließlich erreichten, hatte sich die Menschenmenge zerstreut. Ramses und Emerson verharrten, darüber hinaus mehrere Offiziere, unter anderem auch Percy. Die Ägypter waren verschwunden, mit Ausnahme zweier Festgenommener, die sich gegen ihre Häscher zur Wehr setzten, und eines dritten Mannes, der gekrümmt am Boden lag. Über ihm stand ein großer, kräftiger Bursche, der die Uniform eines australischen Regiments trug.

»Verzeihung«, sagte Nefret. Automatisch trat der Australier beiseite. Als sie sich jedoch neben den Gestürzten kniete, griff der Uniformierte nach ihr und rief: »Ma'am – Miss – also, Miss, das dürfen Sie nicht!«

Wie zufällig hob Ramses seine Hand und der Arm des jungen Mannes schoss nach oben.

»Rühren Sie die Dame nicht an«, befahl Percy. »Sie ist eine ausgebildete Medizinerin und ein Mitglied einer der angesehensten Familien in dieser Stadt.«

»Oh? Oh.« Der junge Mann rieb sich den Arm. Allerdings lassen sich die Kolonialen nicht so leicht beeinflussen; er blickte von Ramses zu Percy und sagte: »Wenn sie eine Freundin von Ihnen ist, dann schaffen *Sie* sie von hier fort. Das ist kein angemessener Ort für eine Dame.« Sein kritischer Blick glitt zu mir. »Für keine Dame. Ist sie ebenfalls eine Freundin von Ihnen?«

Percy straffte die Schultern. »Es wäre mir eine Ehre, das behaupten zu dürfen. Sie können gehen, Feldwebel; Sie werden nicht mehr gebraucht.«

An ihre unterschiedlichen Ränge erinnert, salutierte der junge Mann kurz und trat zurück.

»Was hat er, Nefret?«, fragte Emerson, Percy demonstrativ ignorierend.

»Armfraktur, Rippenbrüche, möglicherweise eine Gehirnerschütterung.« Sie sah auf. Der Rand ihres blumengeschmückten Huts umrahmte ihr anmutig gerötetes Gesicht. Die Röte stammte von ihrer Verärgerung, was sich umgehend bewies. »Wie viele von euch *Gentlemen* haben ihn getreten, als er bereits am Boden lag?«

»Es war erforderlich, um den Burschen handlungsunfähig zu machen«, erwiderte Percy sachlich. »Er wollte eine zweite Granate auf die Terrasse des Shepheard's werfen.«

»Ach du meine Güte«, entfuhr es mir. »Was ist damit passiert?«

Zu spät besann ich mich auf meinen Schwur, nie wieder mit Percy zu reden. Mit einem Lächeln, das bewies, dass *ihm* das nicht entfallen war, zog er vorsichtig seine Hand aus der Jackentasche.

»Hier. Keine Sorge, Tante Amelia, ich habe sie ihm weggenommen, bevor er den Stift herausziehen konnte.«

Nefret weigerte sich, ihren Patienten zu verlassen, bis ein Krankenwagen eintraf. Er war immer noch bewusstlos, als man ihn fortschaffte. Zu diesem Zeitpunkt war die Polizei am Ort des Geschehens und die Soldaten hatten sich zerstreut. Percy war als einer der Ersten verschwunden, ohne ein weiteres Wort mit uns zu wechseln.

Emerson half Nefret beim Aufstehen. Ihr hübsches Kleid war ruiniert; die Straßen Kairos sind mit den übelsten Substanzen bedeckt, von denen Staub noch die harmloseste ist. Ramses inspizierte sie kritisch und schlug vor, sie umgehend nach Hause zu bringen.

»Soll ich fahren, Vater?«

Da Emerson natürlich ablehnte, kletterten die jungen Leute in den Fond, und ich nahm den Platz neben meinem Gatten ein. Auf meine Bitte hin fuhr er etwas langsamer als sonst, so dass wir uns unterhalten konnten.

»Ob Percy tatsächlich einem Terroristen eine funktionsfähige Granate abgenommen hat?«, hub ich an.

»Keine Ahnung«, brummte Emerson, während er die Hupe betätigte. Ein Radfahrer schlingerte uns hektisch aus dem Weg, und Emerson fuhr fort: »Als ich eintraf, war ein nettes kleines Handgemenge im Gange. Ramses – der einen geringen Vorsprung hatte – und Percy versuchten, den vermeintlichen Anarchisten und seine mit Stöcken und Steinen bewaffneten Anhänger abzuwehren. Die meisten ließen ihre Waffen fallen und machten sich davon, als unsere Verstärkung eintraf, allerdings ...« Emerson hüstelte.

»Der Exodus begann, sobald sie dich erkannten«, warf ich ein. »Nun, mein Lieber, das erstaunt mich nicht. Was mich erstaunt, ist die Tatsache, dass der Anführer Granaten hatte, die anderen aber lediglich Stöcke und Steine.«

»Ich glaube nicht, dass die anderen daran beteiligt waren«, räumte Emerson ein. »Sie reagierten aus reiner Solidarität, als sie sahen, dass ein Ägypter von Soldaten angegriffen wurde. Es war ein schlichtweg dilettantischer Versuch. Die erste Granate hinterließ lediglich ein Loch im Straßenpflaster und verletzte einen Esel.« Er drehte den Kopf und brüllte: »Hast du den Burschen erkannt, Ramses?«

»Nein, Sir. Sir – diese Droschke –«

Emerson malträtierte die Bremse. »Ich auch nicht. Er wirkte wie ein harmloser Straßenverkäufer. Wesentlich aufschlussreicher ist die Überlegung, woher er moderne Waffen hatte.«

»Die Antwort auf diese Frage wird die Polizei ihm zweifellos abpressen«, sagte ich grimmig.

»Sei nicht melodramatisch, Peabody. Das ist nicht mehr das

Ägypten, wie wir es noch kennen; selbst in den Provinzen sind Karbatsche und Folter verboten.«

Hektisch wich Emerson einem Kamel aus. Kamele lassen niemandem das Vorrecht, auch nicht Emerson. Ich umklammerte meinen Hut und wies ihn milde zurecht.

»Es war die Schuld dieses Kamels«, meinte Emerson. »Alles in Ordnung dahinten, Nefret?«

»Ja, Sir.«

Das war das Einzige, was beide Kinder während der Fahrt äußerten. Emerson erwähnte nur noch eine Sache. »Wie auch immer, Peabody, irgendjemand findet besser schleunigst heraus, wie dieser Bursche in den Besitz von Granaten gelangt ist. Wo zwei sind, da können auch mehr sein.«

Aus Manuskript H

Ich glaube, ich werde alt, sinnierte Ramses. Es fällt mir von Mal zu Mal schwerer, meine Tarnung genauestens zu reflektieren.

Ein Blick in den hohen Spiegel neben dem Diwan, auf dem er saß, vergegenwärtigte es ihm erneut: graues Haar, faltiges Gesicht, Fes, eine glitzernde Anstecknadel, mit Ringen überhäufte Finger. In dem Raum befanden sich unzählige Spiegel, ganz zu schweigen von den Perlenvorhängen, den weichen Kissen und den so übertrieben vergoldeten Möbeln, dass sie selbst im diffusen Licht schimmerten. In einiger Entfernung, gedämpft durch die schweren Samtportieren vor den Fenstern und Türen, vernahm er lachende Frauenstimmen und leise Musik. Die Luft war heiß und stickig und erfüllt von einem schweren Duft.

Unsichtbare Hände zogen den Vorhang beiseite und eine Gestalt trat ein. Sie war in weite weiße Gewänder gehüllt, die bei ihrem Näherkommen flatterten. Ramses blieb sitzen. Es wäre schwierig gewesen, die Etikette exakt zu bestimmen, doch wer auch immer el-Gharbi sein mochte, jedenfalls war er keine Frau. Allerdings besaß er die völlige Kontrolle über die Bordelle in el Was'a.

Die hünenhafte Gestalt setzte sich neben Ramses auf den Diwan, der unwillkürlich die Nase rümpfte, als ihn eine Patschuliwolke umhüllte. El-Gharbi ließ wenig aus. Sein rundes, dunkles Gesicht strahlte vor diabolischem Vergnügen.

»Stört dich mein Parfüm? Es ist sehr selten und teuer.«

»Über den Geschmack lässt sich streiten«, sagte Ramses, ohne die Stimme zu verstellen. El-Gharbi wusste, wen er vor sich hatte. Die Tarnung diente lediglich als Vorsichtsmaßnahme, für den Fall, dass man ihn beschattete.

Während die formellen Begrüßungsfloskeln ausgetauscht wurden, wappnete er sich mit Geduld, die ihn seine langjährige Erfahrung mit den Ägyptern gelehrt hatte. Möge Allah dir einen schönen Abend gewähren; wie ist es um deine Gesundheit bestellt? Allah schütze dich; und schließlich das höfliche und übliche: Mein Haus ist auch dein Haus.

»Beiti beitak, Bruder der Dämonen. Ich hätte nie gedacht, dass mir jemals die Ehre zuteil würde, dir hier in meinem Hause Zerstreuung zu bieten.«

»Du weißt genau, dass ich nicht wegen der Zerstreuung gekommen bin«, erwiderte Ramses. »Wenn ich könnte, würde ich dir das Handwerk legen.«

Gewaltiges Lachen erschütterte den Diwan. »Ich bewundere einen aufrichtigen Mann. Deine Einstellung und die deiner Familie ist mir zur Genüge bekannt. Aber, mein lieber junger Freund, meinen Geschäften ein Ende zu setzen würde die von dir beanstandeten Gegebenheiten nur verschlimmern. Ich bin ein humaner Arbeitgeber.«

Das vermochte Ramses nicht zu widerlegen. Warum blieben moralische Fragen so häufig ohne eine eindeutige Definition von Richtig oder Falsch? Das Richtige, das eindeutig Richtige wäre die völlige Ausmerzung dieses schmutzigen Gewerbes; doch auf Grund der Tatsache, dass es existierte und vermutlich nie aussterben würde, waren die bedauernswerten Opfer, Männer wie Frauen, mit el-Gharbi bei weitem besser bedient als mit einem seiner brutalen Vorgänger. »Humaner als einige andere«, gestand Ramses widerstrebend.

»Wie beispielsweise mein früherer Rivale Kalaan.« Kopfschüttelnd spitzte der Hüne seine rot angemalten Lippen. »Ein widerlicher Sadist. Seine Beseitigung verdanke ich dir, und ich akzeptiere, dass ich in deiner Schuld stehe. Deshalb bist du doch gekommen, nicht wahr, um mich um einen Gefallen zu bitten? Ich vermute, es betrifft deinen Cousin. In letzter Zeit haben wir ihn kaum gesehen, obwohl er gelegentlich vorbeischaut.«

»Seine Gewohnheiten interessieren mich nicht«, wandte Ramses ein. »Ich komme wegen einer anderen Sache. Vermutlich hast du von dem heutigen Vorfall vor dem Shepheard's gehört.«

»Vorfall! Eine blumige Umschreibung! Ganz Kairo weiß es. Du willst doch hoffentlich nicht andeuten, dass ich meine Hand im Spiel hatte? Mein Geschäft ist die Liebe, nicht der Krieg.«

»Eine weitere blumige Umschreibung für ein schmutziges Geschäft. Woher hatte er die Granaten? Wer waren seine Komplizen?«

»Da er noch vor seinem Geständnis starb, werden wir die Antwort nie erfahren. Die beiden anderen haben jede Komplizenschaft abgestritten; man nimmt an, dass sie bald freigelassen werden.«

»Starb? Wann? Er lebte noch, als sie ihn ins Hospital brachten.«

»Vor weniger als einer Stunde. Habe ich dir soeben etwas erzählt, was du noch nicht wusstest?«

»Du hast mir nicht erzählt, was ich wissen will.«

El-Gharbi saß da wie eine groteske Statue, die Hände vor seine Augen gelegt. »Von mir hat er die Waffen nicht bekommen. Gewisse ... Waren gehen manchmal durch meine Hände. Ich agiere auf anderen Märkten. Ein Mann streut kein Gift im eigenen Garten. Um ehrlich zu sein, mein Freund, erzähle ich dir das alles, weil ich nicht will, dass du hier herumstreichst und Probleme heraufbeschwörst. Auch wenn es mir ein Vergnügen ist, dich anzuschauen«, fügte er affektiert lächelnd hinzu.

Ramses lachte. »Mag sein. Woher hatte er sie dann?«

»Nun, mein lieber Junge, wie wir alle wissen, halten sich in Kairo deutsche und türkische Agenten auf. Allerdings glaube ich nicht, dass sie einen Amateur wie diesen Burschen anheuern würden. So, das lässt nur eine mögliche Quelle offen. Seinen Namen zu nennen ist nicht erforderlich. Ich kenne seinen gegenwärtigen Aufenthaltsort nicht. Er vertraut mir nicht.« El-Gharbi faltete seine beringten Wurstfinger und seufzte tief.

»Nein, vermutlich nicht. Kann ich dir das glauben?«

»Was war ... was seinen derzeitigen Aufenthaltsort anbelangt, ja. Offen gesagt hoffe ich, dass ihr ihn aufspürt. Der Patriotismus ist eine Plage; er führt nur zu Schwierigkeiten. Und die will ich vermeiden. Sie schädigen mein Geschäft.«

»Das glaube ich dir gern. Nun ...« Ramses wollte sich erheben.

»Warte. Willst du denn nichts über deinen Cousin erfahren?«

»Was führt dich zu dieser Annahme?«

»Zwei Überlegungen. Entweder willst du ihm die ... bedauerliche Sache heimzahlen, die er dir vor einigen Jahren anzuhängen versuchte, oder du hast ihm verziehen und hoffst, ihn meinem schlechten Einfluss zu entziehen.« Selbstgefällig grinsend hielt er ihm eine Zigarettendose hin. »In der Stadt wird gemunkelt, dass er versucht, sich erneut bei dir und deiner Familie einzuschmeicheln.«

Ramses nahm eine Zigarette und zündete sie langsam an, während er diese beeindruckende Argumentation auf sich wirken ließ. Er hatte das Gefühl, in ein strategisches Wortspiel verwickelt zu sein, und sein Gegner taktierte weitaus geschickter als er. Wie viel wusste el-Gharbi von dieser »bedauerlichen Sache«? Das Mädchen, das Percy geschwängert hatte, stammte nicht aus seinem Stall, dennoch wusste vermutlich jede Prostituierte und jeder Zuhälter im Rotlichtmilieu um die Identität von Sennias Vater. Der Rest der Geschichte und Percys diesbezügliche Beteiligung waren nicht allgemein bekannt. Und doch hatte el-Gharbi von Vergeltung gesprochen ...

Als Ramses aufblickte, begegnete er einem Paar stechender brauner Augen, die Wimpern getuscht, die Lider mit Kajal umrahmt. »Lass dich nicht täuschen«, meinte der Zuhälter, kaum die Lippen bewegend. »Wenn er betrunken ist, brüstet er sich mit seiner Tat. Wusstest du, dass dein erstes Zusammentreffen mit dem Kind kein Zufall war? Dass er es arrangierte – dass er sie lehrte, dich Vater zu nennen – dass er Kalaan dafür bezahlte, dass dieser sie und ihre Mutter in euer Haus brachte, um dich vor deinen Eltern und der von dir geliebten Frau zu beschämen? Ah. Wie ich sehe, erzähle ich dir nichts Neues. Aber wusstest du auch, dass er seinen Plan einem gewissen ehrbaren Gentleman schilderte, der die Dame ebenfalls liebte? Dein Cousin hat es so eingefädelt, dass besagter Gentleman sie erwartete, als sie an jenem Tag überstürzt das Haus verließ; er tröstete sie, bestätigte die über dich verbreiteten Lügen und überredete sie, ihn zu heiraten. Im Gegenzug versprach er ihr, *keine Forderungen* an sie zu stellen und sie freizugeben, falls und wann immer sie es wünschte. Er ließ sie in dem Glauben, er wäre krank und hätte nur noch wenige Monate zu leben. Eine wenig überzeugende Geschichte, ehrlich gesagt, aber wie ich hörte, ist sie von Natur aus impulsiv.«

»Wir wollen nicht über sie reden.«

El-Gharbi schlug seine beringten Hände vor seine angemalten Lippen, wie ein Kind, das sich verplappert hat. Seine Augen strahlten vor boshaftem Vergnügen. »Also habe ich dir letztlich doch etwas berichtet, was du noch nicht wusstest. Warum hasst er dich so sehr?«

Ramses schüttelte den Kopf, völlig verblüfft über el-Gharbis letzte Enthüllung. Er fürchtete, aus seiner Bestürzung heraus vielleicht mehr preiszugeben, als ihm lieb war.

»Nun gut«, meinte der Zuhälter. »Du wandelst unter gezückten Dolchen, Bruder der Dämonen. Sei auf der Hut. Dein Cousin hat noch weniger Skrupel als ich.«

Er klatschte in die Hände. Daraufhin wurden die Türvorhänge von einem Diener beiseite geschoben. Das Gespräch war beendet. Ramses sprang auf. »Danke für die Warnung. Ich frage mich nur ...«

»Warum ich mich der Mühe unterziehe, dich zu warnen? Weil ich hoffe, dass du *mir* Zeit und Mühen ersparst. Und weil du aufrichtig und jung und sehr attraktiv bist.«

Ramses hob seine buschigen grauen Augenbrauen und die groteske Gestalt schüttelte sich vor verhaltenem Lachen. »Meine Augen sehen dein wahres Gesicht, Bruder der Dämonen. Geh jetzt mit Musa; er wird dir einen weniger frequentierten Ausgang zeigen als den, den du vorhin benutzt hast. Ich zähle auf deine Diskretion, wie du der meinigen vertrauen musst. Allah sei mit dir. Diesen Schutz wirst du brauchen, denke ich.«

Ramses folgte dem schweigenden Diener durch die schwach

beleuchteten Flure. Sein Verstand war wie betäubt, während er die Informationen zu verarbeiten versuchte, die el-Gharbi ihm wie eine Feuersalve entgegengeschmettert hatte. Jahrelang hatte er sich das Hirn wegen Nefrets überstürzter Heirat zermartert, jeden Verdacht einer Beteiligung Percys als Wunschdenken und verletzten Stolz abgetan; schlimmer noch als das war jedoch die Furcht gewesen, dass sie sich ihm in jener Nacht aus Mitleid hingegeben hatte, nachdem er ihr schließlich seine Liebe eingestanden hatte. Nefret machte keine halben Sachen; ihr liebevolles, mitfühlendes Naturell und ihre grenzenlose Großherzigkeit hätten einem Mann überzeugende Leidenschaft vorgegaukelt, selbst wenn dieser sie nicht so verzweifelt begehrte wie er.

Dennoch musste el-Gharbis Enthüllung der Wahrheit entsprechen, da sie direkt von Percy stammte. Es sei denn, der Zuhälter log aus irgendeinem unerfindlichen, persönlichen Grund ...

Ob wahr oder unwahr, er hatte die Geschichte nicht unbegründet erfahren, und er bezweifelte, dass el-Gharbis Motive uneigennützig waren.

Konnte sie trotzdem stimmen? Er kannte Nefret gut genug, um zu wissen, dass es sich so verhalten haben könnte. Fünf Minuten bevor sie an jenem Morgen nach unten gegangen waren, hatte sie in seinen Armen gelegen und seine Küsse erwidert. Um dann mit dem diabolisch gestrickten Beweisnetz konfrontiert zu werden, das ihn eines Verbrechens brandmarkte, welches sie für schlimmer hielt als Mord ... Er konnte sich nur zu gut daran erinnern, wie schmerzvoll und beklemmend diese Anschuldigung auf ihn selbst gewirkt hatte, obschon er genau wusste, dass ihn keine Schuld traf.

Und er hatte sie gehen lassen. Er musste sich um andere Verpflichtungen kümmern – das Kind, seine Eltern, die unmittelbare Bedrohung der Mutter des Kindes –, aber er hatte genauso kopflos gehandelt wie Nefret, und das aus denselben ausgesprochen kindischen und doch menschlichen Beweggründen: Schmerz und Wut und Enttäuschung. Sie hatten sich beide wie verliebte Idioten verhalten, und doch hätte es letztlich ein gutes Ende genommen, hätte Percy nicht seine Hand im Spiel gehabt.

Was hatte el-Gharbi ihm über Percy zu vermitteln versucht?

Er gab dem Diener ein paar Münzen und schlüpfte in die Gasse hinter dem Bordell. Allmählich verlangsamte er seine Schritte, bis er stocksteif stehen blieb. Ein einziger Satz ging ihm nicht mehr aus dem Kopf: »... er würde keine Forderungen an sie stellen ...«

Keine Forderungen, *in jeder Hinsicht?* War es möglich? Das würde vieles erklären. Das Baby zu verlieren war der letzte Schlag gewesen, der zu ihrem psychischen Zusammenbruch geführt hatte. Falls diese kurze, unselige Ehe nicht vollzogen worden war – falls sie entdeckt hatte, zu spät entdeckt hatte, dass sie sein Kind unter dem Herzen trug – falls sie ihn immer noch liebte und glaubte, dass ihr fehlendes Vertrauen zu ihm seine Liebe zu ihr zerstört hatte ...

Schlagartig überwältigten ihn Mitgefühl, Zärtlichkeit und Reue. Ich werde es erneut versuchen, überlegte er. Falls es stimmt. Falls sie es zulässt. Falls es noch nicht zu spät ist.

Zunächst war da allerdings noch die andere Geschichte.

Die Weihnachtszeit nahte mit Riesenschritten, doch es fiel mir schwer, mich mental auf das Fest vorzubereiten. Kaum verwunderlich bei einer auseinander gerissenen Familie, Gerüchten, dass türkische Truppen den Sinai erreichten, und den erschütternd hohen Verlustlisten von der Westfront. Wenn ich daran dachte, dass jene beiden hübschen, sensiblen Jungen, die ich so sehr liebte, in einem schlammigen Schützengraben dem Tod ins Auge sahen, sank meine Stimmung ins Bodenlose. Für ihre Eltern war es bestimmt noch härter, auch für das Mädchen, mit dem Johnny verlobt war. Welche Qualen mussten sie durchstehen!

Allerdings vernachlässige ich niemals meine Pflichten, und meiner Meinung nach machte die allgemeine Niedergeschlagenheit es umso zwingender, in der Weihnachtszeit zu feiern und die Gesellschaft der Freunde zu genießen, die noch bei uns waren. Es waren allerdings weniger als in früheren Jahren. Monsieur Maspero, der Direktor der Antikenverwaltung, war in den Ruhestand getreten; er war schon seit einiger Zeit kränklich und die Verwundung seines Sohnes Jean zu Beginn jenes Herbstes hatte ihm einen schweren Schlag versetzt. Der junge Mann, ein hervorragender Wissenschaftler auf seinem Gebiet, war inzwischen wieder zu den Schützengräben zurückgekehrt. Howard Carter verbrachte den Winter in Luxor; seinem Mäzen, Lord Carnarvon, war das Ausgrabungsrecht für das Tal der Könige zugesprochen worden, nachdem Mr Theodore Davis aufgegeben hatte. Howard stimmte nicht mit Davis' Aussage überein, dass es keine weiteren königlichen Grabstätten im Tal gebe. Er war erpicht darauf, welche zu finden.

Unsere engsten Freunde, Katherine und Cyrus Vandergelt, arbeiteten in der näheren Umgebung, bei Abu Sir. Katherine würde ebenfalls Beistand benötigen; ihr Sohn war bei den Ersten gewesen, die man eingezogen hatte. Bertie war bei Mons leicht verwundet worden, inzwischen jedoch wieder militärisch aktiv.

Also verschickte ich meine Einladungen und nahm andere an. Wie stets monierte Emerson, dass ihm diese Zeit bei seiner Arbeit fehlen würde, und auf meine Frage, ob er etwas dagegen habe, an einem Kostümball im Shepheard's teilzunehmen, entrüstete er sich dermaßen, dass ich mich gezwungen sah, die Tür meines Arbeitszimmers zu schließen, wo unser Gespräch stattfand.

»Gütiger Himmel, Peabody, hast du vergessen, was auf unserem letzten Maskenball passierte? Wäre ich nicht in sprichwörtlich letzter Sekunde eingeschritten, hätte dich ein ausgesprochen unangenehmer Schurke entführt, den du für mich gehalten hast! In diesen Kostümen erkennt doch keiner den anderen nicht«, fügte Emerson auf Grund seiner übersteigerten Erregung etwas wirr hinzu.

Er wirkte so anziehend mit seinen funkelnden saphirblauen Augen, den strahlend weißen Zähnen, dem Grübchen in seinem zornbebenden Kinn, dass ich ihn einfach ein bisschen aufziehen musste. »Also, Emerson, du weißt doch genau, wie sehr du es genießt, dich zu maskieren. Vor allem mit Bärten! Es ist höchst unwahrscheinlich, dass etwas Derartiges erneut passiert. Ich hatte ohnehin an ein spärlicheres Kostüm für dich gedacht. Du hast so wohlgeformte Waden, wie wäre es da mit einem römischen Zenturio oder einem Schotten im Kilt oder vielleicht einem Pharao –«

»Lediglich mit einem Lendenschurz und einem Perlenkragen bekleidet?« Emerson blickte mich finster an. »Und du in einem dieser durchsichtigen, plissierten Gewänder, als Nofretete? Also, Peabody ... Oh. Du scherzt, oder?«

»Ja, mein Schatz.« Ich lachte. »Wir brauchen nicht teilzunehmen, wenn du nicht willst, der Ball ist erst in einigen Wochen. Jetzt machst du dich besser auf den Weg. Ich werde noch diese Mitteilungen fertig stellen, ehe ich nachkomme.«

Überzeugt, dass die Diskussion beendet war, wandte ich mich wieder meinem Schreibtisch zu und griff zum Federhalter.

»Ehrlich gesagt, ich würde dich gern als Nofretete sehen.« Emerson trat hinter mich und legte seine Hand auf meine Schulter.

»Also, Emerson, du weißt, dass ich dieser eleganten Dame nicht im Entferntesten ähnlich bin. Ich bin zu – mein Lieber, was machst du da?«

In der Tat wusste ich sehr genau, was er da machte. Er zog mich hoch und umarmte mich stürmisch. »Ich ziehe dich Nofretete, Kleopatra oder der schönen Helena vor«, murmelte er an meiner Wange.

»Jetzt?«, entfuhr es mir.

»Warum nicht?«

»Nun, erstens ist es acht Uhr morgens und zweitens erwartet man dich in Gizeh und ... und ...«

»Sollen sie doch warten.«

Es war wie in alten Zeiten, als Emerson seine stürmische Zuneigung an Orten und unter Bedingungen demonstrierte, die manch einer für unschicklich halten könnte. Ich war nie in der Lage, ihn abzuweisen – genau wie jetzt. Als er mich verließ, erfreute ich mich weitaus besserer Stimmung. Leise summend kehrte ich zurück in mein Arbeitszimmer und erledigte meine Korrespondenz.

Erst als die Euphorie dieses kleinen Zwischenspiels nachließ, keimte in mir ein Verdacht auf. Emersons Beweise seiner Zuneigung sind häufig spontan und stets überwältigend. Er weiß sehr wohl, wie sie mich berühren, und er würde sie auch als Ablenkungsmanöver einsetzen.

Ich legte meinen Federhalter aus der Hand und überdachte unser Gespräch. War seine plötzliche Bereitschaft, seinen Aufbruch zu verzögern, nicht etwas ungewöhnlich gewesen? Normalerweise konnte er es kaum erwarten, zu seiner Ausgrabungsstätte zu kommen, und drängte alle anderen zur Eile. Wir hatten über Kostüme und Verkleidungen geredet, und wenn ich es mir recht überlegte, war dieser verschlagene Blick in seine Augen getreten, als ich Bärte erwähnte ... Zur Hölle mit diesem Mann, fluchte ich im Stillen, er führt irgendetwas im Schilde! Trotz seiner anders lautenden Beteuerungen wusste ich, dass er darauf brannte, sich in irgendeiner Form am Kriegsgeschehen zu beteiligen. Er sympathisierte mit Ramses' pazifistischer Einstellung, teilte sie aber nicht völlig, und ich vermutete, dass er im Grunde genommen eine Gelegenheit suchte, um getarnt die Straßen Kairos unsicher zu machen und Spione und ausländische Agenten aufzuspüren. Dagegen hatte ich wenig einzuwenden, solange er nicht versuchte, mich daran zu hindern, das Gleiche zu tun.

Auf Emersons Bitte hin hatte ich Major Hamilton geschrieben und ihn und seine Nichte zum Tee eingeladen. Am Nachmittag darauf erhielt ich seine knapp gehaltene Antwort. Nefret war mit ihrer eigenen Post beschäftigt; was sie gerade las, schien sie brennend zu interessieren.

Wir saßen auf der Dachterrasse und warteten darauf, dass die anderen von der Exkavation heimkehrten. Schon mehrere Tage lang hatte ich die Mitteilungen und Briefe durchgesehen, die während unserer Abwesenheit eintrafen. Natürlich hätte ich niemals einen an Nefret adressierten Umschlag geöffnet; ich wollte lediglich wissen, ob Percy die Dreistigkeit besaß, mit ihr zu korrespondieren. Bislang hatte sie nichts Verdächtiges erhalten, aber heute hatte sie den Postkorb auf dem Tisch in der Eingangshalle noch vor mir inspiziert.

»Doch hoffentlich keine schlechten Nachrichten?«, erkundigte ich mich, als ich eine winzige Falte auf ihrer Stirn bemerkte.

»Was?« Abrupt sah sie auf. »Oh. Nein, nichts dergleichen. Nur eine Einladung, die ich nicht annehmen werde. Hast du irgendetwas Interessantes bekommen?«

»Ich habe Nachricht von Major Hamilton – du weißt, der

Onkel der jungen Dame, die neulich hier war. Eine recht merkwürdige Mitteilung. Was meinst du?«

Ich reichte ihr den Brief in der Hoffnung, dass sie diesen Vertrauensbeweis erwidern würde. Nichts dergleichen. Sie faltete ihren eigenen Brief und ließ ihn in ihre Rocktasche gleiten, bevor sie das Blatt aus meiner Hand nahm. Während sie las, entwich ihren Lippen ein leiser Pfiff.

»Merkwürdig? Eher unhöflich. Aus den Formulierungen, mit denen er deine Einladung ablehnt, wird klar ersichtlich, dass er kein Interesse an unserer Bekanntschaft hat, geschweige denn die Absicht, seiner Nichte einen erneuten Besuch zu gestatten. Warum, sagt er nicht.«

»Ich glaube, ich kann es mir denken.«

Nefret musterte mich verblüfft. »Ich war mir nicht im Klaren, dass du es weißt.«

»Was weiß?«

Sie schien ihre spontane Äußerung zu bereuen, doch mein durchdringender Blick verlangte unmissverständlich eine Antwort. »Dass Ramses dem Major Mrs Fortescue ausgespannt hat.«

»Welch unfeine Ausdrucksweise! Soll das heißen, dass Ramses und diese Frau – äh – liiert sind? Sie ist alt genug, um seine Mutter zu sein. Was ist mit ihrem anderen Verehrer – diesem französischen Grafen?«

Nefret spitzte ihre wohlgeformten Lippen. »Ich verabscheue diese Art von Klatsch, dennoch wünschte ich, du würdest mit Ramses reden. Vermutlich wird der Major ihn lediglich brüskieren, der Graf hingegen hat angedroht, ihn herauszufordern.«

»Zum Duell meinst du? Wie absurd.«

»Nicht für den Grafen. Er ist ein richtiger Galan, im europäischen Sinne. Mit Handkuss und Hacken zusammenschlagen.«

»Du kennst ihn?«

»Beiläufig. Na ja, ich wage zu behaupten, dass nichts passieren wird. Es gibt noch einen weiteren Grund, warum der Major möglicherweise nicht daran interessiert ist, die Bekanntschaft mit uns zu vertiefen. Welcher verantwortungsvolle Vormund würde einem jungen Mädchen erlauben, sich mit einem Mann anzufreunden, der nicht nur ein Pazifist und ein Feigling, sondern auch ein notorischer Schürzenjäger ist!«

»Nefret!«

»Verzeih, Tante Amelia! Aber genau das sagt man ihm nach, weißt du. Alle wissen, dass die Geschichten nicht zutreffen, und doch werden sie verbreitet, und wir können verflucht nichts dagegen unternehmen!«

»Irgendwann sind sie vergessen«, sagte ich und wünschte, ich könnte es glauben.

Die Zornesröte wich aus ihren Wangen und sie schüttelte lächelnd den Kopf. »In gewisser Weise provoziert er sie. Man kann es der Kleinen kaum verübeln, dass es ihr den Boden unter den Füßen wegzog.«

»Im sprichwörtlichen wie im übertragenen Sinn, glaube ich. Meine liebe Nefret, er hat es nicht provoziert; einmal darum gebeten, musste er das Kind retten.«

»Es geht nicht darum, was er tut, sondern *wie* er es tut!«

Ich konnte mir das Lachen nicht verkneifen. »Ich weiß, was du meinst. Nun, meine Liebe, er wird es nicht wieder tun – wenigstens nicht bei Miss Hamilton. Der zwar unhöfliche Brief des Majors enthebt mich einer Verantwortung, die ich nur zu gern umgehe. Emerson wird allerdings enttäuscht sein.«

Als Emerson auftauchte, begleiteten ihn Cyrus und Katherine Vandergelt, die mit uns zu Abend essen und die Oper besuchen wollten. Ich nahm an, dass sie mit ihrem Wagen gekommen waren, da beide entsprechende Kleidung trugen. Cyrus hatte etwas von einem Dandy; sein Staubmantel war aus feinstem weißem Leinen und seine Kappe mit einer Schutzbrille versehen, die er momentan jedoch hochgeschoben hatte. Katherine widmete sich der Aufgabe, die Schleier zu entwirren, in die sie gehüllt war, und nachdem Cyrus mich ausgesprochen herzlich begrüßt hatte, erklärte er: »Wir haben in Gizeh angehalten, um Emerson einzusammeln.«

»Eine hervorragende Idee, sonst wäre er immer noch dort«, erwiderte ich. »Wo ist Anna? Ihr habt sie doch hoffentlich nicht allein zu Hause gelassen. Sie hat, so glaube ich, eine Neigung zur Schwermut. Das ist ungesund. Vielleicht sollte sie mehr Zeit mit uns verbringen. Wir werden sie ablenken und aufmuntern.«

»Du bist unverbesserlich, Amelia«, meinte mein Gatte, während er sich bequem in einen Sessel sinken ließ und seinen kleinen Stapel Post durchging. »Wie kommst du darauf, dass Katherine im Umgang mit ihrer Tochter deinen Rat braucht?«

»Amelias Anregungen sind mir immer willkommen«, räumte Katherine mit einem herzlichen Lächeln ein. Sie sah aus, als könnte sie ebenfalls eine kleine Aufmunterung vertragen. Ihre rundlichen Wangen waren schmaler geworden und ihr Haar wesentlich ergrauter als noch im Vorjahr.

»Wir haben Anna bei Ramses gelassen«, fuhr sie fort. »Er war noch nicht ganz fertig und sie wollte bleiben und ihm Gesellschaft leisten.«

»Dann werden wir mit dem Tee nicht auf sie warten«, entschied ich. »Emerson, würdest du die Güte besitzen und Fatima mitteilen, dass sie servieren kann?«

Emerson, der die meisten Briefe – wie üblich ungehalten – zu Boden geworfen hatte, reagierte nicht, sondern starrte wie hypnotisiert auf einen. Ich musste seinen Namen ziemlich laut wiederholen, ehe er aufsah.

»Weshalb brüllst du mich an?«, wollte er wissen.

»Keine Sorge, Professor, ich werde es ihr sagen.« Nefret erhob sich.

»Wem was sagen?«, fragte Emerson.

»Beide Fragen haben sich inzwischen erledigt«, schaltete ich mich ein. »Also wirklich, Emerson, es ist überaus unhöflich von dir, im Beisein unserer Gäste die Post zu studieren. Welcher Brief fesselt dich denn so?«

Schweigend reichte Emerson mir diesen.

»Oh, die Mitteilung von Major Hamilton«, bemerkte ich. »Das wird dir doch hoffentlich nicht die Stimmung verderben.«

»Diesbezüglich besteht absolut keine Gefahr«, konterte mein Gatte und richtete seinen stechenden Blick auf mich. »Oder fällt dir ein plausibler Grund ein?«

»Nun, mein Schatz, es handelt sich um eine ziemlich schroffe Absage, und ich weiß, dass du dich auf ein Zusammentreffen gefreut –«

»Pah«, schnaubte Emerson. »Kein Wort mehr, Peabody. Wo ist – ah, da bist du ja, Fatima. Schön. Ich möchte meinen Tee.«

Fatima und ihre junge Gehilfin waren mit dem Teegeschirr beschäftigt, als ein geschecktes Wesen so abrupt auf der Brüstung landete, dass Cyrus aufschreckte.

»Heiliger Strohsack«, entfuhr es ihm. »Wie ist sie hier heraufgekommen? Nicht über die Treppe, sonst hätte ich sie bemerkt.«

Seshat beäugte ihn kritisch und fing an, sich zu putzen. »Sie klettert wie eine Eidechse und saust durch die Luft wie ein Vogel«, sagte ich lachend. »Es sieht gefährlich aus, wenn sie von einem Balkon zum anderen springt. Wir hatten stets ausgesprochen schlaue Katzen, aber keine war dermaßen behände wie diese.«

Kaum eine Minute nach Seshats Auftauchen folgte Ramses; entweder hatte sie ihn von irgendeinem Aussichtspunkt auf dem Dach wahrgenommen oder ihre bisweilen unheimlichen Instinkte hatten sie geleitet. Anna war bei ihm.

Katherines Tochter aus ihrer ersten, unglücklichen Ehe war mittlerweile Anfang zwanzig. Sie war, das muss ich aufrichtig zugeben, eine recht unscheinbare junge Frau. Sie hatte keinerlei Ähnlichkeit mit ihrer Mutter, die im Gegensatz zu ihrer Tochter an den richtigen Stellen wohlproportioniert war und deren grüne Augen und das mit grauen Fäden durchzogene Haar an eine aparte Tigerkatze erinnerten. Annas Augen waren von einem matten Braun, ihr Gesicht schmal und blass; sie lehnte Kosmetik ab und bevorzugte schlichte Kleidung, die ihre Figur in keiner Weise vorteilhaft unterstrich. Sie hatte sich scheinbar nie für Männer interessiert, mit Ausnahme einer extrem unangenehmen Phase, in der sie für Ramses schwärmte. Er hatte diese Sympathie nicht erwidert, so dass wir erleichtert aufatmeten, als es vorüber war.

Ich konnte mich des Eindrucks nicht erwehren, dass sie ihn an diesem Tag besonders kühl behandelte. Nachdem sie uns begrüßt hatte, setzte sie sich neben Nefret auf den Diwan und begann, sich nach dem Hospital zu erkundigen.

»Ich habe beschlossen, mich zur Krankenschwester ausbilden zu lassen«, erklärte sie.

»Dein Besuch ist uns jederzeit willkommen«, erwiderte Nefret gedehnt. »Aber uns fehlen die Einrichtungen für eine solche Ausbildung. Wenn du ernsthaft daran interessiert –«

»Das bin ich. Man muss tun, was man kann, oder?«

»In England würdest du eine bessere Ausbildung bekommen«, fuhr Nefret fort. »Ich kann dir einige Referenzen nennen.«

»Es muss doch etwas geben, was ich hier tun kann!«

»Einige Damen haben Komitees gegründet«, warf ich ein. »Sie treffen sich zum Tee und wickeln Verbandsrollen.«

»Das ist immerhin besser als gar nichts«, erklärte Anna. Sie richtete ihren Blick auf Ramses, der das nicht zu bemerken schien. Aha, dachte ich, daher weht der Wind. Ihr geliebter Bruder war in Frankreich. Ich hoffte nur, dass sie Ramses' Federsammlung nicht vergrößern würde. Unverhohlene Verachtung war noch heikler als unwillkommene Zuneigung.

Es war uns gelungen, eine Loge für die diesjährige Opernsaison zu bekommen, da viele der früheren Besucher Ägypten verlassen hatten – freiwillig oder nachdem sie zu Landesfeinden erklärt worden waren. An jenem Abend wurde *Aida* gegeben, eine von Emersons Lieblingsopern, da die Musik sehr laut ist und die Interpretation der ägyptischen Kostüme und Bühnenbilder ihm jede Möglichkeit zur Kritik bietet.

Da ein Automobil nicht genug Platz für alle bot, fuhr Nefret mit uns und Ramses mit den Vandergelts. Sehr zu seinem Unmut hatte ich Emerson schließlich überzeugen können, dass Selim uns an diesem Abend chauffierte. Der werte Leser vermag sich nicht vorzustellen, wie sehr ich es genoss, dass Emerson NICHT selbst fuhr. Er sah hinreißend aus mit seiner weißen Fliege, dem Nonplusultra für Logeninhaber.

»Ich wünschte, Ramses würde die Freundlichkeit besitzen, uns im Vorfeld über seine Pläne zu informieren«, sagte ich, während ich Emersons Zylinder an mich nahm, damit er sich nicht darauf setzte oder ihn aus dem Fenster warf. »Ich ging davon aus, dass er uns begleiten würde, bis er in konventioneller Abendkleidung ohne Fliege auftauchte.«

»Wo liegt da ein Unterschied?«, brummte Emerson.

»Was hat er vor?«

»Ich habe mich nicht erdreistet, ihn zu fragen, mein Schatz.

Er ist erwachsen und nicht verpflichtet, uns Rechenschaft über seine Aktivitäten abzulegen.«

»Hmhm«, murmelte ich. »Nefret, ich nehme nicht an, dass du –«

»Nein«, antwortete Nefret. »Vielleicht hätte ich vorab erwähnen sollen, dass ich nicht mit euch zurückfahre.«

»Hast du irgendetwas mit Ramses geplant?«

»Wie ich dir bereits sagte, kenne ich seine Pläne nicht genau, ich bin nur darüber informiert, dass sie mich nicht einschließen.«

»Wo bist du – autsch!«

Emerson entfernte seinen Ellbogen aus meiner Rippengegend und begann, lautstark über Wagner zu reden.

Als die Vandergelts sich zu uns in die Loge gesellten, erklärte Katherine – in Beantwortung meiner Frage –, dass sie Ramses vor dem Savoy abgesetzt hätten. Dieses Hotel gehörte beileibe nicht zu seinen bevorzugten Aufenthaltsorten; sicherlich beabsichtigte er, jemanden zu treffen, der dort logierte, oder eine Nachricht zu hinterlegen.

Meine Spekulationen brachten mich nicht weiter, deshalb verdrängte ich die Frage vorübergehend.

Vizekönig Ismail hatte das Opernhaus im Zuge seiner Modernisierung Kairos erbauen lassen, anlässlich der Vorbereitungen für den Besuch von Kaiserin Eugénie, die 1869 den Suezkanal einweihte. Man munkelte, dass Ismail unsterblich verliebt in die französische Kaiserin war; er hatte ihr nicht nur einen prachtvollen Palast, sondern auch eine Brücke bauen lassen, um dorthin zu gelangen, und eine Straße nach Gizeh, so dass sie die Pyramiden bequem erreichen konnte. Das Opernhaus war aufwendig gestaltet mit vergoldetem Inventar, dunkelroten Samtbehängen, mit Goldbrokat bezogenen Sesseln. Für die Eröffnung hatte Ismail *Aida* in Auftrag gegeben, doch Verdi vollendete sie erst zwei Jahre später, so dass der

Khedive und die Kaiserin sich mit *Rigoletto* begnügen mussten. Mehrere Logen waren für die Damen aus Ismails Harem bestimmt gewesen; abgeschirmt von den Blicken des Publikums waren sie inzwischen für muslimische Damen reserviert.

Katherine und ich nahmen als Erstes unsere Operngläser zur Hand, um zu sehen, wer sich eingefunden hatte, in welcher Begleitung und Garderobe. Ich rechtfertige mich keineswegs für diese Aktivität, die Emerson mit dem größten Vergnügen kritisierte. Schlimmstenfalls ist sie harmlos, bestenfalls informativ. In der prachtvollen Loge des Vizekönigs saß an diesem Abend niemand anders als General Maxwell. Seit der Kriegserklärung und der Verhängung des Kriegsrechts war er der oberste Machthaber in Ägypten, und seine Loge war voller Offiziere und Würdenträger, die ihm ihre Ehre erwiesen (soll heißen, dem wichtigen Mann schmeichelten, in der Hoffnung auf Begünstigung). Es überraschte mich nicht, Percy unter ihnen zu bemerken.

Während wir inspizierten, wurden wir inspiziert. Der General war nicht unempfänglich für diese Art höflichen, gesellschaftlichen Umgangs; als er meinen auf seine Loge fixierten Blick wahrnahm, salutierte er huldvoll. Ich nickte und lächelte – direkt in Percys Gesicht, der sich erdreistete, die Begrüßung auf sich zu beziehen. Besagtes Gesicht verzog sich zu einem selbstgefälligen Lächeln und er verbeugte sich. Ich ignorierte ihn demonstrativ, musste jedoch empört feststellen, dass Anna ihm zuwinkte. Sie hatte ihn bei früherer Gelegenheit kennen gelernt, fiel mir ein, als unsere Beziehung zu Percy noch relativ intakt war.

Ich stellte mich zwischen sie und Percy und überblickte das unter uns sitzende Publikum. Mrs Fortescue war anwesend, ihr Begleiter an jenem Abend ein Stabsoffizier, den ich nicht kannte. Ich bat Katherine, nach Major Hamilton Ausschau zu halten.

»Ich sehe ihn nicht«, lautete ihre Antwort. »Warum interessiert Sie dieser Gentleman?«

»Ich habe Ihnen doch von seiner Nichte und ihrem kleinen Abenteuer auf der Pyramide erzählt«, erwiderte ich.

»Ach ja. Er hat Sie nicht aufgesucht, um Ihnen zu danken?«

»Ganz im Gegenteil. Er schrieb mir, dass er dem Kind nicht erlauben wird, sich mit uns zu treffen.«

»Gütiger Himmel! Warum sollte er etwas Derartiges tun?«

»Versuchen Sie nicht, taktvoll zu sein, Katherine, nicht bei mir. Ich kann lediglich vermuten, dass er von dem üblen Gerede über Ramses erfahren hat.«

Anna hatte aufmerksam zugehört. Mit ihrer kratzigen Jungenstimme bemerkte sie: »Meinen Sie damit seine pazifistische Einstellung oder seinen Ruf im Umgang mit Frauen, Mrs Emerson?«

»Ich sehe keine Veranlassung, warum wir über Verleumdungen diskutieren sollten«, sagte Katherine in scharfem Ton.

Annas blasse Wangen erröteten. »Er ist ein Pazifist. Es ist keine Verleumdung, ihn so zu bezeichnen.«

Diese Äußerung machte Nefret auf uns aufmerksam. »Ich würde Ramses nicht als Pazifisten bezeichnen«, wandte sie wohl überlegt ein. »Er ist absolut bereit zu kämpfen, wenn er es für notwendig erachtet. Noch dazu ist er darin verdammt gut.«

»Nefret«, murmelte ich.

»Verzeih mir«, erwiderte Nefret. »Ich versuche nur, die Dinge richtig zu stellen. Bist du einem dieser Verbandsrollen-Komitees beigetreten, Anna?«

Auf Grund ihres gönnerhaften Tons erstarrte Anna vor Zorn. »Ich möchte mehr tun ... Verantwortung tragen, mich sinnvoll beschäftigen.«

»Wirklich?« Nefret stützte ihr Kinn auf ihre Hand und lächelte die andere junge Frau honigsüß an. »Dann komm morgen ins Krankenhaus. Wir können helfende Hände gebrauchen.«

»Aber dort würde ich keine Soldaten betreuen.«

»Nein. Nur Frauen, die in einer anderen Form des Krieges missbraucht wurden – dem längsten Krieg in der Menschheitsgeschichte. Ein Krieg, der weder schnell noch leicht zu gewinnen ist.«

»Sie tun mir natürlich Leid«, murmelte Anna. »Aber –«

»Aber du würdest lieber attraktiven jungen Offizieren den Schweiß von der Stirn wischen, die sich noble Wunden am Arm oder an der Schulter zugezogen haben. Vermutlich«, fuhr Nefret fort, »wäre es gut für dich, wenn du einige der von uns behandelten Frauen kennen lernen, ihre Geschichten erfahren und ihre Verletzungen sehen würdest. Das wird dir einen Einblick geben, was Krieg wirklich bedeutet. Bist du dabei?«

Anna nagte an ihrer Unterlippe, dennoch hätte keine intelligente junge Frau diesen Vorschlag ablehnen können. »Ja«, lenkte sie ein. »Ich werde dir beweisen, dass ich nicht so oberflächlich bin, wie du denkst. Ich werde morgen kommen und jede Arbeit verrichten, die du mir überträgst, und ich werde durchhalten, bis du mich wieder wegschickst.«

»Einverstanden.«

Ich erhaschte Katherines Blick. Ich rechnete damit, dass sie protestierte, doch sie lächelte nur leicht und griff zu ihrem Opernglas. »Ah – da ist Major Hamilton, Amelia. In der Mitte der dritten Reihe, rotgraues Haar, grünes Samtjackett.«

»Ach du meine Güte, wie pittoresk«, sagte ich, da ich besagten Herrn auf Grund seiner ungewöhnlichen Haarfarbe mühelos erkannte. »Ob er einen Kilt trägt, was meinst du?«

»Vermutlich. Das würde zur Jacke passen.«

Da mein Lesepublikum die Oper selbstverständlich kennt, werde ich die Darbietung nicht im Einzelnen beschreiben. Als der Vorhang fiel, begleitet von dem donnernden Krachen, das die verurteilten Geliebten lebendig in ihrem Grab einschließt, stimmten wir alle in den Beifall ein, außer Emerson, der nervös herumzappelte. Wenn er gekonnt hätte, wäre er im Anschluss an den letzten Musikakkord zum Ausgang gestürmt. Ich halte das für unhöflich und unpatriotisch, deshalb sorge ich dafür, dass er während der Vorhangrufe und »Gott schütze den König« sitzen bleibt.

Cyrus schlug vor, dass wir irgendwo ein kleines Abendessen einnehmen sollten, doch da es bereits spät war und ich wusste, dass Emerson noch vor Sonnenaufgang auf den Beinen sein würde, verabschiedeten wir uns von den Vandergelts und stiegen in unser Automobil.

»Du kannst mich vor dem Semiramis rauslassen, Selim«, sagte Nefret.

»Mit wem isst du zu Abend, Nefret?«, entfuhr es mir.

Ich rechnete mit einem Rippenstoß von Emerson. Stattdessen räusperte er sich geräuschvoll und brummte: »Du brauchst ihr nicht zu antworten, Nefret. Äh – es sei denn, du willst es.«

»Es ist kein Geheimnis«, erwiderte Nefret. »Mit Lord Edward Cecil und Mrs Fitz und einigen aus ihrer Clique. Ich glaube, Ihr kennt Mrs Canley Tupper?«

Ich kannte sie. Wie die anderen aus dieser »Clique« – Lord Edward nicht ausgenommen – war sie oberflächlich und dumm, aber nicht bösartig.

»Und«, fügte Nefret hinzu, »vielleicht auch Major Ewan Hamilton.«

In dieser Nacht fand ich keinen Schlaf, obwohl Emerson selig und geräuschvoll an meiner Seite schlummerte. Als wir uns zur Ruhe begaben, war weder Nefret noch Ramses heimgekehrt. Wo waren sie und was taten sie – und mit wem? Ich wälzte mich von einer Seite zur anderen, aber es war Besorgnis und nicht etwa physisches Unbehagen, was mir zu schaffen machte. In gewisser Weise waren die Kinder als Heranwachsende wesentlich weniger problematisch gewesen. Wenigstens hatte ich in jener Zeit das Recht, Verbote auszusprechen und sie über ihre Pläne auszufragen. Nicht, dass sie meine Anweisungen immer befolgt oder wahrheitsgemäß geantwortet hätten ...

Das geräuschlose Auftauchen des Eindringlings gab mir keinerlei Warnsignal. Er war auf dem Bett, näherte sich langsam und unaufhaltsam meinem Kopf, ehe ich ihn bemerkte. Ein schweres Gewicht legte sich auf meinen Brustkorb und etwas Kaltes und Feuchtes berührte meine Wange.

»Was ist?«, flüsterte ich. »Wie bist du hier hereingekommen?«

Keine hörbare Reaktion, lediglich ein festerer Stupser gegen mein Gesicht. Als ich mich bewegte, glitt das Gewicht von mir, und die schemenhafte Silhouette verschwand. Ich schlüpfte aus dem Bett, ohne, wie ich glaubte, Emerson aufzuwecken. Lediglich mit Morgenmantel und Hausschuhen bekleidet, strebte ich zur Tür. Die Katze war bereits dort. Sobald ich öffnete, schlüpfte sie hinaus.

Eine Lampe brannte auf einem Tisch in der Eingangshalle. Ich schnappte sie mir. Seshat führte mich durch den Eingangsbereich, hin und wieder zurückspähend, ob ich ihr auch folgte.

Die einzige Möglichkeit, wie sie in unser Schlafzimmer gelangt sein konnte, war durch das Fenster. Einer ihrer bevorzugten Spaziergänge war der Weg über die Balkone, die unter den Fenstern der ersten Etage verliefen. Wie erwartet verharrte sie vor Ramses' Zimmertür und spähte zu mir hoch.

Behutsam klopfte ich an die Tür. Keine Reaktion. Ich drückte auf die Klinke.

Die Tür war verschlossen.

Nun, das hatte ich erwartet. Ramses hatte stets auf die Einhaltung seiner Intimsphäre geachtet und das war natürlich sein gutes Recht.

In weiser Voraussicht hatte ich mir einige Tage zuvor einen Schlüssel angeeignet, der in Ramses' Zimmertür passte. Ich besaß auch einen für Nefrets Tür. Ich hatte es nicht für erforderlich gehalten, diese Tatsache gegenüber den Betroffenen zu erwähnen, weil sie mit ziemlicher Sicherheit andere Sicherheitsvorkehrungen getroffen hätten, die nicht so leicht zu überwinden gewesen wären. Selbstverständlich hatte ich nicht im Traum daran gedacht, diese Schlüssel zu benutzen, es sei denn in dringenden Notfällen. Und ein solcher war nun eindeutig eingetreten.

Ich drehte den Schlüssel und riss die Tür auf. Das ist mein normales Vorgehen, wenn ich mit einem ungebetenen Gast rechne, aber ich gebe zu, dass das Knallen der Tür vor die Wand häufig auch andere Leute als den Eindringling erschreckt. In diesem Fall provozierte es einen unterdrückten Fluch von Emerson, dessen Näherkommen ich nicht bemerkt hatte. Er stürmte zu mir und legte seine Hand auf meinen Arm.

»Peabody, was zum Teufel hast du jetzt –«

Der Satz endete mit einem Aufstöhnen.

Durch die Balkonfenster fiel genug Licht herein, um die reglose Gestalt in dem Bett zu erhellen, die bis zum Kinn zugedeckt war, so dass nur noch der dunkelhaarige Schopf auf dem Kissen zu sehen war. Eine weitere Gestalt lag bäuchlings auf dem Boden zwischen Bett und Fenster. Sie wirkte wie die eines Bauern, denn die Füße waren nackt und das dunkelblaue Gewand schäbig und zerrissen.

Ich drückte Emerson die Lampe in die Hand und kniete mich neben den Gestürzten.

»Ramses! Was ist passiert? Bist du verletzt?«

Ich erhielt keine Antwort, was die Sachlage mehr oder weniger klärte. Während ich die schlaffe Gestalt meines Sohnes rüttelte, stellte Emerson die Lampe auf einen kleinen Tisch. »Ich hole einen Arzt.«

»Nein«, erwiderte ich schroff. Es war mir gelungen, Ramses auf den Rücken zu drehen. Mein entschlossener Griff hatte das Gewand auseinander gerissen, seine Brust und das blutdurchtränkte Tuch entblößt, das ungeschickt um seinen Oberarm und seine Schulter gewickelt war. Es musste sich um ein Stück von seinem Unterhemd handeln, da besagtes Kleidungsstück in Fetzen hing. Außer dem Gürtel mit seinem Messer trug er nur noch ein Paar knielange Baumwollunterhosen, die die Kleidung eines Ägypters der ärmeren Schichten vervollständigten.

»Nein«, wiederholte Ramses. Er hatte die Augen geöffnet und versuchte sich aufzusetzen. Ich umfasste ihn und zog seinen Kopf auf meinen Schoß. Ramses murmelte irgendetwas Unverständliches und Seshat fauchte.

»Nein?« Emerson runzelte die Stirn. »Verstehe. Deine medizinische Ausrüstung, Peabody?«

»Schließ die Tür hinter dir«, wies ich ihn an. »Und weck um Himmels willen nicht die Bediensteten auf!«

Ich zog Ramses' Messer aus der Scheide und fing an, die provisorische Bandage zu durchtrennen. Er blieb ruhig liegen, beobachtete mich mit verständlicher Bewunderung. Das Messer war sehr lang und ausgesprochen scharf.

»Großer Gott, wie hast du nur den Verband angelegt«, entfuhr es mir.

»Ich war etwas in Eile.«

Ich hielt einen Augenblick inne in der zugegebenermaßen heiklen Operation und musterte forschend sein Gesicht. Als ich mit meiner Fingerspitze sein Kinn abtastete, bemerkte ich mehrere leicht klebrige Flecken. »Was ist mit dem Bart und dem Turban sowie den anderen Bestandteilen deiner Tarnung passiert?«

»Ich kann mich nicht erinnern. Einmal war ich im Wasser ...« Er wurde starr, als ich die nächste Stoffschicht mit der Messerspitze durchtrennte, und sagte dann: »Wie hast du es herausgefunden?«

»Dass du in irgendeiner Form für den Geheimdienst tätig bist? Jedenfalls nicht durch irgendeinen unbeabsichtigten Hinweis deinerseits, falls dich das beruhigt. Ich wusste, dass du dich nicht vor deiner Pflicht drücken würdest, wie gefährlich und unangenehm sie auch sein mochte.«

Ramses' Mundwinkel zuckten. Er wandte den Kopf ab. »Tut mir Leid«, sagte ich. »Ich versuche, dir nicht wehzutun.«

»Du hast mir nicht wehgetan. Allerdings ist mir klar, dass du es noch tun wirst. Ich kann es nicht riskieren, dass ein Arzt das behandelt, was offensichtlich eine Schussverletzung ist.«

»Diese Verletzungen stammen nicht von einer Kugel«, erwiderte ich und zuckte zusammen, als ich eine weitere Schicht Verband durchtrennte und eine Reihe aufklaffender Schnitte genau oberhalb seines Schlüsselbeins entdeckte.

Ramses kniff die Augen zusammen und versuchte, an Nase und Kinn vorbei nach unten zu schielen. »Nein, diese nicht«, murmelte er.

»Verflucht«, knurrte ich, während ich das letzte Stück Verband aufschnitt. An der Herkunft des blutigen Lochs in seinem Oberarm bestand leider kein Zweifel. »Wo bist du heute Abend gewesen?«

»Man sollte mich an der Bar im Shepheard's vermuten. Die Stammgäste ignorieren die von ihnen missachteten Leute lediglich, aber sie schießen nicht auf sie.«

»Du könntest auf dem Heimweg überfallen worden sein – von einem Räuber.«

»Du weißt doch genau –« Vor Schmerz hielt er den Atem an und Seshat legte gebieterisch eine Pfote auf meine Hand. Ihre Krallen waren so weit ausgefahren, dass sie sich in meine Haut bohrten.

»Tut mir Leid«, sagte ich – zu der Katze.

»Ist schon in Ordnung«, sagte Ramses – zu der Katze. »Die Geschichte zieht nicht, Mutter.«

»Nein«, gab ich zu. »Die Kairoer Straßenräuber tragen keine Feuerwaffen. Die Einzigen, die ... Willst du damit sagen, dass dich ein Polizeibeamter oder ein Soldat angeschossen hat? Warum um Himmels willen?«

Bevor ich mein Verhör fortsetzen konnte, kehrte Emerson mit meiner medizinischen Ausstattung zurück, und er trug seine Hose, wie ich beiläufig feststellte. Gemeinsam entledigten wir Ramses seiner schmutzigen Kleidung und hoben ihn ins Bett, aus dem wir die aufgeschichteten Kissen und die schwarze Perücke entfernten. Emerson füllte eine Waschschüssel mit Wasser aus dem Krug, und ich fing an, die Wunden zu säubern.

»Könnte schlimmer sein«, verkündete Emerson, obschon sein ernster Blick seine optimistische Äußerung Lügen strafte. »Wie weit warst du entfernt, als der Schuss abgefeuert wurde?«

»So weit wie eben möglich«, erwiderte Ramses mit einem schwachen Grinsen. »Es war einfach Pech, dass –«

Er brach ab, biss sich auf die Unterlippe, als der alkoholgetränkte Lappen eine der gezackten Schnittwunden berührte, und ich sagte schroff: »Hör auf, den Helden zu spielen, Ramses. Was ich hier sehe, gefällt mir gar nicht. Die Kugel ist geradewegs durch das Gewebe deines Oberarms gedrungen, muss aber direkt danach eine weitere Oberfläche gestreift haben. Du scheinst einige Steinsplitter abbekommen zu haben. Einer sitzt ziemlich tief. Falls Nefret noch nicht auf dem Nachhauseweg ist, können wir sie holen lassen. Ich würde es lieber ihr überlassen.«

»Nein, Mutter! Nefret darf nichts davon erfahren.«

»Du denkst doch hoffentlich nicht, dass sie dein Geheimnis verraten würde!«, ereiferte ich mich gleichermaßen heftig. »Nefret!«

»Mutter, würdest du bitte versuchen, in deinen Schädel zu bekommen ... Verzeih mir! Aber das hier ist keine unserer gewohnten Familienzusammenkünfte mit Kriminellen. Glaubst du, ich vertraue dir und Vater nicht? Allerdings hätte ich euch nicht eingeweiht. Das durfte ich nicht. Diese Arbeit ist Teil einer größeren Sache. Das ›Große Spiel‹ wird es von einigen genannt ... Was für ein ironischer Name für ein Geschäft, das Betrug, Attentat, Mord und den Verrat an allen Prinzipien voraussetzt, die wir für richtig erachten! Ich würde nicht töten, außer zur Selbstverteidigung, egal, was sie sagen, aber ich habe geschworen, die anderen Regeln dieses Spiels zu beachten, und die oberste davon lautet, dass ich ohne die Erlaubnis meiner Vorgesetzten *niemanden* ins Vertrauen ziehen darf! Je mehr ihr wisst, umso riskanter für euch. Ich hätte heute Nacht nicht heimkommen dürfen, ich hätte –«

Mit einem rasselnden Keuchen brach er ab, und Emerson, der ihn mit zusammengezogenen Brauen beobachtet hatte, legte eine Hand auf seine schweißfeuchte Stirn.

»Ist schon in Ordnung, mein Junge, rede nicht mehr darüber. Ich verstehe.«

»Danke, Vater. Ich nehme an, es war Seshat, die mich verraten hat?«

»Ja«, antwortete ich. »Gott sei Dank! Aber wie willst du Nefret erklären, dass du morgen das Bett hüten musst?«

Eigensinnig kniff Ramses die Lippen zusammen. »Morgen werde ich wie üblich an der Ausgrabungsstätte sein. Kannst du mir nicht *einmal* glauben, dass diese Sache notwendig ist, und dich damit zufrieden geben?«

Schließlich verlor er das Bewusstsein, allerdings nicht so rasch, wie ich gehofft hatte.

4

Nachdem ich den letzten Steinsplitter entfernt hatte, reichte ich diesen Emerson, der ihn mit einem Stück Gaze abwischte und genauer untersuchte. »Nichts Aufschlussreiches, lediglich ein Stück ganz normaler Sandstein. Wo war er heute Abend?«

»Er wollte es mir nicht sagen.«

»Irgendwie müssen wir es aus ihm herausbekommen«, brummte Emerson. »Aber nicht jetzt. Soll ich das übernehmen, mein Schatz?«

»Nein, ich komme schon zurecht. Heb seinen Arm – vorsichtig, bitte.«

Als ich die Verletzungen schließlich verbunden hatte, war Ramses wieder bei Bewusstsein. »Das Novocain wirkt nicht sehr lange«, bemerkte ich. »Möchtest du lieber Laudanum oder etwas von Nefrets Morphium? Ich denke, ich könnte es dir in eine Vene injizieren.«

»Nein, danke«, sagte Ramses geschwächt, aber entschieden.

»Du musst etwas gegen die Schmerzen nehmen.«

»Brandy reicht völlig aus.«

Das bezweifelte ich zwar sehr, konnte ihm aber unmöglich die Nase zuhalten und das Laudanum einflößen. Ich goss einen Brandy ein, und Emerson half Ramses, sich aufzusetzen.

Kaum hatte er das Glas in der Hand, hörte ich Schritte in der Eingangshalle.

»Hölle und Verdammnis!«, zischte ich, denn ich kannte diese leichten, flinken Schritte. »Emerson, hast du die Tür –«

So überstürzt, wie er zur Tür hechtete, wurde deutlich, dass er es versäumt hatte abzuschließen. Wenn es sein muss, bewegt Emerson sich wie ein Panther, aber diesmal war er zu langsam. Allerdings gelang es ihm, hinter die Tür zu springen, als diese aufgerissen wurde.

Nefret stand auf der Schwelle. In dem vom Gang einfallenden Licht erstrahlte ihre Gestalt wie die einer Märchenprinzessin, der Schmuck in ihrem Haar und an ihren Armen funkelte, die Chiffonröcke ihres Kleides umwehten sie wie zarte Nebelschleier. Ich war geistesgegenwärtig genug, das hässliche Beweisstück unserer Aktivitäten unter das Bett zu schieben. Der Geruch von Blut und Antiseptika wurde von einer intensiven Brandywolke überlagert. Ramses war bis zum Kinn unter die Bettdecke geschlüpft, mit Ausnahme des Arms, der das Glas hielt. Die Hälfte des Inhalts ergoss sich über das Laken.

»Wie nett von dir vorbeizuschauen«, murmelte er mit spöttisch verzogenen Lippen. »Du hast Mutters Vortrag über den Teufel Alkohol verpasst, aber du kommst gerade noch rechtzeitig, um die Schüssel zu halten, während ich mich übergebe.«

Sie stand so reglos, dass nicht einmal die Ringe an ihrer Hand funkelten. Dann drehte sie sich um und rauschte davon.

Erst als wir das Zuschlagen ihrer Tür vernahmen, wurden wir erneut aktiv. Emerson schloss Ramses' Zimmertür und drehte den Schlüssel um. Ramses leerte den restlichen Brandy und ließ seinen Kopf auf die Kissen sinken. »Danke, Mutter«, seufzte er. »Du brauchst nicht hier zu bleiben. Geh zu Bett.«

Selbstverständlich ignorierte ich die Aufforderung. Auf die Schüssel mit den blutdurchtränkten Sachen deutend, erklärte ich: »Schaff sie fort, Emerson – ich überlasse es dir, ein sicheres Versteck zu finden. Dann machst du die Runde und –«

»Ja, meine Liebe, du brauchst nicht deutlicher zu werden.« Seine Hand streifte mein Haar.

Sobald die Tür ins Schloss fiel, öffnete Ramses die Augen. »Weißt du, eigentlich hasse ich diesen verfluchten Krieg«, meinte er viel sagend.

»Warum machst du dann so etwas?«

Nervös wälzte er seinen Kopf auf dem Kissen. »Es ist nicht immer einfach, sich zwischen Richtig und Falsch zu entscheiden, oder? Viel häufiger lautet die Alternative: besser oder schlechter ... und manchmal ... manchmal ist die Trennungslinie haarfein. Trotzdem muss man seine Wahl treffen. Man kann seine Hände nicht in Unschuld waschen und anderen das Risiko überlassen ... einschließlich des Risikos, sich zu irren. Es gibt immer ein Besser ... oder Schlechter ... Ich rede Unsinn, nicht wahr?«

»Für mich ergibt es sehr wohl einen Sinn«, erwiderte ich sanft. »Aber du brauchst Ruhe. Kannst du nicht schlafen?«

»Ich werde es versuchen.« Für Augenblicke schwieg er. Dann sagte er: »Als ich klein war, hast du mich immer in den Schlaf gesungen. Erinnerst du dich?«

»Ja.« Ich musste mich räuspern, bevor ich fortfuhr. »Ich hatte immer den Verdacht, dass du dich schlafend stelltest, um meinen Gesang nicht länger ertragen zu müssen. Singen gehört nicht zu meinen herausragenden Talenten.«

»Mir hat es gefallen.«

Seine Hand lag auf der Bettdecke, die Handfläche nach oben wie die eines Bettlers, der um Almosen bittet. Als ich sie nahm, umklammerten seine Finger die meinen. Meine Kehle war wie zugeschnürt, so dass ich weder reden noch singen konnte. Doch die eiserne Selbstdisziplin, die ich mir über die Jahre angeeignet hatte, kam mir zu Hilfe; meine Stimme klang ruhig, wenn auch nicht sonderlich musikalisch.

»Es saßen drei Raben auf einem Baum
wiegten sich hin, wiegten sich her ...«

Diese alte Ballade hat zehn endlose Strophen, ist aber nicht, wie ein Unkundiger vielleicht vermutet, ein hübsches kleines Liedchen über unsere gefiederten Freunde. Sobald er alt genug war, um sich seine Meinung zu dem Thema zu bilden, hatte Ramses mir mitgeteilt, dass er Schlaflieder langweilig finde, und härtere Sachen verlangt. Eine solche Reaktion war vielleicht nicht unnormal für ein Kind, das mit Mumien aufwuchs; trotzdem würde ich unumwunden zugeben, dass Ramses kein normales Kind war.

Während er lauschte, verzogen sich seine Mundwinkel unmerklich, und er schloss die Augen; als ich schließlich zu der Strophe gelangte, in der die Geliebte des toten Ritters »seinen blutbefleckten Kopf hebt«, ging sein Atem ruhig und gleichmäßig.

Ich beugte mich über ihn und strich ihm die verschwitzten Locken aus der Stirn. Ich befand mich im Irrtum; er schlief noch nicht. Seine schweren Lider hoben sich.

»Ich war ein blutrünstiges kleines Ungeheuer, nicht wahr?«

»Nein«, erwiderte ich zögernd. »Nein! Du hast keinem lebenden Geschöpf etwas zuleide getan, nicht einmal einer Maus oder einem Käfer. Du hast dich ständig Gefahren ausgesetzt, um sie vor Verletzungen durch Katzen oder Jäger oder grausame Besitzer zu beschützen. Das machst du auch jetzt, oder? Du setzt dich Gefahren aus, um Leute ...« Es hatte keinen Sinn, mir versagte die Stimme. Lächelnd drückte er meine Hand.

»Keine Sorge, Mutter. Es ist alles in Ordnung, weißt du.«

Die Tränen, die ich mühsam unterdrückt hatte, schossen mir in die Augen, und ich weinte wie seit Abdullahs Tod nicht mehr. Ich sank auf die Knie, presste mein Gesicht in die Laken, um mein Schluchzen zu unterdrücken. Ungeschickt tätschelte er meinen gesenkten Kopf, was einen weiteren Weinkrampf auslöste.

Als meine Tränen versiegten, hob ich den Kopf und bemerkte, dass er eingeschlafen war. Das gedämpfte Licht milderte seine markanten Züge und die energische Kinnpartie; mit der neben ihm auf dem Kissen zusammengerollten Katze erinnerte er mich an den kleinen Jungen, der er noch vor wenigen Jahren gewesen war.

Ich verharrte auf dem Bettrand, als der Schlüssel im Schloss gedreht wurde und Emerson hereinschlüpfte. »Alles ruhig«, flüsterte er. »Kein Anzeichen von irgendwelchen Störenfrieden.«

»Gut.«

Er durchquerte den Raum, stellte sich hinter mich und legte seine Hände auf meine Schultern. »Hast du geweint?«

»Ein bisschen. Recht ausgiebig, um ehrlich zu sein. Ich weiß nicht, ob ich das ertragen kann, Emerson. Vermutlich sollte ich daran gewöhnt sein, nach all den Jahren mit dir, aber er stellt sich Gefahren noch leichtsinniger als du. Warum muss er solche Wagnisse eingehen?«

»Wäre es dir anders lieber?«

»Ja! Ich wünschte, er verhielte sich vorsichtiger – überlegter – würde Gefahren meiden –«

»Kurz gesagt, anders, als er in Wahrheit ist. Wir können seinen Charakter nicht ändern, mein Schatz, selbst wenn wir es wollten. Deshalb sollten wir uns der Überlegung widmen, wie wir ihm helfen können. Was hast du dem Brandy beigemischt?«

»Veronal. Emerson, er darf morgen nicht aufstehen und schon gar nicht in der Grabstätte arbeiten.«

»Ich weiß. Ich werde mich auf die Suche nach David machen.«

»David.« Ich rieb meine schmerzenden Augen. »Ja, natürlich. David ist hier, nicht wahr? Auf diese Weise ist es Ramses gelungen, heute Abend an zwei Orten gleichzeitig aufzutauchen. David war im Shepheard's und Ramses ... Entschuldigung, Emerson, ich bin etwas langsam. Welche Rolle hat er gespielt?«

»Denk darüber nach, meine Liebe.« Er drückte meine Schultern. »Du bist zwar etwas angespannt, trotzdem bezweifle ich nicht, dass du auf Grund deiner schnellen Auffassungsgabe zu den gleichen Schlüssen gelangen wirst wie ich. Ich kann nicht bleiben, wenn ich David noch vor morgen früh holen soll.«

»Weißt du, wo er ist?«

»Ich denke schon. Ich werde mich beeilen. Versuch, dich etwas auszuruhen.«

Er zog meinen Kopf zurück und küsste mich. Als er zur Tür strebte, war sein Gang so beflügelt wie schon seit Wochen nicht mehr, und als er sich lächelnd zu mir umdrehte, hatte ich den Emerson vor mir, den ich kannte und liebte, mit leuchtenden Augen, gestrafften Schultern, entschlossener Miene. Mein geliebter Emerson war wieder er selbst, berauscht von der Gefahr, angespornt von neuem Tatendrang!

Die Nacht zog sich dahin. Ich saß reglos, den Kopf an die Sessellehne gelegt, doch an Schlaf war nicht zu denken. Es passte zu Emerson, diese liebenswerte Herausforderung an mich zu stellen, so dass ich mein Gehirn anstrengte, statt trübsinnig zu grübeln. Und sobald ich mich verstandesmäßig mit dem Problem auseinander setzte, war die Antwort natürlich offensichtlich.

Die Sache, an der Ramses sich gegenwärtig beteiligte, war von langer Hand und in Zusammenarbeit mit irgendeinem hohen Tier von der Regierung geplant worden. Es hätte einen Mann wie Kitchener erfordert, um den Betrug zu genehmigen und zu initiieren, dass anstelle von David ein anderer Mann nach Indien geschickt wurde. Ich hatte mich schon gefragt, warum er dorthin gekommen war und nicht nach Malta, wo die anderen Nationalisten interniert waren; jetzt begriff ich. Niemand, der David kannte, durfte den Ersatzmann treffen. Selbst in extrem streng bewachten Gefängnissen gibt es geheime Methoden der internen und externen Kommunikation, und wäre die Nachricht nach Kairo gedrungen, dass David nicht dort war, wo man ihn vermutete, dann hätten sich interessierte Kreise gefragt, wo er *wirklich* war.

Interessierte Kreise, von denen es leider zu viele gab, hätten sich vermutlich auch die Frage gestellt, ob Ramses' offener Widerstand gegenüber dem Krieg eine Tarnung war für die heimlichen Aktivitäten, für die er sich ausgesprochen gut eignete. Falls er eine Doppelrolle spielte, konnte er Verdachtsmomente lediglich entkräften, indem David strategisch geschickt für ihn einsprang. So wie ich Ramses kannte, bezweifelte ich nicht, dass sein Abscheu vor dem Krieg absolut echt war, aber auch Teil des Plans. Er hatte sich so dermaßen unbeliebt gemacht, dass nur wenige Leute sich mit ihm einlassen würden – oder von Fall zu Fall mit David.

Emerson hatte Recht; die Antwort war offensichtlich. Wenn man einen Mann heimlich aus dem Exil holen konnte, vermochte man einen anderen stillschweigend dorthin zu befördern. Der militante Nationalist, den die britischen Behörden suchten, war nicht Kamil el-Wardani, sondern mein Sohn – und deshalb hatte Thomas Russell die ungewöhnliche Einladung an uns gerichtet, ihn auf seiner vergeblichen Razzia zu begleiten, und Wardani war ungehindert entkommen. Der

Überfall sollte von Anfang an misslingen. Sein einziger Sinn hatte darin bestanden, unanfechtbare Zeugen zu gewinnen, die beschwören konnten, dass Wardani anderswo war, während Ramses sich im Club zur Schau stellte; und der Grund für die Auswechslung musste mit dem zu tun haben, was Russell in jener Nacht erwähnt hatte. Irgendetwas über einen Guerillakrieg in Kairo, während die Türken den Suezkanal angriffen ... Wardani als Schlüsselfigur ... ohne ihn würde die Bewegung scheitern.

Bei diesem Gedankengang angelangt, schreckte mich ein leises Rascheln auf. Ein kurzer Blick auf Ramses bestätigte mir, dass er sich nicht gerührt hatte. Das Geräusch stammte nicht von den Laken. Es war ... es musste ...

Ich sprang auf, tastete unter der Matratze nach Ramses' Messer und fand es an der Stelle, wo ich es auf seine Bitte hin versteckt hatte. Ich eilte zum Fenster und glitt gerade noch rechtzeitig durch den Vorhang, um zu erkennen, dass ein dunkles Etwas sich über die gemauerte Balustrade des kleinen Balkons schwang. Es sah mich und sprach mich an.

»Tante Amelia, tu's nicht! Ich bin's!«

Aus einem spontanen Impuls heraus hätte ich ihn am liebsten umarmt, besaß aber so viel Vernunft, ihn zuerst in den Raum zu ziehen. Es war gut, dass er sich geäußert hatte; selbst bei Licht hätte ich den bärtigen Grobian nicht erkannt, dessen Narbengesicht zur Grimasse verzerrt war. Die Narbe verlief unter der Klappe, die ein Auge bedeckte, doch das andere war Davids, sanft und braun und vor Rührung tränenfeucht. Er erwiderte meine Umarmung so herzlich, dass sein Bart schmerzhaft über meine Wange schabte.

»Oh, David, mein lieber Junge, wie schön, dich wieder zu sehen! Wo ist Emerson?«

»Er nimmt den konventionellen Weg durch die Eingangstür. Wir hielten es für besser, dass ich das nicht riskiere.«

»Du hättest es nicht riskieren dürfen, überhaupt zu kommen«, murmelte eine kritische Stimme vom Bett her.

Der Schlüssel drehte sich im Schloss und Emerson schlüpfte ins Zimmer. »Puh«, seufzte er. »Das war knapp. Fatima wird bald aufstehen. Peabody, leg das Messer weg. Was zum Teufel hattest du damit vor?«

»Ihr Junges verteidigen«, sagte David mit einem entsetzlich verzerrten Grinsen. »Sie war nahe daran, sich auf mich zu stürzen, als ich mich zu erkennen gab.«

»Du solltest nicht hier sein«, beharrte Ramses. Offensichtlich hatte ich ihm zu wenig von dem Schlafmittel verabreicht. Seine Lider waren halb geschlossen, trotzdem meldete er sich ausgesprochen verärgert zu Wort.

»Wir haben nicht die Zeit für eine Diskussion«, bemerkte Emerson sachlich. »David, mach schnell, zieh dich um und nimm den Bart ab, und – erledige, was sonst noch erforderlich ist.«

»Keine Sorge.« David riss seinen Bart herunter und wandte sich der in einer Ecke des Zimmers stehenden Waschschüssel zu. »In letzter Zeit habe ich Ramses oft genug gedoubelt und die meisten Leute irregeführt. Aber ihr werdet Nefret von mir fern halten müssen. Sie kennt uns beide zu gut, um sich täuschen zu lassen. Ich brauche mehr Licht, Tante Amelia.«

Ich nahm die Lampe und ging zu ihm. Nachdem er in einer Kommode herumgewühlt hatte, tauchte er mit mehreren Flaschen und Kartons wieder auf und beobachtete sein Gesicht in dem kleinen Rasierspiegel.

»Darf ich mich vielleicht auch einmal zu Wort melden?«, erkundigte sich Ramses, weiterhin liegend und ausgesprochen wütend.

»Nein«, entgegnete sein Vater. »David und ich haben den Plan ausgearbeitet. Peabody, du wirst Fatima mitteilen, dass Ramses mitten in einem seiner scheußlichen Experimente ist und dass sie niemanden zu ihm lassen darf. Es wäre nicht das erste Mal. Ich verlasse mich auf dich. Kümmere dich darum, dass er mit allem Nötigen versorgt ist, bevor wir heute Morgen aufbrechen. Und jetzt verschwinde, damit David sich umziehen kann.«

Ich stellte die Lampe auf den Tisch. David hatte die Narbe weggeschrubbt und das unsichtbare Klebeband abgenommen, das seinen Mund entstellte. Er bemerkte meinen forschenden Blick und lächelte. »Die Ähnlichkeit muss nicht hundertprozentig sein, Tante Amelia. Man weiß, dass Ramses hier ist und ich nicht, deshalb werden sie ihn sehen, nicht mich. Das geht schon in Ordnung – falls ich das Haus verlassen kann, ohne Nefret zu begegnen.«

»Später ... an der Ausgrabungsstätte ...«, hob ich an.

»Korrekt«, warf Ramses ein. »Möglicherweise kann David seine Rolle nicht aufrechterhalten. Wenn wir in einem größeren Gebiet wie beispielsweise Zawiet arbeiteten, könnte er sich von den anderen fern halten, aber wir haben erst eine Kammer des Grabmals freigelegt, und ich war –«

»Wir werden unseren Tätigkeitsbereich ausdehnen, das ist alles«, erwiderte Emerson kurz angebunden. »Überlass es mir.«

»Aber, Vater –«

»Überlass es mir, habe ich gesagt.« Emerson kratzte sich sein Kinngrübchen. »Wenn ich die Situation richtig einschätze, dann halte ich es für das Wichtigste, dass man dich heute völlig normal bei der Arbeit und ohne Anzeichen einer Verletzung sieht.«

Ramses starrte seinen Vater an. »Wie viel weißt du?«

»Nähere Erläuterungen müssen warten. Jetzt ist nicht die Zeit. Habe ich Recht?«

»Ja, Sir.« Die Linien der Anspannung (und Verärgerung), die sein Gesicht zeichneten, glätteten sich. Emerson übt diese

Wirkung auf seine Mitmenschen aus; allein sein Anblick – die entschlossenen blauen Augen und die energisch gestrafften Schultern – hätte selbst diejenigen beschwichtigt, die ihn nicht so gut kannten wie sein Sohn.

»In der Tat«, fuhr Ramses fort, »wäre es sinnvoll, wenn David im Laufe des Tages eine kurze, aber für alle sichtbare Demonstration seiner Energie und Vitalität geben könnte.«

»Irgendwelche Vorschläge?« David klebte einige Millimeter falsches Haar an seine Augenbrauen.

»Du kannst mich retten«, schlug ich vor. »Ich werde mein Pferd provozieren, dass es mit mir durchgeht, oder in einen Grabschacht fallen oder vielleicht –«

»Beherrsch dich, Peabody«, erwiderte mein Gatte alarmiert.

Lachend wandte David sich vom Spiegel ab und umarmte mich rasch.

Unsere Frühstücksdarbietung erinnerte an einen ausgelassenen Kinderspaß – eine Mischung aus Reise nach Jerusalem und Versteckspiel. Gott sei Dank war Nefret noch nicht unten; ich vermag mir nicht vorzustellen, wie sie am Frühstückstisch reagiert hätte, da ich mit Körben voller Speisen und Wasserkrügen beladen hinein- und hinauseilte, während David und Emerson scheinbar doppelt so viel aßen wie sonst. Über seinen Teller gebeugt, artikulierte sich David nur einsilbig, und Emerson lenkte Fatima ab, indem er diverse Geschirrteile zerbrach (kein außergewöhnliches Vorkommnis, darf ich hinzufügen). Auf Grund meines raschen Auftauchens und Verschwindens war Ramses sprachlos (das *war* ein ungewöhnliches Ereignis). Nachdem ich sichergestellt hatte, dass er mit dem Nötigsten versorgt war, schlug ich ihm vor zu schlafen, ließ Seshat als Wache bei ihm und verschloss seine Tür, bevor ich nach unten ging. Kurz nachdem ich meinen Platz am Frühstückstisch eingenommen hatte, tauchte Nefret auf.

»Wo seid ihr denn alle?«, fragte sie.

Ich legte meinen Löffel hin und betrachtete sie genauer. Ihre Wangen waren blass und ihre Augen von dunklen Schatten umrahmt.

»Mein liebes Mädchen, bist du krank? Oder war es einer deiner schlimmen Träume? Ich dachte, du seist darüber hinweg.«

»Schlimme Träume«, wiederholte Nefret. »Nein, Tante Amelia, ich bin nicht darüber hinweg.«

»Wenn du ihre Ursache entschlüsseln könntest –«

»Ich kenne die Ursache und kann nichts daran ändern. Bedränge mich nicht, Tante Amelia. Mir geht es hervorragend. Wo ist – wo sind der Professor und Ramses?«

»Unterwegs zur Exkavation.«

»Wie geht es ihm heute Morgen?«

»Ramses? Wie immer. Etwas mitgenommen, vielleicht.«

»Wie immer«, murmelte Nefret.

»Versprich mir, ihn nicht zurechtzuweisen, mein Schatz. Ich habe ihm intensiv zugeredet, und jede weitere Kritik, besonders von dir –«

»Ich habe nicht vor, ihn zurechtzuweisen.« Nefret schob ihren unberührten Teller beiseite. »Sollen wir aufbrechen?«

»Ich bin noch nicht fertig. Und du solltest auch etwas essen.« Emerson hatte offensichtlich einen Plan, wie er David aus dem Weg schaffen konnte, und da ich nicht wusste, worum es sich dabei handelte, wollte ich ihm genug Zeit lassen.

»Hattest du einen angenehmen Abend?« Ich griff nach der Marmelade.

Ein Anflug von Verärgerung glitt über Nefrets Gesicht,

während sie widerwillig ihr Ei löffelte. »Es war ziemlich langweilig.«

»Deshalb bist du früh nach Hause gekommen.«

»Es war nicht sehr früh, oder?« Für Augenblicke zögerte sie, dann sagte sie: »Warum fragst du mich nicht einfach rundheraus, Tante Amelia? Ich sah Licht unter Ramses' Zimmertür und verspürte das Bedürfnis nach intelligenter Konversation, nach einem langweiligen Abend mit der ›Schickeria‹.«

»Das hatte ich vermutet«, räumte ich ein. »Du schuldest mir keine Erklärung.«

»Verzeih mir.« Sie strich sich eine Haarsträhne aus der Stirn. »Ich habe nicht sonderlich gut geschlafen.«

Nicht nur du, dachte ich im Stillen und biss in meinen Toast. Nefret gab ihrem Herzen einen Stoß. »Um ehrlich zu sein, ich habe einen interessanten Menschen kennen gelernt.« Sie klang und wirkte etwas lebhafter. »Keinen anderen als Major Hamilton, der dir den unhöflichen Brief schrieb.«

»Gehört er denn zur ›Schickeria‹?«, erkundigte ich mich leicht süffisant.

»Eigentlich nicht. Er ist älter als die anderen und hält wenig von dummen Scherzen – so verbringen sie ihre Freizeit, weißt du, indem sie sich gegenseitig aufziehen und andere verspotten. Vielleicht ist das der Grund, warum er sich fast ausschließlich mit mir unterhalten hat. Er ist wirklich recht charmant, auf ehrbare Weise.«

»Ach du meine Güte«, entfuhr es mir. »Nefret, du hast doch nicht etwa –«

»Mit ihm geflirtet? Aber natürlich. Allerdings kam ich nicht sehr weit«, gestand Nefret grinsend. »Er verhielt sich eher wie ein nachsichtiger Onkel. Ich rechnete ständig damit, dass er mir über den Kopf streichen und mich darauf hinweisen würde, dass ich genug Champagner getrunken hätte. Die meiste

Zeit redeten wir über Miss Hamilton. Nichts hätte unverfänglicher sein können!«

»Was hat er über sie erzählt?«

»Oh, dass sie sich langweilt und er nicht recht weiß, was er mit ihr anfangen soll. Er ist kinderlos; seine Frau starb vor vielen Jahren und er hält ihr selbst über den Tod hinaus die Treue. Also fragte ich ihn, warum er nicht will, dass Molly uns besucht.«

»In exakt diesem Wortlaut?«, entfuhr es mir.

»Ja, warum nicht? Er druckste herum und murmelte schließlich, dass er nicht möchte, dass sie uns zur Last fällt, woraufhin ich ihm versicherte, dass wir das nicht zulassen würden, und die beiden an Weihnachten eingeladen habe. Ich hoffe, es macht dir nichts aus.«

»Nun«, erklärte ich, leicht verwirrt auf Grund dieser unerwarteten Information, »aber nein. Allerdings –«

»Er hat erfreut zugesagt. Ich möchte wirklich nichts mehr essen, Tante Amelia. Bist du bereit zum Aufbruch?«

Ich vermochte sie nicht länger aufzuhalten, und ich gestehe, dass mein Herz höher schlug, als wir die Cheops-Pyramide erreichten. Dort hatte sich bereits eine große Anzahl von Touristen versammelt. Die Mehrheit scharte sich um die Nordseite, wo der Eingang lag, andere hatten sich jedoch rund um das Monument verteilt. Als wir zur Südseite ritten, hörte ich, wie Emerson eine kleine Gruppe anbrüllte, die sich unserer Grabstätte genähert hatte. Einige Besucher schienen den Eindruck zu haben, dass wir Teil der Touristenattraktionen von Gizeh waren.

»Impertinente Idioten«, bemerkte er, als sie sich aufgebracht protestierend zerstreuten.

Ich saß ab und reichte Selim die Zügel. War unter diesen zufälligen Besuchern vielleicht einer gewesen, der aus einem anderen Beweggrund als bloßer Neugier bei uns herumstolzierte?

»Wo ist Ramses?«, fragte Nefret. »Im Inneren?«

»Nein«, erwiderte Emerson. »Heute Morgen habe ich eine beunruhigende Nachricht erfahren, meine Lieben.« Er fuhr fort, ehe sie fragen konnte, wie er sie erfahren hatte. »Anscheinend hat jemand illegal in Zawiet el-Aryan gegraben. Ich habe Ramses dorthin geschickt, damit er sich ein Bild macht, welcher Schaden entstanden ist. Er war nur kurz hier, um etwas Proviant mitzunehmen.«

Zawiet war das wenige Kilometer südlich gelegene Gebiet, in dem wir einige Jahre zuvor gearbeitet hatten – eines der langweiligsten in Ägypten, hätte ich früher behauptet, ehe wir die königliche Grabstätte aus der Dritten Dynastie entdeckten. Genau genommen handelte es sich um versteckte Artefakte aus einem weit zurückliegenden Grabraub, doch der Fund war einzigartig und einige der Kunstschätze selten und von erlesener Schönheit. Um die Fragmente freizulegen und zu konservieren, hatten wir eine ganze Saison benötigt. Viele der Privatgräber, die die königliche Pyramide umgaben, waren noch nicht erforscht, und obwohl sie nicht Teil unserer Konzession waren, hatte Emerson ein persönliches Interesse an dem Gebiet.

»Gütiger Himmel, wie entsetzlich«, entfuhr es mir. »Vielleicht sollte ich ihm folgen und nachsehen, ob ich ihm helfen kann.«

»Meinetwegen«, erwiderte Emerson beiläufig. »Selim kann Nefret bei den Fotoaufnahmen unterstützen. Äh – versuche zu verhindern, dass jemand auf dich schießt oder dich entführt, Peabody.«

»Mein Schatz, du beliebst zu scherzen.« Ich lachte ausgelassen.

Während ich entlang des mir vertrauten Pfades über das Felsplateau nach Süden ritt, empfand ich Erleichterung und Bewunderung für Emersons geschickte Taktik. Der Vorwand war glaubhaft, die Erklärung ausreichend. Eine ganze Reihe von Leuten, darunter auch unsere Männer, hatten »Ramses« auf Risha davonreiten sehen; er konnte fast den ganzen Tag wegbleiben, ohne Verdacht zu wecken, und wenn er zurückkehrte ... Vielleicht hatte Emerson das bereits mit David geklärt. Wenn nicht, hatte ich selbst einige Ideen.

Da ich nicht in Eile war, überließ ich meinem Pferd das Tempo. Es war noch recht früh, die Luft kühl und frisch. Die Sonne kam hinter dem Mokattam-Gebirge hervor und spiegelte sich im Fluss, der unterhalb des Wüstenplateaus zu meiner Linken lag. Auf dem fruchtbaren Ackerland zu beiden Seiten des Stroms spross die neue Saat. Von meinem Aussichtspunkt sah ich den Verkehr unten auf den Straßen – die Fellachen, die zur Feldarbeit und in ihre Läden gingen, und Touristen auf dem Weg nach Sakkara und anderen Stätten südlich von Gizeh. Ein Teil von mir spielte mit dem Gedanken, dieser Straße in Richtung Haus zu folgen, doch dieses Risiko wagte ich nicht einzugehen. Ich konnte nicht zu Ramses gelangen, ohne von Fatima oder einem der anderen bemerkt zu werden.

Zawiet liegt nicht weit entfernt von Gizeh; es dauerte nicht lange, bis ich den Geröllhaufen bemerkte, der früher einmal eine Pyramide darstellte (wenn auch keine sehr beeindruckende). David hatte bereits nach mir Ausschau gehalten. Er eilte zu mir, und ich ritt langsamer, um ein paar Worte mit ihm zu wechseln, ohne von der kleinen Gruppe Ägypter belauscht zu werden, die in der Nähe der Pyramide warteten. Vermutlich waren sie Dorfbewohner, die auf Beschäftigung hofften.

Als David näher kam, wunderte ich mich, dass zwei Männer sich so ähnlich sein konnten wie er und Ramses und doch so grundverschieden! Er trug Ramses' Kleidung, sein Tropenhelm verdeckte sein Gesicht, und ihre Statur war fast identisch – lange Beine, schmale Hüften und breite Schultern –, dennoch hätte ich sie auf Grund ihrer Bewegungen mühelos zu unterscheiden vermocht.

»Einige der Dorfburschen sind aufgetaucht«, erklärte David.

»Damit war zu rechnen. Sie sind ständig auf der Suche nach Arbeit und ausgesprochen neugierig.«

»Eigentlich kommt uns das nur gelegen. Weitere unaufmerksame und unkritische Zeugen.«

»Was hast du mit ihnen vor?«

David grinste. »Ich werde ihnen erklären, dass sie den Sand wegschaufeln sollen. Es ist genug da. Vielleicht versuchst du, sie über die unerlaubten Grabungsarbeiten auszufragen, während ich Notizen mache und mich geheimnisvoll gebe.«

»Haben unerlaubte Ausgrabungen stattgefunden?«

»Das ist doch ständig der Fall.«

Das traf zu. Auf Grund meiner sachverständigen Fragen gestand einer der Dorfbewohner schließlich, dass er und einige Freunde eine kleine Mastaba gefunden und während des Sommers freigelegt hätten. Ich wies ihn an, mir die Stätte zu zeigen, und veranstaltete einen Mordswirbel. Falls er mich nicht belogen hatte (was absolut möglich war), enthielt das Grab vermutlich keine wertvollen Artefakte, da es sich um eines der kleineren und unbedeutenderen handelte. Wir hatten selbst nur wenig gefunden, sogar in den größeren Gräbern.

Gezwungenermaßen musste ich warten, bis die Männer sich gegen Mittag zum Essen und zu einer Ruhepause zurückzogen, ehe ich mich mit David austauschen konnte. Da es kein schattiges Plätzchen gab, spannte ich meinen nützlichen Sonnenschirm auf, und wir machten es uns so bequem wie eben möglich, lehnten uns mit dem Rücken an die Pyramide und packten den von David mitgebrachten Tee und die Sandwiches aus.

»Nun«, sagte ich. »Berichte mir alles.«

»Das ist eine ziemlich umfassende Aufgabe, Tante Amelia.«

»Lass dir Zeit.«

»Wie viel hat Ramses dir erzählt?«

»Nichts. Er war zu mitgenommen. Sieh mal, David, ich bin fest entschlossen, es aus dir herauszubekommen, und wenn Ramses das nicht gefällt, dann ist das verflucht – äh – schade.«

Er verschluckte sich an dem Tee, den er gerade trank. Ich klopfte ihm auf den Rücken. »Ich bin froh, dich zu sehen, selbst unter den gegebenen Umständen«, sagte ich zärtlich. »Ich nehme an, dass Ramses dich über unsere Lieben in England auf dem Laufenden gehalten hat. Lia verhält sich großartig.«

»Nein.« Er senkte den Kopf, und ich bemerkte Linien in seinem Gesicht, die mir früher nie aufgefallen waren. »Sie ist einsam und ängstlich und besorgt um mich – genau wie ich um sie. Ich sollte bei ihr sein.«

»Ich weiß, mein lieber Junge. Vielleicht wirst du es in Kürze.«

»Ich hoffe es. In wenigen Wochen wissen wir Genaueres. Entweder haben wir Erfolg oder wir scheitern.«

»Erleichternd zu wissen«, murmelte ich, letztere Alternative verdrängend. »Also, David, erzähl mir alles von Anfang an.«

David zögerte, musterte mich und seufzte. »Nun ja, ich war nie in der Lage, dir etwas zu verschweigen, oder? Ramses hat die Rolle einer gewissen Person gespielt –«

»Kamil el-Wardani? Aha, das dachte ich mir bereits. Aber warum?«

»Die Deutschen und die Türken hoffen, einen Aufstand in Kairo zu provozieren, der zeitgleich mit ihrem Angriff auf den Suezkanal stattfinden soll. Und Wardani wäre genau der Mann, der so etwas initiieren könnte. Im vorigen April sind sie erstmals an ihn herangetreten. O ja, sie wussten, dass ein

Krieg drohte, und auch, dass sich die Türken daran beteiligen würden; ein geheimes Abkommen wurde Anfang August unterzeichnet. Sie denken voraus, diese Deutschen. Von Wardani selbst erfuhr ich von dem Plan und teilte diesen selbstverständlich Ramses mit.«

»Es muss schwierig sein, das Vertrauen eines Freundes zu missbrauchen. Aber du hast natürlich vollkommen richtig gehandelt«, fügte ich rasch hinzu.

»Ramses ist mehr als mein Freund. Er ist mein Bruder. Und es gab weitere Beweggründe. Trotz seiner bombastischen Rhetorik war Wardani kein Verfechter einer gewaltsamen Revolution, als ich mich der Bewegung anschloss. Doch er veränderte sich, sprach ständig über das Blut, das notwendig wäre, um den Baum der Freiheit zu bewässern ... Es machte mich krank, solche Äußerungen zu hören. Eine Revolte konnte nicht gelingen, doch vor ihrer Niederschlagung wären Hunderte, vielleicht Tausende von getäuschten Patrioten und naiven Mitläufern abgeschlachtet worden. Ich will die Unabhängigkeit für mein Land, Tante Amelia, aber nicht um diesen Preis.«

Ich bewunderte Davids Charakterstärke schon seit langem; während ich jetzt sein schmales dunkles Gesicht und die sensiblen, aber entschlossenen Lippen betrachtete, war ich so gerührt, dass ich seine Hand nahm und sie kurz drückte. »Mein lieber Junge«, sagte ich. »Du weißt, dass Lia im September das von euch beiden mit Freude erwartete Kind zur Welt bringen wird. Bis dahin könntest du dich von dem Komplott distanzieren. Niemand würde dir einen Vorwurf machen.«

»Ramses hat mir dasselbe vorgeschlagen. In der Tat hatten wir deshalb eine heftige Auseinandersetzung. Er gab erst nach, als ich drohte, Lia die ganze Geschichte zu erzählen und ihr die Entscheidung zu überlassen. Ihm war klar, dass sie darauf beharren würde, dass ich ihm zur Seite stehe. Er balanciert auf einem Drahtseil, Tante Amelia. Unter ihm ein Fluss voller Krokodile und über ihm kreisende Geier, und jetzt sieht es so aus, als würde jemand an diesem Seil sägen.«

»Poetisch, aber wenig informativ, mein Lieber«, erwiderte ich ungehalten. »Wer genau ist ihm auf den Fersen?«

»Jeder. Außer den wenigen Beteiligten, die das Geheimnis kennen, versucht jeder Kairoer Polizeibeamte, Wardani dingfest zu machen. Die Deutschen und die Türken benutzen ihn für ihre Zwecke; sie würden ihn umgehend beseitigen, wenn sie wüssten, dass er ein doppeltes Spiel treibt. Dann sind da noch die Hitzköpfe in der Bewegung selbst. Er muss ihre Aktivitäten unterdrücken, ohne ihr Misstrauen zu schüren. Wenn sie glaubten, dass er mit den Briten sympathisierte, würden sie – sie würden einen anderen Führer finden.«

»Ihn umbringen, meinst du.«

»Sie würden es als Exekution bezeichnen. Und wenn sie jemals seine wahre Identität ans Licht brächten, wäre das sein Ende.«

»Und deines, David«, ereiferte ich mich, »es ist Wahnsinn von dir und Ramses, solche Risiken einzugehen! Du hast selbst gesagt, dass Wardani der Einzige ist, der eine erfolgreiche Revolte anzetteln könnte. Gebt doch öffentlich bekannt, dass man ihn gestellt hat. Ohne einen Führer sind seine Anhänger ineffektiv, Ramses wäre in Sicherheit und du könntest umgehend nach England zu Lia reisen. Ein Gnadengesuch oder eine Amnestie kann man erwirken –«

»Das wird letztlich geschehen. Aber augenblicklich nicht.«

»Warum nicht?«

»Der Feind beginnt, Wardani Waffen zu liefern – Flinten, Pistolen, Granaten, möglicherweise auch Maschinengewehre. Wir müssen ausharren, bis wir diese Waffen in unsere Gewalt bringen, und herausfinden, wie und von wem sie nach Kairo geschafft worden sind.«

Ich hielt den Atem an. »Natürlich! Ich hätte darauf kommen müssen!«

»Gewiss, das hättest du«, erwiderte David mit einem mitfühlenden Lächeln. »Ohne Waffen gibt es keine Revolution, nur einige hysterische Studenten, die den Heiligen Krieg proklamieren. Ramses versucht alles, um selbst das zu verhindern. Er mag nicht, wenn Leute zu Schaden kommen, weißt du.«

»Ich weiß.«

»Wenn wir zu früh reagieren, werden die Türken andere Belieferungskanäle und Interessenten finden. Ramses glaubt, dass einer seiner eigenen Stellvertreter ihn ausbooten will, und Farouk ist nicht der einzige ehrgeizige Revolutionär in Kairo. Die erste Lieferung – zweihundert Flinten und die entsprechende Munition – sollte letzte Nacht stattfinden.«

»Und Ramses war dort?«

»Ja, Ma'am. Das nehme ich zumindest an. Weißt du, Ramses hat Mrs Fortescue gestern Abend zum Diner im Shepheard's ausgeführt. Die Idee war ... ich sagte ihm, es würde nicht funktionieren, aber er ...« Unter seinen dichten Wimpern warf David mir einen verstohlenen Seitenblick zu. »Ich denke, diesen Teil schildere ich dir besser nicht.«

»Ich denke *doch*.«

»Nun, er musste um elf Uhr aufbrechen, um pünktlich an dem vereinbarten Treffpunkt zu erscheinen. Offenbar konnte ich ihn bei Mrs Fortescue nicht ersetzen. Ein Doppelgänger auf so geringe Entfernung ... äh-hm. Also hatte er die Idee, die Dame zu brüskieren, indem er ihr – äh – unhöfliche Avancen machte, so dass sie hinausstürmen und ihn – mich, in diesem Fall – einsam schmollend, aber für alle sichtbar an der Bar zurücklassen würde. Leider war sie ...«

»Nicht brüskiert. David, wie kannst du in einer so kritischen Situation lachen? Verflucht, ich glaube tatsächlich, dass du und Ramses diese Aktivitäten genießt!«

David wurde ernst. »Verzeih mir, Tante Amelia. In gewisser Weise vermutlich schon. Die Situation ist so verflucht – Verzeihung – so verflixt kritisch, dass wir sie mit Humor nehmen müssen. Irgendwann musst du dir von ihm erzählen lassen, wie er einmal bei einer Zusammenkunft auftauchte – als er selbst getarnt.«

»Bei dieser Bande von Halunken? Niemals!«

»Oh, doch. Er hielt ihnen einen Vortrag über die Kunst der Verstellung, ohne überhaupt getarnt zu sein.«

»Ich werde diesen Jungen nie verstehen! Also, wie ist es ihm gelungen, sich von ihr fortzustehlen? Du brauchst nicht ins Detail zu gehen«, fügte ich rasch hinzu.

»Da wirst du ihn selber fragen müssen. Er traf mich verspätet und war in Eile – und nicht in der Stimmung, Fragen zu beantworten.« Der Glanz in Davids dunklen Augen erinnerte mich daran, dass er trotz all seiner bewundernswerten Eigenschaften ein Mann war.

»Hmmm«, murmelte ich. »Dann ist es möglich, dass er den Treffpunkt unversehrt erreichte. Gütiger Himmel, ist das verwirrend! Glaubte derjenige, der ihn angeschossen hat, er zielte auf Wardani oder auf Ramses?«

David schob seinen Helm zurück und wischte sich mit dem Handrücken die schweißfeuchte Stirn – eine geschickte Geste, stellte ich anerkennend fest. Ramses trägt nie ein Taschentuch bei sich.

»Das ist die Frage, nicht wahr? Offensichtlich befürchtet Ramses, Letzteres könne der Fall sein, oder eher noch, dass der Bursche vermutete, dass Wardani nicht ... sagen wir, Wardani war? Wardanis derzeitiger Aufenthaltsort ist ein streng gehütetes Geheimnis, aber kein Geheimnis ist hundertprozentig sicher. Falls herauskäme, dass Wardani in Indien interniert ist, würden die Leute nicht lange überlegen, wer seinen Platz eingenommen hat. Ramses' Talente sind allgemein bekannt.

Deshalb bin ich in der Öffentlichkeit mehrfach als Ramses aufgetreten, wenn Wardani demonstrativ an anderer Stelle agierte.«

»Und bei wenigstens einer Gelegenheit bist du als Wardani aufgetreten, während Ramses demonstrativ an anderer Stelle agierte. Also wirklich«, fuhr ich ziemlich erschüttert fort, »ich kann mir nicht erklären, wie ich mich so leicht irreführen ließ.«

»Du hast Wardani nie kennen gelernt«, tröstete mich David.

»Das stimmt. Irgendetwas ist mir unterschwellig aufgefallen – etwas Vertrautes an ihm. Meine Instinkte waren wie immer richtig, aber ich ließ mich irreführen von – äh –, nun ja, das tut jetzt nichts zur Sache. Eines Tages leiste ich mir das Vergnügen eines kleinen Gesprächs mit Thomas Russell. Insgeheim muss er sich die ganze Zeit vor Lachen geschüttelt haben!«

»Ich versichere dir, Tante Amelia, ihm ist das Lachen vergangen. Ich sollte ihm heute Morgen Bericht erstatten, nachdem ich Nachricht von Ramses bekam. Er muss sehr in Sorge sein.«

»Du aber auch, als Ramses eure Verabredung nicht einhielt.«

»Ich fing langsam an, mich zu sorgen, als der Professor auftauchte – und mich fast zu Tode erschreckte, möchte ich hinzufügen! Ramses und ich versuchen stets, uns nach diesen Tarnungsmanövern zu treffen, sei es auch nur, um den anderen auf dem Laufenden zu halten. Ich erinnere mich, dass ich mich irgendwann einmal betrunken stellte und wirres Zeug redete, um ein Gespräch mit Mr Woolley zu umgehen. Lawrence war bei ihm, und ich befürchtete, einer der beiden könne eine Erklärung fordern, wenn sie Ramses das nächste Mal sahen.«

»Wenn das vorüber ist, wird in Kairo keine ehrbare Person mehr mit Ramses reden.« Ich seufzte hörbar. »Versteh mich nicht falsch, David; wenn nichts Schlimmeres als das eintritt, bin ich von Herzen dankbar. Demzufolge nahm man an, dass er dich heute Nacht aufsuchen würde, bevor er zum Haus zurückkehrte?«

David nickte. Seine Arme ruhten auf seinen angezogenen Knien, und seine Wimpern, lang und dicht wie die meines Sohnes, beschatteten seine Augen. »Ich bezweifle, dass er in der Verfassung war, klar zu denken. Er muss Hals über Kopf nach Hause gestürmt sein.«

»Ja.« Ich kramte mein Taschentuch hervor und betupfte meine Augen. »Gütiger Himmel, der Sand weht heute recht ordentlich. Also, David, mir scheint, wir müssen dieses Spiel auch morgen noch fortsetzen. Übermorgen ist Heiligabend; dann sollte Ramses wiederhergestellt sein und wir können ein paar ruhige Tage zu Hause verleben. Alle außer dir, mein lieber Junge. Oh, ich wünschte ...«

»Ich auch.«

»Küss mich nicht. Das macht Ramses nie«, schniefte ich.

Er küsste mich trotzdem. »Aber«, erwiderte er, »hast du dir denn etwas überlegt, wie ich mich heute Nachmittag verhalten soll, ohne dass Nefret mir zu nahe kommt?«

»Das wird verflucht schwierig, dennoch ist es nicht der einzige Grund, warum ich Nefret liebend gern reinen Wein einschenken würde. David, da er nicht will, dass ich einen Arzt rufe, habe ich mein Bestes getan. Allerdings bin ich nicht qualifiziert für die Behandlung solcher Verletzungen – sie hingegen schon, und sie würde nie –«

»Tante Amelia.« Er nahm meine Hand. »Ich wusste, dass du das erwähnen würdest. Ich hätte das Thema selber angesprochen, wenn du mir nicht zuvorgekommen wärst. Ramses befürchtete, dich nicht hinreichend überzeugt zu haben, dass sie die Wahrheit keinesfalls erfahren darf. Dafür sprechen zwei stichhaltige Gründe: Der erste ist ein schlichtes Rechenexempel, denn je mehr Menschen um ein Geheimnis wissen, desto größer ist die Wahrscheinlichkeit, dass irgendjemand unbeabsichtigt etwas ausplaudert. Der zweite ist etwas komplizierter. Ich weiß nicht, ob ich dir das verständlich machen kann, dennoch muss ich es versuchen.

Du musst wissen, in diesem abstoßenden Spionagegeschäft gibt es einen merkwürdigen Ehrencodex. Er bezieht sich selbstverständlich nur auf die Gentlemen.« Seine wohlgeformten Lippen verzogen sich spöttisch. »Die armen Teufel, die die meisten Risiken übernehmen, sind nicht mit von der Partie. Doch die Drahtzieher lassen ihre Finger von den Familien und Freunden der Gegenseite. Das müssen sie, ansonsten riskieren sie Vergeltungsmaßnahmen. Falls man Ramses und mich verdächtigte, würden sie euch nicht benutzen, um uns aufzuspüren, falls aber bekannt würde, dass du, der Professor, Nefret oder wer auch immer aktiven Anteil an dieser Sache habt, wärt ihr ein gefundenes Fressen für sie. Deshalb wollte er nicht, dass du es herausfindest, und deshalb darf Nefret nichts erfahren. Gütiger Himmel, Tante Amelia, du weißt doch, wie sie ist! Glaubst du im Ernst, sie würde nicht darauf bestehen einzugreifen, wenn sie uns in Gefahr vermutete?«

»Gewiss doch«, murmelte ich.

»Ich weiß, dass du besorgt um ihn bist«, sagte David leise. »Ich auch. Und er macht sich Sorgen um dich. Vor die Wahl gestellt, hätte er dich niemals in diese Sache hineingezogen, und er fühlt sich entsetzlich schuldig, dass er dich und den Professor in Gefahr bringt. Mach es ihm nicht noch schwerer.«

Ich habe immer gesagt, dass die zeitliche Koordinierung von Aktivitäten das Allerwichtigste ist. Als wir nach Gizeh zurückkehrten, warf die tief stehende Sonne bereits ihre Schatten; die Touristen zerstreuten sich allmählich – einige blieben allerdings stehen, drehten sich um und starrten. Was blieb ihnen anderes übrig! Dramatisch über den Sattel gelehnt und von Davids Armen gestützt, flatterte mein gelöstes Haar im Wind, während ich meinen Kopf an seine Schulter bettete und ihm zuraunte: »Das ist eine verflucht unbequeme Haltung, David. Lass uns nicht länger verweilen als unbedingt notwendig.«

»Pssst!« Er musste sich das Lachen verkneifen.

Umringt von einer neugierigen Menschentraube trabte Risha durch Sand und Geröll, bis wir in der Nähe unserer Grabstätte waren. David brachte ihn elegant und überflüssigerweise völlig abrupt zum Stehen und Emerson eilte auf uns zu.

»Was ist passiert?«, brüllte er aus vollem Hals. »Peabody, mein Schatz –«

»Mit mir ist absolut alles in Ordnung, Emerson«, brüllte ich zurück. »Ein kleiner Sturz, das ist alles, aber du weißt doch, wie Ramses ist. Er bestand darauf, mich zurückzutragen. Lass mich runter, Ramses.«

Ich wand mich ein bisschen. Risha wandte sein aristokratisches Haupt und musterte mich kritisch, während David mich fester packte. Unseligerweise führte diese Bewegung dazu, dass mein am Sattelknauf hängender Sonnenschirm mir schmerzhaft in die Rippen stieß. Ich kreischte auf.

»Bring sie umgehend nach Hause«, brüllte Emerson. »Wir kommen nach.«

»Gerade noch geschafft«, murmelte ich, während wir uns so rasch entfernten, wie es gefahrlos möglich war. »Nefret kam gerade aus dem Grab; sie hat uns kaum wahrgenommen. David, hast du zufällig die Frau bemerkt, mit der Emerson bei unserer Ankunft redete?«

David schob mich in eine etwas bequemere Sitzposition. »Mrs Fortescue«, erwiderte er. »Hattet ihr sie eingeladen, die Exkavation zu besuchen?«

»Wir haben darüber gesprochen, sie aber nicht direkt eingeladen. Ein seltsamer Zufall, findest du nicht, dass sie ausgerechnet heute vorbeischaut?«

Sobald ich das Haus betrat, wies ich Fatima an, eine besonders ausgedehnte Teetafel vorzubereiten, womit ich sie aus dem Weg schaffte. Daraufhin eilten David und ich in Ramses' Zimmer. Als ich das leere Bett sah, sank mein Herz ins Bodenlose. Schließlich tauchte Ramses hinter der Tür auf. Er war komplett angekleidet, kerzengerade wie eine Lanze und um einiges blasser als sonst.

»Herrgott, hast du mir einen Schrecken eingejagt!«, rief ich. »Geh sofort wieder zu Bett. Und zieh dein Hemd aus, ich möchte die Wunden verarzten. Du hast kein Recht –«

»Ich wollte sichergehen, dass ihr es seid. Wie ist es gelaufen?«

»Recht gut, denke ich.« David musterte ihn kritisch. »Du bist ganz schön blass um die Nase.«

»Wirklich?« Er schlenderte zum Spiegel.

Ich beobachtete, wie er eine Flasche entkorkte und eine dünne Schicht von irgendeiner Flüssigkeit auf sein Gesicht auftrug. Vermutlich war er mehrmals aufgestanden und hatte sich immer wieder hingelegt; er war nicht nur frisch rasiert, sondern hatte auch eine sonderbar anmutende Apparatur auf seinem Schreibtisch zusammengebaut – aus Röhrchen, Gewinden und Glaskolben unterschiedlicher Größenordnung. Daraus entwich ein entsetzlicher Gestank.

»Wo ist Seshat?«, erkundigte ich mich. »Ich habe ihr erklärt, sie solle sicherstellen, dass du im Bett bleibst.«

Ramses stellte das Fläschchen zurück in den Schrank und schloss die Tür. »Was hast du von ihr erwartet? Dass sie mich niederschlägt und sich auf mich setzt? Als sie eure Schritte hörte, ist sie aus dem Fenster geschlüpft. Sie war den ganzen Tag hier.«

»Was ist letzte Nacht schief gegangen?«, fragte David.

»Später.« Sichtlich erschöpft setzte Ramses sich auf den Bettrand. »Wo sind die anderen?«

»Auf dem Rückweg«, erwiderte ich. »Ramses, ich bestehe darauf, dass du mir erlaubst –«

»Dann bring's hinter dich, während David mir von seinen heutigen Aktivitäten berichtet.«

Also untersuchte ich ihn und David fasste die Tagesereignisse kurz zusammen. Sein Bericht diente dazu, Ramses von den unangenehmen Dingen abzulenken, die ich mit ihm anstellte. Er war ziemlich fahl im Gesicht, als ich fertig war, lachte jedoch, als David unsere Ankunft in Gizeh schilderte.

»Ich wünschte, ich wäre dabei gewesen. Deine Idee, Mutter?«

»Ja. Etwas Aufsehen Erregenderes hätte ich zwar vorgezogen, aber das Risiko wagte ich nicht einzugehen. Du kannst dir sicher sein, dass Nefret als Erste zur Stelle gewesen wäre, um sich um mich zu kümmern, und dann hätte sie David aus der Nähe gesehen.«

Ramses nickte zustimmend. »Gut überlegt. Und Mrs Fortescue hielt sich ganz zufällig dort auf?«

»Verdächtigst du sie in irgendeiner Form?«, wollte ich wissen.

»Mir kam der Gedanke«, erwiderte mein Sohn mit einem Blick zu David, »dass ihre – äh – Anhänglichkeit an jenem Abend, als wir zusammen dinierten, vielleicht von etwas anderem herrührte als – äh ...«

»Dann war sie also anhänglich, nicht wahr?«, bemerkte ich.

»Dann hat David dir also davon erzählt, nicht wahr?«, bemerkte Ramses im gleichen Tonfall. »Das dachte ich mir. Ich weiß nicht, wie es dir gelingt, aber in deiner Gegenwart redet er immer wie ein Buch. Ich hätte nicht davon angefangen, wenn ich es nicht für notwendig hielte, gewisse Missverständnisse eurerseits aufzuklären. Ich verdächtige die Dame nicht mehr als alle anderen Neuankömmlinge ohne offizielle Referenzen, dennoch bleibt die Tatsache, dass sie alles versuchte, um mich aufzuhalten, als ich auf dem Weg zu einem wichtigen Treffen war. So unglaubwürdig es für dich und David vielleicht klingen mag, aber sie war vermutlich nicht von den Socken wegen – äh ...«

»Na, na, reg dich nicht auf«, beruhigte ich ihn. »Ohne deiner persönlichen Einschätzung von deiner Ausstrahlung in irgendeiner Form widersprechen zu wollen, halte ich es für durchaus möglich, dass ihre Motive für einen Besuch der Ausgrabungsstätte nichts mit dir zu tun hatten. Vielleicht interessiert sie sich für deinen Vater.«

David und Ramses tauschten Blicke aus. »Wenn du nichts dagegen hast, Mutter«, sagte mein Sohn, »würde ich es vorziehen, diesen Gedankengang nicht weiterzuführen. David, wahrscheinlich wirst du morgen erneut meinen Platz einnehmen müssen, von daher bleibst du heute Nacht besser hier. Schließ beim Hinausgehen die Tür ab.«

David nickte. »Wir müssen reden.«

»Das auch.«

»Ramses«, wandte ich ein. »Du –«

»Bitte, Mutter, keine Argumentation! Dafür bleibt uns nicht die Zeit. Unter gar keinen Umständen kann David während des Abendessens meinen Platz einnehmen – nicht, wenn Nefret und Fatima in der Nähe sind. Wir diskutieren später. Ein Kriegsrat, wie du es zu nennen pflegst.«

Ich erklärte Fatima, dass wir den Tee an diesem Abend im Salon einnehmen würden. Wir benutzten diesen Raum nicht allzu häufig für zwanglose Familienzusammenkünfte, da er viel zu weitläufig war, um gemütlich zu sein, und irgendwie düster auf Grund der hohen, schmalen Fenster. Allerdings würde es Ramses das Treppensteigen zur Dachterrasse ersparen.

Ich badete und kleidete mich rasch um, doch die anderen hatten sich bereits eingefunden, als ich den Salon betrat.

»Wo ist Mrs Fortescue?«, erkundigte ich mich. »Habt ihr sie nicht zum Tee eingeladen?«

»Falls diese Frage mir gilt«, ereiferte sich Emerson, »lautet die Antwort nein. Warum zum Teufel hätte ich das tun sollen? Sie tauchte heute Nachmittag aus heiterem Himmel und ungebeten auf und erwartete, dass ich alles stehen und liegen ließ, um ihr jede verfluchte Pyramide von Gizeh zu zeigen. Ich überlegte bereits, wie ich sie loswerden könnte, als du mir die Entscheidung abnahmst.«

»Sie fragte nach Ramses«, warf Nefret ein.

Etwas entfernt von dem Sofa, auf dem sie saß, hatte er in einem Sessel Platz genommen, und ich stellte fest, dass er ein leichtes Jackett übergezogen hatte, das die recht dicken Verbände kaschieren sollte. »Wie nett«, murmelte er. »Welcher ihrer Verehrer war bei ihr, der Graf oder der Major?«

»Keiner von beiden«, erwiderte Emerson. »Der junge Pinkerton.«

»Pinckney«, korrigierte Nefret.

»Ah«, entfuhr es Ramses. »Der ist mir gar nicht aufgefallen.«

»Er war mit mir in der Grabstätte. Ich habe ihm die Reliefs gezeigt.«

»Hmmm«, murmelte Ramses.

Nefret sah ihn bitterböse an oder versuchte es zumindest;

mit ihren wohlgeformten Brauen schaffte sie es nicht, ihrem Gesicht etwas Bedrohliches zu verleihen. »Wenn du damit andeuten willst –«

»Ich deute gar nichts an«, erwiderte Ramses.

Natürlich tat er das. Mir war derselbe Gedanke gekommen. Mr Pinckney hatte die Dame vielleicht nur begleitet, weil er romantische Gefühle für Nefret hegte. Oder sie hatte ihn als Tarnung mitgebracht, weil sie es auf Emerson abgesehen hatte. Oder ...

Gütiger Himmel, sinnierte ich, das ist ja noch komplizierter als unsere üblichen Kollisionen mit Kriminaldelikten. Das Einzige, was ich mit Gewissheit sagen konnte, war, dass weder Pinckney noch Mrs Fortescue Sethos war.

Nefret warf Ramses einen weiteren finsteren Blick zu, dann wandte sie sich an mich. »Der Professor hat mir versichert, dass du nicht ernsthaft verletzt bist, Tante Amelia. Trotzdem würde ich dich gern kurz untersuchen. Was ist passiert?«

»Es war viel Lärm um nichts, mein Schatz«, erwiderte ich und setzte mich neben sie auf das Sofa. »Ich bin in einem Grab ausgerutscht und habe mir den Arm verstaucht.«

»Diesen Arm?« Bevor ich sie davon abhalten konnte, fasste sie meine Hand und schob meinen Ärmel hoch. »Ich kann nichts feststellen. Schmerzt er, wenn ich hier drücke?«

»Nein«, sagte ich wahrheitsgemäß.

»Oder hier? Hmmm. Nun, ein Bruch oder eine Zerrung scheint nicht vorzuliegen.«

»Den größten Schaden hat ein anderer Teil ihrer Anatomie genommen«, meldete sich Ramses zu Wort. »Sie landete auf ihrem ... ich meine, in sitzender Haltung.«

Wie von ihm zweifellos erwartet, beendete mein entrüsteter Blick Nefrets Inquisition.

»Wie auch immer«, sagte ich mit einem leichten Hüsteln. »Hast du Fatima gebeten, den Tee zu servieren, Nefret?«

»Ja, sie müsste jeden Augenblick hier sein. Ich wollte frühzeitig beginnen, da ich heute Abend auswärts diniere.«

»Auswärts diniere«, wiederholte ich. »Hast du Fatima informiert?«

»Ja.«

»Du siehst bezaubernd aus. Ist das Kleid neu?«

»Ich trage es zum ersten Mal. Gefällt es euch?«

»Nicht besonders«, meinte Ramses, bevor ich reagieren konnte. »Ist das die neueste Abendmode? Du siehst aus wie ein Lampenschirm.«

Das stimmte in der Tat. Der lange Überwurf hatte einen so steif gestärkten Saum, dass er kreisförmig über dem schmal geschnittenen schwarzen Rock abstand. Emersons Gesichtsausdruck demonstrierte mir, dass er derselben Meinung war, doch er war klug genug zu schweigen.

»Es ist ein Poiret«, bemerkte Nefret aufgebracht. »Also wirklich, die Männer haben keine Ahnung von Mode, nicht wahr, Tante Amelia?«

»Ein ausgesprochen schöner Lampenschirm«, beeilte sich Ramses hinzuzufügen.

»Ich weigere mich, über Mode zu diskutieren«, brummte Emerson. »Peabody, was hältst du von der Situation in Zawiet? Ramses hat mir mitgeteilt, dass die örtlichen Banden das Gebiet in ein einziges Chaos verwandelt haben.«

»So extrem würde ich es nicht formulieren«, räumte ich ein.

»Ich auch nicht«, bemerkte Ramses. »Allerdings denke ich – deine Erlaubnis vorausgesetzt, Vater –, dass ich wenigstens noch einen weiteren Tag dort verbringen sollte, selbst wenn es keinem anderen Zweck dient als der Mutmaßung, dass wir ein Auge auf das Gebiet werfen. Darüber hinaus sollte das heute von den Männern entdeckte Höhlengrab freigelegt werden. Ich bezweifle, dass es sich lohnt, dennoch möchte ich sicherstellen, dass nichts übersehen wurde.«

Fatima erschien mit dem Teetablett, und ich beeilte mich, das göttliche Getränk zuzubereiten – mit Zitrone für Nefret, mit Milch und drei Teelöffeln Zucker für Emerson. Ramses lehnte zugunsten eines Whiskys ab, den er sich selbst eingoss.

Nefrets Ankündigung war eine große Erleichterung. Wenn sie außer Haus war, konnten wir uns zeitig zurückziehen, in Ramses' Zimmer. Ich wollte, dass er sich wieder hinlegte, und war entschlossen, diesen Kriegsrat zu halten. Mir schossen so viele unbeantwortete Fragen durch den Kopf, dass ich das Gefühl hatte, er würde bersten. Und Ramses und David waren nicht die Einzigen, die ich einem Verhör unterziehen würde. Mein eigener Ehemann, mein geliebter Gatte, hatte mich offenbar im Dunkeln gelassen, was einige seiner eigenen Aktivitäten betraf.

Im Falle von Nefret konnte ich nur hoffen, dass sie weder mit Percy noch mit einer anderen Person dinierte, die ich nicht gutheißen würde. Im Grunde genommen konnte ich nichts unternehmen; eine direkte Frage führte vielleicht zu einer ehrlichen Antwort – vielleicht aber auch nicht.

Scheinbar interessiert beteiligte sie sich an der Diskussion um Zawiet el-Aryan. »Dann braucht ihr mich also nicht, um Fotos zu machen?«, fragte sie.

»Ich sehe keine Veranlassung«, antwortete Emerson. »In der Tat hoffe ich, dass Ramses seine Arbeit in Zawiet morgen oder übermorgen beenden kann. Schließlich liegt diese verfluchte Ausgrabungsstätte nicht in unserem Verantwortungsbereich; sie ist nach wie vor Teil von Reisners Konzession.«

»Vielleicht sollte ich ihn über die Vorfälle informieren«, schlug Ramses vor.

»Er ist im Sudan«, meinte Emerson. »Das kann warten.«

»In Ordnung.« Ramses stand auf und schlenderte zum

Tisch, wo er sich einen weiteren Whisky einschenkte. Nefret beobachtete ihn, sagte aber nichts.

»Peabody«, hob mein Gatte an, »vermutlich wirst du darauf bestehen, dass wir die Arbeit während der Weihnachtsfeiertage ruhen lassen.«

»Nun, mein Lieber, du weißt genau, dass ich nie darauf bestehe. Allerdings ist die Hochachtung vor den Glaubenstraditionen, die unser gemeinsames Erbe sind –«

»Verfluchte Religion«, schnaubte Emerson, wie nicht anders zu erwarten.

»Bislang haben wir uns nicht einmal um einen Weihnachtsbaum gekümmert«, warf Nefret ein. »Tante Amelia, vielleicht möchtest du dir in diesem Jahr lieber nicht die Mühe machen.«

»Es fällt mir schwer, die richtige Einstellung dazu zu finden«, gestand ich. »Aber genau aus diesem Grund ist es meiner Meinung nach umso wichtiger, dass wir uns der Mühe unterziehen.«

»Wie du meinst.« Nefret stellte ihre Tasse auf den Unterteller und erhob sich. »Ich werde dir bei der Weihnachtsdekoration helfen. Palmwedel und Weihnachtssterne –«

»Mistelzweige?«, fragte Ramses leise.

Sie strebte zur Tür, blieb abrupt stehen, drehte sich jedoch nicht um. »Dieses Jahr nicht.«

Eine gewisse Spannung schien in der Luft zu liegen, obschon ich nicht verstand, warum – es sei denn, es hatte mit der Tatsache zu tun, dass ihr erster und letzter Versuch, unser Haus mit diesem hässlichen Gestrüpp zu schmücken, jenes Weihnachtsfest vor Nefrets unrühmlicher Hochzeit gewesen war. »In diesem Klima halten sie sich nicht gut«, wandte ich ein. »Als wir sie das letzte Mal hatten, faulten die Beeren und fielen den Leuten auf den Kopf.«

»Ja. Ich muss jetzt gehen«, bemerkte Nefret. »Ich will mich nicht verspäten.«

»Mit wem bist du –«

Sie beschleunigte ihre Schritte und verschwand, ehe ich meine Frage beenden konnte.

Keiner von uns wusste Mahmouds köstliches Abendessen zu würdigen. Ich bemerkte, dass Ramses sich zu jedem Bissen zwingen musste, und mit meinem eigenen Appetit stand es auch nicht zum Besten. Nach dem Essen erklärte Emerson Fatima, dass wir den Kaffee in seinem Arbeitszimmer einnehmen würden, da wir am Abend noch arbeiten wollten. Er nahm ihr das schwere Tablett aus den Händen und sagte ihr, sie solle zu Bett gehen.

Mit David hatten wir ein Signal vereinbart – zweimaliges leises Pochen, ein lautes Klopfen, dann dreimaliges leises Pochen. Natürlich hätte ich die Tür mit meinem eigenen Schlüssel öffnen können, aber ich sah keine Veranlassung, dessen Existenz zu enthüllen. Meine harmlose kleine List war zwecklos; sobald wir in seinem Zimmer waren, lautete Ramses' erste Frage: »Wie bist du eigentlich letzte Nacht hereingekommen, Mutter? Bevor ich das Haus verließ, hatte ich die Tür abgeschlossen.«

»Sie hat natürlich einen Ersatzschlüssel«, entgegnete Emerson, während ich die Frage geflissentlich überhörte. »Das hätte dir doch klar sein müssen. Und jetzt, mein Junge, leg dich hin und ruh dich aus.«

Er stellte das Tablett auf einen Tisch und David bot Ramses hilfsbereit seinen Arm. Ramses winkte ab. »Mit mir ist alles in Ordnung. David, wir werden dir etwas zu essen holen, sobald Fatima zu Bett gegangen ist. Wo –«

»Um Himmels willen!«, entfuhr es mir aufgebracht. »Setz dich wenigstens hin, wenn du dich schon nicht hinlegen willst, und versuch nicht ständig, mich abzulenken. Ich habe eine ganze Reihe von Fragen an euch alle.«

»Dessen bin ich mir sicher«, murmelte Ramses. Vorsichtig

ließ er sich in einen Sessel sinken. »Wo ist – ah, da bist du ja.«

Diese Bemerkung galt der Katze, die soeben durch das Fenster ins Zimmer sprang. Nachdem sie ausgiebig seine Stiefel inspiziert hatte, sprang sie auf die Sessellehne und ließ sich nieder, ihre Pfoten unter der Brust verschränkt.

»Sie hat auf dem Balkon Wache gehalten«, bemerkte David in ernstem Ton. »Sie muss wohl geglaubt haben, dass ich hungrig sei, da sie mir vor ungefähr einer Stunde eine schöne, fette Ratte brachte.«

Unwillkürlich schweifte mein Blick durch das Zimmer, woraufhin David lachte. »Keine Sorge, Tante Amelia, ich habe sie entfernt. Heimlich, natürlich. Wo ist Nefret?«

»Sie ist heute Abend ausgegangen. Gütiger Himmel, ich wünschte nur, ich wüsste, mit wem und wohin.« Als die Jungen sich verstohlene Blicke zuwarfen, fügte ich hinzu: »Wisst ihr es etwa?«

»Nein«, antwortete Ramses.

»Lass das jetzt«, wies Emerson mich zurecht. Er hatte uns Kaffee eingegossen; David brachte mir und Ramses eine Tasse, und Emerson fuhr fort: »David hat mir – und dir, Peabody, vermutlich auch – von den Waffenlieferungen an Wardanis Revolutionäre berichtet. Sicherlich brauche ich den Ernst der Sachlage nicht zu unterstreichen. Euer Plan, das zu verhindern, war gut vorbereitet. Was ich wissen will, ist Folgendes: Erstens – wie viele weitere Lieferungen sind geplant? Zweitens – inwieweit konntet ihr aufdecken, wie die Waffen nach Kairo gelangen? Und drittens – was ist letzte Nacht schief gelaufen?«

»Hervorragend argumentiert, Emerson«, lobte ich. »Ich möchte lediglich hinzufügen –«

»Verzeih mir, Mutter, aber ich denke, das reicht für den Anfang«, räumte Ramses ein. »Um Vaters Fragen der Reihe nach zu beantworten: Geplant sind zwei weitere Lieferungen, allerdings habe ich die Termine bislang nicht erfahren. Ende Januar werden wir über eintausend Gewehre und hundert Luger-Pistolen eingelagert haben, dazu die entsprechende Munition. Die Pistolen verfügen über ein Magazin für acht Patronen.«

»Guter Gott«, knurrte Emerson. »Ja, aber wie viele aus deiner – äh – Wardanis Möchtegern-Armee können mit einer Feuerwaffe umgehen?«

»Es erfordert nicht viel Übung, eine Handgranate in eine Menschenmenge zu werfen«, warf David verdrossen ein. »Und einige aus seiner Truppe sind frühere Soldaten.«

»Was deine zweite Frage anbelangt«, fuhr Ramses fort, »lautet die Antwort leider: so gut wie gar nicht. Heute Nacht war der Übergabepunkt östlich von Kairo, in einem verlassenen Dorf. Der zuständige Bursche, ein Türke, ist ungefähr so vertrauenswürdig wie ein Pariahund. Deshalb bestand ich darauf, die Lieferung zu überprüfen. Es gefiel ihm zwar nicht, dennoch konnte er nicht mehr machen, als mich unflätig zu beschimpfen.«

»War er derjenige, der dich angeschossen hat?«, fragte Emerson.

»Ich weiß es nicht. Könnte sein. Farouk – einer meiner Stellvertreter – ist ein weiterer Kandidat. Er ist ein ehrgeiziger kleiner Bursche. Es geschah, kurz nachdem ich sie verlassen hatte; sie sollten die Waffen nach Kairo bringen ...« Er griff nach seiner Tasse; der Kaffee schwappte über und er stellte sie rasch zurück auf den Unterteller. Emerson nahm seine Pfeife aus dem Mund.

»Möchtest du dich für eine Weile ausruhen? Das hier kann warten.«

»Nein, kann es nicht.« Ramses rieb sich die Augen. »David muss es wissen und ihr ebenfalls. Für den Fall ...«

»David, dort im Schrank steht eine Flasche Brandy«, sagte ich. »Fahre fort, Ramses.«

»In Ordnung. Wo war ich stehen geblieben?«

Er klang schläfrig und benommen wie ein verwirrtes Kind. Ich konnte es nicht länger ertragen.

»Vergiss es«, meinte ich. »Geh zu Bett.«

»Aber ich habe euch noch nicht erzählt –«

»Das kann warten.« Ich nahm das Glas aus Davids Hand und hielt es an Ramses' Lippen. »Trink etwas.«

Er erholte sich so weit, dass er mich unter seinen Wimpern hinweg misstrauisch beäugte. »Was hast du hineingemischt?«

»Nichts. Solltest du innerhalb der nächsten zehn Minuten allerdings nicht einschlafen, werde ich etwas unternehmen. David, kannst du ihm die Stiefel ausziehen?«

Ich fing an, sein Hemd aufzuknöpfen. Er schrak zurück und wollte meine Hand wegschieben, allerdings erfolglos. Ich verfüge über eine ausgesprochen langjährige Erfahrung im Umgang mit eigensinnigen Vertretern des anderen Geschlechts. »In Ordnung, Mutter, in Ordnung! Ich werde tun, was du verlangst, vorausgesetzt, du hörst sofort auf.«

»Ich werde diesen Raum erst verlassen, wenn du im Bett liegst.«

Er funkelte mich an. Es beruhigte mich, dass er etwas lebhafter wirkte, deshalb schlug ich großzügig vor: »Ich werde mich umdrehen. Wie ist das?«

»Besser als nichts«, brummte Ramses. »Da ist noch eine Sache. Die Waffen sind in einem der verlassenen Tabaklagerhäuser versteckt. Wenigstens sollten sie dort sein. David weiß, in welchem Gebäude. Jemand sollte dorthin gehen, um sich zu vergewissern. Einer muss Russell informieren –«

»Gewiss, mein Junge.« Emerson klopfte seine Pfeife aus und erhob sich. »Komm, lass mich dir helfen.«

»Ich brauche keine –«

»Das sagst du«, meinte Emerson fröhlich. »Ganz schön zerknittert, was?«

Ich drehte mich um. Ramses griff nach dem Hemd, das Emerson soeben zu glätten versuchte. Irgendwie war es den beiden gelungen, ihn seiner Kleidung zu entledigen. Ich beschloss, das Thema nicht weiter zu vertiefen.

»Du solltest dich ebenfalls etwas ausruhen, David«, sagte ich stattdessen. »Morgen werden wir genauso vorgehen. Ich werde hier sein gegen ... Ach du meine Güte, das hätte ich fast vergessen. Du hast noch gar nicht zu Abend gegessen. Ich werde rasch nach unten gehen und –«

»Ich übernehme das«, fiel mir Emerson sofort ins Wort. »Bin in einer Minute zurück, Jungs. Peabody, ab ins Bett mit dir.«

»Eine letzte Frage –«

»Ich dachte, du wolltest, dass er sich ausruht.«

»Ja. Aber –«

»Kein Wort mehr!« Emerson hob mich hoch und strebte zur Tür. Ehe er sie hinter uns schloss, hörte ich Davids unterdrücktes Lachen und einen Kommentar von Ramses, den ich akustisch nicht verstand.

Ich wartete, bis wir unser Zimmer erreichten, dann meldete ich mich zu Wort. »Hervorragend, Emerson, du hast dich wieder einmal durchgesetzt.«

»Noch nicht«, erklärte mein Gatte. »Zuerst werde ich David etwas zu essen bringen. Rühr dich nicht von der Stelle, Peabody.«

Er legte mich auf das Bett und verschwand, ehe ich etwas erwidern konnte.

Er war nicht lange fort, dennoch blieb mir genug Zeit, um mir meine Argumentation zurechtzulegen, und als er zurückkehrte, war ich bestens auf ihn vorbereitet. »Mein geliebter

Emerson, du darfst nicht annehmen, dass du mich in der von dir beabsichtigten Weise ablenken kannst. Bislang hast du meine Fragen ignoriert, aber –«

»Mein geliebtes Mädchen, uns blieb nicht eine Sekunde, um –«

»Keine Annäherungsversuche!«, schrie ich und schob seine Hand weg.

»Zum Teufel, und warum nicht?« Emersons blaue Augen sprühten Blitze. »Verflucht, Peabody –«

»Und unterbrich mich nicht ständig!«

»Hölle und Verdammnis!«, brüllte Emerson.

»Hör auf zu brüllen! Man wird dich hören.«

Emerson setzte sich auf den Bettrand und nahm mich bei den Schultern. Ein finsterer Ausdruck verzerrte das Gesicht, das jetzt kaum zwanzig Zentimeter von meinem entfernt war. Er atmete schwer, und ich muss gestehen, dass sein wachsender Zorn auch meine Atmung beschleunigte.

Augenblicke später entspannten sich seine bedrohlich zusammengezogenen Brauen und seine zusammengekniffenen Augen strahlten wieder saphirblau und voller Zärtlichkeit. »Dass wir uns anbrüllen, ist doch nichts Ungewöhnliches«, bemerkte er. »Darf ich dir bei deinen Knöpfen und Schuhbändern behilflich sein, mein Schatz?«

»Sofern du mir in der Zwischenzeit meine Fragen beantwortest.«

»Einverstanden. Wie lautet deine erste Frage?«

»Wieso wusstest du, wo du David finden würdest?«

Er nahm meinen Fuß in seine Hand. Emersons kleine Temperamentsausbrüche sind stets befreiend für ihn; er lächelte, während er meine Stiefel mit einem Zartgefühl aufschnürte, das er Kunstschätzen und mir vorbehält. »Erinnerst du dich an das Haus in Maadi?«

»Welches Haus? Oh – meinst du das, wo Ramses die kleine

Sennia und ihre Mutter versteckte, nachdem er sie von diesem üblen Zuhälter weggeholt hatte?«

»Bis der Mistkerl sie aufspürte«, erwiderte Emerson grimmig und wandte sich dem zweiten Stiefel zu. »Ich habe Ramses einmal begleitet. Wir hofften, dass Rashida zu dem einzigen Zufluchtsort zurückkehren würde, den sie kannte – eine vergebliche Hoffnung, wie du weißt. Ramses gab zu, dass er und David das Haus früher häufiger benutzten, während der Jahre, in denen sie in den unterschiedlichsten Verkleidungen die Souks unsicher machten. Ich hielt es für wahrscheinlich, dass sie es noch immer benutzen, denn es ist ein hervorragendes Versteck; die Besitzerin, eine alte Frau, ist fast blind und leicht senil.«

Zu diesem Zeitpunkt hatte Emerson seinen anderen Vorschlag in die Tat umgesetzt und ich spürte eine angenehme Mattigkeit in meinen Gliedern. Ich öffnete den Mund, um etwas zu erwidern, und gähnte stattdessen.

»Schließ deine Augen«, sagte Emerson zärtlich und tat es für mich. Seine Finger glitten von meinen Lidern zu meinen Wangen. »Letzte Nacht hast du kaum geschlafen und der morgige Tag wird wieder sehr anstrengend. Ja, so ist es recht. Gute Nacht, mein Schatz.«

Durch den Schleier des Schlafs, den Emersons zärtliche Hände um mich gebreitet hatten, empfand ich ein unterschwelliges Gefühl der Verwirrung. Seine Erklärung war so weit plausibel gewesen, aber ... Ich war zu müde, um die Diskussion fortzuführen. Von allen mich quälenden Fragen verfolgte mich die unwichtigste in meinem Schlummer. Wie zum Teufel war Ramses Mrs Fortescue entkommen?

5

Aus Manuskript H

Er war so unhöflich und ungehobelt gewesen wie irgend möglich. Die meisten Frauen hätten sich brüskiert gefühlt, da er während des Diners ständig auf die Uhr schaute, doch sie schien nichts zu bemerken. Unmittelbar nach ihrem gemeinsamen Abendessen hatte er sie in die abgeschiedenste Sitzecke in der maurischen Halle geführt. Er hatte mit zumindest fadenscheinigem Protest gerechnet, doch sie warf sich ihm sogleich in die Arme, und als er sie küsste, erwiderte sie seinen Kuss mit einer Heftigkeit, dass seine Zähne schmerzten. Weitere Vertraulichkeiten provozierten eine noch leidenschaftlichere Reaktion, und er fragte sich allmählich, wie weit er noch gehen musste, bis sie begriff, wo sie waren und welchen Frauentyp sie verkörperte. Nefret hätte ihm den Arm gebrochen, hätte er sich ihr gegenüber so anmaßend verhalten.

Nefret. Die Erinnerung an jene Nacht, ihre einzige gemeinsame Nacht, prägte jede Zelle seines Körpers, war ein solcher Teil von ihm geworden, dass er keine andere Frau zu berühren vermochte, ohne an sie zu denken ...

Seine Zärtlichkeiten wurden noch mechanischer, dennoch zeigten sie eine Wirkung, die er nicht erwartet hatte; ihre Lippen dicht an seinem Ohr schlug sie vor, dass sie ihr Zimmer im Savoy aufsuchen sollten.

Er nahm seine Taschenuhr heraus. Es war später als von ihm angenommen und die Verärgerung über sich und sie veranlasste ihn zu einem direkten Affront. »Verflucht! Verzeihung, Madam, aber ich komme zu spät zu einer Verabredung mit einer anderen Dame. Ich lasse Sie wissen, wann ich Zeit habe.«

Er flüchtete, nahm Hut und Mantel von einem Bediensteten entgegen und schlüpfte durch den Seiteneingang. Eine weitere Geschichte, die die gesellschaftlichen Zirkel beschäftigen würde, dachte er bei sich; sie würde sie nicht für sich behalten können, sie aber sicherlich so darstellen, dass er wie ein ungehobelter Kerl dastand. Versuchte Vergewaltigung in der maurischen Halle? Eine ganze Reihe von Kairoer Bewohnern würden ihr das abnehmen.

David erwartete ihn in einem Teil des Hotels, den kein Gast jemals sah, zwischen einem stinkenden Müllberg und einem Haufen Ziegelsteinen für irgendeine Reparatur, die nie in Angriff genommen worden war. Eine mickrige Akazie warf ihren Schatten und bot praktische Zweige, an die sie vorübergehend ihre Sachen hängen konnten. »Du kommst spät«, flüsterte er. »Was ist vorgefallen? Ich habe dir doch gesagt –«

»Sei still und halt das fest.« Eine Ratte lief über den Ziegelhaufen.

»Hat sie das Hotel verlassen?«

»Ich weiß nicht. Ich hoffe es. Halte nach ihr Ausschau.«

Während sie sprachen, tauschten sie ihre Sachen aus. Ramses' Abendgarderobe war so schlicht gehalten wie eben möglich; sein Oberhemd hatte einen abknöpfbaren Kragen und geknöpfte Manschetten. Darunter trug er das weite Hemd und die Kniehose eines Bauern. David reichte ihm sein Gewand, den Gürtel mit dem Messer und Sandalen. Während er seine bestrumpften Füße in Ramses' Schuhe zwängte, grummelte er: »Konntest du deine Abendschuhe nicht eine Nummer größer kaufen? Ich werde Blasen bekommen.«

»Das hättest du früher vorschlagen sollen. Hier, nimm meinen Mantel und meinen Hut.« Er zog einen Wollschal aus seiner Manteltasche und wickelte diesen um Gesicht und Hals.

»Viel Glück.«

»Dir auch. Pass auf dich auf.« Sie schüttelten sich kurz und herzlich die Hände, dann glitt Ramses in die Dunkelheit.

Seine Forderung, mit dem Mann in Verbindung zu treten, der die Geschäfte in Kairo führte, hatte man abgelehnt. Er hatte überlegt, dass es einen Versuch wert sei, aber grundsätzlich nicht mit ihrem Einverständnis gerechnet. Sie vertrauten Wardani nicht mehr als er ihnen. Es war der Türke gewesen, der schließlich bei Aslimi auftauchte und Zeitpunkt und Ort der ersten Lieferung mitteilte.

Da es bereits spät war, ging er das Risiko ein, für einen Teil der Strecke eine Droschke zu nehmen. Nachdem der Fahrer ihn in der Nähe des Bahnhofs abgesetzt hatte, eilte er zu Fuß weiter, rannte, wann immer er damit keine Aufmerksamkeit erregte. In weniger als einer halben Stunde hatte er die drei Kilometer zurückgelegt, nach weiteren fünf Minuten seine Tarnung vervollständigt. Er machte das so oft, dass er nicht einmal einen Spiegel brauchte: Vollbart, ein ordentlich gewickelter Turban, einige Linien und Schatten unter den Augen.

Der Ort lag abseits der Hauptstraße; er war seit Jahren verlassen und, wie viele ägyptische Dörfer, aus den Bruchsteinen der antiken Ruinen erbaut. Wie kariöse Zähne umgaben Teile der alten Mauern das dachlose Haus – den vereinbarten Treffpunkt.

Die anderen hatten sich bereits eingefunden. Er vernahm leise Stimmen und die Geräusche von irgendwelchen Aktivitäten. Er hatte gehofft, rechtzeitig einzutreffen, um den Wagen zu inspizieren, was ihm vielleicht einen Hinweis geliefert hätte, woher er kam. Zu spät. Zur Hölle mit Mrs Fortescue.

Seine eigenen Männer begrüßten ihn mit unverhohlener Erleichterung. Farouk war besonders überschwänglich, er umarmte ihn und erkundigte sich besorgt nach seiner Gesundheit. Ramses schüttelte ihn ab, drehte sich um und begrüßte den Türken kurz und wenig höflich. Der hünenhafte Mann war offensichtlich in Eile. Von seinem leisen Fluchen genötigt, hatten Wardanis Männer den Wagen fast ausgeladen und alles in einem kleineren Eselskarren verstaut. Ramses kletterte hinein und fing an, eines der langen, mit Tüchern umwickelten Bündel zu öffnen.

»Halt! Was machst du da? Wir haben keine Zeit für –«, rief Farouk.

»Wir haben Zeit. Warum diese Eile? Hattest du Schwierigkeiten mit einer der Kamelpatrouillen?«

»Kein Problem. Ich weiß sie zu umgehen.«

Seine Reaktion war weniger informativ, als Ramses gehofft hatte, dennoch verfolgte er die Sache nicht weiter. Das Bündel enthielt zehn Gewehre. Er wickelte eines aus und inspizierte es. Es handelte sich um ein türkisches Modell, das im Krieg 1912 verwendet worden war, und schien sich in gutem Zustand zu befinden. Er legte es in die erwartungsvoll ausgestreckten Hände von Bashir. Wie die armen Kerle es genossen, Soldat zu spielen! Bashir wusste vermutlich nicht einmal, welches Ende er auf den Feind richten musste.

»Zehn pro Einheit. Insgesamt zweihundert. Wo ist die Munition?«

Der Türke fluchte unablässig, während Ramses die anderen Bündel untersuchte und die Kisten mit der Munition und den Granaten entdeckte. Und eine andere, größere Kiste.

»Pistolen?« Mit seiner Messerklinge schob Ramses den Deckel beiseite.

»Ein Bonus«, erwiderte der Türke und spie aus. »Bist du jetzt zufrieden?«

»Ich möchte dich nicht aufhalten«, bemerkte Ramses betont höflich. »Wann und wo treffen wir uns erneut?«

»Du wirst benachrichtigt.« Der Türke kletterte auf den Kutschbock und nahm die Zügel. Die beiden Maultiere zogen an.

Sobald er sich umdrehte, musste Ramses verärgert feststellen, dass seine begeisterten Anhänger die Pistolen kreisen ließen und sie zu laden versuchten. »Wie geht das?«, wollte Asad wissen.

»In den Griff. Sieh her.« Das passte zu Farouk, überlegte Ramses. Die anderen folgten seinem Beispiel wesentlich ungeschickter, bis Ramses schnaubte: »Legt sie weg und schließt die Kiste. Beim Barte des Propheten, mit einer Gruppe von el-Gharbis Mädchen wäre ich besser bedient! Kann ich euch vertrauen, dass ihr die Ladung gut versteckt und euch in Bewegung setzt? Ihr habt einen langen Weg vor euch und vor morgen früh noch eine Menge zu tun.«

»Du begleitest uns nicht?«, fragte Asad. Ein dünner Streifen Mondlicht spiegelte sich in seinen Brillengläsern, als er sich seinem Führer zuwandte.

»Ich gehe meinen eigenen Weg, wie stets. Aber ich werde natürlich erfahren, ob ihr meine Befehle korrekt ausführt. Mas Selam.«

Er hörte noch immer das Knirschen der Wagenräder und auch er musste vor dem Morgengrauen noch viele Dinge erledigen.

Er war kaum fünfzig Meter gegangen, als er einen Schrei vernahm: »Wer ist da?« oder »Wer ist es?« Ramses blieb stehen und sah sich um. Kein Lebenszeichen. Er lief in der Absicht zurück, diese verfluchten Idioten Gottesfurcht zu lehren. Als der erste Schuss abgefeuert wurde, unterzog er sich nicht der Mühe, in Deckung zu gehen, doch als ein zweiter und ein dritter folgten, waren sie nahe genug, um ihm zu demonstrieren, dass es einige Leute auf ihn abgesehen hatten. Da Vorsicht der bessere Teil der Tapferkeit ist, suchte er sein Heil in der Flucht.

Er hatte ein bisschen zu lange gezögert. Die Kugel streifte ihn und warf ihn zu Boden. Es gelang ihm, unter einen Mauervorsprung zu kriechen; dort lag er, unfähig, sich zu bewegen, und jeden Augenblick damit rechnend, eine schattenhafte Gestalt und den Lauf einer Waffe über sich zu sehen.

Während die Sekunden verstrichen, schmerzten sein Arm und seine Schulter zunehmend. Er zog sein Messer und erstarrte, als sich Schritte seinem Versteck näherten und eine aufgebrachte Stimme seinen Namen rief. Er hätte nicht sagen können, wer von ihnen es war; die Stimme klang so schrill wie die eines Mädchens. Eine weitere, ebenso aufgebrachte Stimme antwortete. »Farouk! Komm zurück, wir müssen uns beeilen!«

»Da war jemand hinter dieser Baumgruppe – mit einem Gewehr! Ich habe zurückgeschossen –«

»Dann hast du ihn verfehlt. Da ist niemand.«

»Aber ich sage euch, ich sah, wie *er* zusammenbrach. Falls er tot oder verletzt ist –«

»Er würde darauf drängen, dass wir weitermachen.« Der Sprecher war näher gekommen. Es war Asad, der entsetzlich wichtigtuerisch und blasiert klang, Gott sei Dank jedoch die Einsicht hatte, Befehle zu befolgen. »Beeilung, sage ich. Vielleicht hat jemand die Schüsse gehört.«

Irgendeiner mit ziemlicher Sicherheit, dachte Ramses im Stillen, während er gegen das zunehmende Schwächegefühl ankämpfte. Er musste die Blutung stoppen und schleunigst von hier verschwinden, wagte aber nicht, sich zu rühren, solange Farouk in der Nähe war. Farouk sagte vielleicht die Wahrheit, wenn er behauptete, dass irgendein Unbekannter zuerst geschossen habe, vielleicht aber auch nicht ... Jedenfalls wusste Ramses, dass er es nicht riskieren durfte, sich in die fürsorgliche Obhut von Wardanis Anhängern zu begeben. Bei näherer Beobachtung hätten ihn Dutzende von Merkmalen verraten.

Schließlich entfernten sich die Schritte. Er riss ein Stück aus seinem Hemd und wickelte den Fetzen um seinen Arm. Der Schmerz war beinahe unerträglich geworden, dennoch gelang es ihm, sich aufzurichten.

Der Rückweg war wie ein blinder Fleck, lediglich unterbrochen von kurzen, bewusst erlebten Phasen; allerdings musste er ständig in Bewegung geblieben sein, denn wann immer ihm seine Umgebung bewusst wurde, war er ein Stück weitergekommen – am Bahnhof sank er in ein Dritter-Klasse-Abteil und schließlich kopfüber in einen Bewässerungskanal. Das weckte ihn, er kroch über die schlammige Uferböschung und inspizierte seine Umgebung. Er hatte die Brücke überquert – er konnte sich nicht erklären, wie – und befand sich am Westufer, kaum zwei Kilometer vom Haus entfernt. Noch immer auf Händen und Füßen wischte er sich den Schlamm vom Gesicht und versuchte zu überlegen. Er wollte nach Maadi, wo David ihn erwartete. Keine Chance, jetzt dorthin zu gelangen, er konnte froh sein, wenn er es bis nach Hause schaffte.

Vom kalten Wasser belebt, gelang es ihm, sich während der restlichen Strecke auf den Beinen zu halten. Die letzten Meter nahm er im Laufschritt, dann lehnte er sich gegen die Hauswand und fragte sich, wie in Dreiteufelsnamen er auf sein Zimmer gelangen sollte. Das Spalier mit den Kletterranken war so gut wie jede Leiter – bei normaler körperlicher Verfassung. Jetzt wirkte es so lang und steil wie die Hauptgalerie in der Großen Pyramide.

Ein leises Geräusch von oben ließ ihn aufblicken. Seshat thronte auf der Balkonbrüstung. Sie starrte ihn für Augenblicke an, dann sprang sie in das Weinlaub und kletterte so behände hinunter, als hätte sie festen Boden unter den Pfoten. Er kannte keine Katze, die dazu in der Lage war.

Zähne und Krallen gruben sich in seinen nackten Knöchel und auf Grund des Schmerzes kam er wieder zu vollem Bewusstsein. Als sie ihr Ziel erreicht hatte, schmiegte Seshat schnurrend ihren riesigen Kopf an seinen Fuß.

Immer einen Fuß hinter den anderen setzen, dachte er benommen. So ist es richtig.

Sie kletterte mit ihm, fauchte missmutig und stupste ihn an, sobald er verharrte. Schließlich zog er sich über das Balkongeländer und sackte in sich zusammen. Ein weiterer Stupser von Seshat und er erhob sich. Er klammerte sich an den Fensterrahmen und blickte ins Zimmer. Es war so dunkel und ruhig, wie er es verlassen hatte; kein Anzeichen für irgendwelche Unruhen – Gott habe Dank für seine kleinen Gnaden. Das Bett schien meilenweit entfernt zu sein. Er hatte nur den einen Gedanken: es zu erreichen und sich hinzulegen. Er machte drei schwankende Schritte und stürzte.

Als er das Bewusstsein wiedererlangte, beugte seine Mutter sich über ihn, und sein Vater stand neben ihr. Die Katze war aus dem Sack – würde es zumindest bald sein. Er wusste nicht, ob er lachen oder weinen sollte.

Am darauf folgenden Tag besserte sich meine Stimmung. David war allein nach Zawiet aufgebrochen und Emerson nahm Nefret mit nach Gizeh. Also konnte ich etwas mehr Zeit mit Ramses verbringen. Als ich den Verband entfernte, bemerkte ich, dass irgendjemand, vermutlich David, Kadijas grüne Salbe auf seine Verletzung gestrichen hatte. Ob es daran lag oder an der von mir verwendeten Zinksalbe oder an Ramses' körpereigenen Abwehrstoffen, jedenfalls war keine

Infektion aufgetreten. Allerdings regte er sich nach wie vor über Thomas Russell auf, bis ich ihm erklärte, dass er sich keine Sorgen zu machen brauche, da ich mich um die Sache kümmern würde. Diese Aussicht schien ihn irgendwie zu entsetzen.

»Ich werde ihn nicht drangsalieren«, versprach ich. »Wenn du mir allerdings noch einige Einzelheiten nennen könntest ...«

Ihm blieb keine Wahl. Als ich ihn schließlich verließ, hatte ich Antworten auf die meisten meiner Fragen, und während ich in Richtung Gizeh ritt, sann ich über die Informationen nach.

Nachdem ich von ihm erfahren hatte, was während der Zusammenkunft und im Anschluss daran geschehen war, verstand ich, weshalb er dermaßen darauf beharrte, seine gewohnten Aktivitäten aufrechtzuerhalten. Der vermeintliche Attentäter hätte der Türke sein können oder Wardanis ehrgeiziger Stellvertreter oder auch ein unbekannter Dritter; wer immer er war und was immer er bezweckte, so war er sich vermutlich der Tatsache bewusst, dass »Wardani« in irgendeiner Form verletzt war. Auf mein Drängen hin hatte Ramses auch zugegeben, dass er Grund zu der Annahme habe, dass man seine Maskerade durchschaute. Nähere Ausführungen verweigerte er mit der Behauptung, es handele sich eher um ein unangenehmes Verdachtsmoment als um eine erwiesene Tatsache – »wie eine von deinen berühmten Vorahnungen, Mutter«.

Das vermochte ich nicht zu widerlegen, wusste ich doch, wie bedeutsam solche Empfindungen sein konnten. Es bot sich eine ganze Reihe von Möglichkeiten an, wie die Wahrheit über Wardanis Aufenthaltsort ans Licht gekommen sein konnte. Die absonderliche Konstitution des anglo-ägyptischen Beamtentums gestaltete sich nach der formellen Annexion des Landes noch komplizierter. Kitchener hatte man durch Sir Henry MacMahon ersetzt, dem man den neuen Titel Hochkommissar verlieh; General Sir John Maxwell war der Oberkommandant der Armee; die Polizeibehörde von Kairo stand weiterhin unter der Befehlsgewalt von Harvey Pascha, mit Russell als dessen Stellvertreter und Philippides, dem unverbesserlichen Levantiner, als Direktor des politischen Nachrichtendienstes; die neu gegründete Spionageabteilung unterstand Gilbert Clayton, der Kairo auch im Sudan vertrat; Clayton unterstellt waren Mr Newcombe und seine kleine Gruppe von Oxbridge-Intellektuellen, darunter auch Leonard Woolley und Mr Lawrence. Zu Beginn hatte Ramses ausschließlich mit Russell verhandelt, dessen Intelligenz und Integrität er entschieden mehr vertraute als der einiger anderer. Doch es hatte sich nicht umgehen lassen, höhere Autoritäten mit einzubeziehen, um die beschlossene Deportation von David und die heimliche Inhaftierung von Wardani in die Wege zu leiten. Rein theoretisch wussten von dem betrügerischen Doppelspiel nur Kitchener, MacMahon, General Maxwell und Thomas Russell.

Das glaubte ich keinesfalls. Ungenannte Persönlichkeiten im Londoner Kriegsministerium mussten diesbezüglich informiert sein; General Maxwell hatte sich möglicherweise gewissen Mitgliedern seines Stabes und Clayton anvertraut. Die Männer glauben, dass Frauen hoffnungslose Plaudertaschen sind, die Frauen hingegen *wissen*, dass es sich umgekehrt verhält.

Ja, das Gerücht würde sich verbreiten, in den Büros und in den Clubs, und, sofern mir diese kleine Schlüpfrigkeit erlaubt ist, in den Boudoirs. Ich bezweifelte nicht, dass sich Agenten der Großmächte in Kairo aufhielten. Einige hatten sich vielleicht in den Polizei- oder den Geheimdienst eingeschleust. Je länger die Jungen ihre riskante Aufgabe fortsetzten, umso größer war die Gefahr, dass die Wahrheit dem Feind zu Ohren kam. Vielleicht war es bereits geschehen.

Diese deprimierende Schlussfolgerung veranlasste mich zu noch größerer Entschlossenheit. Als ich Gizeh erreichte, waren die anderen intensiv bei der Arbeit. Ich verharrte für einen Augenblick, um die gemalten Reliefs zu betrachten, die wirklich wunderschön waren. Allerdings gebe ich unumwunden zu, dass mein vorrangiges Interesse der Grabkammer – beziehungsweise den Grabkammern – galt. Die Mastaba enthielt zwei; wir hatten die Eingänge der tiefen, dorthin führenden Schächte entdeckt, doch Emerson weigerte sich, sie freizulegen, bis er die Arbeit an der eigentlichen Mastaba beendet hatte. Die Vorkammer oder Kapelle war bereits geräumt, doch der Durchgang, der zu einem weiteren Raum führte, wurde noch immer von Geröll versperrt.

Nefret stand an der Wand, eine Taschenlampe in der Hand, und verglich die Zeichnungen, die Ramses anhand ihrer Fotos angefertigt hatte, mit den Originalen. Wann immer sie Abweichungen feststellte, nahm sie Korrekturen vor. Das würde mit absoluter Sicherheit zu einer Auseinandersetzung führen, da Ramses Korrekturen nicht kommentarlos hinnahm und Nefret keine unbedingt taktvolle Kritikerin war. Ein unwillkürlicher Seufzer entwich meinen Lippen, als ich an die Zeit zurückdachte, da David unser Kopist gewesen war; kein anderer besaß dessen Gabe, und selbst Ramses wandte sich an ihn, wenn Unstimmigkeiten vorlagen. Wie töricht und eigennützig von mir, solchen marginalen Verlusten nachzutrauern, sinnierte ich, und sandte ein leises Stoßgebet gen Himmel. Lass sie ihr gefährliches Vorhaben nur lebend und unversehrt überstehen, und ich werde nichts mehr erbitten von den höheren Mächten, die unser Leben bestimmen! Nichts mehr bis zur nächsten Saison, jedenfalls.

»Wo ist Emerson?«, erkundigte ich mich.

Selim, der einen Reflektor als zusätzliche Lichtquelle hielt, schüttelte lediglich den Kopf. Nefret blickte sich um. »Er wollte die Aufzeichnungen im Harvard Camp durchsehen.«

»Welche Aufzeichnungen?«

»Er hielt es nicht für nötig, mich zu informieren«, erwiderte Nefret. »Ramses ist nach Zawiet aufgebrochen. Daoud begleitet den Professor. Tante Amelia, darf ich mich heute Nachmittag für ein paar Stunden entschuldigen? Ich möchte in Kairo Einkäufe erledigen.«

»Es wäre besser gewesen, du hättest Emerson gefragt.«

»Er meinte, ich solle dich fragen.«

Sie wirkte und klang ziemlich nachdenklich. Spontan wog ich die Vor- und Nachteile einer Erlaubnis ab. Wenn sie bei Davids Rückkehr nicht zugegen war, würde sich seine Verwandlung wesentlich einfacher gestalten. Andererseits glaubte ich nicht recht, dass sie tatsächlich Einkäufe machen wollte. Konnte ich ihr unbemerkt folgen? Durfte ich darauf bestehen, sie zu begleiten? Mütterliche Zuneigung übt ungeahnte Kräfte aus; ich sehnte mich danach, bei meinem Sohn zu sein, mich um ihn zu kümmern und sicherzustellen, dass er exakt nach meinen Wünschen handelte, was er vermutlich nur unter Zwang tun würde. Und was war mit Emerson? Es passte nicht zu ihm, dass er sich von seiner Arbeit entfernte. Inspizierte er tatsächlich die Aufzeichnungen von Mr Reisner oder war er einmal mehr in eigener Sache unterwegs? Ramses hatte erwähnt, dass Russell informiert werden müsse ...

Diese widersinnigen und verwirrenden Gedanken schossen mir mit der Spontanität durch den Kopf, die meine Wahrnehmung auszeichnet. Ich glaube, ich reagierte blitzartig.

»Ich muss ebenfalls einige Einkäufe tätigen. Ich werde dich begleiten.«

»Wenn du magst.«

Sobald ich mit Emerson gesprochen hatte, konnte ich mich immer noch anders entscheiden.

Eine geschlagene Stunde lang kehrte er nicht zurück. Ich hatte sämtliche fadenscheinigen Versuche aufgegeben, irgendetwas Sinnvolles zu tun, und war draußen, um nach ihm Ausschau zu halten.

»Was zum Teufel machst du da, Peabody?«, brüllte er. »Gaffst du mal wieder die Pyramide an? Du solltest Geröll sieben.«

Der finstere Blick, der sein Murren untermalte, erschütterte mich nicht einen Moment lang. Er versuchte lediglich, vom Thema abzulenken.

»Spar dir deine Ablenkungsmanöver, Emerson«, informierte ich ihn. »Wo bist du gewesen?«

»Ich wollte die Aufzeichnungen –«

»Nein, das wolltest du nicht.«

Einer seiner Männer trat mit einem Korb beladen aus dem Grabeingang. Ich zog Emerson beiseite. »Wo warst du?«

»Ich war kurz im Haus. Ich wollte das Telefon benutzen.«

»Für einen Anruf bei Russ –«

Er legte eine Hand über meinen Mund – oder besser gesagt über meine gesamte untere Gesichtshälfte. Emerson hat sehr große Hände. Ich zog seine Finger weg.

»Also wirklich, Emerson, war das klug? Ich hatte vor, heute Nachmittag mit ihm zu reden, unter vier Augen.«

»Das dachte ich mir.« Emerson nahm seinen Tropenhelm ab, warf ihn zu Boden und fuhr sich mit der Hand durch sein Haar. »Genau deshalb wollte ich dir zuvorkommen. Keine Sorge, ich habe nichts preisgegeben.«

»Mit Sicherheit musstest du zunächst mit mehreren Sekretariaten und Offizieren sprechen und –«

»Ich habe meine Stimme verstellt«, erwiderte Emerson mit der größten Genugtuung.

»Doch wohl hoffentlich kein russischer Akzent, Emerson!«

Emerson schlang einen muskulösen Arm um meine Taille und drückte mich. »Keine Sorge, Peabody. Tatsache ist, dass ich zu ihm durchgestellt wurde und ihm gewisse Punkte näher bringen konnte. Also marschiere heute Nachmittag um Himmels willen nicht in sein Büro. Hattest du die Absicht, Nefret nach Kairo zu begleiten, oder wolltest du allein fahren?«

»Ich wollte sie begleiten. Vielleicht mache ich das auch. Es ist nur ...«

»Nur was?«

»Als du im Haus warst, hast du da zufällig bei Ramses vorbeigeschaut?«

Emersons Gesicht nahm den Ausdruck betonter Unbekümmertheit an. »Da ich nun einmal dort war, kam mir selbiger Gedanke. Er schlief.«

»Oh. Bist du sicher, dass er –«

»Ja.« Erneut quetschte Emerson meine Rippen. »Peabody, nicht einmal du kannst an zwei Orten gleichzeitig sein. Geh zurück zu deinem Geröllhaufen.«

»An zwei Orten! Eher drei oder vier. Zawiet, diese Mastaba, unser Haus –«

»Der Souk mit Nefret. Begleite sie, mein Schatz, und halte sie von uns fern, damit wir die nervenaufreibenden Manöver von gestern nicht wiederholen müssen.«

»Wird David bei unserer Rückkehr dort sein? Ich würde ihn gern noch einmal sehen.«

»Rede nicht so, als wolltest du ihm ein letztes Lebewohl sagen«, knurrte Emerson. »Wir werden dieser Geschichte ein Ende machen, das verspreche ich dir. Was den heutigen Abend anbelangt, so habe ich ihn angewiesen, von Zawiet direkt zum Haus zurückzukehren. Da er erst nach Einbruch der Dunkelheit wieder verschwindet, wirst du ihn noch sehen. Und jetzt beeil ich.«

Das Geröll, das aus der zweiten Kammer entfernt wurde, enthielt mehrere annähernd interessante Objekte. Stücke von Knochen und Mumienbandagen sowie Holzsplitter deuteten darauf hin, dass oberhalb der Mastaba ein späteres Begräbnis stattgefunden hatte. Um die 22. Dynastie – dieser Epoche schrieb ich diese zweite Bestattung schätzungsweise zu – waren die Mastaben von Gizeh mehr als tausend Jahre verlassen, und der Sand musste sich immens hoch über ihren Ruinen aufgetürmt haben. Man konnte es kaum als eine Bestattung bezeichnen und doch ließen sich Anzeichen von Grabraub feststellen.

Gegen zwei Uhr mittags entließ Emerson Nefret und mich, und wir kehrten zum Haus zurück, um uns umzuziehen. Ich schwatzte laut und fröhlich mit Nefret, während wir durch den Gang zu unseren Schlafzimmern strebten. Durch Ramses' verschlossene Zimmertür drang kein Laut.

»An welchem Experiment arbeitet er zur Zeit?«, erkundigte sich Nefret.

»Ich glaube, er hofft, eine Konservierung zu entwickeln, die Wandgemälde schützt, ohne sie zu verändern oder zu beschädigen.« Ich drängte sie weiter. »Es stinkt entsetzlich, wie die meisten seiner Experimente.«

Ich hatte auf eine Gelegenheit gehofft, mich vor unserem Aufbruch kurz in sein Zimmer zu stehlen, war jedoch noch nicht fertig angekleidet, als Nefret mit der Bitte zu mir stieß, ihr Kleid im Rücken zuzuknöpfen. Einige der jüngeren Frauen aus Abdullahs Familie hätten die Stellung einer Zofe liebend gern übernommen, aber genau wie ich lehnte Nefret einen solch überflüssigen Luxus ab. Also erklärte ich mich bereit und sie erledigte Selbiges für mich, dann gingen wir hinunter, wo Daoud uns erwartete.

»Der Vater der Flüche meinte, ich solle euch begleiten«, erklärte er, und sein breites, aufrichtiges Gesicht strahlte. »Um euch vor Widrigkeiten zu beschützen.«

Wir hätten uns keinen besseren Begleiter wünschen können. Daoud war noch größer als mein hünenhafter Gatte und entsprechend breit. Er war kein junger Mann mehr, doch ein Großteil seiner Leibesfülle bestand aus Muskeln. Nichts hätte ihm mehr zugesagt, als gegen ein Dutzend Männer zu kämpfen, um uns zu verteidigen.

Lächelnd nahm Nefret seinen Arm. »Wir wollen doch nur zum Khan el-Khalili, Daoud. Tut mir Leid, aber es wird bestimmt nichts Interessantes passieren.«

Normalerweise schüchtern und einsilbig, entpuppte sich Daoud in unserer Gesellschaft geradezu als Alleinunterhalter. Er wollte alles über seine abwesenden Freunde erfahren, vor allem über Lia, die er vergötterte. »Sie sollte hier sein«, erklärte er stirnrunzelnd. »Wo du und Kadija und Fatima und die Sitt Hakim für sie sorgen können.«

Den Beinamen ›Frau Doktor‹ hatte ich während meines ersten Aufenthalts in Ägypten erworben, als es nur wenige und weit verstreute Ärzte gab; einige unserer loyalen Männer zogen meine medizinischen Fähigkeiten denen Nefrets weiterhin vor, die weitaus besser qualifiziert war. Bescheiden stritt ich jedes gynäkologische Fachwissen ab und fügte hinzu: »Sie fühlte sich nicht so gut, als dass sie die Seereise riskieren wollte, Daoud, und jetzt wäre es unklug zu reisen. Du darfst dir sicher sein, dass sie die bestmögliche Pflege erhält.«

Im Khan el-Khalili angekommen, stiegen wir aus der Kutsche und gingen zu Fuß durch die verzweigten Gassen des Basars. Daoud war uns so dicht auf den Fersen, dass ich das Gefühl hatte, von einem wandelnden Felsmassiv verfolgt zu werden. Nefret erfreute sich bester Laune, sie lachte und scherzte. Vor mehreren Läden – einem Goldschmied, einem Händler feinster Tuchwaren – bat sie Daoud und mich, in einiger Entfernung zu warten. Da ich annahm, dass sie mich mit einem Geschenk überraschen wollte, stimmte ich freundlich zu.

»Der Professor ist immer schwierig«, erklärte sie, nachdem sie Verschiedenes eingekauft hatte. »Ich habe eine Idee! Lasst uns bei Aslimi vorbeischauen, vielleicht hat er einige interessante Artefakte.«

»Uffz«, entfuhr es Daoud. »Du meinst wohl, gestohlene Artefakte? Aslimi verhandelt mit Dieben und Grabräubern.«

»Ein Grund mehr, solche Artefakte zu retten«, entgegnete Nefret.

Die untergehende Sonne zauberte mattgoldene Lichtreflexe auf die geflochtenen Matten, die die engen Gassen bedeckten. Wir schlenderten durch die Basare der Färber und Tuchwalker und erreichten schließlich Aslimis Geschäft. Es war größer als einige andere, die lediglich aus einem winzigen Raum mit einer Steinbank bestanden, auf der der Kunde saß, während der Ladenbesitzer ihm seine Waren zeigte. Als wir Aslimis Geschäftsraum betraten, wirkte er verlassen. Nefret schlenderte zu einem Regal, auf dem bemalte Töpfe standen, und inspizierte sie.

»Hier wirst du nichts als Fälschungen finden«, räumte ich ein. »Die wertvolleren Artefakte hält Aslimi versteckt. Wo ist der Bursche?«

Der Vorhang im hinteren Teil des Raums wurde beiseite geschoben; doch es war nicht Aslimi, der zum Vorschein kam. Er war groß, jung und recht gut aussehend und er sprach ein hervorragendes Englisch.

»Sie beehren mein jämmerliches Geschäft, werte Damen. Was darf ich Ihnen zeigen?«

»Ich wusste gar nicht, dass Aslimi seinen Laden verkauft hat«, sagte ich, während ich ihn neugierig musterte.

Der junge Mann grinste breit. »Ich habe mich falsch ausgedrückt, werte Dame, da ich Sie für eine Fremde hielt. Mein

Cousin Aslimi ist krank. Ich führe die Geschäfte, bis er wieder genesen ist.«

Ich bezweifelte sehr, dass er mich nicht erkannt hatte. Er hatte uns schon eine ganze Weile durch den Vorhang beobachtet, ehe er auftauchte, und jeder in Kairo kannte uns. Mit Sicherheit waren Nefret, Daoud und ich als Gruppe unverkennbar.

»Ich empfinde es als höchst bedauerlich, von seiner Erkrankung zu erfahren«, sagte ich höflich. »Was hat er denn?«

Der junge Mann legte seine Hände – schlanke, feingliedrige, mit Ringen geschmückte Hände – auf seinen flachen Bauch. »Dort schmerzt es ihn sehr, wenn er isst. Sie sind die Sitt Hakim – jetzt erkenne ich Sie. Sie können mir zweifellos raten, welche Medikamente ihm Erleichterung verschaffen.«

»Nicht, ohne ihn zu untersuchen«, erwiderte ich trocken. »Nefret?«

Sie hatte sich umgedreht, einen der Krüge in der Hand. »Wie ich Aslimi kenne, könnte es ein Magengeschwür sein. Er war schon immer übernervös.«

»Ah.« Der junge Mann richtete sich auf, straffte die Schultern und bedachte sie mit einem hinreißenden Lächeln. Nefret übt diese Wirkung auf Männer aus und dieser hier hatte offensichtlich keine geringe Meinung von sich selbst. »Was können wir dann für ihn tun?«

»Strikte Diät einhalten«, erklärte Nefret. »Keine scharf gewürzten Speisen oder alkoholische Getränke. Es würde ihm ohnehin nicht schaden«, fügte sie mit einem Blick auf mich hinzu. »Er sollte einen guten Arzt aufsuchen, Mr – wie war Ihr Name?«

»Said al-Beitum, zu Ihren Diensten. Sie sind sehr liebenswürdig. Also, was darf ich Ihnen zeigen? Dieser Krug ist eine Fälschung – wie Sie wissen.«

»Und keine besonders gute.« Nefret stellte den Gegenstand auf das Regal zurück. »Haben Sie etwas, was den hohen Ansprüchen des Vaters der Flüche gerecht werden könnte?«

»Oder dem Bruder der Dämonen?« Said grinste. »Einfach kurios, diese Namen – und doch so passend. Wie Ihrer, Nur Misur.«

»Sie kannten uns«, warf ich ein.

»Wer kennt Sie nicht? Es ist bald Weihnachten, nicht wahr? Sie suchen Geschenke für Ihre Lieben. Setzen Sie sich. Ich werde Ihnen Tee bringen und Ihnen meine schönsten Stücke zeigen.«

Zweifellos ein weiteres Possessivpronomen, überlegte ich, während ich auf den von ihm bedeuteten Stuhl sank. War dieser Bursche Aslimis designierter Erbe? Ich hatte ihn nie zuvor gesehen.

Er verstand etwas von Kunstgegenständen, denn die Artefakte, die er aus dem Hinterzimmer holte, waren von guter Qualität – und vermutlich illegal erworben. Letztlich kaufte Nefret mehrere Stücke: eine Kette aus Karneolperlen, ein in Gold eingefasstes, herzförmiges Amulett mit einem Schlangensymbol und ein behauenes und bemaltes Relieffragment, das eine springende Gazelle darstellte. Während ich Saids ungeschicktem und ziemlich desinteressiertem Feilschen lauschte, kam mir der Gedanke, dass Aslimi nicht mehr lange im Geschäft sein würde, wenn sein Cousin den Laden weiterführte. Bevor wir aufbrachen, schüttelte er uns in europäischer Manier die Hand und beobachtete vom Türrahmen aus, wie wir weiterschlenderten.

»Geschafft!«, meinte ich.

»Genau«, erwiderte Nefret.

»Hast du noch weitere Einkäufe zu erledigen?«

»Nein. Lass uns nach Hause fahren.«

Ich wartete, bis wir in der Kutsche saßen, bevor ich das Gespräch wieder aufnahm. »Was hältst du von Aslimis Geschäftsführer?«

»Er ist ein hübscher Junge, nicht wahr?«

Als Daoud leise protestierte, lachte Nefret. »Ich versichere dir, Daoud, dass ich nicht das geringste Interesse an ihm habe.«

»Interesse?«, wiederholte Daoud verständnislos.

»Vergiss es. Was denkst du? Hast du ihn vorher schon einmal gesehen?«

»Nein. Aber«, meinte Daoud, »ich kenne Aslimis Familie nicht. Zweifellos hat er viele Cousins.«

»Dieser junge Mann ist überaus gebildet«, räumte ich ein.

Nefret nickte. »Und vielleicht zu optimistisch. Aslimi ist noch nicht tot. Also, Tante Amelia, und auch du, Daoud, jetzt schwört mir, dass ihr keinem verraten werdet, was ich gekauft habe. Ich möchte sie überraschen.«

An jenem Abend fand unser Kriegsrat nicht so spät statt, wie ich befürchtet hatte. Nefret zog sich zeitig auf ihr Zimmer zurück, mit der Begründung, sie müsse Briefe schreiben und Geschenke einpacken. Als wir uns zu David gesellten, stand er vor dem Spiegel und legte seine Maske auf. Seine Tarnung war eine andere als die mir bereits bekannte. In die Lumpen eines Bettlers gehüllt und mit einem verfilzten grauen Bart sah er noch scheußlicher aus, allerdings weniger Furcht erregend. Ramses musterte ihn kritisch.

»Deine Hände sind zu sauber.«

»Ich werde sie mit Lehm beschmieren, sobald ich draußen bin. Wie du weißt, werden sie ohnehin nicht sichtbar, außer wenn ich eine ausstrecke und Russell um ein Bakschisch bitte. Er wird immer geschickter, was die Übergabe der Berichte anbelangt.«

Er demonstrierte es, streckte seine Hand aus. Halb verborgen unter seinem Daumen befand sich eine schmale Papierrolle – nicht größer als eine Zigarette.

»So praktiziert ihr den Austausch?«, erkundigte ich mich. »Überaus interessant. Ich muss es selber einmal probieren. Aber David, musst du wirklich aufbrechen? Ich habe dich kaum zu Gesicht bekommen und Ramses sollte wenigstens noch einen Tag das Bett hüten. Hat das nicht Zeit bis morgen Abend?«

Einhellig schüttelten die beiden ihre schwarz gelockten Köpfe. Ramses sagte: »Unser Bericht an Russell ist längst überfällig. Ich sollte selber hingehen.«

»Das steht völlig außer Frage«, erwiderte David. Er nahm einen schmutzigen Stoffstreifen und wickelte ihn geschickt zu einem Turban. »Du wirst einen Rückfall erleiden, wenn du dich nicht für einige Tage schonst. Sobald ich Russell getroffen habe, könnte ich zurückkommen – deinen Platz morgen erneut einnehmen ...«

Wieder schüttelte Ramses den Kopf. »Wir sollten unser Glück nicht überstrapazieren. Es ist ein Wunder, dass Fatima noch nicht auf die Idee gekommen ist, dieses Zimmer zu säubern, oder dass Nefret dich bislang nicht bemerkt hat.«

Er strich wie eine nervöse Raubkatze auf und ab, und als er sich das Haar aus der Stirn schob, sah ich, dass sie mit Schweißperlen bedeckt war. »Setz dich«, wies ich ihn an.

Emerson nahm seine Pfeife aus dem Mund. »Ja, setz dich. Und du, Peabody, hörst auf zu lamentieren. David muss aufbrechen und du hältst ihn nur auf. Ich werde darauf achten, dass Ramses sich morgen nicht unnötig anstrengt.«

»Ich muss vor Mitternacht vor dem Club sein, Tante Amelia«, erklärte David. »Dann bricht Russell auf und er kann wohl kaum dort draußen herumlungern und auf mich warten.«

»Und im Anschluss wirst du das Lagerhaus inspizieren?«

»Nein«, erwiderte Ramses. »Wir haben von Anfang an vereinbart, dass David sich von Wardanis früheren Wirkungsstätten und seinen Leuten fern hält. Russell sollte das Lagerhaus überwachen lassen. Gütiger Himmel, ich hoffe nur, dass er das veranlasst hat! Nachdem man mich aus dem Weg geräumt hat, könnte einer der Burschen sich die Autorität anmaßen, die verfluchten Waffen woanders hinzubringen.«

»Sie wissen nicht, dass man dich aus dem Weg geräumt hat«, bemerkte Emerson sachlich. »Oder?«

»Nein«, gestand Ramses. »Nicht mit Gewissheit. Noch nicht.«

»Dann hör auf, dir Gedanken zu machen. David, du verschwindest besser. Äh – pass auf dich auf, mein Junge.«

Er drückte David so inbrünstig die Hand, dass der Junge lächelnd das Gesicht verzog. »Ja, Sir. Lebwohl, Tante Amelia.«

»Bis bald«, korrigierte ich.

Wir umarmten uns, und Ramses bemerkte: »Ich sehe dich in drei Tagen, David.«

»Oder vier«, warf ich ein.

»Drei«, beharrte Ramses.

»Ich werde dort sein«, meinte David rasch. »Beide Nächte.«

Seshat folgte ihm auf den Balkon. Ich vernahm das leichte, leise Rascheln der Kletterpflanzen und Augenblicke später kehrte die Katze zurück.

»Schlafenszeit.« Ich erhob mich.

Ramses verdrehte die Augen himmelwärts.

Aus Briefsammlung B

Liebe Lia,

deine Bestürzung über Sylvia Gorsts Brief tut mir sehr Leid. Sie ist eine hohlköpfige, hinterhältige Klatschbase und du solltest ihr kein Wort glauben. Hätte ich gewusst, dass sie dir schreiben würde, hätte ich ein paar Takte mit ihr geredet. In der Tat werde ich das bei unserem nächsten Zusammentreffen nachholen.

Wie konntest du ihr beispielsweise diese Geschichte abnehmen, dass Ramses sich mit Mr Simmons duelliert haben soll? Ich gebe zu, dass Ramses derzeit nicht gerade beliebt ist in der Kairoer Gesellschaft. Die anglo-ägyptische Gemeinschaft ist so erpicht auf einen Krieg, dass es fast schon an Chauvinismus grenzt, und du kennst Ramses' Einstellung gegenüber dem Krieg. Von einigen besonders passionierten alten Damen hat er sogar weiße Federn bekommen. Aber ein Duell? Das ist reine Phantasie, liebste Lia.

In Bezug auf meine neuen Verehrer, wie Sylvia sie nennt, kann ich mir nicht vorstellen, wie sie ausgerechnet auf den Grafen von Sevigny und auf Major Hamilton kommt; du würdest dich totlachen, wenn du sie kennen lerntest, denn keiner von beiden entspricht deiner (oder meiner) Vorstellung von einem romantischen Verehrer. Das Auftreten des Grafen finde ich recht belustigend; er bewegt sich wie ein Bühnenschurke, mit wirbelndem schwarzem Umhang, und beäugt die Frauen durch sein Monokel.

Ja, Schätzchen, auch mich. Vor einigen Tagen bin ich ihm ganz zufällig auf einer Abendgesellschaft begegnet, woraufhin er mir seine ungeteilte Aufmerksamkeit schenkte. Er erzählte mir alles über sein Schloss in der Provence, seinen Weinkeller und seine geliebte zurückgelassene Familie. Er war dreimal verheiratet und ist jetzt, wie er mir durch sein

Monokel spähend versicherte, ein einsamer, wohlhabender Witwer.

Ich fragte ihn nach seinen Ehefrauen, weil ich hoffte, ihn damit abzulenken, doch diese Frage führte lediglich dazu, dass er mich mit Komplimenten überschüttete.

»Sie waren alle schön und naturellement von bester Herkunft. Aber keine, Mademoiselle, war so reizend wie Sie.« Er war so tief bewegt, dass ihm das Monokel aus dem Auge fiel. Er fing es recht geschickt auf und fuhr nachdenklich fort: »Keine meiner Gattinnen hatte Ihre Haarfarbe. Celeste war brünett, Alice hatte schwarzes Haar – ihre Mutter, vous comprenez, war eine spanische Adlige – und Marie war blond – silberblond, mit blauen Augen, aber ah!, ma chère mademoiselle, Ihre Augen sind größer und schöner und blauer und ...«

Da ihm die Adjektive ausgingen, unterbrach ich ihn. »Und alle drei sind gestorben? Wie tragisch für Sie, Monsieur.«

»Le bon Dieu hat sie mir genommen.« Er senkte den Kopf und bot mir einen hervorragenden Blick auf seinen glänzenden, verdächtig schwarzen Schopf. »Celeste wurde von ihrem Pferd abgeworfen, Alice erlag der Schwindsucht und die arme Marie ... ich kann nicht darüber reden, es war zu qualvoll.«

Das verschafft dir einen Eindruck von dem Grafen, hoffe ich. Ich nehme ihm weder seine Ehefrauen noch sein chateau oder seine überzogenen Komplimente ab, dennoch ist er ausgesprochen unterhaltsam, und er hat Ahnung von der Ägyptologie.

Der Major ist nicht unterhaltsam, aber ein netter alter Knabe. Alt, meine Liebe – mindestens fünfzig! Ich denke, er mag mich, aber sein Interesse ist rein väterlich. Er ist der Onkel des Kindes, von dem ich dir geschrieben habe, und ich war neugierig, ihn kennen zu lernen.

Sylvias weitere »Andeutung« ist wirklich der Gipfel. Ich habe Percy NICHT »gesehen«, wie sie es umschreibt. Oh, natürlich habe ich ihn gesehen; das lässt sich kaum umgehen, da er inzwischen im Generalstab ist und recht beliebt bei seinen Offizierskollegen und den Damen. Ich habe sogar ein- oder zweimal mit ihm gesprochen. Ich wäre dir sehr dankbar, wenn du dieses Gerücht nicht an die Familie weitergeben würdest. Das würde lediglich zu Problemen führen. Und versuche bitte nicht, mich zu belehren. Ich weiß, was ich tue.

Unser Weihnachtsfest war fröhlicher als erwartet, vermutlich, weil ich mir nicht sonderlich viel erhofft hatte. Aber es bestand Anlass zur Freude, denn unser Täuschungsmanöver war unentdeckt geblieben und Ramses erholte sich rasch. Ich darf, so glaube ich, behaupten, dass meine medizinischen Fähigkeiten zumindest teilweise dafür verantwortlich waren, obschon seine eigene hervorragende Körperkonstitution ein Übriges dazu beitrug.

Auf Emersons Wunsch hin hatte er einen Großteil des Vorweihnachtstages damit verbracht, seinen Bericht über Zawiet niederzuschreiben. Er basierte auf den von David und mir gemachten Notizen und bis zu einem gewissen Grad auf dem, was ich als logische Folgerungen bezeichnen würde. Der Rest von uns arbeitete für einen halben Tag an unserer Mastaba; alles andere wäre eine verdächtige Abweichung von der Norm gewesen. Als wir uns am Weihnachtsabend um den Baum versammelten, hätte nur der besorgte Blick der Eltern Veränderungen an Ramses' Aussehen festgestellt; sein schmales Gesicht war ein wenig eingefallen und die Bewegungen seines linken Arms extrem vorsichtig, dennoch hatte er eine gesunde Gesichtsfarbe und einen hervorragenden Appetit bei Tisch.

Die Unzulänglichkeiten der kleinen Akazie wurden von Nefrets Weihnachtsdekoration kaschiert; Kerzen spendeten ihr sanftes Licht und reizender Schmuck aus gebranntem Ton und Zinn füllte die kahlen Stellen aus. David hatte diese Baumbehänge gefertigt; seit Jahren waren sie nun schon Teil unserer Weihnachtstradition. Ihr Anblick dämpfte meine gute Stimmung für Augenblicke; ich verabscheute den Gedanken, dass er das Weihnachtsfest allein in diesem grässlichen Loch in Maadi verbrachte, nur wenige Meilen entfernt von uns. Wenigstens hatte ich ihm ein Paket mit Essen und einem schönen, warmen, von mir selbst gestrickten Wollschal aufgedrängt. Meine Freundin Helen McIntosh hatte mir Stricken beigebracht, und ich musste ihr Recht geben, dass es in der Tat das logische Denken unterstützte, da die Tätigkeit bald mechanisch von der Hand ging und keine besondere Aufmerksamkeit erforderte. Ich hatte den Schal für Ramses gefertigt, doch er versicherte mir, dass es ihm absolut nichts ausmache, ihn für seinen Freund herzugeben.

Nachdem alle Geschenke ausgepackt waren, ich das elegante Nachmittagskleid, ein Geschenk von Nefret, angezogen und Ramses Begeisterung geheuchelt hatte, weil ich ihm ein Dutzend weiße Taschentücher überreichte, erhob sich Emerson.

»Und jetzt«, hob er strahlend an, »schließ die Augen, Peabody, und streck deine Hände aus.«

Er hatte gar nicht erst versucht, das Objekt einzupacken; es wäre ein unhandliches Paket geworden. Sobald es in meinen ausgestreckten Armen lag, wusste ich, was es war.

»Aber, Emerson, wie schön!«, rief ich. »Ein weiterer Sonnenschirm. Die kann ich immer gebrauchen, und dieser hier –«

»Kann mehr, als es scheint«, meinte mein Gatte. »Pass gut

auf.«

Er umklammerte den Griff, drehte ihn und zog daran. Diesmal war mein freudiger Aufschrei noch lauter und begeisterter.

»Ein Degen-Schirm! Oh, Emerson, so etwas habe ich mir schon immer gewünscht! Wie funktioniert er?«

Er demonstrierte es erneut, und ich sprang auf, trat die eleganten Seidenrüschen meines Kleides beiseite. »En garde!«, rief ich und zückte die Waffe.

Nefret lachte. »Professor, das war süß von dir.«

»Hmmm«, murmelte Ramses. »Mutter, gib Acht auf die Kerzen.«

»Ich könnte einige Unterrichtsstunden gebrauchen«, gestand ich. »Ramses, würdest du mir zeigen –«

»Was denn, jetzt?« Seine Brauen zogen sich zu einem vollkommenen stumpfen Winkel zusammen.

»Ich kann es gar nicht abwarten!«, rief ich, beugte meine Knie und gestikulierte mit der Waffe.

Hastig trat Emerson beiseite – eine unnötige Vorsichtsmaßnahme, da die Klinge ungefähr dreißig Zentimeter von ihm entfernt war. »Ich bin froh, dass er dir gefällt, Peabody, dennoch solltest du zuerst lernen, wie man damit umgeht, ehe du irgendwelche Leute bedrohst.«

Ramses versuchte, sich das Lachen zu verkneifen. »Verzeih mir, Mutter«, japste er. »Es ist nur, ich habe noch nie mit einem Kontrahenten gefochten, der mit einem Schirm bewaffnet war und mir kaum bis zum Kinn reichte.«

»Ich sehe keinen Grund, warum das ein Problem sein sollte. Du, Nefret?«

Sie beobachtete Ramses, der in einen Sessel gesunken war und hemmungslos lachte. Als ich sie ansprach, zuckte sie zusammen.

»Wie bitte? Nun, Tante Amelia, ich bin sicher, du kannst

ihn überzeugen. Allerdings nicht mit dem Schirm; er sieht entsetzlich scharf aus.«

»Korrekt«, bekräftigte Emerson nachdenklich. »Du brauchst ein entsprechendes Florett mit stumpfer Spitze. Und Maske und Brustpolster und –«

Erneut prustete Ramses los. Ich vermochte mir nicht zu erklären, weshalb ihn das so belustigte, dennoch war ich erfreut, ihn aufgeheitert zu haben. Wie David es formuliert hatte, war es notwendig, jede nur erdenkliche Zerstreuung in einer ansonsten dramatischen Situation zu genießen.

Nachdem Ramses sich beruhigt hatte, zeigte er mir großzügigerweise, wie ich meinen Gegner begrüßen und meine Füße und Arme ausrichten musste. Er stand genau hinter mir, obwohl ich die Klinge selbstverständlich in die Scheide gesteckt hatte, und aus irgendeinem unerfindlichen Grund hielt er es wohl für notwendig, mir einen kleinen Vortrag zu halten.

»Mutter, versprich mir, dass du dieses Ding nicht rausziehst und dich auf deinen Gegner stürzt, sofern dieser mit einem Säbel oder einem Schwert bewaffnet ist.«

»Korrekt«, bekräftigte Emerson. »Er würde dich wie einen Schmetterling aufspießen, ehe du reagieren könntest. Das ist das Problem mit tödlichen Waffen; sie vermitteln den Leuten – einigen Leuten! – zu viel Selbstsicherheit.«

»Und was sollte ich in einem solchen Fall tun?«, erkundigte ich mich etwas außer Atem.

»Rennen«, erwiderte Ramses, während er mir vom Boden aufhalf.

Nachdem wir uns zur Ruhe begeben hatten und Emerson und ich allein in unserem Zimmer waren, dankte ich ihm erneut, mit Worten und mit Taten. »Ich kann mir nicht vorstellen, dass irgendein anderer Mann seiner Frau ein so schönes Geschenk gemacht hätte, Emerson.«

»Ich kann mir nicht vorstellen, dass irgendeine andere Frau so fasziniert von einem Degen wäre«, konterte Emerson.

Danach schlummerte Emerson sofort ein, was mir nicht gelang. Ich dachte an das Gesicht meines Sohnes, strahlend vor Heiterkeit, und wünschte, es wäre häufiger so. Wieder fiel mir David ein und die Gefahr, die er auf Grund seiner Liebe und Loyalität zu Ägypten auf sich nahm. Ich verdammte Thomas Russell in die tiefsten Niederungen des Hades, weil er meine Söhne solchen Risiken aussetzte – und dann vergab ich diesem Halunken, weil Weihnachten das Fest der Liebe und des Friedens ist. Schließlich erledigte er nur seine Pflicht.

Abdullah ging mir ebenfalls durch den Kopf. Von Zeit zu Zeit träumte ich von ihm; es waren sonderbare Träume, völlig anders als die üblichen nebelhaften Reflexionen des Unterbewusstseins, denn sie schienen konkret und logisch. In ihnen begegnete mir mein alter Freund als Mann in den besten Jahren, sein Gesicht faltenlos, sein schwarzer Schopf und Bart ohne graue Fäden. Die Szenerie der Träume war stets die gleiche: das Felsplateau hinter Deir el-Bahari bei Luxor, wo wir nach dem beschwerlichen Aufstieg so häufig eine kurze Rast eingelegt hatten. In einer dieser Traumvisionen hatte er mich vor bedrohlichen Unwettern gewarnt – hatte mir erklärt, dass es meines ganzen Mutes bedürfe, sie zu überstehen, doch letztlich ... »Die Wolken werden weiterziehen«, hatte er gesagt. »Und der Falke des Lichts wird die Pforten der Morgendämmerung durchdringen.« Er bediente sich ständig solcher verwirrenden Parabeln und verweigerte jede Erläuterung, wenn ich ihn bedrängte. Es bestand kein Zweifel an den Gewitterwolken; auch jetzt hingen sie bedrohlich düster über uns und der Welt. Der Rest klang viel versprechend, doch wenn ich niedergeschlagen war, bedurfte es mehr als eloquenter Metaphern, um mich aufzuheitern. Gerade jetzt hätte ich seinen

Beistand gut gebrauchen können, aber in jener Nacht träumte ich nicht von Abdullah.

Als ich aufwachte, erfüllte das strahlende Licht des Sonnenaufgangs den Himmel. Ich hatte noch eine ganze Menge zu tun, da wir die Vandergelts zum Abendessen erwarteten und im Anschluss daran noch einige weitere Gäste. Allerdings konnte ich nicht widerstehen, meinen neuen Sonnenschirm auszuprobieren, und ich agierte und parierte mit zunehmendem Geschick (schließlich hatte ich Mr James O'Neill in dem Film *Der Graf von Monte Christo* beobachtet), als ein Kommentar Emersons mich stolpern ließ und ich fast das Gleichgewicht verloren hätte. Nach einer kurzen Diskussion und einer längeren Abschweifung anderer Art erklärte er sich einverstanden, mich zu unterweisen, falls Ramses ablehnte. Vor einigen Jahren hatte er Fechtunterricht genommen, dann aber festgestellt, dass seine bloßen Hände einen Angreifer beinahe genauso wirkungsvoll abzuwehren vermochten.

»Ich bin mir nicht sicher, ob Ramses sich dazu überwinden kann«, bemerkte er. »Einem Gentleman fällt es schwer, eine Dame anzugreifen, vor allem, wenn die Dame seine Mutter ist. Er hat großen Respekt vor dir, mein Schatz.«

»Gestern Abend hatte ich nicht den Eindruck«, entgegnete ich, während ich meine Garderobe zuknöpfte.

Weiterhin liegend, die Arme hinter dem Kopf verschränkt, betrachtete Emerson mich mit schläfriger Bewunderung. »Es war gut, ihn so herzlich lachen zu sehen.«

»Ja. Emerson –«

»Ich weiß, was du denkst, mein Schatz, aber vergiss wenigstens für heute deine Sorgen.« Er stand auf und schlenderte zur Waschschüssel. »Fatima hat schon wieder Rosenblätter ins Wasser gelegt«, grummelte er, während er sie herauszufischen versuchte. »Wie ich bereits erwähnte, ist die Situation vorübergehend unter Kontrolle. Russell ist über die Ereignisse informiert und wird das Lagerhaus überwachen lassen.«

»Ich überlege immer noch, ob wir ihn nicht zu unserer Abendgesellschaft einladen sollten. Vielleicht finden wir dann Gelegenheit zu einem kurzen Gespräch.«

Emerson warf eine Hand voll tropfnasser Blütenblätter auf den Tisch und griff nach seinem Rasierzeug. »Nein, mein Schatz. Je weniger Kontakt zwischen ihm und Ramses, umso besser.«

In diesem Jahr fand das Weihnachtsessen im engsten Kreis statt, einschließlich Cyrus und Katherine Vandergelt, die uns so nahe standen wie Familienmitglieder. Sie hatten uns Geschenke mitgebracht, so dass wir erneut Päckchen auspacken mussten. Es gestaltete sich schwierig, passende Geschenke für Cyrus und Katherine zu finden, da sie wohlhabender waren als wir und es ihnen an nichts fehlte, dennoch hatte ich einige neue Amulette aufgespürt, die ihnen zu gefallen schienen. Als Nefret ihm das kleine Relief mit der Gazelle überreichte, brach Cyrus in Begeisterungsstürme aus.

»Scheint aus der 18. Dynastie zu stammen«, erklärte er. »Darf ich fragen, wo ihr es gefunden habt?«

»Zweifellos bei einem dieser verfluchten Antiquitätenhändler«, knurrte Emerson. »Genau wie diesen verdammten Skarabäus, den sie mir geschenkt hat. Nicht, dass er mir nicht gefällt«, fügte er hastig hinzu.

Nefret lachte nur. »Er stammt in der Tat von Aslimi. Er hatte einige schöne Stücke.«

»Ich nehme nicht an, dass du den Burschen gefragt hast, wo er sie erworben hat?«, brummte Emerson.

»Selbstverständlich – wenn er da gewesen wäre, obwohl ich bezweifle, dass er es zugegeben hätte.«

Ramses, der das bemalte Relief bewundert hatte, sah auf. »Er war nicht da?«

»Er ist krank. Der Professor würde vermutlich sagen, dass ihm das nur recht geschieht.« Nefret kicherte. »Der neue Geschäftsinhaber ist wesentlich attraktiver als Aslimi, aber nicht halb so gewieft im Verhandeln.«

In kurzen Zügen schilderte sie unseren Besuch. Cyrus erklärte seine Absicht, den unfähigen Manager baldmöglichst zu besuchen, und Katherine verlangte eine Beschreibung des attraktiven jungen Mannes. Der Einzige, der nichts zu unserer Unterhaltung beisteuerte, war Ramses.

Die Tafel bot einen festlichen Anblick mit ihrem funkelnden Kristall und dem schimmernden Kerzenlicht, doch als ich die kläglich zusammengeschrumpfte Gruppe betrachtete, schien ich die Geister derjenigen vor mir zu sehen, die früher bei uns gewesen waren: die ernsten Züge Junkers, dessen formelles Auftreten das wärmste Herz der Welt kaschierte; Karl von Borks grinsendes Gesicht mit dem zuckenden Schnauzbart; Rex Engelbach und Guy Brunton, die ihre Schaufeln gegen Gewehre eingetauscht hatten; und die liebsten von allen – Evelyn und Walter, David und Lia. Glücklicherweise hatte Cyrus mehrere Flaschen seines Lieblingschampagners mitgebracht, und nachdem wir auf unsere abwesenden Freunde, ein rasches Ende der Kampfhandlungen und auf alles Erdenkliche angestoßen hatten, was Cyrus in den Sinn kam, besserte sich unsere Stimmung. Selbst Anna schien vergnügt. Sie wirkte recht anziehend an jenem Abend, das rosafarbene Batistkleid mit den zarten Rüschen schmeichelte ihrer knabenhaften Statur, und ich stellte überrascht fest, dass sie Lippenstift und Rouge aufgetragen hatte.

Nachdem Nefret ihr an jenem Opernabend zugeredet hatte, war sie jeden Tag im Hospital und nach Nefrets Aussage wesentlich belastbarer als vermutet.

»Ich habe es ihr nicht leicht gemacht«, gestand Nefret. »Da sie keine ausgebildete Krankenschwester ist, muss sie natürlich alle unangenehmen Aufgaben erledigen – Bettpfannen leeren, Laken wechseln und Wunden reinigen. Am ersten Tag hat sie sich dreimal übergeben, und ich rechnete nicht damit, sie je wieder zu sehen, doch am nächsten Morgen fand sie sich in aller Frühe strahlend wieder ein. Allmählich bewundere ich das Mädchen, Tante Amelia. Ich habe ihr einige Tipps hinsichtlich ihres äußeren Erscheinungsbildes gegeben und sie schien dankbar.«

Nach Beendigung des Festmahls blieb uns nur wenig Zeit bis zum Eintreffen der anderen Gäste. Einer der ersten war der junge Leutnant Pinckney, der sich auf Nefret stürzte und sie beiseite zog. Mrs Fortescue schien das Gleiche mit Emerson vorzuhaben, doch das vermochte ich zu vereiteln, indem ich Emerson in Schach hielt, während ich die anderen Gäste begrüßte. Ihre sämtlichen Kavaliere mussten sie verlassen haben, denn sie kam allein. Ich zweifelte keine Sekunde lang daran, dass die strahlende Farbe ihrer Wangen und Lippen den Fortschritten der modernen Kosmetikindustrie zu verdanken war und nicht den Vorzügen der Natur, dennoch wirkte sie ausgesprochen apart in schwarzer Spitze, ein zartes Schleiertuch bedeckte ihr Haar.

Viele der Männer – leider zu viele – trugen Khaki. Unter anderem auch Mr Lawrence und Leonard Woolley. Als mir einfiel, was David mir von seinem »betrunkenen« Zusammentreffen mit ihnen berichtet hatte, beobachtete ich ihre Unterhaltung mit Ramses mit einiger Skepsis, doch die wenigen Satzfetzen, die ich aufschnappte, deuteten darauf hin, dass sie sich angeregt über die Archäologie austauschten. Leicht belustigt bemerkte ich, dass Mr Lawrence sich unbewusst auf die Zehenspitzen gestellt hatte, während er mit Ramses redete; seine unterdurchschnittliche Größe und sein zerzaustes Haar gaben ihm das Aussehen eines Kindes, das mit seinem Lehrer diskutiert.

Ich hatte mich darauf gefreut, Major Hamilton kennen zu lernen, doch als seine Nichte eintraf, wurde sie lediglich von ihrer grässlichen Gouvernante begleitet.

»Der Major bat mich, ihn höflich zu entschuldigen«, führte Letztere aus. »Auf Grund der kritischen Situation musste er gestern zum Suezkanal aufbrechen.«

»Das tut mir aufrichtig Leid«, erwiderte ich. »Es ist traurig, nicht wahr, dass das Fest zu Ehren der Geburt des Friedensfürsten von Kriegsvorbereitungen überschattet wird.«

Emerson warf mir einen Blick zu, der seine Einstellung zu diesem Thema dokumentierte, die, zugegebenermaßen, etwas heikel war. Miss Nordstrom hingegen schien sehr ergriffen.

Miss Molly hörte gar nicht zu. In ein weißes Batistkleid gehüllt, wie es für Mädchen ihres Alters angemessen schien, und mit einer riesigen weißen Schleife auf dem Kopf, verharrte sie gerade so lange, bis sie uns für die Einladung gedankt hatte, dann schoss sie davon.

Sie gehörten zu den letzten eintreffenden Gästen, und nachdem ich Miss Nordstrom mit Katherine und Anna bekannt gemacht hatte, meinte ich, mir eine Ruhepause verdient zu haben. Wie jede aufmerksame Gastgeberin blickte ich durch den Raum, um mich zu vergewissern, dass niemand einsam und vernachlässigt herumstand. Alle schienen sich bestens zu amüsieren; Miss Molly hatte Ramses von Woolley und Lawrence losgeeist, und Mrs Fortescue plauderte mit Cyrus, der ihr Lächeln und ihre betörenden Blicke offensichtlich erfreut erwiderte. Er war schon immer »der ritterlichste Bewunderer weiblicher Schönheit« gewesen, doch ich wusste, dass sein Interesse rein ästhetischer Natur war. Er war seiner Gattin absolut treu ergeben, und falls er einmal Gefahr lief, das zu vergessen, würde Katherine ihn gewiss daran erinnern.

Als ich mich meinem Gatten zuwandte, stellte ich fest, dass

er gedankenverloren ins Leere starrte. Ich musste ihn wiederholt ansprechen, ehe er reagierte.

»Wie bitte, Peabody?«

»Ich lade dich zu einer Tasse Tee ein, mein Schatz. Was veranlasst dich zum Grübeln?«

»Nichts von Bedeutung. Wo ist Nefret? Ich sehe weder sie noch den jungen Offizier. Sind sie etwa in den Garten gegangen?«

»Sie braucht beileibe keine Anstandsdame, Emerson. Sollte der junge Mann seine Manieren vergessen, was ich für unwahrscheinlich halte, wird sie ihn in seine Schranken verweisen.«

»Korrekt«, bekräftigte Emerson. »Ich will keinen Tee; ich möchte mit Woolley über seine ägyptischen Funde bei Karkemis sprechen.«

Nach einer Weile fragte jemand – es war Mr Pinckney –, ob wir nicht das Tanzbein schwingen wollten, doch sein naives Gesicht verfinsterte sich, als Nefret zum Klavier schlenderte.

»Wir besitzen kein Grammophon«, erklärte ich. »Emerson verabscheut diese Geräte, und ich gestehe, dass ich trautes Musizieren diesen kratzenden Schallplatten vorziehe.«

»Oh«, entfuhr es Mr Pinckney. »Aber das ist doch etwas zu viel verlangt von Miss Forth, finden Sie nicht? Hätte ich geahnt, dass sie nicht mittanzen würde, hätte ich das nie vorgeschlagen.«

Er wurde von Miss Nordstrom übertönt, die vermutlich zu viel von Cyrus' Champagner getrunken hatte, denn sie lächelte den jungen Mann verträumt an und erbot sich, Nefrets Platz am Klavier einzunehmen. »Ich finde«, stotterte er, »ich finde, das ist sehr nett von Ihnen, Miss – äh – hmmm.«

So kam Mr Pinckney doch noch zu seinem Tanzvergnügen. Wie auf meinen Partys üblich, waren die Herren in der Überzahl, deshalb musste er Nefret mit anderen teilen. Miss Nordstrom spielte mit einer Begeisterung, die ich einer Anstandsdame nie zugetraut hätte, doch ihr Repertoire war mehr oder weniger auf die Klassik beschränkt – Polka, Mazurka, Walzer. Selbst Mr Pinckney wagte nicht nachzufragen, ob sie vielleicht fetzigere Rhythmen auf Lager habe; doch nach einem weiteren ihr von Cyrus aufgenötigten Glas Champagner stimmte sie eine besonders flotte Polka an, und Pinckney (der sich zwischen den Tanzeinlagen ebenfalls gestärkt hatte) schwang Nefret ausgelassen durch den Raum, hob sie zum Abschluss hoch und wirbelte sie durch die Luft.

Emerson musterte den jungen Burschen wie ein Papa in einem Bühnendrama, Nefret hingegen lachte und die anderen applaudierten. Miss Mollys Kreischen übertönte die Stimmen der anderen. »Spiel's noch mal, Nordie!« Mit ausgestreckten Armen stürzte sie sich auf Ramses. »Wirble mich so im Kreis, bitte! Ich weiß, dass du es kannst, schließlich hast du mich während des gesamten Abstiegs von der Pyramide getragen. Bitte, ja?«

Miss Nordstrom hatte bereits mit der Wiederholung des Stückes begonnen. Ich hörte Katherines Einwurf: »Aber, Cyrus, nicht mit mir!«

Sie dürfen mir glauben, werter Leser, dass die Ängste einer Mutter nie gänzlich auszumerzen sind. In dem irrigen Glauben, mich einmischen zu müssen, strebte ich auf Ramses zu, doch er bemerkte meinen Blick und schüttelte den Kopf.

Unseligerweise standen sie im Mittelpunkt der Aufmerksamkeit. Sie war so winzig und er so riesig, dass sie ein komisches und ziemlich anrührendes Paar abgaben; ihr Kopf war nach hinten geneigt und ihr rundes, sommersprossiges Gesicht strahlte vor kindlichem Vergnügen, während er sie führte. Sein rechter Arm umschlang ihre Taille und drehte sie, dennoch überlief mich ein ängstlicher Schauer, als ich sah, wie fest sie seinen anderen Arm umklammerte. Der Tanz näherte sich seinem Ende; seine Mundwinkel zuckten, als er sie hochhob und im Kreis herumwirbelte, nicht einmal, sondern mehrere Male. Nachdem er sie heruntergelassen hatte, umklammerte sie seinen Ärmel. »Das war fantastisch«, hauchte sie. »Noch einmal!«

»Du musst dem Professor einen Tanz gewähren«, sagte Nefret und zog das Kind von Ramses fort. »Er kann hervorragend Walzer tanzen.«

»Ganz recht«, erwiderte Emerson. »Einen Walzer, bitte, Miss – äh – Nordstrom.«

Ich schlenderte zu Ramses, der sich an der Rückenlehne des Sofas aufstützte. »Komm mit nach oben«, raunte ich.

»Halte einfach meinen Arm fest.« Ramses grinste. »Es gibt nicht viele Frauen, die ich darum bitten würde. Gleich wird es besser.«

Er legte seinen anderen Arm um meine Taille, und da mir keine plausible Alternative einfiel, umklammerte ich seine Hand und folgte seinen Schritten.

»Blutet er?«

»Keine Sorge, alles in Ordnung.«

»Musste das sein?«

»Ich denke schon. Was dagegen?«

»Zum Teufel mit dir«, knurrte ich.

»Es ist nicht nötig, dass du führst, Mutter.«

Danach beendete ich das Tanzvergnügen. Nefret übernahm Miss Nordstroms Platz am Piano und wie stets ließen wir den Abend mit den beliebten, allseits bekannten Liedern ausklingen. Mr Pinckney bestand darauf, für Nefret die Seiten umzublättern; er stand so dicht über sie gebeugt, dass sein Atemhauch ihre gelösten Schläfenlocken vibrieren ließ. Mrs Fortescue war die Überraschung des Abends. Ihre schöne Altstimme war offenbar ausgebildet worden, und ich stellte fest, dass sie unbewusst die Haltung einer Konzertsängerin annahm, die Hände leicht an die Taille gelegt, die Schultern gestrafft. Doch als ich ihren Gesang lobte und fragte, ob sie uns nicht ein Solo darbieten wolle, schüttelte sie mit gespielter Bescheidenheit den Kopf.

»In meiner Jugend hatte ich einige Gesangsstunden«, murmelte sie. »Dennoch würde ich wesentlich lieber mit allen zusammen singen – das ist so familiär, so passend zum Fest.«

Mit absoluter Sicherheit hatte sie Gesangsunterricht genommen, sinnierte ich, aber natürlich drängte ich sie nicht weiter. Zeitweise hatte sie recht professionell gesungen. Gewiss, das war weder verwerflich noch ein Grund, an ihrer Geschichte zu zweifeln. Jedenfalls entschied ich, dass ich mehr über Mrs Fortescue erfahren wollte.

Nie war ich erleichterter, dass eine Party zu Ende ging. Katherine und Cyrus blieben immer länger als die anderen und zum ersten Mal missgönnte ich diesen lieben alten Freunden ihren weiteren Aufenthalt bei uns. Wenigstens konnten wir uns alle setzen, die Füße hochlegen und zugeben, dass wir müde waren. Noch ehe sich die Tür hinter den letzten Gästen schloss, hatte Emerson sein Abendjackett abgelegt. Krawatte und Weste folgten, genau wie der oberste Hemdknopf – abgerissen, denn Emersons brutale Methode, sich seiner Kleidung zu entledigen, hat einen zerstörerischen Effekt auf Knöpfe. Besagten hob ich vom Boden auf.

»Einen Whisky, meine Liebe?«, erkundigte sich mein Gatte.

»Ich glaube schon, da du gerade davon sprichst.« Ich sank in einen Sessel.

Emerson, Ramses und ich waren die Einzigen, die diesem Getränk zusprachen. Cyrus erklärte, dass er mit den anderen den Champagner leeren wolle, von dem nicht mehr viel übrig war. Natürlich hatte er eine interessante Wirkung ausgeübt. Einigen hatte er die Zunge gelöst; mehrere Gäste hatten vorübergehend vergessen, ihre Masken aufrechtzuerhalten.

»Was für eine herrliche Party«, murmelte Anna. Auch bei ihr zeigte der Champagner seine Wirkung; sie wirkte beinahe hübsch, ein Lächeln milderte ihre strengen Züge.

»Ich bin froh, dass es Ihnen gefallen hat«, sagte ich geistesabwesend.

»Oh, ja. Obschon es in gewisser Weise ein bittersüßes Vergnügen war. All diese netten jungen Männer in Uniform, dazu bestimmt, in Kürze die Konfrontation –«

»Nicht heute Abend, Anna«, entgegnete Katherine scharf.

»Falls du dabei an Mr Pinckney denkst, so bleibt er uns noch eine ganze Weile erhalten«, warf Nefret ein und drückte die Hand des anderen Mädchens freundschaftlich. »Er erzählte mir heute Abend, dass er zum Stabskurier ernannt worden ist. Er ist total begeistert! Das bedeutet, dass er eines dieser Motorräder fahren darf.«

Anna errötete und leugnete jedes spezifische Interesse an einer speziellen Person. »Also, ich würde liebend gern Motorradfahren lernen«, erklärte sie. »Ich sehe keinen Grund, weshalb eine Frau das nicht ebenso lernen kann wie ein Mann, oder?«

Trotzig schob sie ihr Kinn vor und sah Ramses herausfordernd an, woraufhin dieser erwiderte: »Es ist nicht viel schwieriger als Radfahren.«

»Es erstaunt mich, dass du noch keins hast.«

»Sie machen zu viel Lärm und verbreiten einen entsetzlichen Gestank.« Unmerklich veränderte Ramses seine Sitzhaltung, er lehnte sich in seinem Sessel zurück und faltete die Hände. »Vielleicht kannst du Pinckney überreden, dass er dich im Beiwagen mitnimmt. Allerdings wird dir das keinen Spaß machen.«

Aufmerksam ließ ich meinen Blick schweifen. Katherine wirkt erschöpft, überlegte ich und machte mir Vorwürfe, dass ich nicht mehr Zeit mit ihr verbracht hatte. Sie brauchte Zerstreuung. Es gestaltete sich verflucht schwierig, unser Leben wie gewohnt weiterzuführen.

Cyrus hatte die Abgespanntheit seiner Gattin ebenfalls bemerkt und erklärte kurz darauf, dass sie gehen müssten. Vor ihrem Aufbruch lud er Emerson erneut zu einem Besuch seiner Exkavation in Abu Sir ein.

»Ich bin auf etwas gestoßen, was Sie interessieren könnte«, sagte er, über seinen Ziegenbart streichend.

Emersons entrückter Gesichtsausdruck wurde lebhafter. Die Archäologie vermag ihn von fast allem abzulenken. »Was?«, erkundigte er sich.

»Sie werden sich selber ein Bild machen müssen.« Cyrus grinste. »Warum kommen Sie nicht alle für einen Tag und bleiben zum Essen?«

Wir sagten zu, legten allerdings keinen Termin fest, und sie brachen auf. Nefret wollte sich umgehend zurückziehen, und ich erklärte, dass wir ihrem Beispiel folgen würden, damit Fatima und ihre Mannschaft sauber machen konnten.

Ich brannte darauf, die Entwicklungen des Abends mit Emerson zu diskutieren, noch mehr lag mir allerdings daran zu erfahren, wie sich Ramses' kühne Darbietung auf seinen Gesundheitszustand ausgewirkt hatte. Dass er sich überanstrengt hatte, stand zweifellos fest: Er schwankte leicht, als er die Treppe hinaufging. Nefret fiel es ebenfalls auf; sie warf ihm einen raschen, nachdenklichen Blick zu und nahm schweigend zur Kenntnis, was sie vermutlich für einen Rausch hielt. Er hatte dem Champagner reichlich zugesprochen; allerdings war der Inhalt der meisten Gläser in einen meiner Blumentöpfe gewandert. Mir war nicht entgangen, dass eine Topfpflanze die Blätter hängen ließ.

Wir ließen Nefret einen gewissen Vorsprung, ehe wir uns in sein Zimmer schlichen, wo er auf dem Bettrand saß. Wie von mir befürchtet hatte sich die Wunde wieder geöffnet. Sie hatte aufgehört zu bluten, doch der Verband war blutdurchtränkt und sein Hemdsärmel ebenfalls.

»Wieder ein Hemd ruiniert«, meinte Emerson und nahm seine Pfeife heraus.

»Das muss ein Erbleiden sein«, erwiderte ich verdrossen.

»Warum hast du mir nicht von eurem Besuch in Aslimis Laden berichtet?«, meldete sich Ramses zu Wort.

Ich entgegnete: »Warum sollte ich das tun? Beug dich etwas vor, sonst tropft Blut auf das Kopfkissen.«

»Um Himmels willen, Mutter, das ist wichtig für mich! Ich –« Er brach ab, biss sich auf die Unterlippe und fuhr in ruhigerem Ton fort: »Verzeih mir. Du konntest es nicht wissen. Aslimi ist einer unserer Leute – Wardanis, sollte ich richtigerweise sagen. Er ist ein verflucht schlechter Verschwörer, aber er war von Anfang an dabei und sein Geschäft ausgesprochen zweckdienlich. In der Fachsprache würde man es als Nachrichtenzentrale bezeichnen. Die von uns hinterlassenen Mitteilungen werden in Objekten versteckt, die scheinbar harmlose Kaufinteressenten begutachten.«

»Und umgekehrt?«

Ramses nickte. Er bemühte sich, weder zu fluchen noch zu stöhnen, und wartete, bis ich die Wunde gereinigt hatte, ehe er es riskierte fortzufahren. »Ein Kaufinteressent inspiziert mehrere Stücke, bevor er sich für eins entscheidet oder auch gar nichts kauft. Er schiebt einfach irgendetwas in ein Gefäß oder in eine hohle Statue, ohne dass ihn jemand dabei beobachtet – ausgenommen natürlich Aslimi, der besagtes Stück beiseite nimmt, bis die entsprechende Person danach fragt.«

»Das ist keine gute Nachricht«, meinte Emerson mit Grabesstimme. »Was könnte diesem Halunken deiner Meinung nach zugestoßen sein?«

»Die entscheidende Frage lautet nicht, was Aslimi zugestoßen ist, sondern was Farouk in seinem Geschäft treibt.«

Ich hob an: »Er sagte, er hieße –«

»Er hat gelogen. Es muss Farouk sein, die Beschreibung trifft auf ihn zu und Aslimi hat keinen Cousin namens Said. Verdammter Mist!«

»Daran kannst du jetzt nichts ändern«, räumte ich vage ein. »Vielleicht ist die Erklärung völlig einfach. Falls Aslimi krank geworden ist, können deine – Wardanis – Leute die Geschäftsführung keinem Fremden überlassen. Wir wollen es hoffen, denn die Sache ist schon kompliziert genug. So, ich bin fertig; du brauchst deine Zähne nicht länger zusammenzubeißen. Ich glaube nicht, dass du dir sehr viel Schaden zugefügt hast, aber der Vorfall war gewiss misslich. War es ein Zufall?«

»Etwas anderes kann es nicht gewesen sein«, meinte Ramses gedehnt. »Das Kind hat völlig naiv gehandelt.«

»Mit wem hat sie geredet, bevor sie sich auf dich stürzte?«, wollte ich wissen.

»Ich habe nicht darauf geachtet. Vielleicht mit Mrs Fortescue. Sie gehört zu den Individuen, die du als höchst verdächtige Charaktere einstufen würdest. Ich überlege, ob irgendeiner daran gedacht hat, ihre Geschichte zu überprüfen.«

»Sie ist eine ausgebildete Sängerin«, bemerkte ich.

Keiner der beiden stellte diese Einschätzung in Frage. Ich war nicht die Einzige, die zu diesem Schluss gelangt war. Emerson grinste. »Und wir alle wissen, dass Sängerinnen einen zweifelhaften Ruf genießen«, bemerkte er und wurde schlagartig ernst. »Pinckney gehört jetzt zum Stab. Woolley und Lawrence sind Mitarbeiter des Nachrichtendienstes. Einige andere haben Kontakt zum Militär. Es sind Informationen durchgesickert, nicht wahr? Jemand steht im Sold des Feindes.«

Ramses äußerte ein übles Wort, entschuldigte sich und musterte Emerson kritisch. »Ist das mehr als nur eine Vermutung, Vater?«

»Eine logische Folgerung«, korrigierte Emerson. »Du würdest deine Tarnung nicht konsequent aufrechterhalten, wenn du keinen Spion in unserer Mitte vermuten würdest.«

»Wir müssen annehmen, dass mehrere Agenten der Großmächte am Werk sind«, erwiderte Ramses. »Wenigstens einer hat Zugang zu Informationen gehabt, die nur wenigen bekannt waren. Es ist eine ganze Reihe von Informationen durchgesickert, einige davon betreffen die Verteidigung des Suezkanals.«

»Du hast keine Vorstellung, um wen es sich dabei handeln könnte?«, bohrte Emerson.

»Russell verdächtigt Philippides. Er weiß alles, was Harvey Pascha zu Ohren kommt, und deshalb will ich nicht ... Mutter, was machst du da eigentlich?«

»Achte einfach nicht darauf«, erwiderte ich, während ich seinen Schuh abstreifte und die Bänder des anderen löste.

»Wie würde der Chef des örtlichen Nachrichtendienstes von der Verteidigung des Suezkanals erfahren?«, erkundigte sich Emerson.

Ramses seufzte. »Das Schlimme ist, dass alle diese Abteilungen in irgendeiner Form miteinander verknüpft sind. Das lässt sich nicht vermeiden, da sich ihre Funktionen überschneiden, macht es aber verflucht schwierig, die Informationsquelle aufzuspüren. Philippides bekleidet eine besonders dankbare Position; es liegt in seiner Verantwortung, Landesfeinde zu identifizieren und auszuweisen. Wenn er wirklich so käuflich ist, wie es gerüchteweise verbreitet wird, dann könnte ihn besagte Person für sein Schweigen bezahlen.«

»Du meinst, dass ein Einzelner für diese Operationen verantwortlich zeichnet?«, fragte Emerson und blickte Ramses durchdringend an.

»Wenn es unsere Leute wären, würde ich das verneinen. Wir hegen einen perversen Stolz auf unsere berühmte britische

Bürokratie. Allerdings muss ich den Deutschen die bessere Organisation zugestehen. Sie haben das alles schon seit Jahren geplant, während wir umherflanierten, harmlose Radikale verhafteten und argumentierten, ob wir unsere irrwitzige Haltung gegenüber Ägypten formalisieren sollten oder nicht. Der Mann der Deutschen ist vermutlich schon seit Jahren hier, er lebt unauffällig und reagiert, wenn man ihn braucht. Wardanis kleine Revolution ist eine Randerscheinung – kein zu vernachlässigender Teil des Ganzen, aber nur eine von mehreren Operationen.«

»Hmm«, brummte Emerson. »Wenn wir diesen Burschen identifizieren könnten –«

»Ja, Sir, das wäre zweckdienlich.« Für einen Moment blitzten Ramses' dunkle Augen belustigt auf, doch dann sah er seinen Vater entgeistert an. »Nein, Vater! Daran darfst du nicht einmal denken! Vielleicht führen uns unsere Operationen zu diesem Mann, aber ihn zu stellen ist weder meine noch deine Aufgabe. Überlass ihn Maxwell und Clayton.«

»Gewiss, mein Junge, gewiss. Du ruhst dich jetzt besser ein Weilchen aus. Komm, Peabody.«

»Kann ich noch etwas für dich tun, Ramses?«, erkundigte ich mich. »Einen Whisky-Soda? Ein paar Tropfen Laudanum als Einschlafhilfe? Ein angenehm feuchtes Tuch –«

»Danke nein, Mutter. Ich brauche keine Einschlafhilfe und keinen Whisky, und ich bin recht gut in der Lage, mich selbst zu waschen und zu entkleiden.«

»Dann überlasse ich es dir, unter einer Bedingung.«

»Und die ist?«, fragte Ramses zögernd.

»Versprich mir, dass du das Haus heute Nacht nicht verlässt. Gib mir dein Ehrenwort.«

Ramses überlegte. »Würdest du darauf vertrauen? In Ordnung, Mutter, schelte mich nicht; es war nur ein Scherz. Ich werde das Haus heute Nacht nicht verlassen. Es birgt zwar ein

Risiko, trotzdem denke ich, dass ich getrost noch ein oder zwei Tage warten kann.«

»Was für ein Risiko?« Ich musterte ihn durchdringend.

»Dass mein ehrgeiziger junger Freund Farouk die anderen davon überzeugt, dass Wardani tot ist und er der rechtmäßige Nachfolger. Selbst wenn er nicht derjenige war, der mich zu töten versuchte, wäre er überglücklich, mein vermeintliches Ableben für seine Zwecke zu nutzen.« Seine Mundwinkel verzogen sich zu einem ziemlich unangenehmen Grinsen. »Ich freue mich schon darauf, sein niedergeschlagenes Gesicht zu sehen, wenn ich auftauche, leidend, aber immerhin lebendig. Vielleicht sollte ich meine Verletzungen von allen bewundern lassen. Das wäre genau die theatralische Geste, die Wardani schätzen würde.«

6

Emerson war alles andere als ehrlich gewesen, als er erklärte, dass wir am zweiten Weihnachtstag nicht arbeiten würden. Wir fuhren nicht nach Gizeh, sondern verbrachten die meiste Zeit des Tages mit der Aufarbeitung unserer Berichte. Der Laie vermag sich vermutlich nicht vorzustellen, inwieweit das notwendig ist, doch laut Emerson sind exakte Aufzeichnungen genauso wichtig wie die Exkavation selbst. Ich hatte nichts dagegen einzuwenden, da sich Ramses bei dieser Tätigkeit nicht überanstrengte. Es gelang mir auch zu verhindern, dass er sich an besagtem Abend aus dem Haus stahl. Er protestierte zwar, doch ich hatte selbstverständlich vorgesorgt, indem ich seinem abendlichen Kaffee eine Spur Veronal beigemischt hatte, um zu gewährleisten, dass er im Bett blieb, nachdem ich ihn in selbiges gebracht hatte.

Am darauf folgenden Morgen zog ich Emerson nach dem Frühstück beiseite.

»Fällt dir nicht irgendetwas ein, was Ramses hier im Haus erledigen kann? Ich glaube nicht, dass er heute in diesem staubigen, heißen Grab arbeiten sollte.«

Emerson musterte mich neugierig. »Was ist eigentlich mit dir los, Peabody?«

»Ich weiß nicht, was du meinst.«

»Du hast dich in eine Mutterglucke verwandelt. Früher hast du nie einen solchen Wirbel veranstaltet, selbst als er noch ein Kind war und sich eine grässliche Blessur nach der anderen zuzog. Jetzt streite es nicht ab; du versuchst ständig, ihn ans Bett zu fesseln, er soll sitzen oder liegen und seine Medizin nehmen. Als er heute Morgen einen zweiten Teller Haferbrei verweigerte, hatte ich fast den Eindruck, du würdest zum Löffel greifen und ihn höchstpersönlich füttern.«

»Hmmm«, seufzte ich. »Ist das wirklich wahr? Merkwürdig. Ich frage mich, warum.«

»Er ist dir auf verblüffende Weise ähnlich, weißt du.«

»*Mir*? Und in welcher Hinsicht, bitte schön?«

»Mutig wie ein Löwe, durchtrieben wie eine Katze, eigensinnig wie ein Kamel –«

»Also wirklich, Emerson!«

»Er verbirgt die liebenswürdigen und verletzlichen Seiten seiner Persönlichkeit unter einem Panzer, so dick wie der einer Schildkröte«, fuhr Emerson hochtrabend fort. »Genau, wie du, mein Schatz, es bei jedem außer mir praktizierst. Ich verstehe dich ja, Peabody, aber beherrsche dich um Himmels willen! Alles, was er heute tun muss, ist, ruhig auf einem Schemel zu sitzen und Texte zu kopieren. Nach seinen jüngsten Aktivitäten sollte das doch wirklich entspannend sein.«

Das vermochte ich nicht abzustreiten. Allerdings gehen die wohlmeinenden Pläne von Mäusen und Menschen, einschließlich Emersons, gelegentlich schief. Als wir in Gizeh eintrafen, erwartete Selim uns bereits. Unser junger Rais hat ein offenes, ehrliches Gesicht, und der prächtige Bart, den er sich hatte wachsen lassen, um seinen Männern mehr Respekt einzuflößen, konnte seine Emotionen nicht verbergen. Ein Blick genügte Emerson.

»Was ist passiert?«, wollte er wissen. »Ist eine Wand eingestürzt? Ist jemand verletzt?«

»Nein, Vater der Flüche.« Selim rang die Hände. »Es ist schlimmer als das! Jemand hat versucht, das Grab zu plündern.«

Laut fluchend stürmte Emerson zum Eingang. In seiner Eile zog er seinen Kopf unter dem Steinfirst nicht weit genug ein; ich hörte ein Krachen und einen weiteren Fluch, bevor er im Innern verschwand.

Wir anderen folgten ihm. Selim lamentierte, wie stets, wenn er aufgebracht war. »Es ist meine Schuld. Ich hätte einen Wachtposten aufstellen müssen. Aber wer hätte vermutet, dass ein Grabräuber so dreist sein könnte? Hier, direkt am Fuß der Großen Pyramide, im Beisein von Besuchern und Führern und ...«

Eine solche Dreistigkeit war erstaunlich, aber nicht neu für mich. Die Grabschänder, die unerlaubt in antike Stätten vordringen, sind ausgesprochen geschickt und verschlagen. Gräber wie diese ließen sich vergleichsweise leicht plündern, sobald sie freigelegt waren. Die schönen Reliefs erfreuten sich riesiger Nachfrage bei den Sammlern, und die Maueroberfläche bestand aus aufgeschichteten Felsblöcken, die man einzeln entfernen konnte. Dabei wurde dem Monument erheblicher Schaden zugefügt, doch das interessierte weder die Grabräuber noch die Sammler. Vorübergehend verdrängte die Leidenschaft für die Archäologie meine anderen Sorgen, und ich befand mich in einem Zustand höchster berufsbedingter Aufregung, als ich die schwach erhellte Kammer betrat.

Ein rascher Blick durch den Raum dokumentierte mir erstens, dass Emerson kerzengerade aufgerichtet und unbeweglich dastand, und zweitens, dass die Wände genauso intakt waren wie bei meinem letzten Besuch. Der Prinz und seine Herzdame blickten mit tiefer Befriedigung auf die reich gedeckte Tafel vor ihnen; die Heerscharen von Dienern, die Gefäße und Blumen trugen, Vieh hüteten und Getreide schnitten, waren gänzlich unversehrt. Ein tiefer Seufzer der Erleichterung entwich meiner Kehle. Emerson entfuhr ein inbrünstiger Wutschrei.

»Was zum Teufel meinst du damit, Selim? Hier wurde nichts angerührt. Hast du Träume oder Visionen oder ...« Seine Augen verengten sich zu Schlitzen. Er packte den jungen Burschen am Kragen und zog ihn zu sich. »Du hast doch nicht etwa Haschisch geraucht, oder?«

»Nein, Vater der Flüche.« Selim schien gekränkt, aber nicht sonderlich beeindruckt zu sein. Alle unsere Männer waren Emersons Temperamentsausbrüche gewohnt. Es war sein leiser, maßvoller Ton, den sie fürchteten.

»Ihr wart zu schnell«, fuhr Selim beleidigt fort. »Ihr habt mich nicht ausreden lassen. Man ist nicht in diesen Teil der Gruft eingedrungen, sondern in den Schacht zur Sargkammer.«

»Oh.« Emerson lockerte seinen Griff. »Entschuldigung. Zeig's mir.«

Wie ich bereits darlegte, bestehen die Gräber aus dieser Epoche aus einer oder mehreren oberirdischen Kammern, die dem Begräbniskult um die Verstorbenen dienten. Die Mumie und ihr Sarg befanden sich am Ende eines tiefen, durch den Oberbau in das Felsgestein gehauenen Gangs. In Ermangelung von Museen und Touristen, die auf den Erwerb von Artefakten erpicht waren, plünderten die frühzeitlichen Diebe lediglich das, was sie selbst gebrauchen oder an ihre gedankenlosen Zeitgenossen veräußern konnten – Leinen, Öl, Schmuck und dergleichen. Deshalb strebten sie (wie der werte Leser zweifellos folgert) direkt zur Grabkammer. In allen bislang freigelegten Grabstätten war man nur ein einziges Mal auf eine unversehrte Sargkammer gestoßen.

Konnte diese hier eine weitere sein? Wer es abstreiten will, möge es tun, dennoch beflügelt diese Hoffnung das Denken der meisten Archäologen. Amelia P. Emerson gehört nicht zu diesen Heuchlern. Ich wollte – in erster Linie natürlich für meinen geliebten Emerson – eine unangetastete Sargkammer mit ihren vollständigen Grabbeigaben: Halsgeschmeide aus Gold und Emaille, Armbänder und Amulette, einen Sarkophag mit Inschrift, Gefäße aus Kupfer und Keramik – eine noch prachtvollere Bestattung als die zwei Jahre zuvor von Mr Reisner entdeckte. Es bestand Anlass zu Optimismus: Die erfahrenen Grabräuber von Gizeh hatten den Schacht für lohnenswert erachtet.

Er war komplett mit Sand zugeschüttet gewesen. Emerson hatte beabsichtigt, ihn als Letztes freizulegen, da sich – wie ich bereits erwähnte – dort unten nur selten etwas befindet. Allerdings hatten wir die Öffnung lokalisiert und dorthin strebten wir soeben.

Irgendjemand hatte sich einwandfrei in irgendeiner Form betätigt. Wo zuvor nur eine kleine Mulde im Boden gewesen war, klaffte jetzt ein Loch von ungefähr drei Metern Tiefe. Geröll türmte sich ringsherum auf und ein Sandhaufen zierte die Öffnung, die untrüglichen Anzeichen für eine hastige Exkavation.

Die Hände in seine Hüften gestemmt, starrte Emerson stirnrunzelnd in die Tiefe und wetterte: »Zur Hölle mit ihnen!«

»Warum sagst du das, Emerson?«, hob ich an. »Das ist sicherlich ein positives Zeichen. Die Grabräuber von Gizeh –«

»Haben vielleicht schon gefunden, was sie suchten«, brummte Emerson.

»So nahe an der Oberfläche?«, wandte Ramses ein. Er streckte eine Hand aus, um Nefret festzuhalten, die am Rand der Öffnung kauerte.

Emersons Gesicht hellte sich auf. »Nun, vielleicht auch

nicht. Einer der Wachmänner könnte sie aufgeschreckt haben. Allerdings habe ich es diesen Halunken leicht gemacht, denn auf Grund des provisorisch errichteten Dachs waren sie vor Passantenblicken geschützt. Inzwischen bin ich zu der Einsicht gelangt, dass wir diesen verfluchten Gang freilegen müssen, bevor sie erneut auftauchen.«

»Einer von uns wird nachts hier bleiben«, schlug Selim vor.

»Hmhm.« Emerson fingerte an seinem Kinngrübchen herum. »Nett von dir, das anzubieten, Selim, aber ich glaube nicht, dass das erforderlich sein wird. Ich werde ein paar Worte mit dem Oberaufseher reden.«

»Ihm unter anderem auch androhen, dass du ihm ›die Leber rausreißen wirst‹?«, warf Nefret ein. Ihre blauen Augen funkelten und ein rosiger Hauch überzog ihre gebräunten Wangen. Ach ja, dachte ich voller Zuneigung, die Leidenschaft für die Archäologie liegt uns allen im Blut. Vielleicht würde diese Entwicklung das Kind eine Weile von anderem Ungemach fern halten.

Emerson bedachte sie mit einem zärtlichen Lächeln. »Mag sein, dass ich etwas Vergleichbares äußere. Ich möchte, dass du und Ramses wieder in die Grabstätte geht, Nefret. Je eher ihr die Fotos und die Abschriften der Reliefs fertig gestellt habt, umso erfreulicher für mich. Selim wird dafür sorgen, dass die Männer den Schacht freilegen. Unterbrich ihre Arbeit umgehend, sofern sie auf irgendeinen Gegenstand stoßen, und stelle sicher ...«

Eine Zeit lang fuhr er fort, Selim überflüssige Anweisungen zu geben. Der junge Mann war von seinem Vater ausgebildet worden, dem besten Rais von ganz Ägypten, und von Emerson höchstpersönlich. Selims Bart zuckte ununterbrochen, aber ich hätte nicht beurteilen können, ob die Bewegungen seiner Lippen von unterdrückter Heiterkeit oder angestauter

Ungeduld herrührten. Er wusste genau, dass er Emerson nicht ins Wort fallen durfte, doch als mein Gatte eine Atempause einlegte, sagte er: »Ja, Vater der Flüche, es soll alles nach deinen Wünschen geschehen.«

An jenem Morgen hätte ich mir gewünscht, drei Identitäten gleichzeitig verkörpern zu können: Die Archäologin in mir wollte sich in der Nähe von Selim und seinen Männern aufhalten und nach Artefakten Ausschau halten; die Detektivin (denn ich glaube, ich habe einen gewissen Anspruch auf diesen Titel) zog es vor, ein wachsames Auge auf verdächtige Besucher zu werfen; die Mutter verlangte danach, ihren impulsiven Sprössling zu beobachten und ihn vor törichten Handlungen zu bewahren. Letztere Identität trug den Sieg davon. Als ich über den sandigen Abhang in Richtung Grabeingang kroch, vernahm ich aufgebracht diskutierende Stimmen – Ramses und Nefret stritten sich wie in alten Zeiten.

»Was geht hier vor?«, wollte ich wissen, als ich die Kammer betrat.

Sie standen Seite an Seite vor der Wand. Nefret wirbelte herum und gestikulierte mit einem Blatt Kopierpapier. Der Raum war zwar dämmrig, doch ich bemerkte die hektischen Flecken auf ihren Wangen.

»Ich habe ihm soeben erklärt, dass es absolut unnötig ist, meine Korrekturen durchzusehen!«

»Sie sind schlichtweg falsch.« Ramses klang wie ein trotziges Kind.

»Nein, das sind sie nicht. Tante Amelia, sieh doch nur –«

»Mutter, sag ihr –«

»Gütiger Himmel«, entfuhr es mir. »Man sollte doch annehmen, dass ihr beide diese kindischen Streitereien hinter euch gelassen habt. Gib mir die Kopie, Nefret, ich werde sie selbst überprüfen, während du weitere Fotos machst.«

Daoud, der einen der Spiegel hielt, die wir zur Ausleuchtung der Innenräume verwendeten, nahm seine Position ein. Auf Grund seiner lang erprobten Technik projizierte er den reflektierten Sonnenstrahl auf einen Teil der Wand. Die kunstvoll gemeißelte und bemalte Kontur war die einer Tür, durch welche die Seele des Verschiedenen trat, um die Opfergaben zu sich zu nehmen. Türsturz und Querbalken waren mit dem Namen und den Titeln des Prinzen versehen, und eine zylindrische Silhouette über der angedeuteten Öffnung stellte eine zusammengerollte Matte dar, die im Falle einer echten Tür den Erfordernissen entsprechend herunter- oder hochgezogen worden wäre. Meine archäologische Verve verdrängte für Augenblicke alle anderen Sorgen; überwältigt hielt ich den Atem an.

»Sie gehört zu den schönsten Türattrappen, die ich je gesehen habe, und das Relief ist erstaunlich gut erhalten. Wie bedauerlich, dass wir es nicht konservieren können.«

»Was ist mit dem neuen Konservierungsmittel, das du gerade entwickelst?«, wollte Nefret von ihrem Bruder wissen. »Wenn seine Wirkung im Verhältnis zu dem grässlichen Gestank steht, dann müsste es Hervorragendes leisten. Jedes Mal, wenn ich an deiner Tür vorbeikam, verschlug es mir den Atem.«

Ramses' eisige Miene nahm einen etwas freundlicheren Ausdruck an. »Das tut mir Leid. Ich setze hohe Erwartungen in die Substanz, möchte sie aber nicht an etwas so Prachtvollem wie diesem ausprobieren. Das eigentlich Entscheidende ist doch letztlich, wie sie konserviert und ob sie die Farben im Laufe der Zeit nicht eintrübt oder zerstört.«

Nefrets Gesicht entspannte sich und sie erwiderte sein Lächeln. Erfreut, dass ich einen vorübergehenden Waffenstillstand erwirkt hatte, sagte ich schroff: »Zurück an die Arbeit, hm?«, und nahm die Kopie der Opferszenerie an mich.

Allerdings hatte ich sie kaum inspiziert, als ich Emersons Gebrüll vernahm, der die Exkavation des Schachts letztlich doch nicht Selim überlassen hatte. Seine Worte waren unverständlich, sein Tonfall jedoch unverkennbar. Hin und her gerissen zwischen der Befürchtung, dass der Stollen über Emerson eingebrochen war, und der Hoffnung, dass ein interessantes Objekt zum Vorschein gekommen sein könnte, stürmte ich aus dem Grab.

Meine Furcht überwog, als ich die beeindruckende Statur meines Gatten nicht unter den Männern entdeckte, die sich um die Öffnung scharten.

»Was ist geschehen?«, kreischte ich. »Wo ist Emerson?«

Wie nicht anders zu erwarten, befand er sich in dem Gang, der inzwischen ungefähr sechs Meter tief war. Die Männer machten mir Platz, und Daoud hielt mich am Arm fest, während ich in die Öffnung spähte.

»Was machst du da unten, Emerson?«, rief ich.

Emerson sah auf. »Hör gefälligst auf, mir Sand in die Augen zu treten, Peabody. Du kommst besser runter und siehst es dir selber an. Lass sie runter, Daoud.«

Daoud umfasste meine Taille fest, aber voller Hochachtung, und ließ mich in die starken erhobenen Hände gleiten.

Emerson stellte mich auf die Füße, hielt mich jedoch weiterhin fest. »Beweg dich nicht, sieh dich nur um. Dort.«

Von oben hatte ich sie nicht bemerkt, da sie sich kaum von der Farbe des Sandes abhob. »Gütiger Gott!«, kreischte ich. »Es ist die Skulptur eines Kopfes – der Kopf eines Königs! Ist der Rest ebenfalls hier?«

»Die Schultern zumindest.« Emerson runzelte die Stirn. »Was den Körper anbelangt, werden wir abwarten müssen. Es wird eine Weile dauern, bis wir den Sand entfernt und das Ganze von unten abgestützt haben. In Ordnung, Peabody, verschwinde wieder nach oben.«

Daoud zog mich zurück an die Oberfläche. Ramses und

Nefret warteten dort; ich berichtete ihnen von der Entdeckung, während Selim sich zu Emerson in den Schacht hinunterließ. Mir war klar, dass mein Gatte niemandem außer ihm die heikle Aufgabe anvertraut hätte, die Statue freizulegen. Man musste Vorsicht walten lassen, da die Gefahr bestand, dass sie ansonsten zerbrach. Selbst Stein – und diese bestand aus Sandstein, einem relativ weichen Material – konnte unter dem Druck nachrutschenden Sandes zerspringen.

Da Nefret aufgeregt herumzappelte, bat ich sie, einige Schritte zurückzutreten. »Welcher König ist es?«, fragte sie. »Konntet ihr das in Erfahrung bringen?«

»Schwerlich, mein Schatz. Falls es eine Inschrift mit dem Namen des Monarchen gibt, dann wird sie sich auf dem Rücken oder auf dem Sockel befinden. Nach dem Stil und der Handwerkskunst zu urteilen, scheint sie aus dem Alten Reich zu stammen.«

»Bist du sicher, dass es sich um die Statue eines Königs handelt?«, warf Ramses ein.

»Ja, dessen bin ich mir sicher. Sie trägt die Nemes-Krone und die Uräusschlange.«

»Hmmmm«, brummte mein Sohn.

»Ich hasse es, wenn du undefinierbare Geräusche von dir gibst«, schnaubte Nefret. »Was soll das heißen?«

Daraufhin legte sich Ramses' Stirn in Falten – ein ebenso undefinierbarer und frustrierender Kommentar. Bevor sie reagieren konnte, tauchte Emersons Kopf auf. »Ramses!«

»Sir?« Ramses eilte zu ihm und reichte ihm unterstützend eine Hand.

Emersons gerötetes Gesicht und seine blitzenden Augen dokumentierten mir, dass er vorübergehend alles außer der Entdeckung verdrängt hatte. Er brüllte Befehle und die Männer stoben in sämtliche Richtungen.

Als wir unser Mittagessen einnahmen, war uns klar, dass der Fund bemerkenswerter war als erwartet. Es handelte sich um eine sitzende Statue, beinahe lebensgroß und in hervorragendem Zustand.

»Es ist Chephren«, behauptete Nefret, die darauf bestanden hatte, hinabgelassen zu werden, um sich die Statue einmal anzusehen.

»Wie kommst du darauf?«, erkundigte ich mich.

»Sie sieht aus wie Ramses.«

Vorübergehend nicht in der Lage, sich zu äußern, da er sich den Mund mit Brot und Käse voll gestopft hatte, verdrehte Ramses spöttisch die Augen.

»Sie hat eine gewisse Ähnlichkeit mit der Dioritstatue von Chephren, die Mariette entdeckte«, gestand ich. »Emerson, setz dich und hör auf herumzuzappeln! Nimm noch ein Gurken-Sandwich.«

Meinen Versuch, ihn festzuhalten, ignorierend, sprang Emerson auf und bedachte eine Gruppe von Leuten, die sich dem Schacht genähert hatte, mit einer Schimpftirade. Sie waren zu viert, ausstaffiert wie Touristen mit blauen Sonnenbrillen und grünen Sonnenschirmen; die Männer trugen Tropenhelme, die Frauen voluminöse Schleier, und sie versuchten, an Selim und Daoud vorbeizukommen, die Wache hielten.

Emersons beeindruckende Erscheinung und seine sehr unflätigen Bemerkungen führten zu ihrem spontanen Rückzug.

»Das ist die Krux des arbeitenden Archäologen«, sagte mein Gatte und setzte sich erneut. »Ich frage mich, wie viele Idioten noch einen Blick riskieren wollen.«

»Die Nachricht von solchen Entdeckungen verbreitet sich rasch«, räumte ich ein, während ich ein weiteres Sandwich nahm. »Und jeder will der Erste sein, der sie gesehen hat. Das ist ein Grundzug der menschlichen Natur, mein Schatz. Nimm noch ein Gurken-«

»Du hast sie alle gegessen«, entgegnete Emerson, während er das Innenleben der restlichen Sandwiches inspizierte.

Meine Vermutung traf zu; die Nachricht von unserer Entdeckung verbreitete sich wie ein Lauffeuer, so dass wir gezwungen waren, mehrere Männer in der näheren Umgebung zu postieren, die die Besucher verscheuchten. Am Spätnachmittag musste sogar Emerson einräumen, dass wir die Statue an diesem Tag nicht mehr würden bergen können. Da es bereits dämmerte, wäre jeder weitere Versuch unverantwortlich gewesen.

Erneut bot sich Selim an, Wache zu halten. Diesmal lehnte Emerson nicht ab. »Du und Daoud und sechs oder sieben weitere Männer«, befahl er.

»Meinst du, dass das reicht?«, fragte ich.

»Mich eingeschlossen, ist es mehr als genug.«

»Ja, ja.« Daoud nickte bekräftigend. »Kein Räuber würde es wagen, den Vater der Flüche zu bestehlen.«

»Oder Daoud, der berühmt ist für seine Kraft und genauso gefürchtet von den Missetätern«, sagte Ramses in seinem blumigsten Arabisch. »Trotzdem werde ich heute Nacht bei euch bleiben, sofern es gestattet ist.«

»Ich auch«, ereiferte sich Nefret.

»Keinesfalls«, erwiderte Emerson, auf Grund dieses Angebots aus seinen archäologischen Überlegungen gerissen.

»Liebster Professor,« bettelte Nefret und himmelte ihn mit kornblumenblauen Augen an.

»Ich habe nein gesagt! Ich möchte, dass du heute Abend diese Fotoplatten entwickelst. Du kannst ihr helfen, Peabody, und deinen Exkavationsbericht aktualisieren.«

»In Ordnung«, murmelte ich.

»Es ist absolut vorrangig, dass wir –« Emerson brach ab. »Was hast du gesagt?«

»Ich sagte, in Ordnung. Und jetzt lasst uns zum Haus zurückkehren und eure Lagerausrüstung zusammenstellen. Selim, der Professor und Ramses werden euch Proviant mitbringen.«

Wir hatten die Pferde am Mena House zurückgelassen, wo es vernünftige Stallungen gab. Während wir den Pfad zum Hotel nahmen, fasste ich Emersons Arm und ließ die Kinder vorausgehen.

»Ich weiß, dass es sich hier um eine aufregende Entdeckung handelt, mein Schatz, aber bitte vernachlässige darüber nicht die anderen dringlichen Angelegenheiten.«

»Aufregend«, wiederholte Emerson. »Hmmm, ja. Was willst du damit sagen?«

»Um Himmels willen, Emerson! Hast du vergessen, dass Ramses heute Nacht diese Bande von Mördern treffen will? Ich möchte, dass du ihn im Auge behältst.«

»Ich habe es nicht vergessen.« Emerson legte seine Hand auf meine, die auf seinem Ärmel ruhte. »Und ich kann verflucht nichts unternehmen, um das zu verhindern. David wird ihn erwarten und er ist ebenfalls in Gefahr. Das Ganze hat sich für beide so weit zugespitzt, dass sie sich dieser Sache nicht mehr entziehen können. Im Laufe des Abends werde ich ihn von seinem Wachtposten entlassen. Selim und die anderen werden glauben, dass ich ihn nach Hause geschickt habe.«

Aus Manuskript H

Die Unterstützung seines Vaters erleichterte es ihm, sich zu entfernen, ohne Verdacht zu erregen. Er hatte eine Auseinandersetzung mit seiner Mutter erwartet, deren neu erwachter Beschützergeist ihn erstaunte, aber insgeheim auch erfreute. Jedenfalls gab sie erst nach einigen absurden Anregungen nach, die sein Vater entschieden ablehnte. Erst viel später dämmerte es Ramses, dass sie ihre grotesken Tarnungsvorschläge nicht ernst gemeint hatte. Gewiss glaubte nicht einmal seine Mutter, dass sie um diese Uhrzeit durch die Straßen von Kairo flanieren konnte, getarnt mit Gesichtsschleier und schwarzem Gewand oder mit Fes und einer hastig geschneiderten Galabiya!

Ursprünglich sollte ihre Zusammenkunft am Vorabend stattfinden, in demselben Café, wo sie den Türken getroffen hatten. Ergeben, wie sie waren, würden sie sich mit ziemlicher Sicherheit am heutigen Abend erneut dort einfinden. Diesmal nahm er den Hintereingang, und Farouk hätte ihm beinahe die Kehle aufgeschlitzt, doch diese Eventualität hatte er einkalkuliert. Während er den am Boden liegenden Jungen musterte, der sich sein Kinn rieb, meinte er freundlich: »Ich nehme an, dass ihr mich nicht erwartet habt?«

Asad war der Einzige, der sich bewegte. Er ging unter dem Tisch in Deckung. Ein Chor von Seufzern und Dankesgemurmel an Allah wurde laut und Asad erhob sich tölpelhaft.

»Wir wussten nicht, was wir glauben sollten! Wo bist du gewesen? Farouk behauptete, man habe auf dich geschossen, und wir befürchteten –«

»Farouk hatte Recht.«

Entsetzen überlagerte die Erleichterung auf ihren Gesichtern. Lediglich im Scherz hatte Ramses beabsichtigt, seine Verletzungen zu demonstrieren, doch plötzlich überwältigte ihn einer jener melodramatischen Impulse, die in seiner Familie zu liegen schienen. Langsam glitt sein Arm unter dem Gewand hervor, er löste das Kragenband seines Hemds und streifte es über seine Schulter. Fatimas grüne Salbe untermalte die Blutergüsse und die blutverkrustete Wunde. Asad bedeckte seinen Mund mit einer Hand und wurde aschfahl.

»Wer von euch hat den Schuss abgefeuert?«, erkundigte sich Ramses.

Farouk hatte sich vom Boden erhoben. Mit einem Knall setzte er sich wieder und rang die Hände. »Warum siehst du mich an? Ich war es nicht! Ich habe auf den Mann geschossen, der dich zu töten versuchte! Er hatte sich versteckt. Er hatte ein Gewehr. Er ...«

»Halt den Mund«, zischte Ramses wütend. Er schloss sein Hemd und verbarg seinen Arm wieder unter dem Gewand. »Du bist mir ein feiner Revolutionär! Wenn du dich an einen Wachtposten anschleichen wolltest, würde man dich im Umkreis von zehn Metern hören, und dann würdest du vermutlich noch den falschen Mann töten. Ihr anderen seid still. Hat einer von euch den vermeintlichen Attentäter erkannt?«

»Nein.« Asad rang seine schmalen, tintenbeschmierten Hände. »Wir dachten – der Türke? Sei nicht wütend auf uns. Wir haben ihn gesucht und auch dich. Und wir haben die Waffen zurückgebracht. Sie sind –«

»Ich weiß. Habt ihr etwas über die nächste Lieferung erfahren?«

»Ja.« Asad nickte heftig. »Farouk war in Aslimis Laden –«

»Ich weiß. Wessen brillante Idee war das?«

Wie stets nahm Asads Gesicht einen schuldbewussten Ausdruck an. Sein Deckname bedeutete »Löwe«. Er hätte nicht unpassender sein können.

»Irgendeiner musste hingehen!«, lamentierte er. »Aslimi liegt im Bett. Es ist sein Magen. Er hat –«

»Schmerzen nach dem Essen«, unterbrach ihn Ramses.

»Auch das weiß ich. Jemand musste seinen Platz einnehmen, das ist richtig. Warum Farouk?«

»Warum nicht?«, konterte Farouk. »Ich kenne das Geschäft, die –«

»Sei still. Wann ist die Lieferung?«

»Morgen in einer Woche – um die gleiche Zeit – an der verfallenen Moschee, südlich von den Grabfeldern, wo Burckhardts Grab ist.«

»Ich werde dort sein. Und, Farouk –«

»Ja, Sir?«

»Eigeninitiative ist eine bewundernswerte Eigenschaft, aber geh nicht zu weit.«

»Wie meinst du das?«

»Ich denke, du weißt, was ich meine. Lass dich nicht dazu hinreißen, mit unseren vorübergehenden Verbündeten eigene Vereinbarungen zu treffen. Sie benutzen uns für ihre Zwecke und das liegt nicht in unserem Interesse. Glaubst du, dass das Osmanische Reich ein unabhängiges Ägypten akzeptieren würde?«

»Aber sie haben es versprochen«, hob Bashir an.

»Sie haben gelogen«, erwiderte Ramses schroff. »Sie lügen immer. Falls die Türken siegen, werden wir lediglich einen Herrscher gegen den anderen austauschen. Gewinnen die Briten, werden sie eine Revolte gnadenlos niederwerfen, und die meisten von uns werden sterben. Die einzige Hoffnung, unser Ziel zu erreichen, besteht darin, eine Seite gegen die andere auszuspielen. Ich weiß, wie dieses Spiel funktioniert. Ihr nicht. Habe ich mich deutlich ausgedrückt?«

Zustimmendes Nicken und Gemurmel bewies ihm, dass er sie überzeugt hatte. Selbst Farouk wagte es nicht, ihn um weitere Ausführungen zu bitten. Ramses entschied, dass er besser aufbrach, ehe jemand auf diese Idee verfiel; er hatte nicht die Spur einer Ahnung, wovon er da redete.

»Du verlässt uns?« Farouk rappelte sich auf. »Komm, wir begleiten dich, um sicherzustellen, dass dir nichts geschieht. Du bist unser Führer, wir müssen dich beschützen.«

»Vor wem?« Er grinste in das attraktive Gesicht, das ihn gefühlvoll musterte. Die von dunklen Wimpern umrahmten Lider senkten sich, und Ramses bemerkte betont sanft: »Folge mir nicht, Farouk. Auch darin bist du nicht sonderlich gut.«

Er war nicht in der Stimmung für sportliche Aktivitäten, deshalb hoffte er, dass der unterschwellige Hinweis die beabsichtigte Wirkung zeigte. Die anderen waren jetzt misstrauisch gegenüber Farouk – geschah ihm ganz recht, diesem Mistkerl –, dennoch vergewisserte er sich, dass ihm niemand zur Straßenbahnhaltestelle folgte. Um diese Uhrzeit fuhren die Bahnen nur unregelmäßig, aber er hatte ebenfalls keine Lust auf einen 15-Kilometer-Marsch. Als er schließlich auf einer harten Bank in einem übel riechenden Dritter-Klasse-Abteil saß, sann er erneut über Transportalternativen nach und verwarf sie wieder. Motorräder machten zu viel Lärm und Risha war zu auffällig.

Bis Maadi brauchte er fast eine Stunde. Er strebte zur Rückseite des Hauses. Es war unbeleuchtet, genau wie die anderen erbärmlichen Hütten – die Überreste des alten Dorfes, inzwischen umgeben und teilweise ersetzt von eleganten neuen Villen. Selbst in dem neuen Wohnviertel gab es nur wenige Straßenlaternen und in diesem Teil war es stockfinster. Hätte er nicht danach Ausschau gehalten, wäre ihm die reglose Gestalt, die kaum dunkler war als die Wand, an der sie lehnte, vermutlich nicht aufgefallen.

David fasste seine ausgestreckte Hand und deutete auf das geöffnete Fenster. »Wie war es?«

»Problemlos. Ich hoffe, du hast letzte Nacht nicht auf mich gewartet.«

Sie sprachen mit leiser Stimme, die unverdächtiger war als ein Flüstern. Sobald sie ins Innere geklettert waren, sagte David: »Ich habe nach dir Ausschau gehalten, aber eigentlich nicht damit gerechnet, dass du Tante Amelia entwischen könntest. War Farouk heute Abend dort?«

»Mmmm. Unschuldig wie ein Engel und nach wie vor auf seiner Version der Geschichte beharrend. Die nächste Lieferung ist am Dienstag, bei der alten Moschee in der Nähe von Burckhardts Grabmal. David, mir ist leider etwas verspätet der Gedanke gekommen, dass du dir ein neues Quartier suchen solltest. Wenn Vater von diesem Unterschlupf weiß, kennen ihn vielleicht auch andere.«

»Gestern war ein Mann hier. Ein Fremder.«

»Verflucht! Wie sah er aus?«

»Ich war nicht hier. Mahira konnte ihn nicht näher beschreiben; das arme alte Mädchen ist blind wie ein Maulwurf und wird mit jedem Tag seniler.«

»Damit ist der Fall erledigt. Wir verschwinden noch heute Nacht. Du hättest dieses Versteck verlassen sollen, sobald du davon erfuhrst.«

»Dann hättest du nicht gewusst, wo ich bin.«

»Und du wolltest sicherstellen, dass mir niemand auflauerte, als ich kam? David, bitte tu mir den Gefallen und riskiere nicht Kopf und Kragen für mich. Ich habe ohnehin schon genug auf dem Gewissen.«

»Ich werde mein Bestes versuchen.« David legte eine Hand auf seine Schulter. »Wohin soll ich gehen?«

»Das überlasse ich dir. In irgendein sicheres, ungezieferfreies Loch in der Kairoer Altstadt oder in Boulaq, nehme ich an. Verflucht, ich hasse es, dir das antun zu müssen.«

»Beileibe nicht so sehr, wie ich es verabscheue.« David hatte seine wenigen Habseligkeiten eingesammelt und verknotete sie zu einem Bündel. »Weißt du, was ich am meisten vermisse?

Ein schönes Bad. Ich träume davon, in Tante Amelias Badewanne zu liegen, bis zum Kinn in heißem Wasser.«

»Nicht das Essen? Mutter wollte, dass ich dir ein Paket mit dem restlichen Truthahn und Plumpudding mitbringe.«

»Fatimas Plumpudding?« David seufzte wehmütig. »Konntest du nicht eine Portion unter deinem Hemd verstecken?«

»Ach, ja? Und wenn sie herausgerutscht wäre, als ich mich gegen Farouk zur Wehr setzte? Wie hätte ich das erklären sollen?«

David verharrte auf halbem Wege in der Fensteröffnung und starrte ihn an. »Ich dachte, es wäre nichts passiert.«

»Nichts von Bedeutung. Mach schon, ich werde ganz nervös.«

David brachte ihn in dem kleinen Boot über den Fluss, das sie zu diesem Zweck erstanden hatten. Unterwegs schilderte Ramses ihm den Zwischenfall mit Farouk.

»Eine logische Verhaltensweise, denke ich.« David legte sich in die Ruder. »Sie müssen ziemlich besorgt gewesen sein.«

»Ja. Farouk ist der Einzige aus dem Haufen, der Kampfgeist besitzt. Der arme alte Asad war starr vor Schreck. Ich hoffe, ich kann ihn aus dieser Sache raushalten und zur Vernunft bringen. Im Grunde genommen ist er tapferer als Farouk, der ständig lamentiert und lügt.«

Und du bist tapferer als ich, überlegte Ramses, während er beobachtete, wie sein Freund die Ruder bediente. Wenn ich eine Frau hätte, die mich vergötterte, und in Kürze ein Kind, würde ich kein solches Risiko auf mich nehmen.

Sekundenlang durchbrach nur das leise Plätschern des Wassers ihr Schweigen. Dann sagte Ramses nachdenklich: »Heute Abend hat Farouk einen kleinen Fehler gemacht. Er behauptete, dass der Mann, der zuerst geschossen hat, ein Gewehr benutzte. Der erste Schuss stammte aber nicht von einem Gewehr, sondern von einer Pistole, genau wie alle weiteren, und falls Farouk auf jemand anders als mich zielte, dann ist er ein verdammt schlechter Schütze. Das ist kein hundertprozentiger Beweis; trotzdem denke ich, wir sollten Farouk in die liebenden Arme der Justiz überführen. Ich werde versuchen, ein Treffen mit Russell zu vereinbaren. Ich weiß, dass man uns nicht zusammen sehen sollte, dennoch werden wir es riskieren müssen.«

»Warum?«, wollte David wissen. »Kannst du mir nicht erläutern, was du vorhast, und mich das übernehmen lassen?«

»Ihn zu treffen ist für dich genauso riskant wie für mich«, führte Ramses aus. »Nur für den Fall, dass ich Russell nicht erreiche, oder falls ... Das ist die perfekte Gelegenheit, Farouk aus dem Weg zu schaffen, ohne mich ins Spiel zu bringen. Wenn die Polizei eine Razzia in Aslimis Geschäft durchführte, könnte ich meine Verbündeten problemlos davon überzeugen, dass Aslimi letztlich zusammengebrochen ist und gestanden hat.«

»Dann sollte man Aslimi besser in Schutzhaft nehmen.«

»Ja, das ist Teil des Plans.« Ramses lachte leise. »Vermutlich würde ihn das verdammt erleichtern. Wenn ich den Türken am Dienstag treffe, werden wir eine alternative Kommunikationsbasis vereinbaren.«

Die Strömung trieb sie flussabwärts, so dass sie in der Nähe von Gizeh anlegten. Eine Zeit lang blieben sie schweigend sitzen. Es war eine herrliche Nacht, mit einer schmalen Mondsichel in einem Meer von Sternen, und der Abschied fiel ihnen schwer, da jedes Mal die Gefahr bestand, dass sie sich nicht wieder sahen. »Nur für den Fall« war eine Phrase, die beide mittlerweile verabscheuten.

»Gibt es noch irgendetwas, was du mir berichten solltest?«, erkundigte sich David.

»Ich glaube nicht.« Davids beharrliches Schweigen diente als Aufforderung. Nach einer Weile bemerkte Ramses: »Also gut. Es ist nicht auszuschließen, dass Farouk von der Gegenseite auf uns angesetzt worden ist. So würde ich jedenfalls verfahren, wenn ich meinen zeitweiligen Verbündeten nicht unbedingt trauen könnte. Wenn das der Fall ist und man ihn zum Reden bringt, könnte er uns zu dem Mann führen, der hier in Kairo die Operationen verantwortet. Du weißt, was das bedeuten würde, nicht wahr? Wir könnten diese Sache innerhalb weniger Tage beenden.«

David stockte der Atem. »Es wäre vermessen, darauf zu hoffen.«

Der gequälte und erwartungsvolle Unterton in der Stimme seines Freundes erfüllte Ramses mit erneutem Schuldbewusstsein. Schroff erwiderte er: »Vergiss es. Ich habe keinerlei Beweis, sondern lediglich das, was Mutter als starke Vorahnung bezeichnen würde. Auf alle Fälle ist Farouk gefährlich, und je eher wir ihn beseitigen, umso besser für uns. Ich verschwinde jetzt, sonst schlafe ich noch ein. Lässt du mich wissen, wo du dich aufhältst? Unsere Methode für den Ernstfall: Verwende Hieroglyphen, unterschreibe mit Carters Namen und lass die Nachricht von einem Boten überbringen.«

David machte das Boot fest, während er hinauskletterte. »Ich teile es dir am Dienstag mit.«

Ramses rutschte auf der feuchten Uferböschung aus, fing sich wieder und wirbelte zu seinem Freund herum.

»Verschone mich mit deinen Kommentaren«, meinte David. »Denkst du, ich ließe dich allein gehen, nach dem, was neulich passiert ist? Noch vor Sonnenaufgang habe ich ein neues Versteck gefunden. Niemand wird erfahren, dass ich dort bin. Und vielleicht stoße ich sogar auf einen Hinweis, woher dein Freund, der Türke, kommt.«

»Ich kann dich nicht aufhalten, was?«

»Nicht in deinem derzeitigen Zustand.« David grinste. »Ich werde dich irgendwann auf dem Heimweg ansprechen. Halte Ausschau nach einer Tänzerin in Pluderhosen.«

Nachdem Nefret und ich die Fotos entwickelt hatten, schickte ich sie ins Bett und zog mich in mein Zimmer zurück. Überflüssig zu erwähnen, dass ich immer noch schlaflos in der Dunkelheit lag, meine Tür einen Spaltbreit geöffnet, als ich das erhoffte Geräusch vernahm – nicht etwa Schritte, denn Ramses schleicht so leichtfüßig wie eine Katze, sondern das leise Ächzen des Riegels, als er seine Zimmertür öffnete.

Ich trug meinen Morgenmantel, aber keine Hausschuhe. Ich glaube nicht, dass ich Lärm verursachte. Dennoch erwartete er mich bereits auf der Schwelle, als ich näher kam. Er legte eine Hand auf meinen Mund, zog mich ins Zimmer und schloss die Tür.

»Bleib ruhig stehen, während ich Licht mache«, flüsterte er.

»Woher wusstest du, dass ich –«

»Pssst.«

Er warf das zusammengeknüllte Gewand und den Turban, den er an jenem Abend getragen hatte, auf sein Bett. Neugierig schnupperte Seshat daran. Der Geruch war sicherlich unangenehm.

»Ich dachte mir, dass du auf mich warten würdest«, murmelte Ramses. »Obwohl ich hoffte, du würdest es nicht tun. Geh wieder zu Bett, Mutter. Es ist alles in Ordnung.«

»David?«

»Er war sauer auf mich, weil ich keinen Plumpudding für ihn mitgenommen hatte. Du schläfst jetzt besser. Vater wird uns bei Tagesanbruch wecken.«

»Ich habe an dieses Haus in Maadi gedacht. Wenn dein Vater davon weiß, dann –«

»David hat es heute Abend verlassen.«

»Hat dieser attraktive junge Mann – Farouk? – an eurem Treffen teilgenommen?«

»Ja.« Er begann, sein Hemd aufzuknöpfen. Ein weiterer Hinweis, den ich ignorierte.

»Meiner Ansicht nach solltest du dafür sorgen, dass der Laden durchsucht und Farouk umgehend in Gewahrsam genommen wird.«

Ramses starrte mich aus weit aufgerissenen, sehr dunklen Augen an. »Manchmal jagst du mir Angst ein, Mutter«, hauchte er. »Wie kommst du auf diese Idee?«

»Eine logische Konsequenz«, erwiderte ich, erfreut, seine Aufmerksamkeit geweckt zu haben. »Der Feind hat keine Veranlassung, Wardani zu trauen. Wenn es sich um umsichtige Menschen handelt, und das sagt man den Deutschen nach, würden sie einen Spion in die Organisation einschleusen. Farouks Verhalten ist im höchsten Maße verdächtig. Seine Verhaftung wird dich zumindest von einer potentiellen Gefahrenquelle befreien. Bestenfalls lässt er sich überzeugen, seinen Auftraggeber zu verraten, der mit ziemlicher Sicherheit –«

»Ja, Mutter.« Ramses ließ sich auf den Bettrand plumpsen. »Ob du es glauben willst oder nicht, ich bin zu demselben Schluss gelangt.«

»Gut. Dann müssen wir diesen Plan nur noch Mr Russell präsentieren und darauf bestehen, dass er ihn in die Tat umsetzt.«

»Darauf bestehen?« Er rieb sich sein unrasiertes Kinn und seine Mundwinkel verzogen sich. »Ich nehme an, du hast eine Kommunikationsmethode mit Russell ausgearbeitet?«

»Ja, in der Tat. Ich werde es arrangieren, dass wir ihn morgen in Gizeh treffen. Überlass es einfach mir.«

Langsam erhob sich Ramses. Nachdem er sämtliche Hemdknöpfe geöffnet hatte, hielt er inne. Er trat zu mir und fasste meine Schultern. »Also gut. Danke. Bitte, sei vorsichtig.«

»Selbstverständlich. Hast du je erlebt, dass ich unnötige Risiken eingehe?«

Seine Lippen verzogen sich zu einem seiner seltenen, unbedachten Lächeln. Für Augenblicke dachte ich, er würde meine Wange küssen, doch das tat er nicht. Sanft drückte er meine Schultern und schob mich zur Tür. »Gute Nacht, Mutter.«

Zumindest vorübergehend erleichtert gelang es mir einzuschlafen. Ich glaubte, meine Augen kaum geschlossen zu haben, als ich sie erneut aufschlug und ein vertrautes Gesicht sah.

»Ah«, murmelte Emerson zufrieden. »Du bist wach.«

Er küsste mich. Wortlos deutete ich meine Einverständniserklärung an, doch Emerson sprang sogleich wieder auf und strebte zur Waschschüssel.

»Aus den Federn mit dir, mein Schatz. Ich werde das Gefühl nicht los, dass wir von neugierigen Gaffern umlagert sind, die du mit deinem Sonnenschirm vertreiben musst.«

Ich erwiderte: »Ramses ist zu Hause, sicher und wohlbehalten.«

»Ich weiß. Ich habe kurz in sein Zimmer geschaut, bevor ich herkam.«

»Du hast ihn doch nicht etwa geweckt, oder?«

»Er war bereits wach.« Emerson hörte auf, Wasser auf den Boden, den Waschtisch und in sein Gesicht zu spritzen, und griff nach einem Handtuch. »Beeil dich und zieh dich an. Ich will diese Statue noch vor Einbruch der Dämmerung freilegen und an einem sicheren Ort wissen.«

Ich beeilte mich, seinen Anweisungen zu folgen, denn ich war keineswegs abgeneigt, die Rolle der Aufseherin zu übernehmen. Das würde mir die Gelegenheit geben, jeden neugierigen Besucher aus nächster Nähe zu inspizieren. Falls es irgendein Ereignis gab, das den Meisterverbrecher zu interessieren vermochte, dann dieses – ein weiteres Meisterstück altägyptischer Kunst und noch nicht hinter Schloss und Riegel. Falls er sich in Kairo aufhielt, würde er der Versuchung sicher nicht widerstehen können, einen Blick darauf zu werfen. Und sobald ich ihn entdeckte, würde ich ihn erkennen, welche Tarnung er auch immer gewählt hatte.

Aus diesem Grund unterzog ich mich der Mühe, mich mit meinem kompletten Waffenarsenal auszustaffieren. Als ich das Esszimmer betrat, meinen Sonnenschirm in der Hand, waren vier Augenpaare auf mich gerichtet.

»Ich habe dein Geklapper schon von der Eingangshalle her gehört«, bemerkte Emerson und stand auf, um meinen Stuhl zurechtzurücken.

Ramses, der sich ebenfalls erhoben hatte, musterte mich. »Allein dein waffenstrotzender Anblick müsste jeden Dieb in die Flucht schlagen«, meinte er. »Ich vermute, du hast noch einiges in den Taschen?«

»Nur ein Paar Handschellen, einen Strumpf, den ich mit Sand füllen werde, und meine Pistole«, erwiderte ich. »Da fällt mir ein, Emerson, mein Schirm klemmt gelegentlich.«

»Oh, Sitt.« Fatima rang die Hände. »Was wird passieren? Droht Gefahr?«

»Gar nichts wird passieren«, bemerkte Nefret entschieden.

»Vermutlich nichts, aber es kann nie schaden, auf alle Eventualitäten vorbereitet zu sein.« Ich klopfte mit einem Löffel auf mein Ei und löste die Schale. »Hast du dein Messer?«

Lächelnd schob sie ihre Jacke beiseite. Die Waffe war an ihrem Gürtel befestigt.

»Ramses?«

Er hatte seinen Platz eingenommen. »Nein. Ich bin sicher,

dass Vater und ich auf eure Verteidigungskünste zählen können. Fatima, kann ich noch etwas Brot bekommen?«

Kopfschüttelnd und leise vor sich hin murmelnd stapfte Fatima davon.

Emerson war alles andere als erfreut, als er erfuhr, dass ich Mr Quibell eingeladen hatte, am Morgen bei uns vorbeizuschauen. Am Vorabend hatte ich ihm einen Boten gesandt, da ich genau wusste, dass Emerson die Antikenverwaltung hinsichtlich seines Fundes nicht informieren würde, obwohl das bei bedeutenden Artefakten obligatorisch war. Da der neue Direktor noch immer in Frankreich weilte, war Quibell derzeit der hochrangigste Ägyptologe in Kairo, und natürlich war er auch ein alter Freund.

Das erklärte ich Emerson zwischen zwei Bissen.

»Wen hast du noch alles eingeladen?«, brummte er.

»Lediglich General Maxwell.«

Nefret verschluckte sich an ihrem Kaffee und Emerson schien kurz vor einem Wutausbruch zu stehen. »Er wird nicht kommen«, sagte ich rasch. »Er hat zu viele andere Dinge im Kopf. Es war nur ein Akt der Höflichkeit.«

»Gütiger Himmel.« Emerson sprang auf.

»Und Mr Woolley –«

»Hör auf. Ich will nichts mehr davon hören. Verflucht, ganz Kairo wird an meinem Grab aufkreuzen.«

Mir war klar, dass er mich unterbrechen würde, ehe ich meine Aufzählung beendete. Als ich Ramses' Blick bemerkte, zwinkerte ich ihm lächelnd zu.

»Sollen wir jetzt aufbrechen?«, schlug ich vor.

Die Sonne erhob sich über den Anhöhen der östlichen Wüste, als wir unsere Pferde bestiegen. Wie üblich schlug Emerson vor, das Automobil zu nehmen. Wie immer überstimmte ich ihn. Diese frühmorgendlichen Ritte waren ein so angenehmer Tagesbeginn, wenn die frische Brise das Gesicht streifte und das Sonnenlicht sanft über die Felder glitt. Mein intelligentes Ross, eines von Rishas Nachkommen, kannte den Weg genauso gut wie ich, deshalb ließ ich die Zügel los und genoss die Aussicht – was mir mit ziemlicher Gewissheit nicht gelungen wäre, wenn ich neben Emerson im Automobil gesessen hätte.

Obwohl wir sehr früh an unserer Ausgrabungsstätte eintrafen, ließ der erste Besucher nicht lange auf sich warten. Die ersten Besucher, besser gesagt, denn Quibell hatte seine Frau Annie mitgebracht. Sie war eine begabte Künstlerin und hatte in Sakkara für Petrie gearbeitet. Dort lernte sie ihren zukünftigen Gatten kennen, und ich erinnerte mich noch sehr gut an den Tag, als der arme James in unser Lager taumelte und um Medizin für sich und »die jungen Damen« bat. Mr Petries Leute litten auf Grund seiner merkwürdigen Essgewohnheiten ständig unter Magenproblemen; die halb verdorbenen Speisen, die er ihnen zumutete, machten ihm selbst nicht das Geringste aus.

Mit einem mürrischen Brummen begrüßte Emerson seinen Kollegen. James, der ihn recht gut kannte, reagierte mit einem Grinsen und herzlichen Glückwünschen. Selim und Daoud ließen ihn in den Stollen hinunter, während Emerson wie ein Ungeheuer davor kauerte.

»Chephren, vermuten Sie?«, rief James nach oben. »Ich kann keinerlei Inschrift erkennen.«

»Vielleicht steht eine auf dem Sockel«, entgegnete Emerson. »Wie Sie sehen, haben wir ihn noch nicht freigelegt. Wenn Sie jetzt bitte verschwinden würden, Quibell, könnten wir weitermachen.«

Annie lehnte es ab, dem Beispiel ihres Gatten zu folgen; ihr hübscher kurzer Rock und die kräftigen Stiefel waren zwar für Wüstenwanderungen geeignet, aber nicht für Kletterpartien in sandigen Grabschächten. Deshalb brachten wir sie zu dem kleinen Rastplatz in dem freigelegten Bereich vor dem Grab, den ich mit Schemeln, Tischen und einigen Kisten ausgestattet hatte, und überließen die Männer sich selbst. Sie war beeindruckt von der Qualität der Reliefs und erklärte, dass die Türnachbildung sich hervorragend als Aquarell-Motiv eignen würde.

»Leider haben wir keinen, der das übernehmen kann«, bemerkte Ramses.

»Ja; Sie müssen David vermissen. Wie bedauerlich ...« Sie brach ab.

»Eher tragisch«, erwiderte ich. »Ein Teil der weltumspannenden Tragik. Ach ja, man muss tun, was man kann, nicht? Aber ich glaube, eine dieser verdammten Touristengruppen ist im Anmarsch. Bitte entschuldigen Sie mich, Annie, ich habe heute Wachdienst und darf meine Pflichten nicht vernachlässigen.«

Als wir uns am späten Vormittag zu einer Tasse Tee einfanden, hatte ich gut zwei Dutzend Leute in die Flucht geschlagen, von denen ich allerdings niemanden kannte. Annie und James waren aufgebrochen, nachdem sie den Abtransport der Statue mit Emerson diskutiert hatten. James' Anregung, sie umgehend ins Museum zu schaffen, hatte Emerson mit berechtigtem Zorn widersprochen. »Zweifellos werden Sie sie letztlich für sich beanspruchen, doch solange noch nichts endgültig entschieden ist, ist die Statue sicherer in meiner Obhut. Die Sicherheitsvorkehrungen im Museum sind hoffnungslos überaltert.«

Kurz nachdem wir die Arbeit wieder aufgenommen hatten, kamen andere Besucher, die wir unmöglich abweisen konnten. Clarence Fisher, der im Begriff stand, mit der Arbeit auf dem westlichen Grabfeld zu beginnen, schaute auf einen Sprung vorbei. Der Hochkommissar, Sir Henry MacMahon, tauchte mit mehreren hochrangigen Besuchern auf, die unbedingt sehen wollten, »wie etwas ausgegraben wurde«. Das langwierige Vorgehen langweilte sie schon bald, doch Woolley, Lawrence und mehrere Offiziere mit archäologischen Ambitionen nahmen ihren Platz ein. Emerson schickte Ramses nach oben, um sie zu unterhalten (soll heißen, um sie von ihm fern zu halten), während er seiner Arbeit nachging. Den Gesetzen der Höflichkeit folgend, bot ich Erfrischungen an, die sie dankend annahmen.

Das Muttergestein befand sich mehrere Meter unter dem nicht freigelegten Teil des Grabfeldes, deshalb war mein kleiner Rastplatz auf zwei Seiten von Sandwällen umgeben. Wir alle (ausgenommen Emerson) zogen uns dorthin zurück und ich servierte den Tee.

»Ich hoffe doch, dass unsere Entdeckung Sie nicht von Ihrer Pflichterfüllung abhält«, bemerkte ich. »Wir zählen auf Sie, meine Herren, dass Sie uns und den Suezkanal von den Türken befreien, wissen Sie.«

Mein freundlicher Anflug von Sarkasmus fand Anklang bei Woolley, der gutmütig lachte. »Glücklicherweise, Mrs Emerson, hängt Ihre Sicherheit nicht ausschließlich von solchen Leuten wie uns ab. Wir brüten lediglich über unseren Karten und Plänen. Es ist erholsam, dem Büro für eine Weile den Rücken zu kehren. Ich vermisse es, nicht am Ort des Geschehens zu sein.«

Lawrence diskutierte arabische Dialekte mit Ramses, der seinem Gegenüber – o Wunder – in weiten Teilen das Reden überließ. Man musste den Arbeitseifer des jungen Mannes bewundern, wenn auch nicht sein Äußeres; er trug keinen Gürtel, und seine Uniform machte den Eindruck, als hätte er darin geschlafen. Ich fand, dass Ramses gelangweilt wirkte.

Nefret war die Erste, die die Neuankömmlinge bemerkte. Sie zupfte Ramses am Ärmel. »Mach dich auf etwas gefasst«, murmelte sie.

»Wieso?« Er blickte in die Richtung, in die sie zeigte, und sprang gerade noch rechtzeitig auf, um das Bündel aus wehendem Haar und Rock aufzufangen, das über den Sandwall neben ihm gestolpert war. Spitzbübisch grinsend klopfte Miss Molly sich den Sand ab.

»Hallo!«

»Guten Morgen«, sagte Ramses. »Wo ist Miss Nordstrom?«

»Sie ist krank«, erwiderte die junge Person mit einer gewissen Genugtuung, wie ich feststellte. »Magenbeschwerden.«

»Sicherlich bist du nicht allein gekommen«, entfuhr es mir.

»Nein, mit ihnen.« Sie gestikulierte. Zwei Gesichter spähten auf uns herab, eines von einem Tropenhelm gekrönt, das andere von einem riesigen Hut mit Schleier. »Das sind Mr und Miss Poynter. Ich hörte, wie sie Nordie erzählten, dass sie sich die Statue ansehen wollten. Daraufhin erklärte ich, wir würden sie begleiten, doch dann wurde Nordie krank – im Magen –, also bin ich ohne sie mitgekommen.«

Zähneknirschend zeigte ich den Poynters einen einfacheren Zugang und begrüßte sie freundlicher, als ich es getan hätte, wenn sie die junge Person nicht begleitet hätten. Als Miss Poynter ihren Schleier abnahm und ein Antlitz enthüllte, das vornehmlich aus Kinn und Zähnen bestand, wirkte sie überaus selbstzufrieden, woraus ich schloss, dass sie das Kind dazu benutzt hatte, unsere Bekanntschaft zu machen.

Als sie sich niederließen, gewann ich den Eindruck, dass sie auf unbestimmte Zeit zu verweilen gedachten, und Miss Poynter erzählte mir alles über ihre familiären Beziehungen und über das Aufsehen, das sie in der Kairoer Gesellschaft erregte. Auf der Suche nach einer Ablenkung hörte ich, wie Miss Molly Ramses bat, ihr die Statue zu zeigen, und seine recht schroffe Reaktion.

»Wie du siehst, haben wir noch andere Gäste. Du wirst dich gedulden müssen.«

Wie sie sich unbemerkt davonstehlen konnte, ist mir ein Rätsel; allerdings wandte ich einige Minuten später meinen faszinierten Blick von Miss Poynters Gebiss ab, um mich von Woolley zu verabschieden. »Wir haben lange genug herumgebummelt«, erklärte er. »Vielen Dank, Mrs Emerson, für –«

»Wo ist sie?« Ich erhob mich. »Wohin ist sie gegangen?«

Mit Ausnahme der Poynters gingen alle anderen umgehend auf die Suche nach dem Mädchen. Da mir die unüberlegten Handlungen junger Menschen gewisser Alterskategorien vertraut waren, erfüllte mich tiefe Besorgnis. Überall in der Gegend gab es Gruben und Grabschächte. Wir hatten mehrere Minuten lang nach ihr Ausschau gehalten, als ein schriller Schrei unsere Aufmerksamkeit auf ein verlassenes Gebiet westlich der Grabreihen lenkte. Wir waren nicht die einzigen Exkavatoren, die dort Sand und Geröll aufschichteten; der Hügel war ungefähr zwanzig Meter hoch. Die kleine, auf der Spitze stehende Gestalt winkte triumphierend.

»Sie ist dort oben«, meinte Lawrence und legte eine Hand über seine Augen. Er schmunzelte. »Verwöhntes kleines Biest.«

Nefret schien entrüstet. »Sie könnte sich verletzen. Am besten folgt ihr jemand.«

»Sie ist sehr gut allein in der Lage, wieder herunterzukommen«, erwiderte Ramses, die Arme vor der Brust verschränkt.

Nefret hatte ihre Jacke schon vorher abgelegt. Burschikos in Hose und Flanellhemd kletterte sie auf den Hügel. Mühelos erreichte sie die Spitze und streckte dem Kind ihre Hand entgegen. Miss Molly wich übermütig zurück. Ein schrilles Lachen drang zu uns.

»Hör sofort auf, Molly!«, brüllte ich aus vollem Hals. »Du kommst sofort runter, hast du mich verstanden?«

Sie hatte mich verstanden. Sie blieb stehen und blickte nach unten. Nefret wollte sie packen und dann ... ich konnte nicht sehen, was dann geschah. Ich sah lediglich, dass Nefret das

Gleichgewicht verlor und stürzte. Nichts konnte ihren Fall bremsen; gefolgt von einer Sandlawine und Bruchsteinen rollte sie bis zum Erdboden. Das schrille Gelächter des Kindes verwandelte sich in ein entsetztes Kreischen.

Sofort eilte ich zu der Stelle, wo meine Tochter auf der Seite lag, mit schlaffen Gliedern, das goldene Haar gelöst, doch war ich nicht die Erste, die sie erreichte. Ramses hatte ihr Gesicht bereits vom Sand befreit. Seine Finger waren blutverschmiert. »Deine Feldflasche«, murmelte er und nahm sie entgegen.

»Beweg sie nicht«, riet ich.

»Nein. Nefret?« Er goss Wasser über ihr Gesicht, reinigte als Erstes ihre Augen und ihren Mund. Als sie sich bewegte und irgendetwas murmelte, entgegnete Ramses: »Bleib still liegen. Du bist gestürzt. Hast du dir irgendwas gebrochen?«

Woolley und Lawrence eilten herbei. »Soll ich einen Arzt holen?«, fragte Letzterer. »Unter diesen Touristenhorden befindet sich mit Sicherheit einer.«

»Ich bin Ärztin«, hauchte Nefret, ohne die Augen zu öffnen. »Was ist mit Molly?«

»Sie kommt hervorragend allein hinunter«, erwiderte ich, nachdem ich mich umgesehen hatte.

Sie hatte sich einen angenehm weichen, sandigen Abhang ausgesucht, rutschte auf ihrer Kehrseite hinunter und schien sich – nach ihrem Gesichtsausdruck zu urteilen – bestens zu amüsieren. Sobald sie allerdings den Boden erreichte und Nefret sah, fing sie an zu weinen.

»Ich habe sie getötet! Es ist meine Schuld! Oh, es tut mir so Leid, es tut mir ja so Leid!«

Sie rannte auf uns zu und hätte sich auf Nefret gestürzt, wenn Ramses nicht eingeschritten wäre. Sie klammerte sich an ihn und weinte bitterlich. »Das wollte ich nicht! Ist sie tot? Es tut mir so Leid!«

»Verflucht, das sollte dir auch Leid tun«, knurrte Ramses. Er schob sie von sich. »Woolley, bringen Sie sie zurück zu den Poynters.«

»Sei nicht so unfreundlich zu dem Kind.« Vorsichtig streckte Nefret ihre einzelnen Extremitäten und setzte sich auf. Ein dunkelroter Faden verlief auf ihrer Wange, von einer Schnittwunde an ihrer Schläfe. »Ich bin nicht verletzt, Molly. Keine Knochenbrüche und keine Gehirnerschütterung«, fügte sie hinzu und bedachte mich mit einem schwachen, aber beruhigenden Lächeln.

Ramses beugte sich vor und nahm sie auf seine Arme. Ich glaubte, dass sie sich ein wenig verkrampfte; dann legte sie ihren Kopf an seine Schulter und schloss die Augen. Er strebte in Richtung Grabstätte, war jedoch nur wenige Schritte gegangen, als er auf Emerson stieß, der von einem der Umstehenden von dem Vorfall erfahren haben musste. Mein Gatte wirkte extrem aufgebracht und zerzaust. Er riss Nefret aus der Umklammerung seines Sohnes und drückte sie an seine muskulöse Brust.

»Großer Gott! Du hättest sie nicht bewegen dürfen! Sie blutet – ist bewusstlos –«

»Nein, Sir, ich bin nicht bewusstlos«, murmelte Nefret aus einem Mundwinkel. »Aber du bist voller Sand und der fliegt mir in die Augen.«

»Tragt sie zurück in den Schatten«, befahl ich. »Sie ist nur ein wenig mitgenommen.«

»Sie blutet, ich sage es dir«, brüllte Emerson und drückte sie noch fester an sich. Beide Mundwinkel waren jetzt an seine Hemdfront gedrückt, dennoch vernahm ich ein unterdrücktes Kichern und beruhigendes Gemurmel.

»Kopfverletzungen bluten immer sehr stark«, bemerkte ich. »Steh nicht bloß da, Emerson, tu etwas.«

Daraufhin wandte ich mich zu Molly. Sie schien so aufgelöst und schuldbewusst, dass meine Verärgerung verebbte. Schließlich hatte sie keine bösen Absichten gehabt und es war auch nichts Gravierendes passiert. Ich nahm ihre Hand und führte sie in den Schatten. Mit hängendem Kopf und gesenkten Lidern trottete sie neben mir her.

»Es war ein Unfall«, murmelte sie. »Ich wollte nicht –«

»Du wiederholst dich«, stellte ich fest. »Wenn du deine Tat bereust, kannst du das am besten unter Beweis stellen, indem du umgehend mit den Poynters nach Kairo zurückkehrst.«

Die Poynters wären noch geblieben, doch ich lieferte ihnen keinen entsprechenden Vorwand. Sobald sie aufgebrochen waren und Woolley und Lawrence ihrer Wege gingen, säuberte ich Nefrets Gesicht und wollte gerade Jod auf die Schnittwunde tupfen, als sie mich bat, stattdessen Alkohol zu nehmen.

»Dieses Rostrot beißt sich entsetzlich mit meiner Haarfarbe«, erklärte sie. »Danke, Tante Amelia, das ist genauso gut. Sollen wir jetzt wieder an die Arbeit gehen?«

»Du solltest zum Haus zurückkehren und dich schonen«, empörte sich Emerson. »Was ist vorgefallen?«

»Ich bin gestolpert«, erwiderte Nefret. »Sie spielte Fangen mit mir, huschte mir weg und lachte, und irgendwie bin ich über ihre Füße gestolpert. Ich bin völlig wiederhergestellt, Professor, und ich weiß, dass du darauf brennst, wieder zu deiner Statue zu kommen.«

Sie fasste seinen Arm und lächelte zu ihm auf.

Ich wartete, bis sie außer Hörweite waren, ehe ich mich meinem Sohn zuwandte.

»Alles in Ordnung mit dir?«

Er schrak zusammen. »Wie bitte?«

»Hast du dich verletzt? Du hättest sie nicht tragen dürfen.«

»Ich habe mich nicht verletzt.«

»Schmerzt dein Arm?«

»Ja. Vermutlich wird er noch eine Zeit lang wehtun. Allerdings funktioniert er wieder und das ist die Hauptsache. Er ist noch nicht aufgetaucht. Bist du sicher, dass er kommen wird?«

Mir war klar, wen Ramses meinte. Gelassen erwiderte ich: »Ich sehe keinen Grund, warum er nicht reagieren sollte. Ich habe ähnliche Einladungen an viele andere Leute verschickt, dennoch muss ihm klar sein, dass ich einen triftigen Grund habe, ihn herzubitten. Es ist noch früh. Er wird kommen.«

Ich wundere mich schon seit langem nicht mehr, weshalb die Pyramiden mit den einfachsten Werkzeugen erbaut werden konnten. Die Art und Weise, mit der die Männer unsere Statue bargen, demonstrierte die Umsicht und Kraft, die ihre Vorfahren bei ähnlichen Projekten angewandt haben mussten. Während sie tiefer in den Stollen vordrangen und die Statue behutsam von dem Sand befreiten, der sie in all den Jahren bedeckt hatte, wuchs die Gefahr, dass sie umstürzte. Wenn sie gegen die Steinwand gekippt wäre, hätte sie abbröckeln oder zerbrechen können. Ihre obere Hälfte war inzwischen fest mit Lumpen und Segeltuch und anderen vorhandenen Materialien umwickelt; Seile verschlossen das Bündel, und einige unserer kräftigsten Arbeiter umklammerten weitere Stricke, die ihr Umkippen verhindern sollten.

Es war ein faszinierendes Schauspiel, dennoch wusste ich, dass mich mein archäologisches Interesse nicht von anderen Pflichten ablenken durfte. Am frühen Nachmittag hatte sich die Horde der Zuschauer vergrößert. Einige von ihnen trugen Kameras und versuchten, Fotos zu machen, trotz der Tatsache, dass sie – dank meines Einschreitens – viel zu weit entfernt waren, um etwas anderes als die ägyptischen Arbeiter abzulichten. Ich war ständig in Bewegung, da keiner unserer erfahrenen Männer abkömmlich war, um mich zu unterstützen, und fühlte mich allmählich wie ein frustrierter Lehrer, der eine Gruppe ungehorsamer Kinder in Schach zu halten versucht. Schließlich verfiel ich auf eine geschickte Strategie. Ich kletterte auf einen umgestürzten Steinquader, scharte den Großteil der Touristen um mich und hielt ihnen einen kleinen Vortrag, in dem ich den heiklen Charakter der Operation hervorhob und ihnen versprach, dass sie nach Bergung der Statue die Gelegenheit erhalten würden, nach Herzenslust Fotos zu machen. Genau genommen war das keine Lüge, da ich nicht näher darauf einging, *was* sie fotografieren konnten. Ich versuche, Unehrlichkeit zu vermeiden, sofern sie nicht zwingend angeraten ist.

Während ich sprach – besser gesagt, brüllte –, musterte ich die Gesichter der Umstehenden. Einige der von mir geladenen Personen waren aufgetaucht, allerdings auch ungebetene Gäste. Ich meinte, Percy in der Gruppe von Offizieren zu entdecken, die in dem Lager nahe dem Mena House stationiert waren, hätte es aber nicht beschwören können; besagtes Individuum wurde von hünenhaften Australiern umzingelt.

Ich wurde bereits ein wenig nervös hinsichtlich Russell, als ich ihn schließlich bemerkte. Genau wie einige andere Touristen thronte er auf dem Rücken eines Kamels, doch seine entspannte Haltung und sein geschickter Umgang mit dem Wüstenschiff erinnerten in nichts an die vergeblichen Bemühungen der Dilettanten. Als ich mich umsah, stand Ramses neben mir.

»Vater meinte, du könntest etwas Unterstützung bei der Kontrolle dieses Pöbels gebrauchen«, führte er aus.

»Gewiss.« Ich umklammerte meinen Sonnenschirm fester und funkelte einen beleibten Amerikaner an, der an mir vorbeischlüpfen wollte. Vor Russells Kamel schreckte er zurück. Kamele sind unberechenbar, und dieses Tier fletschte seine riesigen gelben Zähne, ging schnaubend in die Knie, und Russell saß ab und zog seinen Hut.

»Ganz Kairo spricht von Ihrer Entdeckung«, bemerkte er.

»Ich konnte nicht widerstehen, sie mir persönlich anzusehen.« Er warf Ramses die Zügel zu, als wäre er ein Stallbursche.

»Kommen Sie und sehen Sie sich das Ganze aus nächster Nähe an.« Ich nahm seinen Arm und führte ihn zu dem Schacht.

»Nicht zu nah. Ich weiß um das Temperament des Professors.« Er senkte die Stimme. »Ich nehme an, ich habe es Ramses zu verdanken, dass Sie mich eingeladen haben. Wie kann ich mit ihm unter vier Augen reden?«

»Das wäre unklug und ist auch nicht notwendig«, erwiderte ich. »Ich kann Ihnen das weitere Vorgehen schildern.«

Etwas abseits von den Seilträgern und in einiger Entfernung von den gaffenden Touristen blieben wir stehen. Ich begann, Mr Russell die Situation zu erklären. Ein- oder zweimal versuchte er, mich zu unterbrechen, doch etwas Derartiges lasse ich nie zu, und schließlich spitzte er die Lippen zu einem leisen Pfiff.

»Was führt ihn zu der Annahme, dass Farouk ein Spion ist?«

»Gütiger Himmel«, sagte ich ungeduldig. »Ich habe seine – unsere – Argumentation zu diesem Thema doch bereits hinlänglich dargelegt. Wir sollten keine Zeit verschwenden, Mr Russell. Ich will, dass dieser Mann verhaftet wird. Er hat schon einmal versucht, meinen Sohn zu töten. Ich habe nicht vor, ihm eine weitere Gelegenheit zu geben. Wenn Sie nicht einschreiten, werde ich es tun.«

»Das glaube ich Ihnen gern«, murmelte Russell. »In Ordnung, Mrs Emerson, Ihre – äh – Argumentation hat mich überzeugt. Es kann nicht schaden und führt vielleicht zu irgendwelchen Aufschlüssen.«

»Wie rasch können Sie handeln?«

Russell nahm sein Taschentuch und wischte sich den

Schweiß von der Stirn. »Die Vorbereitungen nehmen eine Weile in Anspruch. Morgen, vielleicht.«

»Das reicht nicht. Sie müssen umgehend handeln.«

Russell, der militärische Haltung angenommen hatte, sackte in sich zusammen. »Mrs Emerson, Sie begreifen nicht, wie schwierig das ist. Mein Chef hat mich bereits zu sich zitiert, weil ich ihn über gewisse Aktivitäten meinerseits nicht in Kenntnis gesetzt hatte. Ich versuche, eine Lösung zu finden, wie ich nach Ihren Vorgaben aktiv werden kann, *ohne* ihn zu informieren.«

»Und gewissermaßen auch Mr Philippides.«

»Ja, richtig, da liegt der Hase im Pfeffer.« Russell kniff die Lippen zusammen. »Ich lasse ihn nicht aus den Augen und eines Tages werde ich diesen – äh – Burschen auf frischer Tat ertappen. Bis dahin ist es besser, wenn er so wenig wie möglich erfährt.«

»Ist das der Grund, warum Sie das Geschäft nicht unter Bewachung gestellt haben? Mir scheint –«

»Mir auch, das versichere ich Ihnen. Es ist eine Sache des Personals, Mrs Emerson. Ich habe nicht genug Männer, in die ich das Vertrauen setze, dass sie meine Anweisungen befolgen und schweigen. Außerdem habe ich Ramses mein Wort gegeben, dass ich niemanden von den anderen Einheiten einweihen werde.«

»Der General ist informiert, nicht wahr?«

»Ja, natürlich; das ließ sich nicht umgehen. Es ist Claytons zusammengewürfelter Haufen, der mich beunruhigt. Clayton ist ein guter Mann, keine Frage, aber er versucht, aus den Resten seiner früheren Einheiten und dieser Zusammenrottung von Intellektuellen eine funktionierende Organisation aufzubauen.«

»Sie bezweifeln doch sicherlich nicht die Loyalität von Männern wie Woolley und Lawrence?«, entfuhr es mir.

»Keiner von beiden verfügt über praktische Erfahrung in der Verbrechensaufklärung. Aber genau das ist die Voraussetzung für eine effiziente Spionageabwehr, und die gesamte Organisationsspitze befindet sich im absoluten Chaos –«

»Nun, Mr Russell, das alles tut mir sehr Leid, aber ich habe wirklich nicht die Zeit, mir Ihre Probleme anzuhören. Die Razzia muss heute Abend stattfinden. Jede Verzögerung könnte fatale Folgen haben. Und jetzt kommen Sie. Je eher Sie mit der Arbeit beginnen, umso rascher können Sie handeln.«

Bereitwillig ließ Russell sich zu seinem Kamel führen. Er schien etwas verwirrt zu sein, aber vielleicht dachte er auch nur scharf nach. Augenblicke später erkundigte er sich: »Weiß der Professor davon?«

»Bislang nicht. Ich lenke ihn nur ungern ab, wenn er bedeutende archäologische Aktivitäten verfolgt. Dennoch bin ich mir sicher, dass er uns begleiten will.«

Russell blieb stehen und bohrte seine Absätze in den Sand. »Verflucht, noch eine Minute, Mrs Emerson! Zum Teufel, verzeihen Sie meinen rüden Umgangston, aber Sie sind wirklich die unver-«

»Sie sind nicht der Erste, der mir das zu verstehen gibt«, konterte ich lächelnd. »Aha, da wartet schon Ihr hübsches Kamel.«

Russell übernahm die Zügel von Ramses und sah ihm zum ersten Mal fest in die Augen. Ramses nickte. Das reichte zur Bestätigung meiner Ausführungen, und meiner Ansicht nach hätte Russell kein weiteres Gespräch riskieren sollen, doch schien er ein wenig verwirrt zu sein. Vielleicht lag es an der heißen Nachmittagssonne.

»Sie beabsichtigt, dort zu sein«, flüsterte er aufgebracht. »Können Sie –«

»Ich kann es versuchen.« Ramses' Mundwinkel zuckten. »Wann?«

Russell sah zu mir und wischte sich die Stirn. »Heute Abend.«

»Hervorragend«, sagte ich gut hörbar. »Und jetzt hurtig, Mr Russell. Ich muss wieder an die Arbeit.«

Selbstverständlich gehorchte er. Ramses straffte die Schultern, räusperte sich und sagte: »Mutter –«

»Ich habe auch nicht vor, mit dir zu argumentieren«, informierte ich ihn. »Wir werden die logistischen Einzelheiten später diskutieren. Und jetzt möchte ich sehen, was dein Vater macht.«

Rings um den Schacht nahmen wir unsere Beobachtungsposten ein. Dann kam der Augenblick, da die gesamte Statue mit Ausnahme des Sockels freigelegt war. Emerson, der ununterbrochen leise geflucht und gewettert hatte, wurde still. Dann holte er tief Luft, wandte sich an Daoud, der einen der Stricke festhielt, und klopfte ihm auf den Rücken.

»Du weißt, was du zu tun hast, Daoud.«

Der Hüne bedachte ihn mit einem breiten Grinsen und nickte. Emerson stieg die Leiter hinunter, die an der Stollenwand lehnte. Ibrahim, unser Zimmermann, folgte ihm. Dort unten war lediglich Platz für zwei Leute, und mir war klar, dass Emerson einer der beiden sein würde.

Meine Aufsichtspflicht hatte ich vergessen. Ich war mir schwach bewusst, dass sich ein Kreis starrender Zuschauer um uns gebildet hatte, doch meine ganze Aufmerksamkeit galt meinem Gatten, der kniete und den Sand unter dem Sockel der Statue entfernte. Währenddessen schob Ibrahim ein dickes Holzbrett in den Zwischenraum. Die Statue schwankte und wurde umgehend stabilisiert, da Daoud den Seilträgern Kommandos zurief. Schließlich richtete Emerson sich auf und blickte nach oben.

»So weit, so gut«, bemerkte er.

Der vordere Teil der Statue ruhte inzwischen auf einem soliden Holzbrett. Emerson und Ibrahim wiederholten den Vorgang auf der Rückseite. Auf Daouds Befehl hin wurden die Seile gestrafft oder gelockert. Dann wurden weitere exakt zugeschnittene Holzlatten in die Grube hinuntergelassen, und Ibrahim nagelte sie im rechten Winkel zu den Brettern an, auf denen die Statue lag.

Gelegentlich werden entsprechend schwere Funde mit Hilfe von Keilen geborgen. Dafür war der Schacht allerdings zu schmal. Die Statue und ihr holzummantelter Sockel mussten mit bloßer Körperkraft hinaufgezogen werden, während die Männer sie mit den Stricken stabilisierten. Emerson verschnürte diese eigenhändig mit den Holzbrettern und warf die Enden nach oben. Zwanzig Männer packten sich jeweils ein Seil und zogen.

Selim, der nervös von einem Bein auf das andere trat, verharrte plötzlich reglos, den Blick auf seinen Onkel Daoud fixiert. Daouds grobschlächtiges Gesicht war angespannt. Weder Hitze noch körperliche Anstrengung, sondern die Last der Verantwortung trieb ihm den Schweiß auf die Stirn. Meine Sorge galt Emerson, der Ibrahim auf der Leiter nach oben geschickt hatte, selbst aber unten geblieben war.

»Komm sofort herauf«, brüllte ich, als das gewaltige Artefakt in Bewegung geriet.

»Ja, ja«, rief Emerson. »Ich will doch nur –«

»Emerson!«

Wahrscheinlich war es nicht meine Ermahnung, sondern die Einsicht, dass er seine Anweisungen gezielter von oben geben konnte, jedenfalls bequemte er sich schließlich ins Freie. Kameras klickten, als der zerzauste Schopf meines Gatten auftauchte; das Klicken verwandelte sich in ein Salvenfeuer, als die Statue langsam und vorsichtig nach oben gezogen wurde. Als sich der Sockel in Bodenhöhe befand, schoben die Männer lange Holzbretter darunter, überbrückten den Schacht und bildeten eine Plattform, auf der die Statue so sicher wie ein Vogel auf einem Ast thronte.

Nach einem geräuschvollen Seufzer wischte Emerson sich sein schweißnasses Gesicht mit seinem Hemdsärmel.

»Gut gemacht, Daoud, und auch ihr anderen«, rief er.

Ramses beugte sich vor und inspizierte den Sockel. »Nefret hatte Recht. Es ist Chephren. ›Horus des Horizonts, der Sonnengott.‹«

Nefret äußerte nicht, »das habe ich dir doch gleich gesagt«, aber sie gab sich recht selbstgefällig. Gesicht und Gestalt des Pharaos hatten eine gewisse Ähnlichkeit mit Ramses, wenn er gleichgültigen Stimmung war. Augenblicklich wirkte er recht gelöst; freudestrahlend gratulierten wir einander. Allerdings zerstreute meine Leidenschaft für die Archäologie auch diesmal meine größte Sorge nicht. Würde Russell Wort halten? Würde die Razzia in Aslimis Geschäft Erfolg haben? Ich war entschlossen, alles in meiner Macht Stehende zu tun, um das zu gewährleisten.

7

Unsere Rückkehr zum Haus glich einem Triumphzug. Daoud weigerte sich standhaft, mechanische Transportmittel einzusetzen; sobald die Plattform mit der Statue sicher an den Längsbalken befestigt war, nahmen vierzig Männer die gesamte Last auf ihre Schultern und traten den Weg über das Felsplateau an. Als sie die Pyramidenstraße erreichten, stimmten sie eines der traditionellen Arbeiterlieder an. Daoud schmetterte den Text und die Männer sangen den Refrain. Die meiste Zeit ging es bergab, doch lag unser Haus zwei Meilen entfernt, so dass Emerson sie häufiger anhalten ließ und die Polster kontrollierte, die ihre Schultern schützten. Als einer der Männer schwankte, sprang ein anderer für ihn ein. Während ich sie beobachtete, schienen die Jahrhunderte zu verschmelzen, und mich beschlich das Gefühl, das Privileg zu genießen, eine Vision aus der Vergangenheit wahrzunehmen. Exakt so mussten die Arbeiter des Pharaos das Abbild ihres Gottkönigs zu seinem Bestimmungsort transportiert haben – singend und marschierend.

Zugegeben, keines der Grabreliefs dokumentierte eine solche Prozession. Trotzdem war es ein faszinierender Anblick, den ich nie vergessen werde, genauso wenig vermutlich wie die begeisterten Zuschauer, die die Straße säumten. Endlich bekamen die Touristen ihre heiß ersehnten Fotos.

Als wir das Haus erreichten, waren alle Männer außer Daoud, der gleichermaßen seinen Part als Träger absolviert hatte, dem Zusammenbruch nahe. Emerson führte sie durch den Innenhof in den nächstgelegenen Raum, zufälligerweise den Salon. Ich war zu erregt, um dagegen zu protestieren; wie sich jedoch herausstellte, passte die Plattform nicht durch den Türrahmen, woraufhin Emerson die Träger anwies, sie zwischen zwei Säulen im Innenhof abzuladen. Sobald die Statue ihren sicheren Standort gefunden hatte, musste ich mich um fünfzig Männer kümmern, die in den unterschiedlichsten Erschöpfungsgraden auf dem gefliesten Boden hockten. Genauer gesagt neunundvierzig; Daoud half uns – schwitzend, aber unverzagt –, den Erschöpften auf die Beine zu helfen, sie mit Wasser zu erfrischen und ihnen Unmengen an Getränken anzubieten. Bei Sonnenuntergang schickten wir sie mit lobenden Dankesworten und der Aussicht auf ein baldiges Freudenfest in ihr Dorf zurück.

»Ich denke, wir sollten auch ein wenig feiern«, verkündete ich. »Lasst uns in Kairo zu Abend essen. Ich hatte Fatima ohnehin angewiesen, kein Nachtmahl vorzubereiten, da ich mir nicht sicher war, wie lange die Arbeit dauern würde. Es ist dein Triumph, mein geliebter Emerson, deshalb gestehe ich dir zu, das Restaurant auszuwählen.«

Normalerweise lässt sich Emerson kinderleicht manipulieren. Allerdings verabscheut er Restaurants und Hotels. Mir war klar, was für eine Lokalität er vorschlagen würde: ein angenehm schmuddeliges kleines Gasthaus, wo man ihm seine ägyptischen Lieblingsspeisen servierte und wo der Inhaber vermutlich einen Strauß geschlachtet und diesen für Emerson gebraten hätte, wenn mein Gatte darum gebeten hätte. Anzüge und Krawatten, geschweige denn Abendgarderobe, waren in einem solchen Ambiente fehl am Platz – ein weiterer Pluspunkt, soweit es Emerson betraf.

Es befand sich am Rande des Khan el-Khalili.

Emerson überlegte nur sekundenlang – dieses kurze Zögern rührte von seiner Skepsis her, seine kostbare Statue verlassen zu müssen –, ehe er wie von mir vorausgesehen reagierte. Ich blickte zu Ramses, dessen Gesichtsausdruck noch verschlossener war als sonst. Er öffnete den Mund und schloss ihn wieder.

Ich wandte mich an Nefret und strich ihr das Haar aus der Stirn. »Vielleicht solltest du hier bleiben und ausruhen«, schlug ich vor. »Du hast eine Schnittwunde und einen hässlichen Bluterguss.«

»Unsinn, Tante Amelia. Ich fühle mich großartig und möchte ein Abendessen im Bassam's um nichts in der Welt versäumen.«

Sie huschte davon, ehe ich reagieren konnte. Als ich Ramses' finsteren Blick bemerkte, in dem eine gewisse Kritik zu liegen schien, zuckte ich beiläufig die Schultern. »Beeilt euch, badet und zieht euch um«, befahl ich. »Wir dürfen uns nicht verspäten.«

Ramses sagte: »Ja, Mutter.« Vermutlich hätte er gern mehr geäußert, doch nach kurzem Zögern stürmte er die Treppe hinauf.

»In Ordnung, Peabody«, brummte mein Gatte. »Was hast du jetzt vor?«

Ich hatte ohnehin beabsichtigt, ihn einzuweihen.

Er nahm die Neuigkeit beherrschter auf als von mir vermutet, dennoch beflügelte sie ihn zur Eile. Er verschwand im Bad und tauchte innerhalb kürzester Zeit wieder auf.

»Gut, gut«, bemerkte er und warf sein Handtuch zu Boden, wo sich bereits eine Wasserpfütze bildete. »Also ist dir auch schon der Gedanke gekommen, dass man Farouk in Wardanis Organisation eingeschleust hat?«

»Also, Emerson, wenn du jetzt behaupten willst, dass du als Erster darauf gekommen bist –«

»Ich will nicht behaupten, dass ich der Erste war. Allerdings habe ich daran gedacht.«

»Das sagst du ständig!«

»Genau wie du. Vermutlich ist dieser Plan praktikabel, dennoch wäre es mir lieber, du hättest es mir überlassen.«

Von seiner Kritik getroffen, erwiderte ich aufgebracht: »Und was hättest du getan?«

Emerson griff nach seiner Hose. »Bei Aslimi vorbeigeschaut und mir den Burschen eigenhändig geschnappt. Das hatte ich für morgen geplant.«

Er durchwühlte die Schubladen auf der Suche nach einem Hemd. Sie sind immer in derselben Schublade, doch Emerson, der sich mühelos die kompliziertesten Details von Gesteinsformationen und Tonscherben in Erinnerung rufen kann, weiß nie, in welcher. Während ich das Muskelspiel seines Oberkörpers betrachtete, bereute ich fast, mit Russell gesprochen zu haben. Es wäre überaus befriedigend gewesen, Emerson dabei zu beobachten, wie er sich Farouk »schnappte«; er hätte ihn mühelos überwältigen können, und dann hätten wir (denn ich hätte ihn selbstverständlich begleitet) das Geschäft nach belastendem Beweismaterial durchsuchen und unseren Gefangenen zum Haus bringen können, um ihn zu vernehmen.

Andererseits hatte ich das Gefühl, dass Ramses das gar nicht gefallen hätte. Ganz offensichtlich störte ihn meine derzeitige Vorgehensweise, doch Emersons Plan hätte ihn noch weitaus mehr aufgebracht. Mein Gatte verhält sich wie ein Elefant im Porzellanladen, wenn er wütend ist, und diese Sache war ziemlich heikel. Ich sah mich gezwungen, Emerson das darzulegen.

»Wir dürfen nicht unmittelbar an einem Überfall auf Farouk oder den Laden beteiligt sein, Emerson; unsere aktive Teilnahme könnte die Verdachtsmomente des Feindes hinsichtlich Ramses erhärten.«

»Und warum gehen wir dann heute Abend dorthin?«

»Ich möchte lediglich dort sein«, erwiderte ich, während ich die Hemden faltete, die er durchwühlt hatte. »Besser gesagt, in der Nähe. Ganz zufällig. Nur für den Fall.«

Ich drehte mich um und nahm ein leichtes, aber dennoch apartes Baumwollkleid aus dem Schrank. Emerson trat hinter mich und legte seine Arme um meine Taille.

»Es ist dir sehr wichtig, nicht wahr?«

Ich ließ das Kleid zu Boden fallen und warf mich in seine Arme. »Oh, Emerson, wenn wir Recht haben, könnte das das Ende dieser ganzen grässlichen Geschichte bedeuten! Ich vermag es nicht mehr lange zu ertragen. Wann immer er das Haus verlässt, fürchte ich, dass er nicht zurückkehrt. Und David könnte einfach ... verschwinden. Sie könnten seine Leiche in den Fluss werfen oder in der Wüste verscharren, und wir würden nie erfahren, was mit ihm geschehen ist.«

»Gütiger Himmel, mein Schatz, deine übersteigerte Phantasie läuft aus den Rudern! Ramses hat sich schon in schlimmeren Situationen als dieser befunden und in den meisten Fällen war David mit von der Partie.«

Das vermochte ich nicht zu widerlegen. Eine Reihe grässlicher Bilder schwebte mir vor Augen: Ramses konfrontiert den Meisterverbrecher und verlangt, dass der skrupellose Gentleman seinen Schatz herausgibt; Ramses schleicht sich in das Lager des hinterhältigen Riccetti, den er ausschließlich mit Hilfe von David und der Katze Bastet aufspürt; Ramses stolziert in eine Banditenhöhle, allein und unbewaffnet ... Ich zweifelte nicht daran, dass es andere Zwischenfälle gab, von denen ich glücklicherweise nichts wusste. O ja, er hatte sich in schlimmeren Situationen befunden und diese gemeistert, doch sein Glück konnte nicht ewig währen.

Ich war nicht so egoistisch, Emerson daran zu erinnern. Ich gehöre nicht zu diesen wehleidigen Frauen, die ständig Beistand und Zuwendung brauchen. Mutlosigkeit zehrt aus, nicht nur denjenigen, der sie zu erkennen gibt, sondern auch den, der davon erfährt.

»Es tut mir Leid, Emerson«, murmelte ich, während ich mich im übertragenen wie im sprichwörtlichen Sinne um Rückgrat bemühte. »Es wird nicht wieder vorkommen. Und ich habe uns aufgehalten. Wir müssen uns beeilen.«

Das von mir ausgesuchte Kleidungsstück war inzwischen zerknittert und mit riesigen feuchten Fußspuren bedeckt. Ich entschied mich für ein anderes, während Emerson erneut seine Füße abtrocknete und, auf meine Bitte hin, die Wasserpfütze vom Boden aufwischte.

»Was ist mit Nefret?«, erkundigte er sich.

»Ich sähe es lieber, wenn sie nicht mitkäme, aber wir können sie nicht daran hindern. In der Tat wird ihre Gegenwart das Ganze eher wie einen unserer üblichen Familienausflüge erscheinen lassen. Verhalte dich normal und überlass alles mir.«

Ich befürchtete schon, dass sich das Gleiche mit Ramses wiederholen würde, der mir bereits auflauerte, als ich die Treppe hinunterkam. »An deiner Jacke fehlt ein Knopf«, bemerkte ich in der Hoffnung, eine Auseinandersetzung zu umgehen. »Ich werde mein Nähzeug holen und –«

»Dich in den Daumen stechen«, erklärte Ramses, seine kritische Miene entspannte sich zu einem halbherzigen Grinsen. »Nähen ist dir ein Gräuel, Mutter, und, bei allem Respekt, auch nicht unbedingt deine Stärke. Außerdem habe ich den Knopf verloren. Was zum Teufel hast du –«

»Pst. Verhalte dich normal und überlass alles mir. Ah, da bist du ja, Nefret, mein Schatz. Wie hübsch du aussiehst.«

Genau wie wir anderen trug sie legere Kleidung, einen sportlichen Tweedrock mit passender Jacke. Der goldbraune, mit grünen und blauen Fäden durchwirkte Stoff betonte ihr sonnengebräuntes Gesicht und das schimmernde Haar, das sie zu einem schlichten Nackenknoten zusammengesteckt hatte.

»An deiner Jacke fehlt ein Knopf«, bemerkte sie mit einem Blick auf Ramses. »Und überall sind Katzenhaare. Bleib ruhig stehen, ich werde sie abklopfen.«

»Du hast es gerade nötig, mein Äußeres zu kritisieren, mit diesem auffälligen Bluterguss an der Schläfe«, spottete Ramses.

»Verflucht. Ich dachte, meine Haare würden ihn kaschieren.« Ihre Finger zupften an ihrem welligen Haaransatz.

»Nicht ganz.« Er musterte sie einen Augenblick lang, dann streckte er seine Hand aus. »Lass mich mal.«

Wie ein gehorsames Kind blieb sie stehen, das Kinn vorgeschoben, die Hände in die Hüften gestemmt, während seine schlanken, geschickten Finger vorsichtig einige rotgoldene Haarsträhnen lösten und über ihre Schläfen frisierten. Eine lange Locke kringelte sich vorwitzig um seine Finger. Er musste sie abstreifen, bevor er seine Hand von ihrem Gesicht nehmen konnte.

»Ich habe es nur schlimmer gemacht«, murmelte er. »Tut mir Leid. Bitte, entschuldigt mich für eine Minute.«

»Geh und sag dem Professor, dass wir fertig sind«, wies ich Nefret an und wartete, bis sie die Treppe hinaufgegangen war, bevor ich Ramses folgte, der hinter der Statue verschwunden war. Er lehnte an der Mauer und starrte gedankenverloren ins Leere.

»Du bist so weiß wie eine Wand«, hob ich an. »Was ist passiert? Setz dich. Ich hole dir ein –«

»Nichts ist passiert. Ein leichtes Schwindelgefühl, das ist alles.« Sein Blick wurde lebhafter, seine Wangen nahmen wieder Farbe an. »Ich habe Hunger«, meinte er überraschend ungehalten.

»Das ist keineswegs erstaunlich«, erwiderte ich ausgesprochen erleichtert. »Du hast nur ein paar Sandwiches zu Mittag gegessen und es war ein harter Tag. Hier, nimm meinen Arm.«

»Ich dachte, du wolltest, dass wir uns normal verhalten. Mutter, warum bist du ... Ich verstehe deine Besorgnis, aber nicht, was ...«

Ich wusste, was er meinte und warum er es nicht in Worte kleiden konnte. Vielleicht waren wir uns ähnlicher, als ich geglaubt hatte. »Es hat mich mental und physisch viel Mühe gekostet, dass du dein gegenwärtiges Alter erreichen konntest«, führte ich aus. »Es täte mir Leid, wenn diese Bemühungen umsonst gewesen wären.«

»Verstehe.«

Emersons Brüllen beendete die Diskussion. »Peabody! Wo bist du? Verflucht, wir warten!«

»Wir sehen uns nur kurz die Statue an.« Gefolgt von Ramses kam ich zum Vorschein.

Sie warteten zu dritt – Emerson, Nefret und die Katze. So aufgereiht wirkten sie ziemlich komisch und Seshat schien so erwartungsvoll wie die anderen. Sie saß kerzengerade aufgerichtet, ihren Schwanz elegant um ihre Vorderpfoten geschlungen.

»Vermutlich will sie mitkommen«, meinte Nefret.

Seshat bestätigte ihre Vermutung, indem sie sich Ramses näherte, zu ihm aufblickte und durchdringend miaute.

»Du wirst dein Halsband tragen müssen«, enthüllte er ihr. Ihre Reaktion ähnelte einem Schulterzucken.

»Ich hole es«, erbot sich Nefret. »Wo ist es?«

»Keine Ahnung.« Ramses schien verdutzt.

»Fatima hat es«, meldete ich mich zu Wort. »Ich habe es ihr zur Aufbewahrung gegeben, da du es ständig verlegst.«

Nefret stürmte davon.

In der Tat wurde das Halsband nur selten benutzt, da Seshat Reisen verabscheute. Wenn sie nicht gerade irgendwelche Nager im Garten verfolgte oder die Hausfront erkletterte, verbrachte sie die meiste Zeit in Ramses' Zimmer. Sie schien es als ihre Pflicht anzusehen, seinen Besitz zu bewachen – oder sie hielt es für *ihr* Zimmer (was wahrscheinlicher ist) und Ramses für einen zwar sympathischen, aber ziemlich unfähigen Mitbewohner, den man nicht aus den Augen lassen durfte. Ich habe nie verstanden, was sie zu ihren gelegentlichen Ausflügen im weiteren Umkreis des Hauses bewog, und ihr Entschluss, uns ausgerechnet an jenem Abend zu begleiten, weckte gewisse Vorahnungen. Wusste sie mehr als wir?

Nefret kam mit dem Halsband zurück und gab es Ramses, der sich hinkniete, um es Seshat anzulegen. Emerson trat neben mich. »Wenn deine Lippen auch nur das Wort formen, Peabody«, murmelte er betont sanft, »werde ich – äh –«

Er ließ seine Drohung unvollendet, da ihm keine einfiel, die er in die Tat umzusetzen vermocht hätte.

»Welches Wort, ›Warnung‹ oder ›Vorahnung‹?«, erkundigte ich mich genauso sanft.

»Keins von beiden, verflucht!«

»Du hast es ebenfalls gespürt, sonst würdest du nicht –«

»Der Aberglaube zählt nicht zu meinen Verfehlungen. Ich wünschte, du würdest darüber hinweg –«

»Na, worüber streitet ihr euch?«, warf Nefret ein. »Dürfen wir uns beteiligen?«

»Emerson ist einfach nur ungehalten«, erklärte ich. »Wie stets, wenn er sein Abendessen, seinen Tee oder sein Frühstück oder –«

»Hmhm«, brummte Emerson. Er stapfte aus dem Zimmer – das Zeichen zum Aufbruch. Ramses setzte die Katze auf seine rechte Schulter und bot mir seinen linken Arm.

»Geh schon voraus, mein Schatz. Auf diese Katze Acht zu geben ist schon schwierig genug. Nefret und ich werden wie zwei gehorsame Frauen folgen. Und versuche deinen Vater davon abzuhalten, das Automobil zu steuern!«

»Ein ziemlich aussichtsloses Unterfangen«, murmelte Nefret, als Ramses zur Tür strebte, die Katze auf seiner Schulter. »Tante Amelia, hast du je daran gedacht, dass diese Familie etwas exzentrisch sein könnte?«

»Weil wir die Katze zum Abendessen mitnehmen? Manch einer hält das vermutlich für exzentrisch. Aber wir haben nie anders gehandelt, nicht wahr? Die Katze Bastet hat Ramses überallhin begleitet.«

»Auch sie hockte stets auf seiner Schulter«, sinnierte Nefret.

»Damals brauchte er noch beide Schultern.« Ich lächelte.

»Ja. Seitdem hat er sich sehr verändert.«

»Du auch, Liebes.«

»Ja.«

Ihr Tonfall ließ mich verharren und ich musterte sie forschend. »Nefret, beunruhigt dich etwas? Irgendetwas, was du mir anvertrauen möchtest?«

Nefret senkte den Blick. Schließlich äußerte sie sich so leise, dass ihre Worte kaum hörbar waren. »Was ist mit dir, Tante Amelia? Ich würde gern helfen – dir helfen –, was auch immer dich beunruhigt, wenn du es nur zulassen würdest.«

Die Wendung, die unser Gespräch genommen hatte, gefiel mir gar nicht. Augenscheinlich war ihr meine Unruhe nicht entgangen. Ließ meine berühmte Selbstbeherrschung nach? Das durfte nicht passieren!

»Wie nett von dir, mein Schatz«, erwiderte ich freundlich. »Wenn etwas Derartiges eintritt, werde ich dich selbstverständlich um Unterstützung bitten.«

Sie schwieg und eilte weiter. Ein Einschreiten war zwingend erforderlich; ich vernahm bereits Emersons und Ramses' mehr oder weniger freundliche Auseinandersetzung hinsichtlich der Frage, wer das Automobil steuern sollte. So schwungvoll wie in alten Zeiten beteiligte Nefret sich an der Diskussion; ihr strahlendes Gesicht schien so sorglos, dass ich mich fragte, ob ich mir ihren gequälten, flehenden Blick nur eingebildet hatte.

Hinsichtlich Emerson hat Nefret ihre eigenen Beeinflussungsmethoden; diesmal stimmte sie ihn um, indem sie erklärte, dass *sie* den Wagen fahren wolle. Obschon Emerson ein unerschütterlicher Verfechter der Gleichberechtigung von Mann und Frau ist, hat er insgeheim gewisse Vorbehalte, und einer davon betrifft das Automobil. (Diese Höllenmaschinen haben irgendetwas an sich, was Männern das Gefühl vermittelt, sich auf die Brust klopfen und wie ein Gorilla brüllen zu müssen. Ich meine das natürlich im übertragenen Sinn.)

Schließlich machte Emerson den Kompromissvorschlag, dass Ramses fahren sollte. Nefret erklärte sich mit einem Murren in Richtung Emerson und einem triumphierenden Blick zu ihrem Bruder einverstanden. Dieser salutierte spöttisch.

Nichts hätte normaler sein können als dieses Geplänkel und alle waren bester Laune. Emerson dachte, dass er gewonnen hätte, und wir anderen wussten, dass wir diejenigen waren.

Sobald wir die Muski und deren Verlängerung, die Sikkeh el-Gedideh, passiert hatten, mussten wir das Tempo verlangsamen, da die Durchgangsstraßen (deren komplizierte Namen ich dem werten Leser ersparen werde) enger und voller Menschen waren. Die Sonne sank bereits, und ich war bestrebt, unser Ziel zu erreichen, dennoch drängte ich Ramses nicht zu schnellerem Fahren. Wir kamen besser voran als manch anderer, da die Leute bereitwillig von der Fahrbahn sprangen, sobald sie den Wagen erkannten. Von einer Seite zur anderen nickend, erhaben wie ein Regent auf der Durchreise, erwiderte

Emerson die Grußworte der Passanten. Ich fragte mich, ob es in Kairo irgendjemanden gab, den er nicht kannte.

»Vielleicht hätten wir zu Fuß gehen sollen«, raunte ich ihm ins Ohr. »Unsere Anwesenheit wird sicherlich bemerkt.«

»Das wäre ohnehin passiert«, brummte Emerson. »Glaubst du, dass wir zehn Meter laufen könnten, ohne aufzufallen? Sieh dir das an.«

Ramses hatte gebremst, um dem Führer eines besonders eigensinnigen Kamels Zeit zu geben, es von der Fahrbahn zu zerren. Sofort hängten sich einige zerlumpte Bengel an die Autotüren, schwatzten mit Ramses und machten Nefret Komplimente. Zugegeben, die Komplimente verfolgten gleichzeitig ein finanzielles Anliegen. »O schöne Dame, deren Augen so blau wie der Himmel sind, habe Mitleid mit einem armen, hungernden ...«

Ramses bemerkte etwas auf Arabisch, was ich geflissentlich überhörte, und die Bettler zogen sich grinsend zurück.

Wir mussten das Automobil auf dem Beit el-Kadi abstellen, da es die gewundenen Gassen rings um die malerischen Basare des Khan el-Khalili nicht passieren konnte. Emerson half mir hinaus und stürmte los, ohne sich noch einmal umzudrehen; er vermutete, wahrscheinlich zu Recht, dass keiner der örtlichen Halunken es wagen würde, etwas anzurühren, was IHM gehörte. Ramses verharrte kurz, um mit einem Mann zu reden, der von der Ostseite des Platzes zu ihm gelaufen kam. Irgendetwas wechselte den Besitzer und der Bursche nickte grinsend. Gütiger Himmel, der Junge ist ja entsetzlich misstrauisch, dachte ich im Stillen.

Das muss er von mir haben.

»Einen Augenblick.« Ich zerrte an Emerson. »Wir sollten zusammenbleiben.«

»Was? Oh, ja, natürlich.« Er drehte sich um. »Kümmere dich um Nefret, Ramses, und beeil dich.«

»Ja, Sir.«

Die Arkaden auf der Ostseite des Platzes führen zu den engen Gassen des Basar-Viertels und zu einem der Eingänge des Khan el-Khalili. Emerson ging durch dieses Gewirr voraus, ohne stehen zu bleiben oder sich zu verlaufen, und das trotz der einbrechenden Dunkelheit. Die Balkone in den Obergeschossen der alten Häuser neigten sich über die schmale Straße. Das sorgte tagsüber für angenehme Kühle in den Gassen und nachts für rabenschwarze Finsternis. Im Parterre solcher Häuser sind nur selten Fenster, und die einzige Beleuchtung stammte von den vereinzelten Laternen, die umsichtige Hausbesitzer über ihren Eingangstüren angebracht hatten.

»Hast du deine Taschenlampe nicht mitgebracht?«, fragte ich, froh, dass ich festes Schuhwerk statt leichter Slipper gewählt hatte.

»Willst du wirklich sehen, in was du gerade getreten bist?«, erkundigte sich Emerson. »Hak dich bei mir ein, mein Schatz, wir sind gleich da.«

Das Restaurant befand sich in der Nähe der Moschee des Hussein, gegenüber dem Osteingang zum Khan el-Khalili. Mr Bassam, der Inhaber, eilte herbei, um uns zu begrüßen und mit Vorwürfen zu überschütten. All diese Wochen in Kairo und noch kein einziger Besuch bei ihm! Jeden Abend hatte er gehofft, uns unterhalten zu dürfen, jeden Abend hatte er unsere Lieblingsspeisen vorbereitet! Er fing an, diese aufzuzählen.

»Allah ist dir gnädig«, schnitt Emerson ihm das Wort ab. »Jetzt sind wir hier, Bassam, also bring uns das Essen. Wir haben Hunger.«

Wie sich herausstellte, hatte Mr Bassam unsere Lieblingsspeisen an besagtem Abend nicht vorbereitet. Er hatte nicht mehr mit uns gerechnet. Nach all diesen Wochen in Kairo ...

»Dann bring uns, was du hast«, knurrte Emerson. »Je eher, desto besser.«

Als Erstes musste unser Tisch in den Eingangsbereich des Restaurants gestellt werden, in Türnähe. Das passte mir hervorragend. Genau wie Mr Bassam, der wollte, dass solch auserlesene Gäste gesehen wurden. Er wischte die Stühle sogar mit einem Handtuch ab. Ich hoffte, dass es nicht dasselbe war, das er zum Geschirrtrocknen benutzte.

»Und was bekommt sie?«, erkundigte er sich, als Ramses Seshat auf einen Stuhl hob.

»Sie frisst alles«, erwiderte Nefret viel sagend in Englisch.

»Ach? Aha! Ja, ich werde – äh – rasch etwas vorbereiten.«

»Verärgere ihn nicht, Nefret«, schalt ich. Seshat richtete sich auf und inspizierte die Tischplatte. Da sie außer ein paar Krümeln nichts Interessantes entdeckte, sprang sie vom Stuhl.

»Nimm sie an die Leine, Ramses, und sag ihr, dass sie auf dem Stuhl bleiben muss«, wies ich ihn an. »Ich will nicht, dass sie draußen herumstromert und Aas frisst.«

»Sie frisst doch ständig Mäuse«, wandte Emerson ein, als Ramses die Katze erneut auf den Stuhl hob und dann seine Taschen durchwühlte – vergebliche Liebesmüh, wie ich sehr wohl wusste, denn ich hatte es versäumt, die Leine zu erwähnen, und er hätte niemals selbst daran gedacht. Das Halsband diente in erster Linie Identifikationszwecken; es trug unseren Namen und Seshats.

»Das sind *unsere* Mäuse«, konterte ich.

»Nimm das.« Nefret wickelte den Schal von ihrem Hals und reichte ihn ihrem Bruder.

Nachdem Ramses ihr die Sachlage geschildert hatte, nahm Seshat die Unannehmlichkeit widerspruchslos hin. Die anderen Gäste, die uns fasziniert beobachteten, starrten uns mit offenem Mund an.

Mr Bassam überhäufte den Tisch mit Speisen, darunter auch ein scharf gewürztes Hühnchenragout. Seshat fraß beileibe nicht alles, im Gegenteil, ihr Geschmacksempfinden war ausgeprägter als das vieler ihrer Artgenossen; sie leckte die Gewürzkruste von dem Geflügel, bevor sie es mit mehr Anstand verspeiste, als ihn gewisse andere Gäste demonstrierten, und wandte sich dann unserem Dessert – Melone und Sorbet – zu.

Als wir unser Essen beendeten, war es draußen stockfinster. Das gegenüberliegende Tor des Khan lag in der Dunkelheit, doch ringsherum schimmerten die Lichter der kleinen Geschäfte und Stände. Kaufinteressierte und Touristen gingen ein und aus, darunter eine Gruppe europäisch gekleideter Leute und einige in Uniform.

»Noch nichts«, flüsterte ich Emerson zu, alldieweil Ramses und Nefret belustigt darüber stritten, wie viel Melone man Seshat zugestehen dürfe. »Es ist nicht weit von hier. Wir würden etwas hören, oder?«

»Vielleicht. Vermutlich. Zum Teufel, wenn ich das wüsste.« Emersons schroffe und widersprüchliche Kommentare bewiesen mir, dass er ähnlich nervös war wie ich. Am Rande des Geschehens zu sitzen ist nicht unbedingt nach Emersons Geschmack. »Lass uns hingehen.«

»Wohin?«, mischte Nefret sich ein.

»Zum Khan«, erwiderte ich mit der mir eigenen Spontanität. »Ich schlage vor, wir machen einen kleinen Spaziergang, ehe wir nach Hause fahren. Sind alle fertig?«

Früher wurden die Tore des Basars vor dem Abendgebet geschlossen. Mittlerweile gehörte eine ganze Reihe von »Ungläubigen« zu den Handeltreibenden – Griechen, Levantiner oder ägyptische Christen –, und auch die Geschäftstüchtigeren unter den in Kairo lebenden Moslems hatten die Vorzüge längerer Öffnungszeiten erkannt, vor allem, wenn die Stadt voller Soldaten war, die ausgefallene Geschenke und Erinnerungsstücke suchten. (Einige von ihnen gaben ihren Sold allerdings in einem anderen Stadtviertel aus und nahmen Erinnerungen mit nach Hause, die weit weniger harmlos waren. Doch dieses Thema werde ich nicht vertiefen.)

Der Khan el-Khalili ist kein einzelner Souk, sondern eine bunte Mischung kleiner Läden, baufälliger Tore und Häuser. Die alten Khans, die Lagerhäuser der Handelsfürsten im mittelalterlichen Kairo, waren architektonische Schätze – oder wären es gewesen, wenn man sie entsprechend instand gesetzt hätte. Einige wenige hatte man restauriert; die meisten jedoch nicht. Verkaufsstände säumten die unteren Etagen mit ihren abgeblätterten Wänden. Trotzdem erhaschte man gelegentlich einen Blick auf kunstvoll geschwungene Fenster und holzgeschnitzte Türen hinter den Auslagen.

Die Gerüche waren nicht weniger bemerkenswert: Holzkohlenfeuer, Esel- und Kameldung, schwitzende menschliche Leiber, Gewürze und Parfüms, frisch gebackenes Brot und geschmortes Fleisch vermischten sich zu einem unbeschreiblichen Odeur. Man könnte die einzelnen Komponenten auflisten, doch das würde dem werten Leser keinen Anhaltspunkt für das Gesamtbouquet geben. In der Tat war es wesentlich angenehmer als gemeinhin vermutet und nicht schlimmer als in vielen alten europäischen Städten. So manches Mal, wenn ein frischer Wind über die Wiesen von Kent blies und den Duft von Rosen und Geißblatt herüberwehte, hätte ich diesen liebend gern gegen einen Hauch Kairoer Altstadt eingetauscht.

Während wir durch die gewundenen Gassen schlenderten, vorbei an den winzigen Läden, in denen Seide und Schuhe, Kupferkannen und Silberschmuck auslagen, wurde mir klar, dass Russell noch nichts unternommen hatte. In der gesamten Gegend hätte die Gerüchteküche gebrodelt, wenn die Polizei in eines der Geschäfte im Khan eingedrungen wäre. Viele schlossen bereits, Fensterläden waren zugezogen und das Licht gelöscht, denn es war bereits spät und die Kauflustigen kehrten in ihre Hotels oder Unterkünfte zurück. Meine Nervosität ließ sich nicht länger verbergen, deshalb schob ich mich vor die anderen und strebte direkt zu Aslimis Geschäft. War Russell nicht in der Lage gewesen, die nötigen Vorkehrungen zu treffen? Hatte er mich getäuscht? Verflucht, dachte ich, ich hätte ihm nicht vertrauen dürfen. Ich hätte die Sache selbst in die Hand nehmen sollen – mit marginaler Unterstützung von Emerson.

Dann fiel mir ein, dass Russell vielleicht wartete, bis die Menschenmassen sich zerstreut hatten. Strategisch betrachtet wäre das eine vernünftige Entscheidung. Je weniger Leute sich in der Nähe aufhielten, desto geringer war das Risiko, dass ein Passant verletzt wurde oder dass Aslimis Berufskollegen den Versuch unternahmen, ihm zu Hilfe zu kommen. Ich eilte weiter, entschlossen, den Nervenkitzel mitzuerleben. Schließlich holte Emerson mich ein und ich verlangsamte meine Schritte. Eigentlich war es Emerson, der mich dazu zwang, da er meinen Arm packte und ihn festhielt.

»Geh langsam oder du wirst alles zunichte machen«, zischte er wie ein Bühnenschurke.

»Warum bist du so in Eile, Tante Amelia?«, erkundigte sich Nefret.

Ich drehte mich um. Inzwischen waren wir nicht mehr weit entfernt von Aslimis Laden; er befand sich hinter der nächsten Gassenbiegung. Ich spitzte die Ohren. Genau wie Seshat, die auf Ramses' Schulter thronte. Im Licht der Laternen funkelten ihre Augen wie riesige Goldtopase. Ich zwang mich zu einem Lächeln.

»Aber, Liebes, wie kommst du darauf, dass ich in Eile bin? Ich bewege mich immer recht zügig.«

Seshats Schwanz zuckte und sie beugte sich schnuppernd vor. Ihre Augen hatten den Glanz verloren; die Laterne hinter mir war erloschen. Mit einem Knall fielen die Fensterläden eines Geschäfts zu. Das Stahlgitter des sich daran anschließenden Ladens krachte geräuschvoll zu Boden. Rechts und links der Gasse wurden die Lichter gelöscht und die Türen verschlossen.

»Was ist passiert?«, wollte Nefret wissen. Sie trat näher an Ramses heran und fasste ihn am Ärmel. Er schüttelte ihre Hand sanft, aber bestimmt ab und packte Seshat gerade noch rechtzeitig, um zu vereiteln, dass sie von seiner Schulter sprang. Er setzte sie zu Boden und gab Nefret den Schal. »Halt sie fest.«

»Hölle und Verdammnis«, knurrte Emerson. »Sie wissen es. Aber woher?«

Es grenzte an Hexerei, dieses unbewusste Erkennen der Gefahr, das Menschen wie ein Blitzstrahl durchzuckt, die mit der Unsicherheit und der Furcht vor dem Gesetz leben. Allein der Anblick einer Uniform oder eines wohl bekannten Gesichts war Warnung genug.

»Wissen?«, wiederholte Nefret. Es war so dunkel, dass ich ihre Gesichtszüge kaum erkennen konnte. »Was wissen?«

»Dass sich Probleme zusammenbrauen«, erwiderte Emerson nüchtern. Schlagartig einsetzender Lärm und ein Pistolenschuss ließen ihn hinzufügen: »Leider schon hochgekocht sind. Folgt mir.«

Ein anderer Mann hätte uns möglicherweise befohlen, dort zu bleiben, wo wir waren. Emerson war klar, dass wir eine solche Anweisung ohnehin nicht befolgt hätten, und solange wir die Situation nicht präzise erfasst hatten, war es sicherer zusammenzubleiben. Er schaltete seine Taschenlampe ein und ging voraus.

Aslimis Ladentür war als einzige geöffnet. Als wir dorthin stürmten, drehte sich einer der davor stehenden Männer fluchend um und zückte seine Waffe. Emerson schlug sie ihm aus der Hand.

»Sei kein Narr. Was geht hier vor?«

»Du bist es, o Vater der Flüche?«, rief der Bursche. »Wir haben ihn gestellt – Wardani – oder einen seiner Männer. Es sind 50 Pfund Belohnung ausgesetzt!«

Ich vernahm Nefrets tiefen Seufzer, dann fragte Ramses: »Wo ist er?«

»Im Hinterzimmer. Die Tür ist verriegelt, aber wir werden sie in Kürze aufgebrochen haben!«

Daran zweifelte ich ebenso wenig wie an der Tatsache, dass sie während dieses Vorhabens sämtliche Artefakte in dem Laden zerstören würden. Kein schmerzlicher Verlust, wenn ein begeisterter Axtschwinger eine Reihe gefälschter Gefäße von einem Regal fegte. Aber ...

»Hölle und Verdammnis!«, schnaubte Emerson und zog sich so überstürzt zurück, dass ich Mühe hatte, ihm zu folgen.

Im Khan el-Khalili gibt es weder Seitengassen noch die üblichen Hintereingänge. Die meisten Geschäfte sind lediglich kleine Räume mit einem Fronteingang. Vermutlich gehörten wir zu den wenigen Europäern, die wussten, dass Aslimis Laden einen weiteren Eingang hatte – oder, in diesem Fall, einen Ausgang. Er befand sich zwischen zwei benachbarten Gebäuden; allerdings war der Weg so schmal, dass der zufällige Beobachter ihn nicht für einen Durchgang gehalten hätte, und obwohl wir die ungefähre Lage kannten, hätten wir ihn ohne Emersons Taschenlampe in der Dunkelheit nicht gefunden.

»Schalt die Taschenlampe aus«, drängte Ramses.

Emersons einzige Reaktion bestand in einer schwungvollen Bewegung seines Arms, die Ramses und Nefret gegen die benachbarte Wand drängte. Dann stellte er sich breitbeinig in die Öffnung, ließ das Licht der Taschenlampe für Sekundenbruchteile über sein Gesicht gleiten, ehe er den Strahl auf den Durchgang richtete. Als ich unter seinem Arm hindurchspähte, nahm ich eine Gestalt wahr, die für Augenblicke stehen blieb und dann verschwand.

»Ich denke, er hat mich gesehen«, meinte Emerson mit Genugtuung. »Mir nach, Peabody. Bring die Nachhut mit, Ramses, wenn ich bitten darf.«

»Sollen wir nicht besser zur Polizei gehen?«, fragte ich.

»Das hat jetzt keinen Sinn, in diesem Gewirr von Gassen würden sie ihn niemals aufspüren.«

»Aber wir!«, ereiferte sich Nefret. Sie zitterte vor Aufregung.

»Vielleicht brauchen wir das gar nicht«, erwiderte Emerson.

Mein Gatte hielt sich für rätselhaft und geheimnisvoll, doch ich wusste natürlich, was er meinte. Ich weiß stets, was Emerson meint. Er hatte sich vorsätzlich zur Zielscheibe gemacht, so dass der Flüchtige ihn erkannte und, wie Emerson hoffte, Bereitschaft signalisierte, mit ihm zu verhandeln. Ich verweise stets darauf, dass Offenheit und Ehrlichkeit ihre praktischen Vorzüge haben. Jedermann in Kairo wusste, wenn der Vater der Flüche sein Wort gab, würde er es auch halten.

Wie sich herausstellte, war Emersons Hoffnung berechtigt. Nachdem wir uns durch den Gang gequetscht hatten, den Emerson und Ramses seitwärts passieren mussten, erreichten wir einen breiteren Weg und bemerkten, wie eine Silhouette durch die Dunkelheit in einen Eingang huschte, der sich allerdings als weitere enge Gasse entpuppte.

Das Hoshasheyn-Viertel ist ein Überrest des mittelalterlichen Kairo, und in der Tat müssen die meisten Städte des Mittelalters vergleichbar gewesen sein – finster, geruchintensiv, undurchdringlich. Unsere Verfolgungsjagd war ein Tanz auf dem Vulkan, wir mussten uns dicht genug hinter ihm halten, um gesehen zu werden, durften andererseits aber nicht auffallen. Unser Fortkommen wurde etwas behindert von Seshat, die in ihrem Eifer, den Flüchtigen (oder vielleicht auch eine Ratte) zu verfolgen, ständig ihre provisorische Leine um unsere Knöchel wickelte, bis Ramses sie hochnahm und wieder auf seine Schulter setzte, mit einer Hand ihr Halsband umklammernd. Emerson setzte seine Taschenlampe nur dann ein, wenn es unumgänglich war. Schließlich erreichten wir einen kleinen Platz. Ein Springbrunnen plätscherte – wie Sprühregen in der Nacht.

»Da!«, rief ich und deutete auf eine angelehnte Tür. Licht fiel durch die Öffnung.

»Hmmm.« Emerson strich über sein Kinn. »Sieht aus wie eine Falle.«

»Genau«, erwiderte Ramses. »Er ist dort. Bei der Tür. Er hat ein Gewehr.«

Farouk tauchte auf. Er hatte tatsächlich ein Gewehr. »Dann ist es also wahr, wenn sie vom Bruder der Dämonen behaupten, dass er in der Dunkelheit sehen kann. Ich habe euch erwartet.«

»Weshalb?«, brummte Emerson.

»Ich bin bereit zu verhandeln.«

»Hervorragend«, entfuhr es mir. »Dann kommen Sie mit und wir –«

»Nein, nein, Sitt Hakim, so töricht bin ich beileibe nicht.« Inzwischen sprach er englisch, als wollte er seine intellektuellen Fähigkeiten demonstrieren. »Kommen Sie herein. Schließen Sie die Tür und schieben Sie den Riegel vor.«

»Was meinst du?«, fragte Emerson mit einem Blick auf Ramses.

»Nach meinem Dafürhalten –«, hob ich an.

»Ich habe dich nicht um deine Meinung gebeten, Peabody.«

Farouk schien nervös. »Hören Sie auf zu reden und tun Sie, was ich sage! Wollen Sie die Information, die ich Ihnen liefern kann, oder nicht?«

»Ja«, erwiderte Nefret. Ehe wir sie daran hindern konnten, hatte sie den Raum betreten. Farouk wich einige Schritte zurück. Seine Waffe war auf ihren Brustkorb gerichtet.

Selbstverständlich folgten wir anderen. Der Raum war klein, mit niedrigen Decken, und sehr schmutzig. Eine einzige Lampe verbreitete diffuses Licht. Emerson schloss die Tür und schob den Riegel vor. »Unterbreiten Sie Ihr Angebot«, bemerkte er gefährlich ruhig. »Ich verliere sehr schnell die Geduld, wenn jemand meine Tochter bedroht.«

»Meinen Sie, ich wüsste das nicht?« Das Licht war schwach, trotzdem bemerkte ich die auf Farouks Gesicht glänzenden Schweißtropfen. »Ich wäre nicht so töricht, sie oder einen von Ihnen zu verletzen, es sei denn, Sie würden mich dazu zwingen, und ich bin auch kein solcher Idiot, dass ich ein Spiel fortsetze, das für mich gefährlich wird. Und jetzt hören Sie mir zu. Im Gegenzug für das, was ich Ihnen mitteilen kann, will ich zwei Dinge: Immunität und Geld. Sie werden das Geld zu unserem nächsten Treffen mitbringen. Tausend englische Pfund in Gold.«

»Eine hohe Summe«, sinnierte Emerson.

»Es wird Ihnen wenig erscheinen, wenn Sie meine Ausführungen hören. Sie hat das Geld. Werden Sie bezahlen, Nur Misur?«

»Ja«, erwiderte sie rasch.

»Eine Minute, Nefret«, wandte Emerson ein. »Bevor du dich auf einen solchen Handel einlässt, solltest du dich besser vergewissern, wofür du bezahlst. Der Aufenthaltsort von Kamil el-Wardani ist weder uns noch der Polizei tausend Pfund wert.«

»Ich habe einen dickeren Fisch am Haken als ihn. Wardani ist ein Hecht, aber ich kann Ihnen einen Hai anbieten.«

»Ein eloquenter Bursche, was?«, wandte Emerson sich an mich.

»Sind Sie einverstanden oder nicht?«, versetzte Farouk. »Falls Sie versuchen, mich hier festzuhalten, bis die Polizei auftaucht –«

»Das läge mir fern«, konterte Emerson.

»Wir sind einverstanden«, warf Nefret ein. »Wo und wann sollen wir das Geld abliefern?«

»Morgen Abend ... Nein. Am Abend darauf. Eine Stunde vor Mitternacht. Es gibt da ein gewisses Haus in Maadi ...«

Seshat miaute unterdrückt und musterte Ramses vorwurfsvoll. Er setzte sie zu Boden, richtete sich auf und blickte Farouk an. Die Mundwinkel des jungen Halunken verzogen sich zu einem selbstgefälligen Grinsen. »Sie kennen den Ort.«

»Gewiss«, brummte Emerson.

Farouk grinste breit. »Sie werden allein kommen, Vater der Flüche.«

»Das glaube ich kaum«, versetzte Ramses. »Warum sollten wir Ihnen trauen?«

»Selbst wenn ich könnte, was hätte ich davon, wenn ich ihn tötete? Ich will das Geld und sein Versprechen, dass er die Polizei drei Tage lang nicht informiert. Ich vertraue auf sein Wort. Er ist als Ehrenmann bekannt.«

»Sehr schmeichelhaft«, warf Emerson ein. »Also gut, ich werde dort sein.«

»Gut.«

Nefret stand näher bei ihm als wir anderen. Er musste lediglich seinen Arm ausstrecken. Dieser umschlang sie und zog sie fest an seinen Körper.

Ich umklammerte Emerson fester, doch diesmal war es Ramses, dessen Temperament den gesunden Menschenverstand ausschaltete. Er bewegte sich flink, doch der andere Mann war darauf vorbereitet. Der Gewehrlauf traf ihn an der Schläfe und katapultierte ihn zu Boden.

»Aufhören!«, schrie Nefret. »Ich werde mit ihm gehen. Bitte, Professor! Ramses, alles in Ordnung mit dir?«

Ramses setzte sich auf. Eine dunkle Blutspur rann über seine Wange. »Nein. Aber ich habe es verdient. Verdammt idiotisch von mir. Wenn ihr auch nur ein Haar gekrümmt wird –«

»Sollte ihr etwas zustoßen, ist es Ihre Schuld«, schnaubte Farouk. »Ich will sie lediglich als Geisel, für den Fall, dass die Polizei mir auflauert. Ihr wünscht euch besser, dass es nicht so ist.«

»Falls erforderlich, werden wir sie ablenken«, bemerkte Emerson. Seine Stimme klang unnatürlich ruhig. »Wenn Sie nicht innerhalb einer Stunde zurückkommt –«

»Ich kenne niemanden, der so viel redet«, brüllte Farouk hysterisch. »Halten Sie endlich den Mund! Gehen Sie zum Westtor des Khan el-Khalili und warten Sie dort. Sie wird kommen. In einer Stunde! Bei Allah, seien Sie endlich still!«

Er verschwand durch den Vorhang am Ende des Raums und zog sie mit sich.

»Verschwende keinen Gedanken darauf, die Verfolgung aufzunehmen«, sagte ich, als Ramses aufsprang.

»Nein«, erwiderte Emerson. »Er ist bereits am Rande eines Nervenzusammenbruchs. Ramses, es *war* verdammt idiotisch von dir. Nicht, dass ich dir Vorwürfe mache. Vermutlich hätte ich genauso reagiert, wenn deine Mutter mich nicht festgehalten hätte.«

»Nein, das hättest du nicht«, versetzte Ramses. Mit dem Handrücken wischte er das Blut von seinem Mund. Ich bot ihm mein Taschentuch an, das er wortlos entgegennahm. »Du hast mehr Verstand.«

»Wo ist Seshat?« Ich sah mich um.

»Meinst du, sie folgt ihnen?«, fragte Emerson.

»Keine Ahnung«, murmelte Ramses. »Und im Augenblick ist mir das auch ziemlich egal. Lasst uns gehen.«

Es dauerte eine Weile, bis wir zum Westtor des Khan gelangten, das inzwischen verschlossen war. Die Straßen waren ungewöhnlich ruhig, selbst um diese abendliche Stunde. Offenbar hatte die Polizei einen anderen Weg eingeschlagen oder die Verfolgungsjagd abgebrochen. Unter dem Torbogen befand sich ein Café; wir setzten uns auf die Holzbank im Freien; die dort verweilenden Gäste räumten höflich, vielleicht aber auch in weiser Voraussicht das Feld. Emerson fragte mich, was ich trinken wolle.

»Whisky«, murmelte ich verdrossen. »Trotzdem werde ich Tee bestellen.«

»Ihr wird nichts geschehen«, räumte Ramses ein. Die getrocknete Blutspur wirkte wie eine Narbe. Ich zupfte mein Taschentuch aus seinen Fingern und tauchte es in das Glas Wasser, das der Kellner gebracht hatte.

»Auf mich wirkte er nicht wie ein Mörder«, bemerkte ich.

»O doch, das ist er«, versetzte Ramses. »Aber er wird niemandem Schaden zufügen, der ihm eintausend Pfund zugesagt hat.«

Emerson zog seine Uhr aus der Tasche – zum dritten Mal, seit wir uns niedergelassen hatten, und ich teilte ihm mit, dass ich das verfluchte Ding zerschmettern würde, wenn er es noch einmal wagte. Ramses saß da wie ein Felsmassiv, während ich sein Gesicht säuberte. Dann sagte er: »Solange wir hier warten müssen, können wir die ganze Geschichte genauso gut reflektieren. Glaubt ihr, dass Nefret vermutet, unser Auftauchen bei Aslimi könnte kein Zufall gewesen sein?«

»Schon möglich.« Emerson griff in seine Jackentasche, erhaschte meinen Blick und kramte statt der Taschenuhr seine Pfeife hervor. »Sie denkt sehr schnell. Aber soweit sie informiert ist, war die Polizei auf der Jagd nach Wardani und sonst nichts. Als Farouk uns einen dickeren Fisch anbot ... Gütiger Himmel! Du denkst doch nicht, dass das ein indirekter Erpressungsversuch war, oder? Sein Stillschweigen wäre natürlich tausend Pfund wert, wenn er wüsste, dass du –«

»Sag es nicht!«, entfuhr es mir.

»Das hatte ich auch nicht vor.« Emerson warf mir einen gekränkten Blick zu.

»Ich kann mir nicht vorstellen, wie er es erfahren haben könnte«, sinnierte Ramses. Die einzige Beleuchtung stammte von einer Lampe, die hinter uns neben einem eisenvergitterten Bogen hing. Sein Gesicht vermochte ich nicht auszumachen, doch ich sah seine Hände. Er hatte mir das Taschentuch weggenommen und riss es gedankenverloren in schmale Streifen.

»Nehmen wir einmal das Schlimmste an«, warf ich ein. »Dass er – äh – die Wahrheit vermutet hinter dir und – äh – dem anderen. Mehr als einen Verdacht kann er nicht haben, und den kann er seinem – äh – Auftraggeber nicht mitgeteilt haben, sonst hätte er nicht –«

»Verflucht, Peabody, hör auf herumzustammeln!«, zischte Emerson. »Und nimm nicht das Schlimmste an! Wie kannst du da sitzen und ... und kaltblütig Vermutungen anstellen, während sie ... während sie vielleicht ... Wie spät ist es?«

»Vater, bitte sieh nicht schon wieder auf die Uhr.« Ramses' Stimme klang so beherrscht, dass ich damit rechnete, sie würde ihm versagen. »Wir sind kaum eine halbe Stunde hier. Ich glaube nicht, dass wir irgendetwas anderes als das Naheliegende ins Kalkül ziehen sollten. Sein Angebot war so direkt, wie er es riskieren konnte, und Nefret hat das offensichtlich auch begriffen. Sie war dabei, als Russell dir erklärte, dass er Wardani für einen feindlichen Kollaborateur hält. Die Frage meiner Identität ist eine völlig andere Sache. Es besteht kein Grund zu der Annahme, dass Farouk davon weiß, und Nefret weiß es mit Sicherheit nicht.«

»Ich wünschte, wir könnten es ihr sagen«, murmelte ich.

»Du weißt, warum das völlig ausgeschlossen ist.« Ramses'

Augen blieben auf das Tor auf der gegenüberliegenden Straßenseite geheftet. »Mutter, sie ist geradewegs in dieses schmutzige Loch hineinspaziert, obwohl eine Waffe auf sie gerichtet war. Sie zögerte nicht, sie überlegte nicht, bevor sie handelte. Sie hat sich stets von ihren Gefühlen leiten lassen und nicht von ihrem Verstand; und daran wird sich nichts ändern. Wenn ihr Temperament mit ihr durchgeht, könnte sie zum falschen Zeitpunkt das Falsche sagen und –«

Jetzt versagte ihm die Stimme. Ich drückte seine Hand. »Da ist doch noch etwas«, meinte ich. »Nicht wahr? Ein schwerwiegender Grund, warum du ihr nicht vertraust, dass sie ihre Zunge im Zaum hält. Du hast uns nie erzählt, wie Percy davon erfuhr, dass du derjenige warst, der ihn aus diesem Banditenlager herausgeholt hat. Hat Nefret geplaudert?«

Seine Hand ballte sich zur Faust. »Mutter, um Himmels willen! Nicht jetzt!«

»Besser jetzt als später oder nie. Du hast behauptet, dass nur drei Personen davon wussten – David, Lia und Nefret. David oder Lia können es nicht gewesen sein, da sie erst in Ägypten eintrafen, nachdem Percy seinen schändlichen Plan umgesetzt hatte, dir sein Kind unterzuschieben. Percy hat Nefret Avancen gemacht –«

»Sie hat es nicht gewollt.« Seine Stimme war ein abgehacktes Flüstern, sein Blick ruhte weiterhin auf dem dunklen Eingang zum Khan. »Sie konnte nicht wissen, wie er reagieren würde.«

»Natürlich nicht. Mein lieber Junge –«

»Ist schon in Ordnung.« Sein Atem ging wieder gleichmäßiger. »Ich werfe ihr nichts vor, wie könnte ich auch? Es war einer dieser verdammten unvorhersehbaren Zufälle, mit dem niemand hätte rechnen können. Ich will lediglich zum Ausdruck bringen, dass sie nicht mehr erfahren sollte, als sie ohnehin schon weiß. Was könnte sie tun, außer sich Sorgen zu machen und helfen zu wollen? Und dann wäre ich besorgt um sie.«

»Du bist ungerecht«, versetzte ich. »Und vielleicht auch ein bisschen zu fürsorglich?«

»Wäre ich ein bisschen fürsorglicher oder etwas schneller gewesen, müsste sie jetzt nicht durch die dunklen Gassen von Kairo irren, mit einem Mann, der ungefähr so vertrauenswürdig ist wie ein Skorpion.« Er zündete sich eine weitere Zigarette an.

»Du rauchst zu viel«, wandte ich ein.

»Zweifellos.«

»Gib mir eine. Bitte.«

Stirnrunzelnd gehorchte er und zündete sie für mich an. Der beißende Geschmack war wie eine Buße. »Es war mein Fehler«, bemerkte ich. »Nicht deiner. Du warst dagegen, dass sie heute Abend mitkam. Und ich hielt es für eine kluge Entscheidung.«

»Ich kann es nicht mehr ertragen«, knurrte Emerson. »Ich werde sie suchen.«

»Alles in Ordnung«, murmelte Ramses, während er den Rauch ausstieß. »Da ist sie.«

Langsamen Schrittes kam sie aus der Dunkelheit und drehte den Kopf. Emersons Stuhl krachte nach hinten. Als sie sah, dass er auf sie zustürmte, schwankte sie in seine ausgestreckten Arme, und er drückte sie an seine Brust.

»Dem Himmel sei Dank«, hauchte ich.

Ramses murmelte: »Und, verflucht, da ist ja auch die Katze! Wie zum Teufel hat sie –«

»Hör auf zu fluchen«, ermahnte ich ihn.

Nefret ließ nicht zu, dass Emerson sie trug, und sie weigerte sich, nach Hause zu gehen. »Erst wenn ich etwas getrunken habe«, erklärte sie und sank auf den Stuhl, den Ramses ihr hinschob. »Meine Kehle ist staubtrocken.«

»Nervosität.« Ihr Bruder schnalzte mit den Fingern, um den Kellner auf uns aufmerksam zu machen.

»Sei nicht so überheblich. Willst du behaupten, du seist nicht nervös gewesen?«, gab Nefret zurück.

»Mich hat nervös gemacht, was du mit ihm anstellen könntest«, erwiderte Ramses.

Viel sagend blickte Nefret auf die Zigarettenstummel, die rings um ihn verstreut auf dem Boden lagen. Ihr Gesicht war mit Staub und Spinnweben bedeckt und ihr gelöstes Haar mit einem zerknitterten Stück Stoff zurückgebunden, das ich als den Schal identifizierte, den sie Seshat als Leine geliehen hatte. Die Katze setzte sich neben ihren Stuhl und begann, sich zu putzen.

Emerson hob an: »Was hat er –«

»Ich werde euch alles berichten«, erwiderte sie. Durstig leerte sie das Glas Tee, das der Kellner gebracht hatte. Inzwischen waren wir die einzigen Gäste; normalerweise waren solche Lokalitäten um diese Uhrzeit längst geschlossen, doch niemand hätte den Mut aufgebracht, uns auf diese Tatsache hinzuweisen.

»Er hat mir keinen Schaden zugefügt«, sagte sie mit einem besänftigenden Lächeln zu Emerson. »Nachdem ich ihn überzeugt hatte, dass ich nicht weglaufen würde, nahm er lediglich meinen Arm, um mich zu führen. Ich versuchte ihn auszufragen, doch jedes Mal fuhr er mich an. Dass ich den Mund hielt, meine ich. Ich versuchte auch, mir den Weg zu merken, den wir gingen, aber das war aussichtslos; ihr wisst, wie sich die Gassen winden und schlängeln. Als er schließlich stehen blieb, war mir klar, dass wir die Gefahrenzone verlassen hatten, denn er wirkte schlagartig ruhiger. Daraufhin fragte ich ihn, wer der große Fisch sei –«

»Um Himmels willen, Nefret, das hättest du nicht riskieren dürfen«, entfuhr es Emerson. »Äh – hat er es dir verraten?«

»Er lachte und machte abfällige Bemerkungen über Frauen. Dass sie lediglich für zwei Dinge zu gebrauchen wären und er eines der beiden von mir erwartete. Er meinte Geld, Professor«, fügte sie rasch hinzu. Emersons Gesicht war dunkelrot angelaufen. »Ich versprach, es morgen früh als Erstes zu besorgen und dass wir ihn dann wie vereinbart treffen würden. Daraufhin sagte er, ich könne gehen, es sei denn, ich wolle ... In diesem Augenblick biss Seshat zu.«

Ramses beugte sich vor und kraulte den Kopf der Katze. »Sie ist dir die ganze Zeit gefolgt?«

»Anders kann es nicht gewesen sein. Ich hörte Geräusche, nahm aber an, es seien Ratten. Ich wollte ihn noch fragen, wo zum Teufel ich denn sei, doch er verschwand ziemlich überstürzt, und ich brauchte eine Weile, um mich zu orientieren. Schließlich beschloss ich, Seshat zu folgen, die mich ständig anstupste – sie hat mich hergeführt.«

Emerson war nicht mehr puterrot, sondern aschfahl. »Er hat dich gefragt ... ob du wolltest ...«

»Gefragt«, betonte Nefret. »Er war ziemlich direkt, aber er bestand nicht darauf. Vor allem nicht, nachdem Seshat ihn gebissen hatte. Also, Professor, versprich mir, dass du nicht die Beherrschung verlierst, wenn du ihn triffst. Es ist von entscheidender Bedeutung, dass wir zu einer Einigung kommen. Oh, verflucht, ich hätte es dir nicht sagen dürfen!«

»Die Beherrschung verlieren?«, wiederholte Emerson. »Ich verliere nie die Beherrschung.«

»Du wirst ihm das Geld übergeben?«

»Gewiss.«

»Und dein Wort halten, dass du ihm Zeit zur Flucht lässt?«

»Natürlich.«

Ramses, der verdächtig lange geschwiegen hatte, bemerkte daraufhin: »Soll ich das Automobil holen?«

»Wir können genauso gut zusammen aufbrechen«, entgegnete Nefret. »Ich bin sehr gut in der Lage, das kurze Stück zu laufen. Professor?«

»Hmmm«, brummte Emerson. »Wie bitte? Oh. Ja.«

Wir zahlten dem müden Inhaber des Cafés ein großzügiges Trinkgeld und sahen, dass die Lichter ausgingen, sobald wir uns auf den Weg machten. Emerson hatte seinen Arm um Nefret gelegt und sie lehnte sich an ihn. Ramses und ich folgten; er hatte die Katze auf seine Schulter gesetzt. Ich streichelte die sehnigen Fesseln des Tieres und es reagierte mit einem leisen Schnurren.

»Wir müssen uns eine angemessene Belohnung für sie überlegen«, bemerkte ich.

»Einer Katze zu danken ist reine Zeitverschwendung. Sie meinen ohnehin, für ihre Taten stets das Beste verdient zu haben.«

»Trotzdem war ihr Verhalten außergewöhnlich.«

»Nicht für eine von Bastets Nachfahren. Allerdings gebe ich zu, dass sie bemerkenswert ist.«

Schweigend gingen wir weiter. Schließlich murmelte ich: »Wirst du deinen Vater begleiten, wenn er das Geld übergibt?«

»Das wird vermutlich das Beste sein. Du weißt, was er vorhat, nicht wahr?«

»Ja. Es erstaunt mich etwas, dass Farouk das Treffen nicht auf den morgigen Abend festgesetzt hat.«

»Morgen Abend hat er eine andere Verabredung«, enthüllte Ramses. »Dieselbe wie ich.«

8

Nach den Strapazen und dem Triumph des vergangenen Tages hatte selbst Emerson keine Eile, wieder an die Arbeit zu gehen. Er ließ uns in aller Ruhe frühstücken und erwähnte lediglich zweimal, dass wir ihn aufhielten. Nefrets Haar fiel in schimmernden Wellen über ihre Schultern, wie stets, wenn sie es gewaschen hatte. Am Abend zuvor hatte sie recht lange im Bad zugebracht und nicht nur Staub und Schweiß entfernt, sondern auch weitaus subtilere Verunreinigungen. Für eine sensible Frau wie Nefret war allein die Berührung eines solchen Mannes eine Beschmutzung, und mich beschlich das Gefühl, dass sie aus nahe liegenden Gründen das Unangenehme dieser Begegnung heruntergespielt hatte.

Trotzdem sah sie im Hinblick auf ihr letztes Abenteuer nicht sonderlich mitgenommen aus, und sobald Fatima den Raum verließ, kam sie wieder auf das Thema zu sprechen, das am Vorabend ungeklärt geblieben war.

»Ich habe Sophia versprochen, den Nachmittag in der Klinik zu verbringen. Mehrere Operationen stehen auf dem Plan. Ich werde zur Bank gehen, bevor ich ins Krankenhaus –«

»Nein, das wirst du nicht.« Emerson strich Stachelbeermarmelade auf eine Scheibe Brot. »Ich werde heute Abend zur Bank gehen.«

»Aber Sir –«

»Ich trage die Verantwortung«, brummte Emerson.

Diesmal stritt Nefret nicht weiter. Das Kinn auf ihre Hände gestützt, die Ellbogen auf dem Tisch, musterte sie Emerson durchdringend. »Wofür sollst du denn eigentlich bezahlen? Wie du bereits betontest, handelt es sich um eine hohe Summe.«

Emerson war auf diese Frage vorbereitet und gab ihr eine ehrliche, wenn auch nicht unbedingt schlüssige Antwort.

»Du erinnerst dich an das, was Russell uns während unseres gemeinsamen Abendessens erzählte? Es scheint, als behielte er Recht. Wardani kollaboriert mit dem Feind. Said, oder wie immer sein Name lauten mag, muss einer von Wardanis Stellvertretern sein. Was ich für mein Geld erwarte, ist der Name des deutschen oder türkischen Agenten, mit dem sie zusammenarbeiten.«

Nefret nickte. »Das habe ich mir gedacht. Er *wäre* ein großer Fisch, nicht wahr?«

»Oder sie«, wandte Ramses ein. »Es erstaunt mich, Nefret, dass du dein eigenes Geschlecht so entschieden ausklammerst.«

Nefrets Mundwinkel zuckten. »Eine Frau würde keine dermaßen wichtige Position bekleiden. Die Türken und die Deutschen und die übrige männliche Weltbevölkerung denken, dass sie lediglich dazu taugen, den von ihnen verführten Männern Informationen zu entlocken.« Augenblicke später fügte sie hinzu: »Anwesende ausgenommen.«

»Hmhm«, brummte Emerson. »Wir haben einige Frauen kennen gelernt, die zu wesentlich mehr in der Lage waren. Jede Spekulation ist müßig. Morgen werden wir es wissen. Komm und hilf mir, Ramses, ich möchte mir die Statue genauer ansehen, bevor wir nach Gizeh aufbrechen.«

Die Statue stand noch dort, wo die Männer sie abgeladen

hatten, nach wie vor in ihrer Transportverpackung. Nachdem diese entfernt war, verharrten wir alle eine Zeit lang in andächtigem Schweigen. Die Statue war die vollkommene Darstellung eines Mannes, der gleichermaßen ein Gott war, und sie strahlte Würde aus. Die markanten Konturen von Augen und Mund, der perfekt proportionierte Torso und die Arme entsprachen der herausragenden Skulpturenkunst des Alten Reiches. Einige Kapazitäten auf diesem Gebiet sind der Ansicht, dass die ägyptische Kunst in dieser Epoche ihre höchste Perfektion erreichte. In diesem Moment hätte ich ihnen zugestimmt.

»Sie ist wunderschön«, murmelte Nefret. »Ich nehme an, dass sie an das Museum gehen wird?«

»Zweifellos«, erwiderte Ramses. »Es sei denn, wir stoßen auf etwas noch Erleseneres, was Quibell überzeugen könnte, es stattdessen zu nehmen.«

»Keine Chance«, knurrte Emerson. »Wenn wir ein halbes Dutzend davon hätten, würde er uns vielleicht eine lassen. Allerdings werden wir keine weiteren finden.«

»Möchtest du, dass ich Fotos mache?«, erkundigte sich Nefret.

»Später. Bewaffne dich mit deinem Arsenal, Peabody, und dann lasst uns aufbrechen.«

Ich musste noch meinen Degen-Schirm bei Jamal, dem Gärtner, abholen, der sozusagen unser Hausfaktotum war. Er war Selims Cousin zweiten oder dritten Grades, ein sehniger Bursche, genauso gut aussehend wie Selim, aber ohne dessen Ehrgeiz und Energie. Ich hatte ihm erklärt, dass der Schirmmechanismus klemmte, woraufhin er mir versicherte, dass die Reparatur für einen erfahrenen Mann wie ihn ein Kinderspiel sei. Natürlich testete ich das und war angenehm überrascht, dass er nun einwandfrei funktionierte.

Bei unserer Ankunft waren Selim und der Rest der Mannschaft bereits im Ausgrabungsgebiet. Nefret verließ uns kurz nach Mittag. Zu diesem Zeitpunkt hatten die Männer das Muttergestein erreicht. Die gemeißelten Blöcke, die den Stollen auskleideten, endeten dort, doch der Schacht selbst verlief weiter durch das Gestein des Felsplateaus.

»Sehr viel tiefer kann er nicht mehr sein«, äußerte sich Selim optimistisch. Genau wie ich hatte er es langsam satt, unermüdlich Körbe voll Sand und Geröll zu sieben, die nicht einmal eine Tonscherbe zum Vorschein brachten.

»Pah«, schnaubte mein Gatte. »Vielleicht noch zwei Meter. Oder drei oder vier oder –«

Selim stöhnte auf.

»Und«, fuhr Emerson gnadenlos fort, »du wirst heute Abend eine Wache postieren müssen und jede weitere Nacht, bis wir die Arbeit in der Grabkammer abgeschlossen haben. Nach unserem gestrigen Fund wird jeder Dieb, der in dieser Gegend etwas auf sich hält, sich daran versuchen wollen.«

»Aber wir haben sonst nichts gefunden«, versetzte Selim. »Lediglich die Statue.«

»Ja«, erwiderte Emerson.

Wir gruben noch einige Stunden, ohne das Ende des Schachts zu erreichen. Nach einem Blick auf die Sonne, deren Stand ihm die Zeit fast genauso exakt dokumentierte, wie er die Uhr las, stellte Emerson die Arbeit ein. Als ich mein Erstaunen bekundete – denn sicherlich waren wir nicht mehr weit von der Grabkammer entfernt –, musterte er mich verdrossen.

»Wir haben in der Stadt einen Auftrag zu erledigen, falls du das vergessen hast. Ich muss sagen, es wäre eine positive Veränderung, einmal eine Saison ohne diese verfluchten Ablenkungen zu verbringen.«

Ich ignorierte diesen Einwurf, den ich oft genug gehört hatte. »Und nachdem wir unseren Auftrag erledigt haben?«, erkundigte ich mich und musterte *ihn* viel sagend.

»Zum Teufel, ich weiß nicht, was du meinst«, erwiderte Emerson unwirsch.

»Aber ich«, warf Ramses ein, der sich soeben zu uns gesellte. »Und die Antwort lautet nein, Mutter. Ich habe Fatima bereits mitgeteilt, dass ich heute Abend auswärts esse. Allein.«

»Oh, war es das, was du gemeint hast?« Emersons Stirn legte sich in Falten. »Die Antwort lautet nein, Peabody.«

Selbstverständlich hatte ich nicht vor, mich von den beiden schikanieren zu lassen. Im Gegenteil, ich spielte auf Zeit, bis wir uns frisch gemacht und umgezogen hatten. Nefret war nicht heimgekehrt. Nach dem üblichen Rauschen und Knacken in der Telefonleitung gelang es mir, eine Verbindung zum Krankenhaus herzustellen. Sie war noch immer im Operationssaal, wo sie den gesamten Nachmittag zugebracht hatte. Das war genau das, was ich hören wollte. Sie würde nach ihrer Arbeit zum Haus zurückkehren und vermutlich nicht erneut ausgehen. Langwierige Operationen zehrten sie physisch und manchmal auch emotional aus.

Als ich zu meinem Gatten und Ramses stieß, erfuhr ich, dass sie sich laut Emerson auf einen Kompromiss geeinigt hatten. Wir würden gemeinsam dinieren und im Anschluss daran konnte Ramses seiner Wege gehen.

»Das erscheint mir recht sinnvoll, weißt du«, erklärte Emerson.

»In welcher Hinsicht?«

Meine Frage ignorierend, sprang Emerson hastig auf den Fahrersitz. Ich bat Ramses, sich zu mir in den Fond zu setzen, und inspizierte ihn eingehend. Er wirkte ausgesprochen adrett, stellte ich fest, bis auf das nicht einwandfrei sitzende Jackett. Der Verband konnte es nicht sein; auf seine ausdrückliche Bitte hin (und weil der Heilungsprozess gute Fortschritte machte) hatte ich ihm einen dünneren angelegt.

»Trägst du etwa eine Waffe?«, erkundigte ich mich.

»Gütiger Himmel, nein. Ich will doch niemanden erschießen.«

»Dann nimm meine.« Ich griff in meine Handtasche.

»Danke, nein.« Er umklammerte mein Handgelenk. »Dein kleiner Damenrevolver gehört zu den nutzlosesten Waffen, die je erfunden wurden. Ich kann mir nicht vorstellen, wie es dir gelingen sollte, jemanden damit zu treffen.«

»Normalerweise ist das auch nicht nötig«, gestand ich. »Aber wenn jemand dich in tödlicher Umklammerung hält –«

»Ist ein Messer wesentlich zweckmäßiger. Wie dem auch sei, der Trick bei der Sache ist, den Gegner auszuschalten, bevor er dich überwältigt. Mutter, was hast du sonst noch in diesem Beutel? Er ist viermal so groß wie deine normale Abendtasche.«

Bevor ich ihn davon abhalten konnte, glitt seine Hand hinein. »Wie ich vermutete«, murmelte er, als er ein Stück schwarzen Stoff herauszog. »Du wirst mich heute Abend nicht begleiten, also schlag es dir aus dem Kopf. Wie würde es aussehen, wenn Wardani in Begleitung einer Frau auftauchte?«

»Sag mir, wohin du gehst und was deiner Meinung nach passieren wird.«

»In Ordnung.«

In meiner Verblüffung hatte ich ein Stück meines Schleiers eingesogen und musste ihn erst aus meinem Mund entfernen, ehe ich weitersprach. »Was denn, ohne jeden Einwand?«

»Da du ohnehin schon mehr weißt, als du hättest erfahren sollen«, bemerkte mein Sohn, »ist es nur vernünftig, dir alles zu schildern, was du wissen musst. Man wird bemerken, dass wir in aller Öffentlichkeit zu dritt speisen und zusammen das Hotel verlassen. Dann werde ich mich von euch trennen und du und Vater werdet umgehend heimfahren. Der Treffpunkt ist die verfallene Moschee in der Nähe von Burckhardts Grabstätte. Vater kennt die Stelle. Und ihr braucht nicht mitzukommen, um mir Deckung zu geben. David wird dort sein, in einem sicheren Versteck. Er hat sich geweigert, mich allein hingehen zu lassen.«

»Gott schütze den Jungen«, murmelte ich.

»Wir wollen das Beste hoffen«, meinte Ramses.

Als Erstes gingen wir zur Bank auf der Sharia Qasr el-Nil. Die Transaktion dauerte nicht lange. Emersons Transaktionen dauern nie lange. Als wir ins Freie traten, trug Emerson meinen »Beutel«, wie Ramses ihn umschrieben hatte. Tausend Pfund in Gold haben ein beträchtliches Gewicht.

Es war nur eine kurze Fahrt von der Bank zum Savoy Hotel, wo wir, wie Emerson mich jetzt gnädig informierte, dinieren würden. Ich fragte ihn nicht, warum, da er mir ohnehin nur Lügen aufgetischt hätte, und ich hatte keinerlei Zweifel, dass sein wahres Motiv noch früh genug ersichtlich würde. Das Savoy war das bevorzugte Hotel der »Elite« unter den Kairoer Beamten und den britischen Offizieren.

Ich glaube, dass keiner der anwesenden Gäste jemals den Anblick Emersons vergessen wird, der, bewaffnet mit einer großen schwarzen, perlenbestickten Satinhandtasche, das Savoy betrat. Nur wenige Männer außer Emerson hätten das getan – und niemand außer Emerson mit einer solchen Selbstverständlichkeit. Nachdem man uns einen Tisch zugewiesen hatte, stellte er die Handtasche auf den Boden und setzte demonstrativ beide Füße darauf.

»Versuchst du, jemanden zu provozieren, dass er uns beraubt?«, erkundigte ich mich. »Genauso gut könntest du ein Transparent mit der Information hochhalten, dass wir etwas Wertvolles in dieser Tasche haben.«

»Ja«, bekräftigte Emerson und widmete sich seiner Speisekarte.

»Eher unwahrscheinlich«, bemerkte Ramses. »Kein Dieb würde den Vater der Flüche bestehlen.«

»Hmhm.« Emerson musterte ihn über den Rand seiner Speisekarte hinweg. »Wieder einer von Daouds Sprüchen? Und kein besonders guter.«

Gebieterisch winkte er dem Kellner. Nachdem wir das Abendessen bestellt hatten, stützte er seine Ellbogen auf dem Tisch auf und spähte neugierig durch den Saal.

Nicht alle Tische waren besetzt. Es war noch recht früh für die »Elite«. Die einzigen mir bekannten Personen waren Lord Edward Cecil und einige aus seiner Clique. Als ich seinen Blick bemerkte, nickte ich, und der Gentleman wurde schlagartig ernst.

»Wer sind diese Leute an Cecils Tisch?«, wollte Emerson wissen.

Ich zählte ihm die Namen auf, die dem werten Leser sicherlich genauso wenig sagen würden wie Emerson. »Und dieser Bursche, der Cecil ununterbrochen angrinst?«

»Das ist Aubrey Herbert«, klärte Ramses ihn auf. »Einer von Woolleys und Lawrences Mitarbeitern. Früher war er Honorarkonsul in Konstantinopel.«

»Du kennst ihn?«, entfuhr es Emerson.

»Ich habe ihn kennen gelernt.« Ein belustigtes Funkeln trat in Ramses' Augen. »Wie mir zu Ohren gekommen ist, hält er mich für entsetzlich unfein.«

»Die Meinung solcher Leute sollte dich nicht kümmern«, wandte ich aufgebracht ein.

»In keiner Weise, Mutter, das versichere ich dir. Darf ich fragen, Vater, warum du dich für ihn interessierst?«

»Ich suche jemanden«, enthüllte Emerson.

»Wen?«

»Diesen Burschen Hamilton. Du kennst ihn doch, oder, Ramses? Du kannst ihn mir zeigen.«

»Ich sehe ihn nicht«, erwiderte Ramses. »Wie kommst du darauf, dass er hier sein könnte?«

»Er logiert im Savoy, nicht wahr? Ich hab's!« Emerson schob seinen Stuhl zurück. »Ich werde ihm meine Karte überbringen lassen.«

Und schon verschwand er, seine Jackentaschen durchwühlend.

»Weshalb dieses plötzliche Interesse an Major Hamilton?«, fragte ich Ramses und bedeutete dem Kellner, die Suppe zu servieren. Es hatte keinen Sinn, auf Emerson zu warten, der zurückkommen würde, wann es ihm passte.

»Keine Ahnung.«

»Hoffentlich sucht er keine Auseinandersetzung mit dem Major.«

»Warum sollte er?«

»Der Major war anfänglich etwas unhöflich, doch Nefret behauptete, dass er sich ihr gegenüber sehr charmant verhalten habe. Ach, du meine Güte. Du nimmst doch nicht etwa an, dass dein Vater den Major aufzufordern gedenkt, sich von ihr fern zu halten oder –«

»Nein.«

»Vielleicht ist es auch das junge Mädchen. Er möchte vielleicht –«

»Mutter, jede Spekulation ist reine Zeitverschwendung. Warum isst du nicht deine Suppe, bevor sie kalt wird?«

»Spekulation«, konterte ich, »ist nie Zeitverschwendung. Sie lichtet das Unterholz im Dickicht der Logik.«

Ramses verschwand hinter seiner Serviette.

»Hast du dich verschluckt?«, fragte sein Vater, der soeben zurückkehrte und sich wieder setzte.

»Nein, Sir. War der Major zugegen?« Ramses' Gesicht war leicht gerötet. Ich hoffte, dass er kein Fieber bekam.

»Das werden wir zu gegebener Zeit erfahren.« Emerson

widmete sich seiner Suppe. Er isst sehr manierlich, aber auch sehr schnell; er war vor mir fertig und ergriff erneut das Wort. »Ich habe ihm die Mitteilung hochschicken lassen, dass ich hier bin und ihn zu sehen wünsche.«

Die Reaktion auf seine Mitteilung entsprach nicht dem, was er erwartetet hatte. Ramses bemerkte sie als Erster; er murmelte irgendetwas und lenkte mein Interesse auf die Tür zum Speisesaal.

»Es ist nur Miss Molly«, räumte ich ein. »Warum diese üble Ausdrucksweise?«

»Allmählich halte ich sie für einen Unglücksbringer«, murmelte Ramses.

»Unfug«, brummte Emerson, drehte sich um und lächelte der Kleinen zu. In diesem Augenblick bemerkte sie uns und trippelte in unsere Richtung. Ihr affektierter Gang und ihre selbstzufriedene Miene dokumentierten mir, dass sie sich für sehr erwachsen hielt. Ihr rosafarbenes Seidenkleid war so blütenfrisch, dass sie es vermutlich gerade erst angezogen hatte, und ihre Locken wurden von einem mit künstlichen Rosenknospen geschmückten Haarreif gebändigt. Kleider machen Leute, sage ich stets; in dieser Garderobe, die eher zu einem jungen Mädchen als zu einem Kind gepasst hätte, wirkte sie älter, als sie war. Sicherlich hatte ihr nachgiebiger Onkel diesen Einkauf gebilligt.

Miss Nordstrom folgte ihrer Schutzbefohlenen auf dem Fuß. Ihr Gesicht war noch verhärmter als bei unserer ersten Begegnung, und ich fand, dass sie erschöpft wirkte.

»Ich hoffe, Sie sind wiederhergestellt«, meinte ich mitfühlend.

»Ja, danke, Mrs. Emerson. Es war nur ein leichtes – äh – Unwohlsein. Verzeihen Sie die Störung«, fuhr sie fort. »Komm weiter, Molly, wir wollen doch nicht, dass die Herren die ganze Zeit stehen müssen.«

»Können wir uns nicht zu Ihnen setzen?«, wollte Molly von mir wissen.

»Wie du siehst, haben wir unser Abendessen fast beendet«, erwiderte ich.

»Oh, ich doch auch. Zu Abend gegessen, meine ich. Nordie hat mir erlaubt, auf ein Dessert herunterzukommen, wenn ich meine Milch austrinke. Die Milch hier schmeckt wirklich schauderhaft.« Sie verzog das Gesicht und blickte zu Emerson, dessen hünenhafte Gestalt sich zu ihr hinunterbeugte.

»Gewiss, meine Kleine. Und Sie selbstverständlich auch, Miss ... äh-hm. Wird der Major zu uns stoßen?«

Der Kellner brachte zwei weitere Stühle, und wir rückten zusammen, was für alle Beteiligten unbequem war. Mit offensichtlicher Genugtuung nahm Miss Molly zwischen mir und Ramses Platz.

»Er kann nicht«, antwortete sie.

»Ich hoffe«, hob Ramses an, »dass er nichts Falsches gegessen hat.«

Molly kicherte. »Eine Magenverstimmung, meinst du? Nein, es war –«

»Als Ihre Nachricht eintraf, befand sich der Major gerade im Aufbruch zu einer Essenseinladung.« Miss Nordstrom errötete. »Er bittet, ihn zu entschuldigen, und hofft, Sie ein anderes Mal begrüßen zu dürfen.«

»Ah«, meinte Emerson. Falls er enttäuscht war, verbarg er es sehr gut. Hätte ich ihn nicht besser gekannt, hätte ich in der Tat vermutet, dass er erfreut schien.

Miss Molly ließ sich Zeit bei der Wahl ihres Desserts und bat jeden von uns um eine Empfehlung. Ihre Aufmerksamkeit galt allein Emerson und Ramses – der wenig zur Gesprächsführung beitrug –, so dass mir nichts anderes übrig blieb, als Miss Nordstrom zu unterhalten. Eine Zerreißprobe, wohlgemerkt. Sie redete ausschließlich davon, wie sehr sie Kairo verabscheute und dass sie die Heimreise herbeisehnte.

»Das Essen entspricht nicht meinem Geschmack, Mrs Emerson, und es ist unmöglich, einen geregelten Tagesablauf für das Kind aufrechtzuerhalten. Wissen Sie, zu Hause hat man die völlige Kontrolle und einen vernünftigen Stundenplan für Unterricht, körperliche Ertüchtigung und Besuche bei den Eltern. Die Arbeitszeit des Majors ist so unregelmäßig, dass ich nie weiß, wann er hier sein wird, und dann möchte er mit Molly zusammen sein.«

»Verständlich«, erwiderte ich.

»O ja, keine Frage, aber das trägt nicht unbedingt zu ihrer Disziplinierung bei.« Sie senkte die Stimme. »Ich versichere Ihnen, ich hätte ihr unter gar keinen Umständen erlaubt, Sie zu stören, wenn er nicht nachgegeben hätte. Ich halte nichts davon, dass Kinder so lange aufbleiben und so opulent essen.«

Die Rumtorte, die Molly soeben verspeiste, fiel sicherlich in diese Kategorie. Ihre Freude war so augenscheinlich, dass ich lächeln musste.

»Gelegentliche kleine Sünden schaden einem Kind nicht«, wandte ich ein. Miss Molly, die mit vollem Mund plauderte, überhörte das. Im Gegensatz zu Ramses. Er bedachte mich mit einem schiefen Seitenblick.

Während Miss Molly fröhlich weiterschwatzte, wurde ich ein bisschen nervös wegen der voranschreitenden Zeit. Miss Nordstrom lehnte ein Dessert ab, entschied sich stattdessen allerdings für einen Kaffee. Der Speisesaal hatte sich inzwischen gefüllt, und einige Bekannte blieben stehen, um uns auf dem Weg zu oder von ihrem Tisch zu begrüßen. Einer von ihnen war Lord Edward.

Als Sohn von Lord Salisbury war er auf Grund seiner Abstammung der distinguierteste von allen jungen Männern, die

Kitchener in den ägyptischen Staatsdienst geholt hatte. Er besaß zwar keine Erfahrung für seine Position im Finanzministerium, dennoch leistete er hervorragende Arbeit und genoss das Vertrauen der Regierung. Darüber hinaus hatte er einen gewissen Ruf als amüsantester Unterhalter von Kairo. Sich über andere Leute lustig zu machen ist die einfachste Methode, eine solche Reputation zu erwerben. Was er und seine Clique hinter unserem Rücken über uns erzählten, weiß ich nicht. Sie hätten nie den Mut besessen, es uns ins Gesicht zu sagen.

Ernst und zurückhaltend gratulierte er Emerson zu der Entdeckung der Statue, machte mir Komplimente wegen meines Aussehens, zwickte Miss Molly in die Wange und erkundigte sich nach Nefret. Miss Nordstrom bedachte er mit einem knappen Nicken. Schließlich wandte er sich an Ramses.

»Vielleicht interessiert es Sie, dass man Simmons einen Verweis erteilt und ihn dazu ermahnt hat, sich in Zukunft untadelig zu benehmen.«

»Es lag nicht ausschließlich an ihm«, erwiderte Ramses.

»Nicht?« Lord Edward hob die Augenbrauen. »Ich werde ihn über Ihre Sichtweise in Kenntnis setzen. Guten Abend.«

»Wir müssen uns ebenfalls verabschieden«, bemerkte Miss Nordstrom, nachdem sich der Gentleman entfernt hatte. »Es ist entsetzlich spät.«

Miss Molly gab sich widerspenstig. »Ich habe meine Torte noch nicht aufgegessen.«

Schroff entgegnete ich: »Du hast mehr davon verdrückt, als gut für dich ist. Geh jetzt mit Miss Nordstrom. Gute Nacht.«

»Und richten Sie dem Major unsere Grüße aus«, rief Emerson.

»Allmählich entwickelt sie sich zu einem Quälgeist«, bemerkte ich, während ich beobachtete, wie die junge Person von ihrer Gouvernante fortgezerrt wurde. »Wie spät ist es?«

Ramses zog seine Taschenuhr heraus. »Halb elf.«

Emerson winkte dem Kellner, indem er seine Serviette wie eine Waffenstillstandsflagge durch die Luft schwenkte.

»Emerson, bitte lass das.«

»Du hast mir erklärt, dass ich den Burschen nicht anbrüllen darf. Was soll ich sonst tun, um ihn aufmerksam zu machen? Trink deinen Kaffee und halte mir keinen Vortrag.«

Ich nahm einen Schluck. »Ich muss sagen, die Küche des Savoy reicht nicht an die des Shepheard's heran. Der Kaffee schmeckt merkwürdig.«

Emerson, der mit der Rechnung beschäftigt war, ignorierte diese Beschwerde, doch Ramses sagte: »Meiner war in Ordnung. Bist du sicher, dass du nicht Salz statt Zucker hineingegeben hast?«

»Ich benutze nie Zucker, wie du wissen solltest.«

»Darf ich?« Er nahm meine Tasse und probierte den Inhalt. »Er schmeckt nicht«, stellte er fest und wischte sich den Mund mit seiner Serviette. »Möchtest du eine neue Tasse?«

»Keine Zeit«, brummte Emerson, der die Rechnung inzwischen beglichen hatte.

Er schob uns aus dem Hotel und in den Wagen. Als wir die Ezbekieh-Gärten passiert hatten und über den Boulevard Clos Bey in Richtung Norden fuhren, zerrte Ramses ein Bündel unter dem Sitz hervor und fing an, sich seiner Oberbekleidung zu entledigen. Kein Wunder, dass sein Abendanzug Falten warf; darunter trug er das traditionelle weite Hemd der Einheimischen nebst Hose.

Während er mit seiner Garderobe beschäftigt war, blickte ich durch das Rückfenster und hielt Ausschau nach möglichen Verfolgern. Nur einem weiteren Automobil oder einem Motorrad wäre es gelungen, sich mit Emersons Geschwindigkeit zu messen, und als wir schließlich die Suq el-Khashir erreichten, war ich mir sicher, dass uns niemand folgte. Als ich mich zu Ramses umdrehte, sah ich mich mit einer in Lumpen gehüllten Silhouette konfrontiert. Der Geruch hatte mich bereits auf ihn aufmerksam gemacht. Naserümpfend bemerkte ich: »Warum sind deine Tarnungen nur immer so widerlich?«

»Nefret hat mich dasselbe gefragt.« Er krönte seine Maskerade mit einer Perücke, die an eine ungeschnittene Gartenhecke erinnerte. Sie schien mir grau oder weiß zu sein und roch genauso übel wie seine Kleidung. »Daraufhin habe ich ihr zu verstehen gegeben, dass Dreck vornehme Menschen auf Abstand hält. Vermutlich hättet ihr beide es lieber, wenn ich romantisch im weißen Seidenumhang agierte, der von einer filigranen Goldbrosche geschmückt wird.«

»Ich weiß zwar nicht, ob das zweckmäßig wäre, trotzdem würde dir ein weißer Umhang gut stehen, bei deinen dunklen Augen, den markanten Gesichtszügen und –«

»Tut mir Leid, dass ich davon angefangen habe.« Ramses musste sich das Lachen verkneifen. »Gute Nacht, Mutter.«

Ehe ich reagieren konnte, sprang er leichtfüßig aus dem offenen Wagen, als Emerson langsamer fuhr, und war verschwunden. Umgehend beschleunigte mein Gatte.

Nachdem ich Ramses' guten Abendanzug ordentlich gefaltet hatte, beugte ich mich zu Emerson vor.

»Wie weit hat er es noch?«

»Ungefähr fünf Kilometer. Ihm bleibt noch ausreichend Zeit.«

Aus Manuskript H

Der Türke verspätete sich. Ramses hatte schon eine ganze Weile neben einem der Monumente flach am Boden gelegen, ehe er das Ächzen der Wagenräder vernahm. Er wartete, bis das langsame Fahrzeug ihn passiert hatte, bevor er sich erhob, eher widerwillig aus dem nicht einsehbaren Winkel schlich und vorsichtig über die umgestürzten Grabsteine trat. Farouk und die anderen waren bereits eingetroffen, einzeln oder zu zweit, wie er sie angewiesen hatte.

Eine Zeit lang beobachtete er das Geschehen durch einen Spalt im Mauerwerk. Der Türke war dermaßen in Eile, dass er tatsächlich mit Hand anlegte beim Entladen. Fluchend schrak er zusammen, als Ramses auftauchte.

»Mach dir nicht die Mühe, die Lieferung zu inspizieren«, knurrte er. »Sie ist vollständig.«

»Das sagst du.«

»Wir haben keine Zeit.« Er warf Ramses ein mit Segeltuch umwickeltes Bündel zu, der es auffing und an Farouk weiterreichte.

»Soll ich es öffnen, Sir?«, erkundigte sich Farouk.

»Nein«, meinte Ramses kurz angebunden. »Macht weiter.«

Er trat neben den Türken. »Es sind Probleme aufgetreten. Hat Farouk davon berichtet?«

»Ich dachte, das überlasse ich dir, Sir«, bemerkte Farouk mit honigsüßer Stimme.

Ramses trat einen Schritt zurück. »Wir können Aslimis Geschäft nicht mehr benutzen. Gestern Abend hat die Polizei dort eine Razzia durchgeführt. Jeder Händler im Khan el-Khalili redet davon.«

Der Türke stieß einen Schwall Flüche in mehreren Sprachen aus. »Wer hat uns verraten?«

»Niemand anderer als Aslimi. Er steht schon seit Wochen

kurz vor einem Nervenzusammenbruch. Wie bist du ihnen entwischt, Farouk?«

»Es überrascht dich, mich hier zu sehen?«

»Nein. Jeder Händler im Khan weiß, dass die Polizei niemanden verhaftet hat. Hat man dich früh genug gewarnt?«

»Nein, ich war lediglich sehr schlau.« Er stöhnte auf, als der Türke ihm eine schwere Kiste in die Arme drückte. »Ich kenne die Gassen des Basars wie ein Mann den Körper seiner Geliebten. Sie kamen mir nicht zu nahe.«

»Sie?«, wiederholte Ramses.

»Die Polizeibeamten. Wer sonst? Niemand kam in meine Nähe.«

Das klärt die Sachlage, überlegte Ramses. Falls Farouk gegenüber Wardani loyal wäre, hätte er sein Zusammentreffen mit den Emersons erwähnt und sich mit seiner raffinierten Taktik gebrüstet, mit der er dem berühmt-berüchtigten Vater der Flüche tausend Pfund in Gold abgepresst hatte. Vielleicht war er sogar so blasiert, dass er glaubte, das Geld ohne Gegenleistung zu bekommen.

»Gut gemacht«, murmelte Ramses. »Aslimi kann der Polizei nicht viel sagen, da wir *ihm* nicht viel gesagt haben, dennoch müssen wir eine andere Kommunikationszentrale finden. Kennst du die Moschee von Qasr el-Ain? Sie wird nur selten benutzt, außer freitags, wenn die Derwische tanzen, und es gibt eine kleine Öffnung neben einer der Marmortafeln links vom Eingang. Es ist genau die unter den Koransuren. Du kennst doch euren Koran, oder?«

»Ich werde die Stelle finden. Noch eine weitere Lieferung. Es wird die letzte sein.«

»Dann drängt die Zeit, was?«

»Ziemlich.« Der Wagen war leer. Der Türke sprang auf den Kutschbock und nahm die Zügel. »Man wird euch mitteilen, wann ihr aktiv werden sollt.«

Diesmal versuchte Ramses nicht, ihm zu folgen. Er blieb stehen und beobachtete – es wäre unter Wardanis Würde gewesen, selbst Hand anzulegen –, wie seine Männer die Waffenlieferung mit Reisigbündeln tarnten.

Asad trat zu ihm. »Hast du dich erholt, Kamil? Bist du wieder genesen?«

»Wie du siehst.« Freundlich legte er dem schmächtigeren Mann eine Hand auf die Schulter, woraufhin dieser sich vor Stolz reckte.

»Wann werden wir dich wieder sehen?«

»Ich werde euch finden. Salam.«

Den Rücken gegen das Mauerwerk gelehnt, wartete er und lauschte auf das Ächzen der davonrollenden Wagenräder. Dann hörte er ein anderes Geräusch, das Knirschen von Geröll, ausgelöst von einem unvorsichtigen Schritt. Sein Messer war halb gezückt, als er die dunkle Silhouette erkannte. Zu klein für Farouk, zu dünn für die anderen: Asad. Unsicher verharrte er in der Öffnung, drehte den Kopf von einer Seite zur anderen, seine schwachen Augen waren unfähig, die Dunkelheit zu durchdringen.

»Hier«, sagte Ramses leise.

»Kamil!« Er stolperte vorwärts, ruderte mit den Armen. »Ich musste zurückkommen. Ich muss dir berichten –«

»Langsam, langsam.« Ramses nahm seinen Arm und stützte ihn. Was für ein Verschwörer, dachte er zynisch. Ungeschickt, halb blind, ängstlich – aber loyal. »Was musst du mir berichten?«

»Was Mukhtar und Rashad tuscheln. Sie würden es nicht wagen, es dir offen ins Gesicht zu sagen. Ich habe ihnen erklärt, dass sie Idioten sind, aber sie –«

»Was haben sie gesagt?«

Seinem Gegenüber entwich ein tiefer Seufzer. »Dass du die Waffen jetzt herausgeben solltest, an unsere Leute. Dass es gefährlich ist, sie alle an einem Ort aufzubewahren. Dass unsere Leute lernen sollten, damit umzugehen, dass sie Schießübungen machen –«

»Ohne die Aufmerksamkeit der Polizei zu erregen? Das wäre weitaus gefährlicher und Munitionsverschwendung.«

Verflucht, dachte Ramses, während er seinen aufgebrachten Gefolgsmann beschwichtigte. Er hatte befürchtet, dass irgendein heller Kopf darauf kommen würde. Und er meinte, diesen hellen Kopf zu kennen.

»Was hat Farouk gesagt?«, drängte er.

»Farouk ist loyal! Er meinte, dass du der Führer bist und es am besten wissen musst.«

O ja, richtig, dachte Ramses. Laut sagte er: »Ich bin froh, dass du mich informiert hast. Geh jetzt, mein Freund, und stelle sicher, dass die Waffen ins Lagerhaus gebracht werden. Ich zähle auf dich.«

Asad stolperte ins Freie. Ramses wartete weitere fünf Minuten. Auf Händen und Füßen verließ er die Moschee, stets auf seine Deckung bedacht. Der Friedhof gehörte nicht zu den im Fremdenführer erwähnten königlichen Grabfeldern; er wurde nach wie vor benutzt und die Monumente waren klein und schäbig. Er kroch hinter eines der größeren Gräber, tauschte den zerrissenen Umhang des Fakirs und das strähnige graue Haar gegen Turban und Gewand ein und wickelte die übel riechende Kleidung in mehrere Lagen Stoff, so dass der Gestank erträglich wurde. Er hatte mit dem Gedanken gespielt, das Kleidungsstück und die Perücke wegzuwerfen, allerdings hatte er lange gebraucht, bis sie entsprechend Ekel erregend wirkten.

Er warf die Tasche über seine Schulter, um beide Hände frei zu haben, schlang den Gürtel mit seinem Messer um sein Gewand und strebte in Richtung Straße. Obschon er in gewisser Weise damit gerechnet hatte, schrak er bei Davids Anblick zurück und tastete nach dem Knauf seines Messers.

»Ein bisschen nervös, was?«, erkundigte sich David mit einem verzerrten Grinsen seiner Gesichtsmaske.

»Was ist mit der transparenten Seidenhose?«

»Ich konnte keine finden, die lang genug war.«

Schweigend gingen sie eine Zeit lang weiter, bis Ramses bemerkte: »Ich dachte, du wolltest den Türken verfolgen.«

»Ich hielt es für Zeitverschwendung. Wir müssen in Erfahrung bringen, woher er kommt, und nicht, wohin er geht, nachdem er seine verdächtige Ladung losgeworden ist. Vermutlich wirbt er für jede Lieferung neue Leute und Wagen an, und ich bezweifle, dass er ständig am gleichen Ort anzutreffen ist.«

»Du rechtfertigst dich zu entschieden.« Ramses lächelte schwach. »Aber ich gebe unumwunden zu, dass ich deine Vorsichtsmaßnahmen schätze. Farouk macht mich *extrem* nervös.«

»Mich ebenfalls. Insbesondere nach dem, was in Aslimis Laden vorgefallen ist.«

»Du hast davon gehört?«

»Ja. Die Geschichte macht in den Basaren die Runde.« Davids Stimme klang neutral, dennoch spürte Ramses die Enttäuschung seines Freundes.

»Sie ist noch nicht ausgestanden«, sagte er. »Wir sind auf Farouk gestoßen und haben ein Abkommen mit ihm getroffen. Er will tausend Pfund in Gold für etwas, was seiner Ansicht nach ein dickerer Fisch ist als Wardani. Vater soll ihn morgen Abend treffen.«

»Es könnte eine Falle sein.« David versuchte, sich keinen falschen Hoffnungen hinzugeben.

»Könnte sein. Aber Farouk ist ein unverbesserlicher Idiot, wenn er glaubt, einen alten Hasen wie Vater betrügen zu können. Er wird sein Wort halten, Farouk das Geld aushändigen und ihm drei Tage Zeit zur Flucht lassen – aber zuerst wird der ignorante Tölpel eine gewisse Zeitspanne in unserem Gewahrsam verbringen, während wir die Information überprüfen.«

Es war typisch für David, dass er zunächst an die Gefahr für die anderen dachte. »Der Professor darf nicht allein gehen. Der Bursche würde nicht lange überlegen und ihm ein Messer in den Rücken jagen oder ihn niederschießen. Wo und wann treffen sie sich? Ich werde ebenfalls dort sein.«

»Du nicht, nein.« Ramses fuhr mit seiner Schilderung fort. »Der von ihm gewählte Treffpunkt war kein Zufall. Ich bin mir nicht sicher, wie viel er weiß oder was er den anderen erzählt hat, aber falls morgen Abend irgendetwas schief geht, darf man dich nicht in der Nähe dieses Hauses finden. Ich werde Vater begleiten. Wir beide sollten in der Lage sein, mit Farouk zu verhandeln. Das feige Schwein wird niemanden erschießen, solange er nicht sichergestellt hat, dass wir das Geld bei uns haben.«

Zwischen der Friedhofsmauer und dem Stadttor erstreckte sich ein offenes Feld, auf dem gelegentlich Feste stattfanden, das jetzt aber verlassen war. Helle Staubwolken wirbelten auf, während sie unter der bleichen Sichel des Mondes durch Unkraut und Lehm stapften. Es gab keinerlei Anzeichen für einen Widersacher, dennoch war die Nacht voller Geräusche und Bewegungen – dem lauten Heulen der Pariahunde, dem Rascheln der Ratten. Ein gigantischer dunkler Schatten schwebte über ihre Köpfe und ein kurzes Quieken dokumentierte das Ableben irgendeines Nagers. Er war inmitten dieser Geräusche und der durchdringenden, vielfältigen Gerüche aufgewachsen – Eselsdung, Kompost – und gemeinsam mit David schon oft solche Wege gegangen. Nur widerstrebend brach er das einvernehmliche Schweigen, doch vor ihnen schimmerten bereits die Lichter des Viertels von Kairo, das niemals schlief – die der Bordelle und Freudenhäuser –, und es gab noch einiges zu besprechen, bevor sie sich trennten.

In kurzen Zügen schilderte er David, wie die Zusammenkunft verlaufen war, und sein Freund beschrieb ihm den neuen Unterschlupf im Elendsviertel von Boulaq. »Die größten Kakerlaken, die ich je gesehen habe. Ich spiele mit dem Gedanken, eine Sammlung anzulegen.« Schließlich erkundigte sich David: »Was ist mir da von einer Statue aus purem Gold zu Ohren gekommen?«

Ramses lachte. »Du solltest doch am besten wissen, wie die Gerüchteküche brodelt. Es ist ein wertvolles Artefakt, zweifellos.« Er beschrieb die Statue und beantwortete die Fragen seines Freundes; doch nachdem Davids erste Neugier befriedigt war, wandte er ein: »Ein merkwürdiger Fundort für ein solches Stück.«

»Ich dachte mir, dass du das feststellen würdest.«

»Aber mit Sicherheit muss der Professor ebenfalls darauf gekommen sein. Eine königliche Statue aus der Vierten Dynastie in dem Schacht eines Privatgrabes? Nicht einmal die höchsten Beamten würden etwas Derartiges besitzen; sie muss für einen Tempel bestimmt gewesen sein.«

»Korrekt.« Sie passierten die riesigen Türme des Bab el-Nasr, eines der letzten erhaltenen Tore der Befestigungsanlage aus dem 11. Jahrhundert, und waren plötzlich in der Stadt. »Man hat sie nicht hineingeworfen«, fuhr Ramses fort. »Sie stand aufrecht, nicht weit entfernt von der Oberfläche, und sie war unbeschädigt. Der sie umgebende Sand war lose, und die vermeintlichen Diebe hinterließen eine verräterische Grube, die auf das Versteck hindeutete.«

David senkte den Kopf und überlegte für Augenblicke. »Willst du damit sagen, dass sie erst kürzlich dorthin geschafft wurde? Dass diejenigen, die sie vergraben haben, wollten, dass ihr sie findet? Warum? Es ist ein einzigartiges Kunstwerk, von hohem Wert auf dem Antiquitätenmarkt. Ein solches Wohlwollen von Seiten eines Diebes ... Oh. Oh, großer Gott! Du glaubst doch nicht, es könnte –«

»Ich glaube, dass Vater genau das denkt. Er sieht Sethos' schändliche Hand überall, wie Mutter zu sagen pflegt, doch in diesem Fall könnte er Recht haben. Irgendwie habe ich sogar erwartet, dass Sethos auftauchen würde; solche Männer verhalten sich in Zeiten des Krieges oder politischer Unruhen wie die Aasgeier. Er betätigt sich schon seit Jahren im illegalen Antiquitätenhandel und laut Mutters Aussage behält er die schönsten Stücke für sich.«

»Aber warum sollte er einen seiner Schätze in eurem Grab verbuddeln?« David prustete los. »Als Geschenk für Tante Amelia?«

»Eher als Ablenkung«, korrigierte Ramses. »Vielleicht hofft er, dass sie sich nach einem herausragenden Fund auf die Exkavation konzentriert und nicht auf die Suche nach feindlichen Agenten.«

»Hat sie das gemacht?«

»Nun, ich denke, dass sie vielleicht nach *ihm* Ausschau hält. Es handelt sich um eine verflucht komplizierte Beziehung, David; ich bezweifle nicht, dass sie Vater treu ist, dennoch hatte sie immer schon eine Schwäche für diesen Schuft.«

»Er hat sie bei mehreren Gelegenheiten aus Gefahren gerettet«, stellte David fest.

»O ja, er weiß genau, wie er sie manipulieren kann. Falls sie ihre Begegnungen wahrheitsgemäß schildert, hat er sie nicht ein einziges Mal kompromittiert. Sie ist eine so hoffnungslose Romantikerin!«

»Vielleicht schätzt er sie tatsächlich.«

»Verflucht, du bist genauso romantisch«, bemerkte Ramses sarkastisch. »Mach dir keine Gedanken um Sethos' Motive; in gewisser Weise hoffe ich, dass ich mich in ihnen täusche, denn ich verabscheue die Vorstellung, dass mein Verstand so arbeiten könnte wie seiner.«

»Dann könnte er einer der emsigen kleinen Spione in unserer Mitte sein – vielleicht sogar der gesuchte Mann. Keine schöne Aussicht.« David klang beunruhigt. »Er verfügt über Kontakte im gesamten östlichen Mittelmeerraum, vor allem in der Unterwelt von Kairo, und wenn er ein solcher Fachmann in der Tarnung ist wie du –«

»Er ist noch besser. Er könnte beinahe jeden verkörpern.« Betont beiläufig fügte Ramses hinzu: »Außer Mrs Fortescue.«

»Bist du sicher?« David wurde ernst. »Sie könnte eine seiner Vertrauten sein. In seiner Organisation arbeiteten einige Frauen.«

Ramses war klar, dass David dabei vor allem an eine Frau dachte – die diabolische Kreatur, die für den Tod seines Großvaters verantwortlich zeichnete. Allerdings war sie von der Bildfläche verschwunden, nachdem man sie dingfest gemacht hatte.

»Schon möglich.«

»Was ist mit diesem grotesken Franzosen, der ihr auf Schritt und Tritt folgt? Könnte er Sethos sein?«

Ramses schüttelte den Kopf. »Zu offensichtlich. Ihm steht der Schurke quasi ins Gesicht geschrieben. Nein, Sethos würde vermutlich eher die Identität einer allseits bekannten Person annehmen – Clayton oder Woolley oder ... Nicht Lawrence, er ist zu klein.«

Sie gelangten an den Rand des Rotlichtbezirks. Zwei uniformierte Männer torkelten eingehakt und lautstark singend auf sie zu. Es war lange nach dem Zapfenstreich, und die Burschen würden zur Rechenschaft gezogen werden, sobald sie in ihre Kaserne zurückkehrten, doch einige davon ertrugen bereitwillig die Strafe für ihre Vergnügungen in den Bordellen und Wirtshäusern. Ramses und David traten beiseite, und als die Männer vorüberschwankten, vernahmen sie die rührselige, beiläufige Erwähnung irgendeiner lieben, alten Mutter. David wechselte ins Arabische über.

»Warum fragst du den Professor nicht einfach, wen er verdächtigt?«

»Das könnte ich tun«, räumte Ramses ein.

»Es wird Zeit, dass du deine Eltern wie verantwortungsbewusste Erwachsene behandelst«, erwiderte David streng.

Ramses grinste. »Wie stets sprichst du Worte der Weisheit. Wir müssen uns jetzt trennen, mein Bruder. Die Brücke liegt vor dir.«

»Du lässt mich wissen –«

»Aywa. Gewiss. Gib Acht auf dich. Salam.«

Nach unserer Rückkehr erfuhren wir von Fatima, die auf uns gewartet hatte, dass Nefret vor einer Stunde eingetroffen war. Sie hatte ein Abendessen mit der Begründung abgelehnt, dass sie zu müde zum Essen sei, und sich umgehend in ihr Zimmer zurückgezogen. Ich empfand Mitgefühl für das Kind, wusste ich doch, dass sie um einen ihrer Patienten besorgt war. Ich verharrte vor ihrer Zimmertür, sah durch das Schlüsselloch jedoch kein Licht und hörte keinerlei Geräusch, so dass ich weiterging.

Ich selbst litt an einer leichten Magenverstimmung. Ich schob es auf meine Nerven und auf das zu fette Essen, dessen ich mich im Rinnstein entledigt hatte, und nahm die mir von Fatima angebotene Tasse Tee dankend an, bevor ich mich zurückzog. Überflüssig zu erwähnen, dass ich erst einschlief, nachdem ich ein leises Klopfen an der Tür vernommen hatte – das vereinbarte Zeichen, zu dem Ramses sich bei seiner Rückkehr widerwillig bereit erklärt hatte. Da ich versprochen hatte, ihn nicht mit Fragen zu bedrängen, unterdrückte ich meinen natürlichen Impuls und drehte mich auf meine Seite, wo ich auf zwei große, warme Hände traf. Emerson war ebenfalls wach geblieben. Schweigend umarmte er mich und hielt mich fest, bis ich einschlief.

Da Nefret für gewöhnlich keine Frühaufsteherin war, überraschte es mich, dass sie bereits am Frühstückstisch saß, als ich hinunterkam. Ein Blick in ihr Gesicht bewies mir, dass meine Vermutung zutraf. Ihren Wangen fehlte die übliche rosige Farbe und unter ihren Augen lagen dunkle Ringe. Ich wusste genau, dass jedes Mitgefühl oder Bedauern fehl am Platz gewesen wäre. Als ich auf ihr zeitiges Aufstehen anspielte, informierte sie mich mit knappen Worten, dass sie ins Hospital müsse. Einer ihrer Patienten befand sich in einem kritischen Zustand und sie wollte bei ihm sein.

Lediglich eine Sache hätte mich von dem Gedanken abbringen können, was an jenem Abend passieren sollte, und diese fanden wir nicht. Die Grabkammer am Fuße des tiefen Schachts war bereits in grauer Vorzeit geplündert worden. Geblieben waren nur ein paar Knochen und Scherben der Grabbeigaben.

Wir überließen es Ramses, diese enttäuschenden Fragmente zusammenzustellen und zu katalogisieren, und kletterten über die provisorische Leiter zurück ans Tageslicht. Ich erklärte Emerson, der hinter mir war: »Es gibt noch einen weiteren Grabschacht. Vielleicht führt er zu etwas Interessanterem.«

Emerson seufzte.

»Willst du ihn heute in Angriff nehmen?«, erkundigte ich mich.

»Nein.«

Ich blieb stehen und sah zu ihm hinunter. »Ich verstehe, mein Schatz«, meinte ich mitfühlend. »Es ist schwierig, sich auf die Exkavation zu konzentrieren, da so viel von unserem mitternächtlichen Rendezvous abhängt.«

Emerson umschrieb besagtes Rendezvous mit einer Reihe sorgfältig gewählter Adjektive und fügte hinzu, dass es mir ähnlich sehe, mitten auf einer baufälligen Leiter stehen zu bleiben und ein Gespräch anzufangen. Daraufhin versetzte er mir einen kleinen freundschaftlichen Stoß.

An der Oberfläche angelangt, nahm mein Gatte den Gesprächsfaden wieder auf. »Gegen einen der von dir genannten Begriffe erhebe ich Einspruch, Peabody.«

»›Mitternächtlich‹ war nicht ganz korrekt«, gab ich zu.

»Aber es klingt romantischer als elf Uhr abends, was?« Emersons Lächeln verwandelte sich in eine Grimasse, die noch mehr Zähne offenbarte und absolut nicht freundlich wirkte. »Das war es nicht. Du sagtest ›unserem‹. Ich dachte, ich hätte dir eindeutig zu verstehen gegeben, dass die erste Person Plural nicht zur Anwendung kommt. Muss ich mich wiederholen?«

»Hier und jetzt, während Selim auf Anweisungen wartet?« Ich deutete auf den jungen Rais, der rauchend auf dem Boden hockte und so tat, als belauschte er uns nicht.

»Ach, verflucht«, knurrte Emerson.

Daoud teilte die Männer zur Arbeit ein, und Selim stieg die Leiter hinunter, um Ramses in der Grabkammer abzulösen, immer vorausgesetzt, dass unser Sohn sich damit einverstanden erklärte. Nachdem er mir versichert hatte, dass David sich nach wie vor in Sicherheit befand und nicht verdächtigt wurde, dass die Waffenlieferung ohne jeden Zwischenfall abgewickelt worden war und dass niemand versucht hatte, ihn zu ermorden, mied er mich demonstrativ. Natürlich war mir klar, warum. Verletzt und geschwächt hatte er sich zwangsläufig auf die Mithilfe seiner Eltern verlassen müssen. Jetzt bereute er diese physische und mentale Schwäche und wünschte sich, er hätte uns nicht mit einbezogen. Mit anderen Worten: er dachte wie ein Mann. Emerson war genauso schlimm; ich hatte ständig Schwierigkeiten, ihn zu überzeugen, dass er mich zu seinem Schutz brauchte. Sich nicht nur mit einem, sondern mit zwei männlichen Egos auseinander setzen zu müssen wurde allmählich zu einer richtigen Plage.

Ich zog Emerson zu dem Rastplatz, wo er umgehend zu einem Vortrag anhob. Ich trank meinen Tee und ließ ihn reden, bis ihm die Puste und die Geduld ausgingen. »Also, was hast du dazu zu sagen?«, wollte er wissen.

»Oh, ich darf auch etwas dazu beisteuern? Nun, falls er allein ist, wirst du ihn gemeinsam mit Ramses vermutlich überwältigen können, immer vorausgesetzt, er lauert euch nicht in einem Hinterhalt auf und greift einen von euch beiden an. Allerdings –«

»Vermutlich?«, wiederholte Emerson, und seine Stimme klang wie ein Donnergrollen.

»Allerdings«, fuhr ich fort, »ist es denkbar, dass er in Begleitung einer Bande von Halunken auftritt, die genau wie er auf Raub und Mord spezialisiert sind. Sie könnten euch nicht am Leben lassen, denn sie würden davon ausgehen, dass ihr –«

»Hör auf damit!«, brüllte Emerson. »Eine solch abwegige Spekulation –«

»Lichtet das Unterholz im Dickicht der Logik«, bemerkte Ramses, der aus dem Nichts auftauchte wie die Dämonen, mit denen er häufiger verglichen wird. Als Emerson ihn verblüfft anstarrte, fuhr Ramses fort: »Vater, warum schilderst du ihr nicht haarklein unseren Plan? Das beruhigt sie vielleicht.«

»Wie bitte?«, knurrte Emerson.

»Ich sagte –«

»Ich habe dich gehört. Ich habe auch gehört, dass du einen Aphorismus geäußert hast, der noch widersinniger ist als alle diesbezüglichen Ergüsse deiner Mutter. Fang nicht auch noch damit an, Ramses. Mit euch beiden kann ich es nicht aufnehmen.«

»Es war tatsächlich einer von Mutter.« Ramses setzte sich auf eine Transportkiste. »Also, Vater?«

»Dann sag du es ihr«, meinte Emerson und fügte verdrossen hinzu: »Das wird sie allerdings auch nicht lange aufhalten.«

»Das geht schon in Ordnung, Mutter.« Ramses lächelte mir zu. Seine entspannten Züge und die besänftigende Art wirkten entwaffnend auf mich – was er auch zweifellos bezweckte. »Farouk kollaboriert nicht aus ideologischen Gründen mit den Deutschen. Er macht es wegen des Geldes. Wir bieten ihm mehr, als er sich von der Gegenseite erhoffen könnte, deshalb wird er zu dem vereinbarten Treffpunkt kommen. Er wird nicht teilen wollen, ergo kommt er allein. Er wird Vater nicht aus einem Hinterhalt erschießen, da er nicht mit Sicherheit weiß, ob Vater das Geld bei sich hat. Wenn wir gemeinsam hingehen, werden wir ihn abschrecken, und das dürfen wir nicht riskieren.«

Ich wollte etwas einwenden. Ramses hob die Stimme und fuhr fort. »Ich werde Vater zwei Stunden Vorsprung lassen und Wache halten. Wenn ich etwas sehe, was mir widersprüchlich oder kritisch erscheint, werde ich Vater folgen. Ist das annehmbar für dich?«

»Es erscheint mir nach wie vor –«

»Noch eine Sache.« Ramses' dunkle Augen fixierten mich. Seine Miene war ausgesprochen ernst. »Wir zählen auf dich, dass du Nefret aus dieser Sache heraushältst. Sie wird uns begleiten wollen und das darf sie unter gar keinen Umständen.

Wäre sie in der Nähe, würde Vater sich um sie sorgen statt um seine eigene Sicherheit.«

»Und du auch«, räumte ich ein.

Emerson hatte zugehört, ohne uns ein einziges Mal zu unterbrechen. Jetzt musterte er seinen Sohn und sagte: »Ramses hat Recht. Genau genommen hat er ebenso impulsiv gehandelt wie Nefret, und er hatte Glück, dass er lediglich mit einem Treffer auf den Schädel davongekommen ist.«

Ramses' hohe Wangenknochen liefen dunkelrot an. »In Ordnung, es war töricht von mir! Aber ihr könnt euch verdammt sicher sein, dass Farouk sie niemals angerührt hätte, wenn ich als Erster in diesen Raum vorgedrungen wäre. Vermutlich würde ich etwas vergleichsweise Törichtes tun, wenn er sie erneut bedrohte, und du auch, Vater. Angenommen, es ist eine Falle – würde sie bei dem Versuch, uns zu helfen, nicht direkt hineintappen und würdest du nicht Hals über Kopf versuchen wollen, sie zu retten?«

»Mag sein, dass so etwas passieren kann«, brummte Emerson. Er blickte zu mir. »Zweifellos wirst du uns beschuldigen, dass wir zu gönnerhaft und überfürsorglich sind –«

»Genau. Das seid ihr. Das bist du schon immer gewesen. Aber ...«

Emerson bemerkte das Zögern in meiner Stimme und besaß so viel gesunden Menschenverstand zu schweigen. Seine blauen Augen wirkten entschlossen, sein markantes, sonnengebräuntes Gesicht unnachgiebig. Ich sah von ihm zu Ramses, dessen schwarze Locken über seine Schläfen fielen und dessen ansprechende Züge denen seines Vaters so ähnlich waren. Beide liebte ich sehr. Würde ich sie größeren Gefahren aussetzen, wenn ich darauf beharrte, an dem nächtlichen Abenteuer teilzunehmen?

Gezwungenermaßen gestand ich mir ein, dass das der Fall sein könnte. Und ich musste zugeben, dass Ramses' Analyse von Nefrets Charakter nicht ganz unzutreffend war. Zunächst fand ich diese ungerecht und von Vorurteilen behaftet; allerdings hatte ich Zeit zum Nachdenken gehabt und die einzelnen Vorfälle reflektiert. Einige ihrer früheren Eskapaden ließen sich vielleicht mit jugendlichem Leichtsinn entschuldigen, wie beispielsweise damals, als sie sich absichtlich von einem unserer brutalsten Widersacher hatte gefangen nehmen lassen, in der Hoffnung, ihren Bruder zu retten. Doch trotz ihrer zunehmenden Reife hatte sie sich nicht sonderlich verändert. Als erwachsene Frau hatte sie ein Bordell in Luxor aufgesucht und tatsächlich versucht, die Mädchen vom Verlassen dieses Etablissements zu überzeugen. Dann diese Episode, als sie Ramses erpresst hatte, bis sie ihn und David in einen der übelsten Stadtteile Kairos begleiten durfte, um ein gestohlenes Artefakt aufzuspüren – und die Begebenheit, als sie mutterseelenallein einen mit einem Messer bewaffneten Räuber angriff ... Die Aufzählung ließe sich beliebig fortführen. Emersons Charakterisierung von Ramses traf vermutlich auch auf Nefret zu; sie war mutig wie ein Löwe, gerissen wie eine Katze und störrisch wie ein Kamel, und wenn ihr Temperament mit ihr durchging, reagierte sie so spontan wie eine Schlange. Auch ihre überstürzte, unselige Heirat ...

»Nun gut«, versetzte ich. »Nach wie vor meine ich, dass du im Hinblick auf Nefret etwas ungerecht bist; sie hat dich und David aus einigen unangenehmen Situationen befreit, und das weißt du genau.«

»Ich weiß, was ich ihr schulde«, erwiderte Ramses in ruhigem Ton.

»Trotzdem«, fuhr ich fort, »bin ich mit eurem Vorschlag einverstanden – nicht, weil ich glaube, dass man *ihr* kein vernünftiges Verhalten zutrauen kann, sondern weil ich weiß, dass *du* und dein Vater dazu nicht in der Lage seid.«

Ramses' zusammengekniffene Lippen entspannten sich. »Mag sein.«

»Hmhm«, murmelte Emerson.

Wir wandten uns unseren unterschiedlichen Aufgaben zu.

Es war nach Mittag, als Nefret auftauchte. Schon seit Stunden siebte ich einen besonders unerquicklichen Geröllhaufen und war froh, als sie mich dabei unterbrach. Ich sprang auf und streckte mich. Sie trug ihre Arbeitskleidung, und ihr beschwingter Gang bewies mir, dass sie besserer Laune war als am Morgen. Sie umklammerte einen verschlossenen Korb, den sie neben mir auf dem Boden abstellte.

»Noch mehr Proviant?«, entfuhr es mir. »Wir haben einen Picknickkorb mitgebracht.«

»Du kennst doch Fatima«, erwiderte Nefret. »Sie denkt, dass wir alle zu wenig essen. Während ich badete und mich umzog, hat sie Ramses' Lieblingsgericht gekocht; sie behauptet, er sei nur noch Haut und Knochen und müsse zunehmen. Wo ist er überhaupt? Wenn er sich weigert, werden wir ihn damit voll stopfen, wie sie es bei den Gänsen praktizieren.«

»Und in der Frühzeit.« Ich lächelte. »Dann geh und ruf ihn und Emerson zum Mittagessen. Sie sind in der Kapelle.«

Fatima hatte auch Aprikosenkompott und eine in Spalten zerlegte Wassermelone eingepackt. Wir alle aßen mit großem Appetit, einschließlich Ramses. Die Kunafa war eines seiner Lieblingsgerichte: Fadennudeln in Butter gebraten und mit Honig gesüßt. Nefret neckte ihn mit Fatimas Kritik, und er reagierte mit einem ziemlich unflätigen arabischen Sprichwort über weibliche Schönheitsideale, das auf sie eindeutig nicht zutraf. Emerson musterte die beiden mit einem liebenswerten Lächeln.

»Alles gut gelaufen heute?«, erkundigte er sich.

Nefret nickte. »Gestern Abend dachte ich, sie würde es

nicht schaffen, aber heute Morgen ging es ihr schon wesentlich besser.« Wohlerzogen spuckte sie einen Melonenkern in ihre Hand und fuhr fort: »Ihr werdet nie erraten, wer mich heute besucht hat.«

»Und deshalb kannst du es uns ebenso gut sagen«, versetzte Ramses.

Der nächste Kern verfehlte sein Ohr. Er kniff die Augen zusammen und griff nach einem Stück Wassermelone.

»Ich verbiete dir, das zu tun, Ramses«, entfuhr es mir. »Du und Nefret, ihr seid jetzt einfach zu alt für solche Spiele.«

»Lass ihnen doch ihren Spaß, Peabody«, meinte Emerson nachsichtig. »Also, Nefret, wer war dein Besucher?«

Ihre Antwort verscheuchte das liebenswürdige Lächeln von Emersons Gesicht. »Dieser degenerierte, schleimige, verachtenswerte, widerliche, perverse, abscheuliche –«

»Er war sehr höflich«, fuhr Nefret ihm ins Wort. »Oder sollte ich besser sagen ›sie‹?«

»Die Tatsache, dass el-Gharbi Damengarderobe vorzieht, ändert nichts an seiner Männlichkeit – äh – an seinem Geschlecht«, erklärte Ramses. Er wirkte so unergründlich wie stets, dennoch fiel mir sein unwillkürlich aufflackerndes Erstaunen auf. »Was wollte er im Krankenhaus?«

»Sich nach einem ›seiner‹ Mädchen erkundigen.« Nefret legte die Betonung auf das Pronomen. »Es handelt sich um die junge Frau, die ich gestern Abend operierte. Er behauptete, dass er sie zu uns geschickt habe und dass man mit dem Mann, der sie verletzte, bereits ... fertig geworden sei.«

Emerson schnappte nach Luft. »Dieser Kriecher, dieser hinterhältige Mädchenhändler, dieser elende –«

»Ja, liebster Professor, ich weiß, was du meinst. Und seine Vorliebe für Schmuck und Parfüm ist ziemlich widerlich!« Da ihr Emersons aufgebrachter Gesichtsausdruck vermittelte, dass er nicht in der Stimmung für einen Scherz war, legte sie ihren Arm um seine Schultern und küsste ihn auf die Wange. »Ich liebe deine Entrüstung, Professor-Schätzchen. Aber seit Gründung der Klinik habe ich Schlimmeres erlebt und mich damit auseinander setzen müssen. El-Gharbis Wohlwollen kann mich dabei unterstützen, diesen Frauen zu helfen. Und das ist das Wichtigste.«

»Ganz recht«, pflichtete ich ihr bei.

»Pah«, schnaubte Emerson.

Ramses sagte: »Gut gemacht, Nefret.«

Der Melonenkern traf ihn mitten am Kinn.

An diesem Nachmittag galt meine Konzentration nicht ausschließlich meinem Geröllhaufen. Ich zermarterte mir das Hirn, wie ich Nefret daran hindern konnte, Emerson und Ramses zu begleiten. Eine Reihe von Möglichkeiten ging mir durch den Kopf, die ich jedoch als undurchführbar verwarf. Die Eingebung, die mir schließlich kam, war so bemerkenswert, dass ich mich fragte, warum ich nicht schon eher daran gedacht hatte.

Wir aßen früher als gewöhnlich zu Abend, da ich sicherstellen wollte, dass Ramses ein anständiges Mahl zu sich nahm, bevor er aufbrach. Er würde eine Stunde benötigen, um Maadi auf dem Umweg zu erreichen, den er gewählt hatte, um unbeobachtet und unverdächtig seinen Wachtposten einnehmen zu können. Als wir anderen uns zum Kaffee in den Salon zurückzogen, schlüpfte er aus dem Haus, aber natürlich bemerkte Nefret seine Abwesenheit schon bald und wollte wissen, wo er war.

»Er ist gegangen«, erwiderte ich, denn ich hatte beschlossen, ihr die Wahrheit zu sagen, statt eine Geschichte zu erfinden, die sie ohnehin nicht geglaubt hätte.

Nefret sprang auf. »Gegangen? Jetzt schon? Hölle und Verdammnis! Du hast versprochen –«

»Liebes, du wirst noch das Tablett umwerfen. Setz dich und

gieß uns ein, wenn du magst. Danke, Fatima, wir brauchen nichts mehr.«

Nefret setzte sich nicht, sondern wartete, bis Fatima den Raum verlassen hatte, um dann aus der Haut zu fahren. »Wie konntest du nur, Tante Amelia? Professor, du lässt ihn allein gehen?«

Der tapferste aller Männer – damit meine ich selbstverständlich meinen Gatten – wand sich unter ihren vor Wut blitzenden blauen Augen. »Äh ...«, sagte er. »Hmhm. Erklär es ihr, Amelia.«

Nefret äußerte ein Wort, dessen Bedeutung mir völlig unbekannt war, und schoss zur Tür. Ich weiß nicht, ob sie nachgedacht hatte, wohin sie gehen sollte; vielleicht glaubte sie, Ramses aufhalten zu können, oder vielleicht dachte sie überhaupt nicht nach (was wahrscheinlicher war). Sie kam nicht weit. Emerson bewegte sich mit der katzenhaften Geschmeidigkeit, die ihm einen von Daouds denkwürdigeren Aussprüchen eingebracht hatte: »Der Vater der Flüche brüllt wie ein Löwe, schleicht wie eine Katze und kämpft wie ein Falke.« Mit Leichtigkeit hob er Nefret auf und trug sie zurück zu ihrem Stuhl.

»Danke, Emerson«, sagte ich. »Nefret, das reicht jetzt. Ich verstehe deine Besorgnis, Schätzchen, aber du hast mir keine Gelegenheit zu einer näheren Erläuterung gegeben. Also wirklich, du musst dir abgewöhnen, spontan in Aktion zu treten, ohne die Konsequenzen zu erwägen.«

Ich rechnete schon fast damit, dass sie erneut explodierte. Stattdessen senkte sie die Lider und die aparte Zornesröte wich aus ihren Wangen. »Ja, Tante Amelia.«

»So ist es schon besser«, bekräftigte ich. »Trink deinen Kaffee und ich werde dir den Plan schildern.«

Das tat ich. Nefret lauschte schweigend, sie hatte die Lider gesenkt und ihre Hände im Schoß gefaltet. Allerdings entging ihr nicht, dass Emerson auf Zehenspitzen den Raum verlassen wollte. Zugegeben, mein Gatte ist nicht besonders gut in dieser Technik.

»Wo geht er hin?«, fragte sie wütend.

»Er bereitet sich auf den Aufbruch vor.« Sein Verschwinden kam mir recht gelegen, da ich jetzt offener reden konnte. »Gütiger Himmel, Nefret, meinst du, ich würde die beiden nicht selbst liebend gern begleiten? Ich habe mich einverstanden erklärt, gemeinsam mit dir hier zu bleiben, weil ich das für die beste Lösung halte.«

Ihr verdrossener Blick machte mir klar, dass sie keineswegs überzeugt war. Ich griff zu einem weiteren Argument. Ich erwähnte es nur ungern, aber meine Aufrichtigkeit zwang mich dazu. »In der Vergangenheit haben sich Situationen ergeben, nicht viele – ein oder zwei –, in denen meine Anwesenheit Emerson von der eigentlichen Bedrohung ablenkte und in erhebliche Gefahr brachte.«

»Aber, Tante Amelia! Ist das wahr?«

»Ja, allerdings nur ein- oder zweimal.«

»Verstehe.« Ihre Stirn glättete sich. »Würde es dir etwas ausmachen, mir davon zu erzählen?«

»Dazu sehe ich keine Veranlassung. Es ist schon lange her. Heute weiß ich es besser. Und«, fuhr ich fort, ehe sie das Thema vertiefen konnte, das sie natürlich brennend interessierte und auf das ich absolut nicht versessen war, »ich lasse dich gern von meinen Erfahrungen profitieren. Ihr Plan ist gut, Nefret. Sie haben mir ihr Wort gegeben, dass sie sich rechtzeitig zurückziehen werden, falls die Dinge sich nicht wie von ihnen erwartet entwickeln.«

Resigniert zuckte sie ihre schmalen Schultern. »Wie lange müssen wir warten?«

Da wusste ich, dass ich gesiegt hatte. »Ich bin sicher, sie kommen bald zurück. Emerson weiß, dass ich mich auf die

Suche nach ihm begeben werde, wenn er nicht früh genug wieder auftaucht. Und er würde alles tun, um das zu verhindern!«

Aus Briefsammlung B

Liebste Lia,

hebst du meine Briefe weiterhin auf? Ich nehme es an, obwohl ich dich bat, sie zu vernichten – nicht nur die aktuellen Briefe, sondern auch die, die ich dir vor ein paar Jahren schrieb. Du hast gesagt, dass du sie wieder und wieder liest, wenn wir fort sind, weil es für dich so ist, als würdest du meine Stimme hören. Und ich habe gesagt – was ich gesagt habe, tut mir Leid, Lia, mein Schatz! Ich war grässlich zu dir. Grässlich zu allen! Du hast meine Erlaubnis – meine formelle, schriftliche Erlaubnis –, sie aufzubewahren, wenn du möchtest. Ich wäre froh, wenn du es tun würdest. Eines Tages möchte ich sie vielleicht – so hoffe ich doch – selber noch einmal lesen. Es gab da einen speziellen ... Ich denke, du weißt, welchen.

Vermutlich fällt dir auf, dass ich heute Abend in merkwürdiger Stimmung bin. Ich habe diesen Brief immer wieder hinausgezögert, weil ich dir so viel erzählen möchte, was sich eigentlich nicht zu Papier bringen lässt. Der Gedanke, dass ein Fremder – oder, schlimmer noch, eine mir bekannte Person – diese Briefe lesen könnte, geht mir nicht aus dem Kopf; es ist, als würde jemand hinter der Tür lauern und unsere intimen Geheimnisse und Geständnisse belauschen.

Deshalb werde ich mich auf die Fakten beschränken.

Tante Amelia und ich sind heute Abend allein. Der Professor und Ramses sind ausgegangen. Bei Kerzenschein und geschlossenen Vorhängen wirkt dieser bedrückende Salon bei-

nahe gemütlich, vor allem, wenn Tante Amelia Socken stopft. Ja, du hast richtig gehört: Sie stopft Socken! Von Zeit zu Zeit überkommen sie diese hausfraulichen Attacken, der Himmel weiß, warum. Da sie mit derselben Gründlichkeit handarbeitet, wie sie alles tut, haben die Strümpfe riesige Spitzen oder Fersen und die unglücklichen Träger letztlich Blasen. Ich denke, Ramses wirft seine taktvoll und in aller Heimlichkeit weg, doch der Professor, der sie gedankenlos überstreift, humpelt fluchend darin herum.

Ich nehme alles zurück. Der Raum ist nicht gemütlich. Er wird es nie sein. Ein flauschiges Haustier könnte Abhilfe schaffen, aber die Welpen darf ich nicht ins Zimmer lassen; sie nagen an den Möbeln und beschmutzen die Orientteppiche. Ich vermisse sogar Horus, dieses hinterhältige Vieh! Ich hätte ihn ohnehin nicht mitbringen können, da er sich nicht von Sennia trennt, dennoch wünschte ich mir eine eigene Katze. Seshat verbringt die meiste Zeit in Ramses' Zimmer.

Eines Tages, wenn wir wieder alle zusammen sind, werden wir ein schöneres Haus finden oder eins bauen. Es wird groß und weitläufig sein, mit Innenhöfen und Springbrunnen und Gärten und so vielen Zimmern, dass wir alle zusammenwohnen können – uns aber nicht einengen! Wenn es dir lieber ist, werden wir unser gutes altes Hausboot, die ›Amelia‹, aus dem Trockendock holen, für dich und David und das Kind. Eines Tages wird es so sein. Es muss so sein.

Gütiger Himmel, ich klinge wie eine kleine alte Dame, die mit zitternder Stimme ihre Jugenderinnerungen zum Besten gibt. Lass mich nachdenken, was ich dir an Neuigkeiten berichten kann.

Du hast dich nach dem Hospital erkundigt. Man muss Geduld haben; es wird eine Weile dauern, bis die »ehrbaren« Damen – und ihre konservativen Ehemänner – überzeugt sind, dass wir ihre moralische Gesinnung und ihre religiösen

Prinzipien nicht brüskieren wollen. Eine viel versprechende Entwicklung bahnt sich an. Heute Morgen hatte ich einen Besucher – keinen anderen als el-Gharbi, den einflussreichsten Zuhälter von el Was'a. Es heißt, dass er nicht nur die Prostitution überwacht, sondern jede illegale Aktivität in diesem Bezirk. Auf dem Weg in die alte Klinik bin ich ihm ein- oder zweimal begegnet – er ist unverkennbar, wenn er auf der Mastababank vor einem seiner »Etablissements« sitzt, Frauenkleidung und klimpernden Goldschmuck trägt. Als er heute in seiner Sänfte und mit Begleiter auftauchte – beide jung und attraktiv, elegant gekleidet und schwer bewaffnet –, fiel unser armer alter Portier fast in Ohnmacht. Überstürzt begab er sich auf die Suche nach mir. Offenbar hatte el-Gharbi ihm meinen Namen genannt. Als ich erschien, saß er im Schneidersitz in seiner Sänfte, wie eine groteske Statue aus Ebenholz und Elfenbein, verschleiert und schmuckbehangen. Den Patschuliduft roch ich auf zehn Meter Entfernung.

Nachdem ich der Familie davon berichtet hatte, stand der Professor kurz vor einem Tobsuchtsanfall. Während er fluchte und schimpfte, wiederholte ich unser denkwürdiges Gespräch. Das Mädchen, das ich in der Nacht zuvor operiert hatte, war eines von seinen; er hatte es zu mir geschickt. Er war persönlich gekommen, weil er so viel von mir gehört hatte und sich selbst ein Bild von mir machen wollte. Merkwürdig, nicht wahr? Ich kann mir nicht vorstellen, warum ihn das interessieren sollte.

Habe ich ihn zurechtgewiesen (ich weiß eine Menge zutreffender arabischer Begriffe für Männer wie ihn) und ihm erklärt, dass er meine Schwelle nie wieder betreten darf? Nein, Lia, das habe ich nicht. Früher hätte ich vielleicht entsprechend reagiert, aber inzwischen weiß ich es besser. Es hat keinen Sinn zu lamentieren, dass die Welt nicht so ist, wie sie sein sollte. Um ehrlich zu sein, ist er ein umsichtigerer Zuhälter als viele andere. Ich erklärte ihm, dass ich sein Interesse zu schätzen wisse und selbstverständlich jede Frau behandeln würde, die meiner medizinischen Hilfe bedürfe.

Der Professor war nicht so tolerant. »Eine verfluchte Dreistigkeit!«, war die moderateste seiner Bemerkungen. Als er sein Pulver verschossen hatte, war Ramses an der Reihe.

Wer ihn nicht gut kennt, hätte möglicherweise angenommen, dass ihn die Diskussion langweilte. Er saß mit gesenktem Kopf auf dem Boden, den Rücken an eine Transportkiste gelehnt, die Knie angezogen, und verschlang Fatimas Essen. Wie du weißt, ist Ramses noch nie das Musterbeispiel eines Gourmets gewesen; er fuhr sich mit den Fingern durch sein Haar, um es zurückzustreichen, denn es fiel ihm zerzaust in die Stirn. Schweißperlen bedeckten Gesicht, Hals und seine entblößten Unterarme und sein Hemd klebte an seinen Schultern. Schließlich hob er den Kopf und öffnete den Mund.

»Du musst zum Friseur«, sagte ich. »Und, bitte, halte mir keinen Vortrag.«

»Ich weiß. Und ich wollte dir keinen Vortrag halten. Ich wollte lediglich sagen ›gut gemacht‹.«

Kannst du dir das vorstellen, Lia – Ramses macht mir ein Kompliment? Du weißt, wie wenig er von meinem gesunden Menschenverstand und meiner Selbstbeherrschung hält. Ich wünschte ...

Ich kann nicht mehr weiterschreiben. Es ist bereits sehr spät und meine Finger verkrampft vom Halten der Feder. Bitte verzeih mir meine grässliche Handschrift. Tante Amelia packt ihr Nähzeug ein. Ich liebe dich, Lia, mein Schatz.

9

Auf Nefrets Frage, wie lange ich warten wolle, wusste ich keine Antwort. Farouk konnte sich verspäten (obwohl das bei einer Person, die eine riesige Geldsumme erwartet, normalerweise nicht der Fall ist), und gewiss bahnte sich eine hitzige Diskussion an, da Emerson vor der Geldübergabe auf Erfüllung des Abkommens bestehen würde. Zweifellos war mein durchtrainierter Gatte in der Lage, einen Gegner zu überwältigen, selbst wenn er so hinterhältig war wie Farouk, doch dann würden Emerson und Ramses den jungen Halunken fesseln und knebeln und über den Fluss zu unserem Haus bringen müssen. Je nach Transportmittel nahm das etwa ein bis zwei Stunden in Anspruch und ein überstürztes Eingreifen von Nefret und mir würde Emersons ungerechtfertigtes Vorurteil gegenüber Frauen nur bestätigen.

Um mich selbst zu disziplinieren, hatte ich mich einer Aufgabe zugewandt, die ich besonders verabscheue – Handarbeit. Nefret las für eine Weile oder tat zumindest so; schließlich erklärte sie, dass sie Lia schreiben wolle. Ich hätte ihrem Beispiel folgen sollen; mein wöchentlicher Brief an Evelyn war längst überfällig. Aber es gestaltete sich schwierig, einen fröhlichen, unterhaltsamen Brief zu schreiben, da ich alles andere als fröhlich war und nicht in der Lage, über das Thema zu plaudern, das mich am meisten beschäftigte. Wir verschleierten beide unsere wahren Gefühle; wann immer Evelyn mir schrieb, erwähnte sie nie ihre Besorgnis um ihre Söhne im Schützengraben und den anderen Jungen im fernen Exil, der ihr so lieb war wie ein Sohn. Auch ich musste abwägen und zu Ausflüchten greifen; es würde Evelyns Kummer nur vergrößern, wenn sie erfuhr, dass David und Ramses ihr Leben für die Sache riskierten. Darüber hinaus hatte ich Ramses' Warnung an Nefret, dass die Post mit ziemlicher Sicherheit von den Militärbehörden gelesen würde, und seinen ausdrücklichen Wunsch nach Geheimhaltung nicht vergessen.

Ich fragte mich, was zum Teufel Nefret noch an Berichtenswertem fand. Vielleicht waren ihre Briefe an Lia genauso gestelzt wie meine an Evelyn.

Gegen halb zwei in der Nacht hatte ich acht Paar Socken gestopft. Später musste ich bis auf das erste Paar alle anderen wegwerfen; ich hatte die Spitzen an die Fersen genäht und die Enden an die Sohlen, da ich meine Nadel durch das Gewebe führte, ohne meiner Tätigkeit auch nur die geringste Aufmerksamkeit zu schenken. Nachdem ich mich zum zehnten Mal gehörig in den Finger gestochen hatte, biss ich den Faden ab und schob den Nähkorb beiseite. Nefret blickte von ihrem Brief auf.

»Ich bin fertig«, sagte sie. »Wird es Zeit?«

»Wir werden noch eine halbe Stunde warten.«

In schweigendem Einvernehmen senkte Nefret den Kopf. Das Lampenlicht schien auf ihr glänzendes Haar und ihre unberingten Hände, die in ihrem Schoß lagen. Am Tag nach Geoffreys Tod hatte sie ihren Ehering abgelegt. Ich fragte nie, was sie damit gemacht hatte.

Während ich noch versuchte, mir eine tröstliche Bemerkung für Nefret einfallen zu lassen, hob sie den Kopf. »Sie sind in Sicherheit«, murmelte sie sanft. »Ich bin sicher, dass nichts passiert ist.«

»Gewiss.«

Noch 27 Minuten. Ich begann mit der Planung, wie ich vorgehen würde. Auf mein Drängen hin hatte Emerson mir die Lage des Hauses beschrieben, das ich nie gesehen hatte. Sollten wir mit dem Automobil fahren und jede Geheimhaltung ignorieren oder ein Boot nehmen, das uns umgehend über den Fluss brachte?

25 Minuten. Wie langsam die Zeit verging! Ich entschied, dass das Automobil schneller war. Ich würde Ali beauftragen, Daoud und Selim zu holen ...

Um zwanzig vor zwei klapperten die Fensterläden. Ich sprang auf. Nefret stürmte zum Fenster und öffnete rasch die Blenden. Ich vernahm ein Geräusch und bemerkte eine Bewegung, und schon saß Seshat auf dem Fenstersims.

»Verflucht«, entfuhr es mir. »Es ist nur die Katze.«

»Nein.« Nefret blickte in den dunklen Garten. »Sie kommen.«

Wie ein Butler, der Besucher in einen Raum winkt, wartete Seshat, bis die Männer das Fenster erreichten, und sprang dann zu Boden. Emerson trat als Erster ein. Ramses folgte ihm und schloss die Läden.

»Nun?«, schrie ich. »Wo ist er? Wohin habt ihr ihn gebracht?«

»Er ist nicht gekommen«, erwiderte Emerson. »Wir haben mehr als eine Stunde gewartet.«

Inzwischen akzeptierten sie, dass unsere Hoffnungen getäuscht worden waren, obschon ich bemerkte, dass es ihnen schwer fiel. Aus Furcht, dass Nefret vielleicht bemerkte, welchen entsetzlichen Schlag mir diese Neuigkeit versetzt hatte, wandte ich mich ab. Ihre Züge spiegelten ihre eigene Enttäuschung, dennoch konnte und durfte sie nicht wissen, wie viel auf dem Spiel stand.

»Dann war es letztlich nur ein Trick?«, murmelte ich.

Emerson löste den schweren Geldgürtel und warf ihn auf den Tisch. »Ich wünschte, ich wüsste es. Er hätte uns in jener Nacht entwischen können; warum würde er uns ein Angebot machen und dann kneifen? Komm und setz dich, mein Schatz, ich weiß, dass du ziemlich angespannt bist. Möchtest du einen Whisky-Soda?«

»Nein. Oder ...«

Ramses schlenderte zur Anrichte. »Möchtest du etwas, Nefret?«

»Danke, nein.« Sie setzte sich und hob Seshat auf ihren Schoß.

»Er wies Emerson an, allein zu kommen«, sagte ich und nahm das Glas, das Ramses mir reichte. »Falls er dich gesehen hat –«

»Er hat mich nicht gesehen.« Ramses wagt es nicht oft, mich zu unterbrechen. Ich verzieh ihm, als ich seine dunklen Augenringe und die angespannte Mundpartie bemerkte. Er trug einen mattbraunen Anzug, den er vor kurzem in Kairo gekauft hatte; als ich diesen in seinem Kleiderschrank fand (auf der Suche nach Kleidungsstücken, die gereinigt oder gebügelt werden mussten), hatte ich mich gewundert, warum er einen so unvorteilhaften Ton gewählt hatte, der ungefähr der Farbe seiner gebräunten Haut entsprach. Ich hätte darauf kommen müssen. Mit der bis zum Hals zugeknöpften Jacke war er beinahe unsichtbar in der Dunkelheit.

»Verzeih mir«, sagte ich. »Bitte setz dich.«

»Danke, ich stehe lieber.«

Er zog seine Jacke aus. Unwillkürlich entfuhr mir ein erstaunter Aufschrei. »Du trägst eine Pistole. Ich dachte, du würdest nie –«

»Glaubst du, ich würde Vaters Sicherheit meinen Prinzipien opfern?« Er löste die Lederriemen, mit denen das Halfter unter seinem linken Arm befestigt war, und legte die gesamte Apparatur vorsichtig auf den Tisch. »Ich versichere dir, es war kein leeres Geschwätz, als ich sagte, dass Farouk mich nicht gesehen haben kann. Es war bereits stockfinster, als ich Maadi erreichte, und die nächsten drei Stunden verbrachte ich in einer Baumkrone. Es herrschte der übliche nächtliche Verkehr – die Besitzer der neuen Villen fuhren in ihren Kutschen, die weniger wohlhabenden Anwohner gingen zu Fuß. Als Vater eintraf, hatte sich dem Haus seit mehr als einer Stunde niemand mehr genähert. Mahira geht bei Sonnenuntergang zu Bett. Ich hörte ihr Schnarchen.«

Emerson nahm den Gesprächsfaden auf. »Da mir klar war, dass Ramses mich gewarnt hätte, falls Farouk ein falsches Spiel mit uns trieb, stellte ich mich unter den verdammten Baum, den Rücken zur Hauswand. Da ich kein Streichholz anzünden konnte, um auf die Uhr zu sehen, hatte ich keine Ahnung, wie viel Zeit vergangen war; es schien mir eine Ewigkeit, ehe Ramses zu Boden glitt und mit mir sprach.«

»Woher wusstest du die Uhrzeit?«, fragte ich Ramses, der ruhelos im Zimmer auf und ab schritt.

»Radiumfarbe an den Händen und auf dem Zifferblatt. In der Dunkelheit leuchtet sie schwach.«

Nefret hatte die Katze gestreichelt, die diese Vertraulichkeit mit der üblichen Herablassung duldete. Jetzt bemerkte sie: »Vielleicht war der heutige Abend ein Test, um sicherzustellen, dass ihr auf seine Forderungen eingeht.«

»Schon möglich«, stimmte Ramses zu. »In diesem Fall wird er erneut Kontakt mit uns aufnehmen.«

Er schwankte unmerklich und griff Halt suchend nach einer Stuhllehne. Nefret hob die Katze von ihrem Schoß. »Ich gehe schlafen. Ihr anderen solltet meinem Beispiel besser folgen.«

Ich wartete, bis die Tür ins Schloss fiel, ehe ich zu Ramses trat. »Und jetzt sag mir die Wahrheit? Wurdest du verletzt? Oder dein Vater?«

»Ich habe dir die Wahrheit gesagt«, empörte Ramses sich so glaubhaft, dass ich lächeln musste. »Es war exakt so, wie wir es geschildert haben, Mutter. Ich bin nur ein bisschen müde.«

»Und enttäuscht«, warf Emerson ein, der seine Pfeife angezündet hatte und mit tiefer Zufriedenheit paffte. »Ah. All diese Stunden ohne den toxischen Trost des Nikotins haben mein Ungemach nur verstärkt. Zum Teufel, Peabody, es war ein schwerer Schlag.«

»Für David wird es das ebenfalls sein«, räumte Ramses ein. »Ich darf gar nicht daran denken, was ich ihm – Mutter, leg das sofort hin! Im Magazin ist eine Kugel.«

»Mein Finger war gar nicht am Abzug«, protestierte ich.

Er nahm mir die Waffe aus der Hand, und Emerson, der aufgesprungen war, setzte sich mit einem inbrünstigen Seufzer. »Komm ja nicht auf die Idee, dir diese Pistole ›auszuleihen‹, Peabody. Sie ist viel zu schwer für dich.«

»Eine recht gelungene Konstruktion«, bemerkte ich, während ich das Halfter inspizierte. »Ist sie mit einer Sprungfeder versehen? Autsch!«

»Wie du siehst«, entgegnete Ramses.

»Deine Erfindung?«

»Ich habe die Erfindung eines anderen optimiert.«

»Könntest du –«

»Nein!«, ereiferte sich Emerson lautstark.

»Woher weißt du, was ich fragen wollte?«

»Ich kenne dich einfach zu gut, Peabody«, meinte mein Gatte stirnrunzelnd. »Du wolltest ihn darum bitten, deinen kleinen Revolver mit einem ähnlichen Mechanismus auszustatten. Ich untersage es strikt. Du bist bereits bewaffnet und gefährlich.«

»Da wir gerade davon sprechen, Emerson, ich habe Probleme mit meinem Degen-Schirm. Jamal behauptete, ihn repariert zu haben, aber der Mechanismus klemmt weiterhin.«

»Wenn du willst, sehe ich ihn mir einmal an, Mutter«, warf Ramses ein. Auf einmal wirkte er todmüde.

»Bemühe dich nicht, mein Schatz, ich werde Jamal einen weiteren Versuch zugestehen. Geh zu Bett. Und was David anbelangt, lass ihn noch ein Weilchen hoffen. Bislang ist nichts verloren; vielleicht erhalten wir eine weitere Nachricht.«

Ich wollte ihn überzeugen und aufbauen, dennoch wurde ich mir einer zunehmenden Frustration bewusst, die meinen Schlaf störte und mein Denken während des gesamten nächsten Tages überschattete. Enttäuschte Hoffnung ist schwerer zu bewältigen als gar keine Hoffnung.

Am darauf folgenden Morgen bat Emerson Nefret während des Frühstücks, Fotos von der Statue zu machen. Ich blieb, um ihr bei der Ausleuchtung zu assistieren. Wir benutzten dieselben Spiegelreflektoren wie in den Grabstätten; sie gaben ein gedämpfteres und gezielteres Licht als Zündpulver oder Magnesiumdraht. Allerdings beschäftigte uns das eine ganze Weile, da lange Einstellungen notwendig waren.

Als wir uns schließlich auf den Weg nach Gizeh zu den anderen machten, bemerkte Nefret: »Es erstaunt mich, dass der Professor nicht Tag und Nacht bewaffnete Wachen neben der Statue postiert.«

»Mein liebes Mädchen, wie sollte ein Dieb etwas so Schweres fortschaffen können? Wir brauchten vierzig unserer kräftigsten Arbeiter, um sie zu transportieren!«

Nefret schmunzelte. »Zugegeben, eine recht absurde Vorstellung: Vierzig Diebe stapfen genau wie in ›Ali Baba‹ die

Straße entlang, die Statue auf ihren Schultern, und versuchen, unverdächtig zu erscheinen.«

»Ja.« Ich kicherte. Es klang etwas aufgesetzt. Zu diesem Zeitpunkt war die Statue mein kleinstes Problem.

Bevor wir uns in der Nacht zuvor trennten, hatten wir uns auf gewisse Schritte geeinigt, die wir am folgenden Tag unternehmen würden. Ramses, der nach wie vor dazu neigte, seine Informationen nur häppchenweise preiszugeben, erklärte, dass er und David verschiedene Kommunikationsmethoden ausgearbeitet hätten. Bei einer Gelegenheit hatte er David in meiner Gegenwart tatsächlich eine Nachricht zukommen lassen, denn eine von Davids Tarnungen war die eines Blumenverkäufers vor dem Eingang des Shepheard's. Ich erinnerte mich sehr gut an diese Begebenheit; die Blumen waren ziemlich verwelkt gewesen. Falls wir bis zum Nachmittag nichts von Farouk hörten, würden wir in besagtem Hotel den Tee einnehmen, und nachdem Ramses David kontaktiert hatte, würde er versuchen, Farouk aufzuspüren. Er weigerte sich, auch nur den geringsten Hinweis darauf zu geben, wie er vorzugehen beabsichtigte, allerdings vermutete ich, dass die Verschwörer Mittel und Wege kannten, um sich im Ernstfall auszutauschen.

Keine dieser Informationen durfte zu Nefret vordringen. Falls sie uns ins Shepheard's begleitete, würde ich sie in irgendeiner Form ablenken müssen, während Ramses den Blumenverkäufer aufsuchte. Davids hervorragende Tarnung hatte selbst mich irregeführt, doch ihre scharfen Augen ließen sich vielleicht nicht so leicht täuschen.

Wie sich herausstellte, war meine Planung überflüssig. Kurz nach Mittag erhielten wir eine Nachricht, die unsere gesamten Pläne hinfällig machte.

Statt der Korbträger, die wir in der Vergangenheit einsetzten, hatte Emerson Schienen zwischen dem Grab und dem

Schuttabladeplatz verlegen lassen, über die Karren rollten. Während ich beobachtete, wie die gefüllten Wägelchen zu den Geröllbergen geschoben wurden, näherte sich ein Mann zu Pferd. Ich wollte ihn gerade anbrüllen, dass er das Weite suchen sollte, als ich bemerkte, dass er die Uniform der Kairoer Polizei trug. Rasch eilte ich zu ihm. Auf mein Drängen hin händigte er mir eine Depesche aus, die in der Tat an Emerson gerichtet war.

Das hätte mich keineswegs davon abgehalten, den Umschlag zu öffnen, wäre Emerson nicht persönlich zu uns gestoßen. Auch er hatte die Uniform erkannt und bemerkt, dass etwas Ernsthaftes eingetreten sein musste. Thomas Russell hätte ebenso gut einen Marktschreier vorbeischicken können, der den Boten als von ihm autorisiert ankündigte. Die Uniform war in Kairo hinlänglich bekannt.

»Man hat mich angewiesen, auf eine Antwort zu warten, Sir«, sagte der Mann salutierend. »Es ist dringend.«

»Oh? Hmhm. Ja.«

Zum Verrücktwerden langsam nahm Emerson ein Blatt Papier aus dem Umschlag. Ich stellte mich auf die Zehenspitzen, um es über seine Schulter hinweg zu lesen.

Professor Emerson,

ich glaube, Sie können der Polizei in einem Fall assistieren, mit dem man mich heute früh beauftragte. Die Anwesenheit Ihres Sohnes ist ebenfalls erforderlich. Bitte suchen Sie mich so rasch wie möglich in meinem Büro auf.

Hochachtungsvoll

Thomas Russell

PS: Kommen Sie ohne Miss Forth.

»Ich werde in zwei Stunden dort sein«, erklärte Emerson dem Polizeibeamten.

»O nein, Emerson, wir müssen sofort aufbrechen! Wie kannst du die Spannung ertragen? Wir würden nicht –«

»In zwei Stunden!«, schnitt Emerson mir lautstark das Wort ab. Der Polizist schrak unwillkürlich zusammen, salutierte, indem seine Hand schmerzhaft an den steifen Rand seines Helms knallte, und galoppierte davon.

»Tut mir Leid, Emerson«, murmelte ich.

»Hmmm, ja. Manchmal bist du so impulsiv wie ... Ah, Nefret. Hast du alle Fotos gemacht?«

»Nein, Sir, noch nicht alle.« Sie trug keine Kopfbedeckung, ihre Wangen waren leicht gerötet von der Hitze und ihr Lächeln aufrichtig und fröhlich. »Selim stürmte in die Grabkammer und meinte, dass ein Polizist hier gewesen sei. Stehst du unter Arrest oder handelt es sich um Tante Amelia?«

Ramses, der so dicht hinter ihr stand, dass ihr goldblondes Haar sein Kinn streifte, bemerkte leichthin: »Ich tippe auf Mutter.«

»Verflucht, wenn ich nur wüsste, was er will«, knurrte Emerson. »Er hätte wenigstens die Höflichkeit besitzen können, sich zu äußern. Die Polizei unterstützen, in der Tat! Vermutlich brechen wir besser auf.«

»Wir?«, wiederholte Ramses.

»Du und ich.«

»Aber diese Sache muss mit dem zusammenhängen, was neulich abends im Basar vorgefallen ist«, entfuhr es Nefret. »Ich wunderte mich schon, warum die Polizei uns nicht vernommen hat. Wir müssen alle hingehen. Als rechtschaffene Bürger ist es unsere Pflicht, der Polizei zu helfen!«

Erwartungsvoll blickte Emerson zu seinem Sohn. Ramses zuckte die Schultern und fragte kopfschüttelnd: »Und was genau sollen wir ihnen deiner Ansicht nach berichten?«

»Ah.« Nefret rieb sich ihr Kinn in einer unbewussten – vielleicht auch bewussten! – Nachahmung Emersons. »Das ist eine gute Frage, mein Junge. Ich bin dagegen, der Polizei von unserer Vereinbarung mit Farouk zu berichten. Die Beamten sind solche Stümper –«

»Zum gegenwärtigen Zeitpunkt *haben* wir keine Vereinbarung mit ihm«, unterbrach Emerson. »Und das hier, meine Liebe, ist kein wissenschaftlicher Diskurs. *Ich* werde die Entscheidung treffen, nachdem *ich* erfahren habe, was Russell mir mitzuteilen hat. Selim! Beschäftige die Männer die nächsten zwei Stunden. Du weißt, worauf du achten musst. Brich sofort ab, falls –«

»Mein Schatz, er weiß, worauf er achten muss«, wandte ich ein. »Warum weist du ihn ständig darauf hin?«

»Hölle und Verdammnis!«, brüllte Emerson und stapfte davon, barhäuptig und ohne Jacke, allein und ohne Begleitung. Er war ein kurzes Stück gegangen, als mir dämmerte, dass er in Richtung Mena House strebte, wo wir unsere Pferde zurückgelassen hatten. Nefret stieß einen leisen Protestschrei aus und eilte ihm nach.

»Denk an die Kameras«, rief Ramses.

»Du bringst sie mit. Verflucht, er soll nur nicht denken, er könne mich loswerden!«

Mit zusammengekniffenen Lippen betrat Ramses die Grabkammer und begann, die Kameras einzupacken. Der allgegenwärtige Mörtel und Staub schadete ihrem empfindlichen Mechanismus; sie durften nicht länger ungeschützt liegen bleiben als unbedingt notwendig. Ich zögerte nur für Augenblicke, ehe ich ihm folgte.

»Sie darf nicht mitkommen«, sagte er, ohne aufzublicken.

»Mr Russell hat zwar ausdrücklich darauf hingewiesen, dass wir sie nicht mitbringen sollen; doch du und er seid beide töricht. Sie ist Chirurgin. Sie hat grauenvolle Verletzungen gesehen und Operationen durchgeführt.«

»Wie ich sehe, haben wir die gleichen Gedankengänge.« Ramses schloss das Gehäuse und schlang die Fotoausrüstung über seine Schulter.

»Es wäre eine mögliche Erklärung, weshalb er nicht zum Treffpunkt gekommen ist, aber sie muss nicht unbedingt zutreffen. Lass uns nicht gleich das Schlimmste annehmen!«

»Bei unserer Pechsträhne fällt es mir schwer, das nicht zu tun.« Das rief er mir über seine Schulter hinweg zu und rannte los. Ich hatte Mühe, ihm zu folgen. »Es besteht kein Anlass zur Eile. Dein Vater wird nicht ohne uns aufbrechen.«

»Verzeihung.« Er verlangsamte seine Schritte. Nach einem Augenblick konzentrierten Nachdenkens bemerkte er: »Bezog die Einladung dich mit ein?«

»Nicht ausdrücklich, aber –«

»Aber du kommst trotzdem mit.«

»Natürlich.«

»Natürlich.«

Sobald wir uns umgezogen hatten, brachen wir in Richtung Kairo auf. Russell erwartete uns bereits im Empfangsbereich des Verwaltungsgebäudes – falls man einen kahlen, verstaubten Raum mit zwei wackligen Stühlen und einem Holztisch so nennen konnte. Seine Miene spiegelte unterkühlte Distanz, doch als er Nefret bemerkte, verlor er die Beherrschung.

»Nein!«, entfuhr es ihm stimmgewaltig. »Professor, ich hatte Sie doch gebeten –«

»Er konnte mich nicht am Mitkommen hindern«, meinte Nefret. Sie schenkte ihm ein zauberhaftes Lächeln und reichte ihm ihre schlanken, sittsam behandschuhten Finger.

»Sie würden doch nicht so unhöflich sein, mich auszuschließen, oder, Sir?«

Doch diesmal war Nefret auf einen ebenbürtigen Partner gestoßen. Russell nahm ihre Hand, hielt sie nicht länger als zwei Sekunden lang fest und trat zurück. »Ich würde und werde, Miss Forth. Was der Professor Ihnen und Mrs Emerson nach unserer Unterredung erzählt, ist seine Sache. Die Angelegenheiten der Polizei hingegen meine. Nehmen Sie Platz. Einer meiner Männer wird Ihnen Tee bringen. Kommen Sie in mein Büro, meine Herren.«

Aus Manuskript H

»Ich habe Sie hergebeten«, erklärte Russell mit der unterkühlten und distanzierten Stimme, die sein Verhalten reflektierte, »weil einer meiner Männer mich informierte, dass Sie vorgestern Abend zugegen waren, als wir eine Razzia in Aslimis Geschäft durchführten. Haben Sie den von uns gesuchten Burschen gesehen?«

»Ja«, erwiderte Emerson.

»Sie sind ihm gefolgt, nicht wahr?«

»Ja. Und wir haben ihn gestellt«, fügte Emerson hinzu.

»Zum Teufel, Professor! Sie besitzen die dreiste Unverschämtheit, in meiner Gegenwart zu behaupten, dass Sie den Burschen gehen ließen?«

»Als wir das Thema diskutierten, habe ich Ihnen gleich zu Beginn erklärt, dass ich Sie bei der Festnahme Wardanis nicht unterstützen, sondern lediglich versuchen würde, mit ihm zu reden und ihn davon zu überzeugen, dass er sich selber stellt.«

Emerson artikulierte sich genauso lautstark wie Russell. Ramses bezweifelte nicht, dass alle Polizeibeamten, die sich im Gebäude aufhielten, auf den Gängen lauschten.

»Es war nicht Wardani!«

»Nun, das konnte ich nicht wissen, oder?«, meinte Emerson aufgebracht. »Erst als ich den Burschen in die Enge getrieben hatte. Wie sich herausstellte, war er einer von Wardanis Stellvertretern. Wir – äh – kamen zu einer Übereinkunft.«

»Würde es Ihnen etwas ausmachen, mir diese genauer zu definieren?«

»Ja. Vielleicht später, nachdem ich mit ihm geredet habe.«

»Dafür ist es jetzt zu spät«, sagte Russell. »Kommen Sie mit.«

Sie folgten ihm durch den Gang und über mehrere Treppen. Das Kellergewölbe war etwas kühler als die oberen Räume, aber nicht kühl genug. Sie bemerkten den durchdringenden Geruch, noch ehe Russell die Tür geöffnet hatte. Einige schäbige Holztische bildeten die einzige Möblierung. Bis auf zwei waren sie leer. Russell deutete auf eine der eingehüllten Gestalten.

»Diese verfluchte Unfähigkeit«, knurrte er. »Der da sollte heute Morgen beerdigt werden – sie halten sich nicht lange frisch. Hier ist unser Bursche.« Er zog die raue Decke von besagtem Leichnam.

Farouks Gesicht war bis auf einen Bluterguss, der Mund und Wangen zeichnete, unversehrt. Falls er eines qualvollen Todes gestorben war, was mit Sicherheit zutraf, gaben seine unmenschlich starren Gesichtszüge keinen Hinweis darauf. Sein nackter Körper wies keine Verletzungen auf, mit Ausnahme der Handgelenke, die kein schöner Anblick waren. Die Stricke hatten sich tief in seine Haut eingegraben, und er musste heftig gekämpft haben, um sich zu befreien.

Auf Russells Geste hin drehten zwei seiner Männer den Leichnam auf den Bauch. Von den Schultern bis zur Taille war sein Rücken mit eingetrocknetem Blut und angeschwollenen Striemen bedeckt.

Einen Moment darauf bemerkte Emerson: »Die Karbatsche.«

»Woran erkennen Sie das?«

Emerson hob seine Brauen. »Erkennen Sie es nicht? Aber, guter Mann, das ist eine alte türkische Sitte. Die Striemen, die eine Peitsche aus Nilpferdhaut hinterlässt, sind völlig anders als die von einer neunschwänzigen Katze oder einem Bambusrohr. Ich habe Derartiges schon gesehen.«

Ramses ebenfalls. Einmal. Genau wie Farouk war der Mann zu Tode gepeitscht worden. Im Gegensatz zu Farouk hatte man ihn nicht geknebelt. Er hatte geschrien, bis ihm die Stimme versagte, und selbst als er das Bewusstsein verlor, hatte sein Körper bei jedem Peitschenhieb unkontrolliert gezuckt. Eine alte türkische Sitte – noch dazu eine, die Ramses am eigenen Leib erfahren hätte, wäre sein Vater nicht auf der Bildfläche erschienen, ehe sie sich ihm zuwandten. Die Erinnerung trieb ihm immer noch den kalten Angstschweiß auf die Stirn, und das war einer der Gründe, weshalb er sich einverstanden erklärt hatte, Wardanis Platz einzunehmen. Er hätte alles getan, um die Osmanen von Ägypten fern zu halten.

Nach seinem Kinngrübchen tastend, fügte Emerson hinzu: »Regierungsgewalt mit der Karbatsche. In Ägypten gleichermaßen populär.«

»Wir haben die Karbatsche schon vor Jahren verboten«, erwiderte Russell hölzern.

Emerson bombardierte ihn mit einer Salve von Fragen. »Irgendwelche anderen Verletzungen an der Leiche? Wie lange ist er tot? Wo fand man ihn?«

»Beantworten Sie zuerst meine Frage, Professor.«

»Welche Frage? Oh, diese Frage.« Emerson runzelte die Stirn. »Falls das Ganze auf eine längere Diskussion hinausläuft, würde ich einen anderen Ort vorziehen.«

Er strebte zurück in Russells Büro, wo er sich in dem bequemsten Sessel niederließ, der zufälligerweise hinter Russells Schreibtisch stand. Wieder ließ Russell die Tür einen Spaltbreit geöffnet. Der nun folgende Dialog – selbst wenn Ramses gewollt hätte, hätte er kein Wort dazu beisteuern können – wurde zunehmend lauter und heftiger. Emerson erhielt die gewünschten Informationen und gab zähneknirschend eine sorgfältig revidierte Schilderung ihrer Aktivitäten im Khan el-Khalili in der fraglichen Nacht.

»Warum haben Sie meine Männer nicht auf den Hintereingang hingewiesen?«, brüllte Russell.

Emerson funkelte ihn an. »Warum besaßen sie nicht so viel Verstand, danach Ausschau zu halten?«

»Verflucht, Professor!« Russell schlug mit der Faust auf den Tisch. »Wenn Sie sich nicht eingemischt hätten –«

»Wäre der Bursche einfach entwischt. So erklärte er sich einverstanden, mich zu treffen, weil er meinem Wort vertraute.«

»Und weil Sie ihn bestochen haben.«

»Nun, ja«, erwiderte Emerson leicht verblüfft. »Wie meine werte Gattin es so treffend umschreibt, ist es einfacher, eine Fliege mit Honig zu fangen als mit Essig. Unseligerweise hat die Gegenseite wohl Wind von der Sache bekommen. Es ist nicht mein Fehler, wenn er unvorsichtig war. Nun, ich denke, das ist alles. Komm, Ramses, wir haben genug Zeit verschwendet, indem wir der Polizei ›assistierten‹. Vermutlich eher versucht, ihren Job für sie zu machen.«

Er erhob sich und strebte zur Tür.

»Verflucht, noch eine Minute, Professor.« Russell sprang auf und folgte ihm. »Ich muss Sie warnen –«

»Mich warnen?«, schnaubte Emerson und wirbelte herum.

Ramses entschied, dass es Zeit zum Eingreifen wurde. Sein Vater amüsierte sich bestens und lief Gefahr, übers Ziel hinauszuschießen.

»Bitte, Sir«, sagte Ramses. »Mr Russell erledigt nur seine Pflicht. Ich habe dir erklärt, dass wir uns besser nicht einmischen.«

»Ich hätte damit rechnen müssen, dass Sie das sagen würden«, meinte Russell verächtlich. »Danke für Ihr Kommen, Professor. Sie gehören zu den provokantesten Menschen, die ich kenne, dennoch bewundere ich Ihren Mut und Ihren Patriotismus.«

»Pah«, schnaubte Emerson. Er versetzte der Tür einen Stoß. Mehrere Stiefelpaare suchten hastig das Weite.

Ramses verweilte gerade so lange, um ein paar Worte zu murmeln und Russells zustimmendes Nicken abzuwarten.

Wutschnaubend stapfte Emerson in den Warteraum, sammelte die weiblichen Familienmitglieder ein und scheuchte den gesamten Tross aus dem Verwaltungsgebäude.

»Und?«, erkundigte sich Nefret.

»Er war es«, erwiderte Emerson. »Besser gesagt, was von ihm übrig war. Er wurde heute früh nahe der Brücke in einem Abwasserkanal gefunden. Der Tod trat vor ungefähr zwölf Stunden ein.«

»Todesursache?«

Emerson erzählte es ihr. Er ging nicht ins Detail, doch Nefret verfügt über eine ausgezeichnete Vorstellungskraft und die entsprechende Sachkenntnis. Die rosige Farbe wich aus ihrem Gesicht. »Das ist ja entsetzlich. Sie müssen herausgefunden haben, dass er sie hintergehen wollte, aber wie?«

»Die nahe liegende Erklärung«, meinte Ramses gedehnt, »ist die, dass er es ihnen selber gesagt hat und mehr verlangte, als Vater ihm angeboten hatte. O ja, ich weiß, es wäre kein kluger Schachzug gewesen, aber Farouk war arrogant genug, um zu glauben, dass er mit ihnen verhandeln und ungeschoren davonkommen könnte. Da sie klüger waren als er, beseitigten sie einfach einen überflüssigen und unzuverlässigen Verbündeten, und das in einer Weise, die einen heilsamen Effekt auf andere Wankelmütige ausüben würde.«

»Eine alte türkische Sitte«, wiederholte Emerson. »Sie richten Feinde und Verräter übel zu.«

Fluchend verscheuchte er ein halbes Dutzend zerlumpter Bengel von der Motorhaube und hielt Nefret die Tür auf. Als Ramses seiner Mutter in den Wagen half, bemerkte er, dass sie ihn fixierte. Sie war ungewöhnlich einsilbig gewesen. Auch ohne die taktlosen Kommentare seines Vaters hatte sie die näheren Umstände von Farouks Tod begriffen. Als er ihren Blick erwiderte, fiel ihm eine von Nefrets lebhafteren Umschreibungen ein. »Wenn sie wütend ist, wirken ihre Augen wie glänzende Stahlkugeln.« Das passt, sinnierte er. Sie ist entschlossen, David und mich aus dieser Sache herauszuholen, selbst wenn sie es mit jedem deutschen und türkischen Agenten im östlichen Mittelmeerraum aufnehmen muss.

Das menschliche Gemüt ist ein einziger Hoffnungsquell, insbesondere das meinige, denn ich bin von Natur aus optimistisch. Auf unserer Fahrt nach Kairo redete ich mir ein, dass Russells Aufforderung nicht zwangsläufig das Ende unserer Hoffnung bedeuten musste; Farouk war vielleicht gefasst worden und das Ende von Ramses' riskanter Maskerade in Sicht.

Ich versuchte, mich auf das Schlimmste einzustellen, während ich das Beste hoffte (selbst für mich keine leichte Aufgabe). Dennoch traf mich die grässliche Wahrheit härter als erwartet. Gleichermaßen schwierig war es, meine tiefe Frustration und Verzweiflung vor Nefret zu verbergen. Sie hatte lediglich gehofft, dass wir unserem Land einen Dienst erweisen könnten, indem wir einen Spionagering zerschlugen. Sie konnte nicht wissen, dass wir ein persönliches Interesse an der Sache hatten. Ich biss mir auf die Lippe, um meine Verärgerung nicht laut zu äußern – dass Farouk so töricht gewesen war, sich umbringen zu lassen, bevor wir ihn vernehmen konnten, und dass unbekannte Widersacher ihn auf bestialische Weise ermordet hatten! Wie viel hatte er ihnen vor seinem Tod offenbart?

Die schlimmstmögliche Antwort lautete, dass Farouk Ramses' Maskerade durchschaut und die Information an diejenigen weitergegeben hatte, die Ramses genauso kaltblütig ausschalten würden wie Farouk. Die bestmögliche war, dass er ihnen lediglich von unserem Abkommen mit ihm erzählt hatte. Wir durften davon ausgehen, dass der Feind wusste, dass wir ihm auf den Fersen waren. Die Konsequenz war offensichtlich. Wir mussten in die Offensive gehen!

Ich gab mich betont einsilbig, erwog die unterschiedlichen Möglichkeiten. Sie waren so provokativ, dass ich sogar Emersons Fahrweise keine Beachtung schenkte.

»Nehmen wir den Tee im Shepheard's ein?«, erkundigte sich Nefret verblüfft. »Ich dachte, ihr würdet nach Hause zurückkehren wollen, damit wir die unangenehme Wendung der Ereignisse diskutieren können.«

»Da gibt es nichts zu diskutieren«, brummte Emerson und hielt mit quietschenden Reifen vor dem Hotel.

»Aber, Professor –«

»Die Sache ist abgeschlossen«, erklärte Emerson. »Wir haben den Versuch unternommen und sind ohne eigenes Verschulden gescheitert; wir können nichts mehr tun. Zum Teufel, diese verdammte Terrasse ist noch überfüllter als sonst. Haben diese Idioten denn nichts Besseres zu tun, als sich in Schale zu werfen und Tee zu trinken?«

Er stürmte die Treppe hinauf und zog Nefret mit sich.

Wir haben nie Schwierigkeiten, einen Tisch im Shepheard's

zu bekommen, egal, wie viel Betriebsamkeit dort herrscht. Das Eintreffen unseres Automobils war dem Oberkellner nicht entgangen; als wir die Terrasse betraten, hatte man eine verstörte Gruppe von amerikanischen Touristen bereits von einem bevorzugten Tisch nahe der Brüstung verscheucht, und ein Kellner räumte ab.

Ich lehnte mich auf meinem Stuhl zurück und spähte vorsichtig zu den Händlern, die den Eingangsbereich säumten. Sie hatten weder Zugang zur Terrasse noch zum Hotel – eine Verhaltensregel, deren Einhaltung der hünenhafte Türsteher erzwang –, doch sie kamen so nahe, wie sie es eben wagten, und priesen lautstark ihre Waren an. Ich bemerkte zwei Blumenverkäufer, aber keiner von ihnen war David.

Der arme David. Beinahe wünschte ich, wir könnten ihm vorenthalten, dass sich unsere Hoffnungen zerschlagen hatten. Allerdings bestand dafür nicht die geringste Chance; mittlerweile hatte er es vielleicht schon aus anderer Quelle erfahren. Derartige Gerüchte verbreiten sich rasch; nichts vermag die Menschheit mehr zu fesseln als ein grässlicher Mord.

Eine negative Begleiterscheinung, die das Auftauchen in der Öffentlichkeit auslöst, ist die Tatsache, dass man zwangsläufig freundlich zu seinen Bekannten sein muss. Ich wage zu behaupten, dass Emersons wutverzerrtes Antlitz einige Anwesende davon abhielt, sich uns zu nähern, aber Ramses' pazifistische Einstellung hatte ihn bei den jüngeren Damen der Kairoer Gesellschaft nicht zur Persona non grata gemacht. Nefret hatte es einmal folgendermaßen umschrieben (ziemlich unhöflich nach meiner Ansicht): »Es ist vergleichbar mit einer Fuchsjagd, Tante Amelia; die Mädchen im heiratsfähigen Alter sind hinter ihm her wie eine Meute Jagdhunde, während ihre Mütter sie anfeuern.« Wir saßen noch nicht lange, als ein Schwarm solcher Mädchen über uns herfiel. Einige schossen zielstrebig auf Ramses zu, andere wiederum, die subtilere Methoden bevorzugten, begrüßten Nefret mit übertriebener Wiedersehensfreude.

»Schätzchen, wo bist du gewesen? Wir haben dich schon seit Ewigkeiten nicht mehr gesehen.«

»Ich war beschäftigt«, erwiderte Nefret. »Freut mich, dich zu sehen, Sylvia, ich wollte ohnehin ein Wörtchen mit dir reden. Was zum Teufel fällt dir eigentlich ein, Lia solche Lügengeschichten zu schreiben?«

»Also wirklich!«, rief eine der anderen jungen Frauen. Sylvia Gorst wurde rot vor Verlegenheit und dann blass vor Wut. Das Funkeln in Nefrets blauen Augen hätte couragiertere Frauen als sie eingeschüchtert.

»Du weißt um Lias Situation«, fuhr Nefret fort. »Eine Freundin würde es vermeiden, sie in Sorge oder Angst zu versetzen. Du hast ihr einen Haufen Gerüchte geschrieben, die meisten davon unwahr und absolut boshaft. Wenn ich erfahre, dass du das noch einmal machst, werde ich dir in aller Öffentlichkeit ins Gesicht schlagen und – und –«

»Und deine Falschheit vor aller Welt dokumentieren?«, schlug Ramses vor. Seine Mundwinkel zuckten.

»Ich hätte es etwas anders formuliert, aber die Idee ist nicht schlecht«, versetzte Nefret.

Sylvia brach in Tränen aus und wurde von ihren schnatternden Freundinnen weggezerrt.

»Gütiger Himmel«, meinte Emerson hilflos. »Was sollte das Ganze?«

»Du warst sehr unhöflich, Nefret.« Ich versuchte streng zu klingen, doch das gelang mir nicht ganz. »Was hat sie Lia geschrieben?«

»Irgendetwas über mich, nehme ich an«, bemerkte Ramses. »Zweifellos hast du es gut gemeint, Nefret, aber dein Temperament –«

Nefret zuckte zusammen, als hätte man sie geschlagen, und er hielt mitten im Satz inne. Sie schob ihren Stuhl zurück und stand auf. »Es tut mir Leid. Bitte, entschuldigt mich.«

»Du hättest sie nicht zurechtweisen dürfen, Ramses«, erklärte ich, während ich beobachtete, wie Nefret mit gesenktem Kopf zum Hoteleingang strebte. »Sie bereute ihre überstürzte Reaktion bereits, wie stets nach einem Temperamentsausbruch.«

»Sie hat mich missverstanden.« Er schien beinahe so zerknirscht zu sein wie Nefret. »Verflucht, warum sage ich immer das Falsche?«

»Weil Frauen immer alles in den falschen Hals bekommen«, grummelte Emerson.

Als Nefret zurückkehrte, war sie besänftigt und bester Laune und in Begleitung. Ein überaus selbstzufriedener Leutnant Pinckney war bei ihr. Natürlich erwähnte in Gegenwart eines Fremden keiner von uns den kleinen Vorfall. Emerson hätte die Gegenwart eines Fremden nicht abgeschreckt, aber er hatte nach wie vor keine Ahnung vom Auslöser des ganzen Wirbels.

Nachdem ich Leutnant Pinckney begrüßt hatte, überließ ich den jungen Leuten die Gesprächsführung. Während mein Blick die Gesichter der Anwesenden streifte, erinnerte ich mich an eine Äußerung Nefrets: »Ich werde das Gefühl nicht los, dass jeder eine Maske trägt und irgendeine Rolle spielt.« Mich beschlich dasselbe Gefühl. All diese nichts sagenden, gut aussehenden (und weniger gut aussehenden) Gesichter – konnte eines davon eine Maske sein, die die Züge eines Todfeindes verbarg?

Da war Mrs Fortescue, wie stets in Schwarz gehüllt und von Verehrern umlagert. Viele von ihnen waren Offiziere – hochrangige Offiziere. Nach ihrer Begegnung mit Ramses zu urteilen, war die Dame nicht besser als ihr Ruf. Philippides, der korrupte Chef des Nachrichtendienstes, befand sich unter den Anwesenden. War er ein Verräter und ein Verbrecher? Mrs Pettigrew starrte mich genauso an wie ihr Gatte; die beiden feisten roten Gesichter musterten mich gleichermaßen verächtlich. Nein, sicherlich nicht die Pettigrews; keiner von beiden besaß die Intelligenz für eine Spionagetätigkeit. Ein wehender schwarzer Umhang – Graf de Sevigny stolzierte wie ein Bühnenschurke zum Eingang des Hotels. Er hatte eine verblüffende Ähnlichkeit mit einem anderen mir bekannten Schurken, aber Kalenischeff war seit langem tot, ermordet von dem Mann, den er zu betrügen versuchte.

Ramses entschuldigte sich und stand auf. Ich beobachtete, wie er die Treppe hinunterging und sich in den Sog der brüllenden Händler stürzte, die ihn sogleich umringten. Da er einen Kopf größer war als die meisten von ihnen, war es mir ein Leichtes, seine Aktivitäten zu verfolgen. Er inspizierte die Waren mehrerer Blumenverkäufer, bevor er sich einem weiteren Mann näherte, zitternd und gebeugt vom Alter. Sobald Ramses seinen Einkauf getätigt hatte, senkte der Tattergreis den Kopf und verschwand.

Die beiden hübschen Sträußchen waren schon ziemlich verwelkt. Ramses überreichte sie mir und Nefret. Über die Maßen erfreut blickte sie zu ihm auf; ganz eindeutig wertete sie die Blumen als stillschweigende Entschuldigung und dass alles verziehen war. Da sie angeregt mit dem jungen Mr Pinckney plauderte, war ich mir sicher, dass sie den Austausch nicht bemerkt hatte.

Emerson rutschte auf seinem Stuhl hin und her. Er hatte einem Abstecher ins Shepheard's lediglich zugestimmt, um Ramses die Kommunikation mit David zu ermöglichen; nachdem das inzwischen erledigt war, machte er keinen Hehl mehr aus seiner Langeweile.

»Zeit für die Heimfahrt«, verkündete er und unterbrach Pinckney mitten in einem Kompliment.

Ich erhob keine Einwände, da ich die gesuchte Inspiration gefunden hatte.

Es ist unmöglich, sich seinen Überlegungen hinzugeben, wenn Emerson chauffiert. Man ist vollauf damit beschäftigt, sich gegen plötzliche Bremsmanöver zu wappnen, ihn vor Kamelen und anderen Hindernissen zu warnen und ihn möglichst davon abzuhalten, die Fahrer anderer Automobile zu beschimpfen. Deshalb musste ich mich gezwungenermaßen bis zur Rückkehr zum Haus gedulden, ehe ich mich mit der Idee auseinander setzen konnte, die mir auf der Terrasse des Shepheard's gekommen war. Ein ausgedehntes, entspannendes Bad sorgte für die entsprechende Atmosphäre.

Sethos war in Kairo. Das setzte ich voraus, denn daran zweifelte ich nicht. Ich bin keine ausgebildete Ägyptologin, habe aber viele Jahre in diesem Umfeld verbracht, und die merkwürdigen Begleitumstände bei der Entdeckung der Statue waren mir nicht entgangen. Sicherlich muss ich meine Schlussfolgerungen den informierten Lesern (soll heißen der Mehrheit meiner Leser) nicht näher erläutern. Die Statue war innerhalb der letzten Tage in den Schacht hinabgelassen worden, und es gab nur einen Zeitgenossen, der das initiiert haben konnte.

Was Sethos' Motive anging, so waren sie gleichermaßen augenscheinlich: Er verspottete mich, demonstrierte seine Anwesenheit, forderte mich heraus, ihn davon abzuhalten, sollte er das Museum oder die Lagerhäuser oder die Ausgrabungsstätte selbst ausrauben wollen. Ich hatte recht bald bemerkt, dass das gegenwärtige Chaos in der Antikenverwaltung und in

Ägypten für einen Mann von Sethos' Berufsstand unwiderstehlich sein würde. Manch einer fragt sich vielleicht, warum er auf sich aufmerksam machte, indem er eines seiner wertvollsten Artefakte aufgab. Ich war mir sicher, dass es sich um einen von Sethos' kleinen Scherzen handelte. Sein Sinn für Humor war ausgesprochen dekadent. Der Scherz würde auf unsere Kosten gehen, falls es ihm gelang, uns die Statue wieder abzujagen. Für Emerson wäre das wie ein Schlag ins Gesicht!

Ich lehnte mich zurück, betrachtete das sich in den Badezimmerfliesen spiegelnde Wasser. Zweifellos war Emerson zu dem gleichen Schluss gelangt. Auf dem Sektor Ägyptologie entgeht ihm nur sehr wenig. Gewiss nahm der liebe, naive Mann nicht an, dass ich die Intelligenz für diese Überlegungen besaß. Er hatte aus demselben Grund geschwiegen wie ich: Das Thema Sethos war gewissermaßen heikel. Emerson wusste, dass ich ihm nie einen Grund zur Eifersucht geliefert hatte, doch die Eifersucht, werter Leser, entzieht sich der Ratio. Hatte ich nicht selbst gespürt, wie ihr giftiger Stachel mein Herz durchbohrte?

Ja, das hatte ich. Was Sethos anbelangte, so hatte er keinen Hehl aus seinen Gefühlen gemacht. Zu Beginn unserer Bekanntschaft hatte er mehrfach versucht, seinen Rivalen – denn dafür hielt er Emerson – auszuschalten, einmal sogar vor meinen eigenen Augen. Später schwor er mir, dass er keinem der von mir geliebten Menschen jemals Schaden zufügen würde. Augenscheinlich gehörte Emerson dazu, und ich hoffte inständig, dass Sethos das auch so sah. Um auf der sicheren Seite zu sein, entschied ich, dass ich ihn besser vor Emerson aufspürte. Emerson verfügte nicht über meine intime Kenntnis dieses Mannes. Er würde seine Tarnungen nicht durchschauen, so wie ich es vermochte ... wie ich es getan hatte ... wie ich glaubte ...

Ich beschloss, mich diesem Mann intensiver zu widmen. Der werte Leser wird sich berechtigterweise fragen, warum ich Sethos aufspüren wollte, wenn ich ihn lediglich des Antiquitätenraubs für schuldig befand, statt mich auf den übleren Schurken zu konzentrieren, den feindlichen Agenten, der auch ein Landesverräter sein könnte. Ich werde diese Frage beantworten. Seinerzeit hatte Sethos' Intrigennetz die gesamte ägyptische Unterwelt überspannt. Er kannte jeden Attentäter, jeden Dieb, jeden Drogenhändler und Zuhälter in Kairo. Dieses Wissen versetzte ihn in die Lage, den von mir gesuchten Mann zu identifizieren – und bei Gott, er würde es tun, denn ich würde ihn dazu zwingen! Um diesen Schwur zu untermauern, trommelte ich mit meinen Fäusten vor die gekachelte Wand und verfehlte um Haaresbreite Emersons Nase, der sich mir – auf Grund meiner intensiven Überlegungen – unbemerkt genähert hatte.

»Gütiger Himmel, Peabody«, bemerkte er und schrak zurück. »Wenn du allein sein willst, musst du es nur sagen.«

»Verzeih mir, mein Schatz«, erwiderte ich. »Ich wusste nicht, dass du hier bist. Was möchtest du?«

»Dich natürlich. Du bist seit fast einer Stunde im Bad. Und«, fügte er mit einem Blick auf meine Zehen hinzu, »so verschrumpelt wie eine Rosine. Worüber hast du nachgedacht?«

»Ich habe das kühle Wasser genossen und darüber die Zeit vergessen. Würdest du mir bitte heraushelfen?«

Selbstverständlich würde er das, und ich hoffte, dass die sich daran anschließende Ablenkung weitere Fragen seinerseits im Keim erstickte. Ich behielt Recht.

Es war recht spät, als wir uns schließlich ankleideten und den Weg nach unten antraten. Ich nahm an, dass die anderen sich bereits eingefunden hatten, blieb aber vor Ramses' Tür stehen und lauschte. Die Tür sprang so abrupt auf, dass er mich mit schief gelegtem Kopf erwischte, mein Ohr in Richtung Öffnung.

»Eine Lauschoperation, Mutter?«, erkundigte sich Ramses.

»Eine zwar beschämende, aber verflucht zweckmäßige Angewohnheit«, zitierte ich eine von ihm irgendwann einmal geäußerte Bemerkung und wurde mit einem seiner seltenen Lächeln belohnt. »Bist du fertig? Kommst du zum Abendessen hinunter?«

Ramses nickte. »Ich habe auf euch gewartet. Ich wollte noch kurz mit euch reden.«

»Und ich mit dir«, warf Emerson ein. »Du hattest keine Gelegenheit, eine Notiz zu verfassen. Was hast du David erzählt?«

»Dass er mich am späten Abend treffen soll. Wir müssen diese neueste Entwicklung besprechen.«

»Bring ihn her«, drängte ich. »Ich möchte ihn so gern wieder sehen.«

»Keine gute Idee«, wandte mein Gatte ein.

»Nein.« Ramses bedeutete uns weiterzugehen. »Im Dorf Gizeh ist ein Kaffeehaus, das ich gelegentlich aufsuche. Dort kennt man mich und wäre nicht überrascht, wenn ich mit einem Fremden ins Gespräch käme.«

Der Plan war gewiss das kleinere Übel von vielen. Während ich in Richtung Esszimmer vorausging, sann ich nach Möglichkeiten, das Risiko noch weiter zu minimieren.

Nefret hatte ihre Korrespondenz erledigt. »Wie langsam ihr heute Abend alle seid!«, ereiferte sie sich und legte ihren Federhalter beiseite. »Fatima hat schon zweimal nachgefragt, wann sie das Essen servieren kann.«

»Dann nehmen wir besser umgehend unsere Plätze ein«, meinte ich. »Mahmud lässt das Essen immer anbrennen, wenn wir uns verspäten.«

Wir erreichten den Tisch gerade noch rechtzeitig, um die

Suppe zu retten. Meiner Meinung nach hatte sie einen leicht strengen Beigeschmack, doch die anderen schienen nichts zu bemerken.

»Ein ruhiger Abend ist etwas Schönes«, erklärte Emerson. »Du gehst nicht ins Hospital, Nefret?«

»Als ich Sophia vorhin anrief, meinte sie, dass man mich gegenwärtig entbehren kann.« Nefret hatte sich umgezogen, trug allerdings keine Abendgarderobe, sondern ein altes Kleid aus blauem Baumwollstoff mit grünem und weißem Blumendruck. Vielleicht hatte sie es aus emotionellen Gründen aufgehoben; Emerson hatte ihr einmal erklärt, wie hübsch sie darin aussehe.

»Ich wollte heute Abend einige Fotoplatten entwickeln«, fuhr sie fort. »Ich bin ziemlich ins Hintertreffen geraten. Hilfst du mir, Ramses?«

»Ich gehe aus«, erwiderte Ramses recht schroff.

»Den ganzen Abend?« Forschend blickte sie ihn an.

Die naive Frage übte eine seltsame Wirkung auf Ramses aus. Ich kannte diese unnahbare Miene gut genug, um das kaum merkliche Zucken seiner Mundwinkel wahrzunehmen. »Nur für eine Weile ins Dorf. Ich will wissen, was die Dorfbewohner über die Statue zu berichten haben.«

»Denkst du, sie beabsichtigen, sie zu stehlen?« Nefret lachte.

»Ich bin sicher, dass einige von ihnen das gern täten«, erwiderte Ramses. »Ich bleibe nicht lange. Wenn du ein paar Stunden warten kannst, helfe ich dir gern.«

Stattdessen bot ich meine Dienste an und Nefret nahm dankend an. Letztlich war es ein sonderbares Tischgespräch; wir redeten wie üblich über unsere Arbeit und unsere Zukunftspläne, dennoch bemerkte ich, dass selbst Emerson sich zur Konzentration zwingen musste. Vielleicht war es gar nicht so sonderbar, wenn man überlegte, dass drei von uns vor dem Vierten etwas verbargen.

Nach dem Essen nahmen wir den Kaffee im Salon ein. Während unserer Abwesenheit waren mehrere Briefe abgegeben worden; trotz der allgemeinen Zuverlässigkeit der Post behielten viele unserer Bekannten die alte Gewohnheit bei, ihre Mitteilungen per Boten zu verschicken. Ein an mich adressierter Brief stammte von Katherine Vandergelt und ich las ihn mit einem gewissen Schuldgefühl.

»In letzter Zeit haben wir die Vandergelts kaum gesehen«, sagte ich. »Katherine erinnert uns an unser Versprechen, sie in Abu Sir zu besuchen.«

Wie von der Tarantel gestochen sprang Emerson auf. »Verflucht!«

»Was ist denn, Emerson?«, kreischte ich entsetzt. »Hat es mit diesem Brief zu tun?«

»Nein. Äh – ja.« Emerson zerknüllte die Depesche und schob sie in seine Jackentasche. »Teilweise. Maxwell bittet mich, an einem morgigen Treffen teilzunehmen – ein weiteres Beispiel für diese verfluchten Ablenkungen, die uns in dieser Saison plagen! Ich wollte schon vor einigen Tagen nach Abu Sir fahren.«

»Ein Krieg sorgt bekanntermaßen für Verwirrung«, meinte Nefret süffisant. »Vermutlich bist du der einzige Mann in diesem Komitee, der weiß, wovon er spricht, Professor; du erweist Ägypten einen großen Dienst.«

Emerson brummte: »Hmhm«, und Nefret beeilte sich hinzuzufügen: »Er kann nicht ewig dauern. Eines Tages ...«

»Ganz recht«, mischte ich mich ein. »Du wirst deine Pflicht erfüllen, Emerson, und wir werden das auch tun, und eines Tages ...«

Nefret und ich verbrachten mehrere Stunden in der Dunkelkammer. Als wir wieder auftauchten, waren Emerson und Ramses verschwunden.

Aus Manuskript H

Ramses erinnerte sich noch an die Zeit, als Kutschen, Kamele und Esel die Touristen über einen staubigen, von fruchtbaren Feldern gesäumten Pfad zu den Pyramiden brachten. Jetzt machten Taxis und andere Automobile den Fußgängerverkehr zum gefährlichen Wagnis und das einst abgeschiedene Dorf Gizeh wurde von neuen Häusern und Villen fast erdrückt. Der Baedeker, die Bibel eines jeden Touristen, beschrieb es als uninteressant, doch auf Grund der Straße oder des Bahnhofs passierten es alle Pyramidenbesucher, und die Bewohner stürzten sich wie eh und je auf sie, verkauften gefälschte Antiquitäten und verliehen ihre Esel. Nach Einbruch der Dämmerung war der Ort wie ausgestorben, da er nur wenig zu bieten hatte: einige Geschäfte, Cafés und Bordelle.

Das von Ramses bevorzugte Café befand sich ein paar hundert Meter westlich des Bahnhofs. Es war beileibe nicht so luxuriös wie die entsprechenden Lokalitäten in Kairo: ein gestampfter Lehmboden statt Fliesen oder Ziegeln, einfache Holzstämme flankierten die offene Front. Als er näher kam, vernahm Ramses eine Stimme, die sich rhythmisch hob und senkte und gelegentlich von anerkennendem Gelächter oder Zurufen unterbrochen wurde. Ein Vorleser oder Geschichtenerzähler sorgte für Unterhaltung. Er musste schon seit einiger Zeit dort sein, denn er schien tief versunken in die Verwicklungen einer unendlichen Geschichte mit dem Titel »Das Leben des Abu-Zayd.«

Einige Lampen, die von den Holzstämmen herabhingen, warfen ihr Licht auf den Sha'er, der auf einem Schemel auf der Mastababank vor dem Kaffeehaus thronte. Er war mittleren Alters und trug einen gepflegten schwarzen Bart; seine Hände umklammerten die einsaitige Viola und den Bogen, mit denen er seine Erzählung untermalte. Seine Zuhörer saßen um ihn herum auf der Steinbank oder auf Schemeln und rauchten Pfeife, während sie andächtig lauschten.

Die Geschichte – teils Prosa, teils Ballade – beschrieb die Abenteuer von Abu-Zayd, besser bekannt als Barakat, Sohn eines Emirs, der ihn verstoßen hatte, weil seine dunkle Hautfarbe gewisse Zweifel an der ehelichen Treue seiner Mutter aufwarf. Der Emir tat seiner Gemahlin unrecht; Barakats Hautfarbe war das Geschenk eines musisch angehauchten Gottes, als Reaktion auf das Bittgesuch der Dame:

»Bald stieg aus dem Gewölbe des Himmels herab
ein schwarz gefiederter Vogel von gewaltigem Gewicht,
stürzte sich auf die anderen Vögel und tötete sie alle.
Ich rief zu Gott – Oh, sei mit mir!
Schenk mir einen Sohn wie diesen edlen Vogel.«

Ramses verharrte im Dunkel und lauschte andächtig der getragenen, melodischen Stimme. Die Geschichte mutete genauso brutal und blutrünstig an wie jedes westliche Epos, und sie war in praktische Abschnitte oder Kapitel unterteilt, die jeweils mit einem Bittgesuch endeten. Als der Erzähler das Ende des aktuellen Teils erreichte, trat Ramses vor und stimmte mit den anderen in das abschließende Gebet ein.

Er und sein Vater gehörten zu den wenigen Europäern, die die Ägypter wie Moslems anredeten – vermutlich deshalb, weil Emersons religiöse Einstellung oder deren Fehlen es schwierig gestaltete, ihn einzuordnen. »Wenigstens«, hatte ein weiser Redner einmal bemerkt, »ist er kein verfluchter Christ.«

Emerson hatte das im höchsten Maße belustigend gefunden.

Ramses begrüßte die Anwesenden und nickte dem Geschichtenerzähler höflich zu, den er bereits kannte. Den Kaffee genießend, den ein Bewunderer ihm spendiert hatte, senkte der Sha'er huldvoll den Kopf.

Langsam entfernte Ramses sich von dem aufmerksamen Publikum und betrat das schmutzige Innere des einzigen Raums. Nur zwei Kreaturen hatten der Faszination des Erzählers widerstanden; eine davon war ein Hund, der schlafend unter einer Bank lag. Die andere lag ausgestreckt auf einer anderen Bank und schien ebenfalls zu schlafen. Ramses schob dessen Füße unsanft zu Boden und setzte sich.

»Hast du kein Verständnis für Poesie?«, erkundigte er sich.

»Im Augenblick nicht.« David richtete sich in Sitzhaltung auf. »Ich habe davon gehört.«

»Das habe ich befürchtet.« Er berichtete David, was in der Nacht zuvor geschehen beziehungsweise vereitelt worden war. »Wie sie Wind von der Sache bekamen, weiß ich nicht, es sei denn, er versuchte, sie zu erpressen.«

David nickte. »Das wäre also abgeschlossen. Was machen wir jetzt?«

»Unseren ursprünglichen Plan weiterverfolgen. Was können wir sonst tun?«

Keine Reaktion von David, der sich mit gesenktem Kopf vorbeugte.

»Es tut mir Leid.« Ramses entschied, dass sie es riskieren konnten, englisch zu sprechen; die Stimme des Erzählers war überaus mitreißend und keiner beachtete sie.

»Sei kein Idiot.«

»Danke für das Kompliment. Eine Sache haben wir noch nicht versucht.«

»Den Türken zu beschatten?«

»Ja. Als ich ihm das erste Mal begegnete, wurde ich – äh – daran gehindert. Beim zweiten Mal hielt dich deine Besorgnis um mich davon ab. Eine weitere Chance haben wir zumindest, und diesmal werden wir mehr tun müssen, als ihn zu verfolgen. Wie du bereits festgestellt hast, müssen wir nicht herausfinden, wohin er geht, sondern woher er kommt. Er ist nur ein angeworbener Fahrer und vermutlich empfänglich für Bestechung oder Manipulation. Aber das bedeutet, dass wir ihn lebend haben müssen, was nicht einfach sein wird.«

»Der Professor würde uns mit dem größten Vergnügen unterstützen«, murmelte David. »Wirst du ihn einweihen?«

»Nicht, solange es sich vermeiden lässt. Du und ich werden gemeinsam mit ihm fertig.«

»Noch eine weitere Lieferung?«

»So wurde mir gesagt. Wie du weißt, muss sie in Kürze stattfinden. Wenigstens ist Farouk nicht mehr mit von der Partie. Falls sie versuchen, ihn zu ersetzen, werden wir wissen, wer der Spion ist.«

»Versuchst du, mich aufzubauen?«

»Offenbar erfolglos.«

»Jedenfalls muss man sich fragen«, meinte David gedehnt, »was er ihnen erzählt hat. Die Karbatsche eignet sich hervorragend, um jemandem ein Geständnis abzupressen.«

»Was hätte er ihnen erzählen können, außer dass der berühmte und mächtige Vater der Flüche versucht hat, ihn zu bestechen? Er wusste weder von dir – noch von allem anderen.«

»Er wusste von dem Haus in Maadi.«

Ramses fluchte leise. Vergeblich hatte er gehofft, dass Davids scharfer Verstand diese interessante Tatsache übersehen würde – eine Tatsache, deren Bedeutung seinem Vater offenbar entgangen war. Nicht, dass man sich dessen sicher sein durfte bei Emerson ...

»Hör mir zu«, meinte Ramses in drängendem Ton. »Vaters privates Abkommen mit Farouk war eine Planabweichung, die nichts mit unseren Zielen zu tun hat. Wir haben uns nicht darauf festgelegt, einen Spionagering zu zerschlagen, wir versuchen lediglich, eine hässliche kleine Revolution zu verhindern. Wenn uns das gelingt und wir mit heiler Haut davonkommen, können wir verdammt von Glück reden. Ich weigere mich, mich in irgendetwas anderes hineinziehen zu lassen. Das kann man von uns nicht erwarten.«

»Du redest besser leiser.«

Ramses atmete tief ein. »Und du verschwindest jetzt besser. Was ich gesagt habe, ist mein voller Ernst, David.«

»Gewiss.« David erhob sich und bewegte sich geräuschlos zur Türschwelle. Dann schrak er mit einem unterdrückten Aufschrei zurück.

Ramses trat zu ihm und blickte ins Freie. An der Identität der hünenhaften Gestalt, die einen Ehrenplatz inmitten des Publikums einnahm, bestand kein Zweifel: Emerson rauchte seine Pfeife und lauschte gespannt.

»Was macht er hier?«, flüsterte David.

»Kindermädchen spielen«, knurrte Ramses. »Ich wünschte, er würde mich nicht behandeln wie –«

»Gestern Abend hast du dasselbe für ihn getan.«

»Oh.«

David schmunzelte. »Er hat mir die Mühe erspart, dir nach Hause zu folgen. Bis morgen.«

Er zog den Kopf ein, um seine Größe zu kaschieren, und schlenderte langsam durch die in der Nähe stehende Menge. Ramses trat einen Schritt vor und lehnte sich gegen den Holzrahmen, als hätte er die ganze Zeit über dort gestanden.

Ihm war klar, dass sein Vater ihn gesehen hatte. Vermutlich hatte Emerson David ebenfalls bemerkt, doch er machte keinerlei Anstalten, ihn aufzuhalten. Er wartete höflich, bis der wehmütige Klang der Viola das Ende eines weiteren Kapitels einleitete, dann erhob er sich und gesellte sich zu Ramses. Sie verabschiedeten sich von den Dorfbewohnern und traten den Heimweg an.

»Irgendwelche Neuigkeiten?«, erkundigte sich Emerson.

»Nein. Du hättest mir nicht folgen müssen.«

Emerson ignorierte die gereizte Bemerkung und wechselte das Thema. »Ich mache mir Sorgen um deine Mutter.«

»Um Mutter? Weshalb? Ist etwas passiert?«

»Nein, nein. Ich kenne sie nur recht gut und habe heute Nachmittag ein vertrautes Glitzern in ihren Augen bemerkt. Leider verfügt sie nicht über meine Geduld«, seufzte Emerson mit Bedauern. »Was war das? Hast du etwas gesagt?«

»Nein, Sir.« Ramses musste sich das Lachen verkneifen. »Was Mutter anbelangt –«

»Ach ja. Ich denke, sie steht im Begriff, die Sache in die Hand zu nehmen und sich auf den Kriegspfad zu begeben.«

»Ich hatte denselben Eindruck. Hat sie dir geschildert, was sie plant? Ich hoffe inständig, dass sie nicht vorhat, General Maxwell aufzusuchen und ihm zu erklären, dass er die ganze Sache abblasen muss.«

»Nein, das werde ich übernehmen.«

»Wie bitte? Das kannst du nicht!«

»In der Tat, das könnte ich.« Emerson blieb stehen und stopfte seine Pfeife. »Beruhige dich, mein Junge, du entwickelst dich zu einem ebensolchen Hitzkopf wie deine Schwester. Manchmal denke ich, dass ich als Einziger in unserer gesamten Familie einen kühlen Kopf bewahre.« Er zündete ein Streichholz an, und Ramses gelang es nur mit Mühe, ihn nicht darauf hinzuweisen, dass das vielleicht unklug war. Falls ihnen jemand gefolgt war ...

Offensichtlich nicht. Emerson paffte zufrieden und sagte dann: »Aber ich werde es nicht tun. Morgen findet keine Zusammenkunft des Komitees statt; das war nur ein kleiner Vorwand, um ihn aufsuchen zu können. Zum Teufel, diese Angelegenheit strotzt vor Ungereimtheiten. Ich will wissen, inwieweit Maxwell informiert ist, und ihm berichten, was er meiner Meinung nach erfahren sollte. Keine Sorge, ich werde sehr diplomatisch vorgehen.«

»Ja, Sir.« Jede Auseinandersetzung wäre Zeitverschwendung gewesen; man hätte ebenso gut einer Lawine in den Weg treten und die Geröllmassen auffordern können, das Fallen einzustellen.

Emerson schmunzelte. »Du glaubst nicht, dass ich diplomatisch sein kann, nicht wahr? Vertrau mir. Was deine Mutter angeht, weiß ich vermutlich, was sie vorhat. Sie denkt, dass sie Sethos aufgespürt hat. Ich beabsichtige, ihr diese unproduktiven Nachforschungen zu gestatten, da sie die falsche Spur verfolgt.«

»Woher weißt du das?«

»Weil ich«, erwiderte Emerson, »es weiß ... äh-hm. Weil ich weiß, dass der Bursche, den sie verdächtigt, nicht Sethos ist.«

»Wen verdächtigt sie?«

»Den Grafen.« Emerson kicherte.

»Oh. Ich stimme dir zu. Er ist einfach zu augenfällig.«

»Genau.«

Sie näherten sich dem Haus. »Ich muss noch kurz nach Kairo«, murmelte Ramses.

»Ich werde dich begleiten.«

Da er das erwartet hatte, stützte er sich auf ein weiteres Argument. »Nein. Es ist keiner meiner üblichen Abstecher, Vater. Ich muss jemanden treffen. Es dauert nicht lange. Ich werde eines der Pferde nehmen – nicht Risha, er ist zu bekannt – und in etwa einer Stunde wieder hier sein.«

Emerson baute sich wie ein Monolith vor ihm auf. »Sag mir wenigstens, wohin du gehst.«

Nur für den Fall. Er musste es nicht sagen. Aber sein Vater hatte Recht.

»Zu el-Gharbi.«

Emerson schnaubte vor Wut, und Ramses beeilte sich hinzuzufügen: »Ich weiß, er ist eine hinterlistige Schlange, ein brutaler Menschenhändler und das alles. Aber er verfügt über Beziehungen in der gesamten Kairoer Unterwelt. Ich habe ihn schon einmal aufgesucht, als ich herauszufinden versuchte, woher der arme Teufel, der vor dem Shepheard's getötet wurde, die Granaten hatte. Er schilderte mir ... verschiedene interessante Aspekte. Ich denke, er will mich erneut sehen. Er war nicht im Krankenhaus, weil er sich um das Mädchen sorgte.«

»Mag sein.« Emerson rieb sich sein Kinn. »Hmhm. Du könntest Recht haben. Vermutlich ist es die Sache wert. Bist du sicher, dass ich nicht mitkommen –«

»Ganz sicher. Mach dir keine Gedanken.«

»Das sagst du immer.«

»Nicht immer. Außerdem, wie würde Mutter reagieren, wenn sie herausbekäme, dass du dich in el Was'a herumtreibst?«

Ramses ließ das Pferd, einen gutmütigen Wallach, den Emerson für die Saison angemietet hatte, vor dem Shepheard's zurück und ging zu Fuß weiter, zwängte sich durch die widerlich stinkende Gasse zu dem ihm inzwischen bekannten Hintereingang. Auf sein Klopfen wurde umgehend reagiert, doch el-Gharbi ließ ihn eine gute Viertelstunde warten, ehe er ihn zu sich rief.

In weite Gewänder gehüllt und auf einem Berg Brokatkissen thronend, schob el-Gharbi sich mit einer Hand kandierte Datteln in den Mund, während er die andere dem Strom von Bittstellern und Bewunderern zum Kusse reichte, die den Audienzraum bevölkerten. Mit einem theatralischen Überraschungsschrei bemerkte er Ramses, dessen Maske sich auf Schnauzbart und Brille beschränkte. Wie er festgestellt hatte, war die wirkungsvollste Tarnung eine Veränderung von Haltung und Gesten.

El-Gharbi klatschte in die Hände, entließ seine Speichellecker und bedeutete Ramses, sich neben ihn zu setzen.

»Sie ist ein Solitär«, verkündete er. »Ein Schmuckstück von seltener Schönheit, eine Gazelle mit den Augen einer Taube ... Aber, mein Lieber, starr mich nicht so an. Es gefällt dir nicht, wenn ich die Anmut deiner Dame preise?«

»Nein.«

»Ich war neugierig. So viel Bewunderung von so vielen Verehrern! Nachdem ich sie gesehen habe, verstehe ich es. Und sie besitzt Willenskraft und Mut. Solche Eigenschaften bei einer Frau ...«

»Weshalb wolltest du mich sehen?«

»Ich?« Der Kajalstrich um seine Augen verwischte, als er sie in gespieltem Erstaunen aufriss. »Du bist zu mir gekommen.«

Als Ramses eine Viertelstunde später aufbrach, war er sich nicht sicher, was el-Gharbi ihm hatte vermitteln wollen. Er fischte im Trüben, denn es gestaltete sich verflucht schwierig, aus den versteckten Andeutungen des Zuhälters Fakten herauszufiltern. Wieder einmal war Percy das Hauptthema gewesen – seine Affären mit verschiedenen »ehrbaren« Frauen, die geheimen (nicht für den allwissenden el-Gharbi) Treffpunkte, sein brutales Verhalten gegenüber den Mädchen im Rotlichtbezirk. Ramses nahm an, dass er vermutlich niemals explizit erfahren würde, was Percy getan hatte oder tat, um el-Gharbi zu verärgern – die Beschädigung der Ware war vielleicht Grund genug –, aber eins war ihm klar: El-Gharbi wollte Percys Tod oder Bloßstellung, und er wollte, dass Ramses diese Aufgabe für ihn übernahm.

10

Ich entschied, Nefret ins Vertrauen zu ziehen – bis zu einem gewissen Punkt. Wir entwickelten gerade die letzte Fotoplatte, als ich ihr meinen Plan schilderte und für Augenblicke befürchtete, zu früh geplaudert zu haben. Allerdings gelang es Nefret, die Platte aufzufangen, ehe sie am Boden zerschellte.

»Sethos?«, entfuhr es ihr. »Der Graf? Tante Amelia!«

»Leg sie hin, mein Schatz. Das ist besser. Komm, wir gehen in das andere Zimmer, dann erkläre ich dir meine Beweisführung.«

Es überraschte mich nicht, dass Emerson fort war. Ich wusste, dass er Ramses folgen würde, um ihm im Ernstfall zur Seite zu stehen, denn ansonsten hätte ich es selbst übernommen. Nefret ging über seine Abwesenheit hinweg, da sie annahm, dass auch er sich für einen Besuch des Cafés entschieden hatte.

Ich drückte Nefret in einen Sessel und schilderte ihr meine Überlegungen hinsichtlich der Statue. Ich bemerkte, dass sie meine Logik nachvollziehen konnte; in der Tat versuchte sie mir zu vermitteln, dass sie selbst schon daran gedacht habe. Emerson und Ramses versuchen das ständig, deshalb hob ich schlicht und einfach meine Stimme und ging zum nächsten Punkt meines Resümees über.

»Ich hatte nur selten Gelegenheit, einen Blick auf den Grafen zu werfen, war aber jedes Mal verblüfft von seiner Ähnlichkeit mit einem mir bekannten Schurken namens Kalenischeff. Er war ein Mitglied von Sethos' Bande und ein Erzganove; als er seinen großen Meister hintergehen wollte, ließ Sethos ihn töten.«

»Ja, Tante Amelia, ich weiß.«

»Oh? Habe ich dir von ihm erzählt?«

»Du hast uns von vielen deiner Abenteuer berichtet und Ramses hat David und mir weitere geschildert.« Bei der Erinnerung lächelte sie. »Damals trafen wir uns in Ramses' oder in meinem Zimmer, rauchten heimlich und fühlten uns wie kleine Helden, während wir deine Exkurse diskutierten. Sie waren wesentlich aufregender als die populären Liebesromane.«

Ich fühlte mich geschmeichelt, fügte aber dennoch hinzu: »Mit dem zusätzlichen Vorteil, dass sie wahr sind.«

»O ja.«

»Gelegentlich nimmt Sethos das Erscheinungsbild einer realen Person an«, fuhr ich fort. »Ich glaube, er findet das amüsant. Die Tatsache, dass der Graf mich ständig meidet, ist ebenfalls verdächtig. Ohne mich brüsten zu wollen, darf ich, so glaube ich, behaupten, dass viele Neuankömmlinge in Kairo die Bekanntschaft mit mir oder Emerson suchen.«

»Mich hat er nicht gemieden«, murmelte Nefret.

Ich warf ihr einen skeptischen Blick zu. Sie wickelte eine Haarlocke um ihren Finger; sie schimmerte wie ein Ring aus purem Gold. »Hmmm. Nun, das macht meinen Plan umso plausibler. Es wäre schön, wenn du den Grafen bitten könntest, dich morgen Abend zum Essen auszuführen – in eines der Hotels, natürlich, du darfst unter gar keinen Umständen allein mit ihm sein. Dir fällt bestimmt ein glaubwürdiger Vorwand ein, wie beispielsweise ... äh ...«

»Mir wird schon etwas einfallen. Es ist dir ernst, nicht wahr?«

»Mein Schatz, du nimmst doch nicht etwa an, dass ich ein solch undamenhaftes Benehmen von dir erwarten würde, wenn es nicht so wäre? Es ist keineswegs erstaunlich, dass du den Grafen nicht verdächtigt hast; du hast Sethos nie kennen gelernt.«

Nefrets Mundwinkel zuckten. »Das wollte ich schon immer.«

Ihr Lächeln weckte gewisse Vorahnungen und ich sah mich zu näheren Erläuterungen gezwungen. »Du musst deine mädchenhaften, romantischen Vorstellungen von Sethos verdrängen. Versuche nicht, ihn zu überlisten. Überzeuge ihn einfach von einem der Hotels – ich schlage das Shepheard's vor –, so dass ich ihn mir genauer ansehen kann. Selbstverständlich bin ich getarnt.«

»Ah«, seufzte Nefret. »Getarnt. Wie?«

»Überlass das mir. Dieser fürchterliche Hund bellt. Das müssen Emerson und Ramses sein. Bist du mit meinem Vorschlag einverstanden?«

»Ich werde alles tun, was du möchtest, Tante Amelia. Alles. Wenn es hilft ...« Sie ließ den Satz unvollendet.

»Ich wusste, dass ich mich auf dich verlassen kann. Und bitte, erwähne unseren kleinen Plan nicht.«

»Willst du denn nicht wenigstens den Professor einweihen?«

»Das wird davon abhängen ... Ah, da seid ihr ja, meine Lieben. Habt ihr euren abendlichen Ausflug genossen? Wir haben einiges an Arbeit bewältigt, während ihr euch amüsiert habt.«

Auf Grund der Tatsache, dass er uns bei Sonnenaufgang aus den Federn holte, gelang es Emerson, noch einige Stunden im Ausgrabungsgebiet zu verbringen, bevor er zu seinem Treffen mit General Maxwell aufbrach. Er hatte mir gegenüber wiederholt, was Ramses ihm über sein Gespräch mit David berichtet hatte. Ich erfuhr nichts Neues, aber wenigstens war es ein Trost zu wissen, dass David am Vorabend gegen zehn Uhr noch unter den Lebenden weilte.

Es war ein schwacher Trost. Mit jedem Tag, der verstrich, wuchsen die Gefahr und meine Entschlossenheit, dieser grässlichen Geschichte ein Ende zu machen. Nachdem ich einen meiner Ansicht nach ausgesprochen effektiven Aktionsplan erstellt hatte, sah ich mich in der Lage, mich mehr oder weniger konzentriert unseren archäologischen Aktivitäten zu widmen. In Emersons Abwesenheit trug ich die Verantwortung. Ich erklärte Nefret, Ramses und Selim mein Vorhaben. Daoud musste ich nie etwas erklären, da er meine Anweisungen stets genau befolgte.

»Keiner bewundert Emersons Methodik mehr als ich, dennoch haben wir meiner Ansicht nach viel zu viel Zeit mit dieser Mastaba vertrödelt. Selim, ich möchte, dass die zweite Kammer heute komplett freigelegt wird.«

Ramses hob an: »Mutter –«

Selim sagte: »Aber, Sitt Hakim –«

Nefret grinste.

Ihr Grinsen verschwand, als ich mit erhobener Stimme fortfuhr und Ramses und Selim zum Schweigen brachte. »Nefret und ich werden das Gestein inspizieren. Ramses, du kannst Selim helfen, die Körbe zu etikettieren, während sie gefüllt werden. Vergewissere dich, dass du Feld und Niveau exakt aufführst. Auf diese Weise –«

»Mutter, ich glaube, dass Selim und ich mit dieser Technik vertraut sind«, bemerkte Ramses. Seine Brauen bildeten ein Dreieck.

Selims Bart bewegte sich unmerklich. »Ja, Sitt Hakim.«

Ich lächelte zu Daoud, dessen breites Gesicht den üblichen

Ausdruck andächtiger Bewunderung annahm. »Dann lasst uns anfangen!«

Ich darf behaupten, dass meine Worte sie alle zu noch größerer Energie beflügelten. Daoud setzte die Wägelchen in Bewegung. Nefret und ich inspizierten Korb für Korb, fanden allerdings nur wenig. Da ich Emerson mit unserer Betriebsamkeit beeindrucken wollte, arbeiteten wir weit über die übliche Mittagspause hinaus. Erst als Ramses sich zu uns gesellte, wurden mir verspätet meine anderen Pflichten bewusst.

Natürlich hatte er seinen Tropenhelm verlegt. Obschon ihm die Hitze weniger ausmacht als den meisten anderen, ringelte sich sein dichtes schwarzes Haar zu feuchten Locken, und sein nasses Hemd klebte an Brust und Schultern. Seine durchtrainierte Muskulatur war etwas asymmetrisch, trotz meiner Versuche, ihm einen unauffälligeren Verband anzulegen. Ich konnte nur hoffen, dass Nefrets Augen nicht so scharfsichtig waren wie meine. Sie hatte sich nicht dazu geäußert, dass Ramses seit neuestem ständig ein Hemd bei den Grabungsarbeiten trug.

»Wir sind auf etwas recht Interessantes gestoßen«, verkündete er. »Du wirst Fotos machen müssen, Nefret.«

Sie sprang auf, strahlte, und Ramses reichte mir seine Hand, um mir beim Aufstehen zu helfen. Ich hätte sie weggeschoben, doch um der Wahrheit die Ehre zu geben, war ich tatsächlich ein bisschen steif in den Gliedern. Über Stunden hinweg in derselben Haltung verharren zu müssen hat selbst bei einer Frau von hervorragender physischer Kondition diese Auswirkung.

Die Kammer war fast bis zum Bodenniveau geleert worden. Es gab einige schöne Reliefs und eine weitere falsche Tür, doch diese Entdeckung fiel mir nicht sonderlich ins Auge. Hinter der Südwand hatten die Männer die Mauern eines weiteren, kleineren Raums freigelegt, mit dessen Vorhandensein niemand von uns gerechnet hatte. Ich wusste sofort, dass es sich um eine Schachtkammer handeln musste, die eine Statue des Verstorbenen enthielt. Durch einen schmalen Spalt zwischen dieser Kammer und der Kapelle konnte die Seele des oder der Toten mit der Außenwelt kommunizieren und Opfergaben empfangen.

»Wie seid ihr darauf gestoßen?«, fragte ich, während ich mich entlang der Oberfläche zu einem Punkt vortastete, von dem aus ich nach unten in die Kammer blicken konnte. Sie hatten so viel Geröll entfernt, dass der Grundriss des Raums erkennbar wurde. Nur einer der ursprünglichen Deckenquader befand sich noch an Ort und Stelle. Die Bruchsteine im Innern der Kammer deuteten darauf hin, dass alle anderen eingestürzt und zerschellt waren.

»Zufällig bemerkte ich, dass das, was ich für einen Riss in der Wand hielt, verdächtig regelmäßig verlief, deshalb grub ich weiter und stieß auf Mauerwerk.« Ramses raufte sich sein Haar und fuhr fort: »Der Grundriss der Mastaba ist komplexer als von uns vermutet; nach Süden hin ist ihre Größe bislang unbestimmbar. Hinsichtlich der Schachtkammer wirst du verstehen, warum ich Fotos haben möchte, bevor wir ihre Freilegung fortsetzen.«

»Du denkst, dass sich dort unten eine Statue befindet?«

»Das kann man nur hoffen.«

»Ja, ja«, ereiferte ich mich. »Beeil dich, Nefret, hol die Kamera.«

Mit Zollstöcken gelang es uns, die Wände zu vermessen, und Nefret machte verschiedene Aufnahmen. Ich wollte die Arbeit fortsetzen, doch allgemeines Protestgeschrei überstimmte mich.

»Wir sollten auf Vater warten«, sagte Ramses, und Nefret jammerte nach dem Vorbild von Miss Molly: »Ich habe Hunger!«

Ein tiefer Seufzer von Selim bekundete seine Meinung, also gab ich nach. Kaum hatten wir mit dem Auspacken unserer Picknickkörbe begonnen, tauchte Emerson auf.

Sein äußeres Erscheinungsbild mutete irgendwie merkwürdig an. Zum einen trug er noch immer das Tweedsakko und die Hose, die ich ihm aufgedrängt hatte. Emerson um diese Tageszeit in einem Jackett im Ausgrabungsgebiet anzutreffen deutete auf eine so extreme mentale Anspannung hin, wie sie kaum vorstellbar war. Weitere Beweise für seine Konzentration waren sein abwesender Blick und sein häufiges Stolpern. Er wirkte wie ein Schlafwandler, und mir schien, dass er ernsthaft Gefahr lief, in eines der Gräber zu stürzen. Deshalb brüllte ich ihn an.

Er blinzelte. »Oh, da seid ihr ja«, murmelte er. »Mittagessen? Hervorragend.«

»Wir haben die Statuennische gefunden, Emerson«, verkündete ich.

»Die was? Oh.« Emerson nahm ein Sandwich. »Sehr gut.«

Sichtlich alarmiert packte Nefret ihn am Ärmel und versuchte, ihn zu schütteln. Emersons hünenhafte Gestalt rührte sich nicht, doch diese Geste und ihr Aufschrei erregten seine Aufmerksamkeit.

»Professor, hast du nicht gehört? Eine weitere Kammer! Statuen! Wenigstens hoffen wir das. Stimmt etwas nicht? Hatte der General schlechte Nachrichten für dich?«

»Ich weiß nicht«, erwiderte Emerson steif, »wie ihr darauf kommt, dass ich nicht zuhöre, oder was euch zu der Annahme verleitet, dass es schlechte Nachrichten geben könnte. Eine Schachtkammer. Hervorragend. Was den General anbelangt, so war er nicht nervtötender als sonst.« Er stopfte sich das restliche Sandwich in den Mund und kaute. Ich konnte mich des Eindrucks nicht erwehren, dass er seine Kauwerkzeuge einsetzte, um Zeit zu gewinnen, bis er sich eine Geschichte zurechtgelegt hatte. Die Eingebung nahte; er schluckte geräuschvoll und fuhr fort: »Diese verdammten Idioten sprechen von Frondienst – zwangsverpflichteten Truppenverbänden.«

Ramses, der seinen Vater weiterhin musterte, bemerkte: »Das wäre eine Katastrophe, vor allem zum jetzigen Zeitpunkt.«

»Und eine grobe Verletzung von Maxwells Zusicherung, dass England in diesem Krieg keine Unterstützung von dem ägyptischen Volk verlangen wird«, bekräftigte Emerson. »Ich hoffe, ich habe sie davon überzeugt, diese Idee zu verwerfen.«

»Ist das alles?«, wollte Nefret wissen.

»Das reicht doch wohl, oder? Einen ganzen Vormittag habe ich auf diesen bürokratischen Bombast verschwendet.« Emerson zog Jackett, Krawatte, Weste und Hemd aus. Ich hob die Sachen vom Boden auf und sammelte mehrere verstreute Knöpfe ein. »Und jetzt wieder an die Arbeit«, fuhr Emerson fort. »Hast du Fotos gemacht? Ramses, lass mich deine Feldnotizen inspizieren. Peabody, widme dich erneut deinem Schutthaufen!«

Emersons Empörung über die Entdeckung, dass er sich im Grundriss der Mastaba geirrt hatte, war so extrem, dass ich eine Zeit lang kein persönliches Wort mit ihm wechseln konnte. Nachdem der Kopf der Statue enthüllt war und Nefret fotografierte, gelang es mir schließlich, Emerson beiseite zu nehmen.

»Zum Teufel, was ist passiert?«, wollte ich wissen.

»Passiert? Wo?« Emerson versuchte, sich aus meiner Umklammerung zu lösen.

»Du weißt genau, wo«, zischte ich. »Geht es um Ramses? Sag's mir, Emerson, ich kann alles ertragen, aber keine Unkenntnis.«

»Oh.« Emersons Blick wurde sanfter. »Du bist auf einer völlig falschen Fährte, mein Schatz. Die Situation ist nicht kritischer als zuvor; in der Tat ist sie nach dem Tod dieses niederträchtigen Burschen sogar entspannter. Maxwell hat mir zugesichert, dass die Polizei innerhalb der nächsten vierzehn Tage handeln wird, sobald die letzte Waffenladung geliefert worden ist.«

»Vierzehn Tage! Zwei weitere Wochen wie diese?«

»Vielleicht können wir den Zeitraum verkürzen.«

Ich wartete darauf, dass er fortfuhr. Stattdessen legte er seinen Arm um mich und presste seine Lippen auf meine Schläfe, meine Nasenspitze, meinen Mund.

Ja, Professor, dachte ich im Stillen – vielleicht können wir das. Und wenn du glaubst, du kannst mich an der Nase herumführen, dann bist du auf dem Holzweg.

Allerdings bin ich nicht so töricht, dass ich mit Verständnis reagiere, wenn man mich zu täuschen versucht. Ich spielte auf Zeit, bis wir die Arbeit für diesen Tag einstellten. Die Nische enthielt nicht eine, sondern drei Statuen, alle auf engstem Raum zusammengepfercht. Da es sich um Privatpersonen – den Grabinhaber und seine Familie – handelte, waren sie nicht von der gleichen exzellenten Qualität wie die Statue des Chephren, die wir in dem Schacht gefunden hatten. Dennoch besaßen sie einen eigenen naiven Charme und waren hervorragend erhalten. Zu ihrem eigenen Schutz ließen wir sie halb vergraben zurück und traten den Heimweg an, während mehrere unserer zuverlässigsten Männer Wache hielten. Ramses blieb ebenfalls dort und gab vor, Sicherheitsvorkehrungen mit den Männern diskutieren zu müssen. Von Gizeh würde er direkt zu seinem geheimen Treffen aufbrechen.

Um ehrlich zu sein, sah ich keine Möglichkeit, meine abendlichen Pläne vor Emerson geheim zu halten. Falls er mein und

Nefrets Verschwinden nicht schon früher feststellte, würde er diese Entdeckung spätestens dann machen, wenn er mutterseelenallein am Abendbrottisch saß. Deshalb beschloss ich, ihm eine (sehr leicht) abgewandelte Version der Wahrheit zu schildern, sobald wir allein waren. Es ist immer eine gute Taktik, zum Angriff überzugehen, wenn die eigene Position etwas geschwächt ist. Deshalb begann ich mit der Frage, was er mit seiner Andeutung gemeint hatte, dass es eine Methode geben könnte, Ramses' Maskerade früher zu beenden als von Maxwell avisiert.

Zu diesem Zeitpunkt befand er sich im Bad. Ich darf darauf hinweisen, dass meine Wahl nicht auf diese Räumlichkeit fiel, weil ich sein Selbstbewusstsein erschüttern wollte. Die meisten Menschen fühlen sich gehemmt und unwohl im unbekleideten Zustand, doch diese Schwäche kennt Emerson nicht. Man könnte eher behaupten ...

Aber ich schätze, ich weiche vom Thema ab. In Unterwäsche und Morgenmantel betrat ich das Badezimmer, das im türkischen Stil gehalten war. Auf meinen Wunsch hin hatte man rund um die Badewanne Sitzkissen verteilt, und ich ließ mich auf einem nieder, bevor ich mich meinem Gatten zuwandte.

Das erfreute Lächeln, mit dem er mich begrüßt hatte, verschwand. »Ich hätte wissen müssen, dass du das Thema nicht auf sich beruhen lässt«, bemerkte er.

»Ja, das hättest du. Also?«

Emerson griff nach der Seife. »Wie du zweifellos bemerkt hast, würde die Lokalisierung der Versorgungslinien uns in die Lage versetzen, einzugreifen und die Leute dingfest zu machen, die die Waffen nach Kairo bringen. Ich kenne die östliche Wüste wie meine Westentasche und ich habe eine Theorie hinsichtlich der wahrscheinlichsten Route. Ich dachte, ich reite in diese Richtung und sehe mich einmal um.«

Auf diese Idee war ich nicht gekommen. »Wann?«

»Morgen.«

»Ja«, meinte ich gedehnt. »Hmmm. Du kannst aber nicht den ganzen Weg nach Suez reiten und innerhalb eines Tages zurückkehren.«

»Ich habe nicht vor, die gesamte Strecke zu bewältigen. Ich werde in aller Frühe aufbrechen und vielleicht sehr spät zurückkommen.«

»Du wirst doch nicht allein aufbrechen?«

»Natürlich nicht, mein Schatz. Ich werde Ramses mitnehmen, falls er mitkommen will.«

»Emerson, willst du das ganze Stück Seife verbrauchen?«

Mit Ausnahme seines Kopfes waren seine über dem Wasser befindlichen Körperteile voller Schaum. Emerson grinste. »Reinlichkeit ist eine Zier, meine Liebe. Hier, fang auf.«

Das Seifenstück glitt mir aus der Hand, und als ich es schließlich aufgehoben und in die entsprechende Schale gelegt hatte, war Emerson untergetaucht und erhob sich soeben aus der Wanne.

»So«, meinte er und griff zum Handtuch, »jetzt habe ich dich ins Vertrauen gezogen. Jetzt bist du an der Reihe. Du hast doch irgendetwas vor, Peabody, das sehe ich dir an. Was ist es?«

Ich erläuterte ihm meinen Plan. Ich rechnete mit Widerspruch. Stattdessen bedachte er mich mit einer Lachsalve.

»Du glaubst, der Graf ist Sethos?«

»Das habe ich nicht gesagt. Ich sagte –«

»Dass er eine im höchsten Maße verdächtige Person ist. So empfindest du bei den meisten Menschen, aber mach dir nichts draus. Nefret hat in diesen absurden – äh – interessanten Plan eingewilligt?«

Ich erwiderte sein Lächeln nicht. »Sie fühlt sich nicht wohl in ihrer Haut, Emerson. Ich bemerke die Anzeichen und ich kenne Nefret. Wir können sie zwar nicht gänzlich ins Vertrauen ziehen, ihr aber ein sicheres Ventil für ihre rastlose Energie bieten.«

»Vielleicht hast du Recht, Peabody.« Emersons muskulöser Brustkorb spannte sich an, da er tief seufzte. »Es ist verdammt unangenehm, Nefret gewisse Dinge verheimlichen zu müssen. Wir werden ihr alles erzählen, sobald die ganze Geschichte vorbei ist.«

»Gewiss, mein Schatz. Also bist du mit meinem Plan einverstanden?«

»Ich akzeptiere ihn. Mehr kann ich nicht tun.«

Aus Manuskript H

Nach seiner Rückkehr zum Haus fand Ramses seinen Vater allein im Salon vor. Emerson blickte von dem Dokument auf, mit dem er sich gerade beschäftigte. »Nun?«

Ramses antwortete mit einer Gegenfrage. »Wo sind Mutter und Nefret?«

»Ausgegangen. Du kannst ganz offen sein. Wie war es?«

»Niemand hat versucht, mich umzubringen. Ich werte das als positives Zeichen.« Ramses lockerte seine Krawatte und sank in einen Sessel. »Allerdings sind die Burschen nicht gerade ausgeglichen. Asad warf sich mit einem erleichterten Aufschrei in meine Arme, und die anderen verlangen, dass gehandelt wird. Es hat mich verflucht viel Zeit gekostet, die erhitzten Gemüter zu beruhigen.«

»Sie haben von Farouk erfahren?«

»Jeder in Kairo weiß davon und von unserem Zusammentreffen.«

»Ah«, meinte Emerson. »Nun, es war zu erwarten, dass diese Neuigkeit die Runde machen würde.«

»Insbesondere nach deiner stimmgewaltigen Auseinandersetzung mit Russell.« Ramses rieb sich die Stirn. »Eine der von Rashad vorgeschlagenen Aktionen war ein Attentat auf dich. Er meldete sich freiwillig.«

Emerson kicherte. »Ich hoffe, du hast ihn eines Besseren belehrt.«

»Das hoffe ich auch. Das ist das Problem mit diesen jungen Hitzköpfen. Wenn sie aufgebracht sind, wollen sie die Straßen stürmen und Passanten angreifen. Ich habe sie überzeugt, meine Anweisungen diesmal zu befolgen, weiß aber nicht, wie lange ich sie noch in Schach halten kann.«

»Und die letzte Lieferung?«

»Eine weitere unangenehme Entwicklung. Asad hat die Nachricht gestern erhalten. Er wusste nicht, was sie bedeutete, bis ich sie entschlüsselte – der Code ist ziemlich primitiv, dennoch bin ich der Einzige, der ihn knacken kann. Die ›Ware‹ wird uns diesmal nicht direkt ausgehändigt. Sie wird irgendwo versteckt, und man wird uns mitteilen, wann und wo wir sie in Empfang nehmen können.«

»Verflucht«, knurrte Emerson leise. »Keine Vorstellung, wann?«

»Nein. Ich hatte ein kurzes Gespräch mit –« Ein leises Klopfen an der Tür ließ ihn innehalten. Es war Fatima, die ihnen Kaffee und Gebäck anbot. Erst als er sich ein Stück Pflaumenkuchen nahm, verschwand sie wieder.

»Mit David?«

Ramses nickte. »Wir haben uns auf dem Bahnsteig getroffen. Er ging in die eine und ich in die andere Richtung. Wir hatten uns nicht viel zu berichten.« Er stopfte sich den letzten Bissen Kuchen in den Mund.

»Wo ist Mutter?«

»Sie folgt Nefret«, erwiderte Emerson und lachte. »Getarnt.«

»Wie bitte?«

»Möchtest du einen Whisky-Soda?«

»Danke, nein, Sir. Ich habe in den letzten Wochen genug getrunken, um zum Abstinenzler zu werden, auch wenn der größte Teil aus dem Fenster oder in die Topfpflanzen gewandert ist.«

»Der Alkoholrausch ist eine gute Entschuldigung für viele Fehltritte«, bekräftigte Emerson. Genüsslich nippte er an seinem Whiskyglas. »Deine Mutter hat sich in den Kopf gesetzt, Spione zu jagen. Sie überredete Nefret, mit einem ihrer Verdächtigen zu dinieren.«

»Mit dem Grafen? Das passt zu Mutter, dass sie sich auf einen so theatralischen und verdächtig wirkenden Charakter fixiert. Ich glaube nicht, dass er ein feindlicher Agent ist, aber ich würde ihm nicht trauen, wenn er mit einer von mir geschätzten Frau allein ist.«

»Sie sind nicht allein«, erwiderte Emerson. »Du glaubst doch nicht, dass deine Mutter die beiden aus den Augen lässt, oder?«

Ramses' Bestürzung wich einer entsetzten Faszination, wie sie die Aktivitäten seiner Mutter häufiger bei ihm auslösten. »Wie ist sie getarnt?« Eine Reihe bizarrer Bilder schwebten ihm vor Augen.

»Nun, sie hat sich die gelbe Perücke ausgeborgt, die du getragen hast, als du noch nicht so groß warst und als Frau auftreten konntest. Eine Brille und viel Make-up ...« Emersons gedankenverlorenes Lächeln verbreiterte sich zu einem Grinsen. »Keine Sorge, Selim ist bei ihr. Ich muss sagen, dass er mit dem Tarbusch noch alberner wirkte als die meisten anderen, dennoch war er hochzufrieden mit sich.«

»Oh, guter Gott. Wen soll er denn verkörpern? Einen dieser schleimigen Gigolos, die ausländischen Frauen schöne Augen machen?«

»Die Frage ist«, konterte Emerson, »wer wem schöne Augen macht. Die Damen stehen nicht unter Druck. Wie auch immer, sie werden sich bestens amüsieren, und Nefret ist anderweitig engagiert, so dass wir uns ungezwungen unterhalten können. Schieb deinen Stuhl näher heran.«

Er faltete das Dokument auseinander und breitete es auf dem Tisch aus. Es handelte sich um eine Landkarte des Sinai und der östlichen Wüste.

»Wenn du herausfinden könntest, wie die Waffen hierher gelangen, und die entsprechenden Leute stelltest, würde das deiner Sache doch ein Ende machen, oder?«

»Schon möglich. Sie würden eine Weile brauchen, um Transportalternativen zu finden, aber –«

»Sie haben nicht so viel Zeit.« Emerson kramte seine Pfeife hervor. »In wenigen Wochen wird ein Angriff auf den Suezkanal stattfinden. Es liegen Berichte von syrischen Truppenbewegungen in Richtung auf die ägyptische Grenze vor. Diese blasierten Idioten in Kairo haben sich gegen eine Verteidigung der Grenze entschieden; sie glauben, dass die Türken den Sinai nicht überqueren können. Ich halte das für einen Irrtum. Dieselben blasierten Idioten haben unsere Streitkräfte auf die Westseite des Kanals konzentriert; die wenigen Verteidigungsposten am Ostufer könnte jeder Ziegenhirte überwältigen.

Und jetzt sieh her.« Sein Pfeifenmundstück glitt über die lange, gestrichelte Linie, die de Lesseps' überragende Leistung dokumentierte. »Unsere Leute haben die Kanalschleuse geöffnet und die Wüste fast zwanzig Meilen nach Norden hin überflutet. Bleiben weitere sechzig Meilen, die verteidigt werden müssen. Boote patrouillieren auf dem Großen und dem Kleinen Bittersee, doch der Rest wird von ein paar Heckenschützen und einer Horde englischer Tölpel observiert.«

»Da wären noch die ägyptische Artillerie und zwei indische Infanteriedivisionen.«

»Und alle sind Moslems. Was wäre, wenn sie sich dem heiligen Krieg anschließen würden?«

»Sie sind nicht erpicht auf die Türken«, erwiderte Ramses.

»Wir wollen es hoffen. Wie dem auch sei, es sind nicht genug. Der Feind hat über hunderttausend Soldaten aufmarschieren lassen.«

»Ich werde dich nicht fragen, woher du das weißt.«

»Das ist allgemein bekannt. Leider. Ich gehe jede Wette ein, dass das türkische Oberkommando genauso viel über unsere Verteidigungslinien weiß wie wir. Was dein kleines Problem betrifft, so dürfte es nicht weiter schwierig sein, Waffen über den Sinai zum Suezkanal oder zum Golf von Suez zu transportieren. Die Frage ist: Wie transportieren sie die Waffen von dort nach Kairo? Du kennst die östliche Wüste. Wie gut kennst du sie?«

»Gut genug, um zu wissen, dass zwischen Kairo und dem Suezkanal nur wenige brauchbare Routen verlaufen.« Ramses beugte sich über die Landkarte. »Auf den nördlichen Routen, die wir benutzen, herrscht reger Verkehr. Abgesehen von der Schwierigkeit, die Bitterseen trotz der Patrouillenboote zu überqueren, ist das Gebiet südlich von Ismailija zu unwegsam für Kamele und Karren. Es ist keine Sandwüste, sondern eine von Wadis durchzogene Gebirgs- und Felswüste. Manche der Berge sind zweitausend Meter hoch.«

»So?«, fragte Emerson wie ein geduldiger Lehrer, der ein begriffsstutziges Kind motivieren will. Zumindest hatte sein Sohn diesen Eindruck.

»Also ist diese hier die wahrscheinlichste Route.« Ramses deutete auf eine gepunktete Linie, die von Kairo direkt zum Suezkanal verlief. »Der alte Karawanen- und Pilgerpfad nach Mekka. Das ist auch die kürzeste Strecke.«

»Stimmt. Warum reiten wir nicht morgen los und sehen sie uns an?«

»Ist das dein Ernst?«

»Selbstverständlich.« Emerson schob sein Kinn vor. »Früher oder später werden sie dich über das genaue Datum ihres Angriffs informieren müssen, so dass du deine kleine Revolution zeitlich mit ihnen abstimmen kannst. Wenn sie allerdings so viel Verstand besitzen, wie ich vermute, werden sie bis zum letztmöglichen Augenblick warten. Ich möchte dich und David aus dieser Sache heraushaben, Ramses. Es – äh – beunruhigt deine Mutter.«

»Ich bin auch nicht sonderlich glücklich mit dieser Situation«, gestand Ramses. »Deine Idee ist vermutlich einen Versuch wert.«

Ramses war weitaus weniger begeistert, als er vorgab. Er hielt es für extrem unwahrscheinlich, dass sie zu irgendwelchen Aufschlüssen gelangen würden. Dennoch konnte er die Motive seines Vaters für diesen Vorschlag nachvollziehen. Wardanis Anhänger waren nicht die Einzigen, denen das Warten schwer fiel.

Nachdem sie die Details geklärt hatten, griff Emerson zu einem Buch, und Ramses schlenderte zum Fenster. Der schemenhafte, vom Sternenlicht erhellte Garten war ein wunderschöner Anblick – er wäre es zumindest gewesen, wenn man nicht in jedem dunklen Winkel Herumtreiber und hinter jedem Rascheln verdächtige Schritte vermutet hätte. Verdrossen sinnierte er, ob er jemals eine schöne Aussicht würde genießen können, ohne an solche Dinge zu denken. Da er seine Familie kannte, lautete die Antwort wahrscheinlich nein. Selbst wenn kein Krieg herrschte, zogen seine Mutter und sein Vater Widersacher an wie der Speck die Mäuse.

Er sollte noch arbeiten – die Kopien der Grabinschriften inspizieren und diese mit Nefrets Fotos vergleichen. Sein Vater sollte seine Ausgrabungsberichte vervollständigen. Ramses war klar, warum sein Vater dort saß und angeblich in ein Buch vertieft war; seit fünf Minuten hatte er die Seite nicht umgeblättert. Wie viel Überwindung kostete es ihn, seine Frau allein ausgehen zu lassen, um Problemen gegenüberzutreten und möglicherweise in Schwierigkeiten zu geraten? Ramses kannte die Antwort; er spürte es auch, wie einen dumpfen Schmerz, der seinen gesamten Körper befiel.

Es war beinahe Mitternacht, als sie zurückkehrten. Diesmal war das Gehör seines Vaters schärfer als seins; Emerson sprang auf, bevor Ramses das Automobil gehört hatte. Sie traten gemeinsam ein, seine Mutter und Selim, und Ramses sank zurück in den Sessel, aus dem er sich erhoben hatte. Der Wunsch zu lachen paarte sich mit ohnmächtiger Wut. Seine Mutter sah schon schlimm genug aus, aber Selim ...

»Woher hast du diese Kleidungsstücke?«, erkundigte er sich.

Selim nahm seinen Tarbusch ab und stellte sich in Pose. Er hatte seinen Bart und sein Haar geölt; die schwarze Jacke spannte über der Brust und war zu lang. Sie hatte Aufschläge aus Goldbrokat. Ramses' fassungsloser Blick glitt zu seiner Mutter. Die Brille saß auf ihrer Nasenspitze. Die flachsblonde Perücke war ihr in die Stirn gerutscht, und was in Dreiteufelsnamen hatte sie mit ihren Augenbrauen angestellt?

Als sie seinen Blick bemerkte, rückte sie die Perücke zurecht. »Selim ist ziemlich schnell gefahren«, erklärte sie.

»Setz dich und erzähl uns alles«, meinte Emerson, der in seiner Erleichterung jede Kritik vergaß. »Du auch, Selim. Ich möchte deine Version hören.«

Durchaus nicht abgeneigt holte Selim höflich einen Stuhl für seine Dame des Abends (und exakt so sah sie auch aus, überlegte Ramses).

»Es lief sehr gut«, erklärte Selim mit einem breiten, selbstgefälligen Grinsen. »Keiner hat uns erkannt, nicht wahr, Sitt?«

»Mit Sicherheit nicht«, versetzte Ramses' Mutter. »Wir hatten ein ruhiges Abendessen. Nefret dinierte mit dem Grafen.«

»Er hat ihre Hand ziemlich oft geküsst«, warf Selim ein.

»Was hat sie gemacht?«, erkundigte sich Emerson.

»Sie hat gelacht.«

Unwillkürlich blickte Emerson auf die Uhr, woraufhin seine Gattin bemerkte: »Ich hielt es nicht für ratsam, zu warten und ihnen zu folgen. Als wir aufbrachen, waren sie gerade beim Kaffee. Vermutlich wird sie bald hier sein.«

»Und wenn nicht?« Emerson hatte die Stimme erhoben.

»Dann werde ich ein Wörtchen mit ihr reden.«

»Und ich«, versetzte Emerson, »mit dem Grafen.«

»Dazu besteht keine Veranlassung. Sie ist da.«

Mit rosigen Wangen und strahlenden Augen trat Nefret ein. Ramses beschlich das Gefühl, von den Klauen einer heftigen, instinktiven Eifersucht gepackt zu werden. Wenn sie sich von diesem monokeltragenden Mistkerl hatte küssen lassen ...

»Hat dieser Mistkerl es gewagt, dich in der Droschke zu umarmen?«, wollte Emerson aufgebracht wissen.

Nefret prustete los. »Er hat es versucht, aber ohne Erfolg. Er ist wirklich sehr unterhaltsam. Tante Amelia, was meinst du?«

»Ich habe mich geirrt.«

Dieses Geständnis unterbrach Emerson mitten in seiner Schimpftirade. Mit aufgerissenem Mund starrte er auf seine Frau. »Was hast du gesagt?«

»Ich sagte, ich habe mich geirrt. Aber es war nett von dir, Nefret, dass du die Mühe auf dich genommen hast.«

Es war noch dunkel, als sie am nächsten Morgen das Haus verließen, Ramses auf Risha, sein Vater auf dem riesigen angemieteten Wallach. Nachdem sie die Brücken überquert hatten, die die Insel Roda überspannen, erreichten sie bei Sonnenaufgang Abbasijeh, am Rande der Wüste. Das Dorf bestand lediglich aus einigen Krankenhäusern, einer Irrenanstalt, der Militärschule der ägyptischen Armee und Kasernen. Emerson lenkte sein Pferd in diese Richtung.

»Die Straße verläuft dort entlang«, wandte Ramses ein und schalt sich insgeheim, als sein Vater nachsichtig erwiderte: »Ja, mein Junge, ich weiß.«

Ramses presste die Lippen zusammen und Augenblicke später bequemte sein Vater sich zu einer näheren Erläuterung. »Maxwell wies mich darauf hin, dass das Militär die Leute observiert, die in Richtung östliche Wüste aufbrechen. Wir werden die Vorschriften einhalten und den Dienst habenden Offizier über unser Vorhaben in Kenntnis setzen.«

Das war eine plausible Erklärung und deshalb bezweifelte Ramses ihren Wahrheitsgehalt. Normalerweise bestand die Reaktion seines Vaters auf Vorschriften einzig darin, dass er sie ignorierte.

Trotz der frühen Stunde waren die Offiziere bereits im Kasino. Emerson wies einen Bediensteten an, ihn anzukündigen. Der Wallach war ein imposanter Anblick, genau wie Emerson. Als mehrere Leute aus dem Gebäude traten, saß er nicht ab, sondern blickte aus seiner beachtlichen Höhe mit gönnerhafter Freundlichkeit auf sie hinunter. Ramses kannte einige von ihnen, unter anderem auch einen ziemlich großen Mann mit einem Kilt, der Ramses förmlich zunickte und sich dann Emerson vorstellte.

»Hamilton!«, donnerte er.

»Emerson!«

»Habe von Ihnen gehört.«

»Gleichfalls.«

Hamilton nahm Haltung an, straffte die Schultern und strich über seinen prächtigen roten Schnauzbart. Zu Fuß war er benachteiligt, und er plusterte sich auf wie ein Hahn, der auf einen größeren Artgenossen trifft.

»Hatte nicht erwartet, Sie hier zu sehen.«

»Nein, warum sollten Sie auch? Befolgen Ihre Vorschriften, Sir, befolgen lediglich Ihre Vorschriften. Wir befinden uns heute auf einer kleinen archäologischen Expedition. Dort draußen befinden sich Ruinen, einige Meilen südlich von der Quelle der Sitt Miryam. Ich habe schon seit Jahren vor, sie mir genauer anzusehen.«

Die zusammengekniffenen Augen des Majors musterten Emerson, sein grinsendes Gesicht, die entblößten Unterarme, die so gebräunt waren wie die eines Arabers und voller Muskeln. Was er sah, schien er zu billigen, denn seine gestrenge Miene entspannte sich. »Vermutlich römisch«, brummte er.

»Ah.« Emerson nahm seine Pfeife und stopfte sie. »Sie kennen die Stelle?«

»Ich bin in dem Gebiet gelegentlich auf die Jagd gegangen. Dort sind überall antike Überreste. Größtenteils Zollstationen und Festungsmauern. Dürften kaum von Interesse für Sie sein.«

»Größtenteils«, bekräftigte Emerson. »Allerdings kann man nie wissen, nicht wahr? Nun, meine Herren, wir müssen weiter.«

»Einen Augenblick, Sir«, wandte Hamilton ein. »Sie sind bewaffnet, oder?«

Emerson musterte ihn verblüfft. »Bewaffnet? Wozu?«

»Man kann nie wissen, nicht wahr?« Sein Gegenüber lächelte unmerklich. »Gestatten Sie, dass ich Ihnen das hier leihe – nur für heute.«

Er griff in seine Jacke und zog einen Revolver hervor, den er

Emerson reichte. Zu Ramses' Überraschung nahm sein Vater die Waffe. »Überaus liebenswürdig. Ich werde versuchen, sie nicht zu beschädigen.«

Er versuchte, sie in seine Hosentasche zu stecken, ließ sie fallen, fing sie in der Luft auf und stopfte sie schließlich in seine Jackentasche. Einer der ihn beobachtenden Subalternen fragte skeptisch: »Wissen Sie überhaupt, wie man damit umgeht, Sir?«

»Man drückt auf den Abzug und zielt?«

Ramses, der seinen Vater als einen hervorragenden Pistolen- und Gewehrschützen kannte, verkniff sich ein Grinsen, als er den betretenen Gesichtsausdruck des jungen Mannes bemerkte. »Nun, Sir, äh – mehr oder weniger.«

»Überaus liebenswürdig«, wiederholte Emerson. »Guten Tag, meine Herren.«

Nachdem sie sich entfernt hatten, nahm Emerson die Waffe aus seiner Jackentasche, klappte die Trommel auf und drehte den Zylinder. »Voll geladen und funktionsfähig.«

»Hast du etwas anderes erwartet?«

»Ist mir schon einmal passiert«, brummte Emerson ausweichend. »Ich bin entsetzlich misstrauisch geworden, das ist alles. Vor allem, wenn Leute, die ich kaum kenne, mir einen Gefallen erweisen.«

»Er wirkte recht freundlich. Selbst mir gegenüber.«

»Im höchsten Maße verdächtig.« Sein Vater schmunzelte. »Na ja, vielleicht habe ich ihn mit meinem außergewöhnlichen Charme beeindruckt.«

Falls sich der Major von einem charmanten Wesen beeinflussen lässt, sinnierte Ramses, dann jedenfalls nicht von dir oder mir. Er konnte nur hoffen, dass Nefret dem alten Burschen nicht den Kopf verdreht hatte.

»Nicht, dass eine Webley sonderlich zweckmäßig ist«, fuhr Emerson fort und schob den Revolver unter seinen Gürtel.

»Diese verfluchten Dinger sind verdammt ungenau. Welche Waffe hast du eingesteckt?«

Zwecklos, seinen Vater zu fragen, woher er das wusste. Vielleicht hatte er die Ausbuchtung unter Ramses' Arm bemerkt. Die Mauser Halbautomatik war groß und schwer, aber ihre Treffgenauigkeit und Schnelligkeit waren unübertroffen. Ramses reichte sie ihm mit den Worten: »Wenn man schon eines dieser scheußlichen Dinger tragen muss, dann wenigstens das Beste vom Besten.«

Emerson inspizierte die Waffe und gab sie ihm zurück. »Vermutlich eine Zugabe von den Türken? Hmmm, ja. Das hat einen Hauch von Ironie.«

Als sie die Spitze des Plateaus erreicht hatten, wurde der Boden unebener. Der alte Pfad war nur unwesentlich härter und befestigter als die Wüstenlandschaft – nicht die verwehten Sanddünen der Westwüste, sondern festgetretene Erde und Felsengestein. Es gab Anzeichen für Verkehr: Kamel- und Eselsdung, die verwitterten Knochen von Tieren, die irgendwelchen Raubvögeln zum Opfer gefallen waren, vereinzelte Zigarettenstummel, die Scherben eines einfachen Keramiktopfes, die seit dreitausend Jahren, vielleicht aber auch erst seit drei Stunden dort lagen. Keinerlei Anzeichen, ob der von ihnen gesuchte Mann diesen Weg passiert hatte oder nicht. Als die Sonne höher stieg, erstrahlten der blassbraune Sand und das Felsgestein weiß im gleißenden Licht. Auf Ramses' Anregung hin setzte sein Vater seinen Tropenhelm auf. Gegen Mittag waren sie ungefähr dreißig Meilen geritten und Ramses bemerkte durch die flirrende Hitze eine kleine Baumgruppe in der Ferne.

»Das wurde auch Zeit«, meinte Emerson, der sie ebenfalls entdeckt hatte. Genau wie Risha war sein Pferd an das Wüstenklima gewöhnt und beide waren nicht hart geritten worden, dennoch verdienten sie eine Rast und Wasser.

Sie waren noch mehrere hundert Meter von der winzigen Oase entfernt, als eine Stimme zu ihnen drang und eine Gruppe von Kamelreitern hinter einer Erhebung nördlich des Pfades auftauchte. Sie ritten geradewegs auf Emerson und Ramses zu, die wartend verharrten.

»Beduinen?« Zum Schutz vor dem gleißenden Sonnenlicht kniff Emerson die Augen zusammen.

»Eine Kamelpatrouille, denke ich.« Wer auch immer die Männer waren, sie trugen Gewehre. Ramses fügte hinzu: »Ich hoffe es.«

Die uniformierte Truppe führte ein kleines Manöver durch, versperrte ihnen den Weg und umzingelte sie. Ihre dunklen, bärtigen Gesichter identifizierten sie auch ohne ihre militärischen Abzeichen als Pandschabi, die einem der indischen Bataillone angehörten. »Wer sind Sie und was machen Sie hier?«, fragte der Kommandant. »Zeigen Sie mir Ihre Papiere.«

»Welche Papiere?«, bemerkte Emerson. »Zum Teufel, sehen Sie denn nicht, dass wir Engländer sind?«

»Einige Deutsche sprechen Englisch. In diesem Teil der Wüste halten sich Spione auf. Sie müssen mitkommen.«

Ramses nahm seinen Tropenhelm ab und wandte sich an einen der Kavalleristen, einen großen, bärtigen Burschen mit beinahe ebenso breiten Schultern wie die Emersons. »Erinnerst du dich noch an mich, Dalip Singh?«, erkundigte er sich in seinem besten Hindustani. »Wir sind uns im vorigen Monat in Kairo begegnet.«

Es war kein sonderlich gutes Hindustani, erzielte aber die beabsichtigte Wirkung. Die zusammengekniffenen Augen des Mannes weiteten sich und der beeindruckende Bart verzog sich zu einem Grinsen. »Ah! Du bist der, den sie den Bruder der Dämonen nennen. Verzeih mir. Ich habe dein Gesicht nicht richtig wahrgenommen.«

Ramses stellte seinen Vater vor, und nach einem überschwänglichen Austausch von Höflichkeitsfloskeln – an dem sich alle mit Ausnahme der Kamele beteiligten – ritten sie zu der Oase weiter, eskortiert von ihren neuen Freunden.

Verfallenes Mauerwerk umgab die Zisterne, die im näheren Umkreis als Quelle der Sitt Miryam bekannt war. Fast jede Station entlang des Wüstenpfades trug einen biblischen Namen und war legendenumwoben. Nach Ansicht der Gläubigen markierten sie den Fluchtweg nach Ägypten oder die Wanderschaft von Josef oder den Exodus.

Es gab nicht viel Schatten, also genossen sie den wenigen, der vorhanden war. Die Kamele legten sich mit dem üblichen wütenden Schnaufen nieder, und Ramses tränkte die Pferde, indem er seinen Helm wiederholt mit dem Quellwasser füllte. Emerson und der Kommandant saßen nebeneinander, unterhielten sich in einer Mischung aus Englisch und Arabisch. Sich dessen bewusst, dass er seinem Vater die Unterredung überlassen konnte, gesellte Ramses sich zu den Kavalleristen, um seine Sprachkenntnisse aufzufrischen.

Zunächst verhielten sich alle außer Dalip Singh ausgesprochen förmlich, doch auf Grund seiner Versuche, ihre Sprache zu sprechen, und seiner Bereitschaft, Korrekturen zu akzeptieren, wurden sie schon bald zugänglicher. Man musste ihm die Scherze erklären. Einige gingen auf seine Kosten.

Schließlich wurde ihr Gelächter zu laut und wie jeder gute Offizier erinnerte der Kommandant seine Männer an ihre Pflichten. Sie verschwanden in einer Sandwolke. Emerson lehnte sich zurück und kramte seine Pfeife hervor.

»Wann hast du Hindustani gelernt?«

»Im letzten Sommer. Ich beherrsche es noch nicht fließend.«

»Warum hat dich dieser Bursche so vertraulich angegrinst?«

»Nun, ich nehme an, wir sind uns ein bisschen näher gekommen. Haben einander sozusagen umschlungen.« Sein Vater musterte ihn kritisch, woraufhin Ramses ausführte: »Er brüstete sich damit, dass er jeden Anwesenden – äh – überwältigen könnte, also nahm ich ihn beim Wort. Er brachte mir einen oder zwei Tricks bei und ich ihm. Was hat der Kommandant gesagt?«

Emerson zog an seiner Pfeife. »Allmählich denke ich ... dass wir auf ... der falschen Fährte sind.«

»Wieso?«

Endlich brannte Emersons Pfeife. »Diese Burschen und auch andere observieren dieses Gebiet bis zum Suezkanal, und das rund um die Uhr. Der Kommandant betonte, dass ihnen auf dieser Route nichts von der Größe eines Wagens entgangen sein kann. Du weißt, wie Geräusche durch die Nacht hallen.«

»Auf diesem Teilstück könnten sie Kamele benutzt haben.«

»Kamele machen ebenfalls Lärm, vor allem, wenn man nicht damit rechnet. Dämliche Biester«, fügte Emerson hinzu.

»Verstehe, was du meinst.« Ramses zündete sich eine Zigarette an. »Die ganze Angelegenheit gestaltet sich ausgesprochen kompliziert, nicht wahr? Der Landtransport von der syrischen Grenze, der Schiffs- oder Floßtransfer, dann eine weitere Umladung für die Wüstenstrecke, die unter strenger Bewachung steht.«

»Es gibt andere Routen, die zwar länger, aber auch sicherer sind.«

»Von der Küste westlich des Deltas.«

»Oder von Libyen. Die Osmanen haben das Volk der Senussi seit Jahren mit Waffen versorgt und ausgebildet. Die Senussi hassen England, weil es die italienische Kolonialisierung dieses Gebiets unterstützt hat. Sie würden bereitwillig kooperieren, indem sie den Feinden der Briten Waffen liefern, und sie haben Sympathisanten auf allen Karawanenrouten westlich von Siwa.«

Eine Zeit lang rauchten sie einvernehmlich schweigend.

»Vielleicht sollten wir den Rückweg antreten«, schlug Ramses vor.

»Da wir nun schon einmal hier sind«, hob Emerson an.

»Nicht diese verfluchten Ruinen, Vater!«

»Es ist nicht mehr weit. Nur noch wenige Meilen.«

»Wenn wir gegen Abend nicht zurückgekehrt sind, wird Mutter uns folgen.«

»Sie weiß nicht, wo wir sind«, erwiderte Emerson mit hämischer Genugtuung. »Es dauert nicht lange. Auf dem Rückweg können wir die Pferde erneut mit Wasser versorgen.«

Er klopfte seine Pfeife aus und erhob sich. Ramses hatte nicht den Mut, sich mit ihm auseinander zu setzen, obwohl er die Entscheidung seines Vaters nicht guthieß. Die Sonne hatte den Zenit überschritten und wanderte nach Westen. Nach wie vor war es entsetzlich heiß und die Fliegen schienen sich mit Lichtgeschwindigkeit zu vermehren.

Wie von ihm befürchtet, zogen sich die angeblich wenigen Meilen in die Länge. Zu ihrer Rechten und vor ihnen erhoben sich die beeindruckenden Gipfel des Ataka-Gebirges in den Himmel. Eine weitere Bergkette wurde nördlich des Pfades sichtbar. Schließlich ritt Emerson nach Süden, entlang der steil abfallenden Abhänge eines der kleineren Gebirgsmassive.

»Da ist es.« Er deutete in die Richtung.

Auf den ersten Blick wirkten die Steinhaufen wie eine weitere geologische Formation. Dann bemerkte Ramses Konturen, die so exakt waren, dass sie von Menschenhand stammen mussten: niedrige Wände, eine Ruine, die vielleicht irgendwann einmal ein Turm oder ein Pylon gewesen war. Eine lange zylindrische Form, halb zugeweht vom Sand, konnte eine umgestürzte Säule sein. Emersons Auge ließ sich nicht täuschen; das war keine Zollstation.

Ramses folgte seinem Vater, der seinen erschöpften Wallach zu einem leichten Trab antrieb. Er befand sich drei Meter hinter Emerson, als er das Krachen einer Gewehrsalve vernahm. Emersons Pferd wieherte, bäumte sich auf und stürzte. Ramses brachte Risha zum Halten und saß ab. Unbewusst hatte er seine Pistole gezogen; er wich den schlagenden Hufen des verletzten Tieres aus, tötete das arme Geschöpf mit einem gezielten Kopfschuss und feuerte mehrmals in die Richtung, aus der das Gewehrfeuer gekommen war, ehe er sich neben seinen Vater kniete.

Emerson war abgesprungen oder abgeworfen worden. Vermutlich Ersteres, da er sich rechtzeitig und überlegt zur Seite gerollt hatte. Er lag reglos und mit geschlossenen Augen am Boden, seine Arme und Beine seltsam angewinkelt. Hin und her gerissen zwischen der Notwendigkeit, ihn in den Schatten zu bringen, und der Furcht, ihn zu bewegen, streckte Ramses vorsichtig seine Beine und tastete diese nach Frakturen ab. Eine Veränderung der Atemgeräusche seines Vaters ließ ihn aufblicken. Emerson hatte die Augen geöffnet.

»Hast du ihn getroffen?«, erkundigte er sich.

»Das bezweifle ich.« Ramses atmete tief ein. »Ihn aber hoffentlich gelehrt, seinen Kopf einzuziehen. Bist du verletzt?«

»Nein.«

»Nichts gebrochen?«

»Nein. Am besten gehen wir mit Risha hinter dieser Wand in Deckung.«

Emerson setzte sich auf, wurde blass und fiel nach hinten. Ramses packte ihn, bevor sein inzwischen unbedeckter Kopf auf dem Boden auftraf. Er war krank vor Angst gewesen, weil er fürchtete, dass sein Vater tot oder ernsthaft verletzt sein könnte. Jetzt wich das beklemmende Gefühl aus seiner Kehle, um in einem aufgebrachten Wortschwall zu eskalieren.

»Zum Teufel mit dir, Vater, wann hörst du endlich auf, dich für allmächtig und allwissend zu halten? Ich weiß, dass wir Deckung suchen müssen! Ich kümmere mich um diese Lappalie, sobald ich festgestellt habe, ob du ernsthaft verletzt bist.«

Emerson musterte seinen Sohn vorwurfsvoll. »Du brauchst nicht zu schreien, mein Junge. Ich habe mir wieder einmal die Schulter ausgerenkt, das ist alles.«

»Das ist alles, was?« Beide zogen ihre Köpfe ein, als ein weiterer Schuss durch die Luft peitschte. »In Ordnung, los geht's. Halt dich an mir fest.«

Völlig außer Atem vor Anstrengung erreichten sie den Schutz der Ruine, Risha folgte ihnen auf dem Fuß. Ramses legte seinen Vater auf den Boden und wischte sich seine verschwitzten Hände an der Hose ab.

»Gib ihm besser noch ein paar Ratschläge, dass er seinen Kopf unten hält«, schlug Emerson vor.

»Vater«, Ramses versuchte, nicht laut zu werden, »wenn du noch einen weiteren unnötigen, beleidigenden, unvernünftigen Vorschlag machst –«

»Hmmm, ja, tut mir Leid«, meinte Emerson kleinlaut.

»Ich will keine Kugel vergeuden. Ich habe keine Reservemunition. In wenigen Stunden wird es dunkel, und hier sind wir in Sicherheit, solange er seine Position nicht verändert. Falls er sich rührt, höre ich ihn. Doch bevor ich irgendetwas anderes unternehme, werde ich deine Schulter einrenken. Muss ich deutlicher werden?«

»Dein Arm. Er ist nicht ...« Ihre Blicke trafen sich. »Hmhm. Wie du meinst, mein Junge.«

Ramses kannte die Geschichte von der ersten Schulterzerrung seines Vaters. Die Version seiner Mutter war ausgesprochen romantisch und unzutreffend; nach ihrer Aussage war Emerson von einem Felsbrocken gestreift worden, als er sie vor einem Steinschlag schützen wollte. Das glaubte Ramses vorbehaltlos. Was er nicht glaubte, war ihre Behauptung, sie habe seine Schulter eigenhändig eingerenkt. Eine solche Maßnahme erforderte viel Kraft, insbesondere bei einem Verletzten von Emersons muskulöser Statur. Mit Ramses als Demonstrationsobjekt hatte Nefret die Technik einmal mit einer solchen Begeisterung gezeigt, dass er hätte schwören können, ihr Fuß würde einen permanenten Abdruck auf seinem Arm hinterlassen.

Einen panischen Augenblick lang meinte Ramses, es nicht zu schaffen. Allerdings war sein rechter Arm unbeeinträchtigt und der linke eine gewisse Hilfe. Ein letztes Anheben und Drehen, begleitet von Emersons Stöhnen – dem ersten, das seinen Lippen entwich –, und die Sache war erledigt. Zitternd und mit weichen Knien löste Ramses die Wasserflasche von Rishas Sattel.

Für seinen Vater war der Vorgang schmerzhafter gewesen als für ihn. Emerson hatte das Bewusstsein verloren. Ramses träufelte Wasser auf sein Gesicht und zwischen seine Lippen, dann goss er etwas in seine eigene Hand und befeuchtete ihm den Mund. Es hatte die gleiche Temperatur wie die Luft, aber es half. Die Wangen seines Vaters nahmen wieder Farbe an. Auf Grund des Wüstenklimas verdampfte das Wasser sofort.

»Vater?«, flüsterte er. Jetzt, nachdem er sich um den dringenden Notfall gekümmert hatte, hatte er Muße, über das Gesagte nachzudenken. Hatte er seinen Vater tatsächlich angeschrien und beschimpft, ein ...

»Gute Arbeit«, murmelte Emerson schwach.

»Wenigstens ist sie jetzt erledigt. Hier, trink etwas. Leider ist es kein Brandy.«

Emerson schmunzelte. »Leider. Deine Mutter wird wie so häufig betonen, dass wir ihre Usancen übernehmen und irgendwelchen Krimskrams mitschleppen sollten.«

Er akzeptierte einen Schluck Wasser und schob die Flasche beiseite. »Heb es auf. Meine liegt unter dem unseligen Tier, und das Risiko ist zu groß ... äh – hmhm. Darf ich rauchen?«

»Das fragst du *mich*? Hm – vermutlich. Besser jetzt als nach Einbruch der Dunkelheit.«

»Du willst doch nicht bis zum Abend hier bleiben, oder?«

»Was sollen wir sonst tun?« Ramses nahm die Pfeife seines Vaters. Nachdem er sie gefüllt hatte, reichte er sie zurück und zündete ein Streichholz an. »Risha kann uns nicht beide tragen, und es wäre idiotisch, uns einem Schützen von diesem Kaliber auszuliefern. Er hat dein Pferd mit dem ersten Schuss niedergestreckt und die anderen waren unangenehm nah.«

Das Gewehr meldete sich erneut zu Wort. Sand wirbelte neben dem Kadaver des Wallachs auf. Der zweite Schuss traf seinen Leib mit einem schmatzenden Zischen.

»Er ist irgendwo auf diesem Felsgrat im Südosten«, meinte Ramses. Emerson öffnete den Mund. Ramses kam ihm zuvor. »Vergiss das Fernglas. Ein Sonnenstrahl, und die Reflexion würde ihm sein Ziel vermitteln. Ich habe drei ... nein, vier Schüsse abgegeben. Bleiben mir noch sechs und –«

»Und ein Gewehr hat eine größere Reichweite als eine Pistole«, versetzte Emerson. »Du brauchst das Offensichtliche nicht zusätzlich zu unterstreichen. Vermutlich müssen wir eine Weile hier bleiben.«

Ramses sah sich um. Einige Meter weiter zu seiner Rechten fiel der Boden in einer Art Senke ab, zu beiden Seiten begrenzt von den Überresten des Mauerwerks. Er zeigte seinem Vater die Stelle, der wohlwollend zustimmte, dass diese allen Beteiligten besseren Schutz bot. Er akzeptierte sogar Ramses' unterstützenden Arm. Risha in Deckung zu bringen gestaltete sich wesentlich zermürbender, dennoch erreichten sie die Senke ohne jeden Zwischenfall.

Sie gönnten sich einen weiteren Schluck warmes Wasser und rauchten. Die Strahlen der untergehenden Sonne zauberten goldene Reflexe auf ihr Versteck.

»Morgen wird man uns hier aufspüren«, bemerkte Ramses.

»Ohne Frage.«

Er schien den Gedanken zu akzeptieren, dass sie ihre Rettung würden abwarten müssen. Das passte nicht zu ihm. Ramses hatte andere Vorstellungen, wollte diese aber nicht enthüllen. Außer einem Schlag über den Schädel sah er keine Möglichkeit, wie er seinen Vater daran hindern konnte, ihm zu helfen, und er wollte keine Unterstützung, nicht von einem Verletzten, jemandem, den er zufällig auch noch ...

Jemanden, den er liebte.

Den Kopf auf Ramses' zusammengelegte Jacke gebettet, war Emerson eingeschlafen. Ramses beobachtete das Schattenspiel auf dem entspannten Gesicht seines Vaters und fragte sich, warum dieses Geständnis für sie alle so schwierig war. Er liebte seine Eltern, hatte ihnen das aber nie offenbart, und er bezweifelte, dass er es jemals tun würde. Sie hatten es ihm auch nie gesagt.

War es so wichtig? Bis zu jenem Abend hatte er seine Mutter nie weinen sehen, und er wusste, dass ihre Tränen ihm galten: Tränen der Besorgnis und der Erleichterung und vielleicht auch ein bisschen des Stolzes. Das war ein größeres Eingeständnis ihrer Gefühle gewesen als Umarmungen und Küsse und leere Worte. Dennoch ...

Emerson öffnete die Augen, und Ramses schrak zusammen, als könnte sein Vater seine Gedanken lesen. Emerson hatte nicht geschlafen, er hatte nachgedacht. »Waren unsere brillanten Schlussfolgerungen hinsichtlich dieser Route letztlich falsch?«

»Ich denke nicht«, meinte Ramses. »Es ergibt keinen Sinn, uns zu töten, um uns daran zu hindern, den Behörden Bericht über unsere Entdeckungen zu erstatten. Verflucht, wir haben rein gar nichts aufgespürt! Wahrscheinlicher ist, dass jemand die Gelegenheit unseres Aufenthalts hier mitten im Niemandsland genutzt hat, um die Beseitigung von ... Vater, er hat es auf mich abgesehen. Es tut mir verflucht Leid, dass ich dich in diese Sache hineingezogen habe.«

»Sei nicht so ein verdammter Idiot«, knurrte sein Vater.

»Nein, Sir.«

Emerson senkte die Lider. Ramses brauchte einige lange Sekunden, um seinen Gesichtsausdruck richtig zu deuten; er konnte sich nicht entsinnen, seinen Vater jemals ... schuldbewusst erlebt zu haben? Die niedergeschlagenen Augen, die zusammengepressten Lippen, der gesenkte Kopf – es war Schuldbewusstsein, ganz eindeutig, und schlagartig begriff er auch, warum.

»Nein«, wiederholte er. »*Ich* habe *dich* nicht in diese Sache hineingezogen, nicht wahr? Du bist heute Morgen ausgeritten, um Hamilton aufzusuchen. Du hast ihn informiert, dass wir herkommen würden. Du –«

Sein Vater hüstelte verlegen. »Red weiter«, murmelte er. »Wasch mir ruhig den Kopf. Ich war der verdammte Idiot; ich wusste, dass wir beide mit ein paar Attentätern oder einem Hinterhalt fertig werden würden, aber ich hatte nicht damit gerechnet, von diesem verfluchten Pferd zu stürzen. Falls dir auf Grund meiner Dummheit und meines Ungeschicks etwas zustößt, werde ich mir das niemals verzeihen. Genauso wenig wie deine Mutter«, fügte er düster hinzu.

»Ist schon in Ordnung, Vater.« Er fühlte sich von grenzenlosem Stolz übermannt. »Wir beide ...« Hatte sein Vater tatsächlich eine so hohe Meinung von ihm? »Tatsache ist, dass ich mit keinem lieber – äh – du weißt schon, was ich meine.«

Zu britisch, hätte David gesagt. Beide. Emerson hob den Kopf. »Äh – ja. Ganz meinerseits. Hmhm.«

Nach diesem emotionsgeladenen Geplänkel nahm er die angebotene Zigarette aus Ramses' Zinndose und ließ sie sich von ihm anzünden.

»Wie fiel dein Verdacht auf Hamilton?«, wollte Ramses wissen.

»Hamilton?« Emerson schien verblüfft. »Nein, nein, mein Junge, du hast mich missverstanden. Ich habe ihn lediglich in Verdacht, ein nervtötender Langweiler zu sein.«

»Aber neulich abends erwähntest du doch, du habest Sethos identifiziert. Streite es nicht ab, Vater, du wärst dir nicht so sicher gewesen, dass Mutter die falsche Spur verfolgt, wenn du nicht jemand anders verdächtigen würdest. Ich dachte –«

»Ach, zum Teufel, dass Hamilton uns gemieden hat, war verdächtig, oder etwa nicht? Ich habe mich geirrt. Sobald ich ihm gegenüberstand, wusste ich, dass er nicht unser Mann ist. Ihm Aufschluss über unsere Route zu geben war lediglich eine Vorsichtsmaßnahme, damit man im Ernstfall weiß, wo wir uns aufhalten.«

»Oh.«

»Eine Reihe von Offizieren hat mein Gespräch mit Hamilton mit angehört. Einer von ihnen könnte unser Vorhaben gegenüber Dritten erwähnt haben. Verstehst du, was das bedeutet, hm? Wir reden von einem begrenzten Personenkreis – alle Engländer, Offiziere und Gentlemen. Einer davon arbeitet für den Feind. Ihm blieb genug Zeit, um noch vor unserem Eintreffen hier zu sein.«

»Oder jemanden herzuschicken, der uns erwartete.«

»Oder jemandem zu funken.« Vorsichtig veränderte Emerson seine Körperhaltung. Offenbar hatte er Schmerzen, obwohl er eher gestorben wäre, als das zuzugeben.

Ramses löste das Pistolenhalfter, zog sein Hemd aus und begann, es in Streifen zu reißen. »Ich werde deine Schulter verbinden. Nefret hat mir die Technik gezeigt.«

»Mehr Unheil als deine Mutter wirst du schon nicht anrichten.« Auf Grund der Erinnerung grinste Emerson. »Sie zerriss ihren Unterrock. Damals trugen die Frauen Dutzende von diesen Dingern. Zweckmäßig für Verbände, aber verflucht störend bei anderen Aktivitäten.«

Verblüfft glitt Ramses ein Stück Stoff aus der Hand. War das eine leicht gewagte Anzüglichkeit? Gewiss, nicht unbedingt anzüglich, aber dass sein Vater solche Dinge über seine Mutter sagte ...

Wagemutig erwiderte er: »Ich schätze, du warst trotzdem erfolgreich.«

Emerson kicherte. »Hmmm, ja. Danke, mein Junge. So ist es wesentlich besser.«

»Warum versuchst du nicht, für eine Weile zu schlafen? Wir haben nichts Besseres zu tun.«

»Weck mich in vier Stunden«, brummte Emerson. »Wir werden abwechselnd Wache halten.«

»Ja, Sir.«

In vier Stunden würde die Nacht hereinbrechen und der Mond aufgehen. Es war Neumond, doch die Sterne leuchteten hell. Ramses war sich nicht sicher, was er tun sollte, aber irgendetwas musste er unternehmen. Die Wüstennächte waren bitterkalt und sie hatten keine Decken und nur noch wenig Wasser. Emerson hatte Jacke, Wasserflasche, Waffe – alles mit Ausnahme seiner kostbaren Pfeife – in den Satteltaschen des toten Pferdes zurückgelassen. Risha verharrte ruhig, den edlen Kopf gesenkt. Auch er würde diese Nacht hungrig und durstig bleiben. Ramses hätte ihm den letzten Rest Wasser gegeben, wollte ihn jedoch für seinen Vater aufheben. Nun, sie würden überleben, alle drei, und die Unbequemlichkeit war lediglich das kleinere Übel.

Würde der Attentäter bei Einbruch der Dunkelheit aufgeben? Verflucht unwahrscheinlich, überlegte Ramses. Hätte ich ihn beauftragt, würde ich den Beweis für die geleistete Arbeit erwarten. Ein grässliches Bild schoss ihm durch den Kopf: ägyptische Soldaten, die nach einer Schlacht ihre Siegestrophäen aufspießten. Gelegentlich trennten sie ihren getöteten Gegnern die Hände ab. Manchmal auch andere Körpertei-le.

Ramses begann, seine Stiefel aufzuschnüren.

Die untergehende Sonne hatte den Himmel in ein diffuses Zwielicht getaucht, als er das erwartete Geräusch vernahm. Es war nur das leise Knirschen eines Kiesels, doch in der unheimlichen Stille der Wüste deutlich hörbar. Er horchte, aber nichts regte sich. Also kein Tier. Nur ein Mensch, der Übles im Schilde führte, würde die Mühe auf sich nehmen, sich so geräuschlos fortzubewegen.

Er richtete sich auf und tastete sich vorsichtig an der Wand entlang, während seine nackten Füße behutsam auf jede Unebenheit des Bodens reagierten. Mit Sicherheit wusste dieser Halunke, wo sie sich versteckt hielten, doch ein Stolpern oder Ausgleiten würde ihn warnen, dass sie wach und auf der Hut waren. Dann hörte er ein weiteres Geräusch, das ihn vor Verblüffung buchstäblich erstarren ließ.

»Hallo! Ist da jemand?«

Ein plötzlicher Lichtstrahl blendete den Sprecher – einen britischen Offizier in khakifarbener Drillichjacke und kurzer

Hose, Kappe und Wickelgamaschen. Er warf den Arm hoch, um seine Augen zu schützen.

»In der Tat, wie ich sehe«, sagte er frostig. »Sie machen sie besser aus, alter Junge. Der Bursche, der auf Sie geschossen hat, ist vermutlich über alle Berge. Trotzdem sollte man kein Risiko eingehen.«

Emerson war aufgesprungen. Ob verletzt, krank oder halb tot – er vermochte sich so geräuschlos zu bewegen wie eine Schlange, und er hatte offensichtlich nicht geschlafen.

»Sie suchen uns, nicht wahr?«, erkundigte er sich.

»Ja, Sir. Sie sind Professor Emerson? Einer der Burschen aus der Kameltruppe hörte Gewehrsalven, und da Sie nicht wieder auftauchten, haben sich einige von uns auf die Suche nach Ihnen gemacht.«

»Sie sind nicht allein?«

»Drei meiner Jungs erwarten mich am Ausläufer des Wadis, wo ich mein Pferd zurückgelassen habe. Ein kleiner Spähtrupp schien mir angeraten. Ist Ihr Sohn bei Ihnen?«

Gegen das Mauerwerk gepresst, verharrte Ramses bewegungslos. Jetzt bemerkte er die Abzeichen des Mannes – die beiden Sterne für den Rang eines Leutnants und das Tuchabzeichen des 42. Lancashire-Regiments. Seine Hände waren leer und das Halfter an seinem Gürtel war geschlossen. Sein Auftreten war beinahe perfekt – dennoch war es verflucht unwahrscheinlich, dass das Militär um diese späte Stunde eine Patrouille ausschwärmen ließ, um verirrte Reisende aufzuspüren, und obschon er sich akzentfrei artikulierte, war sein Tonfall etwas sonderbar. Ramses musste die Unverfrorenheit dieses Mannes bewundern. Das Attentat war fehlgeschlagen, und jetzt hoffte er, seinen Auftrag zu erledigen, ehe bei Tagesanbruch jemand nach ihnen suchte.

Emerson redete unermüdlich weiter, stellte Fragen und beantwortete sie, wie ein Mann, dem die Erleichterung die Zunge löst. Allerdings hielt er die Taschenlampe starr auf das Gesicht des Ankömmlings gerichtet und er hatte die Frage nach Ramses' Aufenthaltsort nicht beantwortet.

»Leider muss ich Sie bitten, mir eins Ihrer Pferde zu leihen«, entschuldigte er sich. »Wie Sie sehen, bin ich ein bisschen gehandicapt. Wenn Sie mir Ihren Arm reichen würden ...«

Für Augenblicke glaubte Ramses, dass es funktionieren würde. Mit einem freundlichen Nicken trat der Offizier einen Schritt vor.

Die Waffe war nicht in seinem Halfter. Er hatte sie im Rücken in seinen Gürtel gesteckt. Als er für Sekundenbruchteile den Lauf der Büchse auf sich gerichtet sah, tastete Ramses nach seiner eigenen Waffe, doch bevor er abdrücken konnte, ließ Emerson die Taschenlampe fallen und stürzte sich auf den Deutschen.

Sie wälzten sich vor Ramses' Füßen. Wie durch ein Wunder war die Taschenlampe nicht ausgegangen; Ramses sah, dass der schmächtigere Mann von Emersons Gewicht zu Boden gedrückt wurde, doch seine Arme waren frei, und er versuchte, beide gleichzeitig einzusetzen. Seine Faust traf Emersons Kinn, während Ramses die Waffe aus seiner anderen Hand trat. Emerson stieß einen inbrünstigen Wutschrei aus und umklammerte einhändig die Kehle des Deutschen. Ramses trat abermals zu und der sich aufbäumende Körper erschlaffte.

Emerson setzte sich auf, spreizte die Beine des Mannes und rieb sich sein Kinn.

»Tut mir Leid, dass ich so langsam war«, murmelte Ramses.

Grinsend blickte Emerson auf. »Jeder von uns beiden hat nur einen gesunden Arm. Dafür war es gar nicht so übel, oder?«

»Du hast mir das Leben gerettet. Wieder einmal.«

»Ich würde sagen, es steht unentschieden. Ich habe versucht, ihn zu blenden, doch sein nächtliches Sehvermögen muss fast so gut sein wie deins. Dir hat er sich zuerst zugewandt, weil er mich für unbewaffnet und kampfunfähig hielt. Und was sollen wir jetzt mit ihm machen?«

Während Ramses sich auf den Boden kauerte, fragte er sich, ob er jemals in der Lage sein würde, die gleiche Nonchalance wie sein Vater zu demonstrieren. »Ihn fesseln, denke ich. Allerdings weiß ich verflucht nicht, womit.«

»Meterweise fester Stoff.« Sein Vater deutete auf die Wickelgamaschen. »Hier – ich glaube, er wacht auf. Steck deine Pistole in sein Ohr. Er ist ein hartnäckiger Bursche und ich möchte mich nicht noch einmal mit ihm auseinander setzen.«

Ramses hielt das für eine gute Idee und willigte ein. Emerson nahm die Taschenlampe und positionierte sie zweckmäßiger als zuvor, ehe er die Stoffstreifen von den Beinen des Burschen wickelte. Interessiert musterte Ramses das Gesicht des Mannes. Seine flache Stirn, die breiten Wangenknochen und das vorstehende Kinn strahlten Brutalität aus, doch sein auf Grund der Bewusstlosigkeit entspannter Mund war beinahe wohlgeformt. Er war jünger als erwartet. Haar, Bart und die schmalen Brauen waren blond, fast weiß gebleicht von der Sonne. Seine Lippen bewegten sich, er öffnete die Augen. Sie waren blau.

»Rühren Sie sich nicht«, befahl Ramses. »Eine Bewegung und ich schieße. Haben Sie mich verstanden?«

»Verstanden.«

»Sie ziehen die englische Sprache vor?«, erkundigte sich Emerson, während er Stoffstreifen um seine Stiefel band. »Es ist nicht so gut, müssen Sie wissen. Sie haben sich verraten, als Sie Ihre Waffe zogen.«

»Ich weiß.«

»Sind Sie allein?«

Die blassblauen Augen schweiften zu Ramses, dann senkte er den Blick. Emerson war es gelungen, die Stoffstreifen zu verknoten, indem er ein Ende zwischen seinen Zähnen hielt. Mit seinen verzerrten Lippen wirkte er wie ein Wolf, der die zerrissene Kleidung seines Opfers in den Fängen hält. Der Deutsche schluckte.

»Was haben Sie mit mir vor?«

»Wir werden Sie nach Kairo zurückbringen«, erwiderte Ramses, da sein Vater noch immer mit den Knoten beschäftigt war. »Aber zuerst haben wir einige Fragen. Ich rate Ihnen dringend zu wahrheitsgemäßen Antworten. Mein Vater ist beileibe kein geduldiger Mensch und bereits ziemlich verärgert über Sie.«

»Sie foltern Gefangene?« Der Junge verzog das Gesicht. Er kann nicht viel älter als zwanzig sein, überlegte Ramses. Genau das richtige Alter für einen solchen Auftrag – Feuer und Flamme, für das Vaterland oder das Mutterland oder für eine entsprechend chaotische Sache zu sterben, aber dennoch nicht damit rechnend, dass der Tod ausgerechnet ihn holen könnte. Er musste seine Schulzeit in England verbracht haben.

»Großer Gott, nein«, entfuhr es Emerson. »Aber ich kann nicht dafür garantieren, was Sie in Kairo erwartet. Sie tragen die Uniform des Feindes, mein Junge, und Sie wissen, was das heißt. Wenn Sie mit uns kooperieren, bleibt Ihnen vielleicht die Konfrontation mit einer Feuerschwadron erspart. Als Erstes will ich Ihren und den Namen des Mannes wissen, der Sie hergeschickt hat.«

»Ich heiße …« Er zögerte. »Heinrich Fechter. Mein Vater ist Bankier in Berlin.«

»Sehr gut«, meinte Emerson leichthin. »Ich hoffe aufrichtig, dass Sie ihn eines Tages lebend wieder sehen. Wer hat Sie geschickt?«

»Ich ...« Er fuhr sich mit der Zunge über die Lippen. »Wie ich sehe, muss ich kapitulieren. Sie haben gewonnen. Meinen Glückwunsch.«

Er hob seine linke Hand, als wollte er salutieren. Ramses registrierte die Bewegung, doch für den Bruchteil einer Sekunde begriff er nicht die wahre Intention des Jungen. Da war es bereits zu spät. Hand- und Armmuskulatur spannten sich in dem Versuch, die Pistole zu umklammern; bevor er dem Jungen die Waffe entreißen konnte, hatte dieser Ramses' Finger am Abzug ertastet und drückte ab. Die großkalibrige Kugel verwandelte seinen Kopf in eine grässliche Wolke aus Blut und Gehirnmasse, Knochensplittern und Haaren.

»Großer Gott!« Ramses rappelte sich auf, wandte sich ab und ließ die Pistole fallen. Die Nachtluft war kühl, aber nicht so kalt wie das eisige Entsetzen, das seinen Körper schaudern ließ.

Sein Vater legte Ramses' Jacke um dessen entblößte Schultern und hielt sie mit fester Hand umklammert. »Ist es so besser?«

»Ja, Sir. Tut mir Leid.«

»Entschuldige dich niemals für deine Gefühle. Nicht bei mir. Also gut. Dann wollen wir es hinter uns bringen, was?«

Es war eine üble, grauenvolle Aufgabe, doch er hatte sich wieder gefasst. Die Leibesvisitation förderte eine Reihe geschickt gefälschter Dokumente zutage, darunter auch eine abgegriffene Fotografie von einer sanftmütig wirkenden, grauhaarigen Dame, die vermutlich nicht die Mutter des Jungen war. Emerson verstaute alles in seiner Jackentasche. »Sollen wir uns auf die Suche nach seinem Pferd machen?«

»Wir können es nicht hier zurücklassen, wo es verdurstet.«

»Nein, aber wenn wir dieses Gebiet in der Dunkelheit durchforsten, riskieren wir ein gebrochenes Bein. Wir werden morgen früh jemanden herausschicken, der das Pferd und sein Lager ausfindig macht.«

Da war noch eine weitere Sache. Keiner von beiden musste darauf hinweisen; betreten schweigend machten sie sich an die Arbeit und vertieften die Grube am Rande der Mauer. Ramses wickelte seine Jacke um den zertrümmerten Schädel, bevor sie ihn bewegten. Ein gezielter Schlag, und die Überreste des Mauerwerks bedeckten das Grab.

»Erinnerst du dich noch an seinen Namen?«, erkundigte sich Emerson.

»Ja.« Unwahrscheinlich, dass er ihn je vergaß oder die in dieser einzigen Antwort auf ihre Fragen mitschwingende Bitte ignorierte. Eines Tages würde der Bankier in Berlin erfahren, dass sein Sohn als Held gestorben war, welcher Trost ihm das auch immer sein mochte.

Ein weiterer Toter, eine weitere Sackgasse, sinnierte Ramses, aus der es vermutlich so leicht kein Entrinnen gab.

Er holte die Wasserflasche, die an Emersons Pferd hing, und tränkte Risha. Dann wandte er sich an seinen Vater. »Willst du vorausgehen? Allein kommst du schneller voran. Mir macht es nichts aus, hier zu bleiben.«

»Gütiger Himmel, nein. Was ist, wenn ich erneut stürze? Du gehst und ich werde warten.«

Er wusste genau, was sein Vater vorhatte, und zögerte inzwischen nicht mehr, es ihm auf den Kopf zuzusagen. »Du willst deine verfluchten Ruinen inspizieren, nicht wahr? Wenn du denkst, dass ich dich hier zurücklasse, damit du durch die Finsternis streifst, ohne Nahrung oder Wasser oder ein Transportmittel, dann hast du dich geirrt. Wir werden gemeinsam aufbrechen. Du reitest Risha, ich gehe zu Fuß.«

Sie hatten die Taschenlampe ausgeschaltet, um die schwächer werdenden Batterien zu schonen. Emersons Gesicht konnte er nicht erkennen, aber er vernahm ein leises Kichern.

»Störrisch wie ein Kamel. Nichts für ungut, mein Junge. Reich mir deine Hand, ja? Je eher wir zurückkehren, umso besser. Nur der Allmächtige weiß, was deine Mutter inzwischen angestellt hat.«

11

Die Wohnung befand sich in dem modernen Stadtteil Ismailija. In der angemieteten Droschke sitzend registrierte ich, dass er das Gebäude gegen drei Uhr betrat. Er hatte auswärts zu Mittag gegessen.

Ich lüge nur, wenn es unumgänglich ist. In diesem Fall *war* es unumgänglich gewesen. Hätte Emerson von meinem Vorhaben gewusst, hätte er mich nicht aus den Augen gelassen. Hätte ich Nefret die Wahrheit gebeichtet, hätte sie darauf bestanden, mich zu begleiten. Keinen der beiden hätte ich akzeptiert.

Ich gönnte meinem Opfer eine halbe Stunde Muße, dann inspizierte ich mich in meinem kleinen Taschenspiegel. Die Tarnung war perfekt! Nie zuvor war mir jemand begegnet, der sich so ladylike zu einem heimlichen Rendezvous einfand. Das einzige Problem war mein Hut, der ständig schief saß, da sich die Hutnadeln auf Grund der Perücke nicht in mein eigenes Haar schieben ließen. Ich rückte ihn zurecht, arrangierte den Schleier und überquerte die Straße. Der Portier schlief. (Das war nichts Ungewöhnliches.) Mit dem Aufzug fuhr ich in die erste Etage und klingelte. Ein Bediensteter reagierte; seine dunkle Hautfarbe und der Tarbusch wiesen ihn als Ägypter aus, allerdings trug er die Dienstkleidung eines europäischen Butlers. Als er um meinen Namen bat, legte ich einen Finger an meine Lippen und lächelte viel sagend.

»Sie brauchen mich nicht anzumelden. Ich werde erwartet.«

Offenbar war der Graf es gewöhnt, weibliche Gäste zu empfangen, die ihre Namen verschwiegen. Wortlos verbeugte sich mein Gegenüber und führte mich durch die Eingangshalle. Er öffnete eine Tür und bedeutete mir einzutreten.

Der Raum war ein Salon oder Wohnzimmer, relativ klein, aber elegant möbliert. Ein Mann saß schreibend an einem Sekretär neben den Fenstern und wandte mir den Rücken zu. Offensichtlich teilte er Emersons Meinung, dass eng sitzende Garderobe den intellektuellen Schöpfungsprozess beeinträchtigt. Er hatte Jacke und Weste abgelegt und seine Hemdsärmel bis zu den Ellbogen hochgerollt.

Ich umklammerte meinen Sonnenschirm fester, rückte meinen Hut aufs Neue zurecht und trat ein. Der Diener schloss die Tür hinter mir – und dann hörte ich ein Geräusch, das mir den Atem stocken ließ.

Ich warf mich vor die Tür. Zu spät! Sie war abgeschlossen.

Langsam wandte ich mein Gesicht dem Mann zu, der aufgestanden war, um mich zu begrüßen, seine Hand ruhte locker auf der Rückenlehne seines Stuhls. Der schwarze Schopf, Schnauzbart und Monokel waren die des Grafen de Sevigny. Seine geschmeidige Haltung, der durchtrainierte Körper und die Augen – ein undefinierbarer Farbton zwischen Grau und Braun – waren die eines anderen.

»Endlich!«, rief er. »Ich habe mit dem Tee auf Sie gewartet, meine Liebe. Wären Sie so freundlich, uns einzuschenken?«

Auf dem Tisch standen ein elegantes silbernes Teeservice und mit Sandwiches und Gebäck gefüllte Platten.

»Bitte nehmen Sie doch Platz«, bemerkte Sethos höflich. »Wie ich glaube, haben Sie eine Vorliebe für Gurken-Sandwiches?«

»Gurken-Sandwiches«, sagte ich, während ich mich um

Haltung bemühte, »finde ich augenblicklich nicht verlockend. Bitte, lassen Sie uns nicht feierlich hier herumstehen. Setzen Sie sich und halten Sie Ihre Hände so, dass ich sie sehen kann.«

Ein riesiger Schritt, und er war an meiner Seite. »Die Perücke steht Ihnen nicht«, meinte er und riss mir den Hut vom Kopf – und die Perücke, an der er (nur notdürftig) befestigt war. »Und sofern Sie mir ein Wort der Kritik erlauben wollen, dieser Sonnenschirm passt nicht zu Ihrer Garderobe.«

Die auf meiner Schulter ruhende Hand sank, da ich zurücksprang. Er machte keinerlei Anstalten, mich festzuhalten. Stattdessen verschränkte er die Arme und beobachtete mit empörender Belustigung, wie ich vergeblich den Schirmgriff betätigte. Der Knopf klemmte noch immer. Ich würde ein Wörtchen mit diesem faulen Halunken Jamal zu reden haben, wenn ich nach Hause zurückkam!

Falls ich zurückkäme.

»Darf ich Ihnen behilflich sein?«, erkundigte sich Sethos. Das spöttische Lächeln, die laszive Geste gaben mir die erforderliche Kraft. Der Knopf funktionierte. Ich zog die Klinge und schwang sie bedrohlich.

»Ha!«, schrie ich. »Jetzt werden wir sehen, wer hier die Kommandos gibt! Setzen Sie sich in diesen Sessel.«

Für einen Mann, der eine Degenspitze an seiner Kehle spürt, wirkte er recht gelassen, aber er gehorchte. »Ein reizendes kleines Accessoire«, bemerkte er. »Stecken sie es weg, meine Liebe. Sie werden es nicht brauchen. Sie wären nicht in der Lage, einem Mann die Kehle aufzuschlitzen, solange man sie nicht reizt – und ich habe nicht die Absicht, ihr Temperament auf die Probe zu stellen. Jedenfalls nicht in dieser Hinsicht.«

Seine Augen funkelten durchtrieben. Welche Farbe hatten sie nun eigentlich? Ich beugte mich vor. Sethos stieß einen leisen Schrei aus. »Bitte, Amelia«, seufzte er.

Eine feine Blutspur rann über seinen entblößten Hals. »Es war ein Unfall«, sagte ich leicht verwirrt.

»Ich weiß. Ich verzeihe Ihnen. Setzen Sie sich und gießen Sie mir eine Tasse Tee ein. Es besteht kein Anlass zu einer bewaffneten Auseinandersetzung, verstehen Sie? Sie haben gesiegt. Ich kapituliere.«

»Habe ich? Geben Sie auf?«

Sethos lehnte sich zurück, seine Hände auf die Sessellehnen gelegt. »Ich nehme an, dass Sie die übliche Nachricht hinterlassen haben, die, falls Sie nicht heimkehren, geöffnet werden soll, also kann ich Sie nicht auf unbegrenzte Zeit festhalten. Ihr Gatte und Ihr Sohn werden erst in einigen Stunden zurückkehren, doch auch andere könnten sich berufen fühlen, Sie zu suchen, unter anderem Ihre Tochter, diese reizende kleine Tigerin. Allerdings ist sie nicht Ihr eigen Fleisch und Blut. Manchmal, Amelia, verblüfft es mich, dass Sie in vielen Dingen so klug sind, aber andere übersehen, die direkt vor Ihrer Nase liegen.«

»Verflucht!«, schrie ich ziemlich irritiert. »Woher wissen Sie ... Was meinen Sie mit ... Sie versuchen, mich vom Thema abzubringen. Wir sprachen von –«

»Mein Fauxpas.« Sethos lächelte. »Verzeihen Sie mir. Die Unterhaltung mit Ihnen ist so charmant, dass ich stets versucht bin, sie auszudehnen.«

»Ich akzeptiere Ihren Fauxpas. Kommen Sie mit. Meine Droschke wartet.« Ich nahm Angriffshaltung an, die Beine leicht gespreizt, den Degen gezückt. Sethos' Lippen zuckten verräterisch. Statt sich zu erheben, beugte er sich vor und legte die Hände zusammen. Es waren schlanke, gepflegte Hände und seine durchtrainierten entblößten Unterarme hätten viele jüngere Männer mit Neid erfüllt.

»Sie missverstehen mich, werte Amelia. Sie haben mein Herz bereits erobert, und der Rest von mir liegt Ihnen zu Füßen, allerdings nicht, wenn Sie ihn in eine Gefängniszelle befördern wollen. Was ich zum Ausdruck bringen wollte, war, dass Sie die Aura dieser Identität zerstört haben. Man wird den Grafen nie wieder in Kairo sehen. Und jetzt setzen Sie sich und trinken Ihren Tee und wir werden wie gute alte Freunde miteinander plaudern. Wer weiß, vielleicht gelingt es Ihnen, mir Informationen zu entlocken, die Sie in die Lage versetzen, mir ein für alle Mal das Handwerk zu legen.«

Seine Mundwinkel zuckten erneut. Er lachte über mich! Umso besser, dachte ich. Auf Grund seiner Arroganz hält er mich für unfähig, ihm Paroli zu bieten. Das werden wir ja sehen!

Ich setzte mich auf das Sofa hinter dem Teetisch, lehnte den nach wie vor entsicherten Schirm gegen eines der Kissen und stellte meine Handtasche neben meine Beine. Das optimierte meine Bewegungsfreiheit entscheidend, hatte ich doch beide Hände frei. Solange ich den Degen umklammert hielt, würde es mir nicht gelingen, die Handschellen oder die Pistole oder das Stück Seil aus meiner Tasche zu nehmen. Und doch würde ich ihn überwältigen! Aber bevor ich ihn gefangen nahm, wollte ich Erklärungen für einige seiner rätselhaften Stellungnahmen.

»Woher wissen Sie, dass Ramses und Emerson erst in einigen Stunden zurückkehren?«, fragte ich, während ich Tee eingoss. »Milch oder Zitrone? Zucker?«

»Zitrone, bitte. Keinen Zucker.« Er beugte sich vor, um die Teetasse in Empfang zu nehmen. Unsere Blicke trafen sich. Hatte er braune Augen?

»Und wie können Sie es wagen, Nefret so nahe zu treten?«, fuhr ich fort, während ich mir eine Tasse Tee einschenkte. Die Aufregung hatte mich durstig gemacht, und ich ging davon aus, dass der Tee nicht vergiftet war, da beide Tassen derselben Kanne entstammten. »Und was wollten Sie damit sagen, als Sie mir eine Tatsache unterbreiteten, die mir wohl bekannt ist, nämlich, dass sie nicht –«

»Warten Sie!« Beschwichtigend hob Sethos seine Hand. »Etwas langsamer und methodischer, wenn ich bitten darf, meine Liebe. Ich werde Ihre Fragen sukzessive beantworten.«

»Ich bitte darum.«

Er deutete auf die kalte Platte. Ich schüttelte den Kopf. Sein Grinsen wurde breiter. »Sie sind nicht vergiftet.« Scheinbar wahllos nahm er ein Sandwich und biss hinein.

»Aber Sie haben mich erwartet. Woher wussten Sie, dass ich heute kommen würde?«

Sethos schluckte. »Eine weitere Frage! Die Sandwiches sind im Übrigen hervorragend. Sind Sie sicher, dass Sie keines ...? Nun gut. Ich habe Sie heute erwartet, weil ich wusste, dass Sie mich gestern Abend enttarnt haben.«

»Ich sagte Ihnen doch, dass ich Sie überall und in jeder Tarnung erkennen würde.«

»Ja. Faszinierend, nicht wahr? Ich glaubte Ihnen, als Sie das sagten, und ich habe es sorgfältig vermieden, in Ihre Nähe zu kommen, obschon ich der Versuchung nicht widerstehen konnte, Ihnen einen Beweis meiner Wertschätzung zu präsentieren. Werden Sie mir entsprechend danken?«

Sein schmachtender Blick hätte wesentlich mehr Wirkung gezeigt, wäre mir nicht klar gewesen, dass er mich verspottete. »Es war eine törichte Geste«, tadelte ich.

»Ja, vermutlich. Eine Verfechterin der Psychologie wie Sie würde vielleicht behaupten, dass meine Handlung aus dem unterschwelligen Wunsch heraus resultierte, von Ihnen entlarvt zu werden. Ich habe nicht damit gerechnet, dass Sie der jungen Dame folgen würden – verhielt es sich so oder war es ein abgekartetes Spiel? –, Sie aber trotz der grässlichen Perücke auf Anhieb erkannt. Wissen Sie, es funktioniert in beiden Richtungen. Die Augen der Liebe –«

»Genug jetzt.«

»Verzeihung. Da ich um Ihre unverbesserliche Neigung weiß, in Aktion zu treten, ohne die möglichen Konsequenzen zu überdenken, nahm ich an, dass Sie heute vorbeischauen würden. Ich war mir meiner Sache umso sicherer, als ich – aus nicht näher zu spezifizierender Quelle – erfuhr, dass Ihr Gatte zu den Ruinen im östlichen Wüstengebiet aufgebrochen ist. Oder das zumindest behauptete. Was hat er denn tatsächlich vor?«

Meine Mundwinkel verzogen sich zu einem ironischen Lächeln. »Sie glauben doch nicht, dass Sie mich zu einem verfänglichen Geständnis bewegen können, oder? Außerdem gibt es da nichts zu gestehen. Emerson ist Archäologe und nicht irgendein Spion.«

»Und Ihr Sohn?«

Der Ausdruck in seinen chamäleonartigen Augen jagte mir einen Schauer über den Rücken. Ich überspielte mein Entsetzen mit einem süffisanten Schmunzeln. »Wie absurd. Ramses' Einstellung zu diesem Krieg ist hinlänglich bekannt. Ihnen müsste Sie ebenfalls geläufig sein.«

»Ich weiß eine ganze Menge über diesen jungen Mann. Genau wie einige andere. Besagte Personen zweifeln an der Aufrichtigkeit seiner Überzeugung.«

»Sie meinen wohl eine ganz bestimmte Person. Sie sprechen von sich, nicht wahr? Ein Mann, der Ihrem schändlichen Gewerbe nachgeht, verdächtigt jeden des Betrugs.«

Das hatte gesessen. Seine Miene verfinsterte sich und er erstarrte. »Ich bin meinen derzeitigen Auftraggebern treu ergeben. Sie mögen meine Methoden vielleicht nicht akzeptieren, doch das gibt Ihnen nicht das Recht, sie zu kritisieren.«

»Was meinen Sie damit?«, kreischte ich entsetzt.

»Nun ... lediglich, dass Sie genauso verfahren würden, wenn Sie meine Qualifikation besäßen. Glücklicherweise ist es nicht so; anderenfalls würden Sie keine Sekunde lang zögern, nicht nur Ihr Leben, sondern auch Ihre Ehre aufs Spiel zu setzen.«

»Das verstehe ich nicht.«

Natürlich verstand ich und es erfüllte mich mit Angst und Besorgnis. Er arbeitete für den Feind und warnte mich soeben, dass seine »Auftraggeber«, wie er sie gönnerhaft bezeichnete, Ramses misstrauten. Seine spöttischen Hinweise auf die Gefahren für Leben und Ehre beschrieben die Maskerade meines Sohnes nur zu genau. Sethos hatte mir einmal sein Wort gegeben, dass er keinem der von mir geliebten Menschen Schaden zufügen würde; die versteckte Warnung war seine perverse Art, ein solches Versprechen einzuhalten.

Ich griff in die Tasche zu meinen Füßen und bemerkte, dass seine Augen der Bewegung meiner Hand folgten. Er versteifte sich. Da wusste ich, dass ich einen fatalen Fehler begangen hatte. Ich hatte geglaubt, dass er sich nichts Verwerflicherem als dem illegalen Handel mit Antiquitäten schuldig gemacht hatte, und darauf vertraut ... Ich spürte, wie ich vor Scham errötete. Ja, ich hatte auf seine mir entgegengebrachte Wertschätzung vertraut; ich hatte seine Empfindungen für meine Zwecke ausnutzen wollen. Was für eine Närrin ich doch gewesen war! Er war schlimmer als ein Dieb, er war ein Spion und ein Verräter, und ich durfte es nicht riskieren, dass er mir jetzt entwischte, nicht, wenn das Leben meines Sohnes davon abhängen konnte, was Sethos wusste. Ich vermochte ihn nicht zu überwältigen. Ich konnte ihn nicht fesseln oder ihm Handschellen anlegen, solange er aktionsfähig war, und ich bezweifelte, dass er die Freundlichkeit besitzen würde, mir den Rücken zuzukehren, so dass ich ihn bewusstlos schlagen konnte. Die Pistole war meine letzte Rettung. Aber was war, wenn ich ihn verfehlte oder ihn mit dem ersten Schuss lediglich verletzte? Ich wusste um seine Kraft und seine Schnelligkeit; da er eindeutig mit einem Angriff rechnete, konnte er mich überwältigen, ehe ich die Waffe gezogen und abgedrückt hatte. Ja, ich war eine Närrin gewesen, trotzdem konnte ich ihn immer noch überlisten.

Ich nahm die Tasche und erhob mich. Sethos' Muskulatur entspannte sich und er bedachte mich mit einem höflichen Lächeln.

»Ein so überstürzter Aufbruch? Ohne die Antworten auf Ihre anderen Fragen abzuwarten?«

»Nun, ja.« Ich umklammerte den Sonnenschirm und trat hinter dem Tisch hervor. »Wir beide scheinen in eine Sackgasse geraten zu sein. Ich kann Sie nicht zwingen, mich zu begleiten, vertraue jedoch auf Ihr Wort, dass Sie Kairo unverzüglich verlassen. Leben Sie wohl und – äh – danke für den Tee.«

»Ihre Manieren sind untadelig!« Sethos lachte. »Dennoch befürchte ich, dass Sie noch nicht aufbrechen können.«

Er trat mit dem leichten, federnden Schritt auf mich zu, den ich nur zu gut kannte. Ich wich zurück. »Sie sagten, Sie würden mich nicht hier festhalten.«

»Nicht unbegrenzt, sagte ich. Aber meine Liebe, Sie nehmen doch nicht an, dass ich Sie gehen lasse, damit Sie umgehend die Polizei informieren? Ich brauche ein paar Stunden, um meine Reisevorkehrungen zu treffen. Freunden Sie sich mit dem Gedanken an, dass Sie noch eine Weile werden warten müssen. Ich verspreche, dass ich Ihnen keine Unannehmlichkeiten bereiten und dafür sorgen werde, dass man sie freilässt, sobald ich in Sicherheit bin.«

Ich hob meinen Schirm. Mit einer flinken Bewegung seines Arms schlug Sethos ihn mir aus der Hand.

»Sie haben etwas in den Tee getan«, hauchte ich, als er mich packte.

»Nein. Sollten Ihre Hände zittern, dann muss das andere Ursachen haben.« Er hielt mich in seiner Armbeuge und zog mich näher. Seine andere Hand berührte meine Wange. »Erinnern Sie sich noch, was ich Ihnen seinerzeit von einem bestimmten Nerv hinter dem Ohr erzählt habe?«

»Ja. Dann machen Sie schon! Versetzen Sie mich unverzüglich und schmerzlos in den Zustand der Bewusstlosigkeit, wie Sie es damals androhten – Sie Schuft!«

Er schmunzelte. »Oh, meine liebste Amelia, bislang habe ich mich keinesfalls wie ein Schuft verhalten. Soll ich?«

Seine feingliedrigen, energischen Finger glitten durch mein Haar und bogen meinen Kopf zurück. Sein Gesicht war nur Zentimeter von meinem entfernt. Intensiv musterte ich diese geheimnisumwitterten Züge. Seine Augen waren grau mit einem grünlichen Schimmer. Ich meinte, eine schwache Linie auf seinem Nasenrücken zu erkennen, irgendeine Substanz, die seine Nasenform verändern sollte. Seine Lippen waren gar nicht so schmal, wie es den Anschein erweckte ...

Er presste sie zu einer dünnen Linie zusammen und seine Umklammerung wurde schmerzhafter. »Um Himmels willen, Amelia, Sie könnten mir wenigstens Aufmerksamkeit schenken, während ich entscheide, ob ich die Situation auszunutzen gedenke! Warum sollte ich es eigentlich nicht tun? Wie oft haben Sie sich in meiner Gewalt befunden, und wie viele Male habe ich lediglich gewagt, Ihre Hände zu küssen? Ich liebe nur Sie. Die Zeiten sind gefährlich; vielleicht sehen wir uns nie wieder. Was sollte mich davon abhalten, das zu tun, was ich mir stets ersehnt habe?«

Mir fiel nichts ein.

»Äh – Ihr Ehrgefühl?«, räumte ich ein.

»Ihrer Ansicht nach besitze ich keins«, erwiderte Sethos verbittert. »Und denken Sie nicht, dass mich Tränen von meinem Entschluss abbringen!«

»Ich habe nicht vor zu weinen.«

»Nein, sicherlich nicht. Das ist einer der Gründe, warum

ich Sie so sehr liebe.« Seine Lippen berührten die meinen. Ich spürte, wie er zitterte; dann zog er mich ungestüm an sich und bezwang meinen Mund mit einem unerbittlichen, leidenschaftlichen Kuss.

Selbstverständlich wehrte ich mich. Meine Würde und meine Verbundenheit mit meinem geliebten Gatten verlangten das von mir. Genau genommen war es vergebliche Liebesmüh. Seine starken Arme bezwangen mich mit einer Leichtigkeit, als wäre ich ein Kind. Seine Lippen glitten zu meiner Wange, und als ich nach Atem rang, flüsterte er: »Setzen Sie sich nicht zur Wehr, Amelia, Sie werden sich nur selbst schaden, denn Widerstand fordert einen Mann von meinem ungezügelten Temperament zum Äußersten heraus. Ich weigere mich, die Verantwortung für mein Handeln zu übernehmen, wenn Sie mir weiterhin die Stirn bieten. So ist es viel besser ...«

Erneut fand sein Mund den meinen.

Ich hätte nicht sagen können, wie lange dieser glühende Kuss währte. Ich spürte nicht einmal die Berührung, die mir das Bewusstsein raubte.

Als ich wieder zu mir kam, hatte ich das Gefühl, aus einem erholsamen Schlummer erwacht zu sein – angenehm entspannt und erquickt. Dann besann ich mich. Mit einem unterdrückten Aufschrei fuhr ich hoch und musterte mit schreckgeweiteten Augen meine Umgebung.

Ich war allein. Es war dämmrig in dem Raum, der nur von einer Lampe erhellt wurde. Es handelte sich um ein Schlafzimmer. Das Sofa, auf dem ich ruhte, war angenehm weich, mit Kissen ausstaffiert und von silberdurchwirkten azurblauen Seidenvorhängen umgeben. Typisch für den Grafen, und auch für Sethos. Auf dem Nachtschrank neben dem Bett standen eine Kristallkaraffe mit Wasser, ein Silberbecher und ... und ... eine Platte mit Gurken-Sandwiches! Sie bogen sich an den Rändern. Der Bedienstete hätte sie wenigstens mit einer feuchten Serviette bedecken können! Aber vermutlich, so sinnierte ich, hatte er Wichtigeres zu tun.

Reflexion und Recherche (ich glaube, ich muss das nicht vertiefen) überzeugten mich, dass Sethos' Aufmerksamkeiten nicht über diese langen, stürmischen Küsse hinausgegangen waren. Mehr als genug, würde Emerson mir gewiss zustimmen, wenn ich es ihm gestand ... Falls ich es ihm gestand.

Mein erster Gedanke war Flucht. Natürlich war die Tür verschlossen. Das hatte ich erwartet. Die Fenster waren mit Blenden versehen, deren Verschlussmechanismus ich nicht zu lokalisieren vermochte. Meine Taschenuhr informierte mich, dass mehrere Stunden vergangen waren. Es ging auf sieben Uhr zu. Als ich meine Handtasche durchwühlte, die neben mir auf dem Sofa lag, musste ich feststellen, dass Handschellen, Seil, Schere und die Pistole fehlten. Der Raum wirkte wie leer gefegt; man hatte die Schubladen geleert (was auch immer sie beinhaltet hatten) und die Toilettenartikel entfernt. Es gab nichts, was sich als Waffe oder Schlüsselersatz verwenden ließ.

Ich zog eine Haarnadel aus meiner ramponierten Frisur und kniete mich vor das Schloss.

Wie ich bereits bei früherer Gelegenheit feststellen musste, eignen sich Haarnadeln nur bedingt als Dietrich. Weil mein Ohr in Türnähe war, vernahm ich Geräusche aus dem Nebenzimmer – eilende Schritte; das Schleifen eines schweren, über den Boden gezogenen Gegenstandes; vereinzelte harsche Befehle von einer mir vertrauten widerwärtigen Stimme. Sicherlich stand Sethos im Begriff, seine Reisevorbereitungen zu beenden. Seine letzte Anweisung verschaffte mir definitiv Gewissheit. »Lass die Kutsche vorfahren und bring das Gepäck nach unten.«

Schritte näherten sich der Tür, hinter der ich kniete. Würde er sie öffnen? Würde er mir ein letztes Lebewohl wünschen wollen – oder die martialische, von ihm angedrohte Tat begehen? Mein Herz raste, während ich mich erhob, entschlossen, meine letzten Kraftreserven zu mobilisieren.

Dann vernahm ich einen langen, tiefen Seufzer. Die Schritte entfernten sich.

Ich stand noch immer an der Tür, meine Hand auf meinen Busen gepresst, als ein Schrei von Sethos mich zusammenzucken ließ. »Was zum Teufel –« Eine Tür fiel geräuschvoll ins Schloss, ein Diener lamentierte und Sethos fing an zu lachen.

»Hat sie dich tatsächlich gebissen? Komm, überlass sie mir. Nun, meine Liebe, es besteht keine Veranlassung für diese blindwütigen Aktivitäten; sie ist in Sicherheit und unversehrt, und wenn Sie sich entsprechend verhalten, werde ich Ihnen gestatten, ihr Gesellschaft zu leisten, während ich die Vorbereitungen beende, die Sie so unhöflich unterbrochen haben. Wenn nicht, werde ich Sie in einen finsteren Besenschrank voller Kakerlaken sperren. Gut. Wie ich sehe, nehmen Sie Vernunft an. Hamza, entriegle die Tür. Amelia, treten Sie zurück; ich weiß, dass Sie gelauscht haben, und die Zeit drängt.«

Auch ich gehorchte. Die Tür sprang auf und ich sah – wie bereits von mir befürchtet – meine Tochter und meinen Todfeind. Mit einem Arm presste er ihre Arme an ihren Körper und hielt sie unerbittlich fest; die andere Hand bedeckte ihren Mund. Ihr Haar hatte sich gelöst und ihre Augen funkelten vor Zorn, doch sie war einsichtig genug, sich nicht zur Wehr zu setzen.

»Schreien oder fluchen ist zwecklos, Miss Forth«, bemerkte Sethos, während er sie ins Zimmer schleifte. »Tun Sie sich keinen Zwang an, aber erst einmal geben Sie mir das Messer, das Sie sicherlich irgendwo an ihrem Körper verbergen. Alternativ müsste ich Sie durchsuchen, und das möchte ich vermeiden, sofern Sie mich nicht dazu zwingen. Amelia würde das sicher nicht gutheißen.«

Er nahm seine Hand von ihrem Mund, seine Fingerspuren zeichneten sich auf ihren Wangen ab. Sie schluckte, und ich sagte rasch: »Gib ihm das Messer, Nefret. Jetzt ist nicht der Zeitpunkt für Heldentum und Temperamentsausbrüche.«

Ihr Blick wanderte von mir zu Sethos, der einen Schritt zurückgewichen war, und dann zu dem Diener. Sie wog unsere Chancen ab und musste einsehen, dass sie gegen uns standen. Dann griff sie in die Seitentasche ihres Rocks, die in die Naht eingelassen und nach unten hin offen war, und umklammerte das an ihrem Schenkel befestigte Messer. Langsam zog sie es hervor, zögerte und legte es dann in Sethos' ausgestreckte Hand.

»Woher wusstest du, dass ich hier bin?«, wollte ich wissen. »Und warum warst du so töricht, allein herzukommen, da ich annehme –«

»Verzeihen Sie«, unterbrach Sethos. »Sie können nach meinem Aufbruch plaudern. Ich bin etwas in Eile, doch solange ich hier bin ...«

Er trat einen Schritt auf mich zu, blieb dann stehen und blickte gedankenverloren zu Nefret. »Drehen Sie sich um, Miss Forth.«

Nefrets Augen weiteten sich. »Tu es«, stieß ich zwischen zusammengebissenen Zähnen hervor. Sie wirbelte herum.

Vorübergehend hätte ich ihm entwischen können; aber wie unwürdig und erniedrigend wäre diese panische und vergebliche Flucht gewesen, mit Sethos auf den Fersen und seinen langen Armen, die mich jederzeit hätten packen können! Vermutlich hätte er dabei gelacht. Was auch immer ich tat, es war sinnlos. Es war weitaus besser, nachzugeben und es hinter sich zu bringen.

Aufs Neue spürte ich, wie seine Arme mich umfingen und seine Lippen die meinen erkundeten. Für einen Mann, der behauptete, in Eile zu sein, nahm er sich recht viel Zeit. Als er mich losließ, wäre ich gestürzt – da mir schwindlig war –, wenn er mich nicht sanft auf das Sofa gedrückt hätte.

»Leben Sie wohl, Amelia«, sagte er leise. »Und Sie, werte Miss Forth ...«

Er nahm sie bei den Schultern und zwang sie, ihn anzuschauen. Ihr Gesicht war gerötet, ihre Lippen leicht geöffnet. Lachend hauchte er ihr einen sanften Kuss auf die Stirn.

»Seien Sie so gut, mein süßes Kind, und überlassen Sie alles den Klügeren. Insbesondere zum jetzigen Zeitpunkt. Amelia, vergessen Sie nicht, was ich Ihnen gesagt habe.«

Die Tür knallte zu und der Schlüssel drehte sich im Schloss.

Nefret tastete nach einem Sessel und sank hinein. »Was meinte er damit?«

»Womit? Der Halunke pflegt sein geheimnisvolles Charisma. Mein Schatz, hat er dir wehgetan?«

»Nein.« Nefret rieb sich ihren Arm. »Er hat mich gedemütigt, was viel schlimmer ist. Ich wartete am Eingang, überlegte, ob ich läuten sollte oder nicht, als er herauskam und mich packte. Oh, Tante Amelia, es tut mir so Leid, aber ich wusste nicht, was ich tun sollte! Als ich aus dem Krankenhaus zurückkehrte, wart ihr drei verschwunden, und es wurde immer dunkler. Die Zeit verging und niemand kam, kein Lebenszeichen, und ich wusste nicht, wo ich mit der Suche nach ihnen beginnen sollte, aber ich hatte eine recht genaue Vorstellung, wo du sein könntest, weil ich vermutete, dass du mich hinsichtlich des Grafen belogen hattest, und ich konnte das Warten nicht mehr ertragen, deshalb ... Es tut mir so Leid!«

»Zum Zeitpunkt deines Aufbruchs waren sie noch nicht zurückgekehrt?«

»Nein. Irgendetwas muss passiert sein.«

»Unfug«, erwiderte ich entschieden. »Ich kann mir eine Reihe belangloser Gründe vorstellen, warum sie sich möglicherweise verspäten. Emerson lässt sich nur zu gern von Ruinen ablenken. Mach dir deshalb jetzt keine Gedanken, wir können ohnehin nichts tun, solange wir hier festsitzen. Trägst du irgendetwas bei dir, womit wir die Tür oder den Fensterladen öffnen können?«

»Ich hatte nur mein Messer. Du hast gesehen, was damit passiert ist.«

Ich stand auf und schlenderte im Raum auf und ab. »Lass uns die Situation rational betrachten. Irgendwann wird man uns befreien; ich habe Emerson eine Notiz mit der Mitteilung hinterlassen, wo ich mich aufhalte und –«

»Ich auch. Für Ramses. Aber was ist, wenn sie nicht ...«

»Keine Sorge. Inzwischen sind sie zurückgekehrt und auf dem Weg hierher. Sollten sie sich ... verspäten, wird uns jemand anders befreien.«

Ich schritt zur Tür und lauschte. »Ich höre nichts. Vermutlich ist Sethos aufgebrochen. Er wird einige Stunden Vorsprung haben wollen, um aus Kairo zu verschwinden. Gegen Mitternacht –«

»Mitternacht!« Nefret sprang auf. »Gütiger Himmel, Tante Amelia, so lange können wir nicht warten! Was macht dich so sicher, dass Sethos die Mühe auf sich nimmt, jemanden über unseren Aufenthaltsort zu informieren?«

»Vertrau mir«, sagte ich zuversichtlicher, als mir zumute war. Ich musste das Mädchen beruhigen; sie sah aus wie Medusa, ihr Haar fiel offen über ihre Schultern, ihre Augen blitzten vor Zorn. »Aber ich stimme dir zu, dass wir nicht auf Rettung warten sollten. Ich werde mich erneut an dem Schloss versuchen – ich habe noch Unmengen von Haarnadeln – und du inspizierst die Fensterläden. Als Erstes jedoch ... Nefret! Mein Schatz, jetzt ist nicht der richtige Zeitpunkt für eine Ohnmacht!«

Sie presste ihre Hände vor ihr Gesicht. Ich fasste ihre schwankende Gestalt und drückte sie in einen Sessel.

»Ich werde nicht ohnmächtig.« Ich musste mich anstrengen, um ihre leise Stimme zu verstehen. Langsam ließ sie ihre Hände sinken. »Ist schon in Ordnung.«

»Nimm ein Gurken-Sandwich!« Ich nahm die Platte und bot sie ihr an.

»Nein, danke.« Ihr Gesicht war von Schweißperlen übersät, aber gefasst. Sie atmete tief aus und lächelte. »Gurken-Sandwiches, Tante Amelia?«

»Wir müssen bei Kräften bleiben.«

»Ja, natürlich. Außerdem habe ich entsetzlichen Durst. Meinst du, wir können das Wasser trinken?«

Ihre Wandlung war erstaunlich. Ihre Energie verlieh ihr die Willenskraft, mir eine zuverlässige Verbündete zu sein.

»Ich glaube schon. Wie du siehst, hat er eine kurze Nachricht hinterlassen.«

Sie lautete: »Vermutlich werden Sie mir nicht glauben, liebste Amelia, aber das Wasser und die Gurken-Sandwiches sind nicht vergiftet.«

Ich reichte sie Nefret, die tatsächlich lachte, als sie sie überflog. »Er ist eine faszinierende Persönlichkeit. Hat er ... Es macht dir doch nichts aus, wenn ich frage ...«

»Hat er nicht.«

»Oh. Aber er hat dich geküsst, nicht wahr? Als ich mich umdrehen sollte?«

Ich schwieg. Nefret nahm ein Sandwich. »*Mich* hat er auf die Stirn geküsst«, murmelte sie. »Als wäre ich ein Kind! Er ist stark, nicht wahr? Und stattlich und ...«

»Er ist ein Spion und ein Verräter«, fiel ich ihr ins Wort. »Wir müssen ihn stoppen, bevor er Kairo verlässt. Wenn du dich wieder erholt hast, Nefret, gehen wir an die Arbeit.«

Wir aßen ein oder zwei Sandwiches (die sehr gut waren, obwohl das Brot allmählich austrocknete) und tranken einen Schluck Wasser, ehe wir das Zimmer genauer inspizierten.

Nefret verwandelte den Raum im wahrsten Sinne des Wortes in ein Chaos, sie schleuderte Matratzen und Kissen zu Boden, warf Stühle um; schließlich schlug sie einen kleinen Messingtisch mehrmals vor die Wand, bis er zerbrach. Mit einem der Metallteile schlenderte sie zu den Fensterläden und machte sich an ihnen zu schaffen. Ihre Aktivitäten waren energisch und doch überlegt; sie schien wesentlich ruhiger zu sein als zuvor – gefasster als ich. Ihre Feststellung, dass Ramses und Emerson bei ihrem Aufbruch noch nicht zurückgekehrt waren, erschütterte mich mehr, als ich mir selbst eingestehen wollte. Emerson ließ sich nur zu gern von Ruinen ablenken, aber Sethos' Behauptung, er habe ihr Ziel gekannt, weckte meine schlimmsten Vorahnungen.

Schließlich hatten Nefrets Bemühungen Erfolg. Sie stieß einen Triumphschrei aus. Einer der Läden hatte nachgegeben. Ich eilte an ihre Seite, als sie ihn aufriss und sich aus dem Fenster lehnte.

Es führte nicht auf die Sharia Suleiman Pascha, sondern auf eine weniger belebte Seitenstraße. Letztlich machten unsere Rufe auf uns aufmerksam; ein turbangeschmückter Träger, beladen mit Töpfen und Pfannen, blieb stehen und blickte auf. Als ich ihm unser Begehren schilderte, verlangte er Geld, bevor er sich rührte, und wir verhandelten eine Zeit lang, bis ich ihm eine größere Summe in Aussicht stellte, die er nach Erfüllung seines Auftrags erhalten sollte. Er war eine ganze Weile fort, und Nefret knotete die Seidenlaken bereits zu einem Seil zusammen, als er schließlich in Begleitung eines uniformierten Polizeibeamten zurückkehrte.

Es hat Vorteile, bekannt wie ein bunter Hund zu sein. Nachdem ich mich dem Beamten vorgestellt hatte, befolgte er bereitwillig meine Anweisungen. Als unsere Retter sich jedoch endlich bequemten, die Wohnungstür aufzubrechen, war ich fast so weit, mein Glück mit Nefrets Seil zu versuchen.

Mein lautes, energisches Geschrei lotste sie ins Schlafzimmer. Es gelang ihnen, auch diese Tür aufzustemmen, und ich stürmte hinaus und sah mich den Gesichtern der Männer gegenüber, die den Salon betreten hatten. Eines war mir bekannt – allerdings war es nicht das von mir erhoffte Gesicht. Mr Thomas Russell, seines Zeichens stellvertretender Kommissar, trug Abendgarderobe und das verärgerte mich im höchsten Maße. Ich packte ihn am Revers.

»Hatten Sie einen schönen Abend?«, erkundigte ich mich. »Alldieweil andere ihr Leben riskieren und ihre ... Verflucht, Russell, während Sie den feinen Herrn spielten, ist der Meisterverbrecher entkommen! Und wo ist mein Gatte?«

Russell behielt einen kühlen Kopf, was unter diesen Umständen zugegebenermaßen löblich war. Er schob mich zurück in das Schlafzimmer und schloss die Tür.

»Um Himmels willen, Mrs Emerson, schildern Sie Ihre Situation doch nicht jedem Polizisten in Kairo! Was meinen Sie mit Meisterverbrecher?«

»Er ist der Graf de Sevigny. Sethos ist der Graf. Der Meisterverbrecher ist Sethos.«

»Gestatten Sie, dass ich Ihnen etwas Brandy einschenke, Mrs Emerson.«

»Ich möchte keinen Brandy, ich will, dass Sie Sethos verfolgen! Vermutlich ist er mittlerweile in Alexandria oder Tripolis oder Damaskus oder Khartum – es würde mich nicht überraschen, wenn er inzwischen gelernt hätte, eines dieser Flugzeuge zu manövrieren. Sie müssen ihn erschießen, bevor er die feindlichen Linien erreicht.«

Nefret legte ihren Arm um mich und redete besänftigend auf mich ein, allerdings begriff ich erst auf Grund von Russells ungläubiger Frage, dass ich vielleicht nicht den richtigen Ansatz gewählt hatte. »Wollen Sie mir weismachen, Mrs Emerson, dass Sie und Miss Forth gemeinsam die Wohnung eines

Mannes aufgesucht haben, von dem Sie wussten, dass er ein Spion ist und – äh – ein Meisterverbrecher?«

»Nicht gemeinsam«, berichtigte ich. »Als ich nicht heimkehrte, eilte Miss Forth zu meiner Rettung.«

»Einen Teufel hat sie getan!«

»Zum Teufel, das habe ich nicht.« Nefret lächelte süffisant. »Ich meine, sie gerettet. Ich gebe zu, dass wir unüberlegt gehandelt haben, Mr Russell. Regen Sie sich nicht auf, sondern hetzen Sie Ihre Männer auf ihn. Unsere Gefangennahme und seine Flucht sind sicherlich Beweis genug, dass er sich irgendeiner Sache schuldig gemacht hat.«

Russell nickte verdrossen. »Also gut. Gehen Sie nach Hause, meine Damen, und mir aus dem ... Nun ja, gehen Sie schon. Einer meiner Männer wird Sie begleiten.«

»Aber was ist mit Emerson?«, ereiferte ich mich. »Er und Ramses sollten schon seit Stunden zurück sein.«

»Ramses hat ihn begleitet?« Russells frostiger Blick wurde immer unterkühlter. »Wohin?«

»In die östliche Wüste. Sie waren auf der Suche –«

Jetzt lief Mr Russell Gefahr, seine Beherrschung zu verlieren. Ich unterbrach sein zusammenhangloses Gestammel mit einem konstruktiven Einwurf.

»Ich werde Miss Forth nach Hause begleiten. Sie werden uns umgehend wissen lassen, ob Sie – sobald Sie etwas erfahren haben.«

»Ja. Und Sie werden mich informieren, ob – sobald sie zurückgekehrt sind. Sie hatten keine Befugnis ... Hmhm. Gute Nacht, meine Damen.«

Als wir den Salon passierten, meldete sich einer der Polizisten zu Wort. »Sehen Sie, Sir. Der Mann *war* ein Verbrecher! In seiner Eile hat er seine Tatwerkzeuge vergessen.«

Sie lagen auf dem Tisch: Handschellen, eine Seilrolle, eine handliche Pistole und ein langes Messer.

»Die gehören mir.« Ich streckte meine Hand aus. »Mit Ausnahme des Messers. Das ist von Miss Forth.«

Aus unerfindlichen Gründen ließ diese harmlose Stellungnahme Russells Temperament überschäumen. Er setzte uns vor die Tür und wies einen Beamten an, uns in eine Droschke zu verfrachten.

Während der gesamten Heimfahrt hielt ich Ausschau nach einem gelben Automobil, das mit halsbrecherischer Geschwindigkeit in Richtung der gräflichen Wohnung steuerte. Meine Suche war vergebens. Als wir zu Hause eintrafen, fanden wir nicht Emerson und Ramses, dafür aber Fatima, Selim, Daoud und Kadija vor. Alle mit Ausnahme der stets gefassten Kadija waren in hellster Aufregung. Sie umarmten mich und Nefret und bombardierten uns mit Fragen, während Fatima unermüdlich kalte Platten servierte. Erst nach längerer Überzeugungsarbeit glaubten sie uns, dass wir unversehrt waren, und dann mussten wir uns wortgewaltig entschuldigen, weil wir ihnen unsere Mission verheimlicht hatten.

»Ihr seid nicht zum Abendessen heimgekommen.« Fatima musterte mich vorwurfsvoll. »Ramses und der Vater der Flüche kamen nicht zurück. Dann ist Nur Misur verschwunden. Was sollte ich tun? Ich schickte nach Daoud und Selim und –«

»Ja, das sehe ich. Ich verstehe deine Besorgnis, aber sie ist vollkommen unbegründet. Es ist sehr spät; gute Nacht und Dank an euch alle.«

Selim und Daoud tauschten Blicke aus. »Ja, Sitt Hakim«, murmelte Ersterer.

Nachdem sie den Raum verlassen hatten, sagte Nefret: »Sie werden erst gehen, wenn Ramses und der Professor wohlbehalten zurückkehren. Geh zu Bett, Tante Amelia. Ja, ich weiß, du wirst kein Auge zutun, aber leg dich wenigstens hin und ruh dich aus. Falls sie sich verirrt haben, werden Sie bis zum Morgengrauen warten, ehe sie den Rückweg antreten.«

In der Hoffnung, dass wenigstens sie etwas ruhen würde, willigte ich ein, und wir schlenderten zu unseren Zimmern. Ich zog gerade meinen zerknitterten Rock aus, als sie leise an meine Tür pochte.

»Schau mal, wen ich schlafend auf meinem Bett vorgefunden habe. Ich dachte, du möchtest heute Nacht vielleicht etwas Gesellschaft.«

Seshat lag auf ihrem Arm.

Es war ungewöhnlich für die Katze, dass sie sich in meinem oder Nefrets Zimmer aufhielt, es sei denn, sie suchte etwas oder jemanden. Das schien augenblicklich nicht der Fall zu sein. Als Nefret sie an mein Fußende legte, rollte sie sich behaglich zusammen und schloss die Augen. Etwas getröstet und mir ziemlich töricht vorkommend, streckte ich mich neben der Katze aus, wohl wissend, dass ich kein Auge zutun würde.

Als ich mich dem Gipfel der Klippe näherte, sah ich auf und erblickte eine schlanke, vertraute Silhouette, die sich vor dem blassblauen frühmorgendlichen Himmel abzeichnete. Ich war wieder in Luxor, wanderte über den steilen Pfad, der zu dem Hochplateau hinter Deir el Bahri führte, und Abdullah erwartete mich. Er streckte seine Hand aus, um mir bei den letzten Metern behilflich zu sein, und setzte sich neben mich, als ich atemlos auf einen einladenden Felsblock sank.

Sein Aussehen blieb in diesen Träumen unverändert – seine stattliche Gestalt war die eines Mannes in den besten Jahren, ein gepflegter schwarzer Bart umrahmte seine anziehenden, markanten Gesichtszüge. Sie wirkten unbeteiligt, doch in seinen dunklen Augen lag tiefe Zuneigung.

»Endlich!«, entfuhr es mir, nachdem ich wieder zu Atem gekommen war. »Abdullah, ich habe mir so gewünscht, dich wieder zu sehen. Es ist schon so lange her.«

»Für dich vielleicht, Sitt. Auf der anderen Seite der Himmelspforte ist die Zeit ohne Bedeutung.«

»Heute Abend habe ich nicht die Geduld für deine philosophischen Exkurse, Abdullah. Du behauptest, alles zu wissen, was mich berührt – dann musst du auch wissen, wie besorgt ich bin, wie sehr ich Beistand benötige.«

Ich streckte ihm meine Hände entgegen und er umschloss sie mit den seinen. »Sie sind wohlauf, Sitt Hakim, die beiden von dir geliebten Menschen. Gleich nach dem Aufwachen wirst du sie wieder sehen.«

Mir war bewusst, dass ich träumte, doch diese Zusicherung überzeugte mich, als hätte ich es mit eigenen Augen gesehen. »Ich danke dir«, murmelte ich mit einem tiefen, erleichterten Seufzen. »Das ist eine gute Nachricht, aber nur ein Teil dessen, was ich erfahren will. Wie wird es enden, Abdullah? Werden sie leben und glücklich sein?«

»Ich kann dir den Ausgang nicht verraten, Sitt.«

»Du hast es schon einmal getan. Du sagtest, der Falke würde die Pforten der Morgendämmerung durchdringen. Welche Pforte, Abdullah? Es gibt viele Tore und manche führen in den Tod.«

»Oder in die entgegengesetzte Richtung. Man kann eintreten oder hinausgehen, Sitt.«

»Abdullah!«

Ich versuchte, ihm meine Hände zu entziehen. Er umklammerte sie fester und lachte leise. »Ich kann dir den Ausgang nicht verraten, Sitt, weil ich sie nicht alle kenne. Dein Handeln kann die Zukunft beeinflussen, Sitt, und du bist nicht umsichtig. Du verhältst dich töricht.«

»Du weißt es nicht?«, wiederholte ich. »Nicht einmal im

Hinblick auf David? Er ist dein Enkel – kümmert dich das denn gar nicht?«

»Ich sorge mich um euch alle. Und ich sähe es gern, wenn mein Enkel lebte und seinen Sohn in den Armen wiegte.« Sein ernstes Gesicht hellte sich auf, und er fügte gönnerhaft hinzu: »Sie werden ihn nach mir nennen.«

»Oh, dann ist es ein Junge, nicht wahr?«

»Das steht fest. Alles andere ...« Seine Augen ruhten weiterhin auf meinem Gesicht. »Ich dürfte dir nicht einmal so viel sagen, dennoch solltest du meine Worte bedenken. Es wird eine Zeit kommen, da du auf das Wort eines Menschen vertrauen musst, an dem du gezweifelt hast, und eine Warnung beherzigen solltest, die nicht realistischer scheint als deine Träume. Wenn dieser Zeitpunkt eintritt, handle ohne Zögern oder Zweifeln.«

Er erhob sich, half mir beim Aufstehen und führte meine Hände an seine Lippen. »Du kannst Emerson getrost von diesem Kuss berichten«, meinte er augenzwinkernd. »Doch an deiner Stelle, Sitt, würde ich ihm jene anderen verschweigen.«

Statt einfach zu verschwinden, wie er und seine Umgebung es sonst in meinen Träumen taten, drehte er sich um und schlenderte davon. Er blieb nicht stehen und blickte auch nicht zurück, als er den langen Weg ins Tal hinabschritt, in dem die ägyptischen Könige ihre letzte Ruhestätte gefunden hatten.

Als ich die Augen aufschlug, war der Raum erfüllt von dem perlmutterfarbenen Licht der Morgendämmerung. Seshat saß neben mir, eine fette Maus zwischen ihren Zähnen. Verschlafen wie ich war, gelang es mir nicht, rechtzeitig auszuweichen, als sie sie hingebungsvoll auf meinen Brustkorb legte.

Daraufhin sprang ich aus dem Bett. Seshat holte die Maus aus der Ecke, in die ich sie katapultiert hatte, warf mir einen abschätzigen Blick zu und sprang mitsamt ihrer Trophäe durch das Fenster. Auf Grund meines unwillkürlichen Aufschreis – selbst eine Frau, die Nerven aus Stahl besitzt, entsetzt sich vor dem Anblick einer toten, zwanzig Zentimeter von ihrer Nase entfernten Maus – stürmte Nefret ins Zimmer. Nachdem ich die Sachlage erklärt hatte und Nefrets Gelächter abebbte, fasste sie meine Schultern.

»Du siehst wesentlich besser aus, Tante Amelia. Du hast geschlafen.«

»Ich habe geträumt.«

»Von Abdullah?« Nefret war die Einzige, der ich von diesen Träumen und meinem Glauben daran erzählt hatte. »Was hat er gesagt?«

»Lias Baby ist ein Junge.«

Nefrets Lächeln war zartfühlend, aber skeptisch. »Die Chancen stehen 50:50, dass er Recht hat.«

»Emerson und Ramses sind in Sicherheit. Er sagte, ich würde sie gleich nach dem Aufwachen wieder sehen. Und erzähl mir jetzt nicht, dass diese Weissagung dieselben Chancen hat!«

»Nein. Ich bin sicher, dass er darin Recht behält.«

»Du brauchst mich nicht zu verspotten, Nefret, ich weiß, dass sich solche Visionen nicht bewahrheiten müssen. Aber –«

»Aber sie bauen dich auf. Und das macht mich froh. Ich wünschte, auch ich könnte von dem lieben alten Burschen träumen.« Sie umarmte mich. »Sie sind immer noch hier – Daoud, Selim und Kadija – und einige andere sind ebenfalls aufgetaucht.«

Bevor wir allerdings den Frühstücksraum erreichten, vernahmen unsere Ohren ein im höchsten Maße schauerliches Geräusch. Ich wollte mir schon die Ohren zuhalten, als es verstummte, und durch die Stille vernahm ich ein weiteres Geräusch – für meine malträtierten Ohren war es so melodisch wie Musik: Emerson brüllte meinen Namen.

Nefret musste den explosionsartigen Laut eher lokalisiert haben als ich. Sie stürmte zur Tür. Ali hatte sie geöffnet und starrte nach draußen.

Das nahm ich ihm nicht übel. Noch nie war der Vater der Flüche in einer solchen Höllenmaschine aufgetaucht. Motorräder hatten mich stets an überdimensionale mechanische Insekten erinnert. Dieses hier wurde von einem blassen jungen Mann in Khaki chauffiert und hatte an einer Seite einen beachtlichen Auswuchs. Der Beiwagen, wie man diesen, so glaube ich, nennt, beherbergte Emerson. Ein breites Grinsen dokumentierte seine Begeisterung an dieser Erfahrung.

Zu dritt – Ali war mit von der Partie – mussten wir Emerson aus dem komplizierten Gebilde befreien. Er war so riesig, dass er kaum hineinpasste, und konnte – wie ich sehr bald feststellte – seinen linken Arm nicht einsetzen. Schließlich zerrten wir ihn heraus, und ich dankte dem jungen Mann, der auf dem Vehikel sitzen geblieben war. Er musterte mich geistesabwesend.

»Sind wir schon da?«, fragte er benommen.

»Sie sind da«, erwiderte ich. »Sitzen oder steigen Sie ab, wie auch immer man das nennen soll, und frühstücken Sie mit uns.«

»Danke nein, Ma'am, ich habe den Befehl, umgehend zurückzukehren.« Er schüttelte den Kopf. »Er brüllte mich ständig an, ich solle schneller fahren, Ma'am. Noch nie habe ich eine solche ... solche –«

»Ausdrucksweise gehört«, ergänzte ich. »Das bezweifle ich nicht. Sind Sie sicher, dass Sie nicht doch lieber –«

Das Motorrad heulte auf und verschwand in einer Staubwolke.

»Hervorragende Maschine«, meinte Emerson und blickte ihr sehnsüchtig nach. »Ich wollte sie fahren, aber der Bursche ließ mich nicht. Wir müssen uns eine zulegen, Peabody. Ich werde dich im Beiwagen mitnehmen.«

»Um nichts in der Welt«, enthüllte ich ihm. »Oh, Emerson, zum Teufel mit dir, wie konntest du mich dermaßen beunruhigen? Was ist geschehen?«

Nefret hatte keinen Ton gesagt. Jetzt artikulierte ein schwaches Stimmchen ein einziges Wort. »Ramses?«

»Kommt nach«, erwiderte Emerson. »Er bestand darauf, Risha persönlich nach Hause zu bringen. Das tapfere Geschöpf braucht ein bis zwei Tage Rast; es hat ziemliche Strapazen durchgemacht.«

»Genau wie du«, bemerkte ich, während ich ihn mir genauer ansah. Er trug keine Jacke. Ein Arm war ruhig gestellt und mit Stoffstreifen an seinem Körper befestigt. Sein Hemd war zerrissen und schmutzig, sein Gesicht zerschunden, seine Hände voller Schrammen.

»Ich entschuldige mich für mein Erscheinungsbild«, meinte Emerson fröhlich. »Man hat uns ein Bad angeboten, medizinische Versorgung, Essen und so fort, aber ich war entschlossen, deine Besorgnis so rasch wie möglich zu zerstreuen.«

»Wie fürsorglich von dir«, murmelte ich. »Komm nach oben.«

»Einen Teufel werde ich tun. Seit gestern Morgen habe ich nichts Anständiges mehr gegessen. Deine Reinigungsaktivitäten kannst du meinetwegen nach dem Frühstück einleiten. Ich hoffe, es ist genug da.«

Es war genug da und Emerson vertilgte Unmengen. Nefret beugte sich über ihn, versuchte ihn zu untersuchen, konnte allerdings nicht viel bewerkstelligen, da er sich weigerte, sich hinzulegen und das Gestikulieren einzustellen. Er aß noch immer, als Ramses eintraf. Er hatte sich ein Reitpferd geliehen und führte Risha am Zaumzeug. Er übergab den Hengst an Selim, der das edle Tier auf dem Weg zum Stall tätschelte.

»Du siehst nicht viel besser aus als dein Vater«, tadelte ich. »Was ist mit deinem Hemd passiert? Und mit deinem schönen neuen Tweedjackett? Was du da gerade trägst, passt dir nicht.«

»Lass ihn zuerst essen, Tante Amelia«, wandte Nefret irgendwie schnippisch ein.

»Danke«, murmelte Ramses. »Ich werde mir rasch ein frisches Hemd überziehen, bevor ich frühstücke; das ist Vaters Jacke, und du hast ganz Recht, sie passt nicht.«

Allerdings kaschierte sie die Verbände und Narben seiner letzten Verletzung. Ich hielt es für das Beste, ihn zu begleiten und mich zu vergewissern, dass er keine sofortige medizinische Hilfe benötigte, denn das hätte er mir vermutlich nicht auf die Nase gebunden.

Die gesamte Familie, einschließlich Emerson, eskortierte ihn in den Innenhof. Nachdem er ihn umarmt hatte, verkündete Daoud: »Ich werde heimgehen. Es ist gut, dass du wieder hier bist.«

»Hmhm«, meinte Emerson aufgebracht. »Was ist mit mir?«

Ramses spähte zu seinem Vater; dann lächelte er so breit, dass ich es als Grinsen bezeichnet hätte, sofern ich meinen Sohn dieses Gesichtsausdrucks für fähig gehalten hätte. Schließlich drehte er sich um und rannte die Treppe hinauf.

Ich starrte ihm nach. Emerson fasste meinen Arm und flüsterte mir ins Ohr: »Frag ihn nicht nach seiner Jacke.«

Emersons Flüstern ist im Umkreis von drei Metern vernehmbar. Jeder im Innenhof hörte ihn, unter anderem auch Nefret. »Warum denn nicht?«, wollte sie wissen.

»Er hat sie liegen gelassen, versteht ihr«, fabulierte Emerson. »Sie vergessen. Die neue Jacke. Der arme Junge ...«

Ich ließ ihn mit seinen Lügengeschichten zurück und folgte Ramses.

Seine Tür stand offen. Es verwirrte mich etwas, als ich ihn sagen hörte: »Sehr liebenswürdig. Allerdings werde ich zum Frühstück erwartet. Vielleicht können wir sie für später aufheben.«

Er stand vor dem Bett, eine tote Maus am Schwanz festhaltend.

»Das also hat sie damit gemacht«, bemerkte ich. »Ich war der erste Empfänger, aber ich befürchte, dass ich das Geschenk nicht so gewürdigt habe wie du. Ich wünschte, du würdest die Katze nicht wie einen Menschen ansprechen, das ist ausgesprochen verwirrend. Zieh diese Jacke aus und lass mich einen Blick auf dich werfen.«

Ramses warf die Maus auf seinen Schreibtisch. Seshat setzte sich und begann, sich zu putzen.

»Hör auf, Mutter.« Er streifte die Jacke ab und warf sie auf das Bett. Mit Ausnahme der fast verheilten Verletzungen waren sein gebräunter Brustkorb und sein Rücken unversehrt. »Ich bin so hungrig wie ein Schakal. Vater braucht deine Fürsorge mehr als ich. Es erstaunt mich, dass du dich nicht sofort auf ihn gestürzt hast.«

»Er war zu hungrig.« Ich beobachtete, wie er ein Hemd aus dem Schrank nahm und überzog. »Er erwähnte, er sei vom Pferd gefallen, als das arme Geschöpf in ein Loch trat und sich ein Bein brach. Was ist passiert?«

»Ja, er ist gestürzt. Zusammen mit dem Wallach, der von einer Kugel getroffen wurde.« Er schloss den letzten Hemdknopf. »Kann der Rest noch warten? Nein, vermutlich nicht. Es war eine Falle. Der Bursche hatte uns aufgelauert, und wegen Vaters Verletzung schien es uns ratsam, bis zum Einbruch der Dunkelheit dort zu bleiben, wo wir waren. Der Mann war ein deutscher Spion. Als er aus seinem Versteck kam, hatten wir eine kleine Auseinandersetzung mit ihm. Er zog den Selbstmord einer Gefangennahme vor. Wir traten den Rückweg an. Als wir die Karawanenroute erreichten, feuerte ich einige Schüsse ab, die das Kamelkorps schließlich auf uns aufmerksam machten. Sie eskortierten uns zu den Kasernen in Abbasia.«

Seine Schilderung war so knapp und emotionslos gewesen wie ein Bericht. Mir war klar, dass er mir nicht alles erzählt hatte und dass ich ihm nicht mehr würde entlocken können.

Ramses stopfte sein Hemd in den Hosenbund. »Können wir jetzt nach unten gehen?«

Zu Fatimas Freude nahmen alle ein zweites Frühstück ein; nichts gefiel ihr besser, als so viele Leute zu beköstigen, wie sie zusammenbekommen konnte. Sobald sie Ramses bemerkte, konzentrierte sich ihre Fürsorge auf ihn, und eine Zeit lang war er nicht in der Lage, auch nur ein Wort zu äußern, da sie ihn mit Eiern und Haferbrei und Marmeladenbroten voll stopfte.

Emerson erzählte Selim und Daoud – die nicht heimgegangen waren – von den Ruinen in der Wüste. »Ein Tempel«, belehrte er sie. »19. Dynastie. Ich habe eine Kartusche von Ramses II. bemerkt. Wir werden ein paar Tage dort draußen verbringen, Selim, sobald unsere eigentliche Saison beendet ist.«

O ja, gewiss doch, dachte ich bei mir. Einige friedvolle Tage in der Wüste mit deutschen Spionen im Nacken, den Türken, die den Suezkanal angreifen, und einem Kamelkorps, das alles abknallt, was sich bewegt. Was hatten sie mit der Leiche des toten Spions gemacht? Es wäre eine heikle Sache, wenn diese im Verlauf der Exkavation zum Vorschein käme.

Schließlich beendete ich das Festmahl, indem ich darauf bestand, dass Emerson badete und ausruhte. Selim verkündete, dass sie nach Atiyah zurückkehren und auf Emersons Anweisungen warten würden. »Morgen –«, hob er an.

»Morgen?«, entfuhr es Emerson. »In weniger als zwei Stunden werde ich in Gizeh zu euch stoßen, Selim. Großer Gott, wir haben bereits einen halben Arbeitstag vergeudet.«

Ich nahm Emerson beiseite. Wir hatten viel zu bereden.

»Zwei weitere Hemden sind ruiniert«, bemerkte ich, während ich die Fetzen besagter Kleidungsstücke auseinander schnitt. »Ich möchte, dass Nefret sich deine Schulter ansieht, Emerson. Ich bin sicher, dass Ramses nach bestem Wissen gehandelt hat, aber –«

»Keiner hätte es besser machen können. Hat er dir geschildert, was passiert ist?«

»Nur kurz zusammengefasst. Ich hatte den Eindruck, dass ihn irgendetwas bekümmerte.«

Emerson lieferte mir eine etwas ausführlichere Zusammenfassung. »Der Bursche war nicht älter als Ramses, wenn überhaupt. Keiner hätte ihn rechtzeitig davon abhalten können, und Ramses' Finger war am Abzug, als sich der Schuss löste.«

»Kein Wunder, dass er so durcheinander ist.«

»Durcheinander? Du neigst zur Untertreibung, mein Schatz. Es war ein grauenvoller Anblick und so verflucht unnötig! Ich hoffe, dass die Mistkerle, die diese Jungs mit ihrem hohlen Geschwätz infiltrieren und sie dann ausschwärmen lassen, auf ewig in der Glut der Hölle schmoren.«

»Amen. Aber, Emerson –«

Ein Klopfen an der Tür unterbrach mich. »Das muss Nefret sein.«

»Soll reinkommen«, brummte Emerson. »Sie ist genauso hart – äh – entschlossen wie du.«

Nefrets Untersuchung dauerte nicht lange. »Ich bin froh, dass Ramses meine Demonstration so aufmerksam mitverfolgt hat. Du musst die Schulter für einige Tage schonen, Professor; aber vermutlich hat es gar keinen Sinn, wenn ich dir rate, den anderen Arm zu benutzen. Ich werde dir einen anständigen Verband anlegen.«

»Nein, das wirst du nicht«, erwiderte Emerson. »Ich will baden, also raus mit dir, junge Dame. Warum trägst du noch immer deinen Morgenmantel? Zieh angemessene Kleidung an; sobald ich fertig bin, werden wir zur Exkavation aufbrechen.«

Ich forcierte ihren raschen Rückzug, denn ich hatte noch eine ganze Reihe von Fragen an meinen Gatten. Auf einige reagierte er lediglich ausweichend oder belehrend, dennoch wurde offensichtlich, dass der Überfall von einem Mann initiiert worden war, der in den höheren Militär- oder Beamtenkreisen verkehrte, und dass er über Funk oder mit anderen Mitteln mit dem Feind kommunizierte.

»Das wussten wir«, sagte ich, nachdenklich im Badezimmer auf und ab schreitend, während Emerson in der Wanne planschte. »Aber seiner Identität sind wir keinen Schritt näher gekommen. Du sagtest, dass mehrere Offiziere deine Unterhaltung belauscht haben?«

»Ja. Maxwell wusste ebenfalls von unserem Vorhaben. Vielleicht hat er gegenüber einem seiner Stabsmitarbeiter irgendetwas verlauten lassen.«

»Verflucht.«

»Genau«, bekräftigte Emerson. »Verflucht viele Leute wissen verdammt zu viel. Ich nehme nicht an, dass du etwas von Russell gehört hast?«

»Äh ...«

Emerson erhob sich und wirkte wie der Koloss von Rhodos nach einem Unwetter, Wasser strömte über seinen gebräunten muskulösen Körper. »Heraus damit, Peabody. Ich wusste gleich, dass du ein schlechtes Gewissen hast, das sehe ich dir an.«

»Ich war fest entschlossen, dir alles zu berichten, Emerson.«

»Ha«, versetzte Emerson. »Reich mir das Handtuch und fang an.«

Da ich – wie gesagt – beschlossen hatte, meinem heldenhaften Gatten nichts vorzuenthalten, erzählte ich ihm die ganze Geschichte von Anfang bis Ende. Ich war ziemlich stolz auf meinen Erzählstil. Emerson fand ihn mit Sicherheit faszinierend. Er lauschte, ohne mich zu unterbrechen, weil er vermutlich zu verblüfft war, um eine konstruktive Bemerkung beizusteuern. Seine einzige Gefühlsregung äußerte sich in hochroten Wangen, als ich Sethos' Avancen schilderte.

»Er hat dich geküsst, nicht wahr?«

»Das war alles, Emerson.«

»Mehr als einmal?«

»Äh – ja.«

»Wie oft?«

»Das hängt von der Sichtweise des Betrachters ab –«

»Und dich umarmt?«

»Mit allem Respekt, Emerson. Äh – im Großen und Ganzen.«

»Es ist unmöglich«, knurrte Emerson, »eine Frau respektvoll zu umarmen, die mit einem anderen Mann verheiratet ist.«

Allmählich leuchtete mir ein, dass ich Abdullahs Rat besser befolgt hätte.

»Vergiss es, Emerson«, seufzte ich. »Es ist aus und vorbei. Das Wichtigste ist doch, dass Sethos fort ist. Ich befürchte nur – bin mir fast sicher –, dass er von Ramses weiß.«

»Meinst du?«

»Ich habe dir berichtet, was er gesagt hat.«

»Hmmm, ja.«

Ich hatte darauf bestanden, ihm beim Ankleiden zu helfen, da es sich schwierig gestaltet, mit nur einem funktionsfähigen Arm Hemd und Hose anzuziehen. Eher nachdenklich als übellaunig legte er die Stirn in Falten und schob seinen Arm in das Hemd, das ich ihm hinhielt; er leistete auch keinen Widerstand, als ich anfing, es zuzuknöpfen.

»Was sollen wir jetzt tun?«, erkundigte ich mich.

»Im Hinblick auf Sethos? Überlass es Russell. Autsch«, fügte er hinzu.

»Verzeih mir, mein Schatz. Bitte, steh auf.«

Mit der Vitalität einer Mumie stand er da und starrte ins Leere, während ich ihn fertig ankleidete und einige Streifen Verband um seine Schulter und seinen Brustkorb wickelte, um seinen Arm zu entlasten. Dann sagte ich: »Emerson?«

»Hmmm? Ja, mein Schatz, was ist denn?«

»Ich fände es schön, wenn du mich umarmen würdest, sofern es dir nicht zu viel Mühe bereitet.«

Emerson bewerkstelligt mit einem Arm mehr als die meisten Männer mit zweien. Ich schmiegte mich in seine innige Umarmung, erwiderte seine Küsse und hoffte, dass ich ihn überzeugt hatte, dass kein anderer Mann jemals seinen Platz in meinem Herzen einnehmen würde.

In der Schachtkammer befanden sich drei Statuen. Die anrührendste stellte den Prinzen und seine Gemahlin in einer Pose dar, die ich von vielen Beispielen her kannte und die mich stets aufs Neue fasziniert. Sie standen dicht beieinander, ihr Arm umschlang seine Taille und sie waren fast gleich groß; die Dame war nur wenige Zentimeter kleiner – wie vermutlich auch zu Lebzeiten. Sie trug ein schlichtes, gerade geschnittenes Gewand und er einen knielangen Schurz, der an einer Seite plissiert war. Ihre Gesichter strahlten die unerschütterliche Ruhe aus, mit der diese gläubigen Menschen der Ewigkeit gegenübertraten. Reste des ursprünglichen Farbauftrags waren erhalten geblieben: das Weiß ihrer Kleidung, die schwarzen Perücken, die gelbliche Haut der Dame und der dunklere Teint ihres Gemahls. Frauen wurden stets mit helleren Gesichtern abgebildet als Männer, vermutlich deshalb, weil sie weniger der Sonneneinstrahlung ausgesetzt waren als ihre Gatten.

Es gab noch eine weitere, kleinere Statue des Prinzen und die eines Jugendlichen, der als sein Sohn ausgewiesen wurde. Am Spätnachmittag hatten wir sie ans Tageslicht befördert; selbst die größte von ihnen hatte nicht einmal andeutungsweise das Gewicht der königlichen Statue.

»Lass sie zum Haus transportieren, Selim«, befahl Emerson und fuhr sich mit seinem Hemdsärmel über die Stirn.

Nefret teilte uns mit, dass sie noch für einige Stunden ins Hospital müsse, und eilte in Richtung Mena House, wo wir die Pferde zurückgelassen hatten. Sobald sie außer Hörweite war, erklärte Ramses: »Ich verschwinde ebenfalls.«

»Wohin?« Ich versuchte, ihn festzuhalten.

»Ich habe einiges zu erledigen. Verzeih mir, Mutter, aber ich muss mich beeilen. Ich bin rechtzeitig zum Abendessen zurück.«

»Setz deinen Tropenhelm auf«, rief ich ihm nach. Er drehte sich um, winkte und lief weiter. Ohne besagte Kopfbedeckung.

Als Emerson und ich zum Mena House zurückkehrten, fanden wir Asfur, die Ramses an jenem Tag geritten hatte, noch immer im Stall vor. »Er ist mit dem Zug gefahren«, zischte ich aus einem Mundwinkel. »Das bedeutet –«

»Ich weiß, was das bedeutet. Du reitest Asfur, Peabody, und ich nehme das andere Pferd. Und verhalte dich ruhig!«

Gewiss, ich hätte einkalkulieren sollen, dass Ramses mit dem einen oder anderen, vermutlich sogar mit mehreren Leuten würde kommunizieren müssen. Das bedeutete noch lange nicht, dass ich das guthieß. Mein Nervenkostüm war noch immer lädiert von der Anspannung der vergangenen vierundzwanzig Stunden. Emerson und ich ritten Seite an Seite, jeder mit seinen eigenen Überlegungen beschäftigt; dass seine nicht erbaulicher waren als meine, bewies mir sein Mienenspiel. Der Aberglaube zählt nicht zu meinen Charakterschwächen, doch allmählich beschlich mich das Gefühl, dass ein entsetzlicher auf uns lastender Fluch für unsere Misserfolge verantwortlich war. Jede von uns entdeckte Spur verlor sich, sobald wir sie verfolgten. Zwei überaus viel versprechende Ansätze waren innerhalb der letzten vierundzwanzig Stunden gescheitert: meine Enttarnung von Sethos und Emersons Gefangennahme des deutschen Spions. Jetzt hatte Sethos jegliche Handhabe mit seinem fatalen Wissen und der Auftraggeber des Attentats würde schon bald von dessen Misslingen erfahren. Was würde er als Nächstes tun? Was konnten *wir* als Nächstes tun?

Emerson und ich diskutierten darüber, während wir unseren Tee einnahmen und die Post sortierten. Da ich das am Vortag nicht getan hatte, stapelten sich die Briefe und Mitteilungen.

»Nichts von Mr Russell«, berichtete ich. »Er hätte uns sicherlich informiert, wenn er Sethos gefasst hätte.«

Emerson brummelte: »Hmhm«, und nahm die Umschläge in Empfang, die ich ihm reichte.

»Einer ist von Walter.«

»Das sehe ich.« Emerson zerriss den Umschlag in seine Bestandteile. »Sie haben eine weitere Nachricht von David erhalten«, berichtete er, während er den Brief überflog.

»Ich wünschte, wir könnten dasselbe sagen. Glaubst du, dass Ramses heute Nachmittag mit ihm redet?«

»Keine Ahnung.« Wütend zerrte Emerson an seinem Schulterverband. »Verflucht, wie soll ich mit einer Hand einen Umschlag öffnen?«

»Ich werde sie für dich öffnen, mein Schatz.«

»Nein, das wirst du nicht. Du liest sie immer zuerst.« Emerson zerriss einen weiteren Umschlag. »Sieh mal einer an. Eine höfliche Notiz von Major Hamilton, in der er mich zu einer weiteren Flucht in letzter Minute beglückwünscht, wie er es nennt, und mich darauf hinweist, dass er mir eine Webley geliehen hat. Ich frage mich, was damit passiert ist.«

»Erwähnt er seine Nichte?«

»Nein, warum sollte er? Was schreibt Evelyn?«

Er hatte ihre gleichmäßige, anmutige Handschrift erkannt. Mir war klar, was ihn am meisten interessierte, also las ich die Passagen laut vor, die von dem prächtigen Gedeihen und der bemerkenswerten Intelligenz der kleinen Sennia berichteten. »Sie stimmt uns alle glücklich und heiter. Vor kurzem hat sie Horus in ein Puppenkleid gesteckt und ihn in einem Wägelchen spazieren gefahren; ihr würdet lachen, wenn ihr seine langen Schnurrhaare und seinen dicken Katzenkopf umrahmt von einer Rüschenhaube sehen könntet. Obschon er jede Minute davon verabscheut, ist er wie Wachs in ihren Händen. Gott sei Dank ist sie noch zu jung, um von den Gräueltaten zu erfahren, die überall auf der Welt passieren. Jeden Abend küsst sie eure Fotos; sie sind schon recht abgegriffen, vor allem das von Ramses. Selbst Emerson wäre gerührt, denke ich, wenn er sähe, wie sie vor ihrem kleinen Kruzifix kniet und zu Gott betet, dass er euch alle beschützen möge. Diesen Wunsch teilt von ganzem Herzen deine dich liebende Freundin und Schwägerin.«

»Und das hier«, bemerkte ich und hielt ihm ein schmuddeliges, mehrfach gefaltetes Stück Papier hin, »hat Sennia für dich mitgeschickt.«

Emersons Augen schimmerten verräterisch. Nachdem er die wenigen in Druckschrift auf das Blatt gekritzelten Buchstaben gelesen hatte, faltete er es wieder und steckte es behutsam in seine Brusttasche.

Ramses erhielt weder an diesem Tag noch an den beiden darauf folgenden Tagen Nachricht. Die Tage wurden zu Wochen. Beinahe jeden Tag brach er nach Kairo auf. Ich musste ihn nicht fragen, ob er die erwartete Mitteilung erhalten hatte. Obschon er nie die Kontrolle über sich verlor, äußerte sich seine nervliche Anspannung in den kaum wahrnehmbaren Linien um Augen und Mund und in den zunehmend schrofferen Antworten auf völlig legitime Fragen. Einige seiner Besuche galten Wardanis Gefolgsleuten; genau wie wir wurden sie unruhig, und Ramses gab zu, dass er einige Schwierigkeiten hatte, sie im Zaum zu halten.

Gerüchte über die militärische Situation waren ein weiterer Störfaktor. Nach meiner Ansicht wäre es sinnvoller gewesen, wenn die Behörden die Tatsachen offen genannt hätten; vielleicht wären sie weniger alarmierend gewesen als die verbreiteten Geschichten. Vor Ber Sheva sollten 100000 Türken stehen. Weitere 200000 waren in Richtung Grenze aufgebrochen. Türkische Truppen hatten bereits die Grenze überquert, marschierten in Richtung Suezkanal und warben Rekruten aus den Reihen der Beduinen an. Jemal Pascha, der Kommandant der Türken, hatte sich gebrüstet: »Ich werde erst abdrehen, wenn ich in Kairo einmarschiert bin.« Sein Stabschef, von Kressenstein, führte die deutschen Truppenverbände an. Türkische Agenten wurden in die Reihen der ägyptischen Artillerie eingeschleust; wenn der Angriff stattfand, würden sie ihre Waffen gegen die Engländer richten.

Einige Berichte trafen zu, andere wiederum nicht. Das Ergebnis war, dass Kairo in einen Zustand der Panik geriet. Viele Leute buchten Passagen auf den auslaufenden Schiffen. Die lauteren unter den Patrioten diskutierten Strategien in ihren gemütlichen Clubs und steigerten sich in eine rauschhafte Agentenjagd hinein. Das einzig positive Resultat des Ganzen war das Verschwinden von Mrs Fortescue. Ihr Bekanntenkreis vermutete, dass sie kalte Füße bekommen und die Heimreise angetreten habe; wir gehörten zu den wenigen, die wussten, dass man sie festgenommen hatte. Das war ein weiterer Hoffnungsschimmer für mich, doch wie alle anderen Spuren verblasste auch er. Bei ihrer Vernehmung behauptete sie nachdrücklich, dass sie den Namen oder die Identität des Mannes nicht kennen würde, dem sie Bericht erstattet hatte.

»Vermutlich sagt sie die Wahrheit«, meinte Emerson, von dem ich diese knappe Information erhielt. »Es gibt eine Vielzahl von Möglichkeiten für den Befehlstransfer. Wie mir zu Ohren gekommen ist, behauptet dieser Bursche, den wir im Savoy getroffen haben – einer aus Claytons Haufen, wie hieß er noch gleich? –, er habe sie enttarnt.«

»Herbert«, warf Ramses mit leicht herabgezogenen Mundwinkeln ein. »Im Übrigen deckt er auch Konspirationen auf. Seiner Aussage zufolge muss er nicht einmal ermitteln; die Unzufriedenen kommen zu ihm, weil sie darauf brennen, einander für ein Bestechungsgeld zu verraten.«

»Bis auf einen«, knurrte Emerson. »Hölle und Verdammnis! Diese verfluchte Selbstgerechtigkeit von Männern wie Herbert wird uns schätzungsweise einen Arbeitstag kosten.«

Von Emerson erfuhr ich ebenfalls, dass Russell seiner und Ramses' Einschätzung hinsichtlich der Route zustimmte, die die Waffenschieber genommen hatten. Das Kamelkorps der Küstenüberwachung war in Alarmbereitschaft, und da ihr magerer Sold durch ein Kopfgeld für jede Festnahme aufgebessert wurde, durfte man annehmen, dass sie ihre Sache ernst nahmen. Allerdings räumte Russell ein, dass die Korruption eines einzigen Offiziers es ermöglichen würde, die Waffenladungen an der ägyptischen Küste zu löschen und auf Kamelen in irgendein Versteck nahe der Stadt zu bringen, wo der Türke sie schließlich in Empfang nahm. Bislang war es Russell nicht gelungen, sie zu stellen.

Es war in der letzten Januarwoche, als Ramses eines Nachmittags mit der Nachricht aus Kairo zurückkehrte, die wir mit Sorge erwarteten. Ein Blick auf ihn und mir war alles klar. Ich eilte zu ihm und umarmte ihn stürmisch.

Stirnrunzelnd bemerkte er: »Danke, Mutter, aber ich komme nicht von den Toten, sondern lediglich aus Kairo. Ja, Fatima, ein frisch aufgebrühter Tee wäre ausgesprochen nett.«

Ich wartete voller Ungeduld, bis sie den Tee und eine weitere Platte mit belegten Broten serviert hatte. »Nun sag schon«, drängte ich. »Nefret ist ins Hospital gegangen, wird aber bald zurückkommen.«

»Sie ist nicht direkt ins Hospital gegangen.« Ramses inspizierte die Sandwiches.

»Du bist ihr gefolgt?« Eine törichte Frage; ganz offensichtlich war er das. Ich fuhr fort: »Wohin ist sie gegangen?«

»Ins Continental. Ich schätze, sie war dort verabredet, aber ich konnte ihr doch nicht ins Hotel folgen.«

»Nein«, meinte Emerson, seinen Sohn kritisch musternd. »Hat sie dir Anlass zu der Befürchtung gegeben, dass sie etwas Unüberlegtes tun könnte?«

»Gütiger Himmel, Vater, natürlich hat sie das! Immer und immer wieder! Sie –« Er brach ab; sein außergewöhnlich scharfes Gehör musste ihn gewarnt haben, dass jemand nahte, denn er senkte die Stimme und sagte rasch: »Ich muss morgen Abend an diesem verfluchten Kostümball teilnehmen.«

»An welchem verfluchten Kostümball?«, erkundigte sich Emerson.

»Ich habe dir schon vor Wochen davon erzählt, Emerson«, erinnerte ich ihn. »Da du nicht gesagt hast, dass du nicht hingehen willst, habe ich –«

»Irgendein grässliches, unpassendes Kostüm für mich aufgetrieben? Zum Teufel, Peabody.«

»Wenn du nicht willst, brauchst du nicht mitzukommen, Vater«, warf Ramses irgendwie ungehalten ein.

»Wir kommen selbstverständlich«, versetzte Emerson. »Wenn du uns brauchst. Was sollen wir für dich tun?«

»Von meinem Verschwinden ablenken, während ich mich aus dem Staub mache, um ein paar weitere hübsche, kleine Waffen in Empfang zu nehmen. Heute Nachmittag erhielt ich die Nachricht.« Die Tür zum Salon sprang auf und er erhob sich strahlend. »Ah, Nefret. Wie viele Arme und Beine hast du denn heute amputiert? Hallo, Anna, spielst du immer noch den rettenden Engel in Weiß?«

12

Im Laufe der Jahre hatten wir uns angewöhnt, freitags nicht zu arbeiten, um unseren muslimischen Arbeitern eine Gefälligkeit zu erweisen. Von daher war der Sonntag ein ganz normaler Arbeitstag für uns, und Emerson, der kein Verständnis für die Einhaltung religiöser Pflichten aufbrachte, besuchte nicht einmal den Gottesdienst. Er hatte mir häufiger zu verstehen gegeben, dass ich gern hingehen könnte, wenn ich wollte – wohl wissend, dass ich ihn in diesem Fall niemals um Erlaubnis gefragt hätte –, aber es war viel zu aufwendig, sich entsprechend zu kleiden und nach Kairo zu fahren, um einer letztlich doch nichts sagenden Zeremonie beizuwohnen, sofern man nicht in der richtigen Gemütsverfassung für eine fromme Andacht ist. Ich denke, ich kann mich in den richtigen Gemütszustand hineinversetzen, wo auch immer ich gerade bin, deshalb stehe ich am Sonntagmorgen früh auf, lese einige Verse in der Bibel und spreche ein kurzes Gebet. Ich bete laut, in der Hoffnung, dass Emerson meinem Beispiel vielleicht folgt. Bislang hat er keinerlei Anzeichen der Läuterung gezeigt; in der Tat neigt er eher dazu, kritische Anmerkungen beizusteuern.

»Ich will nicht behaupten, dass ich ein Fachmann auf diesem Gebiet bin, Peabody, aber meines Erachtens sollte ein Gebet eine demütige Bitte und kein direkter Befehl sein.«

An jenem Sonntagmorgen hatte ich mein Gebet vielleicht etwas zu entschieden formuliert. Emerson kleidete sich gerade an, als ich mich aus meiner knienden Haltung erhob.

»Fertig?«, erkundigte er sich.

»Ich glaube, ich habe alle heiklen Punkte aufgeführt.«

»Es war ein überzeugender Vortrag«, bekräftigte Emerson. Er schnürte seine Stiefel und stand auf. »Ich kann mich des Eindrucks nicht erwehren, dass du glaubst, der Allmächtige würde diejenigen unterstützen, die sich selber helfen.«

»Ich tue, was ich kann.«

Auf Grund meines Nachtkleides, das ich gerade über den Kopf streifte, klang meine Stimme etwas gedämpft. Emerson zog mich zärtlich an sich. »Mein Schatz, das weiß ich. Weine nicht, meine Liebste, es wird alles gut werden.«

»Ich weine nicht, ich habe nur mehrere Stoffschichten über Nase und Mund.«

»Ah. Das haben wir doch gleich.«

Nach einer Weile bemerkte Emerson: »Tue ich dir weh?«

»Ja. Ich habe keine Einwände gegen das, was du soeben tust, aber vielleicht könntest du etwas weniger stürmisch vorgehen. Diese ganzen Knöpfe und Schnallen –«

»Ebenfalls kein Problem.«

»Vermutlich hast du irgendein irrwitziges Kostüm für mich besorgt, das ich heute Abend tragen soll«, brummte Emerson.

»Ja, ich habe ein Kostüm für dich, aber ich werde es dir erst zu gegebener Zeit zeigen. Du beschwerst dich jedes Mal und protestierst und brüllst und –«

»Diesmal nicht, Peabody. Siehst du irgendeine Möglichkeit, wie du mein *und* Ramses' Verschwinden überspielen kannst?

Zum ersten Mal hat sich die Waffenlieferung verzögert. Ich will dabei sein.«

»Glaubst du, es ist ein Trick – ein Hinterhalt?«

»Nein«, erwiderte Emerson etwas zu hastig. »Ich meine nur – äh –«

»Du willst also dabei sein. Wirst du Ramses bitten, dass du ihn begleiten darfst?«

»Ihn *bitten,* dass ich *darf* ...« Emersons Entrüstung legte sich rasch wieder. »Das kann ich nicht machen. Der Junge ist etwas sensibel, was meine ihm angebotene Hilfe anbelangt, obwohl ich nicht verstehe, warum.«

»Wirklich nicht?«

»Nein! Ich habe den größten Respekt vor seinen Fähigkeiten.«

»Und das hast du ihm sicherlich auch so gesagt.«

Emerson sah betreten drein. »Nicht explizit. Ach, verflucht, Peabody, hör auf, mich mit deiner verdammten Psychologie zu behelligen. Mach einen konstruktiven Vorschlag.«

»Selbstverständlich, mein Schatz. Lass mich nachdenken.«

Das tat ich im Laufe des Tages mit Unterbrechungen. Wir hatten die zweite Kapelle bis zum Bodenniveau freigelegt; die Wände waren alle bemalt gewesen, und es gab eine reizende kleine falsche Tür mit einer in den Stein gehauenen Büste des Besitzers, der aussah, als entstiege er der Welt der Toten, um die vor ihm auf dem Tisch ausgebreiteten Grabbeigaben einzukassieren. Ramses stolzierte durch den Raum, las die Fragmente der Inschriften und kommentierte sie: »›Die Grabbeigaben des Königs aus Brot und Bier, Ochsen und Geflügel, Alabaster und Kleidung ... vom Guten das Beste und alles im Überfluss ...‹ Sie waren ausgesprochen praktisch veranlagt, nicht wahr? Haben alles einkalkuliert, für den Fall, dass irgendein wünschenswerter Gegenstand übersehen werden könnte. ›Auserwählt von Osiris, Herr von Busiris ...‹ Nichts Neues, lediglich die üblichen Floskeln.«

»Dann stell deinen Vortrag ein und hilf Nefret bei den Fotos«, befahl Emerson.

Dieser Vorgang gestaltete sich komplexer als vielleicht vermutet, denn die Fotos waren die Vorstufe zu der von Ramses entwickelten Methode, Reliefs und Inschriften zu übertragen. Sie mussten aus sorgfältig gemessener Entfernung gemacht werden, um eine einwandfreie Belichtung zu gewährleisten. Dann wurden Probeabzüge entwickelt und mit der entsprechenden Wand verglichen. Die Endversion dokumentierte nicht nur die Reliefs, sondern jeden Kratzer, jede Unebenheit auf der Oberfläche. Hinsichtlich seiner sprachwissenschaftlichen Begabung kannte Ramses keine falsche Bescheidenheit, dennoch hätte er unumwunden eingeräumt, dass irgendein zukünftiger Wissenschaftler etwas finden könnte, was er in diesen scheinbar undefinierbaren Kratzern übersehen hatte. Es war eine ausgesprochen exakte Methode, die jedoch viel Zeit beanspruchte.

Ramses legte seinen Zollstock an. Ich ging hinaus, um mich zu Emerson zu gesellen, der den Männern, die den Bereich südlich der Mastaba freilegten, Anweisungen erteilte. Der Zwischenraum zwischen unserer und der nächsten war ausgefüllt mit baulichen Erweiterungen und/oder späteren Gräbern. Überall waren Reste von Mauerwerk, die wie ein undurchdringliches Labyrinth wirkten. Falls es mir nicht ohnehin schon aufgefallen wäre, hätte Emersons finstere Miene mir klargemacht, dass er sich der schwierigen Aufgabe widmete, diese zuzuordnen.

»Komm her!«, brüllte er und winkte mir zu.

Also ging ich zu ihm und machte Notizen, während er Messungen durchführte und mir Zahlen und knappe Anmerkungen zurief.

Meine Gedanken schweiften ab. Es war mir gelungen, Ramses beiseite zu nehmen und ihm einige Informationen abzuringen. Er wollte mir nicht sagen, wohin er an jenem Abend aufbrechen musste, nannte mir aber eine grobe Schätzung der von ihm benötigten Zeitspanne. Mindestens zwei Stunden, vermutlich nicht mehr als drei.

»Vermutlich«, wiederholte ich.

»Um auf der sicheren Seite zu sein, kalkulieren wir besser großzügig. Ich würde vorschlagen –«

Was er vorschlug, war Folgendes: Ich sollte über Müdigkeit oder Unwohlsein klagen und Emerson bitten, mich in einer der Orchesterpausen nach Hause zu fahren. Cyrus und Katherine würden sich mit dem größten Vergnügen um Nefret kümmern, und wenn Ramses nicht wieder auftauchte, würden die anderen annehmen, dass er uns begleitete. Auf Grund der Menschenmenge, der allgemeinen Verwirrung und eines gewissen Quantums an Alkohol standen die Chancen gut, dass es funktionierte.

Blieb nur noch ein Problem: Wie ließ sich die Tatsache vor Ramses verbergen, dass sein Vater ihm an diesem Abend folgen wollte – denn anders konnte Emerson nicht verfahren, wollte er eine Auseinandersetzung vermeiden. Emerson mag die Psychologie nach Herzenslust verteufeln, für *mich* hingegen war es ein Leichtes nachzuvollziehen, warum Ramses die Unterstützung seines Vaters ablehnte. Sämtliche Kapazitäten auf diesem Gebiet äußern sich dahingehend, dass alle Jungen im Verlauf des Erwachsenwerdens eine solche Phase durchleben, und einem Vater wie Emerson gerecht zu werden, würde jeden Menschen auf eine harte Probe stellen.

Es fiel mir schwer, mich auf meine Überlegungen zu konzentrieren, da Emerson verlangte, dass ich die Zahlen wiederholte, die er mir zubrüllte, deshalb gab ich es vorübergehend auf. Zweifellos wird mir etwas einfallen, sinnierte ich; anders kann es gar nicht sein.

Wir beendeten die Arbeit etwas früher als gewöhnlich, da Katherine und Cyrus mit uns dinierten. Mir *war* etwas eingefallen. Mir war klar, dass Emerson meine Idee überhaupt nicht zusagen würde. Ich selbst hatte gewisse Vorbehalte, verdrängte diese jedoch. Emerson würde seine Bedenken genauso zerstreuen müssen, da ich nicht beabsichtigte, mit ihm zu argumentieren.

Die Vandergelts trafen zum Tee ein. Nachdem sie sich der störenden Schutzkleidung entledigt hatten, die eine Autofahrt erforderte, zogen wir Frauen uns auf die Dachterrasse zurück, während Cyrus unsere letzten Entdeckungen bewunderte, Emerson ihm alles erklärte und Ramses versuchte, zu Wort zu kommen. Vermutlich wäre Nefret liebend gern bei ihnen geblieben, doch Anna machte keinen Hehl aus ihrem Desinteresse, und meine Tochter war zu wohlerzogen (von mir), um einen Gast vor den Kopf zu stoßen.

Anna war überglücklich, von ihren Aufgaben als Krankenschwester berichten zu können. Eine einzige höfliche Frage meinerseits löste einen Schwall von Informationen aus, auf die ich teilweise verzichten konnte. Ihre Mutter unterbrach sie schließlich.

»Sprich bitte nicht von Verletzungen und ... und Wundinfektionen«, entfuhr es Katherine. »Schon gar nicht beim Tee.«

Anna presste die Lippen zusammen. Ihre optische Erscheinung hatte sich im Laufe der letzten Wochen sehr zu ihrem Vorteil verändert. Nefret hatte ihr sanfte Hinweise auf Kleidung und Frisuren gegeben, doch die positivste Veränderung lag in ihrer Ausstrahlung. Auch eine unscheinbare Frau wirkt attraktiv, wenn sie glücklich und stolz auf sich ist. Als ich den altbekannten verkniffenen Ausdruck auf ihrem Gesicht bemerkte, nahm ich mir vor, Katherine behutsam darauf hinzuweisen, nicht so streng mit dem Mädchen zu sein. Bertie war stets ihr Liebling gewesen und augenblicklich verzweifelte sie fast vor Sorge um den Jungen.

Als ich fragte, ob sie etwas von ihm gehört habe, nickte sie. »Von dem Brief ist aber nicht mehr viel übrig, Amelia. Er ist voller Löcher, da der Zensor mehrere Sätze herausgeschnitten hat. Es ist so ungerecht, findest du nicht auch?«

»Manche Zensoren sind etwas übereifrig, denke ich«, räumte ich ein. »Evelyn sagt dasselbe von Johnnys Briefen. Willys scheinen relativ unbeanstandet einzutreffen, doch er ist schon immer vorsichtiger gewesen als sein Bruder.«

»Johnnys Sinn für Humor verleitet ihn zu Indiskretionen«, warf Nefret mit einem verständnisvollen Lächeln ein. »Ich kann mir gut vorstellen, dass er boshafte Bemerkungen über einen seiner Offiziere macht oder das ihnen vorgesetzte Essen kritisiert.«

»Das wäre moralschädigend für die Zivilbevölkerung«, wandte Anna ein, deren Sinn für Humor einiges zu wünschen übrig ließ.

Schließlich gesellten sich die Herren der Schöpfung zu uns, gefolgt von Seshat, die, wie ich erleichtert feststellte, kein Interesse an dem Kongress zeigte. Sie ließ sich neben Ramses nieder. Cyrus redete noch immer von der königlichen Statue, die er nach bestem Wissen und Gewissen lobte.

»Es ist einfach nicht fair«, meinte er kopfschüttelnd. »Nicht, dass ich sie euch missgönnte, Leute, aber ein solches Kleinod würde auch mir gut zu Gesicht stehen.«

»Oder ein unversehrtes Königsgrab oder ein mit Juwelen geschmückter Mumienschrein?«, erkundigte sich Nefret. Sie und Cyrus waren gute Freunde und er schätzte ihre scherzhaften Bemerkungen. Sein verdrießliches Gesicht hellte sich auf.

»Etwas in der Art. Habt ihr nicht auch den Eindruck, Leute, dass ich längst überfällig bin für einen kleinen Glückstreffer? All die Jahre in Luxor ohne einen einzigen Fund!«

»Verzeihung, Sir, aber das ist schlichtweg Untertreibung«, wandte Ramses ein. »Das von Ihnen entdeckte Grabmal in Dra Abu'l Naga war einzigartig. Es gab neue Aufschlüsse über die Architektur der zweiten Zwischenzeit.«

»Aber es war leer!«, protestierte Cyrus. »Bis auf ein paar Gefäße und eine ramponierte Mumie.«

»Wie kommen Sie in Abu Sir voran?«, erkundigte sich Emerson und kramte seine Pfeife hervor.

»Nun ja, das ist eine andere Geschichte. Ich war mir sicher, in der Nähe dieser jämmerlichen Pyramidenkonstruktion auf Privatgräber zu stoßen, aber was wir gefunden haben, scheint ein Tempel zu sein.«

»Was?«, brüllte Emerson. »Der Totentempel der unvollendeten Pyramide von Abu Sir?«

»Gütiger Himmel, Emerson, du klingst, als handelte es sich um die versunkene Stadt Atlantis!«, meldete ich mich zu Wort. »Es gibt eine ganze Reihe unvollendeter Pyramiden – zu viele, nach meinem Ermessen. Diese hat nicht einmal eine Substruktur.«

»Und das ist das Einzige, was dich an Pyramiden interessiert«, brummte Emerson. »Dunkle, staubige, unterirdische Gänge! Die Existenz eines Totentempels weist jedenfalls darauf hin, dass ein Begräbnis stattfand. Von noch größerer Bedeutung ist die Tempelanlage selbst. Nur wenige sind freigelegt worden und –«

»Verschone uns mit deinem Vortrag, Emerson.« Ich lächelte. »Wir wissen alle, dass du Tempel Pyramiden und auch Gräbern vorziehst.«

»Weihnachten habe ich Sie darauf hingewiesen«, meinte Cyrus. »Weil ich damit rechnete, Sie würden vorbeischauen.«

»Hmhm.« Emerson tastete nach seinem Kinngrübchen. »Ich war zu beschäftigt, Vandergelt.«

»Das glaube ich Ihnen gern. Mit dem einen oder anderen.« Cyrus' scharfsichtige blaue Augen blickten von Emerson zu mir. Augenblicke später fuhr er scheinbar beiläufig fort: »Neulich habe ich mit MacMahon gesprochen. Man hält mich für neutral in diesem Krieg; ich habe Freunde und Söhne von Freunden in beiden Armeen. Allerdings glaube ich, dass man einen Standpunkt vertreten muss, und ich habe mich für eine Seite entschieden. Habe ihm meine bescheidenen Dienste angeboten.«

Er bot sie auch uns an. Er äußerte sich nicht explizit, denn bei Cyrus, der uns ausgesprochen gut kannte, reichte allein die Andeutung. Wenn es nach mir gegangen wäre, hätte ich mich diesen loyalen Freunden vorbehaltlos anvertraut, auf deren Unterstützung und Rat ich mich so oft verlassen hatte. Ich hatte nicht die Befugnis. Auch ich stand unter Befehl.

Wir aßen früh zu Abend und zogen uns dann zurück, um uns zu kostümieren. Die Vandergelts brachten einiges an Reisegepäck mit, da ich sie eingeladen hatte, die beiden nächsten Nächte bei uns zu schlafen. Gönnerhaft akzeptierte Emerson mein für ihn ausgewähltes Kostüm – das eines Kreuzritters. Ich war seine Dame, in fließenden Gewändern mit auffälligem Kopfputz. Emerson begeisterte sich für Schwert und Bart, äußerte aber Bedenken gegenüber meiner Spitzhaube, da sie etwas wackelte und jemandem ein Auge ausstechen konnte. Seine Beschwerde ignorierend, nahm ich seinen Arm, und wir schlenderten in den Salon, wo Katherine und Cyrus uns erwarteten, kostümiert als Höflinge von Ludwig XIV., mit gepuderten Perücken.

Kurz darauf stieß Ramses zu uns. Erleichtert stellte ich fest, dass er sich nicht für eine seiner widerwärtigsten Tarnungen entschieden hatte – die eines zerlumpten Bettlers oder eines übel riechenden Kameltreibers. Natürlich wusste er es besser; es wäre töricht gewesen, wenn er seine diesbezügliche Verwandlungsfähigkeit zur Schau gestellt hätte. Er hatte sich nicht viel Mühe gemacht; ein breitrandiger »Stetson«, eine Leihgabe von Cyrus, ein Halstuch und zwei Revolver im Gürtel verwandelten ihn in einen attraktiven und wenig überzeugenden amerikanischen Cowboy. Ich bezweifelte doch sehr, dass amerikanische Cowboys weiße Hemden und Reithosen trugen.

»Um Himmels willen, Ramses«, entfuhr es mir, als er seinen Hut abnahm und sich verbeugte. »Willst du diese Waffen im Shepheard's tragen?«

»Sie sind nicht geladen, Mutter.«

»Was ist mit den Sporen?«, fragte Cyrus augenzwinkernd.

»Ich fürchtete, dass sie Kratzspuren auf dem Tanzparkett hinterlassen könnten.«

»Ganz recht«, bekräftigte ich.

Nefret hatte Anna mit in ihr Zimmer genommen; gemeinsam tauchten sie wieder auf. Anna wirkte recht hübsch in ihrem farbenprächtigen Zigeunerinnen-Kostüm mit riesigen Goldkreolen; doch der Anblick meiner Tochter in den weiten Hosen und dem knappen Oberteil einer Orientalin führte zu einem empörten Aufschrei meinerseits. Das Oberteil war aus hauchzartem Stoff und reichte ihr kaum bis zur Taille.

»Nefret! Das willst du doch wohl hoffentlich nicht in der Öffentlichkeit tragen?«

»Warum denn nicht?« Sie wirbelte herum, so dass sich die voluminösen Hosenbeine aufblähten. Wenigstens waren sie blickdicht, da aus schwerer Damastseide geschneidert. »Das Kostüm ist züchtiger als ein Abendkleid.«

»Aber dein – äh – deine Bluse ist ... Trägst du irgendetwas darunter? Mein liebes Mädchen, wenn einer der Gentlemen beim Tanz seinen Arm um deine Taille schlingt ...«

»Wird ihm das sicher ausnehmend gut gefallen«, versetzte Nefret.

»Vermutlich werde ich doch noch zur Waffe greifen müssen«, meinte Ramses gedehnt.

Nefret schenkte ihm ein strahlendes Lächeln. »Der Professor trägt ein Schwert; er kann meine Ehre verteidigen. Das wäre wesentlich romantischer. Bitte, Tante Amelia, reg dich nicht auf; es ist doch nur die Unterbekleidung. Ich werde einen Überwurf tragen und einen Gürtel.«

Schmunzelnd auf Grund des kleinen Scherzes, den sie sich mit uns erlaubt hatte, tauchte Fatima dienstbeflissen mit den besagten Kleidungsstücken auf und half Nefret hinein. Der Überwurf war aus perlmutterfarbener Seide und praktisch durchsichtig, aber er bedeckte zumindest ihre Blößen. Emerson schloss den Mund, den er beim Anblick seiner Adoptivtochter verblüfft aufgerissen hatte, seufzte erleichtert auf und bot mir auf dem Weg zum Automobil seinen Arm.

Ich werde den Ball nicht näher beschreiben; er war wie viele andere, die wir besuchten – mit Ausnahme der Uniformen. Das Khaki der Militärs war wie ein Schandfleck inmitten der prachtvollen und aufwendigen Kostüme. Ich verlor Ramses aus den Augen, nachdem er seine Pflichttänze mit Katherine und mir absolviert hatte. Vielleicht mied er Percy, der uns ständig über den Weg lief, ohne die Höflichkeit zu besitzen, uns zu begrüßen. Wann immer er in unserer Nähe war, steigerte Emerson seine Lautstärke und legte eine Hand auf seinen Schwertknauf. Ich musste ihn erstens daran erinnern, dass ein Duell gesetzwidrig war; zweitens, dass es sich um eine Spielzeugwaffe handelte, und drittens, dass Percy nichts getan hatte, um uns zu provozieren.

»Noch nicht«, meinte Emerson erwartungsvoll. »Sie spielen einen Walzer, Peabody. Möchtest du tanzen?«

»Du hast mir versprochen, dass du deinen Arm schonen wirst, wenn ich den Verband abnehme.«

»Papperlapapp«, murmelte er und präsentierte sich in Bestform, indem er mich auf die Tanzfläche zerrte. Emersons Talente als Tänzer beschränken sich auf den Walzer, den er mit einer solchen Begeisterung darbietet, dass meine Füße nur gelegentlich den Boden berühren. Nach einer besonders halsbrecherischen Drehung schaute ich mich um und bemerkte, dass Percy mit Anna tanzte. Ihre Wangen waren gerötet und sie schmachtete ihn an.

»Schau mal da«, sagte ich zu Emerson und wünschte mir augenblicklich, ich hätte geschwiegen, da Emerson mitten auf der Tanzfläche stehen blieb. Es bedurfte einiger Überredung, bis er sich erneut in Bewegung setzte.

»Weiß sie nichts von diesem Halunken?«, wollte er wissen.

»Könnte sein. Katherine und Cyrus wissen zwar um seine machiavellistischen Methoden hinsichtlich Sennias, doch Katherine würde die Information niemals ohne meine Erlaubnis an Anna weitergeben. Nach meinem Empfinden ist die Zeit des Stillschweigens verstrichen. Er umwirbt sie sicherlich nicht, weil sie ihm gefällt.«

»Das ist nicht sehr nett gegenüber dem Mädchen«, murmelte Emerson.

»Das ist allerdings wahr. Sie ist nicht hübsch oder reich oder – äh – willig genug, um ihn zu interessieren. Er benutzt sie, um sich erneut bei uns einzuschleichen! Sie muss von seinem wahren Charakter erfahren.«

»Das überlasse ich dir«, versetzte Emerson. »Ich weiß nicht, wozu das gut sein soll.«

»Du würdest anders reagieren, wenn er Nefret und nicht Anna zum Tanzen aufgefordert hätte.«

»Verflucht richtig.«

Als die Musik verklang, führte Percy Anna zu ihrem Platz zurück und verschwand. Danach verlor ich ihn aus den Augen. Kurz darauf stellte ich fest, dass auch Nefret meinen Blicken entschwunden war.

Ich fühlte mich verpflichtet, sie zu suchen. Als Erstes inspizierte ich die maurische Halle. Ich schreckte mehrere Paare auf, die die intime Atmosphäre der versteckten Nischen genossen, aber Nefret war nicht dort. Nachdem ich die anderen Säle überprüft hatte, schlenderte ich zur Bar. Frauen wurde nur bei besonderen Gelegenheiten Zutritt gewährt, doch Nefret setzte sich häufiger über solche Bestimmungen hinweg. Kurz darauf fand ich sie, sie saß an einem der Tische im hinteren Teil der Bar. Als ich ihren Begleiter erspähte, rutschte mir das Herz in die Hose. Letztlich hatte Kadija Recht behalten. Wie es Nefret gelungen war, sich meiner Überwachung zu entziehen, wusste ich nicht, dennoch war dies eindeutig nicht ihr erstes Zusammentreffen mit Percy. Ihre Köpfe zusammengesteckt, lauschte sie ihm lächelnd.

»Mutter?«

Ich stand vorgebeugt und spähte um den Türrahmen. Er erschreckte mich so fürchterlich, dass ich mein Gleichgewicht verlor und in die Bar gestolpert wäre, wenn er nicht meinen Arm gefasst hätte.

»Was machst du denn hier?«, erkundigte ich mich.

»Dasselbe wie du«, versetzte Ramses. »Nefret nachspionieren. Ich hoffe, du genießt es genauso wie ich.«

Seine ruhige, kontrollierte Stimme jagte mir einen ahnungsvollen Schauer über den Rücken. »Du darfst dich Percy nicht nähern. Versprich es mir.«

»Meinst du, ich habe Angst vor ihm?«

»Nein, gewiss nicht!«

»Habe ich aber.«

»Du könntest ihn mit einer Hand bewusstlos schlagen.«

Ramses stieß einen seltsamen Laut aus – vielleicht ein unterdrücktes Lachen. »Deine Einschätzung ist schmeichelhaft, Mutter, aber vielleicht etwas übertrieben. Vermutlich müsste ich beide Hände einsetzen. Das habe ich allerdings nicht gemeint.«

»Er kann uns nicht noch einmal hinters Licht führen, Ramses. Wir kennen seinen wahren Charakter nur zu gut. Sicherlich glaubst du nicht, dass Nefret seinen Schmeicheleien und Avancen erlegen ist?«

»Nein.« Er reagierte zu rasch und zu heftig.

»Nein«, bekräftigte ich. »Er verkörpert genau das, was sie verachtet und missbilligt. Vielleicht ... Ja, ich kann mir lediglich vorstellen, dass sie denkt, Percy führe etwas Neues im Schilde, und dass sie dich davor schützen will.«

»Und genau davor habe ich Angst. Zeit zum Rückzug, Mutter, sie steht auf.«

Wir schlenderten zurück in den Ballsaal. Nefret war uns auf den Fersen. Hatte sie uns gesehen? Ich hoffte nicht; sie hätte allen Grund zur Verstimmung, falls sie merkte, dass ich ihr nachspionierte.

Emerson war durch den Raum gestreift, auf der Suche nach mir, wie er vorwurfsvoll betonte.

»Überlass sie mir, Ramses«, befahl er. »Die Walzer gehören mir, wie du weißt.«

»Ja, Sir.«

Emerson nahm meinen Arm, und als ich mich umdrehte, stand Nefret hinter uns. Mit Ausnahme ihrer zart geröteten Wangen deutete nichts darauf hin, dass sie ein schlechtes Gewissen haben könnte. Sie legte ihre Hand auf Ramses' Ärmel. »Tanzt du mit mir?«

»Hast du diesen Tanz noch nicht vergeben?«

»Ich habe es mir anders überlegt. Bitte?«

Diese Höflichkeit konnte er ihr nicht verweigern. Mit einer förmlichen Verbeugung bot er ihr seinen Arm.

Das Orchester spielte einen gefühlvollen, langsamen Walzer, den ich nicht kannte. Statt mich jedoch auf die Tanzfläche zu führen, blieb Emerson stehen und beobachtete unseren Sohn und unsere Adoptivtochter.

»Zum ersten Mal seit langem tanzen sie wieder miteinander«, hob ich an.

»Ja.«

»Ein schönes Paar.«

»Ja.«

Sie hatten immer sehr gut harmoniert, doch an diesem Abend lag etwas Bezauberndes in ihrem Tanz, jede Bewegung war so synchron, als wären sie eine Einheit. Sie schwebte so anmutig wie ein Vogel im Fluge, ihre aneinander gelegten Hände berührten sich kaum, ihre andere Hand streifte seine Schulter. Sie sahen sich nicht an; Nefrets Gesicht war abgewandt und seins die übliche unbeteiligte Maske. Während ich sie beobachtete, schienen die Gestalten der anderen Paare zu verblassen, und ich hatte nur noch Augen für die beiden, zwei Geschöpfe, auf ewig gefangen in einer Schneekugel.

Energisch verdrängte ich diese gewissermaßen abstruse Vorstellung. Als ich mich umschaute, stellte ich fest, dass Emerson und ich nicht die Einzigen waren, die das Paar beobachteten. Percys Augen verfolgten jede ihrer Bewegungen. Er hatte die Arme verschränkt und grinste selbstgefällig.

Als der Tanz endete, drehte Percy sich um und verschwand in der Menge. Nefret hatte ihn nicht bemerkt; ihre Hand weiterhin auf Ramses' Schulter, sah sie zu ihm auf und sagte etwas. Kühl und gelassen schüttelte er den Kopf. Dann trat ein anderer Gentleman zu Nefret; vermutlich hätte sie ihm einen Korb gegeben, wäre Ramses nicht zurückgewichen und nach einer knappen Verbeugung verschwunden.

Emerson umschlang mich. Die Gestalt meines sich davonstehlenden Sohnes nicht aus den Augen lassend, sagte ich abwesend: »Das ist kein Walzer, Emerson, sondern ein Schottischer.«

»Oh«, murmelte Emerson.

Ramses bahnte sich einen Weg durch die ausgelassenen Gestalten und erreichte die Tür des Ballsaals. Erst in dem Augenblick, als er beiseite trat, um ein Paar vorbeizulassen, erhaschte ich einen Blick auf sein Gesicht.

»Bitte, entschuldige mich, Emerson.«

Ramses war weder an der Bar noch in der maurischen Halle oder auf der Terrasse. Falls er das Hotel nicht überhaupt verlassen hatte, gab es nur eine weitere Rückzugsmöglichkeit, die er gewählt hätte. Ich schlenderte in den Hotelpark und hörte ihre Stimmen, noch ehe ich sie sah. Sie musste ihren Partner zurückgelassen haben und ihm gefolgt sein, genau wie ich, allerdings instinktiv die richtige Stelle gefunden haben, eine kleine Laube mit einer gemeißelten Steinbank, umgeben von weißen Rosenbüschen. Im Mondlicht schimmerten die Blumen wie Perlmutt und ihr schwerer Duft erfüllte die windstille Luft.

Vermutlich unterhielten sie sich schon eine Zeit lang, denn die erste Äußerung, die ich verstand, stammte von Nefret und war offensichtlich eine Reaktion auf das von ihm Gesagte.

»Sei nicht so verdammt höflich!«

»Wäre es dir lieber, wenn ich dich mit unflätigen Ausdrücken bombardierte? Oder dich zusammenschlagen würde? Das soll in gewissen Kreisen ein Beweis für Zuneigung sein.«

»Ja! Alles ... nur ... nur nicht –«

»Sei leise«, zischte Ramses.

Ich schlich vorsichtig über den Kiesweg, bis ich eine Stelle erreichte, von wo aus ich sie sah. Sie standen sich gegenüber; von Ramses nahm ich nur das weiße Oberhemd wahr. Sie hatte mir den Rücken zugewandt; ihr Gewand hatte denselben Perlmuttschimmer wie die Rosen, die sie umrahmten, und der Schmuck an ihrem Handgelenk funkelte, als sie ihre behandschuhten Finger auf seine Schulter legte. Ihre Berührung war nur sanft, doch er schrak zurück, und Nefrets Hand glitt zur Seite.

»Es tut mir Leid.«

»Was tut dir Leid?«

»Wir waren doch Freunde. Bevor –«

»Und sind es noch, so hoffe ich. Also wirklich, Nefret, musst du mir eine Szene machen? Ich finde das überaus nervtötend.«

Ich verstand nicht, was sie erwiderte, aber letztlich brach sie damit das Eis. Er fasste ihren Arm. Sie entzog sich ihm geschickt und funkelte ihn an, ihre Brust hob und senkte sich rasch.

»Du hast mir das beigebracht«, sagte sie.

»Stimmt. Hier ist etwas, was ich dir noch nicht gezeigt habe.«

Er bewegte sich so flink, dass ich lediglich das Resultat bemerkte. Ein Arm hielt sie an seine Seite gepresst und ihr Körper lehnte sich gegen seine unerbittliche Umklammerung auf. Er legte seine Hand unter ihr Kinn, bog ihren Kopf zurück und senkte seine Lippen auf die ihren.

Der Kuss währte relativ lange. Als er schließlich den Kopf hob, waren beide völlig außer Atem. Natürlich fasste Ramses sich als Erster. Er ließ sie los und trat zurück.

»Diesmal muss ich mich entschuldigen, glaube ich, aber du solltest wirklich niemandem trauen, dass er sich wie ein Gentleman verhält, wenn du allein mit ihm im Mondenschein bist. Zweifellos hat Percy bessere Manieren.«

Nefrets Hand wanderte zu ihrer Kehle. Sie wollte etwas erwidern, doch er schnitt ihr das Wort ab.

»Allerdings ist er alles andere als ein Gentleman, wenn er nachts im Gebüsch herumspioniert, während eine Dame gegen ihren Willen geküsst wird. Vielleicht ist er etwas schwer von Begriff. Sollen wir ihm noch eine Chance geben?«

Ich konnte es ihr kaum verübeln, dass sie ihn schlagen wollte. Es war kein sanfter, damenhafter Klaps, sondern ein harter Schwinger mit ihrer geballten Faust (von ihm übernommen, vermute ich), der ihn umgehauen hätte, falls sie getroffen hätte. Hatte sie nicht. Als seine Hand hochschoss, um den Schlag abzuwehren, fasste sie sich wieder; für einen langen Augenblick verharrten sie wie Statuen, ihre gekrümmten Finger ruhten in seiner Handfläche. Dann drehte sie sich um und lief davon.

Ramses setzte sich auf die Bank und schlug die Hände vor sein Gesicht.

Hätte ich einen solchen Zwischenfall bei zufälligen Bekannten miterlebt, hätte ich mich selbstverständlich diskret zurückgezogen, ohne mich zu erkennen zu geben. Unter diesen Umständen zögerte ich nicht einzugreifen. Um ehrlich zu sein, war ich selbst nicht in der Lage, klar zu denken. Wie hatte mir das verborgen bleiben können – mir, die sich damit brüstete, eine Spezialistin in Herzensangelegenheiten zu sein?

Vermutlich hatte er das Rascheln meiner Röcke wahrgenommen, denn er fand rasch zu seiner Selbstbeherrschung zurück. Als ich aus den Büschen auftauchte, erhob er sich und warf die halb gerauchte Zigarette weg.

»Rauche ruhig weiter, wenn es dich beruhigt«, sagte ich und setzte mich.

»Du auch?«, entfuhr es Ramses. »Ich hätte es wissen müssen. Vielleicht wirst du mich in zehn oder zwanzig Jahren endlich für so erwachsen halten, dass ich mich frei und ohne Anstandsdame bewegen darf.«

»Oh, mein Schatz, wirf mir nichts vor«, sagte ich mit unsicherer Stimme; der frostige, ironische Tonfall setzte mir mehr zu als jemals zuvor. »Es tut mir so Leid, Ramses. Wie lange bist du ...«

»Seit dem Augenblick, als ich sie das erste Mal sah. Die Treue«, fuhr Ramses mit derselben unterkühlten Stimme fort, »scheint ein fataler Schwachpunkt in unserer Familie zu sein.«

»Ach komm«, versetzte ich, nahm die mir angebotene Zigarette und ließ sie mir von ihm anzünden. »Willst du mir damit sagen, dass du nie – äh ...«

»Nein, liebe Mutter, ich will dir damit – äh – gar nichts sagen. Ich weiß schon seit Jahren, dass es reine Zeitverschwendung ist, dich anzulügen. Wie zum Teufel machst du das eigentlich? Sieh dich an – die Rüschen makellos, die Handschuhe blütenfrisch – du bläst den Rauch aus wie eine kleine Drachendame und spionierst die intimsten Geheimnisse im Leben eines jungen Mannes aus. Bitte, verschone mich mit deinem Vortrag. Meine gelegentlichen Fehltritte – und ich gestehe, es gab einige – waren Versuche, den Zauber zu brechen. Sie sind misslungen.«

»Aber du warst noch ein Kind, als du sie kennen lerntest.«

»Es klingt wie eine dieser wildromantischen Geschichten, nicht wahr? Die meisten Schriftsteller würden Hinweise auf Reinkarnation und Seelenverwandtschaft einfließen lassen ... Weißt du, so einfach, wie ich es geschildert habe, war es nicht, oder auch nicht so tragisch. Ein Hang zur Melodramatik scheint ein weiterer Schwachpunkt unserer Familie zu sein.«

»Erzähl es mir«, drängte ich. »Es ist unnatürlich, sich emotional vor anderen zu verschließen. Wie oft musst du dich danach gesehnt haben, dich einem mitfühlenden Zuhörer anzuvertrauen!«

»Äh – ganz recht«, murmelte Ramses.

»Weiß es David?«

»Teilweise.« Ramses musterte mich und fügte hinzu: »Es war natürlich anders, als wenn man sich seiner Mutter anvertrauen würde.«

»Natürlich.«

Daraufhin schwieg ich. Ich spürte sein Bedürfnis, sich auszusprechen; erfahren wie ich in solchen Dingen bin, wusste ich, dass mitfühlendes Schweigen die beste Methode war, um ihn zum Reden zu bringen. Und richtig, Augenblicke später fing er an.

»Anfangs war es nur kindliche Schwärmerei. Wie hätte es mehr sein können? Doch dann kam der Sommer, den ich bei Scheich Mohammed verbrachte. Ich dachte, dass die monatelange Abwesenheit, die interessante Zerstreuung, die der Scheich bot ...« Er fing sich wieder und fügte hastig hinzu: »Reiten und Ausflüge und schweißtreibende körperliche Ertüchtigung –«

»Aller Art«, knurrte ich. »Dieser schamlose alte Mann! Ich hätte dir diesen Aufenthalt nie erlauben dürfen!«

»Reg dich nicht auf, Mutter. Ich würde mich dafür entschuldigen, dass ich, wenn auch nur oberflächlich, ein für Damen ungeeignetes Thema streife; aber ich weiß, dass du damit ausgesprochen vertraut bist. Als David und ich nach Kairo zurückkehrten, dachte ich, ich wäre darüber hinweg. Doch als ich sie an jenem Nachmittag auf der Terrasse des Shepheard's sah und sie lachend auf mich zustürmte, ihre Arme um mich schlang ...« Er pflückte eine der abgeknickten Rosen. Den Stiel zwischen seinen Fingern drehend, fuhr er fort: »An jenem Tag wurde mir bewusst, dass ich sie liebte, immer lieben würde, aber ich konnte mich keinem offenbaren. Das Geständnis einer unsterblichen Leidenschaft aus dem Munde eines Sechzehnjährigen hätte Gelächter oder Mitleid hervorgerufen; und beides hätte ich nicht ertragen. Also wartete ich, arbeitete und hoffte und verlor sie an einen Mann, dessen Tod sie beinahe zerstört hätte. Sie hatte mir meinen Anteil an der Geschichte schon fast verziehen, denke ich –«

»Dir verziehen!«, ereiferte ich mich. »Was musste sie *dir* verzeihen? Du hast dich in dieser grässlichen Geschichte durch und durch wie ein Ehrenmann verhalten. Sie muss *dich* um Verzeihung bitten. Sie hätte Vertrauen zu dir haben müssen.«

»Und ich hätte ihr folgen und sie zur Vernunft bringen sollen. Jetzt weiß ich, dass sie das von mir wollte – dass sie vielleicht sogar das Recht hatte, es von mir zu erwarten, vor allem, nachdem –«

Er suchte nach Worten. Hilfsbereit warf ich ein: »Nachdem ihr so lange gute Freunde gewesen seid. So hat es dein Vater stets praktiziert.«

»Bei dir? Aber du hast Vater doch sicherlich nie Anlass gegeben –«

»Mich zur Vernunft zu bringen?« Ich lachte kurz und wehmütig auf. »Es beschämt mich, zugeben zu müssen, dass das mehr als einmal der Fall war. Bei einer Gelegenheit – bei einer Frau im Besonderen ... ich brauche nicht zu betonen, dass mein Verdacht völlig unbegründet war, doch wenn die Liebe verheerende Wirkung auf den gesunden Menschenverstand ausübt, dann zerstört die Eifersucht ihn völlig. Natürlich liegen die Fälle nicht gänzlich parallel.«

»Nein.« Ich sah ihm an, dass er sich Emerson vorzustellen versuchte, wie er mich schüttelte, während ich ihn lautstark der Untreue bezichtigte. Ganz offensichtlich bereitete ihm das Schwierigkeiten. Er schüttelte den Kopf. »Leider bin ich nicht wie Vater. Mir ist es nie leicht gefallen, Gefühle zu äußern. Wenn ich wütend bin – oder gekränkt –, ziehe ich mich in mein Schneckenhaus zurück. Das ist meine Schwäche, Mutter, so wie die Impulsivität Nefrets ist. Ich weiß, es klingt einfältig, empörend und egoistisch; man sollte seinem Gegenüber wenigstens die Genugtuung geben, dass man die Beherrschung verliert.«

»Gelegentlich habe ich das bei dir erlebt.«

»Ich tue mein Bestes«, meinte Ramses mit einem ironischen Lächeln. »Im vorigen Jahr dachte ich, dass sie wieder etwas zugänglicher sei, doch dann kam diese andere Geschichte, und ich wagte nicht, mich ihr anzuvertrauen. Ich hoffte, dass ich ihr eines Tages, wenn das vorüber sein würde, alles erklären und einen Neuanfang machen könnte. Doch heute Abend habe ich den schlimmsten Fehler gemacht, den ich machen konnte. Man drängt sich einer Frau wie Nefret nicht auf.«

»Nach meinem Dafürhalten war es ein ausgesprochen positiver Schritt«, wandte ich ein. »Der Zaudernde besiegt das Herz einer schönen Dame nie, mein Schatz, und, ohne körperliche Gewaltanwendung verherrlichen zu wollen, es gibt Zeiten, da wünscht eine Frau sich vielleicht insgeheim ... Hmmm. Wie soll ich es umschreiben? Sie hofft vielleicht, dass die Tiefe der Empfindungen, die ein Gentleman für sie hegt, dazu führt, dass er seine guten Manieren vergisst.«

Ramses öffnete den Mund und schloss ihn wieder. Ich war angenehm überrascht, dass mein mitfühlender Gesprächsbeitrag ihn getröstet hatte; er klang ziemlich gefasst, als er seine Stimme schließlich wieder fand. »Mutter, du erstaunst mich immer wieder. Schlägst du ernsthaft vor, dass ich –«

»Also, Ramses, du weißt, dass ich es nie wagen würde, einem anderen Menschen Handlungsmuster aufzuzwingen, schon gar nicht in Herzensangelegenheiten.« Ramses zündete sich eine weitere Zigarette an. Er musste zu heftig inhaliert haben, denn er fing an zu husten. Ich klopfte ihm auf den Rücken. »Allerdings würde die Demonstration einer Zuneigung, die so übermächtig ist, dass sie der Kontrolle entgleitet, die meisten Frauen positiv beeinflussen. Kannst du mir eigentlich folgen?«

»Ich denke schon«, erwiderte Ramses mit erstickter Stimme.

Er erhob sich und reichte mir seine Hand. »Begleitest du mich jetzt in den Ballsaal? Das Essen wird bald serviert, und –«

»Ich weiß. Du kannst dich auf mich verlassen. Aber ich glaube, ich werde noch ein paar Minuten hier verweilen. Geh schon voraus, mein Schatz.«

Für Augenblicke zögerte er. Dann sagte er leise: »Ich liebe dich, Mutter.« Er nahm meine Hand, küsste sie und legte meine Finger um den Stiel der Rose. Er hatte ihn von seinen Dornen befreit.

Ich war zu gerührt, um etwas zu sagen. Doch mütterliche Zuneigung war nicht die einzige Empfindung, die mir die Sprache verschlug. Während ich beobachtete, wie er sich hoch erhobenen Hauptes und festen Schrittes entfernte, keimte unbändiger Zorn in mir auf. Mir war klar, dass ich diesen besiegen musste, ehe ich Nefret gegenübertrat; ansonsten würde ich sie bei den Schultern nehmen und schütteln und von ihr *fordern,* dass sie meinen Sohn liebte!

Das wäre ungerecht und ausgesprochen menschenunwürdig. Es war mir klar; dennoch musste ich mich zwingen, meine Kiefermuskulatur zu entspannen, um nicht vor Empörung und Wut mit den Zähnen zu knirschen. Sie musste ihn lieben. Er war der einzige Mann, der wirklich zu ihr passte, auf Grund seiner Intelligenz und seiner Integrität, seiner tiefen Zuneigung und ... Stille Wasser sind tief, so sagt man. Ich, seine liebende Mutter, hätte merken müssen, dass sich hinter dieser beherrschten Fassade ein genauso sensibles und leidenschaftliches Naturell wie ihres verbarg.

Mein glühender Zorn verebbte und ein eisiger Schauer der

Vorahnung jagte über meinen Rücken. Ramses setzte seinen Fuß auf einen Pfad, der von Gefahren gesäumt war, und ein Mann, der fürchtet, das Liebste in seinem Leben verloren zu haben, geht kopflos jedes Risiko ein. Junge Leute sind besonders empfänglich für diese Art von romantischem Pessimismus.

Ich erhob mich, glättete meine Röcke und straffte meine Schultern. Eine weitere Herausforderung! Ich würde mich ihr stellen! Ich würde dafür sorgen, dass diese beiden heirateten, und wenn ich Nefret bei Wasser und Brot einsperren müsste, bis sie einwilligte. Aber zuerst musste ich dafür Sorge tragen, dass Ramses lange genug lebte, um sie zu heiraten.

Der letzte Tanz vor dem Diner begann, als ich den Ballsaal betrat. Emerson lag bereits auf der Lauer und erwartete mich.

»Wo bist du gewesen?«, erkundigte er sich. »Es wird höchste Zeit. Ist irgendetwas passiert? Du knirschst mit den Zähnen.«

»Tue ich das?« In der Tat. Rasch fand ich zu meiner Selbstbeherrschung zurück. »Keine Sorge. Die kritische Stunde naht! Lass das Automobil vorfahren, und ich werde Katherine informieren, dass wir aufbrechen.«

Glücklicherweise fand ich sie im Kreis der Anstandsdamen. Es war mir egal, ob diese Klatschmäuler mich belauschten, allerdings wollte ich mich weder Nefret erklären noch Cyrus' forschendem Blick begegnen. Katherine reagierte wie von mir erhofft und erwartet, sie hatte sogar schon mit meiner Bitte gerechnet, dass sie sich um Nefret kümmern und gemeinsam mit ihr zu uns nach Hause zurückkehren sollten. Sie erkundigte sich nicht nach Ramses.

O ja, dachte ich, als ich zur Garderobe strebte, sie und Cyrus vermuten bereits, dass irgendetwas im Gange ist. Schließlich wäre es nicht das erste Mal, dass man uns in ein fatales und mysteriöses Spiel hineingezogen hatte. Es geschah beinahe jedes Jahr.

Emerson hatte bereits meinen Abendmantel geholt. Er warf ihn über meine Schultern, brummte: »Nimm diesen verdammten Spitzhut ab!«, und führte mich ins Freie. Der Wagen stand schon bereit, genau wie Ramses, seinen Cowboyhut in der Hand. Er sprang in den Fond. Ich setzte mich neben Emerson und beobachtete ihn unablässig, während er die erforderliche Prozedur durchführte, um das Automobil in Gang zu setzen. Es gab ein schnarrendes Geräusch – wie immer, wenn Emerson startete – und dann fuhren wir los.

Wir befanden uns auf der Straße nach Heluan, mehrere Meilen südlich der Stadt, als Ramses seinem Vater auf die Schulter klopfte. »Halt hier an.«

Emerson tat ihm den Gefallen. Selbst in der Dunkelheit, und es war ausgesprochen dunkel, kennt er Ägypten wie seine Westentasche. »Die Steinbrüche von Tura?«, fragte er.

»In der Nähe davon.« Die Tür sprang auf und Ramses stieg aus. Er duftete lange nicht mehr so gut wie vorher, allerdings bedeckte eine Galabiya sein Kostüm und ein Turban sein Haar. »Gute Nacht«, murmelte er und verschwand geräuschlos in der Dunkelheit.

Emerson stieg aus, schaltete den Motor jedoch nicht ab. »Nun, Peabody«, sagte er, während er die klirrenden Accessoires seiner Rüstung ablegte, »würdest du jetzt die Güte besitzen, mir deinen brillanten Plan zu eröffnen? Hast du Selim informiert, dass er dich hier treffen soll, um dich nach Hause zu fahren, oder willst du warten oder –«

»Nichts von alledem.« Ich glitt auf den frei gewordenen Fahrersitz und umklammerte das Lenkrad. »Zeig mir, wie man dieses Monstrum steuert.«

Ich foppte meinen geliebten Emerson. Ich wusste, wie man diese verfluchte Höllenmaschine in Bewegung setzte, auf mein

Drängen hin hatte Nefret es mir ein- oder zweimal demonstriert. Aus irgendeinem Grund hatte sie ihre Fahrstunden nicht fortsetzen können, doch wenn man die Grundkenntnisse besaß, war der Rest schließlich reine Übungssache. Ich hatte eine kleine Auseinandersetzung mit Emerson; sie hätte sicherlich länger gedauert, wenn ich ihn nicht darauf hingewiesen hätte, dass er keine Zeit verlieren durfte.

»Er hat bereits einen gewissen Vorsprung, mein Schatz. Es ist von entscheidender Bedeutung, dass du ihn heute Abend nicht aus den Augen lässt.« Ich reichte ihm das hübsche, saubere, gestreifte Gewand, das ich in meiner Abendtasche verstaut hatte.

»Warum ausgerechnet heute Abend? Verflucht, Peabody –«

»Du kannst es mir glauben, Emerson. Und jetzt beeil dich!«

Hin und her gerissen zwischen der Sorge um seinen Sohn und um mich (und um das Automobil), entschied sich Emerson wie von mir erhofft. Leise, aber heftig fluchend stürmte er Ramses nach. Stolz erfüllte meine Brust. Kein Gatte hätte einen größeren Vertrauensbeweis liefern können.

Wie er mir später berichtete, war er davon ausgegangen, dass ich das Auto in einen Abwassergraben oder vor einen Baum steuern würde, noch ehe ich hundert Meter weit gefahren war. Da ich auf Grund der Dunkelheit nicht weit kommen würde, rechnete er damit, mich bei seiner Rückkehr wartend, weinend und wütend, aber relativ unbeschadet vorzufinden.

Selbstverständlich geschah nichts von alledem. Ich streifte zwar ein oder zwei Bäume, aber nur leicht. Da ich mir nicht sicher war, ob mir ein Wendemanöver gelingen würde, musste ich bis Heluan fahren, ehe ich einen Platz fand, den ich umrunden konnte, dann fuhr ich dieselbe Strecke zurück. Auf dem Rückweg muss ich dann den zweiten Baum gerammt haben. Man sah nur ein kleine Schramme.

Die Entfernung von Kairo nach Heluan beträgt ungefähr

siebzehn Meilen. Ich brauchte fast eine Stunde, um nach Heluan zu gelangen; das Vehikel zu steuern war wesentlich komplizierter als vermutet, und die Kupplung – so nennt man sie, glaube ich – bereitete mir anfangs Probleme. Auf der Rückfahrt hatte ich den Dreh raus und begriff allmählich, weshalb Emerson darauf bestanden hatte, selbst zu fahren. Typisch Mann! Sie sinnen ständig auf irgendwelche fadenscheinigen Ausreden, um Frauen den Spaß an der Sache zu nehmen. Kaum eine Viertelstunde später erreichte ich die Brücke. Ich durfte keine Zeit verlieren. Noch vor den anderen musste ich zu Hause eintreffen.

Als ich die Stelle passierte, wo Emerson ausgestiegen war, verlangsamte ich das Tempo, da jedoch weit und breit niemand zu sehen war, hielt ich nicht an. Das Automobil war so auffällig wie ein Wegweiser.

Aus Manuskript H

Von dort, wo er das Auto verlassen hatte, betrug die Entfernung weniger als zwei Meilen. Es gab Wege, da in den Steinbrüchen weiterhin gearbeitet wurde und unerschrockene Touristen diese gelegentlich besuchten, normalerweise auf Eseln von Heluan aus. Der feine weiße Kalksandstein von Tura hatte die schimmernde Außenschicht für die Pyramiden geliefert und bedeckte seit Jahrtausenden Tempel und Mastaben. Einige der frühesten Stollen gähnten tief in dem Gebirgsmassiv.

Deshalb wunderte Ramses sich umso mehr, warum dieser Ort als Versteck gewählt worden war. Es war das gefährlichste von allen, weil das hohe Risiko einer zufälligen Entdeckung bestand. Die veränderten Usancen waren ebenfalls verwirrend. Zwischen dieser und der letzten Lieferung war ein langer Zeitraum verstrichen und diesmal hatte der Türke den direkten Kontakt vermieden. Vielleicht war es nur eine Vorsichtsmaßnahme seinerseits; doch der Zeitpunkt rückte näher, und falls der für die Operation Verantwortliche an Wardanis Engagement zweifelte, konnte das hier eine Möglichkeit sein, um ihn zu testen – oder ihn zu beseitigen.

Die Insekten und Eidechsen, die die Klippen bevölkerten, waren im Schlaf erstarrt, ihre Körpertemperatur von der kalten Nachtluft gesenkt. Andere Tiere waren auf Beutezug, jagten und wurden gejagt; er hörte das Heulen des Schakals und das leise Knirschen von Geröll unter den Hufen einer Antilope oder eines Steinbocks. Diese Geräusche waren hilfreich, um seine eigenen zu kaschieren. Statt seiner Stiefel trug er jetzt Sandalen, dennoch war es unmöglich, sich völlig geräuschlos zu bewegen; der matt schimmernde Stein bröckelte unter seinen Füßen, Geröll knirschte.

Nach einer Weile verließ er den Pfad und bahnte sich vorsichtig einen Weg durch eine Reihe kleiner Wadis. Weiteres Gestein löste sich unter seinen Füßen. Als er aus der letzten Senke hervorkroch, befand er sich ein paar hundert Meter östlich von dem in der Mitteilung bezeichneten Punkt. Der helle Sternenhimmel über der Wüste hüllte die weißen Klippen in ein gespenstisches Licht. Wie Tintenstriche wirkende Schatten hoben ihre unebenen Konturen und die gähnenden schwarzen Löcher der alten Stolleneingänge hervor. Er blieb stehen, sich dessen bewusst, dass Unbeweglichkeit auch eine Art Tarnung war; doch seine Schultern schienen ihm nackt und ausgeliefert, und er entspannte sich erst, als ein Mann aus einer der Öffnungen trat und ihm zuwinkte.

»Alles in Ordnung«, sagte David, als Ramses zu ihm trat. »Totenstill. Ich habe die Ladung entdeckt.«

Er hatte einen der Wege genommen, auf denen normalerweise Steine zum Fluss transportiert wurden. Ein kleiner

Karren mit einem geduldigen Eselsgespann wartete in der Nähe.

»Ist sie vollständig?«, erkundigte sich Ramses.

»Keine Ahnung. Ohne dich wollte ich die Kisten nicht umladen. Komm, hilf mir.«

»Eine Minute.« Irgendwo im Süden erhob ein liebestoller Wüstenhund seine Stimme zu lautem Geheul, und Ramses erhob seine, zischte drei Worte, bevor das Heulen erstarb. »Vater. Komm her.«

David fluchte leise. »Du hast mir nichts gesagt –«

»*Er* hat mir nichts gesagt.«

Emersons hünenhafte Gestalt war kaum auszumachen, bis er sich bewegte; das schwarzweiß gestreifte Gewand verschmolz mit Licht und Schatten. Rasch und leichtfüßig kam er auf sie zu – ungewöhnlich für einen so stattlichen Mann.

»Verflucht«, murmelte er. »Ich dachte, ich hätte mich geräuschlos verhalten.«

»Es ist unmöglich, sich hier geräuschlos zu verhalten. Ich hatte das Gefühl, dass du mir folgen würdest. Wo hast du ... *Bitte,* sag jetzt nicht, dass du sie mitgebracht hast!«

»Nein, nein.« Emersons Bart verzog sich zu einem Grinsen. Es war ein unglaublicher Bart, der die Hälfte seines Gesichts bedeckte und ihm bis zum Brustbein reichte. »Mach dir keine Sorgen um deine Mutter. Lass uns die Arbeit hinter uns bringen.«

Mit seiner Hilfe dauerte das Ganze nur halb so lange, wie Ramses einkalkuliert hatte. Ihn überlief eine Gänsehaut, als er sah, wie nachlässig die Lieferung versteckt worden war; die provisorisch vor dem Loch aufgeschichteten Steinblöcke wären jedem aufgefallen. Flach auf dem Bauch liegend, mit einer Hand die mit Sackleinen umwickelten Bündel herausziehend, meinte Emerson: »Kein besonders professionelles Versteck.«

»Nein.« Ramses reichte die Bündel an David weiter, der sie in den Karren legte. »Ist das alles?«

Seufzend griff Emerson in die Tiefe. Mit beiden Händen musste er die sperrigen Holzkisten hochheben.

»Granaten und Munition«, bemerkte Ramses verkniffen. »Was ist das für eine Kiste?«

Sie war größer und schwerer. Emerson zerrte sie hervor. »Unschwer zu erraten, trotzdem denke ich, du öffnest sie besser.«

Der Deckel gab mit einem gewaltigen Krachen nach. Ramses hob ihn einen Spaltbreit an, um hineinzuspähen.

»Großer Gott. Ein Maschinengewehr. Eine Maxim, denke ich.«

»Und das hier ist vermutlich die Lafette.« Emerson brachte eine weitere Kiste zum Vorschein. »Das ist die letzte. Ich frage mich, wie viele es vorher waren – und wo sie jetzt sind?«

»Ich auch«, versetzte Ramses grimmig. Er nahm die Kiste und hob sie auf den Karren. »Vor uns war schon jemand hier.«

»Sieht so aus.« Sein Vater richtete sich auf. »Ich kutschiere das Gespann. Ihr beide geht zu Fuß weiter.«

»Aber, Vater –«

»Falls mich eine Patrouille anhält, habe ich bessere Chancen, mich aus der Sache herauszureden als ihr.«

Dem vermochte Ramses nicht zu widersprechen. Sein Vater musste sich lediglich zu erkennen geben. Keiner würde es wagen, ihn nach seinem Vorhaben oder nach der Wagenladung zu fragen.

»Ich hatte vor, sie nach Fort Tura zu bringen«, hob Ramses an. Emerson nickte zustimmend.

»Die Festung ist so verfallen, dass niemand sie aufsucht. Nach dem Entladen werde ich gemächlich über die Hauptstraße weiterfahren – ein armer, schwer arbeitender Bauer mit einem leeren Karren. Wo soll ich dein Gespann abliefern, David?«

»Hm ...«

Emerson kletterte auf den Sitz und nahm die Zügel. Offensichtlich ungeduldig harrte er der Abfahrt. »Wo hast du es ausgeliehen?«

»Ich habe es gestohlen«, gestand David kleinlaut. »Der Besitzer bewirtschaftet hier in der Gegend ein paar Äcker. Er hat einen festen Schlaf.«

Emerson schmunzelte anerkennend. »Dann wird ihm der Diebstahl vermutlich erst morgen früh auffallen. Ich werde es in der Nähe des Dorfes stehen lassen. Dann findet er es irgendwann.«

Auf Arabisch spornte er die Esel an, bis diese schnaubend anzogen. Ramses und David beobachteten, wie der Karren über den Pfad holperte.

»Er wird es doch schaffen, oder?«, fragte David skeptisch.

»Der Vater der Flüche? Er wird diese Esel hinter sich herziehen, wenn sie nicht so wollen wie er. Allerdings können wir ihm ein Stück folgen. Mit einem gewissen Abstand.«

Das Rattern und Quietschen des Karrens war noch lange Zeit hörbar. Einmal verstummte es; David erstarrte, doch Ramses lachte nur. »Ich habe dir doch gesagt, dass er absteigen und die Esel ziehen würde. Da, er fährt weiter.«

Damit waren alle Probleme beseitigt. Falls ein Angriff geplant gewesen wäre, hätte dieser längst stattgefunden, und er war sich sicher, dass niemand Emerson gefolgt war. Die Anspannung wich und er spürte seine Erschöpfung. Er gähnte.

»Du hast einen langen Weg vor dir«, meinte David.

»Nicht so lang wie deiner.«

»Ich habe fast den ganzen Tag lang geschlafen. Wie war der Ball?«

»Amüsant.«

»Dessen bin ich mir sicher. Da, pass auf.« Mit einer Hand fasste er Ramses' Arm.

»Ich habe mir die Zehe gestoßen«, sagte Ramses humpelnd. »Diese verdammten Sandalen.«

»Lass uns die Straße nehmen. Das ist einfacher.«

Als sie die Straße erreichten, bemerkten sie keinerlei Hinweis auf den Karren oder das Automobil. Die staubige Allee lag wie ein fahles Band im Mondlicht.

»Wie kommst du mit Nefret zurecht?«, erkundigte sich David.

»Warum fragst du?«

»Irgendetwas ist vorgefallen«, sagte David leise. »Das kann ich dir auf den Kopf zusagen.«

»Ja, das kannst du, nicht wahr?« Er war müde und Davids tröstliche Gesellschaft löste seine Zunge. »Die Wahrheit ist, dass ich ... Es ist schwieriger, als ich erwartete, Distanz zu wahren und zu versuchen, nicht mit ihr allein zu sein. Ein paar Mal ist es mir misslungen. Und heute Abend dann bat sie mich, mit ihr zu tanzen – ich konnte ihr keinen Korb geben –, und ich wollte es – o Gott, wie sehr ich es wollte! Hinterher habe ich mich verflucht schnell aus dem Staub gemacht, doch sie folgte mir in den Park, und ich – ich konnte mich nicht bremsen.«

»In welcher Hinsicht?«

»Was meinst du? In dieser Umgebung waren die Möglichkeiten begrenzt. Ich habe sie geküsst, das ist alles.«

»Endlich!«, entfuhr es David. »Was geschah dann?«

»Zum Teufel«, versetzte Ramses, gleichzeitig lachend und aufgebracht, »du bist genauso schlimm wie Mutter. Sie hat mir jede Menge guter Ratschläge erteilt. Ich brauche keine weiteren von dir.«

»Wegen Nefret und dir?«, fragte sein Freund verblüfft. »Ich dachte, du wolltest nicht, dass sie davon erfährt.«

»Wollte ich auch nicht. Ich ahnte bereits, dass sie exakt so reagieren würde, wie sie es getan hat, nachdem sie uns zusammen gesehen hatte – mit einem Vortrag, Anteilnahme, Ratschlägen. Sie war ... um ehrlich zu sein, war sie überaus liebenswert. Und sie erzählte mir einiges über sich und Vater, was mich erheblich schockierte!«

»Hast du ihr gestanden, dass du und Nefret ...« Betreten brach David ab.

»Meiner *Mutter* gestanden, dass wir ein Liebespaar waren? Großer Gott, David, bist du von Sinnen?«

»Der Professor weiß ebenfalls nichts davon, vermute ich.«

»Von mir nicht«, brummte dessen Sohn grimmig. »Er ist ein viktorianischer Ehrenmann, und du weißt genau, wie er für Nefret empfindet. Falls ich mich jemandem anvertraut hätte, dann dir, aber ich dachte, ich hätte nicht das Recht dazu. Lia hätte dir besser auch nichts gesagt.«

»Ich bin froh, dass sie es getan hat. Es half mir, Nefrets Reaktion zu verstehen.«

»Du hast mir nie den Brief gezeigt, den sie Lia geschrieben hat.«

»Lia hat ihn mir nie gegeben – und das war auch besser so, schließlich war er nur für sie bestimmt. Allerdings hat sie mir genug erzählt. Ramses, du verdammter Idiot, Nefret war bis über beide Ohren in dich verliebt und ist es vermutlich noch immer. Warum willst du ihr nicht sagen, wie du für sie empfindest? Hast du ihr nicht verziehen, dass sie an dir gezweifelt hat?«

»Ich habe ihr schon vor langer Zeit vergeben und ich würde ihr mein Leben anvertrauen. Aber nicht deins, David. Sie trifft sich mit Percy. Heimlich.«

David schnappte nach Luft. »Bist du sicher?«

»Ja, ganz sicher. Sie hat ihn mehrmals getroffen, und er verbarg sich im Gebüsch, als wir – äh – uns unterhielten. Ich bemerkte ihn, bevor ich die Kontrolle über mich verlor, und damit die ganze Sache nicht eskalierte, habe ich etwas für Nefret Unverzeihliches geäußert.«

»Aha«, seufzte David. »Dann war sie also nicht abgeneigt? Verflucht, Ramses, wann hörst du endlich auf, den Märtyrer zu spielen?«

»Wenn das hier vorbei ist. Sobald diese Sache geklärt ist, werde ich sie anflehen, mich ihr zu Füßen werfen oder sie an den Haaren fortschleifen – was auch immer erforderlich ist. Aber augenblicklich wage ich es nicht. Wie du weißt, hat Percy es auf mich abgesehen. Oh, nicht in dieser Wardani-Geschichte – zumindest hoffe ich das inständig –, aber er vermutet, dass ich in irgendetwas verwickelt bin, und er versucht herauszufinden, was es ist. Das ist auch der Grund, warum er mich in aller Öffentlichkeit hofiert und mit Komplimenten überhäuft. Vermutlich ist er in der Hoffnung an Nefret herangetreten, mehr zu erfahren. Sie ist die Schwachstelle in unserem Kreis, das nimmt Percy wenigstens an. Er ist ein dermaßen blasierter Halunke, dass er glaubt, keine Frau könnte ihm widerstehen.«

»Und sie hingegen hofft, etwas von ihm zu erfahren? Stimmt, das klingt ganz nach Nefret. Trotzdem begreife ich es nicht. Warum sollte es Percy interessieren, was du tust?«

»Fällt dir nichts Plausibles ein?«

»Abgesehen von der Tatsache, dass er dich hasst und vor nichts zurückschrecken würde, um dir Schaden zuzufügen? Da hat er keine Chance. Selbst wenn er von deinen Aktivitäten erfahren würde – und da sei Gott vor –, könnte er sein Wissen nicht gegen dich verwenden.«

»Du verstehst das nicht«, versetzte Ramses aufgebracht. »Trotz allem, was er bislang angerichtet hat, begreifst du nicht, wozu er in der Lage ist. Was meinst du, warum ich wollte, dass Sennia diesen Winter in England bleibt? Mir war klar, dass ich mit dieser anderen Geschichte beschäftigt sein würde und nicht in der Lage, so intensiv auf sie Acht zu geben wie sonst. Percy hasst uns alle, und die süßeste, empfindlichste Rache, die er an uns üben könnte, wäre durch das Kind. Kannst du dir vorstellen, wie Vater reagierte, wenn ihr etwas zustoßen würde?«

»Bei uns allen.«

»Ja. Sie ist in Sicherheit vor ihm, aber Nefret ist ein weiterer Faktor. Du denkst vielleicht, dass ich mich grundlos zum Märtyrer mache, doch heute Abend blieb mir keine Alternative. Hast du vergessen, was das letzte Mal passiert ist, als er Nefret und mich sah, seiner Ansicht nach in zärtlicher Umarmung? Seine Eitelkeit ist so aufgeblasen und empfindlich wie ein Ballon. Nur der Allmächtige weiß, was er ihr antun könnte, wenn er herausfände, dass ihr Interesse an ihm nur vorgespielt war, um ihn auszutricksen. Sie ist viel zu couragiert und zu waghalsig, um Gefahren zu erkennen, und zu impulsiv, um ihre Zunge im Zaum zu halten, wenn ein falsches Wort katastrophale Folgen haben könnte, und er hat sie schon immer gewollt und er –«

»Hör auf.« David legte einen Arm um seine Schultern. »So etwas darfst du nicht denken. Nicht einmal Percy würde Nefret Schaden zufügen, nur um dir eins auszuwischen.«

Ramses fühlte sich wie Kassandra, da seine Warnungen auf taube Ohren stießen. Er zwang sich zu einer ruhigen und konstruktiven Stellungnahme.

»Er vergewaltigte eine Dreizehnjährige und ließ ihr Kind – sein Kind! – unter Prostituierten aufwachsen. Falls er Rashida nicht eigenhändig umgebracht hat, hat er einen Auftragsmörder angeheuert. Er schreckt vor nichts zurück, wenn seine Sicherheit und sein Ruf auf dem Spiel stehen.«

»Er würde es nicht wagen, Nefret etwas anzutun«, beteuerte David. »Sie ist keine arme, kleine Prostituierte, sondern eine Dame und die geliebte Tochter des Vaters der Flüche.

Dein Vater würde Percy in Stücke reißen, wenn er Hand an sie legte.«

Ramses sah ein, dass es zwecklos war, David überzeugen zu wollen. Er war zu anständig und zu ehrenhaft, um Böses zu vermuten. Oder – Ramses rieb sich seine schmerzenden Schläfen – war er derjenige, der sich weigerte, die Realität zu sehen? War seine Abneigung gegenüber Percy zur Manie geworden?

Schweigend stapften sie weiter, bis sie am Bahnhof von Babylon eintrafen. Ramses blieb stehen.

»Ich bin müde«, meinte er gedehnt. »Dort steht eine Droschke. Ich werde sie nehmen, falls du sie nicht willst.«

»Du nimmst sie; ich kann so lange schlafen, wie ich mag. Bist du wütend?«

»Nein, nur etwas angespannt. Das hier wird in den nächsten Tagen eskalieren; alle Anzeichen sprechen dafür. Ich muss dich umgehend erreichen, falls das eintritt. Irgendeine Idee?«

»Ich werde weiterhin jeden Tag meine verwelkten Blumen vor dem Shepheard's feilbieten, wie abgesprochen.«

»Das ist so weit in Ordnung, aber ich weiß nicht, ob ich tagsüber immer abkömmlich bin. Nenn mir eine Alternative.«

David überlegte kurz. »Bliebe noch eines dieser praktischen Kaffeehäuser. Erinnerst du dich noch an das an der Sharia Abu'l Ela, nahe der presbyterianischen Kirche? Ab jetzt werde ich jeden Abend dort sein, zwischen neun und Mitternacht.«

»In Ordnung.«

Davids Hand ruhte für Augenblicke auf seiner Schulter. »Ruh dich ein wenig aus, du kannst es gebrauchen.«

Ramses weckte den schlafenden Fahrer und stieg in die Droschke. Er war müde, dennoch quälten ihn Fragen über Fragen. War sein Vater unbeschadet nach Hause gekommen?

Und was zum Teufel machte seine Mutter? Emerson hatte sich standhaft geweigert, seine diesbezüglichen Fragen zu beantworten.

Das Schlimmste von allem war die zunehmende Gewissheit, die sich ihm auf Grund der einzelnen Fakten förmlich aufdrängte. Er bezweifelte, dass er andere davon würde überzeugen können, schon gar nicht, nachdem ein entscheidender Hinweis von einem nubischen Transvestiten und Zuhälter stammte. Insgeheim stellte er sich Russells Gesicht vor, wenn er davon erfuhr!

Dennoch hatte er el-Gharbi aufgesucht, ihn gefragt, woher der Amateurterrorist seine Granaten habe, und el-Gharbi hatte Percy ins Gespräch gebracht. El-Gharbi war über alles informiert, was in der finsteren Welt von Prostitution, Drogen und Verbrechen vorging – und er hatte ununterbrochen von Percy gesprochen, sein wahres Motiv hinter fadenscheinigen Komplimenten und geheuchelter Sympathie verborgen. El-Gharbi war ungefähr so romantisch wie eine Kobra; seine letzte Andeutung hinsichtlich Percys Taktik, Nefret zu einer Eheschließung zu überlisten, diente dazu, Ramses eine einzige, entscheidende Information zu vermitteln.

Percys Beziehung zu Nefrets Ehemann war enger gewesen als von allen angenommen. Eng genug, um Geoffreys Geschäftspartner zu sein bei dessen illegalen Aktivitäten – Drogen und gefälschten Artefakten? Percy hatte gemeinsam mit Russell einige Monate in Alexandria verbracht, als Russell versuchte, den Haschischimport nach Kairo von der Westküste des Deltas zu unterbinden. Man konnte es drehen und wenden wie man wollte, Percy kannte die Routen und die Männer, die mit Drogen handelten. Und diese Routen waren nach Ramses' Einschätzung dieselben, die jetzt für die Waffentransporte benutzt wurden.

Ramses hatte allen Grund zu der Annahme, dass die Granaten nicht von Wardanis Leuten stammten. Wer blieb dann noch übrig? Ein britischer Offizier, der Zugang zu den Waffenarsenalen hatte? Ein Mann, der skrupellos einen unschuldigen Passanten tötete, um den Helden zu spielen und seine Familie zu beeindrucken, die sich von ihm distanziert hatte?

Das Erdrückendste von allem war die Tatsache, dass Farouk von dem Haus in Maadi gewusst hatte. Es war ein streng gehütetes Geheimnis zwischen Ramses und David gewesen, bis Ramses Sennia und ihre junge Mutter dorthin gebracht hatte, um sie vor Kalaan zu verbergen. Ramses hatte nie erfahren, wie der Zuhälter sie aufspürte; vielleicht war sie das naive Opfer ihres eigenen Mitteilungsbedürfnisses geworden, indem sie heimlich Freunde in el Was'a besucht und mit ihrem neuen Beschützer geprahlt hatte, der ihr wundersamerweise Schutz bot, ohne eine Gegenleistung zu verlangen. Rashida war tot und Kalaan seitdem wie vom Erdboden verschluckt – blieb nur noch eine weitere Person, die an diesem hinterhältigen Plan beteiligt gewesen war.

Percy – der ihn jetzt mit salbungsvollen, scheinheiligen Komplimenten überhäufte und seinen geschädigten Ruf verteidigte. Falls Percy der Verräter und Spion war, für den Ramses ihn hielt, basierte sein Interesse an den derzeitigen Aktivitäten seines Cousins auf entschieden mehr als schlichter Neugier.

Zugegeben, das ergab ein stimmiges Raster, doch wie sollte er irgendjemanden davon überzeugen, wenn sogar David seinen Hass auf Percy mittlerweile für eine irrationale fixe Idee hielt? Würde man ihm glauben, dass ein Mitglied der eigenen exponierten Gesellschaftsschicht, ein Offizier und Gentleman, für den Feind arbeitete?

Er wusste, dass er dieses Wissen nicht für sich behalten durfte; er musste sich jemandem anvertrauen. Aber ich will verflucht sein, wenn ich ihn selbst entlarve, sinnierte er. Nicht jetzt. Erst wenn diese Sache erledigt ist und ich David herausgeholt habe und er zu Lia zurückkehren kann. Und wenn ich Nefret zu Verstand bringe und sie in Sicherheit weiß. Ich könnte es nicht ertragen, sie erneut zu verlieren.

13

Nachdem ich Nefret und die Vandergelts und Fatima, die darauf bestanden hatte, auf sie zu warten, zu Bett geschickt hatte, streifte ich einen Morgenmantel über und schlich mich nach unten. Die Fenster des Salons gingen zur Straße hinaus, also setzte ich mich auf eines der darunter liegenden Sitzkissen, schob die Blenden zurück und spähte ins Freie. Es war sehr spät oder sehr früh, je nach Sichtweise des Betrachters; jene öden, sich dahinschleppenden Stunden, in denen man das Gefühl hat, der einzige Mensch auf der Welt zu sein. Der Mond ging bereits unter; hinter den schwachen Lichtkegeln der an der Eingangstür brennenden Lampen lag die Straße still im Sternenlicht.

Ramses' Rückkehr bemerkte ich erst, als die Tür zum Salon gerade so weit aufgeschoben wurde, dass eine dunkle Silhouette hineinschlüpfen konnte. Zwei dunkle Silhouetten, um genau zu sein: Seshat war dicht hinter ihm.

»Kletterst du gern über Spaliere?«, erkundigte ich mich etwas schnippisch. Erleichterung äußert sich oftmals so.

Er setzte sich neben mich. »Ich musste mich Seshat anschließen.«

»Woher wusstest du, dass ich hier bin?«

»Ich wusste, dass du nicht in deinem Zimmer bist. Ich habe

einen Blick hineingeworfen. Ich hoffe, du verzeihst mir meine Zudringlichkeit; ich war ein wenig besorgt um Vater.«

»Dann hast du ihn also gesehen«, murmelte ich.

»Besser gesagt gehört.« Er berichtete mir mit knappen Worten, was vorgefallen war. »Ich hoffe, du hältst es nicht für falsch, dass ich ihn allein fahren ließ.«

»Gütiger Himmel, nein. Ohne ihm Hände und Füße zu fesseln, hättest du ihn nicht davon abhalten können.«

»Wie ist es dir ergangen?«

»Ich hatte keinerlei Probleme. Ich traf vor den anderen zu Hause ein.« Der Lichtkegel war ausgesprochen schwach in der dunklen Umgebung. »Er hat einen langen Weg vor sich«, meinte ich skeptisch. »Vielleicht sollte ich noch einmal das Automobil herausholen und ihm entgegenfahren.«

Wir saßen nebeneinander, mit zusammengesteckten Köpfen, so dass wir uns leise unterhalten konnten. Ich spürte, dass er heftig zusammenzuckte. »Noch einmal?«, seufzte er.

»Hat Vater dir nichts erzählt?«

»Nein.« Er schien Probleme mit seiner Atemtechnik zu haben. »Ich wunderte mich, warum er ... *Du* hast den Wagen nach Hause chauffiert? Doch nicht die gesamte Strecke von Tura! Wo ist er?«

»In der Scheune, wo sonst? Nimm ein Glas Wasser, mein Schatz.«

»Vater würde behaupten, dass die Situation nach einem Whisky schreit«, murmelte Ramses. »Wie dem auch sei, erzähl mir jetzt, was passiert ist. Ich kann die Spannung nicht länger ertragen.«

Ich schloss meine Schilderung mit der etwas bissigen Bemerkung: »Ich begreife nicht, weshalb du und dein Vater annehmen könnt, dass ich unfähig bin, einen dermaßen simplen Vorgang durchzuführen.«

»Ich glaube, du bist zu allem fähig.«

Ich grübelte über dieser Äußerung, als Seshat an mir vorbeischoss und aus dem Fenster sprang. Ihr Aufprall und ein leises Rascheln im Gebüsch waren die einzigen Geräusche, die aus dem Garten zu uns drangen.

»Dein Vater!«, entfuhr es mir.

»Eine Maus«, korrigierte Ramses. »Dichte ihr keine übersinnlichen Fähigkeiten an, die sie nicht hat.«

»Oh. Ich hoffe inständig, dass sie sie draußen vertilgt und nicht dir bringt. Was den Wagen angeht –«

»Pssst.« Er hob seine Hand.

Nach Daouds Ansicht hört Ramses die Wasserflöhe im Nil husten. Mein Gehör war auf Grund liebevoller Besorgnis geschult, doch es dauerte einige Augenblicke, ehe ich das von ihm wahrgenommene Geräusch ausmachte. Es war nicht das von Stiefelschritten.

»Ein Kamel«, bemerkte ich, unfähig, meine Enttäuschung zu verbergen. »Irgendein Bauer, der schon früh auf den Beinen ist.«

Der Frühaufsteher hatte es eiliger als bei besagter Zunft normalerweise üblich. Das Kamel trottete in den Lichtkegel und ich erspähte Emerson; aufrecht und barhäuptig, die Beine über den Kamelhals geschwungen, paffte er seine Pfeife.

Er zog an dem Strick, der um den Kopf des Tieres geschlungen war, und zerrte es in Richtung Hausfront und Fenster. Ich stöhnte auf, als meine liebevoll gepflegten Rosen von vier riesigen Hufen niedergetrampelt wurden. Auf Emersons Befehl hin ließ sich das Kamel gemächlich zu Boden sinken, ruinierte Hunderte von Ringelblumen und Petunien, und Emerson saß ab.

»Aha«, entfuhr es ihm, als er durch das Fenster spähte. »Da bist du, Peabody. Rück beiseite, ich komme.«

Ich fand meine Stimme wieder. »Emerson, entferne dieses verfluchte Kamel aus meinem Garten.«

»Der Schaden ist bereits eingetreten, fürchte ich«, sagte Ramses. »Vater, wo hast du es erstanden?«

»Ich habe es gestohlen.« Emerson kletterte über den Fenstersims. »Habe die Anregung von David aufgegriffen.«

»Du kannst es doch nicht hier behalten!«, rief ich. »Wie willst du das erklären? Und der Besitzer –«

»Mach dir keine Gedanken wegen des Kamels, mir wird schon etwas einfallen. Was hast du mit dem Automobil gemacht?«

»Es in die Scheune gefahren.«

»In welchem Zustand?«

»Lass uns keine Zeit auf Lappalien verschwenden, Emerson. Das Entscheidende ist doch, dass du hier bist, Ramses hier ist und ich hier bin. Ich schlage vor, wir alle gehen zu Bett und –«

»Keine Chance, in ein oder zwei Stunden wird es hell«, meinte mein unermüdlicher Gatte. »Wie wäre es mit Frühstück, Peabody?«

»Es wäre unhöflich, Fatima um diese Uhrzeit zu wecken, nachdem sie so spät ins Bett gekommen ist.«

»Um Gottes willen, nein, das würde ich nie tun. Ich werde rasch ein paar Eier braten und Kaffee kochen und –«

»Nein, das wirst du nicht, da du immer die Pfannen ruinierst.«

»Ich würde mich ja anbieten«, warf Ramses ein, »aber –«

»Aber du ruinierst sie ebenfalls.« Der Gedanke an ein Frühstück war irgendwie verlockend. Ich wollte erfahren, wie Emerson seine Aufgabe bewältigt hatte, und wusste, dass er sich weitaus besserer Laune erfreuen würde, nachdem er gesättigt war. Die Beulen im Automobil würden sicherlich einige vernichtende Kommentare zur Folge haben und der fehlende Scheinwerfer ... »Nun gut, ich werde sehen, was ich in der Vorratskammer finde.«

Diese war hervorragend gefüllt und Emerson vertilgte mit gesundem Appetit ein gebratenes Hühnerbein. Zwischen den einzelnen Bissen beschrieb er uns seine Abenteuer.

»Alles lief bestens. Was hattet ihr erwartet? Nachdem ich den Kram versteckt hatte, fuhr ich das Gespann zurück nach Kashlakat und stellte es vor die Moschee.«

»Du bist gegangen und hast es einfach zurückgelassen?«

»Die Esel laufen nicht weg. Ich jedenfalls beschloss, den Rückweg nicht zu Fuß anzutreten.« Er stellte das Kauen ein und musterte mich vorwurfsvoll. »Ich habe mir Sorgen um dich gemacht, mein Schatz. Schließlich rechnete ich damit, dich nicht sehr weit entfernt von der Stelle vorzufinden, wo wir uns getrennt hatten.«

»Oh, das hast du, nicht wahr?«

Mein Interesse an Emersons Schilderung hatte mich nicht davon abgehalten festzustellen, dass Ramses nur sehr wenig auf seinen Teller legte und kaum etwas davon aß. Er leerte seine Kaffeetasse und erhob sich.

»Nein«, entfuhr es mir. »Bitte, Ramses. Geh nicht wieder fort.«

»Mutter, es muss sein. Ich hätte mich schon eher darum kümmern müssen, wollte aber sichergehen, dass Vater unversehrt heimkehrt. Bei Tagesanbruch bin ich wieder hier.«

»Was –«, fing ich an.

Emerson winkte ab, und Ramses fuhr fort: »Ich bin mir nicht sicher, aber Rashad ist der wahrscheinlichste Kandidat. Wenn er aufwacht und sieht, dass ich wie ein Dämon vor seinem Bett stehe, dann wird er in der richtigen Verfassung für eine Unterredung sein.«

Ich sagte: »Was –«, und Ramses sagte: »Erzähl es ihr, Vater. Ich muss mich beeilen.«

»Du gehst doch hoffentlich nicht zu Fuß?«, erkundigte sich Emerson.

Ramses zusammengepresste Lippen verzogen sich zu einem Grinsen. »Ich werde das Kamel nehmen.«

Weg war er. Ich stützte meine Ellbogen auf die Tischplatte und mein Gesicht auf meine Hände.

»Aber, aber, Peabody.« Emerson klopfte mir auf die Schulter.

»Wie lange wird das so weitergehen?«

»Es kann nicht mehr lange dauern. Falls es sich um die letzte Lieferung gehandelt hat, steht der Tag X unmittelbar bevor. Meinst du nicht, dass er genauso bestrebt ist wie du, es hinter sich zu bringen?«

»Ich weiß, dass er das ist. Und genau das macht mir Angst. Die Verzweiflung verführt einen Menschen zu Leichtfertigkeit. Ich nehme an, dass Rashad einer von Wardanis Gefolgsleuten ist? Hoffentlich nicht vom gleichen Kaliber wie Farouk.«

»Unwahrscheinlich«, erwiderte Emerson gefährlich ruhig. »Ein Teil der Lieferung fehlte. Jemand ist vor uns dort gewesen. Das bedeutet, dass hundert Flinten und möglicherweise ein oder zwei Maschinengewehre in unbekannte Hände und an einen unbekannten Ort geraten sind. Nicht genug für einen Krieg, aber ausreichend, um eine ganze Reihe von Menschen zu töten. Der Hauptverdächtige ist dieser Bursche Rashad, der Anzeichen der Gehorsamsverweigerung erkennen lässt, zweifellos provoziert von Farouk. Das ist schon seit langem Ramses' Problem – diese Bande junger Radikaler unter Kontrolle zu halten. Ich kenne diese Typen – gütiger Himmel, früher war ich nicht anders! –, naiv und idealistisch und darauf brennend, die eigene Männlichkeit unter Beweis zu stellen, indem man die Straßen unsicher macht. Fäuste, Steine und Knüppel richten nur begrenzten Schaden an, aber ein Gewehr ist etwas völlig anderes. Eine Schusswaffe vermittelt dem Schwachen das Gefühl, ein Held zu sein, dem Starken die Aura der Unsterblichkeit, und sie nimmt einem Mörder die letzte Hemmschwelle. Du brauchst nicht nahe an einen Menschen heranzugehen, um ihn zu erschießen. Du musst ihm nicht einmal ins Gesicht sehen.«

»Warst du ein Radikaler, Emerson?«

»Ich bin es noch immer, mein Schatz. Du kannst jeden in Kairo fragen.« Emersons Grinsen verschwand. »Peabody, Ramses ist diese Verpflichtung nur aus einem einzigen Grund eingegangen: um Menschenleben zu retten, auch die dieser jugendlichen Idioten von Revolutionären. Er wird nicht ruhen, bis er diese Waffen gefunden hat. Sobald das geschehen ist, hat er seine Aufgabe erfüllt, und diese unselige Angelegenheit nimmt ein Ende, und wenn ich die verfluchten Waffen und diese verdammten jungen Hitzköpfe persönlich einsammeln muss! Versuchst du, deine Tränen zu unterdrücken? Tu's nicht, mein Schatz, tu's nicht, du siehst entsetzlich aus mit deinem verkniffenen Gesicht.«

»Ich versuche, nicht zu niesen.« Ich rieb mir die Nase. »Obschon mich deine Worte tief berührt haben, Emerson. Du hast mir neuen Mut gegeben. Ich bin bereit zu handeln, genau wie du!«

»Wir werden Russell die Zeit einräumen, als Erster zu handeln. Verflucht, allerdings nicht viel Zeit. Irgendetwas wird in den nächsten zwei bis drei Tagen passieren. In einigen Gebieten sind die Türken ungefähr fünf Meilen vom Suezkanal entfernt; im Osten von Kantara, in Kubri und el-Firdan beginnen sie, Schützengräben auszuheben. Währenddessen zeichnet Claytons unfähiger Haufen Militärkarten und ›widmet sich weiter reichenden Strategiefragen‹, wie sie es nennen! Was wir brauchen, sind detaillierte Informationen: wo und wann genau der Angriff stattfindet, wie viele Männer, welche Waffengattungen und so fort. Unsere Verteidigungslinien sind dramatisch unterbesetzt, doch wenn wir Näheres wüssten, wären wir vielleicht in der Lage, sie zu halten.«

»Vielleicht? Also wirklich, Emerson, du bist nicht sehr aufbauend.«

»Mach dir keine Sorgen, mein Schatz.« Emersons Augen nahmen einen entseelten Ausdruck an. »Wenn der Feind Kairo einnimmt, werden wir uns in die Wadis zurückziehen und ausharren, bis Verstärkung aus England eintrifft. Die Waffen, die ich in Fort Tura versteckt habe –«

»Das würde dir gefallen, was?«

»Mir?« Emersons verträumtes Lächeln wich einem Ausdruck äußerster Missbilligung. »Ich will lediglich meine Exkavation fortsetzen, Peabody. Wofür hältst du mich eigentlich?«

Ich trat zu ihm und schlang meine Arme um seine Schultern. »Für den mutigsten Mann, den ich kenne. Einen davon ... Autsch! Emerson, wage es ja nicht, mich zu küssen, solange du diesen Bart trägst!«

Aus Manuskript H

Ramses wusste, wo Rashad und die anderen lebten; er verfolgte ihre Wohnungswechsel, was ziemlich häufig vorkam. Es wäre nicht das erste Mal, dass er unangekündigt bei einem von ihnen auftauchte. Er zog diese Überraschungsbesuche vor, nicht nur aus Sicherheitsgründen, sondern auch, weil sie seine geheimnisvolle Aura unterstrichen: Wardani weiß alles!

Rashad, dessen Vater ein wohlhabender Großgrundbesitzer in Assiut war, hatte ein eigenes Zimmer in einem Gebäude nahe der El-Ashar-Moschee und war, zumindest theoretisch, Student. Aus Trägheit oder Überheblichkeit oder Komfortbedürfnis war er in der letzten Zeit nicht umgezogen, und Ramses hatte entschieden, dass das Fenster, das auf die Sharia el-

Tableta hinausging, die beste Zugangsmöglichkeit bot. Das Fenster war im ersten Stock und darunter die kahle Wand, doch das Kamel würde ihm bei der Bewältigung dieses kleinen Problems helfen, sofern er das eigensinnige Biest dorthin bewegen könnte.

Wie erwartet schüttelte das Kamel ihn ab, sobald er den Fenstersims umklammerte, und er hatte leichte Schwierigkeiten, ins Hausinnere zu gelangen. Glücklicherweise hatte Rashad einen festen Schlaf. Er schnarchte friedlich, als Ramses sich am Fußende seines Bettes aufbaute.

Die Dunkelheit wich zunehmender Helligkeit, und Ramses stellte gereizt fest, dass er nicht würde warten können, bis der Faulpelz ausgeschlafen hatte. Er musste verschwinden, bevor es so hell war, dass Rashad ihn deutlich erkennen konnte. Wolljacke und -hose hatte er schon zuvor getragen und der Hut verbarg sein Gesicht, allerdings war ihm keine Zeit geblieben, seine Gesichtszüge mit Schminke zu verändern. Er senkte die Stimme zu dem nachhallenden Flüstern, das er von Hakim dem Hellseher (alias Alfred Jenkins) übernommen hatte, der in der Londoner Stadthalle Séancen durchführte.

»Rashad!«

Dessen Reaktion wäre unterhaltsam gewesen, doch Ramses war nicht zum Scherzen aufgelegt. Rashad fuhr kreischend hoch, kauerte sich mit dem Rücken zur Wand zitternd in Sitzhaltung, zog die Knie an und das Laken hektisch über seinen entblößten Körper.

»Kamil! Du! Wie –«

»Wo«, korrigierte Ramses, »wo hast du sie hingebracht?«

Es gab keine Auseinandersetzung, stattdessen folgte ein Schwall von Ausreden. Ramses unterbrach ihn. »In die verfallene Moschee? Du hast wenig Phantasie, was? Sie müssen fortgeschafft werden. Ich werde mich persönlich darum kümmern. Diesmal werde ich über deine Gehorsamsverweigerung hinwegsehen, Rashad, sollte so etwas jedoch wieder passieren ...«

Er ließ die Drohung im Raum stehen, wusste er doch, dass Rashad die entsprechende Phantasie besaß, um sich eine Reihe hässlicher Konsequenzen auszumalen, und schritt zur Tür. Rashad hatte sie nicht nur verriegelt, sondern zusätzlich einen Stuhl davor geschoben. Unter Rashads entschuldigendem Gestammel beseitigte er diese beeindruckende Verbarrikadierung und verschwand wortlos. Er nahm nicht an, dass Rashad den Nerv besitzen würde, ihm zu folgen, zumal er die Vorsichtsmaßnahme ergriffen hatte, sich die Galabiya »auszuleihen«, die Rashad auf einem Stuhl bereitgelegt hatte, um sie am Morgen überzustreifen.

Weit und breit keine Spur von dem Kamel. Er verschwendete keine Zeit, es aufzuspüren; sicherlich blieb es nicht lange herrenlos und sein ursprünglicher Besitzer würde anonym und großzügig entschädigt werden. Im Grunde genommen war Ramses froh, das Vieh losgeworden zu sein. Es hatte den Gang eines dreibeinigen Maultiers, und es hatte versucht, ihn in die Wade zu beißen.

Er beschleunigte seine Schritte und erreichte die Moschee, als der Ruf zum Morgengebet verklang. Nachdem er Schuhe und Kopfbedeckung abgelegt hatte, betrat er das Innere, verharrte am Springbrunnen, um sich Gesicht, Hände und Arme zu waschen. Ramses sah nur wenige Gläubige, da die meisten das Gebet zu Hause vorzogen; und als er die vorgeschriebenen Haltungen einnahm und schließlich in der Nähe der linken Wand kniete, hoffte er, dass sein Handeln nicht als Gotteslästerung empfunden würde. Seine Hand glitt in die Wandöffnung, er ertastete Papier.

Der Zug brachte ihn zum Bahnhof von Gizeh. Da mittlerweile heller Tag war, würde man ihn höchstwahrscheinlich bemerken, ob er nun über das Spalier kletterte oder den Haupteingang nahm, also entschied er sich für Letzteres. Der Duft von gebratenem Speck stieg ihm verlockend in die Nase und er folgte ihm in den Frühstücksraum.

Die Vandergelts waren noch nicht aufgetaucht, aber Nefret hatte sich zu seinen Eltern an den Frühstückstisch gesellt. Als er eintrat, drehten sich alle um und starrten ihn an.

»Hast du deinen Spaziergang genossen?«, erkundigte sich sein Vater, ihm einen Vorwand liefernd, den er nicht brauchte.

Nefret gähnte herzhaft und legte ihre Hand vor den Mund. »So viel Tatendrang! Früh zu Bett und früh aufstehen ... Ich hoffe, du fühlst dich besser, als du aussiehst.«

»Nett, dass du das sagst.«

»Du hast dunkle Schatten unter den Augen«, bemerkte Nefret. »Ausgesprochen malerisch, aber nach meinem Dafürhalten ein Anzeichen für Schlafmangel. Ich dachte, du wärst gestern Abend früh nach Hause gekommen.«

»Ich bin aber auch früh aufgewacht. Konnte nicht mehr einschlafen, deshalb habe ich einen ausgedehnten Spaziergang unternommen.« Fatima servierte ihm einen Teller Eier. Er dankte ihr und ermahnte sich im Stillen, den Mund zu halten. Er erklärte zu viel.

»Du hättest mit deinen Kräften haushalten sollen.« Sein Vater grinste heimtückisch. »Ich beabsichtige, den ganzen Tag zu arbeiten, also beeil dich und iss dein Frühstück.«

Ramses nickte gehorsam. Seine Mutter hatte keinen Ton gesagt, dennoch war ihm ihre heimliche Erleichterung nicht verborgen geblieben, als er das Zimmer betrat. Sie erschien ihm stets wie ein Soldat, selbst in sitzender Haltung; er fühlte sich wie ein Verräter, als er sah, wie ihre gestrafften Schultern zusammensackten und das beherrschte Gesicht etwas von seiner frischen Farbe verlor. Sein Handeln war zwar unfair gegenüber David und Nefret, aber brutal gegenüber seinen Eltern. Vielleicht gelang es ihm, sie mit seinen Neuigkeiten etwas aufzubauen.

Er musste sich gedulden, bis sie auf dem Weg nach Gizeh waren, ehe er die Gelegenheit bekam, mit seiner Mutter unter vier Augen zu sprechen. Sein Vater war mit Nefret vorausgeritten, und Ramses mäßigte Risha zu dem leichten Trab, den die Stute seiner Mutter vorgab.

»Ich weiß, wo er sie versteckt hat«, sagte er ohne Umschweife.

»War es der Mann, den du in Verdacht hattest?«

»Ja. Er wollte lediglich hilfsbereit sein! Eine fadenscheinige Ausrede, allerdings war er nicht in der Lage, klar zu denken.«

Im Gegensatz zu seiner Mutter. In mancher Hinsicht war sie zwar blind wie ein Maulwurf, aber hin und wieder traf sie den Nagel auf den Kopf. »Die Türken kommunizieren direkt mit ihm. Anders kann es nicht sein, denn sonst hätte er nicht gewusst, wo die Lieferung versteckt ist. Du hast ihm doch nichts gesagt, oder?«

»Nein. Du hast selbstverständlich Recht. Sie wissen auch, wo er wohnt. Die Nachricht wurde unter seiner Tür durchgeschoben.«

»Sie zweifeln an dir – an Wardani.«

»Immer schon. Jetzt, da sie ihren Agenten verloren haben, versuchen sie, meine Einflussnahme auf andere Weise zu schwächen. Ich bezweifle, dass sich mehr dahinter verbirgt. Die Zeit läuft ihnen davon. Heute Morgen habe ich eine weitere kleine Botschaft gefunden.«

Sie streckte ihre Hand aus. Ramses musste lachen. »Ich habe sie vernichtet. Sie besagte: ›Seid bereit. In zwei Tagen.‹«

»Dann kannst du die Waffen konfiszieren und der Sache ein Ende machen. Noch heute.« Sie griff in die Zügel.

Ramses brachte Risha zum Stehen und fasste die Hand seiner Mutter, löste ihre verkrampften Finger. In ihrer derzeitigen Stimmung war sie in der Lage, direkt in Russells Büro zu galoppieren und ihm über seinen Schreibtisch hinweg Befehle zuzubrüllen.

»Überlass es mir, Mutter. Russell erwartet meine Nachricht; sobald er sie bekommt, wird er handeln. Es ist alles besprochen. Das Schlimmste ist vorbei; verlier jetzt nicht den Kopf.«

»Habe ich dein Wort darauf?«

»Ja, Mutter.«

»Also gut.« Sie ritten weiter. Augenblicke später vernahm er ein lautes Schniefen und ein gedämpftes »Verzeih mir«.

»Ist schon in Ordnung, Mutter. Oh, verflucht, weinst du etwa? Habe ich etwas Falsches gesagt?«

Letztlich waren es nur zwei Tränen. Sie wischte sie mit ihren Fingern fort und straffte die Schultern. »Beeil dich, dein Vater platzt sonst vor Neugier.«

Kurz darauf gab Ramses seinem Vater dieselbe Information; sie nahmen gerade die Außenmaße des zweiten Grabstollens. Diesmal konnte er sich nicht so leicht davonstehlen. Emerson wollte wissen, wohin Rashad die Waffen gebracht hatte und wie Ramses Russell informieren wollte und eine Reihe anderer Dinge, die er vermutlich erfahren musste. Nur für den Fall.

Nachdem er die Vorkehrungen gönnerhaft akzeptiert hatte, wandte Emerson sich erneut der Exkavation zu. Ramses zweifelte nicht daran, dass sein Vater die feste Absicht hatte, selbst einige Revolutionäre dingfest zu machen, und mit Begeisterung darauf harrte; andererseits besaß er die Gabe des Wissenschaftlers, sich auf das Naheliegende zu konzentrieren.

»Erst werden wir sehen, was dort unten ist«, verkündete er und deutete auf die Schachtöffnung. »Kümmere dich wieder um die Arbeit an deinen Wänden, mein Junge, ich werde die Männer instruieren.«

»Selim ist unten und hilft Nefret bei den Fotoaufnahmen. Sie brauchen mich nicht.«

Er wollte nicht in Nefrets Nähe sein. Das wäre, als würde man einem hungrigen Kind einen mit Süßigkeiten beladenen Tisch zeigen und ihm erklären, dass es damit bis nach dem Essen warten musste. In ein paar Tagen, vielleicht sogar in wenigen Stunden, konnte er alles gestehen, sie um Verzeihung bitten und erneut um ihre Hand anhalten. Und falls sie ablehnte, würde er den Rat seiner Mutter befolgen. Die Idee war so verlockend, dass sie ihn faszinierte.

Letztlich arbeiteten sie nicht den ganzen Tag. Seine Mutter drängte sie, zu einem frühen Mittagessen heimzukehren, und wies darauf hin, dass es unhöflich sei, die Gäste warten zu lassen. Dem musste Emerson zustimmen, obschon er sich nur unwillig von seiner Ausgrabung trennte; als sie weiter in den Schacht vordrangen, fanden sie Tonscherben und schließlich eine Ansammlung kleinerer Opfergefäße.

Die Vandergelts beabsichtigten, den Tag und die Nacht mit ihnen zuzubringen, um dem zu frönen, was seine Mutter als »das viel zu lange aufgeschobene Vergnügen des geselligen Austausches« bezeichnete. Sie jedenfalls genoss es und sie verdiente weiß Gott etwas Zerstreuung. Katherine Vandergelt hatte sich ebenfalls verändert. Der Krieg war die Hölle, ganz recht, nicht nur für die Männer an der Front, sondern auch für die Frauen, die daheim auf Nachricht warteten.

Ramses war klar, dass sein Vater die feste Absicht hatte, am Nachmittag zu arbeiten, egal, was die anderen taten. Allerdings klang seine Schilderung des am Vormittag Entdeckten weitaus interessanter, als es tatsächlich war, und Cyrus beschloss, ihn zu begleiten.

»Ich bezweifle, dass wir eine intakte Grabkammer finden«,

warnte Ramses ihn. »Diese Tonscherben wirken wie die Überreste von Grabbeigaben.«

»Vielleicht finden wir doch noch irgendetwas Interessantes«, meinte Cyrus optimistisch. »Katherine?«

»Vermutlich sollte ich mitkommen«, bemerkte seine Gattin resigniert. »Nein, Amelia, ich weiß, dass Sie unbedingt erfahren wollen, was dort unten ist, und wenn ich hier bleibe, fühlen Sie sich verpflichtet, mir Gesellschaft zu leisten. Was ist mit dir, Anna?«

»Ich gehe zum Krankenhaus.« Herausfordernd blickte sie zu Nefret.

»Du darfst nicht übertreiben, Anna. Vor kurzem habe ich Sophia angerufen; im Augenblick ist alles ruhig, und sie versprach mir, mich umgehend zu informieren, falls etwas eintritt, was meine – oder deine Anwesenheit erforderlich macht.«

»Du gehst heute nicht hin?«

»Nein. Ich habe andere Pläne. Du kannst mich doch für einige Stunden entbehren, oder, Professor?«

»Wo –« Emerson unterbrach sich und blickte zu seiner Frau, die bemerkte: »Bist du zum Abendessen zurück?«

»Ja, ich denke doch.«

»Viel Spaß«, meinte Anna. »Ich werde zum Krankenhaus gehen. Dort gibt es immer etwas zu tun.«

Nefret zuckte die Achseln, entschuldigte sich und verließ den Raum. Sie und Anna mussten sich gestritten haben; ihr gezwungenes Lächeln und ihre schroffen Stimmen waren das weibliche Äquivalent zu einer Auseinandersetzung, die bei Männern in einer Rauferei geendet hätte.

»Sei rechtzeitig zum Tee zurück«, wies Katherine sie an.

»Ich werde so lange dort bleiben, wie man mich braucht«, versetzte Anna. Ohne sich zu entschuldigen, stand sie auf und verließ das Zimmer.

»Was ist bloß los mit ihr?«, wollte Katherine wissen. »In letzter Zeit war sie doch wesentlich ausgeglichener als früher.«

»Im Hinblick auf die Jugend muss man mit gelegentlichen Rückfällen rechnen«, erwiderte Ramses' Mutter.

Sie benötigten lediglich eine halbe Stunde, um zur Grabkammer zu gelangen. Ramses war dankbar für die Ablenkung, die die Arbeit bot; ihm war bewusst, dass die Chancen, ein unversehrtes Grab zu finden, gering waren, dennoch beschlich ihn jedes Mal ein seltsames Gefühl, wenn er in eine Sargkammer vordrang, die seit Jahrtausenden nicht mehr betreten worden war. Diese hier befand sich am südlichen Ende des Schachts und wurde fast vollständig von einem riesigen Steinsarg ausgefüllt. Er hatte dem Besitzer nicht den gewünschten Schutz geboten; seine Gebeine lagen rings um den Sarg verstreut, dessen Deckel gerade so weit beiseite geschoben worden war, dass die Plünderer den Leichnam herauszerren konnten. Lediglich ein einziges Schmuckstück hatten sie übersehen: einen kleinen Skarabäus, den einer von ihnen vermutlich verloren hatte.

»Zum Teufel, sie haben ganze Arbeit geleistet«, knurrte Emerson, nachdem er aus dem Schacht nach oben geklettert war. Er, Ramses und Selim waren als Einzige hinuntergestiegen; Cyrus hätte die Einwände seiner Frau ignoriert, wenn irgendetwas zu sehen gewesen wäre, für ein paar verwitterte Knochen indes wollte er das Risiko der wackligen Holzleiter nicht auf sich nehmen.

»Möchtet ihr Fotos?«, erkundigte sich Ramses.

»Das hat Zeit bis morgen«, entschied seine Mutter. »Kein Grabräuber würde sich um diese Hinterlassenschaften bemühen. Für heute haben wir genug getan. Mehr als genug.«

Sie warf Ramses einen viel sagenden und leicht vorwurfsvollen Blick zu. Wenn es nach ihr gegangen wäre, weilte er in diesem Augenblick in Kairo und würde die versprochenen Vorkehrungen treffen. Er hatte ihr zu vermitteln versucht, dass es nicht ganz so einfach war. Vor dem Mittagessen hatte er Russell angerufen und lediglich erfahren, dass dieser nicht im Büro war und man ihn erst am Spätnachmittag zurückerwartete. Sie hatten sich auf einen Code geeinigt: »Informieren Sie ihn, dass Tewfik Bey ein Kamel für ihn hat.« Er hatte diese Nachricht hinterlassen, und falls Russell sie erhielt, würde er am Abend im Turf Club sein.

Die anderen kehrten zurück zum Haus. Ramses blieb noch eine Weile, um Selim bei den Aufräumarbeiten zu helfen und den Schacht abzusichern. Als er den Innenhof betrat, stürmte Fatima aus dem Salon und fing ihn ab.

»Es ist jemand hier, der dich sehen will«, flüsterte sie.

Verwundert, warum sie sich wie eine bühnenreife Konspirantin verhielt, spähte er sich um. »Wo?«

»In deinem Zimmer.«

»In meinem Zimmer?«, wiederholte er verblüfft.

Fatima rang die Hände. »Sie bat mich, es niemandem zu erzählen. Sie sagte, du hättest sie eingeladen. Habe ich etwas falsch gemacht?«

»Nein, ist schon in Ordnung.« Er lächelte bekräftigend. »Danke, Fatima.«

Wild entschlossen, dieses kleine Rätsel zu lösen, stürmte er die Treppe hinauf. Er vermochte sich nicht vorzustellen, wer die Frau sein könnte. Anna? Eine der Dorfbewohnerinnen, die Schutz vor den Misshandlungen ihres Mannes oder Vaters suchte? Allen war bekannt, dass die Emersons so etwas nicht duldeten, und einige der jüngeren Frauen hatten zu viel Ehrfurcht vor seinen Eltern, als dass sie an die beiden herangetreten wären. Offenbar hatten sie keine Scheu vor ihm.

Das Lächeln auf seinen Lippen verschwand, als er die

schmächtige, auf seinem Bett sitzende Gestalt bemerkte. Reflexartig schoss sein Arm vor und knallte die Tür zu.

»Was zum ... was willst du denn hier?«

Das Gesicht des Kindes bot ein Bild der Unschuld. Feine Linien zeichneten sich auf ihren schmutzigen Wangen ab; sie hätten vom Schweiß oder von Tränen herrühren können. Sie trug feine Ausgehgarderobe, doch jetzt war ihr rosafarbenes, ausgeschnittenes Kleid zerknittert, und ihr Haar hing ungebändigt über ihren Schultern. Mit unverfrorener Selbstverständlichkeit hatte sie es sich bequem gemacht; Hut, Handtasche und ein Paar ausgesprochen schmuddeliger weißer Handschuhe lagen neben ihr auf dem Bett.

»Ich wollte mit der Katze spielen«, erklärte sie. »Aber sie hat mich gekratzt und ist weggelaufen.«

Seshat, die sich auf dem Schrank vor ihr in Sicherheit gebracht hatte, entwich ein leises, bestätigendes Fauchen.

»Sei nicht albern, Melinda«, erwiderte Ramses unnachgiebig. »Komm sofort mit mir nach unten.«

Bevor er die Tür öffnen konnte, warf sie sich in seine Arme und klammerte sich an ihn wie ein verängstigtes Kätzchen. »Nein! Du darfst niemandem sagen, dass ich hier bin, noch nicht. Versprich mir, dass du mir helfen wirst. Versprich mir, dass du verhinderst, dass er mich fortschickt!«

Er legte seine Hände auf die ihren, versuchte sie abzuschütteln, doch sie waren so hartnäckig wie Krallen, und er wollte ihr nicht wehtun. Er ließ die Arme sinken und rührte sich nicht. »Dein Onkel?«

»Ja. Er will mich nach England zurückschicken. Aber ich werde nicht abreisen! Ich will hier bleiben!«

»Wenn er deine Abreise beschlossen hat, kann ich nichts dagegen unternehmen, selbst wenn ich es wollte. Melinda, ist dir eigentlich klar, in welch unangenehme Lage du mich gebracht hast? Wenn dein Onkel herausfände, dass du hier bist, mit mir allein in meinem Zimmer – wenn uns jemand so sähe –, man würde mich zur Verantwortung ziehen, nicht dich. Willst du das etwa?«

»Nein ...«

»Dann lass uns gehen.«

Langsam entkrampften sich die kleinen Finger. Sie beobachtete ihn intensiv und für Augenblicke trat der kalte, berechnende Ausdruck der Erwachsenen in ihren Blick. Er verschwand so rasch, verschwamm in ihren Tränen, dass er glaubte, es sich nur eingebildet zu haben.

»*Er* hat mir wehgetan«, flüsterte sie. Impulsiv riss sie das Kleid von ihrer Schulter und entblößte ihren Arm fast bis zum Ellbogen.

Ihre Statur war die eines Kindes, zart und feingliedrig, die gerundete Schulter und die kleinen, halb entblößten Brüste jedoch nicht. Auf ihrem Arm waren rote Flecken, wie Fingerabdrücke.

»Schick mich nicht fort«, hauchte sie. »Er schlägt mich. Er ist grausam zu mir. Ich will bei dir sein. Ich liebe dich!«

»O Gott«, seufzte Ramses. Er konnte nicht weiter zurückweichen, er stand mit dem Rücken zur Tür und kam sich verdammt idiotisch vor. Dann hörte er Schritte. Die Kavallerie war gerade noch rechtzeitig eingetroffen.

»Zieh dein Kleid hoch«, zischte er.

Sie reagierte nicht. Ramses griff nach der Klinke und öffnete die Tür. »Mutter. Bitte, komm kurz in mein Zimmer.«

Das Mädchen weinte nicht mehr. Nie zuvor hatte er ein so junges und so unversöhnliches Gesicht gesehen. »Hölle, wo ist dein Sieg ...?« Mit unverhohlener Erleichterung wandte er sich zu seiner Mutter, die sie von der Schwelle her musterte.

»Wir haben einen Ausreißer im Haus«, erklärte er.

»Das sehe ich.« Entschlossenen Schrittes durchquerte sie

das Zimmer und zupfte das Kleid des Mädchens zurecht. »Wovor bist du weggelaufen, Melinda?«

»Vor meinem Onkel. Er schlägt mich. Sie haben die Blutergüsse gesehen.«

»Vermutlich hat er dich an den Schultern gepackt und geschüttelt. Das kann ich ihm nicht verdenken. Komm mit.«

Sie schrak zurück. »Was haben Sie mit mir vor?«

»Dir eine Tasse Tee zu geben und dich dann nach Hause zu schicken.«

»Ich will keinen Tee. Ich will ...«

»Ich weiß, was du willst.« Sie warf Ramses einen fragenden Blick zu, der daraufhin errötete. »Das kannst du nicht haben. Geh nach unten in den Salon. Sofort.«

Ramses hatte miterlebt, wie diese Stimme ein Heer ägyptischer Arbeiter gefügig machte. Auf das Kind hatte sie eine ähnliche Wirkung. Sie nahm ihren Hut, Handschuhe und Tasche, und Ramses trat hastig beiseite, als sie an ihm vorbei- und durch die Tür stürmte.

Seine Mutter musterte ihn von Kopf bis Fuß und vice versa. Kopfschüttelnd schürzte sie die Lippen. »Nein. Dagegen kann man nichts tun«, lautete ihr rätselhafter Kommentar. »Du bleibst besser hier, ich werde schneller mit ihr fertig, wenn du nicht in der Nähe bist.«

Nachdem er gebadet und frische Sachen angezogen hatte, blieb Ramses noch eine weitere Viertelstunde in seinem Zimmer, bevor er den Mut aufbrachte, nach unten zu gehen. Weinende Frauen machten ihn nervös, und sie war noch nicht einmal eine Frau, sondern lediglich ein kleines Mädchen. (Allerdings bemerkenswert reif für ihr Alter, flüsterte eine hämische Stimme in seinem Unterbewusstsein. Er verdrängte sie mit seinen Schuldgefühlen.) Was hätte er sonst tun sollen? »Zur Grausamkeit zwingt bloße Liebe mich!«

Welch selbstgerechte, blasierte Äußerung gegenüber einem

Menschen, dessen Herz man zerspalten hatte. Aber Hamlet war ihm in gewisser Weise schon immer als hochnäsiger Halunke aufgefallen.

Letztlich musste ich gar nicht mit der jungen Person fertig werden. Sie hatte es tatsächlich gewagt, mir den Gehorsam zu verweigern! Als ich den Innenhof betrat, bemerkte ich, dass die Eingangstür offen stand und dass Ali und Katherine hinaussahen. Katherine drehte sich um, als ich näher kam.

»Was sollte das?«, erkundigte sie sich.

»Was denn?«

»Die überstürzte Flucht der kleinen Miss Hamilton. Ich durchquerte gerade den Innenhof, als sie die Treppe hinunterstürmte; in ihrer Eile hätte sie mich fast umgerannt. Ich wusste gar nicht, dass sie hier war. Sollen wir ihr nachgehen?«

Aus meinem Blickwinkel konnte ich die Straße in beide Richtungen einsehen: kein Hinweis auf eine flüchtende rosafarben gekleidete Gestalt, nur der übliche Fußgänger- und Fahrzeugverkehr. Ich setzte mich mit Katherines Frage auseinander. Das Mädchen war allein hergekommen. Meiner Ansicht nach konnte sie auch ohne meine Hilfe den Rückweg bewältigen. Das war zwar keineswegs die Denkweise einer guten Christin, aber augenblicklich war ich Miss Molly auch nicht sonderlich wohlgesinnt.

»Ich denke nicht«, erwiderte ich. »Inzwischen ist sie außer Sichtweite, und wir wissen nicht, ob sie zum Bahnhof gegangen ist oder eine Droschke genommen hat.«

»Sie ist auf die Straße gelaufen und hat eine Kutsche angehalten, Sitt Hakim«, warf Ali ein. »Sie hatte Geld; sie zeigte es dem Kutscher.«

Diese Äußerung erleichterte mein Gewissen, das mit meiner

berechtigten Verärgerung kämpfte. Ich nahm mir vor, ihren Onkel später unter irgendeinem Vorwand anzurufen, um mich zu vergewissern, dass sie unversehrt nach Hause gekommen war.

Unmerklich hob Katherine die Brauen. Wieder im Innenhof, bemerkte sie: »Irgendetwas muss geschehen sein, weshalb sie so aufgebracht war. Was wollte sie hier?«

Die anderen waren zum Tee heruntergekommen. Ich hörte Stimmen im Salon und Cyrus' sonores Kichern. Ich sah keine Veranlassung, die Angelegenheit mit den Männern zu diskutieren, deshalb blieb ich stehen und schilderte Katherine die Wahrheit, wenn auch nicht die ganze Wahrheit.

»Ihr Onkel will sie nach Hause schicken. Und sie will nicht abreisen. Sie wissen, wie unvernünftig Kinder sein können. Sie hatte die unsinnige Vorstellung, bei uns bleiben zu können.«

»Sie ist alt genug, um es besser zu wissen«, meinte Katherine.

»Aber entsetzlich verzogen. Es besteht keine Veranlassung, den Vorfall im Beisein der anderen zu erwähnen, Katherine.«

»Wie Sie wünschen, liebste Amelia.«

Ramses verspätete sich. Nach einem kurzen, unwillkürlichen Blick in meine Richtung, den ich mit einem Nicken und einem Lächeln erwiderte, wich er mir aus. Ich denke, man darf mich keinesfalls mütterlicher Vorurteile beschuldigen, wenn ich behaupte, dass ich das Kind verstehen konnte – genau wie die anderen Frauen, die ihm Avancen machten. Er war ein gut aussehender junger Mann, mit den anziehenden Gesichtszügen seines Vaters und der geschmeidigen Anmut eines Athleten, aber da war noch etwas: die faszinierende Ausstrahlung auf Grund seines edlen Charakters, seiner Liebenswürdigkeit und Bescheidenheit und Zivilcourage ...

»Weshalb lächelst du, Mutter?« Er hatte meinen liebevollen Blick bemerkt, der ihn extrem nervös machte. Er zupfte an seiner Krawatte und fuhr sich mit der Hand durch sein Haar, um die Locken zu glätten.

»Ein angenehmer, persönlicher kleiner Gedanke, mein Schatz«, erwiderte ich. Und persönlich musste er bleiben; er wäre entsetzlich verlegen gewesen, wenn ich meine Überlegungen laut geäußert hätte.

Als wir uns trennten, um uns zum Abendessen umzukleiden, war keines der Mädchen zurückgekehrt. Wegen Anna hatte ich keine Bedenken, da ich annahm, dass ihre Verspätung einzig dazu diente, ihre Mutter zu verärgern, allerdings war ich etwas beunruhigt wegen Nefret. Fatima hatte gesehen, dass sie in Reitkleidung das Haus verließ, deshalb bequemte ich mich zum Stall, aus dem Ramses gerade herauskam.

»Sie ist noch nicht zurück«, erklärte er.

»Das dachte ich mir. War sie allein?«

»Ja. Jamal bot ihr seine Begleitung an, doch sie lehnte mit der Begründung ab, dass sie jemanden treffen werde.«

»Vielleicht hat sie das gesagt, um zu verhindern, dass Jamal sie begleitete«, räumte ich ein. »Er hat eine jungenhafte Schwärmerei für sie entwickelt.«

»Könnte sein.«

»Wir können ebenso gut gehen und uns umziehen. Ich bin sicher, sie wird bald eintreffen.«

Gemeinsam schlenderten wir zum Haus zurück. Nachdem Ramses nach oben gegangen war, stahl ich mich zum Telefon und wählte die Nummer des Savoy Hotels. Als ich nach Major Hamilton fragte, informierte mich der Bedienstete, dass er ausgegangen sei. Miss Nordstrom war allerdings zugegen und nach wenigen Augenblicken sprach ich mit ihr.

Ich bin, sofern ich das sagen darf, gewissermaßen eine Expertin, wenn es darum geht, anderen Informationen zu entlocken, gebe allerdings selbst nur wenig preis. Diesmal musste ich es nicht einmal sonderlich geschickt anstellen. Die bedauernswerte Miss Nordstrom war so aufgelöst und erschüttert, dass eine einzige Äußerung sie vollends aus der Fassung brachte.

»Wie ich höre, werden Sie und Ihr Schützling in Kürze nach England zurückreisen.«

Sie fragte nicht einmal, von wem ich das erfahren hatte. Sie dankte mir überschwänglich für meine Höflichkeit, ihr eine gute Reise zu wünschen, entschuldigte sich für die Plötzlichkeit ihres Aufbruchs und dass ihr keine Zeit blieb, die entsprechenden Abschiedsbesuche zu machen, lamentierte über die Unannehmlichkeiten einer winterlichen Seereise und gestand mir, wie froh sie sei, in die Zivilisation zurückzukehren. Erst gegen Ende unseres Gesprächs erwähnte sie als weiteren Anlass zum Verdruss, dass Molly ihr am Nachmittag entwischt und erst zur Teezeit wieder aufgetaucht sei.

»Sie können sich meine nervliche Anspannung vorstellen, Mrs Emerson! Ich war im Begriff, die Polizei einzuschalten, als sie zurückkam, sorglos und unbekümmert und keinen Gedanken darauf verschwendend, dass sie mich halb zu Tode erschreckt hatte. Sie weigerte sich standhaft, mir zu erzählen, wo sie gewesen war.«

Dem Himmel sei Dank, dachte ich im Stillen. Gewiss, ich hätte eine Geschichte erfinden können, die Miss Mollys Besuch bei uns erklärte – besser gesagt, ich hätte den Teil der Wahrheit preisgeben können, der Ramses nicht betraf –, doch das blieb mir jetzt erspart.

»Von daher«, fuhr Miss Nordstrom fort, »ist es umso besser, dass wir schon morgen abreisen. Sie ist eine ausgesprochen willensstarke junge Person und hier kann ich sie nicht entsprechend beaufsichtigen. Wenn ich daran denke, was ihr in dieser gefährlichen Stadt zustoßen könnte, jagt es mir einen Schauer über den Rücken!«

Beileibe nicht so gefährlich wie London. Ich behielt diese Überlegung für mich, da ich unsere Unterhaltung nicht ausdehnen mochte.

Da mein Gewissen nun entlastet war, was das Kind betraf, kreisten meine Gedanken um Nefret. Es war nicht ungewöhnlich, dass sie ausritt, allein oder in Begleitung, doch die Tatsache, dass sie keinen Namen erwähnt hatte, weckte die schlimmsten Vorahnungen. Statt in mein Zimmer zu gehen, verweilte ich in der Eingangshalle, arrangierte eine Vase mit Blumen um, rückte ein Bild zurecht und lauschte. Erst als ich das laute Heulen des unsäglichen Hundes hörte, merkte ich, wie besorgt ich war. Erleichtert atmete ich auf. Nefret war die Einzige, die er in dieser Form begrüßte.

Die Tür sprang auf und sie schlüpfte herein. Als sie mich sah, blieb sie abrupt stehen. »Ich dachte, du ziehst dich um«, entfuhr es ihr. Es klang wie ein Vorwurf.

Ich konnte sie nur entgeistert anstarren. Ihr gelöstes Haar hing über ihren Schultern und sie trug keine Handschuhe. Der Sitz ihrer schmal geschnittenen Jacke mutete seltsam an; sie hatte sich verknöpft. Ich fasste ihre Schultern und zog sie ins Licht.

»Hast du geweint?«, wollte ich wissen. »Was ist denn passiert?«

»Nichts, Tante Amelia, bitte, stell mir keine Fragen, lass mich einfach –«

Seufzend brach sie ab, und ich wandte den Kopf, um zu sehen, wohin sie spähte.

»Soso, du bist wieder da«, bemerkte Ramses. »Ist irgendetwas?«

Er hatte sich weder umgezogen noch seine Haare gebürstet, die aussahen, als hätte er sie sich gerauft. Während sein Blick über Nefrets unordentliches Äußeres und ihr staubiges Gesicht wanderte, errötete sie bis zu den Haarwurzeln.

»Ich habe mich verspätet. Tut mir Leid. Ich werde mich beeilen.« Das Gesicht abgewandt, stürmte sie die Treppe hinauf.

Obschon ich gesellschaftliche Konventionen im Allgemeinen ablehne, würde ich als Erste einräumen, dass sich hinter manchen doch logische Erwägungen verbergen. So ist beispielsweise die Vermeidung kontroverser Themen und erhitzter Debatten bei Tisch der Verdauung förderlich. Allerdings gelang es mir trotz aller guten Vorsätze nicht, die Unterhaltung an jenem Abend angenehm oberflächlich zu gestalten. Anna war so spät eingetroffen, dass ihr keine Zeit zum Umkleiden blieb, da Fatima uns bereits zu Tisch bat. Ich war mir sicher, dass sich das Mädchen bewusst so verhielt, um Katherine zu verärgern und um uns anderen vielleicht das Gefühl zu geben, träge Nichtstuer zu sein. Das Kleid, das sie bei ihrer Arbeit im Hospital trug, war so schlicht und zweckmäßig wie eine Schwesterntracht.

Ich erhaschte Katherines Blick, bevor sie sich äußern konnte, und schüttelte den Kopf. »Wir müssen uns an den Tisch begeben«, sagte ich. »Sonst lässt Mahmud die Suppe anbrennen.«

Enttäuscht, dass ihre Auseinandersetzung im Keim erstickt worden war, verhielt sich Anna weiterhin so provokant wie irgend möglich. Viele der von ihr ins Gespräch eingestreuten Spitzfindigkeiten zielten auf Nefret ab.

Um ehrlich zu sein, wusste ich, warum sie aufgebracht war. Rein zufällig hatte ich Teile des Gesprächs mit angehört, das die beiden Mädchen nach dem Mittagessen führten. Der erste vollständige Satz stammte von Nefret.

»Es ist die Uniform, siehst du das denn nicht ein? Du willst dich mit aller Gewalt in einen Soldaten verlieben. Es interessiert mich nicht, wem du schöne Augen machst, aber halte dich von *ihm* fern. Er –«

»Das sagst du nur, weil du eifersüchtig bist! Ich habe mit eigenen Augen gesehen, wie ihr gemeinsam aus dem Park gekommen seid. Du hast ihm dort aufgelauert! Du willst ihn für dich haben!«

»Aufgelauert?« Nefret lachte spröde. »Vielleicht habe ich das. Trotzdem irrst du dich ansonsten. Hör mir zu, Anna –«

»Nein! Lass mich allein.« Sie rannte fort.

Unschwer zu erraten, über wen die beiden gesprochen hatten. Auch ich hatte Anna vor Percy warnen wollen, doch wenn sie Nefrets Rat nicht befolgte, würde sie wohl kaum auf mich hören, und ich nahm nicht an, dass die Gefahr einer ernsthaften Verbindung bestand, wenigstens nicht von Seiten Percys. Großherzig wie er war, hatte Cyrus zwar testamentarische Vorkehrungen für seine Stiefkinder getroffen, dennoch war Anna beileibe keine wohlhabende Erbin.

Vielleicht steckte Annas Übellaunigkeit uns andere an. An jenem Abend lag irgendetwas in der Luft; von Vorahnungen und bösen Vorzeichen zu sprechen wäre so abergläubisch, dass ich das verwerfe. Auf Grund der Geschehnisse in jener Zeit gab es weiß Gott genügend Anlass zur Besorgnis. Cyrus erwähnte als Erster den Krieg. Ich war erstaunt, dass er das Thema so lange umgangen hatte.

»Irgendwelche Nachrichten hinsichtlich eines Angriffs auf den Suezkanal?«

Seine Frage war an Emerson gerichtet, der den Kopf schüttelte und ausweichend erwiderte: »Man hört so einiges. Gerüchte, in den meisten Fällen.«

Nefret sah auf. »Die Leute verlassen Kairo. Sie sagen, dass die Dampfer völlig überbucht sind.«

»Und genau diese ›sie‹ verbreiten solche Gerüchte«, knurrte Emerson. »Man weiß nie, wer ›sie‹ sind.«

»Aber es wird einen Angriff geben«, wandte Anna schlagartig ein. »Oder etwa nicht?«

»Schraube deine Hoffnungen nicht zu hoch«, versetzte Nefret. »Die Verwundeten würden in die Militärkrankenhäuser eingeliefert werden. Außerdem sind die meisten Soldaten, die den Suezkanal observieren, Inder – Punjabis und Gurkha. Nicht sonderlich romantisch, nach deiner Ansicht.«

Ihr Tonfall war wie eine Ohrfeige, und Annas Wangen liefen rot an, als hätte man sie tatsächlich geschlagen.

»Das 42. Lancashire steht dort«, meinte Cyrus zerstreut. »Und einige australische und neuseeländische Truppen.«

»Und die ägyptische Artillerie«, fügte Ramses hinzu. »Sie ist hervorragend ausgebildet und die indischen Rekruten sind sehr gute Kämpfer.«

Er versuchte, Katherine – und mich? – zu beruhigen. Auf Grund meiner Gespräche mit Emerson wusste ich, dass die Situation beileibe nicht so angenehm war wie von Ramses geschildert. Die britische Besatzungsarmee war nach Frankreich abkommandiert worden und der Truppenersatz spärlich und schlecht ausgebildet. Die Sicherheit des Suezkanals hing von der Loyalität der so genannten »einheimischen« Truppenverbände ab – in den meisten Fällen Moslems. Konnte der Ruf des Sultans nach einem heiligen Krieg sie beeinflussen?

»Jedenfalls sind es gut aussehende Burschen«, meinte Nefret. »Ich habe einige von ihnen in Kairo gesehen, während ihres Heimaturlaubs. Auf der Straße, um genau zu sein. Sie haben keinen Zugang zu den Hotels oder Clubs, nicht wahr? Ich nehme nicht an, dass sich auch nur eine einzige dieser patriotischen Damen von Kairo der Mühe unterzieht, ihnen einen angemessenen Platz zuzuweisen, wo sie sich von ihrer Pflichterfüllung erholen können.«

»Vermutlich nicht«, bekräftigte ich. »Für die Rekruten sind kaum entsprechende Unterkünfte vorhanden. Kein Wunder, dass die armen Kerle in Wirtshäusern und Cafés und – äh – anderen zwielichtigen – äh – Etablissements herumlungern! Dagegen werde ich etwas unternehmen. Verzeihung, Ramses, sagtest du etwas?«

»Nein, Mutter.« Er senkte den Blick auf seinen Teller, allerdings nicht rasch genug, um das belustigte Funkeln in seinen dunklen Augen vor mir zu verbergen. Was er gemurmelt hatte, war: »Mit Tee und Gurken-Sandwiches.«

In diesem Tenor setzte sich die Unterhaltung noch drei weitere Gänge fort. Cyrus' Fragen an Emerson dienten einwandfrei der Beruhigung; ich bezweifelte nicht, dass er ernsthaft überlegte, Katherine heimzuschicken – oder es bereits versucht hatte. Anna und Nefret fauchten sich weiterhin an und Ramses lieferte keine konstruktiven Gesprächsbeiträge. Nach dem Essen zogen wir uns in den Salon zurück, wo Katherine in einen Sessel sank.

»Noch ein Wort über diesen Krieg und ich schreie«, drohte sie. »Nefret, würden Sie uns den Gefallen tun und etwas spielen? Wie es heißt, wirkt Musik beruhigend auf das aufgebrachte Gemüt, und meins ist im Moment ziemlich in Mitleidenschaft gezogen.«

Nefret schaute etwas betreten drein. Sie war nicht ganz unschuldig an der allgemeinen Gemütsverfassung. »Gewiss. Was möchtet ihr hören?«

»Irgendwas Fröhliches und Mitreißendes«, schlug Cyrus vor. »In den von mir mitgebrachten Notenheften sind einige hübsche, lustige Lieder.«

»Etwas Sanftes, Beruhigendes und Hübsches«, korrigierte Katherine.

»Ein Lied, in das wir alle mit einstimmen können«, versetzte Emerson erwartungsvoll.

Nefret, die bereits am Klavier saß, lachte und blickte zu Ramses. »Hast du einen Wunsch?«

»Nein, solange es keine dieser sentimentalen, schmalzigen Balladen ist, wie du sie bevorzugst. Oder Marschmusik.«

Ihr Lächeln verschwand. »Keine Märsche. Heute Abend nicht.«

Sie spielte die alten Lieder, die zu Emersons Lieblingsstücken zählten. Auf ihre Bitte hin gesellte sich Ramses zu ihr, um für sie die Seiten umzublättern, und auch wenn die Lieder für sein Empfinden zu sentimental waren, sagte er es nicht. Es gelang mir, Emerson daran zu hindern mitzusingen, indem ich Nefret darum bat. Ihre Stimme war zwar nicht ausgebildet, aber dennoch sehr hübsch und klar, und Emerson liebte ihren Gesang.

Katherine legte den Kopf zurück und schloss die Augen.

»Das war reizend, mein liebes Kind«, sagte sie sanft. »Spielen Sie ruhig weiter, falls Sie nicht zu müde sind.«

Nefret überflog die Noten. »Hier ist eines von Cyrus' neuen Liedern. Ramses, sing mit mir.«

Er hatte sie beobachtet, aber vermutlich an etwas anderes gedacht, denn er schrak zusammen, als sie ihn ansprach. Mir war klar, dass er die Uhrzeit genauso wachsam im Auge behielt wie ich. In einer Stunde würde er aufbrechen müssen, um Thomas Russell zu treffen.

Er zuckte die Achseln und streckte lächelnd seine Hand aus. »Zeig mir die Noten.«

»Wenn du es so genau nehmen willst –«

»Ich möchte sie mir lediglich zuerst anschauen.« Er konnte Noten lesen, obwohl er kein Instrument spielte. Zunächst hatte ich mich gewundert, warum er sich der Mühe unterzog. Nach raschem Überfliegen verzog er die Lippen. »Es ist schlimmer als schmalzig, es ist genau die Art von romantischer Propaganda, die ich neulich erwähnte.«

»Bitte, Ramses«, murmelte Katherine. »Die Atmosphäre ist so angenehm und ich bin schon seit langem nicht mehr in den Genuss eures gemeinsamen Gesangs gekommen.«

Ramses' zynisches Lächeln verschwand. »In Ordnung, Mrs Vandergelt. Wenn es Ihnen gefällt.«

Ich hörte das Lied, das sehr populär werden sollte, zum ersten Mal. Mit keinem Wort erwähnte es den Krieg; doch der viel sagende Hinweis auf »die lange, lange Nacht des Wartens«, ehe die Liebespaare wieder im Land ihrer Träume lustwandeln durften, machte seine Botschaft besonders prägnant in jenen Tagen. Musik mag ein Werkzeug der Kriegsmaschinerie sein, kann dem gemarterten Herzen aber auch Trost spenden.

Sie sangen es zweimal, doch als sich die zweite Darbietung ihrem Ende zuneigte, brach Ramses' wohlklingende Stimme ab. »Verflucht, Nefret! Was soll das?«

Sie schüttelte sich vor Lachen. »Tut mir Leid, ich wollte nicht so fest zutreten. Ich wollte lediglich verhindern, dass du alles verdirbst, indem du ins Falsett verfällst.«

»Ein Schmerzensschrei ist passender?« Er rieb sich das Schienbein.

»Ich habe doch gesagt, dass es mir Leid tut. Friede?«

Sie streckte ihre Hand aus. Seine Lippen zitterten, dann lachte er ebenfalls und schlug ein.

Die Tür sprang auf und Fatima stand auf der Schwelle. Sie hatte es versäumt, ihr Gesicht zu verschleiern, und hielt ein nachlässig gefaltetes Stück Papier in der Hand.

»Es ist von Mr Walter.« Sie streckte es uns entgegen, als würde es ihr die Finger verbrennen.

Woher wusste sie es? Oder wir anderen? O ja, die Furcht vor schlechten Nachrichten hatte logischerweise zur Folge, dass wir alle aufsprangen. Telegramme dienten in erster Linie der Übermittlung freudiger oder trauriger Nachrichten, und nach nur wenigen Kriegsmonaten hatten die englischen Haushalte gelernt, diese unscheinbaren Papierstreifen zu fürchten. Aber es war mehr als das, denke ich.

Augenblicke später sank Katherine in ihren Sessel zurück, ihre Miene spiegelte unverhohlene Erleichterung und zugleich Beschämung darüber wider. Nachrichten von ihrem Sohn würde sie nicht über Walter erfahren. Bertie war unversehrt. Das Kind einer anderen Frau jedoch nicht.

Schließlich war es mein geliebter Emerson, der zu Fatima trat und das Telegramm entgegennahm. Als er den Text überflog, verfinsterten sich seine Züge.

»Wer von ihnen?«, erkundigte ich mich zaghaft.

»Der kleine John.« Erneut blickte Emerson auf das Papier. »Durch einen Heckenschützen. Er war sofort tot und musste nicht leiden.«

Nefret drehte sich zu Ramses und verbarg ihr Gesicht an seiner Schulter. Sanft, aber eher mechanisch legte er seinen Arm um sie. Sein Gesichtsausdruck war kalt und abwesend – vergleichbar mit Cheops' Alabasterstatue.

»Evelyn trägt es sehr gefasst«, fuhr Emerson fort. Er starrte weiterhin auf das Telegramm, als könnte er dessen Inhalt nicht begreifen.

»Wie nicht anders zu erwarten«, warf Ramses ein. »Das ist Teil unseres Verhaltenskodexes, nicht wahr? Teil des Spiels, an dem wir alle beteiligt sind, wie die Märsche und die Lieder und die Hymnen. Er war sofort tot und musste nicht leiden. Süß und ehrenvoll ist es, für das Vaterland zu sterben.« Ramses ließ die Noten zu Boden fallen. Mit derselben Gleichgültigkeit fasste er Nefrets Hände und führte sie fürsorglich zu einem Sessel. Dann verließ er wortlos den Raum.

Aus Manuskript H

Er sattelte Risha selbst und winkte dem verschlafenen Stallburschen ab. Mit der Sensibilität eines Menschen erahnte der prachtvolle Hengst die Stimmungen seines Herrn; sobald sie die Stallungen hinter sich gelassen hatten, lockerte Ramses die Zügel, und er rannte wie der Wind, wich vereinzelten Hindernissen wie Eseln oder Kamelen aus, ohne an Geschwindigkeit zu verlieren. Auf der Brücke und in der Stadt war mehr Verkehr, doch zu diesem Zeitpunkt hatte Ramses sich wieder besser unter Kontrolle. Er mäßigte Risha zum Schritttempo.

Um halb zwölf erreichte er den Club. Zu früh für das Rendezvous, aber vermutlich war Russell bereits dort. Er überließ Risha einem der bewundernden Türsteher, stürmte die Treppe hinauf und trat ein. Russell befand sich in der Eingangshalle. Er war allein, las oder gab vor, eine Zeitung zu lesen. Allerdings schaute er auf die Uhr, und als er Ramses bemerkte, ließ er die Zeitung sinken und wollte sich erheben. Ramses winkte ab und setzte sich in den neben ihm stehenden Sessel.

»Was machen Sie hier?«, zischte Russell leise. »Ich habe die Nachricht erhalten. Ist irgendetwas schief gelaufen?«

»Nichts, was Sie betrifft. Allerdings gibt es eine leichte Planabweichung. Sie können das Waffenarsenal jederzeit leeren, aber es muss absolut geheim bleiben und Sie dürfen niemanden festnehmen. In der verfallenen Moschee neben Burckhardts Grabstätte ist eine weitere Lieferung versteckt.«

Auf Grund des Befehlstons verengten sich Russells Augen zu Schlitzen. Er war es gewöhnt, Kommandos zu geben, und nicht, sie zu empfangen. »Weshalb?«

»Wollen Sie den Mann, der dahinter steckt?«

»Sie meinen ... Wissen Sie, wer es ist?«

»Ja.«

Er enthüllte es mit der kalten Präzision einer Formel, Punkt für Punkt, und ignorierte die Skepsis, die Russells Gesicht zu einer steinernen Maske erstarren ließ. Einmal bewegte sich diese Maske unmerklich, dennoch schwieg Russell, bis er geendet hatte.

»Als er in Alexandria war, verpassten wir zwei Lieferungen. Er hatte sich am falschen Treffpunkt eingefunden.«

»Dann glauben Sie mir also. Sie können General Maxwell überzeugen –«

Bedächtig schüttelte Russell den Kopf. »Es könnte sich um schlichte Inkompetenz gehandelt haben. Das dachte ich jedenfalls. Deshalb habe ich ihn ablösen lassen und nach Kairo zurückgeschickt. Er gehört zu Maxwells Lieblingen und Maxwell würde jegliches Einschreiten meinerseits ablehnen.«

Ramses war bewusst, dass er Recht hatte. Die Missgunst innerhalb der Armee war eine verflucht unangenehme, allgegenwärtige Tatsache. »Der militärische Abschirmdienst war bislang nicht in der Lage, Informationen über ihn einzuholen«, wandte er ein. »Geben Sie mir wenigstens die Chance, den Beweis zu erbringen.«

»Wie? Ob Sie Recht oder Unrecht haben, ändert nichts an der Tatsache, dass der Bursche bislang keinen falschen Zug gemacht hat. Irgendjemand hat seine Finger im Spiel, das räumt sogar Maxwell ein, aber er würde niemals glauben, dass es einer seiner Lieblinge ist. Wir haben einige Subalterne gestellt, unter anderem auch diese Mrs Fortescue, aber keiner von ihnen hat jemals persönlich mit ihm gesprochen «

»Trotzdem muss er direkt mit seinen Auftraggebern kommunizieren. Vermutlich über Funk. Offensichtlich hat er die Ausstattung nicht in seiner Wohnung. Das bedeutet, er hat einen geheimen Unterschlupf. Ich denke, ich weiß wo. Gelegentlich nimmt er Frauen mit dorthin.«

Russell kniff die Lippen zusammen. »Woher wissen Sie das? Von Ihrem Freund, dem Päderasten?«

»Mein *Freund* ist vertrauter mit seinen Usancen als Maxwell oder Sie. Ihr feiner, emporstrebender junger Offizier ist kein unbeschriebenes Blatt in el Was'a. Auch das würde Maxwell vermutlich nicht glauben. Bitte gestatten Sie mir, auf den Ausgangspunkt zurückzukommen. Es hat keinen Sinn, diesen Unterschlupf zu durchsuchen, Sie würden nichts finden, was ihn belasten könnte. Ich muss ihn auf frischer Tat ertappen. Nein, unterbrechen Sie mich nicht. Der Aufstand soll morgen oder übermorgen stattfinden. Ihm ist seine kostbare Haut viel zu teuer, als dass er während der Revolte in Kairo bliebe, also sucht er einen sicheren Ort auf – möglicherweise das von mir erwähnte Versteck. Ich werde ihm folgen.« Russells Versuch eines Einwandes winkte er mit einer entschiedenen Geste ab. »Deshalb dürfen Sie nichts unternehmen, was ihn warnen könnte. Sie können Wardanis Truppe nicht inhaftieren, ohne dass er davon erfährt, und dann wird er reagieren – weiß der Himmel wie! –, ich vermag mir nicht auszudenken, wozu der Mistkerl in der Lage ist. Er könnte beschließen, auszuharren und überhaupt keinen Schachzug zu machen. Er könnte fliehen. Er könnte sich aber auch zu dem Schritt entschließen, potentielle Zeugen zu beseitigen, um sich selber zu schützen.«

»Sie hassen ihn wirklich bis aufs Blut, nicht wahr?«, murmelte Russell.

»Meine persönlichen Gefühle tun nichts zur Sache. Ich bitte Sie um einen einzigen Gefallen, und ich glaube, ich habe das Recht dazu.«

Zähneknirschend nickte Russell. »Sie müssen es nicht tun und das wissen Sie. Sie haben Ihre Arbeit erledigt.«

Ramses fuhr fort, als hätte sein Gegenüber nichts gesagt. »Morgen früh erwarte ich eine Mitteilung. Falls diese eintrifft, werde ich Sie anrufen und die Nachricht mit dem Kamel hinterlassen. Wenn Sie morgen nicht von mir hören, dann wissen Sie, dass es übermorgen sein wird.« Er erhob sich. »Wir haben lange genug geredet. Würde es Ihnen etwas ausmachen, mich zu beschimpfen oder mir ins Gesicht zu schlagen? Man hat uns beobachtet.«

Ein widerwilliges, rasch unterdrücktes Grinsen umspielte Russells Lippen. »Ich bezweifle, dass auf Grund unseres Verhaltens irgendjemand annehmen würde, wir hätten uns in aller Freundschaft unterhalten. Wo ist dieses Versteck?«

Ramses zögerte.

»Ich unternehme nichts, bis ich von Ihnen höre«, räumte Russell ein. »Oder bis ... ich nichts von Ihnen gehört habe. In letzterem Fall sollte ich wissen, wo ich suchen muss.«

»Nach der Leiche? Der Punkt geht an Sie.«

Er schilderte ihm den Unterschlupf und die genaue Lage. Russell nickte. »Tun Sie mir einen Gefallen. Nein, besser zwei.«

»Und die wären?«

»Spielen Sie nicht den Helden. Falls er unser Mann ist, werden wir ihn früher oder später stellen.«

»Und der andere?«

Russell befeuchtete seine Lippen. »Erzählen Sie Ihrer Mutter nichts davon!«

Ramses wich zurück, versuchte wütend und gekränkt zu wirken. Gott möge ihm vergeben, aber beim Anblick von Russells zutiefst entsetztem Gesicht hätte er beinahe schallend gelacht.

Nachdem er aufgesessen hatte, lenkte er Risha nicht nach Hause, sondern in Richtung Bahnhof und in die engen Gassen von Bulak. Er musste noch eine weitere Verabredung einhalten, vor der er sich beinahe mehr fürchtete als vor der vorangegangenen.

Das Café war ein beliebter Treffpunkt für eine Vielzahl von

zwielichtigen Charakteren, darunter auch einige der weniger renommierten Antiquitätenhändler und die Grabräuber, von denen sie ihre illegale Ware erstanden. Es war eine gute Wahl gewesen; selbst wenn man Ramses erkannte – was auf Grund seines großen Bekanntenkreises in der Antiquitätenbranche mehr als wahrscheinlich war –, würde man vermuten, dass er seinen Geschäften nachging.

David war wie vereinbart dort, er trug einen Tarbusch und einen billigen, schlecht sitzenden Tweedanzug und saß allein am Tisch. Es gelang ihm nicht, bei Ramses' Auftauchen einen Anflug von Verblüffung zu unterdrücken, und als dieser zu ihm stieß, sagte er unumwunden: »Mukhtan ist hier. Er hat dich gesehen.«

»Das spielt keine Rolle. Du wirkst sehr gepflegt und respektabel«, fügte er hinzu.

»Erzähl schon«, murmelte David.

Er konnte es nicht länger aufschieben; David wusste, dass er es ohne guten Grund niemals riskiert hätte, ungetarnt zu kommen. Er formulierte die Nachricht in einem einzigen knappen Satz, ehe David sich Schlimmeres auszumalen vermochte.

Eine Zeit lang saß David reglos, mit gesenkten Lidern. Johnny war sein Schützling gewesen, bevor er sein Schwager wurde, allerdings weilten seine Gedanken jetzt bei Lia.

»Nächste Woche werden wir dich auf einem der Dampfer unterbringen«, sagte Ramses, unfähig, das hartnäckige Schweigen noch länger zu ertragen. »Irgendwie. Versprochen.«

David hob den Kopf. Seine Augen waren trocken und sein Gesicht erschütternd gefasst. »Nicht, bevor das hier vorbei und die Sache für dich erledigt ist.«

»Es ist vorbei. Bevor ich herkam, habe ich mit Russell gesprochen und ihm alles Weitere erläutert.«

»Was ist mit dem Suezkanal?«

»Damit haben wir nichts zu tun. Ich bin aus der Sache heraus. Genau wie du.«

»Dann beabsichtigst du, Percy ungeschoren davonkommen zu lassen?«

Ramses hatte sich stets damit gebrüstet, dass seine kontrollierten Züge nichts preisgaben, aber für David waren sie ein offenes Buch. Er wollte etwas erwidern. David kam ihm zuvor.

»Ich habe darüber nachgedacht, was du gestern Abend gesagt hast – und was du nicht sagen konntest, weil ich dir keine Gelegenheit ließ. Inzwischen kann auch ich die Teile zusammenfügen. Das Haus in Maadi, Percys außergewöhnliches Interesse an deinen Aktivitäten – er befürchtet, dass du ihm auf den Fersen bist, nicht wahr?«

»David –«

»Lüg mich nicht an, Ramses. Mich nicht. Wenn ich ihn mir vorstelle, selbstgefällig und sicher in Kairo, mit seiner Klugheit prahlend, während Männer wie Johnny sterben, dann fühle ich mich hundeelend. Du wirst ihn nicht ungeschoren davonkommen lassen. Wenn du mir deine Pläne nicht schilderst, werde ich den Bastard eigenhändig töten.«

»Meinst du, Lia wird es dir danken, wenn du dein Leben aufs Spiel setzt, um Johnny zu rächen? Percys Tod macht ihn nicht wieder lebendig.«

»Aber es würde mich erheblich erleichtern.« Davids Lächeln jagte Ramses einen Schauer über den Rücken. Er hatte dieses sanfte Gesicht noch nie so hart gesehen.

»Ich habe eine gewisse Vorstellung«, gestand Ramses widerwillig.

»Irgendwie habe ich mir das gedacht.« Sein Lächeln war eiskalt.

Es dauerte nicht lange, bis er seinen Plan geschildert hatte, soweit er einen hatte. Während er zuhörte, entkrampften sich Davids geballte Fäuste. Tränen traten in seine Augen. Jetzt vermochte er um Johnny zu trauern.

Seltsamerweise war es nicht Johnnys Gesicht, das Ramses ständig vor Augen hatte. Es war das des jungen Deutschen.

Aus Briefsammlung B

Liebste Lia,

mindestens eine Woche wird verstreichen, ehe du meinen Brief erhältst. Wozu soll das Schreiben gut sein? Aber es ist alles, was ich tun kann. Wäre ich bei dir, könnte ich meine Arme um dich legen und mit dir weinen. Sinnlos zu behaupten, dass der Schmerz nachlassen und mit der Zeit erträglich wird. Welcher Trost ist das für jemanden, der hier und jetzt trauert?

Du hast mich getröstet, als ich dich brauchte – egoistisch, undankbar und uneinsichtig wie ich war –, und jetzt, da du mich brauchst, kann ich nicht bei dir sein. Glaube mir eins, Lia – halte dich daran fest und verliere nie den Mut. Eines Tages in naher Zukunft wird es eine fröhliche Nachricht geben. Mehr kann ich in einem Brief nicht sagen und nicht einmal das sollte ich andeuten. Vergiss nie, dass ich alles tun würde, um uns alle wieder zu vereinen.

14

Am nächsten Morgen brachen die Vandergelts unmittelbar nach dem Frühstück auf. Wenn wir sie darum gebeten hätten, wären sie sicherlich geblieben, doch ich denke, Katherine verstand, dass wir mit unserem Schmerz allein sein wollten. Das Schlimmste war, dass wir nichts für die geliebten Menschen tun konnten, die am meisten gelitten hatten. Ich hatte geschrieben und Nefret war meinem Beispiel gefolgt; Emerson hatte ein Telegramm aufgegeben, und Ramses brachte die Depeschen zum Hauptpostamt in Kairo, um ihre umgehende Weiterleitung zu gewährleisten. Es war wenig genug.

Ramses kehrte rechtzeitig zurück, um sich von den Vandergelts zu verabschieden. Er hatte das Haus vor Tagesanbruch verlassen, und mir war klar, dass er vor dem Versand der Briefe nach der Botschaft Ausschau gehalten hatte, die das Ende seiner Mission ankündigte. Als er meinem fragenden Blick begegnete, schüttelte er den Kopf. Dann also nicht heute, sondern morgen.

Da ich wusste, dass er vor seinem Aufbruch so gut wie nichts zu sich genommen hatte, schlug ich vor, in den Frühstücksraum zurückzugehen und Fatima das Vergnügen zu gönnen, uns aufs Neue zu beköstigen. Ihr Gesicht hellte sich auf, als ich sie um weiteren Toast und Kaffee bat.

»Aber ja, Sitt Hakim, selbstverständlich! Ihr müsst bei Kräften bleiben. Werdet ihr heute nach Gizeh aufbrechen? Ich habe Selim informiert, dass ihr das vielleicht nicht wollt.«

»Wir könnten einen Ruhetag einlegen«, meinte Emerson gedehnt. »Das würden die Regeln des Anstands erfordern.«

»Ich bezweifle, dass Johnny sich um Anstandsregeln scheren würde«, wandte Ramses ein. »Allerdings könnten wir eine Art Trauerfeier ins Auge fassen. Daoud und Selim würde es gefallen und die anderen werden ihm respektvoll die letzte Ehre erweisen wollen.«

»O ja, Sitt«, ereiferte sich Fatima. »Sie werden alle kommen wollen. Wer ihn nicht persönlich kannte, hat von seinem Humor und seiner Liebenswürdigkeit gehört.«

»Die Idee gefällt mir«, sagte ich, während ich meine Emotionen zu verbergen versuchte. »Aber nicht heute. Vielleicht sind wir morgen – oder übermorgen – gefasster für eine solche Zeremonie.«

Ich dachte an David. Es wäre unendlich tröstlich, ihn wieder bei uns zu wissen. Wie dieser Teil der Angelegenheit geregelt werden sollte, hatte Ramses nicht geschildert; falls die Behörden seinen Mut und seine Aufopferung jedoch nicht umgehend anerkannten, würde ich ein Wörtchen mit General Maxwell zu reden haben.

»Unter diesen Umständen können wir ebenso gut für eine Weile in Gizeh arbeiten«, warf Emerson ein. »Beschäftigung lenkt ab, was? Gegen Mittag werden wir zurückkehren. Für den heutigen Nachmittag habe ich andere Pläne.«

Ramses hob die Augenbrauen. »Vater, kann ich kurz mit dir reden?«

»Aber natürlich«, erwiderte sein Vater betont freundlich. »Nefret, dein Kleid steht dir sehr gut, aber willst du dich nicht besser umziehen? Falls du uns begleitest, meine ich.«

Es war kein Kleid, sondern eines ihrer rüschengeschmückten Negligés. Ich hatte ihr keinerlei Vorwürfe gemacht, dass sie so zwanglos gekleidet zum Frühstück heruntergekommen war, denn sie sah gar nicht gut aus, hatte dunkle Schatten unter den Augen und bleiche, eingefallene Wangen. Allerdings erklärte sie sich spontan bereit mitzukommen und eilte davon, um sich umzuziehen.

Winkend und nickend führte Emerson uns in den Garten.

»Ich habe diese Heimlichtuerei verflucht satt«, brummte er. »Was ist es diesmal, Ramses? Wenn du mir sagen willst, dass die Sache verschoben worden ist, dann fahre ich vermutlich aus der Haut.«

»Da sei Gott vor«, murmelte Ramses. »Nein, Sir, sie ist nicht verschoben worden, aber es gab eine leichte Planabweichung. Russell will noch ein oder zwei Tage warten, bevor er die Übeltäter stellt. Falls du dir das für den heutigen Nachmittag vorgenommen hattest, wirst du es dir aus dem Kopf schlagen müssen.«

Emersons buschige Brauen zogen sich zusammen. »Warum?«

»Nun, sie sind doch ziemlich harmlos, oder? Sie warten auf ein Signal, das sie nicht bekommen, da ich es nicht geben werde, und ohne Waffen können sie nicht viel tun.«

Augenscheinlich überzeugte Emerson diese Logik nicht. Er brannte darauf, jemanden zu verprügeln, oder, wenn möglich, eine Vielzahl von Leuten.

»Du hattest doch nicht etwa vor, den einen oder anderen von dieser Bande zu warnen, oder?«, erkundigte er sich. »Dieser Bursche Asad scheint deine Achillesferse zu sein.«

»Ich denke«, erwiderte Ramses, dessen zusammengekniffene Augen und gerötete Wangen andeuteten, dass er kurz vor einem Wutanfall stand, »das überlässt du besser mir.«

Zu meinem Erstaunen schaute Emerson betreten drein. »Äh – ja. Wie du meinst, mein Junge.«

»Da kommt Nefret. Lasst uns aufbrechen.«

Sobald wir aufgesessen hatten und uns auf den Weg machten, übernahm Ramses die Führung, Nefret war dicht hinter ihm. Es war ein grauer, diesiger Morgen und der bedeckte Himmel entsprach meiner düsteren Stimmung.

»Lass sie vorausreiten«, sagte ich zu Emerson. »Ich möchte mit dir reden.«

»Und ich mit dir. Fang an, mein Schatz, die Damen haben Vorrang.«

»Es überrascht mich, dass du so nachgiebig gegenüber Ramses bist. Hast du wirklich vor, seine Anweisungen zu befolgen?«

»Ja, gewiss. Und du auch. Er hat es sich rechtmäßig verdient, sie zu geben. Ich habe überaus großen – äh – Respekt vor dem Jungen.«

»Hast du ihm das auch gesagt? Hast du ihm gesagt, dass du ihn liebst und stolz darauf bist, sein Vater zu sein?«

Emerson schien schockiert. »Gütiger Himmel, Peabody, etwas Derartiges würde kein Mann einem anderen sagen. Er weiß, wie ich fühle. Wie zum Teufel kommst du darauf?«

»Ich dachte gerade an Johnny«, seufzte ich. »Wenn es zu spät ist, wünscht man sich immer, man hätte mehr gesagt, seine Empfindungen offener gezeigt.«

»Verflucht, Peabody, was für ein morbider Gedanke! Du wirst noch reichlich Gelegenheit finden, Ramses und David irgendwelche von dir gehegten Gefühle zu demonstrieren. Das Einzige, was sie noch tun müssen, ist, diese endgültige Mitteilung an Russell weiterzuleiten, damit er weiß, wann er reagieren soll.«

»Heute Morgen gab es keine Nachricht, also muss es morgen sein. Wird der Angriff auf den Suezkanal zeitgleich stattfinden?«

»Keine Ahnung.« Unwillkürlich rieb Emerson sich das

Kinn. »Wir können nicht davon ausgehen, dass er zeitlich mit dem Aufstand zusammenfällt. Sie könnten ihre kleine Revolte vorziehen, um zu verschwinden, bevor der Angriff auf den Suezkanal stattfindet. Falls sie blutig genug verläuft, wird sie die in Kairo stationierten Truppen einbeziehen und es möglicherweise erforderlich machen, Truppenverstärkung von der Verteidigung des Suezkanals abzuziehen. Oh, zum Teufel damit, Peabody! Es wird keine Revolte geben, und falls diese Idioten im Stab nicht merken, dass ein Angriff unmittelbar bevorsteht, dann haben sie der Sache zu wenig Beachtung beigemessen.«

»Wie du meinst, mein Schatz.«

»Hmhm.«

»Jetzt bist du an der Reihe. Was wolltest du mir sagen?«

Er reagierte mit einer Gegenfrage. »Wann wird Lias Kind geboren?«

»Im März. Sofern ihre Trauer und Besorgnis nicht zu einer Frühgeburt führen.«

»Du wärst gern bei ihr, nicht wahr? Und bei Evelyn.«

»Gewiss.«

»Es heißt, dass die Dampfer ausgebucht sind, aber ich habe Beziehungen. Wir werden Anfang nächster Woche zurückreisen.«

»Emerson! Heißt das –«

»Verflucht, Peabody, auch ich will bei ihnen sein. Ich will, dass Ramses Ägypten eine Zeit lang den Rücken kehrt. Und ich möchte Lias Gesicht sehen, wenn David durch die Tür marschiert.«

»Du würdest die Exkavation tatsächlich abschließen?«

»Äh-hm, ich dachte, ich könnte Ende März für eine kurze Saison zurückkehren. Wenn du nicht willst, brauchst du nicht mitzukommen.«

»Einen Augenblick, Emerson.«

Umarmungen zwischen zwei Reitern sind beileibe nicht so romantisch, wie es klingen mag. Dennoch gelang es uns hervorragend. Nachdem Emerson mich wieder auf meinen Sattel gesetzt hatte, sagte ich: »Du willst, dass David in der nächsten Woche mit uns zusammen abreist. Ist das denn machbar, Emerson?«

»Ich werde dafür sorgen.« Energisch schob Emerson sein Kinn vor. »Da es mir nicht vergönnt ist, Revolutionäre zu verhaften, werde ich Maxwell heute Nachmittag anrufen und ihm befehlen – äh – ihn bitten, die entsprechenden Schritte einzuleiten. David braucht eine offizielle Ausreisegenehmigung und Papiere.«

»Gibt es denn in der Zwischenzeit irgendeinen Grund, weshalb er nicht bei uns sein kann? Ramses hat ihn gestern Abend getroffen und ihm die Sache mit Johnny erzählt. Er wird tief betrübt sein. Wir könnten ihn verstecken, für ihn sorgen und ihn trösten. Fatima würde kein Sterbenswort verraten.«

»Das würde dir gefallen, was?« Emerson grinste mich an. »Wir wollen abwarten, wie Maxwell reagiert. Falls er nicht kooperieren will, werden wir die Sache auf unsere Weise klären und David außer Landes schmuggeln, indem wir ihn in eine Frachtkiste mit der Aufschrift »Tonscherben« packen.«

»Oder als Selim verkleidet, mit dessen Papieren«, sinnierte ich. »Eine Frachtkiste wäre doch sehr unbequem. Selim könnte sich verbergen, bis –«

»Mäßige deine ausschweifende Phantasie«, bemerkte Emerson zärtlich. »Wenigstens vorübergehend. Wir werden es irgendwie schaffen.«

Ein Sonnenstrahl glitt über sein entschlossen lächelndes Gesicht. Der Himmel klarte auf. Ich hoffte, dass man das als weiteres Omen werten konnte.

Unser Vorhaben, uns mit Arbeit abzulenken, scheiterte. Selbst Emerson vermochte sich nicht zu konzentrieren, und

Nefret und Ramses steigerten sich in eine heftige Auseinandersetzung wegen eines Fotos hinein, das sie von der Türattrappe gemacht hatte.

»Die Beleuchtung ist nicht korrekt«, beharrte Ramses. »Was hast du dir dabei gedacht? Ich brauche mehr Konturenschärfe. Der untere linke Teil der Inschrift –«

»Dann mach es doch selbst!«

»Mach ich auch!«

»Nein, das wirst du nicht tun. Gib mir sofort die Kamera!«

Ich wollte gerade einschreiten, als Nefret die Kamera losließ und sich mit zitternder Hand die Augen wischte. »Tut mir Leid«, murmelte sie. »Ich glaube, ich bin heute nicht in der Verfassung, konzentriert zu arbeiten.«

»Das ist durchaus verständlich, mein Schatz«, beruhigte ich sie. »Vielleicht war es doch keine so gute Idee. Ich werde Emerson sagen, dass wir besser aufhören.«

Fatima servierte uns ein reichhaltiges Mittagessen, von dem niemand viel aß. Wir saßen noch am Tisch, als sie die Post hereinbrachte. Sie reichte sie Emerson, der die diversen Depeschen verteilte. Wie üblich war der größte Stapel für Nefret. Sie sortierte ihn rasch und entschuldigte sich dann.

Ihr Wunsch nach Privatsphäre war verdächtig. Ich folgte ihr.

Genau wie Fatima. Als ich näher kam, hörte ich sie fragen: »Weißt du inzwischen, Nur Misur, ob du zum Abendessen hier sein wirst?«

»Ja«, erwiderte Nefret abwesend. »Ja, vermutlich werde ich hier sein.«

Sie hatte einen der Umschläge geöffnet und umklammerte ein Stück Papier. Sie wirkte schuldbewusst, als sie mich sah.

»Hattest du heute Abend eine Verabredung?«, erkundigte ich mich. »Du hast mir gegenüber nichts erwähnt.«

Nefret stopfte das Papier in ihre Rocktasche. »Ich hatte sie fast vergessen, da sie schon seit langem feststand. Aber ich habe vorhin angerufen und abgesagt.«

Es war ungewöhnlich für Nefret, zu solchen Ausflüchten zu greifen. Die Absage stammte nicht von ihr – und sie hatte auch nicht angerufen –, sondern von ihrem Briefpartner. Percy? Er war vermutlich der Einzige, für den sie lügen würde. Wenigstens würde ich mir keine Sorgen machen müssen, dass sie am Abend ausging.

Ramses und Emerson saßen noch am Tisch, als ich zurückkehrte. »Was hatte das nun wieder zu bedeuten?«, brummte mein Gatte. »Du bist hinausgespurtet wie ein Beute witternder Jagdhund.«

Nefret hatte den Wunsch geäußert, sich in ihrem Zimmer etwas auszuruhen, also konnte ich ungezwungen reden. Ich schilderte ihnen meinen Verdacht.

»Du siehst hinter allem irgendwelche Geheimnisse«, knurrte Emerson. »Haben wir nicht schon genug andere Probleme?«

Ramses' ausdruckslose Miene wurde noch nichts sagender. »Entschuldigt mich«, sagte er und schob seinen Stuhl zurück.

»Wo gehst du hin?«, wollte ich wissen.

»Ich bin fertig. Muss ich erst eure Erlaubnis abwarten, ehe ich den Tisch verlassen darf? Ich bin in meinem Zimmer, falls ihr mich braucht.«

Sein schroffer Tonfall irritierte mich nicht. Ich bedachte ihn mit einem entschuldigenden Lächeln. »Angenehme Ruhe.«

Auch ich hatte mich etwas ausruhen wollen, konnte mich aber nicht hinlegen. Ein aufgewühlter Geist findet keinen Schlaf. Wenn ich nicht an Johnny und seine bedauernswerten Eltern dachte, sorgte ich mich um Lia und die Auswirkungen des Schocks auf ihr Kind, und um David, der allein in irgendeiner schäbigen Hütte trauerte, und um den Vormarsch der Türken und um Ramses ... der vielleicht etwas tat, was ich nicht gutheißen würde. Ich vertraute ihm nicht mehr als früher.

Nach einer Weile gab ich auf und schlenderte in den Garten. Gartenarbeit hilft dem gemarterten Gemüt, wie Shakespeare meint (in diesem Fall allerdings an anderer Stelle), doch als ich sah, was das Kamel mit meinen Blumen angestellt hatte, geriet ich vollends aus der Fassung. Was das verfluchte Vieh nicht zertreten hatte, hatte es gefressen, einschließlich mehrerer Rosensträucher. Für ein Kamel sind Dornen lediglich eine pikante Würze.

Ich ging auf die Suche nach dem Gärtner, weckte ihn auf und kehrte mit ihm und einigen Gartengeräten an den Ort der Zerstörung zurück. Alles musste umgegraben und neu bepflanzt werden. Um mich zu beruhigen, griff ich zum Spaten und legte selbst Hand an. Während meiner Tätigkeit stürmte Nefret aus dem Haus. Sie trug Straßenkleidung, Hut und Handschuhe.

»Da bist du!«, rief sie. »Gütiger Himmel, warum gräbst du den Garten um?«

Ich steckte meinen Spaten in den Boden und wischte mir den Schweiß von der Stirn. »Die Kapuzinerkresse gefiel mir nicht mehr. Wohin gehst du? Ich bin davon ausgegangen, dass du zum Abendessen hier bist.«

»Sophia rief an; vor kurzem wurde eine Frau eingeliefert, die möglicherweise operiert werden muss. Ich muss sofort aufbrechen. Ich weiß nicht, wann ich zurück sein werde.«

»Viel Glück für sie und für dich, mein Schatz.«

»Danke. Seid ihr heute Abend hier? Ihr alle?«

»Hm, ja, ich glaube schon.«

Mir schien, als wollte sie noch etwas sagen, doch dann nickte sie und stürmte davon.

Ich beobachtete sie, bis sie außer Sichtweite war. Dann überließ ich Jamal das Umgraben und ging ins Haus. Als man mich zu Sophia durchstellte, war sie offensichtlich verblüfft, dass ich die Mühe auf mich nahm, sie zu informieren, dass Nefret unterwegs war. Trotzdem dankte sie mir überschwänglich.

Wenigstens wusste ich jetzt, dass Nefret mich diesmal nicht belogen hatte. Wo zum Teufel war sie am Nachmittag zuvor gewesen – und, noch wesentlicher, wen hatte sie getroffen? Was auch immer sie tat und aus welchem Beweggrund, ich musste es unterbinden. Meine einzige Entschuldigung, warum ich die Konfrontation vermieden hatte, war mein Engagement in der anderen Sache, und diese war jetzt geklärt. Heute Abend, überlegte ich. Sobald sie heimkehrt.

Nach meiner schweißtreibenden Arbeit im Garten war ein schönes Bad kein Luxus, sondern eine Notwendigkeit. Emerson hatte ich den ganzen Nachmittag nicht gesehen; er hatte sein Arbeitszimmer aufgesucht, um zu lesen oder seinen Gedanken nachzuhängen. Ich beschloss, ihn mit einem der hübschen Nachmittagskleider zu überraschen, die Nefret mir zu Weihnachten geschenkt hatte. Besonders gefallen hatte ihm ein dünnes gelbes Seidenkleid, das praktischerweise vorn geschlossen wurde. (Praktisch beim Ankleiden, will ich damit sagen.) Sonnengelb ist eine fröhliche Farbe. Ich habe mich nie überwinden können, schwarze Trauerkleidung zu tragen; sie ist ein Armutszeugnis für einen Glauben, der dem Verdienstvollen Unsterblichkeit verspricht.

Als Emerson sich zu mir in den Salon gesellte, bewies mir seine heitere Miene, dass meine Garderobe geschickt gewählt war. Ich wollte uns gerade Tee einschenken, als Ramses auftauchte.

»Ich werde zum Abendessen nicht hier sein. Fatima ist informiert.«

Sein Gesichtsausdruck war dermaßen arglos, dass ich sogleich die schlimmsten Vorahnungen hatte. Er trug Reithose und Stiefel, Wolljacke und ein khakifarbenes Hemd ohne Krawatte oder Weste – eine Garderobe, die möglicherweise der Tarnung diente. Ich erwiderte: »Du bist nicht entsprechend gekleidet für ein formelles Abendessen.«

»Ich bin mit einem der indischen Offiziere verabredet. Wie du weißt, haben sie keinen Zugang zu den Hotels; wir treffen uns in einem Café in Bulak.«

»Weshalb?«, fragte ich misstrauisch.

»Sprachunterricht und vielleicht eine freundschaftliche Rauferei. Das kommt davon, wenn man sich zu erkennen gibt. Vermutlich wird er mir beide Beine brechen.«

»Sie gestatten Männern wie ihm, das Heer zu verlassen, obschon die Türken im Begriff sind, den Suezkanal anzugreifen?«, ereiferte sich Emerson. »Verrückt, absolut verrückt!«

»Maxwell glaubt nach wie vor nicht an einen bevorstehenden Angriff oder dass die Türken überhaupt eine Chance haben. Hoffentlich behält er Recht. Wartet nicht auf mich, es kann spät werden.« Er strebte zur Tür.

»Wirst du David heute Abend treffen?«

Er blieb stehen. »Was schlägst du vor?«

Ich bemerkte, dass er zögerte, offenbar bemüht, Ausflüchte zu vermeiden, und mein Temperament ging mit mir durch. »Ich schlage vor, dass du ihn mitbringst, wenn du ihn triffst. Die Zeit der Heimlichkeit ist vorbei; falls du es für unbedingt erforderlich hältst, können wir ihn ein oder zwei Tage verbergen.«

»Das wird nicht nötig sein.« Er drehte sich um und sah mich an. »Du hast Recht, es wird Zeit, dass David heimkehrt. Gute Nacht.«

Aus Manuskript H

In der Dämmerung erreichte er sein Ziel, es war noch immer hell genug, um den Weg zu erkennen, aber doch so dunkel, dass seine Bewegungen unbemerkt blieben. David hatte Einwände gegen seinen Alleingang geäußert, doch er wollte vorbereitende Erkundungen machen.

»Falls Percy überhaupt auftaucht, dann erst nach Einbruch der Dunkelheit«, hatte er erklärt. »Die Vorstellung wird nicht vor Mitternacht beginnen. Alles ist vorbereitet. Um neun Uhr dringt Russell in das Lagerhaus und die Moschee ein, und sobald er die Waffen sichergestellt hat, wird er in sein Büro zurückkehren und auf meine Nachricht warten. Glaubst du, ich werde nicht allein mit Percy fertig? Darüber hinaus brauche ich dich als Späher. Verlier jetzt nicht die Nerven, David. Morgen früh ist alles vorüber und wir werden heimkehren und Fatima wird dir Frühstück machen.«

Und er würde seinen erzürnten Eltern erklären müssen, warum er ihnen nicht die Wahrheit gesagt hatte. Der Gedanke gefiel ihm gar nicht. Wüssten sie allerdings, dass die Sache heute Abend stattfand, dann hätten sie ihn nicht vor die Tür gelassen – oder darauf bestanden, ihn zu begleiten, was noch schlimmer gewesen wäre.

Im Dämmerlicht wirkte der alte Palast so abschreckend, dass es kein Wunder war, dass die Einheimischen ihn mieden. Er war im späten 18. Jahrhundert von einem der mameluckischen Beis erbaut worden, dessen Grausamkeit berüchtigter war als die seiner Fürsten; es hieß, dass die Seelen seiner Opfer zusammen mit Geistern und Dämonen stöhnend und wehklagend durch das Gemäuer streiften. Es gab sicherlich viele Eulen, die in dem alten Mauerwerk nisteten. Er mied den zerstörten Springbrunnen und die umgestürzten Säulen im Hof, pirschte schnell durch Gestrüpp und Gebüsch und erreichte ein kleines, recht gut erhaltenes Gebäude.

Ramses hatte eine Taschenlampe mitgebracht und hielt sie so, dass nur ein schmaler Lichtstreifen sichtbar wurde. Er setzte sie sparsam ein und inspizierte die vier Seiten des Gebäudes, das früher vielleicht ein Pavillon gewesen war. Jetzt waren die hohen Fenster mit einfachen, aber massiven Holzblenden verschlossen und die Tür schien neueren Ursprungs zu sein. Am Ende einer kurzen Treppe entdeckte er einen weiteren Eingang, der zu unterirdischen Gewölben führen musste. Beide Türen waren mit neuen Sicherheitsschlössern versehen. Sie zu öffnen war zeitaufwendig und hinterließ vielleicht Spuren. Er entschied sich für einen der Fensterläden.

Auch sie waren verschlossen oder von innen verriegelt. Die mitgebrachte Brechstange löste dieses Problem. Im Hausinnern musste er seine Taschenlampe einsetzen, und als der schwache Lichtkegel durch das Zimmer wanderte, entwich ihm ein lautloser Pfiff. Der Raum wirkte wie eine Mischung aus Bordell und Boudoir, mit seidenen Wandbehängen und dicken Teppichen. Das Bett, das fast den gesamten Raum einnahm, war eine Spielwiese aus zerwühlten Laken und verstreuten Kissen.

Rasch und nur oberflächlich durchsuchte er das Zimmer; nicht einmal Percy wäre so idiotisch, belastendes Material in dem Raum zu verstecken, in dem er sich mit seinen weiblichen Gästen vergnügte. Das einzig Interessante war ein langes, schmales Seidenband von der Art, wie es für die Schnürung gewisser weiblicher Kleidungsstücke benötigt wurde. Für Augenblicke stand er da, drehte es in seinen Händen, bevor er es beiseite warf und das Zimmer verließ.

Eine Tür in dem engen Flur führte zu einem viel versprechenden Raum. Offenbar schätzte Percy Luxus und Komfort; Orientteppiche bedeckten den Boden und die Wände, die Einrichtung umfasste mehrere bequeme Sessel, eine gut ausgestattete Hausbar, einige Öllampen und eine große Kupferschale, die als Kohlenpfanne benutzt worden war. Um Dokumente zu verbrennen? Wenn ja, hatte er ganze Arbeit geleistet.

Nichts in dem Raum deutete auf die Identität des Mannes hin, der ihn gelegentlich bewohnte. Sich seiner knappen Zeit bewusst, durchsuchte Ramses den Rest des kleinen Gebäudes. Am Ende des Ganges, zwischen Schlaf- und Arbeitszimmer, befand sich eine weitere Tür zu einer Treppe, die nach unten führte. Der Keller war weitläufiger als das Erdgeschoss und inzwischen – bis auf einige Ratten und verrottetes Stroh und ein paar Sägespäne – leer, dennoch vermutete er, dass dort früher einmal die Waffen gelagert worden waren, die an Wardani weitergeschickt wurden – und woandershin? Ein Teil war in kleine, zellenartige Nischen abgetrennt worden. Bis auf eine waren sie leer. Die schwere Holztür knarrte, als er sie aufdrückte.

Der schmale Lichtstreifen erhellte einen Boden aus gestampfter Erde und Mörtelwände. Der Raum war ungefähr zwei Quadratmeter groß und enthielt zwei Möbelstücke – einen Stuhl und einen schäbigen Holztisch, auf dem ein großer Tonkrug stand; tote Fliegen schwammen auf der Oberfläche des abgestandenen Wassers. Außer einigen massiven Haken an der Wand gegenüber der Tür befand sich nur ein weiterer Gegenstand in der Zelle. Zusammengerollt und geschmeidig wie eine Schlange hing er an einem der Haken. Er war gesäubert und geölt worden, doch als er genauer hinsah, bemerkte er die dunklen Flecken, die in den Boden gesickert und eingetrocknet waren, und begriff mit erschreckender Deutlichkeit, dass Farouk hier gestorben war. Einer der schweren Haken hatte den entsprechenden Abstand vom Boden.

Er trat den Rückweg über die Treppe an, froh, dass David nicht bei ihm war. Er schwitzte und zitterte wie eine furchtsame, alte Frau. Von Selbstvorwürfen und unbändigem Zorn auf den Mann übermannt, der die Karbatsche eingesetzt hatte, kehrte er zurück in das provisorische Büro. Verflucht, irgendwo musste es etwas geben, er musste doch irgendetwas finden! Bevor er eine weitere intensive Suche begann, entriegelte er die Blenden und öffnete eine einen Spaltbreit. Es konnte nie schaden, eine weitere Fluchtmöglichkeit zu haben, und auf Grund des geöffneten Fensters würde er einen herannahenden Reiter früher wahrnehmen. Er war sich keineswegs sicher, dass Percy heute Abend auftauchte; aber falls jener an Nefret adressierte Brief von Percy stammte, dann hatte er ein Treffen abgesagt, das ihn an jenem Abend in Kairo festgehalten hätte. Das bewies rein gar nichts, war lediglich eine Vermutung. David wartete an der Kreuzung nahe der Mit Ukbeh; Percy würde ihn passieren müssen, egal, ob er die Straße nach Gizeh nahm oder den Fluss bei Bulak überquerte, und sobald das eintrat, war sein Ziel eindeutig klar. Auf Asfurs Rücken – Ramses hatte David die Stute zuvor gebracht – war es David ein Leichtes, Percy zu überholen und rechtzeitig einzutreffen, um das vereinbarte Signal zu geben, das Ramses vor der Ankunft seines Cousins warnte.

Letztlich war das Versteck gar nicht so schwierig zu finden. Hinter den Wandbehängen befand sich eine größere Nische, deren bemalter Putz abbröckelte. Dort stand das Funkgerät und auf einem Regal darunter lag eine mit unzähligen Dokumenten gefüllte Mappe. Wahllos zog Ramses eines hervor und betrachtete es im Schein der Taschenlampe. Zunächst konnte er nicht glauben, was er dort sah: eine Landkarte des Gebietes rund um den Suezkanal, von Ismailija bis zu den Bitterseen. Es handelte sich um eine grobe Skizze, doch alle Orientierungspunkte waren erfasst, sämtliche Straßen und Bahnlinien und selbst die größeren Gebirgszüge.

Fassungslos inspizierte er die anderen Papiere. Keiner außer

Percy wäre ein solcher Idiot, dass er Dokumente wie diese aufbewahrte: Abschriften der Mitteilungen, die er verschickt und empfangen hatte, verschlüsselt und unverschlüsselt, Notizen, sogar eine von ihm mit Anmerkungen versehene Namensliste. Keiner von diesen Namen war Ramses geläufig, dennoch hätte es ihn nicht überrascht, wenn sich hinter einigen dieser Pseudonyme Menschen verborgen hätten, die er kannte oder gekannt hatte. Drei davon waren durchgestrichen.

Was zum Teufel hatte Percy bewogen, solche belastenden Beweismaterialien aufzuheben? Konnte er sich nicht einmal die Namen seiner eigenen Auftraggeber merken? Vielleicht plante er, seine Memoiren zu schreiben, eines Tages, wenn er alt und senil war. Um ihm Gerechtigkeit widerfahren zu lassen: die Dokumente enthielten nichts, was *ihn* belastete. Die Handschrift war zwar ziemlich schlecht verstellt, dennoch hätte es mehr als der widersprüchlichen Urteile von Schriftgutachtern bedurft, um ein Militärgericht zu überzeugen.

Er wollte die Mappe gerade schließen, als ihm ein verspäteter Geistesblitz kam. Er nahm eines der Dokumente und las es erneut. Die Notizen waren lediglich Anmerkungen, zumeist Zahlen, ohne nähere Erläuterung, doch falls diese Nummer ein Datum war und jene eine Uhrzeit und die Briefe auf die Orte hinwiesen, die sich nach seiner Ansicht dahinter verbargen ...

Das Geräusch, das durch den Wandbehang drang, ließ seinen Herzschlag aussetzen. Es war das Knarren von Türangeln. Die Zimmertür war geöffnet worden.

Seine Finger fanden den Schalter der Taschenlampe, Dunkelheit umfing ihn. Ihm blieb gerade noch Zeit, sich für seine Unvorsichtigkeit und seine Selbstüberschätzung zu verfluchen, ehe er jemanden reden hörte und erkannte, dass es nicht Percy war. Die Stimme war tiefer und getragener und sie hatte türkisch gesprochen.

»Niemand hier. Er verspätet sich.«

Die Antwort folgte in derselben Sprache, doch Ramses wusste auf Grund des Akzents, dass es nicht die Muttersprache des Sprechers war. »Dieser Ort gefällt mir nicht. Er hätte uns in Kairo treffen können.«

»Unser heldenhafter Führer geht solche Risiken nicht ein.«

Der andere Mann spie aus. »Er ist nicht mein Führer.«

»Wir haben dieselben Auftraggeber, Sie und ich und er. Er gibt die Befehle weiter. Und heute Abend wird es Befehle für uns geben. Setzen Sie sich.«

Während sie sprachen, hatte Ramses die Mappe geschlossen und weggelegt und die Taschenlampe in seine Jackentasche gleiten lassen. Als sie schwiegen, verharrte er völlig reglos und hoffte, dass seine Atemgeräusche nicht so laut waren wie von ihm befürchtet. Letztlich hatte er Davids Signal nicht verpasst. Dies war eine Zusammenkunft, vielleicht auch ein Fest; soweit die Verschwörer wussten, war ihre Arbeit erledigt. Er glaubte, einen von ihnen zu kennen. Der Türke hatte seine Rolle nur vorgetäuscht. Er war kein ungebildeter, angeworbener Kutscher, sondern sprach das Türkisch der Oberschicht. Wer war der andere Mann? Sollte er es riskieren, den Wandteppich einen Spaltbreit zu öffnen?

Der zunehmende Lichteinfall durch den Wandbehang hielt ihn davon ab. Er konnte nur zwei Dinge tun: in seinem Versteck bleiben und beten, dass niemand das Funkgerät benötigte oder die Dokumente einsehen wollte, oder losstürmen und hoffen, dass das Überraschungsmoment ihm eine Gelegenheit zur Flucht bot. Er trug keine Pistole. Er bezweifelte, dass er jemals wieder eine einsetzen würde. Sie hätte ihm ohnehin nicht viel genutzt; er hatte wesentlich mehr erreicht, als er sich für diesen Abend erhofft hatte, doch die Chancen standen gegen ihn.

Im Verborgenen zu bleiben war vermutlich die bessere der

beiden Alternativen, wenigstens vorübergehend. Er schob den Gürtel mit seinem Messer zurecht, so dass er leichteren Zugriff hatte – und dann wurde die Tür erneut geöffnet.

Für Augenblicke sprach niemand. Dann sagte der Neuankömmling in Englisch: »Noch nicht hier, was? Aber, aber, mein Freund, richten Sie das Gewehr nicht auf mich. Sie erwarten mich zwar nicht, aber ich bin einer von euch.«

»Welchen Beweis haben Sie dafür?«

»Tragt ihr Papiere bei euch, die euch als türkische Spione ausweisen? Die Tatsache, dass ich von diesem Ort weiß, sollte als Beweis genügen. Das ist das Problem mit diesem Beruf«, fügte er leicht gereizt hinzu. »Zu wenig Vertrauen unter den Kollegen. Ihr beide trinkt vermutlich keinen Alkohol. Ich hoffe, ihr habt nichts dagegen, wenn ich mich bediene.«

Langsame, behutsame Schritte durchquerten den Raum, gefolgt von Gläserklirren. Ramses verharrte bewegungslos. Jetzt waren sie zu dritt – und den Neuankömmling kannte er ebenfalls. Der schottische Akzent fehlte, doch die Stimme war dieselbe. Sein Vater hatte einwandfrei die richtige Spur verfolgt. Hamilton war vielleicht nicht Sethos, aber er stand im Sold des Feindes.

Ihr Gespräch vermittelte Ramses eine weitere nützliche Information: Es war keine gute Idee, einen Überraschungscoup zu starten, da der Türke mit einem Gewehr hantierte.

Hamilton hatte sich nicht der Mühe unterzogen, die Tür zu schließen. Ramses hörte das Poltern von Stiefelschritten. Sie blieben schlagartig stehen, und Hamilton bemerkte frostig: »Na endlich. Was hat Sie aufgehalten?«

»Was zum Teufel machen Sie hier?«, wollte Percy wissen.

»Ihre neuen Befehle aus Berlin überbringen«, lautete die gefährlich sanfte Antwort. »Sie nehmen doch nicht an, dass das Oberkommando Sie in all seine kleinen Geheimnisse einweiht, oder?«

»Aber ich dachte, ich wäre –«

»Der Top-Mann in Kairo? Wie naiv von Ihnen. Bislang haben Sie Ihre Sache gut gemacht; von Überwald ist mit Ihnen zufrieden.«

Der Name hatte keine Bedeutung für Ramses, doch Percy kannte ihn offensichtlich. »Sie ... Sie erstatten ihm Bericht?«

»Ihm direkt. Trinken Sie einen Brandy mit mir?«

»Genug jetzt«, warf der Türke plötzlich ein. »Lasst uns das Geschäftliche abschließen.«

»Das eilt nicht«, meinte Percy gedehnt. »In wenigen Stunden werden die Straßen von Kairo ein einziges Blutbad sein. Gütiger Himmel, ist das stickig hier! Los, einer von euch beiden öffnet die Blenden!«

Ramses war klar, dass er nur noch Augenblicke vor dem Entdecktwerden stand. Der geöffnete Fensterladen würde ihnen verraten, dass jemand eingedrungen war, und die Nische war der erste Platz, den sie inspizieren würden. Er bewegte sich bereits, als der Türke rief: »Sie sind aufgebrochen worden. Wer – dort draußen muss jemand sein!«

Er hatte direkt zur Tür stürmen wollen, doch dieser Aufschrei ließ ihn innehalten. Gefangen hinter dem schweren Wandbehang hätte Ramses Davids nachgeahmten Eulenruf nicht hören können, dennoch musste David vor Percy eingetroffen sein; vielleicht war er sogar früh genug auf der Bildfläche erschienen, um die Ankunft der drei anderen zu beobachten. Sicherlich nahm er an, dass Ramses noch im Haus war, möglicherweise als Gefangener, und er würde nicht mehr lange warten, bis er Nachforschungen anstellte, dafür kannte er David ...

Der Türke stand am Fenster, den Gewehrlauf angelegt, den Finger am Abzug. Ramses blieb keine andere Wahl, als sich auf ihn zu stürzen, nicht auf den Türken, sondern auf die Waffe. Er hielt sie gepackt, als der Schuss detonierte. Der Knall war beinahe ohrenbetäubend und der Rückstoß löste seine ungeschickte Umklammerung. Ramses stolperte vorwärts, auf einen schweren Gegenstand zu, der ihn gezielt an der Schläfe traf.

Als er wieder zu sich kam, lag er am Boden, seine gefesselten Hände auf dem Rücken. Sie hatten ihn durchsucht, ihm Jacke und Messer weggenommen. Die nützlichen Gegenstände in seinen Stiefelabsätzen waren unangetastet, aber er konnte sie nicht einsetzen, solange er beobachtet wurde. In seinem Blickfeld bemerkte er vier Füße; ein Paar gehörte zu dem Türken, sinnierte er. Das andere Fußpaar trug elegante Lederschuhe. Vermutlich weilten Hamilton und Percy ebenfalls unter den Anwesenden, aber er konnte sie nicht sehen, ohne den Kopf zu wenden. Es gab mehrere stichhaltige Gründe, das nicht zu tun, unter anderem die Tatsache, dass er das Gefühl hatte, sein Kopf würde platzen, sobald er ihn bewegte. Jemand redete. Percy.

»... viel Lärm um nichts. Selbst wenn sie es wissen, werden sie keine Zeit haben, sich heute Abend mit uns abzugeben.«

»Sie Idiot.« Das war Hamilton, kühl und knapp. »Haben Sie den Mann nicht erkannt, der geflohen ist?«

»Er wird nicht weit kommen. Er wurde getroffen und konnte sich kaum auf den Beinen halten.«

Nur mit Mühe gelang es Ramses, langsam und flach zu atmen. Hamilton antwortete aufgebracht.

»Es war David Todros.«

»Wer? Unmöglich. Er ist in –«

»Ist er nicht. Ich habe ihn genau erkannt. Und jetzt denken Sie nach, sofern das nicht zu mühsam für Sie ist. Wenn Todros hier ist, dann nur, weil die Engländer ihn hergeschickt haben. Er sieht Ihrem Cousin so ähnlich, dass er dessen Identität annehmen kann. Derartiges haben sie schon früher praktiziert. Warum sollten Sie es jetzt tun, und warum war es so wichtig, dass Todros' Präsenz nicht bekannt wurde? Und was ist an diesen Gerüchten über den Mann in Indien?«

Percy schwieg. »Um Himmels willen«, meinte Hamilton gereizt. »Ist es denn nicht offensichtlich? Sie haben diesem unseligen jungen Ganoven erzählt, dass wir Wardani finden und ihn erledigen müssen. Das war keine schlechte Idee; ich habe Wardani auch nie vertraut, und wenn wir ihn zum Märtyrer gemacht hätten, hätten seine Leute den Briten Rache geschworen.«

»Das war Teil des Plans. Er hätte funktioniert, wäre Farouk nicht ein so feiger Bastard gewesen. Er hat den Burschen nur verletzt.«

»Wie schwer?«

»Nun ... schwer genug, vermutlich, wenn man Farouks blumiger Umschreibung glauben darf. Man hat ihn drei Tage lang nicht gesehen.«

»Wo war er während dieser Zeitspanne? Wo war er in der restlichen Zeit? Sie wussten, wo die anderen wohnten, fanden aber nie Wardanis Unterschlupf, nicht wahr? Genauso wenig wie die Polizei, die verflucht intensiv nach ihm gesucht hat.«

»Zum Teufel, behandeln Sie mich nicht so herablassend!«, brüllte Percy. »Ich weiß, worauf Sie hinauswollen, aber Sie irren sich. Ja, ich habe die Gerüchte gehört, und mir war ebenfalls bewusst, dass nur *ein* Mann Wardanis Platz hätte einnehmen können. Es war nicht Ramses. Ich habe Fortescue nach Gizeh geschickt, um festzustellen, ob er ... ob er ... Oh, mein Gott!«

»Ist der Groschen endlich gefallen? Ich würde meine Hand nicht dafür ins Feuer legen, dass Ihre kleine Revolution heute Abend stattfindet. Zehn zu eins, dass sich diese Waffen bereits in den Händen der Polizei befinden.«

Percy ließ einen Schwall Flüche los. Seine Stiefelspitze bohrte sich in Ramses' Rippenbogen und stieß ihn auf den Rücken. »Richtet ihn auf«, schnaubte Percy. »Auf die Füße.«

Zwei der Hände, die ihn hochzogen, waren die des Türken. Der Mann, der seinen anderen Arm packte, hatte den langen weißen, wollenen Haik um Körper und Kopf geschlungen. Die Senussi waren religiöse Reformer, aber keine Asketen; der Kaftan dieses Burschen war aus gelber Seide mit roten Kordeln, seine Weste golddurchwirkt. Percys Tonfall war der eines Herrn gegenüber seinem Diener gewesen, der gleiche Befehlston, den er im Umgang mit allen Nicht-Europäern anschlug, und obwohl die beiden Männer seine Anweisungen befolgt hatten, spiegelte sich Ablehnung auf ihren wutverzerrten Gesichtern.

Lässig an einen der Sesselrücken gelehnt, ein Glas in der Hand, erwiderte Hamilton Ramses' forschenden Blick mit einem blasierten Lächeln. An diesem Abend trug er keinen Kilt, sondern einen formellen Anzug und Stiefel, doch das war nicht die einzige Veränderung in seinem Erscheinungsbild. Das Gesicht war das eines anderen Mannes, härter und entschlossener.

»Wie viel hast du mit angehört?«, erkundigte sich Percy.

»Ziemlich viel«, meinte Ramses ausweichend. »Ich weiß, dass Lauschen unhöflich ist, aber –«

Percy unterbrach ihn mit einem festen Schlag auf den Mund. »Warst du es? Nein, nicht wahr? Das kann nicht sein!«

Er packte Ramses' Hemdfront. Ramses starrte ihn an. Er hatte nichts gegen eine Weiterführung ihrer Diskussion, wusste aber nicht, wie er reagieren sollte. Die Frage war so naiv. Welche Antwort erwartete Percy von ihm? Warum suchte er nicht nach dem eindeutigen Beweis, der Hamiltons Theorie bestätigte?

Ramses wusste die Antwort. Percy konnte nicht zugeben, dass man ihn überlistet hatte, dass all seine brillanten Pläne gescheitert waren. Er würde die Wahrheit leugnen, bis ihn jemand mit der Nase darauf stieß.

Percy hob die Hand zu einem erneuten Schlag, doch bevor er ausholen konnte, trat Hamilton hinter ihn und drehte ihm den Arm um, dann öffnete er Ramses' Hemd und zerrte es von seiner Schulter.

»Ist das Beweis genug für Sie?«, fragte er süffisant.

Der Türke stieß einen unterdrückten Schrei aus. Ramses fragte sich insgeheim, wie detailliert Farouks Beschreibung gewesen war. Nicht, dass es irgendeine Rolle gespielt hätte. Die Narben waren da, die Wunde noch nicht völlig verheilt.

Percys Wangen liefen dunkelrot an, er schmollte wie ein verzogenes Kind. Da Ramses unterschwellig damit gerechnet hatte, biss er die Zähne zusammen, als Percys Faust seine Schulter attackierte. Nachdem die erste Benommenheit gewichen war, stellte er fest, dass er noch immer mehr oder weniger aufrecht stand. Eine heftige Auseinandersetzung schloss sich an, die der Türke maßgeblich mitbestimmte.

»Dann bleibt doch hier, ihr Idioten, und wartet auf die Polizei. Glaubt ihr, er wäre ohne ihr Wissen hergekommen? Wir haben diesen Kampf verloren. Es wird Zeit, dass wir uns zurückziehen und neu formieren.«

Percy fing an zu lamentieren. »Nein. Nein, ihr könnt nicht gehen. Ich brauche eure Hilfe, um mit ihm fertig zu werden.«

Ramses hob den Kopf und begegnete Hamiltons kaltem, abschätzigem Blick.

»Unser türkischer Freund hat Recht«, bemerkte er. »Wir dürfen keine Zeit verlieren. Was sollen wir ihn ins Verhör nehmen, wenn die Antworten offensichtlich sind? Fesselt seine Fuß- und Handgelenke und dann lasst uns verschwinden.«

Percys Kiefer klappte nach unten. »Ihn lebend zurücklassen? Sind Sie irrsinnig? Er weiß, wer ich bin!«

»Dann töten Sie ihn«, zischte der Türke. »Es sei denn, die Blutsbande lähmen Ihre Hand. Soll ich ihm die Kehle aufschlitzen?«

»Machen Sie sich wegen mir keine Mühe«, warf Ramses ein, angenehm erstaunt über seine gefasste Stimme.

Der Türke lachte anerkennend. »Ein guter Scherz, mein Kleiner. Schade, dass wir keine weiteren Witze machen können.«

Ich muss das Gespräch in Gang halten, dachte Ramses, dafür sorgen, dass sie streiten und debattieren, und sie irgendwie aufhalten. Den Türken würde er nicht lange aufhalten können, er war ein alter Hase in diesem Geschäft. Allerdings gab es eine Chance, sofern David noch lebte – anders durfte es nicht sein, denn die Alternative war undenkbar. Ironischerweise hing seine Hoffnung, die nächsten sechzig Sekunden zu überleben, von Percy ab.

»O nein«, schnaubte Percy. »Schon seit Jahren wünsche ich mir seinen Tod. Und jetzt noch mehr. Bringt ihn nach unten.«

»Erledigen Sie das selbst. Sie geben mir keine Befehle.« Der Türke lockerte seine Umklammerung und Ramses sank in die Knie. Der gute alte Percy, dachte er irrwitzigerweise. Stets kalkulierbar.

»Verdammt, dann verschwindet«, brüllte Percy. »Beide. Ihr alle. Ich werde allein mit ihm fertig.«

»Das bezweifle ich«, schnaubte der Türke. »Nun denn. Statt ein Risiko einzugehen, werde ich sicherstellen, dass er anständig gefesselt und bewegungsunfähig ist, bevor ich verschwinde. So wollen Sie ihn doch haben, oder?«

Die Verachtung in seiner Stimme fiel Percy nicht einmal auf. »Ja«, ereiferte er sich. »Gut. Sie müssen sich nicht die Mühe machen, ihn zu tragen, einfach nur –«

»Er wird in den Tod gehen«, murmelte der Türke. »Wie ein Mann. Hilf ihm auf, Sayyid Ahmad.«

Ramses schätzte das unterschwellige Kompliment, doch als sie ihn auf die Füße zogen, wünschte er, die Ehrbezeugungen des Türken wären nicht so schmerzhaft. Während er in der Umklammerung seiner Häscher schwankte, bemerkte er: »Ich hätte nichts dagegen, getragen zu werden. Das Ganze ist irgendwie ermüdend.«

Der Türke lachte schallend. Percy lief rot an. »Wenn du wüsstest, was dir blüht, wärst du nicht so großspurig.«

»Ich habe eine ziemlich gute Vorstellung. Wie würde es Lord Edward umschreiben? ›Die Folter ist ein Schurkenspiel‹, nicht wahr?«

Trotz allem mussten sie ihn schließlich tragen. Percy versetzte ihm zwei weitere brutale Schläge ins Gesicht, ehe die wütenden Kommentare des Türken ihn bremsten. Ramses war sich nur vage bewusst, dass man seine Schultern und Füße packte und ihn kurze Zeit später auf eine harte Oberfläche legte. Als sie die Fesseln durchtrennten, reagierte er automatisch und wehrte sich mit Händen und Füßen. Das gab ihm einige kostbare Sekunden Aufschub, doch sie waren zu viert und schlugen ihn bewusstlos.

Als er wieder zu sich kam, tropfte Wasser von seinem Kinn. Seine trockene Zunge glitt über die Feuchtigkeit auf seinen Lippen. Er war genau dort, wo er vermutet hatte: in der widerlichen kleinen Zelle im Keller, bis zur Taille entkleidet, seine Hände an einem der in der Wand eingelassenen Haken festgebunden. Die Laterne brannte hell. Natürlich. Percy würde sehen wollen, was er tat.

Sein Cousin stellte den Wasserkrug auf den Tisch, packte Ramses' Kinn und drehte dessen Kopf brutal um, so dass ihre Gesichter nur Zentimeter voneinander entfernt waren. »Wie hast du von diesem Palast erfahren?«, krächzte er.

»Wie bitte?«

»Hat sie dir davon erzählt? Ist sie deshalb ... Antworte mir!«

Zunächst hatte er keine Ahnung, wen Percy meinte. »Sie« konnte nicht el-Gharbi sein; eine solche Spitzfindigkeit war viel zu subtil für Percy. Als er schließlich begriff, überwältigte ihn eine so plötzliche Flut von Emotionen, dass er seinen schmerzenden Körper fast vergaß. Er hatte sich eingeredet, dass sie sich nie wieder auf Percy einlassen würde, hatte es fest geglaubt – trotzdem war da stets dieser hässliche Zweifel geblieben, genährt von Misstrauen und Frustration. Der letzte grässliche Verdacht war schlagartig ausgeräumt, nachdem er jetzt erkannte, was sie für ihn riskiert hatte. Er richtete sich mühsam auf, entlastete seine schmerzenden Arme und Handgelenke und sah Percy fest in die Augen.

»Ich weiß nicht, wovon du sprichst. Mein Informant war ein Mann.«

»Das sagst du doch nur, um sie zu schützen. Dieses verdammte kleine Biest! Ich werde es ihr heimzahlen, ich werde –«

Er steigerte sich in einen Schwall wüster Drohungen und Prophezeiungen hinein, den Ramses mit einer Gleichgültigkeit hinnahm, dass es ihnen selbst erstaunte. Ritterlichkeit hieß, dass er die Dame seines Herzens verteidigte, verbal, sofern nicht anders möglich – und nur mit Worten vermochte er sich augenblicklich zur Wehr zu setzen –, doch sie stand darüber, stand über Lob und Tadel.

Als Percys Wutanfall nachließ, hatte er zwar nicht den sprichwörtlichen Schaum vor dem Mund, es schien aber nicht viel zu fehlen. »Also? Sag was!«

»Ich würde ja, wenn mir etwas Konstruktives einfiele«, erwiderte Ramses. Er hatte nicht lachen wollen; denn genau das hätte irgendein tragikomischer Held in einem Melodram getan, aber er konnte nicht anders. »Jetzt hast du die Chance, etwas Kluges zu sagen«, fügte er hilfsbereit hinzu. »Wer zuletzt lacht, lacht am besten, glücklich sind die Dummen, oder wie wäre es mit –«

Sein Kopf prallte gegen die Wand, da Percy losließ. Er zog seine Jacke aus und hängte sie ordentlich über die Stuhllehne, entfernte seine Manschettenknöpfe und rollte die Ärmel hoch. Während er dessen sorgfältige Vorbereitungen beobachtete, erinnerte sich Ramses lebhaft an eine Szene in ihrer Jugend: der blutüberströmte, zuckende Körper der Ratte, von Percy gequält, als Ramses das Zimmer betrat, zu spät, um es zu verhindern, und Percys Gesichtsausdruck, seine feuchten, leicht geöffneten Lippen, die satanisch funkelnden Augen. Jetzt nahm sein Gesicht denselben Ausdruck an. Auch das wollte er Ramses heimzahlen ...

Früher hatte Ramses geglaubt, dass er die Karbatsche mehr fürchtete als alles andere auf der Welt, mehr noch als den eigentlichen Tod. Er hatte sich geirrt. Er hatte Angst wie nie zuvor in seinem Leben – sein Mund war ausgetrocknet, er schwitzte, sein Herz raste und sein Magen krampfte sich zusammen –, er wollte nicht sterben, und es gab noch eine Chance – vielleicht mehr als eine, wenn er lange genug durchhielt ...

Percy packte den Griff der Peitsche, riss sie vom Haken und schwang sie. Ramses drehte sein Gesicht zur Wand und schloss die Augen.

Emerson und ich aßen allein zu Abend und zogen uns anschließend in den Salon zurück. Ein langer Abend lag vor uns; normalerweise hatten Emerson und ich keinerlei Schwierigkeiten, Gesprächsstoff zu finden, doch ich bemerkte, dass ihm ebenso wenig nach einer Unterhaltung zumute war wie mir. Die Aussicht, David wieder zu sehen, ihn sicher in meiner Obhut zu wissen, war erfreulich, doch je näher der Augenblick rückte, umso ungeduldiger sehnte ich ihn herbei. Emerson hatte hinter der Zeitung Zuflucht gesucht, also griff ich zu meinem Nähzeug. Ich hatte den ersten Strumpf kaum gestopft, als Narmer anschlug. Die Tür sprang auf und Nefret stürmte herein. Achtlos schleuderte sie ihren Umhang von sich; wie eine blaue Woge glitt er zu Boden.

»Sie sind nicht hier.« Ihr Blick wanderte durch den stillen, hell erleuchteten Raum. »Wo sind sie hingegangen?«

»Wer?« Ich saugte einen Tropfen Blut von meinem Finger.

Sie knetete ihre Hände. Auf Grund ihrer geweiteten Pupillen schimmerten ihre Augen fast schwarz, ihr Gesicht war leichenblass. »Du weißt, wer. Keine Ausflüchte, Tante Amelia, jetzt nicht! Ramses ist irgendetwas zugestoßen und David vielleicht auch.«

Emerson legte seine Pfeife beiseite und ging zu ihr. »Mein Schatz, beruhige dich. Wie kommst du darauf, dass sie ... zum Teufel! Woher weißt du, dass David –«

»Hier in Kairo ist?« Sie wandte sich von ihm ab, fing an, im Zimmer auf und ab zu gehen, und rang ihre Hände. »In dem Moment, als ich ihn sah, wusste ich, dass der Mann, den wir gemeinsam mit Russell aufsuchen sollten, nicht Wardani war. Ich dachte, es muss Ramses sein, obwohl er sich anders bewegte, und dann fingierte Ramses dieses geschickte Alibi, und ich durchschaute das Ganze. Ich mache ihm keinen Vorwurf, dass er mich nicht eingeweiht hat; wie könnte er mir jemals wieder vertrauen, nach allem, was ich getan habe? Aber ihr müsst mir jetzt vertrauen, ihr müsst! Glaubt ihr, ich würde irgendetwas tun, um ihm zu schaden? Ihr müsst mir sagen, wohin er heute Abend gegangen ist.« Sie fiel auf die Knie, bevor Emerson sie daran hindern konnte. »Bitte! Ich flehe euch an.«

Emersons ausdrucksvolles Gesicht spiegelte Kummer und Mitgefühl wider. Er half ihr auf. »Aber, aber, mein Schatz, beruhige dich und versuche mir zu erklären, was du damit meinst. Woher weißt du, dass Ramses in Gefahr ist?«

Inzwischen war sie etwas gefasster. Sie umklammerte seine starken braunen Hände, sah zu ihm auf und sagte schlicht: »Ich habe es immer gewusst. Seit unserer Kindheit. Ein Gefühl, eine Angst ... ein Alptraum, dass ich schlafen könnte, wenn es passiert.«

»Deine Träume«, entfuhr es mir. »Waren sie –«

»Nur von ihm. Was vermutet ihr, warum ich in jener Nacht vor einigen Wochen so überstürzt heimkehrte? Ich bin unverzüglich in sein Zimmer gegangen, wollte helfen und ...« Ihre Stimme erstarb in einem Schluchzen. »Es war eine der schwierigsten Entscheidungen, die ich je getroffen habe, mich umzudrehen und zu gehen, so zu tun, als glaubte ich, er wäre unverletzt und nichts läge im Argen, aber wenigstens wusste ich, dass du bei ihm bist und dich um ihn kümmerst.« Sie faltete die Hände und sah mich durchdringend an. »Es war das schlimmste Gefühl, das ich jemals hatte, schlimmer noch als damals, als er sich in Riccettis Gewalt befand oder als er ... Ich bilde mir nichts ein. Ich bin nicht hysterisch oder abergläubisch. Ich *weiß* es.«

Abdullahs Worte fielen mir wieder ein. »Es wird eine Zeit kommen, da du eine Warnung beherzigen musst, die nicht realistischer scheint als deine Träume.«

»Emerson«, schrie ich. »Er hat uns belogen, anders kann es nicht sein. Es ist heute Nacht. Irgendetwas ist schief gegangen. Was können wir tun?«

»Hmhm.« Emerson kratzte sich sein Kinngrübchen. »Ich weiß nur einen, der ihre Pläne für den heutigen Abend kennen könnte. Ich werde Russell aufsuchen.«

»Ruf ihn an«, drängte ich.

»Reine Zeitverschwendung. Er wird nichts preisgeben, solange ich ihm nicht direkt gegenüberstehe und die Wahrheit von ihm verlange. Wartet hier, meine Lieben. Ich werde euch informieren, sobald ich Näheres weiß.«

Er stürmte aus dem Zimmer. Wenige Minuten später hörte ich, wie der Motor des Automobils aufheulte. Erstmalig beunruhigte es mich nicht, dass Emerson selbst fuhr. Sofern er nicht mit einem Kamel kollidierte, würde er sein Ziel in Rekordzeit erreichen.

»Warte!«, rief Nefret erbittert. Sie sprang auf. Ich dachte, sie wolle Emerson folgen, und war im Begriff, sie zurückzuhalten, als sie an ihrem Kleid zerrte. »Hilf mir«, flüsterte sie. »Bitte, Tante Amelia.«

»Was hast du vor?«

»Ich will mich umziehen. Um bereit zu sein.«

Ich fragte nicht, wofür, sondern eilte ihr zu Hilfe.

Mein Verstand hatte Mühe, die verblüffenden Enthüllungen zu verarbeiten, die sie uns entgegengeschleudert hatte. Unter Einsatz meiner gesamten Willenskraft erwog ich deren Konsequenzen.

»Dann hast du also die ganze Zeit über gewusst, wie es sich mit Ramses und David verhielt? Und nichts gesagt?«

»Ihr habt mir nichts gesagt.«

»Ich konnte nicht. Ich war zur Geheimhaltung verpflichtet, genau wie er – er stand unter Befehl, wie jeder Soldat.«

»Das ist nicht der einzige Grund. Er fürchtete, ich könne ihn erneut hintergehen, wie schon einmal. Aber, gütiger Himmel, ich habe dafür büßen müssen! Ich habe ihn verloren und unser Baby und genau gewusst, dass ich allein dafür verantwortlich bin!«

Bislang hatte ich immer geglaubt, gegen Überraschungen gefeit zu sein, doch auf Grund dieser letzten Enthüllung bekam ich weiche Knie. Ich sank in den nächstbesten Sessel.

»Großer Gott! Heißt das, dass deine Fehlgeburt vor zwei Jahren, dass es ... es war ...«

»Sein Kind. Unser Kind.« Die Tränen auf ihren Wangen funkelten wie Kristalle. »Vielleicht verstehst du jetzt, weshalb ich danach am Boden zerstört war. Ich wollte es – und ihn – so sehr, und es war allein mein Fehler, vom Anfang bis zum Ende, jeder Schritt! Wenn mein Temperament nicht mit mir durchgegangen wäre und ich Percy nicht Ramses' Geheimnis verraten hätte – wenn ich nicht aus dem Haus gerannt wäre, ohne ihm eine Chance zu geben, sich zu verteidigen – wenn ich Geoffrey nicht überstürzt geheiratet hätte – wenn ich so viel Verstand besessen hätte zu erkennen, dass Geoffrey log, als er mir erzählte, er wäre todkrank ... ich wusste nicht, dass ich schwanger war, Tante Amelia. Denkst du, ich hätte Geoffrey geheiratet oder wäre bei ihm geblieben, wenn ich gewusst hätte, dass ich Ramses' Kind unter dem Herzen trug? Denkst du, ich hätte dieses Wissen nicht schamlos und ohne jeden Skrupel benutzt, um ihn zurückzugewinnen?«

Ich fragte nicht, wie sie sich hatte sicher sein können. Vermutlich ist eine Schwangere in der Lage, das zu beurteilen.

Sie interpretierte mein Schweigen falsch. Sie sank auf die Knie, fasste meine Hände und blickte mir in die Augen. »Du darfst nicht denken, dass wir ... dass wir dich hintergangen haben, Tante Amelia. Es war nur ein einziges Mal ...« Eine leichte Röte schoss in ihre blassen Wangen. »Eine Nacht. Am nächsten Morgen suchten wir dich auf, um es dir mitzuteilen und dich um dein Einverständnis zu bitten, und dann ... dann ...«

»Habt ihr Kalaan und das Kind und dessen Mutter bei uns vorgefunden. Gütiger Himmel.«

»Du kannst dir nicht vorstellen, wie ich mich fühlte! Ich war so glücklich gewesen, glücklicher, als ich es mir je vorzustellen vermochte. Es war, als stürzte ich im freien Fall aus dem siebten Himmel in den tiefsten Höllenschlund. Nicht, dass es eine Entschuldigung für das gäbe, was ich getan habe. Ich hätte ihm glauben müssen, ihm vertrauen. Das wird er mir niemals verzeihen; wie könnte er?«

Ich strich über den goldblonden Schopf, der auf meinem Schoß ruhte. »Er hat dir verziehen, glaube mir. Allerdings bin ich ausgesprochen verwirrt, mein Schatz. Ich begreife ja einiges von dem, was du mir geschildert hast, aber was hatte es mit dieser Sache auf sich, dass du Ramses an Percy verraten hast?«

Sie hob den Kopf und wischte sich mit ihrem Handrücken die Tränen von der Wange. »Du versuchst, mich abzulenken, nicht wahr? Um mich davon abzuhalten, den Kopf zu verlieren und spontan und gedankenlos zu handeln. Das habe ich nur zu oft getan. Von mir hat Percy erfahren, dass Ramses ihn aus Zaals Lager befreite. David und Lia wussten es, vertrauten es mir an und baten mich um Geheimhaltung, und ich gab ihnen mein Wort. Dann tauchte Percy eines Tages auf, stellte mir nach und machte mich so wütend mit seinen schleimigen Komplimenten und seinen verletzenden Bemerkungen über Ramses, und ... und ...«

Ich hatte nicht versucht, sie zu unterbrechen; erst als ihr die Luft ausging, gelang es mir, mich einzuschalten.

»Ich verstehe. Mein Schatz, du darfst dir nichts vorwerfen. Schließlich konntest du nicht wissen, wie Percy reagieren würde.«

»Ramses wusste es. Deshalb wollte er nicht, dass Percy es herausfand. Aber das ist nicht der Punkt, Tante Amelia! Begreifst du denn nicht – ich habe die Nerven verloren und das in mich gesetzte Vertrauen missbraucht, und dieser Vertrauensbruch war der Anfang von allem. Wenn man mir nicht trauen kann, dass ich mein Wort halte –«

»Genug davon«, rief ich, ihren Schwall von Selbstvorwürfen unterbrechend. »Du hast dir nichts Böses dabei gedacht, und außerdem hätte Percy Sennia benutzen können, um Ramses in irgendeiner Form wehzutun. Er hasst Ramses seit ihrer Kindheit. Also wirklich, Nefret, ich dachte, du hättest mehr Verstand!«

Mitleid hätte zu ihrem Zusammenbruch geführt. Mein strenger, aber freundlicher Ton war genau das, was sie brauchte. Sie straffte ihre Schultern. »Ich habe fieberhaft überlegt. Es gibt einen Ort, den sie vielleicht aufgesucht haben, aber ich weiß nicht, wie Ramses davon erfahren haben soll, und sicherlich würde er nicht ...«

Sie sprang auf. Ich folgte ihrem Beispiel und packte sie, da ich fürchtete, sie würde erneut die Nerven verlieren. »Wir können nicht auf Grund von Vermutungen handeln, Nefret. Falls du dich irrst, würden wir kostbare Zeit verlieren, und wir wären nicht hier, wenn Emerson anruft.«

»Ich weiß. Ich wollte auch nicht vorschlagen ...« Sie erstarrte und entwand sich mir. »Hör mal.«

Ihr Gehör war schärfer als meins; sie war bereits auf halbem Wege zur Tür, als ich den Hufschlag vernahm und dann einen Schrei von unserem Torhüter Ali. Rasch folgte ich Nefret durch die Eingangshalle zur Tür; dort sah ich, wie Ali eine Gestalt von dem Pferd zu heben versuchte, das schweißüberströmt und zitternd verharrte. Es war ein Mann, tot oder bewusstlos. Nefret eilte Ali zu Hilfe.

»Umfasse seine Schultern, Ali«, bemerkte sie knapp. »Bring ihn in den Salon. Tante Amelia –«

Ich half ihr, den Mann aufzurichten, und wir drei schwankten unter seinem Gewicht, als wir ihn durch die Halle in den erleuchteten Raum schleppten, wo wir ihn auf den Teppich legten.

Es war David, leichenblass, bewusstlos und blutüberströmt, aber er lebte, Gott sei Dank! Überall war Blut – an meinen Händen, an Nefrets und auf ihrem Rock. Davids rechtes Hosenbein war von der Hüfte bis zum Fuß blutdurchtränkt. Nefret kniete sich neben ihn, zog sein Messer aus der Scheide und schnitt das Hosenbein auf. Während sie arbeitete, brüllte sie Anweisungen.

»Läute Fatima und den anderen. Ich brauche eine Schüssel Wasser, Handtücher, meinen Arztkoffer, Decken.«

Innerhalb von Sekunden war der gesamte Haushalt versammelt. Für Fatima war es ein extremer Schock, ihren geliebten David nicht nur bei uns im Haus, sondern gravierend verletzt zu sehen; dennoch fasste sie sich und trat sogleich in Aktion.

»Eine Schussverletzung«, bemerkte Nefret, während sie den aus ihrem Rock geschnittenen Stoffstreifen festband. »Er hat viel Blut verloren. Wo zum Teufel ist mein Arztkoffer? Ich brauche vernünftige Bandagen. Ali, bring Asfur in den Stall und sieh sie dir an. Die Kugel ging direkt durch Davids Schenkel, vielleicht hat sie auch die Stute verletzt. Und dann sattle zwei andere Pferde. Fatima, halt das fest. Tante Amelia, ruf im Hospital an. Richte Sophia aus, dass sie sofort kommen muss.«

Ich befolgte ihre Anweisung und erklärte der Ärztin, dass sie sich beeilen solle. Als ich zurückkehrte, verknotete Nefret gerade den letzten Verband.

»Zwanzig Minuten«, berichtete ich. »Nefret –«

»Sprich jetzt nicht mit mir, Tante Amelia. Ich habe die Blutung gestoppt. Er wird durchhalten, bis sie eintrifft. Fatima, befolge Dr. Sophias Anweisungen unverzüglich. David ...« Sie beugte sich über ihn und nahm sein Gesicht in ihre schmalen, blutigen Hände. »David. Hörst du mich?«

»Nefret, nicht. Er kann nicht –«

»Er kann. Er muss. David!«

Er hob die Lider. Schmerz und Schwäche und die Wirkung der Spritze, die sie ihm injiziert hatte, lähmten seinen Blick –

aber nicht lange. Seine Augen richteten sich auf ihr Gesicht. »Nefret. Folge ihm. Sie –«

»Ich weiß. Wo?«

»Palast.« Seine Stimme war so schwach, dass ich ihn kaum verstand. »Ruine. Auf der Straße nach –«

»Ja, in Ordnung. Ich habe verstanden. Rede jetzt nicht mehr.«

»Beeil dich. Ich brauchte ... zu lange ...«

»Keine Sorge, mein Schatz. Ich bringe ihn zurück.«

Er hörte sie nicht. Seine Augen waren geschlossen und sein Kopf ruhte schwer in ihren Händen. Nefret küsste die bleichen Lippen und stand auf. Sie sah aus, als wäre sie im Schlachthaus gewesen, das Kleid blutdurchtränkt, die Hände feucht, das Gesicht blutverschmiert – aber ohne Tränen. Ihre Augen waren trocken und hart wie Türkis.

»Ich begleite dich«, sagte ich.

Sie musterte mich kühl und abschätzig, als inspizierte sie eine Waffe auf deren Gebrauchswert. »Ja. Zieh dich um. Reitkleidung.«

Ich ließ Fatima bei David zurück und stürzte die Treppe hinauf. »Wird er überleben?«, fragte ich.

»David? Ich denke schon.« Sie ging in ihr Zimmer.

Ich tauschte das Nachmittagskleid gegen Hose, Stiefel und Hemd aus und schnallte meinen Utensilien-Gürtel um. Nefret schien zu wissen, wohin wir reiten mussten. Woher?, fragte ich mich. David hatte uns kein genaues Ziel genannt. Es zerriss mir fast das Herz, ihn verlassen zu müssen, obschon er in guten Händen war. Wie viel schwerer musste es für Nefret sein, die ihn wie einen Bruder liebte und das medizinische Fachwissen besaß, das er brauchte? Allerdings dachte sie jetzt nur an eins; ich zweifelte nicht daran, dass sie – vor die Entscheidung gestellt – meinen blutüberströmten Körper ohne mit der Wimper zu zucken verlassen hätte.

Als ich in ihr Zimmer eilte, schnürte sie gerade ihre Stiefel. »Nicht mit diesem Gürtel, Tante Amelia«, sagte sie, ohne aufzublicken. »Er macht zu viel Lärm.«

»In Ordnung«, erwiderte ich kleinlaut und verteilte mehrere nützliche Gegenstände an meinem Körper. »Sollen wir nicht versuchen, Emerson zu erreichen?«

»Hinterlass ihm eine Nachricht. Teile ihm mit, wo wir sind.«

»Aber ich weiß nicht –«

»Ich schreibe.« Sie stand auf und schnappte sich einen Bogen Papier von ihrem Schreibtisch. »Schicke ihm Ali oder Yussuf nach. Als Erstes in Russells Präsidium. Falls er dort nicht ist, müssen sie ihn irgendwie aufspüren. Ich mache eine Kopie und gebe sie Fatima, für den Fall, dass der Professor zurückkehrt, bevor sie ihn finden.«

Sie hatte an alles gedacht. In dieser Verfassung hatte ich sie bereits früher erlebt und wusste, dass sie durchhalten würde, bis sie ihr Ziel erreicht hatte ... oder aufgeben musste. Ein Schaudern durchzuckte meinen Körper. Was um Himmels willen würde aus ihr werden, wenn sie ihn nicht zu retten vermochte?

Was würde aus mir, aus seinem Vater werden?

Wir verharrten noch kurz im Salon, um Fatima die letzten Anweisungen zu geben. David lag dort, wo wir ihn zurückgelassen hatten, in Decken eingehüllt und so reglos, dass mein Herzschlag für Sekundenbruchteile aussetzte. Nefret beugte sich über ihn und fühlte seinen Puls.

»Regelmäßig«, meinte sie sachlich.

»Ich habe nach Daoud und Kadija geschickt«, flüsterte Fatima. »Hoffentlich war das richtig von mir.«

»Absolut richtig. Sie hat heilende Hände und Daoud ist stets ein Fels in der Brandung. Vergiss nicht, Fatima, dem Professor die Nachricht vorzulesen, falls er anruft, statt zu kommen.«

»Ja.« Sie lächelte schwach. »Es ist gut, dass ich Lesen gelernt habe, Nur Misur.«

Nefret umarmte sie. »Gib auf ihn Acht. Komm, Tante Amelia.«

Die Pferde standen bereit – Nefrets Moonlight und eine weitere Araber-Stute. Als Nefret sich in den Sattel schwang, drängte ich: »Sollen wir nicht einige der Männer mitnehmen? Daoud wird bald hier sein, und Ali ist –«

»Nein.« Sie hielt die Zügel umklammert und war so bestrebt loszureiten, dass sie wie ein Beute witternder Jagdhund zitterte; dennoch nahm sie sich die Zeit für eine Erläuterung. »Er ist nicht tot – noch nicht –, das würde ich spüren, wenn der Aufenthaltsort allerdings offen angegriffen würde, würden sie ihn sofort töten. Wir müssen unbeobachtet in das Haus gelangen und ihn finden, bevor Hilfe eintrifft – sofern das überhaupt der Fall sein wird.«

»Und wenn nicht«, erwiderte ich, »werden wir die Sache allein klären!«

Ich hatte von dem Palast gehört, hätte ihn aber weder ohne Führer gefunden noch irgendeinen Anlass gesehen, ihn aufzusuchen, da er nicht von archäologischem oder kunsthistorischem Interesse war. Mir blieb nicht die Zeit nachzufragen, woher Nefret den Ort kannte. Dass sie ihn kannte, war alles, was zählte. Nachdem wir die Kreuzung bei Mit Ukbeh überquert hatten, waren nur noch wenige Menschen auf der Straße, und sie ließ Moonlight das Tempo bestimmen. Sie hielt weder an noch verlangsamte sie, selbst als sie von der Straße in einen kaum erkennbaren Pfad einbog. Nach kurzer Zeit hatten wir die satten Felder hinter uns gelassen und der Weg wurde steiler. Der bleiche Mond stand hoch am Himmel; sein Licht und das der Sterne reichten wohl aus, um ihr die Richtung zu weisen, denn es gab nur wenige Orientierungspunkte – einige verfallene Häuser, ein Wäldchen. Als sie Moonlight im Schritt gehen ließ, bemerkte ich vor uns ein dunkles Gebilde, so konturenlos, dass es fast alles hätte sein können. Während wir näher ritten, nahm ich die Details wahr – herabgestürzte Steine, einige verkrüppelte Bäume und – Licht! Die regelmäßige Form deutete an, dass es durch ein Fenster irgendwo hinter den Bäumen fiel.

Nefret blieb stehen, saß ab und bedeutete mir, dasselbe zu tun. Als ich etwas sagen wollte, legte sie mir ihre Hand auf den Mund. Dann entwich ihren Lippen das leise, aber durchdringende Pfeifen, mit dem Ramses für gewöhnlich Risha lockte.

Kurz darauf tauchte die vertraute Silhouette des Hengstes in der Dunkelheit auf. Geschmeidig und geräuschlos kam er auf uns zu und Nefret packte sein Zaumzeug und flüsterte ihm etwas ins Ohr.

Hätte das edle Tier doch nur zu sprechen vermocht! Seine Gegenwart dokumentierte, dass Ramses hier war, irgendwo in diesen finsteren Ruinen.

Wir mussten uns nicht erst beraten; das erleuchtete Fenster war für uns Hinweis und Ziel. Wir ließen die Pferde zurück und schlichen weiter. Einmal, nachdem ich mit meiner Zehe an einen Felsen gestoßen war, zerrte ich an Nefrets Ärmel und deutete auf meine Taschenlampe. Sie schüttelte den Kopf und fasste meine Hand.

Das Fenster befand sich im Parterre eines kleinen Gebäudes innerhalb der Außenmauern. Irgendwann einmal war es vielleicht ein Pavillon oder ein Lustschlösschen gewesen. In geduckter Haltung und entsetzlich langsam näherten wir uns; dann hoben wir den Kopf gerade so weit, dass wir vorsichtig ins Innere spähen konnten.

Es mutete seltsam an, in einem verlassenen Palast aus dem 18. Jahrhundert etwas Derartiges vorzufinden – die schlechte Imitation eines Herrenzimmers, mit Ledersesseln und Perserteppichen und nur wenigen weiteren Möbelstücken. Mitten auf dem Boden stand eine große Kupferschale oder ein Kohlenbecken; dieser Funktion musste es noch vor kurzem gedient haben, denn es war mit Asche und verkohlten Papierfetzen gefüllt, die einen starken Brandgeruch verströmten. Wesentlich interessanter war die Tatsache, dass sich Leute in dem Raum befanden.

Zwei der Männer kannte ich nicht. Einer von ihnen war groß und stattlich, mit grauem Bart und hellhäutig wie ein Europäer. Der andere trug die traditionelle Kleidung der Senussi. Der dritte ...

Das kupferfarbene, kunstvoll mit grauen Fäden durchzogene Haar war eine Perücke, und obschon sein Gesicht abgewandt war, hätte ich diese durchtrainierte, geschmeidige Gestalt überall wieder erkannt. Es versetzte mir einen Stich – ja, ich gestehe es! Obwohl er seine Niedertracht nicht offen zugegeben hatte, hatte ich nie die Hoffnung aufgegeben, dass ich mich vielleicht irrte. Jetzt bestand kein Zweifel mehr. Er war schuldig, und wenn Ramses hier gefangen gehalten wurde, gehörte Sethos zu seinen Häschern.

»Also, das war's dann«, knurrte Graubart in stark akzentuiertem, aber fließendem Englisch. »Wie inkompetent ist dieser Mann eigentlich? Die Dokumente aufzubewahren war schon schlimm genug; uns deren Vernichtung zu überlassen, während er sich mit dem Gefangenen vergnügt, ist unverzeihlich. Ich bin versucht, diesen gottverfluchten Idioten den verdammten Engländern in die Hände zu spielen.«

Nefret entwich kein Laut, nicht einmal ein Atemgeräusch. Auch ohne den schmerzhaften Druck ihrer Finger auf meinem Arm war mir bewusst, dass ich mich genauso leise verhalten musste.

»Man ist sicherlich versucht«, räumte der falsche Schotte ein. Ich hätte wissen müssen, dass Sethos mehr als eine Identität annehmen würde; kein Wunder, dass er die des Grafen so bereitwillig aufgegeben hatte! In seiner anderen Rolle hatte er noch größere Beschwernisse auf sich genommen, mich zu meiden.

Hamilton, den er – wie ich jetzt wusste – verkörperte, fuhr mit derselben gedehnten Stimme fort. »Wir können nicht riskieren, dass er der Polizei in die Hände fällt. Er weiß zu viel über uns, und sie werden ihn nicht einmal foltern müssen, um ihn zum Reden zu bringen; er wird plaudern wie ein Waschweib.«

Der Senussi verzog abfällig die Lippen. »Er ist ein Feigling und ein Idiot. Also werden wir ihn mitnehmen?«

»Wenn nötig, mit Gewalt«, sagte Sethos. »Und ihr verschwindet jetzt besser. Lasst den Hintereingang offen für mich. Ich werde einen letzten Inspektionsgang machen, um sicherzustellen, dass er keine weiteren belastenden Materialien zurückgelassen hat.«

»Was ist mit dem Gefangenen?«, erkundigte sich Graubart.

»Vor meinem Aufbruch kümmere ich mich um ihn – falls noch etwas von ihm übrig ist.«

Der Graubärtige nickte. »Besser Sie als ich.«

»Überempfindlich?«, fragte Sethos gefährlich ruhig.

»Wir befinden uns im Krieg. Wenn es sein muss, töte ich. Aber er ist ein tapferer Mann und er verdient einen schnellen Tod.«

»Er wird ihn bekommen.« Sethos öffnete seine elegante, maßgeschneiderte Weste und ich bemerkte das Messer in seinem Gürtel.

Es folgten weder Höflichkeitsfloskeln noch Befehlsaustausch. Graubart und der Senussi verließen unverzüglich den Raum und ließen Sethos neben dem glimmenden Kohlenbecken zurück. Nachdem er für Augenblicke mit schief gelegtem Kopf gehorcht hatte, drehte sich Sethos um, kniete sich hin und durchwühlte die halb verbrannten Papierfetzen, die er nach Durchsicht achtlos auf den Boden warf. Was auch immer er suchte, er fand es nicht; ein leises, aber inbrünstiges »Verdammt!« wurde hörbar, und dann erhob er sich.

Nefret zitterte, dennoch verharrte sie bewegungslos, und ihre übermenschliche Anstrengung half mir, meine eigene Wut und Angst zu kontrollieren. Wir durften nichts riskieren, jetzt nicht. Ich hatte meine Pistole und sie ihr Messer, aber Sethos verfügte auf Grund seiner Kraft und seiner Erfahrung über Waffen, die uns beide vernichten konnten. Wir mussten warten, bis er das Zimmer verließ, ihn dann verfolgen und in einem unbeobachteten Augenblick überwältigen, bevor er sein grässliches Versprechen in die Tat umsetzen konnte.

Sethos versetzte der Kohlenpfanne einen so heftigen Tritt, dass die Asche über den Teppich flog. Er war außer sich vor Wut! Umso schlimmer für uns oder jeden anderen, der ihm in die Quere kam. Er nahm eine der Lampen vom Tisch und stürmte aus dem Zimmer, dass die Tür in ihren Angeln vibrierte.

Nefret zog sich hoch und glitt so rasch und geschmeidig wie ein Junge über den Fenstersims. Dann streckte sie ihre Hand aus, um mir behilflich zu sein. Durch die geöffnete Tür bemerkte ich etwas, was wie ein schmaler Gang mit einer weiteren Tür aussah. Ich wies Nefret darauf hin, indem ich fragend die Brauen hochzog. Sie kniff die Lippen zusammen und schüttelte den Kopf.

»Hier entlang«, flüsterte sie und führte mich durch den Gang zu einer schmalen Holztreppe. Das Licht, das durch die von uns offen gelassene Zimmertür drang, und der Schein der Fackel ermöglichten es uns, rasch und geräuschlos hinunterzusteigen. Am Fuß der Treppe angelangt fanden wir keine Spur von Sethos. Sicherlich hatte er den Raum betreten, durch dessen geöffnete Tür der Fackelschein drang.

Nefret stürmte voran – ich war ihr dicht auf den Fersen. Sie verharrte nicht auf der Schwelle, sondern stürzte sich auf den von uns verfolgten Mann, schob ihn mit einer solchen Kraft beiseite, dass er sein Messer fallen ließ und zurücktaumelte. Ich glaube nicht, dass sie ihn als Person sah, sondern lediglich als Hindernis zwischen ihr und ihrem Ziel. Sie stellte sich auf die Zehenspitzen, zog ihr eigenes Messer und durchtrennte die Stricke, mit denen Ramses' Handgelenke an einem der Wandhaken festgebunden waren. Sein nackter Rücken bot einen entsetzlichen Anblick, blutüberströmt und voller Striemen, und er schien bewusstlos zu sein; als seine Hände befreit waren, fiel er vornüber und sank in ihre Arme.

Ich richtete meine Pistole auf den an der Wand stehenden Mann. »Keine Bewegung! Ich hätte wissen müssen, dass ich Sie hier finden würde!«

»Und ich hätte damit rechnen müssen, dass Sie hier auftauchen.« Er besaß die Frechheit, mich anzulächeln. »Wir treffen uns jedes Mal unter den ungewöhnlichsten Umständen. Eines Tages vielleicht –«

»Schweigen Sie!« Unmerklich veränderte ich meine Haltung, so dass ich ihn im Visier behielt, während ich einen raschen Blick auf die Szene dicht hinter mir warf. Ramses lag ausgestreckt über Nefrets Schoß, ihre Arme drückten ihn an ihre Brust und sein Kopf ruhte an ihrer Schulter. Sein Gesicht war angeschwollen und blutverschmiert und seine Lider geschlossen – dennoch bemerkte ich, dass er die Lippen bewegte, seufzte oder stöhnte; da wusste ich, dass er lebte.

»Versuche ihn aufzurichten, Nefret«, wies ich sie an. »Wir müssen uns beeilen, und ich bezweifle, dass wir ihn tragen können. Du könntest versuchen ... Oh.«

»Ich glaube, er wäre kein Mann, wenn ihn das nicht aufrichtet«, bemerkte Sethos. »Ich versichere Ihnen, Amelia, Ihre Küsse ließen mich von den Toten auferstehen.«

Nefrets gesenkter Kopf verbarg Ramses' Gesicht, doch ich sah, dass er einen Arm hob und um ihre Schultern legte. Die sich daran anschließende Unterhaltung war ausgesprochen zusammenhanglos. Das sind die meisten Gespräche dieses Genres. Ich glaube nicht, dass Ramses wusste, wo er war oder warum er dort war, dennoch muss ich ihm attestieren, dass er ohne Umschweife auf den Punkt kam.

»Ich liebe dich. Ich war ein Idiot. Verzeih mir.«

»Nein, es war allein meine Schuld! Sag mir, dass du mich liebst.«

»Hab ich doch. Ich liebe dich. Ich –«

Sie hob die Stimme. »Und trotzdem bist du ohne ein Wort verschwunden, obwohl du wusstest, dass du vielleicht nie zurückkehren würdest?«

»So war es nicht ... Ich hatte nicht vor ... Verflucht, ich habe einen Brief für dich zurückgelassen!«

»Und was steht darin? Dass du mich geliebt hast und es dir Leid tut, dass du tot bist?«

»Nun ja, und was ist mit dir? Kommst hierher mit dieser schmutzigen –«

»Hört sofort auf!«, befahl ich. »Dafür bleibt später noch genug Zeit. Wenigstens hoffe ich das. Nefret, hast du mich verstanden! Ach, zum Teufel! Ramses!«

»Ja, Mutter«, murmelte Ramses. Blinzelnd sah er sich um. »Großer Gott. Es *ist* Mutter. Was geht hier vor? Ist David –«

»Er wird wieder gesund«, warf Nefret rasch ein. Sie küsste ihn, und eine Zeit lang befürchtete ich, die beiden erneut zur Räson bringen zu müssen. Allerdings schien die Realität Ramses schließlich wieder einzuholen. Auf Nefret gestützt erhob er sich langsam.

»Ich brauche dich, damit du diesen Schurken fesselst und knebelst, während ich ihn mit meiner Waffe in Schach halte«, erklärte ich.

Sethos' Lächeln gefror. »Amelia, Sie sind im Begriff, einen entscheidenden Fehler zu machen. Ich kam her, um –«

»Um meinen Sohn zu töten, Sie Halunke«, schrie ich. »Sie haben Ihr Land verraten und das mir gegebene Versprechen gebrochen.«

»Die übliche Fehleinschätzung, mein uneinsichtiger Schatz. Glauben Sie denn, dass jetzt der richtige Zeitpunkt ist, um meinen Charakter zu diskutieren?«

»Vermutlich nicht«, räumte ich ein.

»Definitiv nicht«, erklärte Ramses. »Auch wenn ich zeitweilig nicht ganz Herr der Lage war, hatte ich den Eindruck, dass mein liebenswürdiger Gastgeber von zwei aufgebrachten Hünen fortgezerrt wurde. Allerdings –«

»Allerdings«, ertönte eine Stimme an der Tür, »ist er ihnen entkommen. Du hast doch nicht etwa angenommen, dass ich einem anderen das Vergnügen gönne, dich zu beseitigen, oder?«

15

Seine feinen Freunde hätten gewisse Schwierigkeiten gehabt, ihn wieder zu erkennen. Sein Mantel war zerrissen und seine Hemdfront mit Blutspritzern bedeckt; die Gesichtszüge, von denen ich früher geglaubt hatte, dass sie meinen ähnelten, waren wutverzerrt, und er hatte die Zähne gebleckt. »Leg deine kleine Pistole weg, Tante Amelia. Sei ein einziges Mal ehrlich: Du hast mich nie verdächtigt, oder?«

Rasch wog ich die Situation ab. Sie war keineswegs viel versprechend. Percys Gewehr war eine von diesen hässlichen, großkalibrigen deutschen Waffen und so nah, dass er sein Ziel kaum verfehlt hätte. Augenblicklich schien ich seine Zielscheibe zu sein. Wenn ich auf ihn schoss, würde Sethos mich überwältigen, bevor ich erneut abdrücken konnte, immer vorausgesetzt, Percy erschoss mich nicht zuerst.

»In dieser Sache nicht«, erwiderte ich. »Ich hätte nie geglaubt, dass du so tief sinken könntest.«

Ramses richtete sich auf, mit welcher Mühe, vermochte ich nur zu erahnen. »Gib auf, Percy. Das Spiel ist vorbei. Du hast verloren.«

»Gegen euch?« Seine Lippen zuckten. »Nein. Nicht gegen euch, verflucht! Ich werde aus dieser Sache herauskommen. Keiner würde glauben –«

»Russell ist informiert«, entgegnete Ramses. »Er kennt diesen Palast. Die Tatsache, dass ich ihm nicht rechtzeitig Bericht erstatten konnte, wird meine Anschuldigungen bestätigen.«

Die Worte fielen so ruhig und endgültig wie Erde in ein Grab. Jeder andere hätte sie vermutlich beherzigt, nicht so Percy. Sein Gesicht zuckte unkontrolliert und ein verschlagener Blick trat in seine verengten Augen.

»Bericht erstatten«, wiederholte er. »Schon eine ganze Weile nicht mehr, was? Tante Amelia und unsere liebe kleine Nefret sind die gesamte Rettungsmannschaft? Hervorragend. Mir bleibt genug Zeit, um zur Grenze zu gelangen. Ich kann ihnen nach wie vor von Nutzen sein, und die Belohnung wartet schon auf mich – eine hübsche Villa in Konstantinopel mit allem, was ich mir immer erträumt habe.

Lass mich überlegen«, sinnierte er. »Wie soll ich vorgehen? Eine Kugel für die liebe Tante Amelia und eine für das eng umschlungene Liebespaar? Oder soll ich ihr zuerst die Pistole aus der Hand schießen? Das ist äußerst schmerzhaft, aber vielleicht nicht so qualvoll, wie mit ansehen zu müssen, wie ich ein halbes Dutzend Kugeln in ihren Sohn jage. Dann ist da noch Nefret. Ich hege einen Groll gegen sie, weil sie mich hintergangen hat. Eine wesentlich passablere Bestrafung wäre jedoch, wenn ich sie leben ließe – mit mir, in dieser schönen Villa. Ja, ich denke, ich werde sie mitnehmen, wenn ich Kairo verlasse.«

»Nur über meine Leiche«, entfuhr es mir.

»Genau das hatte ich vor«, versetzte Percy.

Ich klammerte mich an den letzten dünnen Strohhalm. »Dein Mitstreiter ist unbewaffnet. Wenn du dein Gewehr nicht fallen lässt, erschieße ich ihn.«

Sethos, der sich nicht gerührt hatte, schüttelte seufzend den Kopf. Percy lachte.

»Tu, was du nicht lassen kannst. Vermutlich würdest du ihn

verfehlen und unsere Zusammenarbeit war ohnehin beendet. In Ordnung, Ramses, alter Junge, hier ist deine Chance, wie ein Held zu sterben. Schieb sie beiseite und lass mir einen gezielten Schuss, sonst jage ich eine Kugel durch euch beide.«

Der Gewehrlauf schweifte in ihre Richtung. Meiner wanderte zurück zu Percy. Bevor ich abdrücken konnte, wurde mir die Waffe aus der Hand gerissen, und ein heftiger Stoß ließ mich zurücktaumeln. Nicht in der Lage, meine Balance zu halten, landete ich mit einer solchen Wucht am Boden, dass ich sekundenlang vor Schmerz erstarrte, und meine Ohren waren wie betäubt von einer so gewaltigen Feuersalve, dass es an ein Maschinengewehr erinnerte. Zu vieles passierte gleichzeitig. Mir verschwamm alles vor Augen. Wo war Nefret? Wo war Sethos? Percy griff sich schreiend an die Brust, doch er stand immer noch aufrecht mit dem Gewehr in der Hand. Ramses stürzte sich auf Percy und die beiden fielen zu Boden. Ramses vermochte ihn nicht zu überwältigen; sie wälzten sich im Kampf, und als sein gepeinigter Rücken den Boden berührte, schrie Ramses auf und blieb reglos liegen. Percy hockte auf ihm, tastete nach dem Gewehr, das er hingeworfen hatte – und während ich mich kriechend und stolpernd zu ihnen bewegte, bemerkte ich Nefret, die ihr Messer gezückt hatte.

Ihr Gesichtsausdruck ließ mich schlagartig innehalten. Er war so abweisend und gnadenlos wie der der Göttin, deren Hohepriesterin sie dereinst gewesen war. Sie hob das Messer, das sie mit beiden Händen umklammert hielt, und stach es unter Einsatz ihrer gesamten Kräfte bis zum Knauf in Percys Rücken. Für Augenblicke verharrte sie reglos. Dann nahm ihr Gesicht den Ausdruck eines verängstigten Kindes an und sie warf sich schreiend in die Arme von …

Emerson?

Emerson! Er war nicht allein. Uniformierte Männer zwängten sich in den Raum. Weitere standen draußen im Gang.

Nach wie vor auf Händen und Knien wandte ich den Kopf. Blutüberströmt an der Wand lehnend warf Sethos meine Pistole zu Boden und mir ein gequältes Lächeln zu. »Wie üblich hat man mir die Schau gestohlen. Verschwenden Sie keine Kugel auf mich, Radcliffe; mir bleibt nicht mehr viel Zeit.«

»Sie haben Percy erschossen«, keuchte ich. »Und er hat Sie –«

»Ich habe ihn zuerst getroffen«, versetzte Sethos in einem Anflug seiner altvertrauten Arroganz. »Zwei Mal und beide Male genau ins Ziel. Ich möchte keineswegs kritisch klingen, liebste Amelia, aber Sie sollten überlegen, ob das Tragen einer größeren ...«

Er taumelte und wäre gestürzt, wäre ich nicht zu ihm geeilt, um ihn zu stützen. Im gleichen Augenblick wurden meine Hände beiseite geschoben und von Emersons starkem Arm ersetzt. Behutsam bettete er seinen langjährigen Widersacher auf den Boden. »Es wäre ratsam, wenn Sie schleunigst reden würden, Sethos. Die Türken sind auf dem Vormarsch und das Leben von zehntausend Menschen hängt von Ihnen ab. Wann wird der Angriff stattfinden und wo? Kantara?«

»Wovon um Himmels willen redest du da, Emerson?«, schrie ich. »Der Mann liegt im Sterben. Er hat sein Leben für –«

»Dich geopfert? Zweifellos, zweifellos, aber mich beschäftigt momentan die Tatsache, dass er ein Agent des britischen Geheimdienstes ist und dass man ihn hergeschickt hat, um an diese Information zu gelangen. Starr mich nicht so an, Peabody, heb seinen Kopf. Er erstickt an seinem eigenen Blut.«

Vor Unglauben verblüfft setzte ich mich und hob Sethos' Kopf auf meinen Schoß. Emerson öffnete seine Jacke und zerrte das blutdurchtränkte Hemd von seiner Brust. »Verflucht«, murmelte er. »Nefret, komm her. Sieh, was du für ihn tun kannst.«

Gemeinsam mit Ramses schlenderte sie zu uns; eng umschlungen, beinahe wie siamesische Zwillinge, schienen sie so verblüfft wie ich zu sein. Nachdem sie die grässliche Wunde untersucht hatte, schüttelte sie den Kopf. »Das Geschoss hat die Lunge durchbohrt. Er muss umgehend ins Krankenhaus eingeliefert werden, aber ich glaube nicht ...«

»Kann er sprechen?« Der Mann, der das gesagt hatte, war mir unbekannt, nach seiner Uniform zu urteilen vermutlich jemand aus General Maxwells Stab. »Ein Krankenwagen ist unterwegs, aber wenn er uns mitteilen kann, wo –«

Sethos schlug die Augen auf. »Ich weiß es nicht. Sie haben die Dokumente verbrannt. Ich konnte nichts finden ...« Dann funkelten seine Augen genau wie früher diabolisch belustigt auf. »Sie könnten ... meinen Neffen fragen. Ich denke doch, dass er ... einen Blick darauf geworfen hat.«

»Wer?« Emerson hob sein markantes Kinn.

»Wer?«, stöhnte ich und blickte mich hektisch in der kleinen Zelle um.

»Ich, vermutlich«, erwiderte Ramses. »Innerfamiliären Differenzen zufolge. Ich hatte mich schon gewundert –«

»Versuche, nicht zu reden, Ramses!«, schrie ich. Keuchend stützte er sich auf Nefret und unter den blutenden Wunden war sein Gesicht aschfahl.

»Das wäre vermutlich besser«, entgegnete Ramses schwer atmend. »Kantara ist lediglich ein Täuschungsmanöver. Der eigentliche Angriff wird zwischen Tussum und Serapeum stattfinden, gegen halb vier. Sie haben Pontons gestohlen, um den Suezkanal zu überbrücken. Zwei Infanterie-Brigaden und sechs Kanonen sollen die Stellung zwei Meilen nordöstlich von Serapeum halten –«

»Um halb vier – heute?«, mischte sich der Offizier ein. »Es ist bereits nach Mitternacht. Zum Teufel, Mann, sind Sie sicher? Das Hauptquartier ist davon ausgegangen, dass der Angriff weiter nördlich stattfindet. Wir brauchen mindestens acht Stunden, um unsere Reservetruppen von Ismailija nach Serapeum zu bewegen.«

»Dann fangen Sie am besten gleich damit an, oder?«, versetzte Ramses.

»Hölle und Verdammnis«, brüllte Emerson. »Die einzige Truppe in der Nähe von Tussum ist die indische Infanterie und die meisten Soldaten sind Moslems. Wenn sie die Stellung nicht halten –«

»Sie werden sie halten.« Ramses blickte zu dem Mann, dessen Kopf auf meinem Schoß ruhte. »Wie gesagt, hatte ich mich schon über Major Hamilton gewundert. Sein Vorschlag, mich am Leben zu lassen, war einfach zu unglaubwürdig. Doppelagent, überlegte ich – flehte ich, um genau zu sein –, aber mir ist nie der Gedanke gekommen, dass er ...« Ihm versagte die Stimme. »... *Onkel* Sethos ist?«

Emerson war blass geworden. »Sie waren der Junge im Schneetreiben. Meines Vaters ...«

»Das uneheliche Kind Ihres Vaters, ja«, flüsterte Sethos. »Ist Ihnen nie in den Sinn gekommen, warum ich Sie so hassen könnte? Ihr Anblick in jener Nacht, der junge Herr und Erbe, in Ihrer feinen Kutsche, während ich einer geschwächten Frau durch den Schneesturm half ... Sie starb eine Woche später im Armenhaus und wurde in einem Armengrab beigesetzt.«

»Sie hat dich geliebt«, sagte Emerson, und seine Stimme schnitt mir ins Herz. »Wenigstens blieb dir das. Das war mehr, als ich hatte.«

»Ich gebe offen zu, dass mich das freut«, erwiderte Sethos mit festerer Stimme. »Du hattest alles andere. Wir sind uns ähnlicher, als du denkst, Bruderherz. Du hast deine Talente der Wissenschaft verschrieben, ich meine dem Verbrechen. Ich wurde dein düsteres Alter Ego, dein Rivale ... Ich versuchte, sie dir wegzunehmen, Radcliffe; aber ich bin gescheitert, wie in allem anderen ...«

»Hör mir zu.« Emerson beugte sich vor. »Ich möchte, dass du das weißt. In jener Nacht habe ich versucht, dich zu finden. Nachdem meine Mutter mir offenbart hatte, was sie getan hatte, ging ich auf die Suche. Sie schickte mir zwei Diener nach, die mich zurückholten und in mein Zimmer sperrten. Falls ich irgendetwas zur Wiedergutmachung tun kann –«

»Zu spät. Wie dem auch sei; alle Beteiligten würden es ein bisschen schwierig finden, sich an die neuen verwandtschaftlichen Beziehungen zu gewöhnen.«

»Wirst du mir deine Hand reichen?«, meinte Emerson mit Grabesstimme.

»Zum Zeichen der Vergebung? Es scheint so, als hätte ich weniger zu verzeihen als du.« Seine Hand bewegte sich fahrig. Emerson fasste sie. Langsam wanderten Sethos' Augen über die Gesichter der anderen und kehrten dann, wie von einem Magneten angezogen, zu meinem zurück. »Ausgesprochen sentimental«, murmelte er. »Ich hätte nie gedacht, dass meine liebevolle Familie bei meinem Tod um mich versammelt ist ... Hol das Licht näher heran, Radcliffe. Mein Blick ist getrübt und ich möchte ihr Gesicht deutlich sehen. Amelia, wirst du mir einen letzten Wunsch erfüllen? Ich möchte mit deinem Kuss auf den Lippen sterben. Das ist die einzige Belohnung, die ich für die Rettung eures Sohnes fordern kann, ganz zu schweigen vom Suezkanal.«

Ich hob ihn in meinen Armen und küsste ihn. Für Augenblicke berührten seine Lippen mit verzweifelter Intensität die meinen; dann jagte ein Schauer durch seinen Körper, sein Kopf sank zurück. Sanft legte ich ihn zu Boden und faltete seine blutigen Hände über seiner Brust.

»Geht, heißt die Truppen feuern«, murmelte ich. »Und

tragt ihn wie einen Krieger auf die Bühne; denn er hätte, wäre er hinaufgelangt –«

»Amelia, ich wünschte, du würdest *Hamlet* nicht immer falsch zitieren«, stieß mein Gatte zwischen zusammengebissenen Zähnen hervor.

Ich verzieh ihm den harschen Ton, wusste ich doch, dass er auf diese Art seine Gefühle zu verbergen suchte. Die Szene glich tatsächlich dem letzten Akt des Dramas: mit Leichen und Soldaten, die um sich starrten oder helfen wollten.

Sethos und Percy wurden auf Tragen in den Krankenwagen transportiert, den Emerson organisiert hatte – »nur für den Fall«, wie er erklärte. Ramses beharrte darauf, dass er reiten könne, und Nefret versuchte ihn vom Gegenteil zu überzeugen, was offensichtlich zutraf; selbst Rishas geschmeidiger Gang hätte seinen Rücken unerträglichen Strapazen ausgesetzt und die Fesseln hatten tief in seine Handgelenke eingeschnitten. Er war immer noch auf den Beinen und argumentierte hitzig, als Emerson und ich aufbrachen. Allerdings pirschten sich zwei der Soldaten an ihn heran, und Nefret versicherte mir, dass sie ihn in eines der Automobile verfrachten würden – ob er wollte oder nicht.

Emerson und ich brachten die Pferde zurück, führten das von mir zuvor gerittene mit uns. Wir ritten in gemächlichem Tempo, denn wir hatten uns eine Menge zu berichten. Als wir das Haus erreichten, waren die anderen bereits eingetroffen. Ramses hatte darauf bestanden, David zu sehen, der auf Grund eines Schlafmittels tief schlummerte, aber, wie Nefret mir versicherte, außer Gefahr war. Nachdem Emerson nach Kairo aufgebrochen war, wandten sie und ich uns Ramses zu – es war ein grässliches Unterfangen. Keine seiner Verletzungen war lebensbedrohlich, dennoch war sein Körper übersät von Prellungen und Schnittwunden und den blutigen Malen der Peitsche.

Schon nach kurzer Zeit bat Nefret mich, das Zimmer zu verlassen. Sie war freundlich, doch sehr bestimmt, und an Ramses' Blick erkannte ich, dass er ihre Meinung teilte. Also ging ich in mein eigenes Zimmer und saß dort eine Zeit lang mit gemischten Gefühlen. Ich nahm an, dass ich mich daran gewöhnen würde. Im Leben jeder Mutter kommt die Zeit ...

Ramses schlief fast den ganzen Tag und auch ich gönnte mir ein wenig Ruhe. Es mutete seltsam an, sich entspannt hinzulegen; gewiss, eine Reihe unbeantworteter Fragen quälten mich weiterhin, doch ich war von der Angst befreit, die mich Tag und Nacht verfolgt hatte. Ich glaube nicht, dass Nefret überhaupt schlief. Es gelang mir, sie zu überreden, ein Bad zu nehmen und ihre zerknitterte, staubige, blutverschmierte Kleidung zu wechseln. Mir blieb kaum Zeit, die Kissen aufzuschütteln, die Ramses' Seitenlage unterstützten, seinen Rücken zu inspizieren (der, wie ich erwartet hatte, mit grüner Heilsalbe bestrichen war) und ihm eine kleine Demonstration meiner mütterlichen Zuneigung zu geben (die ihn nicht im Geringsten störte, denn seine Augen blieben weiterhin geschlossen), ehe sie zurückkehrte. Sie trug ihr Haar offen und das hellblaue, gemusterte Baumwollkleid, das, wie ich jetzt bemerkte, noch von jemand anders als Emerson geschätzt wurde.

Also zog ich mich erneut und ohne Aufforderung zurück, und wann immer ich einen Blick in sein Zimmer riskierte – was ich von Zeit zu Zeit tat –, saß sie in dem Sessel neben seinem Bett, die Hände gefaltet, ihr Blick auf sein schlafendes Gesicht fixiert. Da ich offensichtlich unerwünscht war, beschloss ich, neben David zu wachen, und enthob Fatima dieser Aufgabe. Sie war keineswegs begeistert, doch als ich sie bat, ein Tablett für Nefret vorzubereiten, eilte sie geschäftig davon.

David war wach. Er lächelte mich an und streckte seine

Hand aus. »Danke, dass du mich gerettet hast, Tante Amelia. Jedes Mal, wenn ich den Mund öffnete, versuchte sie, einen Löffel hineinzuschieben.«

Er stellte Fragen über Fragen. Ich beantwortete die wesentlichsten, mir dessen bewusst, dass nichts seine Genesung besser unterstützte als das Wissen, dass die von ihm geliebten Menschen in Sicherheit waren und die Gefahr gebannt.

»Dann ist es Nefret – und dir – zu verdanken, dass der Tag glimpflich verlaufen ist«, murmelte er.

Ich schüttelte den Kopf. »Man könnte es als gemeinsame Unternehmung bezeichnen. Hättest du nicht die heldenhafte Anstrengung auf dich genommen, uns zu erreichen – hätte Nefret nicht von dem Palast gewusst – hätte Emerson Russell nicht überzeugt, dass er keine Zeit verlieren durfte ...«

»Und hätte Sethos nicht im richtigen Augenblick gehandelt! Diesen Teil verstehe ich nicht, Tante Amelia. Wer –«

»Später, mein Schatz. Jetzt musst du dich schonen.«

Emerson kehrte erst spät zurück. Kopfschüttelnd lehnte er ein Abendessen ab. »Ich habe eine Kleinigkeit mit Maxwell gegessen. Lass uns sehen, ob Ramses wach und aufnahmefähig ist. Er und Nefret wollen die Neuigkeiten sicherlich auch erfahren, und ich sehe keine Veranlassung, mich zu wiederholen.«

Ramses' Zimmertür war nur angelehnt, wie ich sie verlassen hatte. Ich klopfte leise, bevor ich hineinschaute. Er war wach; ob er aufnahmefähig war, war eine andere Sache. Nefret kniete neben seinem Bett. Er hielt ihre Hände umklammert, sie schauten sich in die Augen, und ich bin mir nicht sicher, ob es sie gekümmert hätte, wenn die Türken die Stadt eingenommen hätten.

Allerdings war ich mir sicher, dass sie darauf brannten, Emersons Neuigkeiten zu erfahren. Ich musste mehrfach hüsteln, ehe Nefret ihren Blick von ihm losriss. Bis zu diesem Augenblick hatte ich diese Lautbildung stets für eine irgendwie übertriebene Ausdrucksform gehalten.

»Eine kleine Erkältung, Mutter?«, erkundigte sich Ramses.

»Sehr witzig, mein Schatz. Ich bin froh, dass du wieder ganz der Alte bist.«

»Fast. Nefret will nicht, dass ich aufstehe.«

»Mit Sicherheit nicht.« Ich machte es mir in dem Sessel bequem, den Nefret verlassen hatte, da ich nicht annahm, dass sie diesen erneut beanspruchen würde.

»Ich möchte David sehen«, beharrte Ramses.

»Vielleicht morgen früh. Was er jetzt braucht, ist Ruhe. Genau wie du, doch dein Vater dachte, dass du vielleicht erfahren möchtest, was vorgefallen ist.« Scharf fügte ich hinzu: »*Mir* wollte er nichts erzählen.«

»Wie taktlos«, meinte Ramses. »Bitte, setz dich, Sir. Ich nehme an, dass der Suezkanal sicher ist, sonst hättest du ihn erwähnt.«

»Sie haben ihn überquert«, führte Emerson aus. »Bei Serapeum und Tussum. Unsere Reserveeinheiten trafen erst vor wenigen Stunden ein, doch zu diesem Zeitpunkt hatte die Gegenoffensive bereits die meisten feindlichen Truppen vom Ostufer vertrieben. Es waren die indischen Infanterie-Brigaden, die den Suezkanal gehalten haben. Du hast es gewusst, nicht wahr?«

»Ich habe es vermutet. Nun, das ist eine gute Nachricht. Ist es ihnen gelungen, den Türken und seinen Freund zu stellen?«

Emerson schüttelte den Kopf. »Nein, beide sind entkommen. Vermutlich war Percy eine solche Nervensäge, dass sie ihn zurückließen und in Richtung Libyen flüchteten. Auf diesem Weg werden sie Unterstützung finden. Du hattest Recht mit dem Burschen in der gelben Robe; es war der Anführer el Senussi persönlich.«

»Das habe ich klugerweise geschlossen, nachdem der Türke

ihn mit seinem Namen anredete«, erwiderte Ramses mit ernster Stimme.

»Den Türken haben sie ebenfalls identifiziert«, fuhr Emerson fort. »Die Beschreibung passt auf Sahin Bey, der in seinem Heimatland seit kurzem vermisst wird.«

»Großer Gott.« Ramses' Augen weiteten sich. Besser gesagt eines der beiden; das andere war halb zugeschwollen. »In Syrien ist er so etwas wie eine Legende. Einer ihrer Topleute – er steht hoch in Envers Gunst. Ich kann nicht glauben, dass er persönlich an unserer kleinen Sache mitgewirkt haben soll.«

»Klein?« Emerson zog die Brauen zusammen und reagierte entsprechend heftig. »Die gesamte Strategie der Türken basierte auf dem Aspekt, dass sie mit einer Revolte in Kairo rechneten. Ohne diese hatten sie keine Chance, den Suezkanal zu überqueren. Du und David ... Worüber lachst du?«

»Über etwas, was Sahin Bey zu mir sagte. Es spielt keine Rolle. Also, bekommen wir jetzt unsere Parade, den Jubel der Bevölkerung und den Dank des Monarchen? David hat es verdient.«

»Pah«, äußerte sich Emerson eloquent. »Allerdings wird David auf dem Weg nach England sein, entlastet und rehabilitiert, sobald er reisen kann. Ich war versucht, Lia heute Abend zu telegrafieren, wollte aber keine Hoffnung wecken, solange ... Der Junge wird doch wieder gesund, oder?«

»Die Aussicht, sie wieder zu sehen und die Geburt seines Sohnes mitzuerleben, ist die beste Medizin, die er bekommen kann«, sagte ich.

Eine Zeit lang schwiegen alle. Emerson kramte seine Pfeife hervor und stopfte sie umständlich. Nefret hatte sich neben dem Bett auf dem Boden niedergelassen. Sie hielt noch immer Ramses' Hand. Ihn schien es nicht zu stören.

Ich nehme an, dass wir uns alle nur ungern dem Rest der

Geschichte zuwandten. Große Themen wie Schlachten und Kriege sind etwas Distanziertes, beinahe Unpersönliches, doch die anderen unbeantworteten Fragen schmerzten einfach zu tief.

Nefret brach als Erste das Schweigen.

»Percy?«

»Er starb auf dem Weg ins Krankenhaus«, antwortete Emerson. »Nefret, du hast ihn nicht getötet.«

»Nein? Ich hatte es aber vor, weißt du.« Ein Schatten dieses abweisenden, unmenschlichen Ausdrucks verdunkelte ihre Züge. Ihre blauen Augen waren glasklar. Schuldgefühle wegen Percys Tod würden sie sicherlich nicht verfolgen. Sie hatte ihn auf die einzige ihr mögliche Art gestellt, und wenn einer den Tod verdiente, dann er.

In dieser Hinsicht sind Frauen wesentlich praktischer veranlagt als Männer.

»Oh«, entfuhr es Emerson. »Äh-hm. Nun, seine Brust wurde von zwei Kugeln durchbohrt. Ein Projektil mit einem größeren Kaliber hätte ihn sofort getötet. Eine der 22er muss eine Arterie verletzt haben. Er ist innerlich verblutet.«

»Und Sethos.« Ich seufzte. »Am Ende war er geläutert, genau, wie ich gehofft hatte. Ein Heldentod –«

»Zum wiederholten Male!« Emersons wohlgeformte Lippen verzogen sich zu einer wütenden Grimasse. »Es wird eintönig!«

»Aber, Emerson«, ereiferte ich mich. »Es passt gar nicht zu dir, mir diese kleinen Bonmots zu missgönnen!«

»Doch, genauso ist es!« Emerson fasste sich wieder. »Peabody, bitte provoziere mich nicht. Ich möchte ihm gerecht werden. Zum Teufel, ich versuche verflucht alles, um ihm gerecht zu werden. Erst vor drei Tagen habe ich die Wahrheit aufgedeckt und kann es noch immer nicht fassen!«

»Aber du musst doch schon eher gewusst haben, dass

Sethos Major Hamilton war«, wandte Ramses ein. Ich meinte, einen leicht kritischen Unterton in seiner Stimme festzustellen. Emerson wirkte betreten.

»Ich war mir nicht ganz sicher, doch mein Verdacht gegen Hamilton erhärtete sich, nachdem er uns diesen Brief geschrieben hatte.«

»Verflucht«, entfuhr es mir. »Erzähle mir jetzt nicht, dass du die Handschrift erkannt hast. Nach all den Jahren!«

Emerson grinste. »Wenn es dich glücklicher macht, Peabody, und dessen bin ich mir sicher, war das ein Anhaltspunkt, den du nie hattest. Ich war der Einzige, der Sethos' Abschiedsbrief an dich gelesen hat.«

»Richtig. Nachdem du ihn laut vorgelesen hattest, hast du ihn zerrissen. Damals riet ich dir, es nicht zu tun.«

»Es war eine ausgesprochen langweilige Epistel«, brummte Emerson. »Trotzdem hattest du Recht. Ich konnte mir nicht sicher sein, dass die Handschrift dieselbe war, da es schon so lange zurücklag, doch als ich darüber nachdachte, wie beharrlich Hamilton uns mied, wuchs mein Verdacht. Da ich vernünftiger war als einige andere Mitglieder dieser Familie, teilte ich Maxwell meinen Verdacht mit, statt wie früher in Eigenverantwortung zu handeln.

Ihr könnt euch meine Verblüffung nur schwerlich vorstellen, als ich erfuhr, dass Sethos schon seit einigen Jahren einer der zuverlässigsten Geheimagenten des Kriegsministeriums war. Kitchener selbst hatte ihn nach Kairo beordert. Er wusste von deiner kleinen Mission, Ramses, doch seine vorrangige Aufgabe bestand darin, die Schwachstellen in der Informationsübermittlung auszuloten und den dafür Verantwortlichen zu identifizieren. Er war es auch, der Mrs Fortescue enttarnte, die er in der für ihn charakteristischen überschwänglichen Art umgarnt hatte.

Maxwell hat mir das alles gestanden – das musste er, um

mich davon abzuhalten, Sethos auf eigene Faust zu verfolgen. In diesem Zusammenhang teilte er mir kaltblütig mit, dass Sethos erheblich wertvoller sei als ich und dass er mich an die Wand stellen und erschießen ließe, wenn ich ein Sterbenswort davon preisgeben würde. Ich kannte die Wahrheit, als wir auf unserem Weg in die Wüste bei den Kasernen Halt machten. Maxwell hatte mich informiert, dass Sethos dort sein würde, und mir befohlen, mich von ihm fern zu halten, aber – äh – nun ja, verflucht, ich war neugierig. Er war gut«, räumte Emerson zähneknirschend ein. »Ich hätte ihn nie erkannt. Natürlich verfügte ich nicht über das vertrauliche Wissen, das gewisse Personen von diesem Halunken –«

»Nil nisi bonum, Emerson«, murmelte ich.

»Pah!«, versetzte Emerson.

»Es ist ein Trauerspiel«, bemerkte Ramses, der seinen Vater intensiv beobachtet hatte, »dass ihm keine Zeit blieb, unsere Neugier hinsichtlich einiger anderer Dinge zu befriedigen. Wie fand er das mit Percy heraus?«

»Gar nicht.« Väterlicher Stolz trat in seine Züge. »Es war allein deine Entdeckung, mein Junge. Anfänglich war Russell nicht unbedingt überzeugt von deiner Begründung, doch nachdem er darüber nachgedacht hatte, folgerte er, dass vieles für deine Argumentation sprach. Da er sich für nicht befugt hielt, die volle Verantwortung zu übernehmen, suchte er umgehend Maxwell auf. Ich schätze, das war kein angenehmes Gespräch! Trotzdem blieb Russell hartnäckig, und nach einigem Aufbrausen und Fluchen signalisierte Maxwell Kooperationsbereitschaft, bis sich die Sache in der einen oder anderen Weise klären ließ. Maxwell informierte Sethos, der sich freiwillig bereit erklärte, besagten Ort persönlich zu inspizieren.«

»Zum Glück für mich«, warf Ramses ein.

»Ja«, bekräftigte Emerson. »Dafür – äh – bin ich ihm sehr dankbar. Und für einige andere Dinge.«

»Wenn du lieber nicht darüber reden willst«, hob Nefret an.

»Es wäre mir lieber, aber ich kann nicht anders. Ich hatte geglaubt, dass dieser Abschnitt meines Lebens Vergangenheit sei, vergessen, verdrängt. Ich habe mich getäuscht. Man kann nie wissen, ob ein Gespenst aus der Vergangenheit nicht wieder auftaucht und einen heimsucht.«

Für eine Weile schwieg er, den Kopf gesenkt, das Gesicht ernst, aber gefasst. So unbewegt war er nicht gewesen, als wir an jenem Morgen zum Haus zurückritten und er mir die Geschichte in groben Zügen geschildert hatte.

»Meine Mutter war die Tochter des Earl of Radcliffe. Warum sie meinen Vater heiratete, der nur ein einfacher Landbewohner ohne Titel oder Vermögen war, habe ich nie erfahren. Es war ... man darf annehmen, dass eine gewisse Anziehungskraft vorhanden war. Diese muss schon kurz nach der Eheschließung nachgelassen haben. Meine frühesten Erinnerungen sind die beleidigender Worte und erbitterter Vorwürfe, mit denen sie ihn traktierte, weil er ihre Erwartungen nicht erfüllte. Wie ich erfahren musste, wäre das unmöglich gewesen. Ihre Forderungen waren zu hoch, ihr Ehrgeiz zu übersteigert. Er hegte, so glaube ich, nicht den Wunsch, seine Lebensumstände zu verbessern. Er war wie Walter, liebenswürdig und optimistisch und doch innerlich gefestigt; solange er lebte, hatte das Leben nicht nur unangenehme Seiten. Als er starb, war ich vierzehn, und danach ...

Sie hatte bereits entschieden, dass ich der Mann werden sollte, den Vater nie verkörpern wollte. Als ich mich weigerte, versuchte sie es mit den unterschiedlichsten Restriktionen. Das Schlimmste war, was sie Walter antat. Bis dahin hatten wir dieselbe Schule besucht. Du weißt, wie sie waren, selbst die besten; brutale Disziplin und Züchtigung sollten aus Jungen Männer machen. Ich war groß für mein Alter und setzte mich zur Wehr, doch Walter hätte schlimmen Zeiten entgegengesehen, wenn ich nicht dort gewesen wäre und mich für ihn eingesetzt hätte.

Sie trennte uns. Er entwickle sich zu einer Memme und einem Feigling, erklärte sie, und es sei an der Zeit, dass er lerne, auf eigenen Füßen zu stehen. Als ich in den Weihnachtsferien heimkehrte – es war ungefähr ein Jahr nach Vaters Tod –, hatte ich Walter schon seit Monaten nicht mehr gesehen; er durfte mir nicht einmal schreiben. An jenem Abend schneite es heftig, und in diesem Schneetreiben bemerkte ich sie – eine Frau und einen Jungen, die gegen den Sturm ankämpften. Sein Gesicht nahm ich kaum wahr, ich weiß nur, dass es vor Anstrengung und Wut verzerrt war. Als ich das Haus erreichte, erklärte ich ihr – meiner Mutter –, dass wir sie finden und ihnen Schutz bieten müssten. Daraufhin erfuhr ich, dass die Frau die Geliebte meines Vaters gewesen war, die ihre frühere Freundin um Hilfe hatte bitten wollen und abgewiesen worden war. Was dann geschah, weißt du. Sie sperrte mich bis zum nächsten Morgen in mein Zimmer.

Nun, um es kurz zu machen: Ich sah keine Möglichkeit, sie aufzuspüren; ich hatte weder Geld noch Einfluss. Nach jenem Abend wurde alles nur schlimmer. Ich war im Begriff, nach Oxford zu gehen, als ich entdeckte, dass sie eine Heirat für mich arrangiert hatte, mit der geistlosen Tochter irgendeines vertrottelten Adligen aus der Umgebung – und dann, wie eine Resonanz auf ein Gebet, erbte ich eine kleinere Summe von einem von Vaters Cousins. Es reichte, um mein Studium zu finanzieren und Walter von dieser brutalen Schule zu nehmen. Jahrelang war er hin und her gerissen zwischen seiner Angst und Abneigung vor ihr und dem, was er für seine Pflichterfüllung hielt. Sie machte ihm klar, dass er sich zwischen uns beiden entscheiden müsse und dass sie ihn nie wieder sehen und kein Wort mehr mit ihm wechseln wolle, falls er zu mir hielt. Damit war die Sache eindeutig geklärt.

Sehr viel später unternahm ich den Versuch, die Wogen zu glätten.« Er lächelte mich an, seine blauen Augen wurden sanft. »Es war wegen dir und Ramses, Peabody; auf Grund meiner Gefühle für euch dachte ich, dass sie es vielleicht bereute, ihre Söhne verloren zu haben, und bereit sei, Vergangenes zu vergessen. Das war ein Trugschluss. Sie wollte mich nicht sehen. Nicht einmal im letzten Stadium ihrer Krankheit hat sie nach mir geschickt, obwohl sie wusste, wo sie mich finden konnte. Von ihren Anwälten erfuhr ich von ihrem Tod. Sie erzählten mir, dass sie bis zum letzten Atemzug versucht habe, mich zu enterben; allerdings hatte sie zu ihren Lebzeiten lediglich die Einkünfte aus dem Besitz ihres Vaters verwalten dürfen, und dieser ging nach Familientradition an den ältesten Sohn über. Ich habe dieses Erbe nie angerührt. Es gehört dir, Ramses, genau wie das Haus, das seit zweihundert Jahren im Besitz unserer Familie ist. Falls du also mit dem Gedanken spielst, dich – äh – niederzulassen und – äh ... nun, du bist jetzt in der Lage, eine Familie zu ernähren.«

Erwartungsvoll blickte er von Ramses zu Nefret. Wann mein geliebter Gatte den wahren Sachverhalt erkannt hatte, hätte ich nicht mit Bestimmtheit sagen können, aber er hätte blind, taub und schwachsinnig sein müssen, hätte er das Wesen ihrer Zuneigung jetzt noch falsch interpretiert. Natürlich würde er wie immer behaupten, dass er es die ganze Zeit über gewusst habe. Ein Aspekt dieser Beziehung war ihm sicherlich unbekannt. Ramses hätte diesen gegenüber seinem Vater nie erwähnt, und Emerson war nicht zugegen gewesen, als Nefret zusammenbrach und gestand und, so hoffe ich jedenfalls, auf mehr Verständnis stieß, als sie erwartet hatte.

Unwahrscheinlich, dass Emerson dieselbe Toleranz zeigte. Unverzüglich entschied ich, dass es ihn nichts anging.

Ramses war über diese Enthüllungen genauso verblüfft wie wir alle, dennoch besaß er die Geistesgegenwart, das Angebot nicht abzulehnen. »Danke, Sir. Aber Onkel Walters Kinder müssen ihren gerechten Anteil bekommen. Und ... eine weitere Cousine.«

Das musste er nicht näher erläutern. Sobald ich erkannte, dass Sethos und Hamilton ein und dieselbe Person waren, glaubte ich zu wissen, wer Molly war.

»Wir können uns nicht sicher sein«, bemerkte ich nachdenklich. »Bertha war Sethos' Geliebte, aber das Kind, das sie vor vierzehn Jahren unter dem Herzen trug, muss nicht von ihm gewesen sein.«

»Vor vierzehn Jahren?«, wiederholte Emerson. »Gütiger Himmel, so lange liegt das schon zurück? Dann kann es nicht dasselbe Kind sein. Dieses Mädchen ist – was hast du mir erzählt – zwölf Jahre alt.«

»Wir hatten lediglich ihre Aussage. Ich dachte mir bereits, dass sie bemerkenswert reif für ihr Alter wirkt.«

»Wie meinst du das?«, erkundigte sich Emerson und starrte mich an.

Sorgfältig vermied ich Ramses' Blick, der peinlich berührt schien, und beschloss, ihm eine allgemeine Bloßstellung zu ersparen. Der Junge hatte in den letzten vierundzwanzig Stunden schon genug durchgestanden.

»Bei unserem ersten Zusammentreffen hast du dich von ihrer grässlichen Kleidung täuschen lassen«, erklärte ich liebenswürdigerweise. »Selbst für eine zwölfjährige war diese altmodisch und angejahrt – genau wie Miss Nordstrom. Damals dachte ich mir nichts dabei, aber später kleidete sie sich passender für ihr Alter, und ich konnte nicht umhin festzustellen ... Frauen bemerken solche Dinge. Männer gelegentlich auch, aber ich stelle erfreut fest, dass du nicht zu ihnen gehörst.«

»Das sind doch alles nur Vermutungen«, beharrte Emerson eigensinnig. »Wahrscheinlich hat Sethos Dutzende von ... Oh, schon gut, Peabody, verzeih mir. Wer auch immer ihre Eltern waren, wir tragen keine Verantwortung für dieses Kind. Er hat sie schon vor Jahren finanziell abgesichert, als er dem Geheimdienst beitrat, und Maxwell bestätigte mir, dass gut für sie gesorgt sei.«

»Du hast dich nach ihr erkundigt?« Ramses hatte sich zu Wort gemeldet. Auf Grund seiner Blutergüsse war sein Gesichtsausdruck noch schwieriger zu deuten als sonst.

»Selbstverständlich«, brummte Emerson. »Das musste ich doch, oder? Konnte das Kind doch nicht im Stich lassen. Ich gestehe meine Erleichterung, als Maxwell mir schilderte, dass Sethos ... als er mir schilderte, dass die Sache geklärt sei. Er weiß nichts von der – äh – unserer familiären Beziehung, und solange mir keiner von euch einen plausiblen Grund nennt, habe ich auch nicht vor, ihn einzuweihen.«

Ich sah einen Grund, äußerte diesen jedoch nicht. Eines Tages, wenn Emerson sich sanfterer Stimmung erfreute, konnte ich ihn vielleicht überzeugen, seinen mutigen und unglückseligen Halbbruder in die Heimat überführen zu lassen, um in die Familiengruft zu ihren Vorfahren gebettet zu werden. Wo würde er jetzt seine letzte Ruhestätte finden? Wie würde sein Grabstein, seine Grabinschrift aussehen? Ich hatte mir bereits eine passende Inschrift für das Monument ausgedacht, das Emerson sicherlich eines Tages in Auftrag geben würde. Es handelte sich um ein Zitat aus einem ägyptischen Text: »Und Gott Ra sprach: Lasst Seth mir untergeben sein, er verweile bei mir und sei mein Sohn. Er soll das Grollen des Donners sein und die Furcht der Sterblichen.« Genau wie sein altberühmter Namensvetter hatte Sethos für seine Taten gebüßt und war eins mit dem göttlichen Herrscher des Kosmos geworden.

Augenblicklich schien mir der Zeitpunkt nicht günstig für einen solchen Vorschlag.

»Du hättest es nicht verhindern können, Emerson«, sagte ich stattdessen.

»Was verhindern? Ach so!« Emerson gab den Versuch auf, seine Pfeife anzuzünden. »Nein. Russell hatte seine Männer instruiert, dennoch hat es mich verflucht viel Zeit gekostet, ihn zu sofortigem Handeln zu bewegen. Ich konnte ihm doch wohl kaum gestehen, dass mein Drängen auf – äh –«

»Weiblicher Intuition beruhte«, warf Nefret ein und lächelte ihm zu. »Ich kann mir gut vorstellen, wie Mr Russell darauf reagiert hätte! Zumal ich besagte Frau war. Wie hast du ihn dann überzeugen können?«

»Wie versprochen rief ich zu Hause an«, enthüllte Emerson. »Als Fatima mir von David berichtete, war die Sachlage eindeutig. Ich war, gelinde gesagt, schockiert, als ich erfuhr, dass ihr beide allein losgezogen wart, konnte aber nichts anderes tun als warten, bis Russell seinen Trupp zusammenhatte und Maxwell von unseren Plänen unterrichtete. Als wir den Palast erreichten, war es totenstill, weit und breit kein Lebenszeichen mit Ausnahme eines erleuchteten Fensters. Wir fanden Risha und die anderen Pferde, aber ich hatte keine Ahnung, wo zum Teufel ihr sein und was ihr tun könntet, und ich wollte das Risiko eines offenen Angriffs vermeiden. Als wir die Schüsse hörten, blieb uns keine andere Wahl als vorzustoßen, und ich rechnete allen Ernstes damit, dass ihr – ihr beide – ihr alle – tot oder grässlich verwundet oder –«

»Beruhige dich, Emerson«, beschwichtigte ich ihn. »Ende gut, alles gut.«

»Das ist beileibe nicht dein Verdienst«, schnaubte Emerson.

»Ich bitte zu differenzieren, Vater«, wandte Ramses ein. »Die Ereignisse haben sich ein wenig überstürzt, aber ist das nicht immer der Fall, wenn wir alle beteiligt sind? Wir wählen vielleicht nicht die effizienteste Vorgehensweise, dennoch erledigen wir unsere Aufgabe.«

Nefret wandte sich zu ihm. »Ich hoffe, dass du das beherzigen wirst! Wenn du mir das noch einmal antust –«

»Oder du mir. Was in Dreiteufelsnamen hast du dir dabei gedacht? Gestehst ihm zu, dass er dich dort hinbringt, dass er –«

»Ich habe ihm nicht sehr viel zugestanden.«

»Wie viel?«

Nefrets Wangen liefen tiefrot an. »Hör auf, so zu reden wie ein verfluchter alter Römer! Willst du damit sagen, dass meine so genannte Unbescholtenheit kostbarer ist als dein Leben? Ich hätte nichts – nichts! – getan, um ihn zu verführen.«

»Tatsächlich?«

»Was würdest *du* tun, wenn ich das Gegenteil behauptete?«

»Ah.« Ramses atmete tief aus. »Du hast es nicht getan. Ich weiß nicht, ob ich es hätte akzeptieren können. Vermutlich werde ich den Rest meines Lebens darauf verwenden, mich mit dir zu versöhnen. Zu Kreuze kriechen zu müssen schmerzt aber nach einiger Zeit in den Gelenken.«

Es war Musik für meine Ohren, dass sie sich wieder stritten! Allerdings gab es noch einiges mehr, was ich erfahren wollte.

»Woher wusstest du, dass es Percy war?«

»Es?« Nefret warf mir einen fragenden Blick zu und lachte. »Ich wusste weder, *was* er war, noch, was er vorhatte; doch als er Ramses in den höchsten Tönen lobte, war mir klar, dass er nichts Gutes im Schilde führte. Nachdem er dann die infame Dreistigkeit besessen hatte, mich erneut zu umschmeicheln und zu umgarnen – als wäre ich so naiv, ihm nochmals zu vertrauen! –, war ich wirklich verärgert. Und bestürzt. Mir war bewusst, dass Ramses Wardani spielte und David ihm Rückendeckung gab, dass Mr Russell an dem Plan teilhatte und dass dieser entsetzlich gefährlich war; wie gefährlich, das begriff ich allerdings erst nach jenem

Opernabend ...« Sie brach ab und biss sich auf die Lippe. Sie hielt weiterhin Ramses' Hand. Er hob seine andere Hand und strich mit seinen Fingerspitzen zärtlich über ihre Wange. Das war alles; aber es reichte zu meiner Bestätigung aus, dass sie dieses Missverständnis und auch andere ausgeräumt hatten.

»Ich musste mich so verhalten, als wüsste ich nicht, wie schlimm er verletzt war«, fuhr sie zögernd fort. »Das habe ich getan. Wie immer. Ihr alle habt es sehr geschickt eingefädelt, doch als der Professor diese unglaubliche Lüge auftischte, dass er Ramses nach Zawiet schicken würde, begriff ich euer Vorhaben, und natürlich erkannte ich David an jenem Abend, obschon Tante Amelia alles daransetzte, mich abzulenken. Ich versuchte, mich fern zu halten, um es einfacher für euch zu machen.«

»Mein liebes Mädchen«, sagte ich tief berührt, da ich mich an mehrere kleine Vorfälle erinnerte, die ich seinerzeit für unbedeutend gehalten hatte. »Deine bewusste und, wenn ich es einmal so umschreiben darf, uncharakteristische Begriffsstutzigkeit hat uns vieles erleichtert, aber für dich muss es entsetzlich schwierig gewesen sein.«

»Ja«, erwiderte Nefret schlicht. Sie bedachte ihren Geliebten – denn so muss ich ihn nennen – mit einem zärtlichen Blick, und er lächelte sie an. Nicht einmal die Schwellungen, die seine klassischen Züge entstellten, konnten die Süße dieses Lächelns verbergen. »Ich verstand nicht ganz, warum es so wichtig war, dass niemand sonst davon erfuhr«, fuhr Nefret fort. »Doch was hätte ich anderes tun sollen, als mitzuspielen, schließlich war es genau das, was ihr wolltet, oder?«

»Ich bewundere deine Voraussicht und Courage«, entfuhr es mir.

»Es war höchste Zeit, findest du nicht? Ich musste euch und mir beweisen, dass ich meine Lektion gelernt hatte. Tief im Innern war ich zerrissen vor Sorge. Ich ermutigte Percy – etwas anderes fiel mir nicht ein –, denn erst nach unserem Zusammentreffen mit Farouk dämmerte mir, dass Percy der Verräter sein könnte, den Farouk hintergehen wollte. Von wem hätte Farouk sonst von dem Haus in Maadi erfahren? Allerdings hatte ich keinen Beweis.«

»Deshalb hast du alles darangesetzt, diesen zu bekommen«, versetzte ich. »Gütiger Himmel, mein Schatz, das war sehr mutig von dir, aber auch tollkühn.«

»Nicht so tollkühn, wie du vielleicht denkst«, beharrte Nefret. »Ich wusste, dass er absolut skrupellos und hinterhältig war, aber solange er glaubte, dass er mich faszinierte, war ich nicht in Gefahr. Und es gehörte nicht viel dazu, ihn in diesem Glauben zu wiegen! Mein Geld war natürlich sein Hauptanliegen, und er konnte es nur bekommen, indem er mich heiratete. Deshalb glaubte ich nicht, dass er –«

»Glaubte«, wiederholte Ramses. Seine Stimme war eisig. Nefret blickte von ihm zu Emerson, der sie auch nicht unterstützte; er hatte das Kinn vorgeschoben und lief zornesrot an. »Du verstehst mich, Tante Amelia«, rief sie. »Du hättest dasselbe getan.«

Emerson verlor die Beherrschung. »Hätte sie? Sie hat dasselbe getan! Geradewegs in die Höhle des Löwen, bewaffnet mit einem Sonnenschirm und ihrer verdammten Selbstsicherheit – ich nehme an, du glaubtest, er würde keinen Vorteil aus der Situation ziehen, Peabody?«

»Es war nicht dasselbe«, entfuhr es mir.

»Nein«, versetzte Ramses mit seltsam gepresster Stimme. »Dich wollte er nicht heiraten.«

»Lachst du etwa über deine Mutter, Ramses?«, erkundigte ich mich.

»Ich versuche, es nicht zu tun. Es tut weh, wenn ich lache.«

Trotzdem tat er es. Anerkennend nickte ich Emerson zu.

Sein kleines Donnerwetter hatte die Atmosphäre auf wundersame Weise entspannt.

»Also«, bemerkte ich, nachdem Ramses aufhörte zu lachen und Nefret zärtlich das Blut von seiner aufgeplatzten Lippe gewischt hatte. »Wie hast du von dem alten Palast erfahren?«

Sie hockte sich auf ihre Fersen. »Von Sylvia Gorst. Das, Tante Amelia, war eine weitere meiner Strafen – mich mit Sylvia auszusöhnen! Du wärest stolz auf mich gewesen, wenn du gesehen hättest, wie ich mich entschuldigte und ihr schmeichelte. Sie ist das schlimmste Klatschmaul in Kairo, und ich war mir sicher, dass ich es aus ihr herausbekommen würde, sofern sie irgendetwas von Percys Zuwiderhandlungen wusste.

Er hatte sie nie in sein kleines Liebesnest mitgenommen, denn er zog verheiratete Frauen vor. Er nahm an, dass sie nicht darüber reden würden, aus Angst vor einer Rufschädigung, aber natürlich plauderten sie – streng vertraulich mit ihren besten Freundinnen. Sylvia gab sich schockiert, konnte diesen gewissermaßen saftigen Skandal aber dennoch nicht für sich behalten.

Daraufhin konfrontierte ich Percy mit der Information. Zunächst stritt er das Ganze ab. Das hatte ich erwartet und war darauf vorbereitet; schließlich überredete ich ihn, indem ich Verständnis für Männer heuchelte, die gewisse Bedürfnisse und ... Ramses, beiß dir nicht ständig auf die Lippe, sie blutet schon wieder!«

»Vielleicht solltest du deine Schilderung besser – äh – etwas abkürzen, Nefret«, schlug ich vor. »Ich vermag nachzuvollziehen, wie du ihn davon überzeugt hast, dich dorthin mitzunehmen. Das war an dem Nachmittag, als du verspätet zum Abendessen heimgekehrt bist? Mir war sofort klar, dass du eine – äh – unangenehme Erfahrung gemacht haben musstest.«

»Ich wurde rot wie ein dummes Schulmädchen«, murmelte Nefret. »Ich fühlte, wie mein Gesicht brannte. Es gab unangenehme Momente, aber ich habe nicht zugelassen, dass er –«

»Schon gut«, sagte Ramses leise. »Es tut mir Leid.«

Verschämt senkte sie ihren goldblonden Schopf und küsste die von ihr umklammerte Hand. »Ich war nie wirklich in Gefahr. Ich weiß mich zu verteidigen und ich hatte mein Messer. Trotzdem war es ein verschwendeter Nachmittag. Er ließ mich keine Sekunde lang allein. Ich habe nicht einmal den Rest des Hauses zu Gesicht bekommen, lediglich das Schlafzimmer.«

»Nefret«, warf ich rasch ein, »es ist alles gesagt. Dein Opfer – denn das war es, mein Schatz, was auch immer geschah oder nicht geschah – war nicht vergebens. Ich bezweifle, dass der arme David uns nähere Hinweise hätte geben können, er war nicht in der Verfassung für ein längeres Gespräch. Ja, Ramses hat es treffend bemerkt: Unsere Familie arbeitet hervorragend zusammen. Vielleicht haben wir alle auf Grund dieser Erfahrung eine wertvolle Lektion gelernt.«

Emersons Gesicht drückte seinen Zweifel aus. Bevor er die Gunst der Stunde nutzen und diesen Zweifel in Worte kleiden konnte, fuhr ich fort: »Ramses sollte jetzt ausruhen. Gute Nacht, mein lieber Junge. Falls ich zuvor versäumt habe, es zu erwähnen: Ich liebe dich und bin sehr stolz auf dich.« Ich beugte mich über ihn, fand eine unverletzte Stelle in seinem Gesicht und küsste ihn.

»Ganz recht«, bekräftigte Emerson.

»Danke«, murmelte Ramses mit weit aufgerissenen Augen und hochrotem Gesicht.

Anmutig sprang Nefret auf. Sie trat zu mir, legte ihre Hand auf meine Schulter und küsste mich auf die Wange. Dann wandte sie sich zu Emerson, stellte sich auf die Zehenspitzen und küsste ihn ebenfalls, wie sie es in ihrer Kindheit getan hatte. »Gute Nacht, Mutter«, sagte sie sanft. »Gute Nacht, Vater.«

Mein geliebter Emerson war dermaßen überwältigt, dass ich ihn aus dem Zimmer schieben musste. Die Tür fiel hinter uns ins Schloss, und ich hörte, wie der Schlüssel gedreht wurde.

Emerson musste es ebenfalls gehört haben, allerdings war er so gerührt, dass er erst reagierte, als wir unser Zimmer schon fast erreicht hatten.

»Also!«, rief er und blieb abrupt stehen. »Was hat sie ... Was machen sie ...«

»Du hast sie gehört. Ich dachte, du wärst erfreut.«

»Erfreut? Mein halbes Leben lang habe ich darauf gewartet, dass sie mich Vater nennt. Ich nehme an, sie glaubte, sie dürfe nicht, bis sie das Recht durch ... Gütiger Himmel, Peabody – sie hat die Tür abgeschlossen! Er ist nicht fähig –«

»Also wirklich, mein Lieber, ich glaube nicht, dass du in der Lage bist, das zu beurteilen.« Ich zerrte an ihm, bis er sich von mir in unser Zimmer schleifen und in einen Sessel drücken ließ. Nach einer kurzen Bestandsaufnahme der Situation ging ich zurück zur Tür und verschloss sie.

»Sie werden doch heiraten, oder?«, fragte Emerson skeptisch. »Wenn wir wieder in England sind?«

»Oh, Emerson, sei nicht absurd. Sie werden heiraten, sobald ich die entsprechenden Vorbereitungen treffen kann. Ich nehme nicht an, dass sie ein konventionelles Brautkleid tragen möchte.« Ich fing an, mein Kleid zu öffnen. »Vielleicht eines ihrer hübschen Gewänder«, fuhr ich nachdenklich fort. »Fatima wird darauf bestehen, die Hochzeitstorte zu backen. Blumen aus unserem Garten – sofern das Kamel welche verschont hat. Anschließend findet hier im Haus ein kleiner Empfang für unsere engsten Freunde statt. Wir werden die Zeremonie in Davids Zimmer abhalten, falls er nicht aufstehen kann. Sie werden beide wollen, dass er anwesend ist. Und keiner von ihnen schert sich sonderlich um Formalitäten.«

Emersons Miene bewies, dass er sich mehr darum scherte als von mir vermutet. Er sprang auf. »Sie sind noch nicht verheiratet!«, brauste er auf. »Gütiger Himmel, Amelia, wie kannst du zulassen, dass deine Tochter –«

»Oh, Emerson!« Ich umarmte ihn und verbarg mein Gesicht an seiner Brust. »Sie lieben sich so sehr und waren so unglücklich.«

»Hmhm«, brummte Emerson. »Nun ja, wenn es sich nur um eine Sache von ein paar Tagen handelt –«

»Erinnerst du dich noch an die Nacht auf der guten alten *Philae* – jene Nacht, in der du mich gefragt hast, ob ich deine Frau werden wolle?«

»Natürlich erinnere ich mich. Obwohl«, sinnierte er, »ich mir nach wie vor nicht sicher bin, wer wen gefragt hat.«

»Hat das denn nie ein Ende?«

»Vermutlich nicht«, versetzte Emerson und drückte mich an sich.

»Erinnerst du dich, was im Verlauf jener Nacht geschah?«

»Wie könnte ich das jemals vergessen? In jener Nacht hast du mich zum glücklichsten aller Männer gemacht, mein Schatz. Ich hätte nicht den Mut gehabt, auf dich zuzugehen.«

»Also bin ich auf dich zugegangen. War das verwerflich von mir?«

»Errötest du, Peabody?« Er legte seine Hand unter mein Kinn und hob meinen Kopf. »Nein, natürlich nicht. In jener Nacht habe ich dich von ganzem Herzen geliebt, und ich liebte dich mit jedem Tag mehr und werde dich immer lieben ... Ah-hm. Hast du die Tür abgeschlossen?«

»Ja.«

»Gut.«

Aus Manuskript H

Nefret setzte Seshat auf den Balkon. Einen atemberaubenden Moment lang verharrte Nefret von silbernem Mondlicht umschmeichelt, ehe sie die Läden schloss und zu ihm zurückkehrte. »Morgen früh werde ich als Erstes mit Rais Hassan klären, dass die *Amelia* für uns bereitsteht, wenn wir im April wiederkommen«, verkündete sie.

»Wem willst du entkommen, Mutter oder Seshat?«

»Beiden. Allen!« Leise kichernd verbarg sie ihren Kopf an seiner Schulter. »Ich fürchte, dass die armen Schätzchen schockiert waren, als ich sie aussperrte; Menschen ihrer Generation würden die Konventionen niemals in dieser Form missachten.«

Sein Gesicht an ihr Haar geschmiegt, murmelte Ramses irgendetwas Belangloses. Langjährige Erfahrung hatte ihn gelehrt, keine Grundsatzurteile über seine Eltern zu fällen.

»Egal«, flüsterte Nefret. »Mir ist das alles egal, ich will nur bei dir sein, immer und ewig. Wir haben so viel Zeit verloren. Wenn ich doch nur –«

»Nefret, mein Liebling.« Er umschloss ihr Gesicht sanft mit seinen Händen. Es war zu dunkel, um ihre Züge erkennen zu können, doch er spürte die Tränen auf ihren Wangen. »Das darfst du nicht sagen, nicht einmal denken. Vielleicht mussten wir schlimme Zeiten durchleben, um ernten zu können –«

»Gütiger Himmel, du klingst genau wie Tante Amelia!« Ungestüm küsste sie ihn auf den Mund. Er schmeckte Blut, genau wie sie, denn sie hob ihren Kopf. »Verzeih mir! Ich habe dir wehgetan.«

»Ja, und deine Tränen tropfen ständig auf mein Gesicht. Hör sofort auf zu weinen. Mutter würde ebenfalls sagen, dass das Geheimnis des Glücks darin besteht, den Augenblick zu genießen, ohne die Vergangenheit zu bereuen oder sich um die Zukunft zu sorgen.«

»Ich weiß, das hat sie schon Dutzende Male gesagt. Meinst du, jetzt wäre der richtige Zeitpunkt, um über deine Mutter zu reden?«

»Du warst diejenige, die –«

»Ich weiß, und ich wünschte, ich hätte nicht davon angefangen. Ich liebe sie von ganzem Herzen, aber ich lasse nicht zu, dass sie oder irgendein anderer uns jetzt noch in die Quere kommt.«

»Mein geliebtes Mädchen, sie wird uns in eine Kirche scheuchen, sobald sie die entsprechenden Vorbereitungen treffen kann – in höchstens zwei Tagen, wie ich Mutter kenne.«

»Oha, in diesem Fall ist es dir vielleicht lieber, wenn ich dieses Zimmer verlasse und erst zurückkomme, nachdem –«

»Versuch es doch. Auch ich habe meine Lektion gelernt.«

»Eines Tages werde ich es tun, damit du mich in deine Arme schließen und überwältigen kannst«, murmelte Nefret verträumt. »Ich denke, das würde mir gefallen.«

»Mir auch. Lass mir noch ein paar Tage Zeit.«

Mit einem kurzen, bekümmerten Aufschrei schreckte sie zurück. »Ständig vergesse ich es. Dein armes Gesicht, dein armer Rücken, deine armen Hände, dein –«

»Ich auch. Komm her.« Sie schmiegte sich in seine Umarmung und er strich ihr das seidige Haar aus dem Gesicht und küsste ihre Schläfen, Brauen und die geschlossenen Lider. »Hm – du hast doch die Tür abgeschlossen, oder?«

»Ja, mein Schatz.«

»Gut«, murmelte Ramses.

Aus Briefsammlung B

Liebste Lia,

wenn du das hier bekommst, sind wir schon bald bei euch. In zwei Tagen segeln wir von Alexandria. Ich muss dir so viel erzählen, dass ich fast platze, aber ein Brief würde dem nicht gerecht werden. Warum schreibe ich dann eigentlich? Weil ich will, dass du die Erste bist, die meine neue Unterschrift liest.

In tiefer Liebe
Nefret Emerson.

Kommissar Isaksens neuester Fall

Eine junge Frau wird ermordet aufgefunden. Alles deutet darauf hin, dass ihr Ehemann, von dem sie sich vor kurzem getrennt hatte, der Mörder ist. Denn Ester Synnøve Lønn fühlte sich von ihm bedroht und lebte in ständiger Angst. Doch warum verhält sich der Bruder der Toten so seltsam, als er die Leiche identifizieren soll? Kommissar Cato Isaksen wird misstrauisch. Er beginnt, in der Vergangenheit der Toten und ihres Bruders nach Hinweisen zu suchen. Und tatsächlich: In dem Dorf, aus dem die Familie stammt, ist vor einiger Zeit eine Frau spurlos verschwunden ...

Unni Lindell

Der Trauermantel

Roman

Deutsche Erstausgabe